# 六朝江东士族文学研究

吴正岚 著

凤凰出版社

图书在版编目（CIP）数据

六朝江东士族文学研究 / 吴正岚著. -- 南京 : 凤凰出版社, 2019.12
ISBN 978-7-5506-3066-6

Ⅰ. ①六… Ⅱ. ①吴… Ⅲ. ①地方文学史－古代文学史－南京－六朝时代 Ⅳ. ①I209.953.1

中国版本图书馆CIP数据核字(2019)第289949号

| | |
|---|---|
| 书　　名 | 六朝江东士族文学研究 |
| 著　　者 | 吴正岚 |
| 责任编辑 | 韩凤冉 |
| 出版发行 | 凤凰出版社(原江苏古籍出版社)<br>发行部电话025-83223462 |
| 出版社地址 | 南京市中央路165号,邮编:210009 |
| 出版社网址 | http://www.fhcbs.com |
| 照　　排 | 南京凯建图文制作有限公司 |
| 印　　刷 | 江阴金马印刷有限公司<br>江阴市滨江西路803号,邮编:214443 |
| 开　　本 | 880毫米×1230毫米　1/32 |
| 印　　张 | 15.25 |
| 字　　数 | 410千字 |
| 版　　次 | 2019年12月第1版　2019年12月第1次印刷 |
| 标准书号 | ISBN 978-7-5506-3066-6 |
| 定　　价 | 88.00元 |

(本书凡印装错误可向承印厂调换,电话:0510-86626799)

“中央高校基本科研业务费专项资金资助”
(Supported by the Fundamental Research Funds for the Central Universities)成果。

# 目　录

# 导　言

所谓“江东士族”，是指世居江东的吴姓士族。唐代柳芳将魏晋南北朝世族分为侨姓、吴姓、郡姓、虏姓四大类，其中“过江则为‘侨姓’，王、谢、袁、萧为大；东南则为‘吴姓’，朱、张、顾、陆为大”(《新唐书·柳冲传》)。本书主要探讨两晋南朝时期江东士族文学的发展演变，在考察其背景时，则将江东士族的家学门风上溯至东汉。

依据家族类型的不同，江东士族有旧族和新贵之别。其中，吴郡张氏、陆氏、顾氏，会稽孔氏、虞氏、贺氏等世家大族，在东汉末年已濡染儒风，成为崇尚经明行修的文化士族，堪称江东旧族；此外，吴兴沈氏等新贵，世为江东雄豪，直至刘宋才开始折节好文，走上崇尚文化的道路。其家族文化竭力向门阀社会主流靠拢，但也不无与江东旧族相通之处。

江东士族中的旧族与新贵的文化取向虽有一定差异，但从婚姻、交游①等方面来看，旧族与新贵始终有着密切的交流。刘宋以后，吴兴沈氏在文学、儒学等各方面都跃居江东士族的核心地位，旧族与新贵已浑然一体②，因此本书将六朝江东的旧族与新贵的文学作为一个整体加以考察。

---

①　东汉时，沈约所出自的沈浒一系与陆氏通婚且交好(说详见第一章第二节《陆机学习江南歌谣的典范效应与南朝江东士族文学的复兴》)。

②　南齐以降，沈氏大儒辈出，江东旧族多就学于沈氏。如会稽旧姓孔休源曾就沈驎士受经，略通大义(《梁书·孔休源传》)；吴郡张及、会稽孔子云又传沈峻之业。(《南史·儒林·沈峻传》)。

## 一　六朝江东士族文学研究的现状概述

在前辈学者陈寅恪①、唐长孺②、周一良③、王伊同④等人对六朝门阀社会的研究成果的基础上，近年来从门阀世族的角度考察六朝文化，正逐渐成为学术界较为重视的一种研究视角。尤其是中外史学界有关门阀制度与社会、政治、经济之关系的探索，已经取得了引人注目的成果。其中，中国台湾毛汉光撰有《两晋南北朝士族政治之研究》⑤，着重运用统计方法分析门阀士族如何从把持选举、严守门第等方面保持其政治地位。其后毛氏又有《中国中古社会史论》⑥之作，以考察魏晋南北朝隋唐士族政治之变迁为主要内容。田余庆《东晋门阀政治》⑦在重新界定“门阀政治”这一概念的前提下，分析东晋政治格局、军事部署的变动，认为门阀士族仅在东晋时真正存在过，门阀与皇权共治是其存在形式。日本中村圭尔《六朝贵族制研究》⑧侧重于从官僚制度的变迁来研究门阀社会政治。个案研究则有日本守屋美都雄《六朝门阀的一研究——太原王

---

① 陈寅恪《金明馆丛稿初编》(生活·读书·新知三联书店，2001 年 6 月)、《金明馆丛稿二编》(上海古籍出版社 1980 年版)对六朝门阀社会的政治文化有精辟的论述。

② 唐长孺对六朝门阀政治制度的特征及其与学术文化、社会风尚的关系有深刻的论述。如《南朝寒人的兴起》(载《魏晋南北朝史论丛续编》，北京：生活·读书·新知三联书店 1959 年版)、《士族的形成和升降》和《魏晋南朝的君父先后论》(载《魏晋南北朝史论拾遗》，中华书局 1983 年版)等文。

③ 周一良《魏晋南北朝史论集》(北京大学出版社 1997 年版)论述了南朝门阀官僚制度的变迁及南朝侨、吴士族的矛盾。

④ 王伊同《五朝门第》(成都：金陵大学中国文化研究所 1943 年版)。

⑤ 台北：“中国学术著作委员会”1966 年版。

⑥ 台北：联经出版事业公司 1988 年版。

⑦ 北京大学出版社 1989 年版。

⑧ 日本风间书房 1987 年版。

氏系谱考》[①]，又有叶妙娜对陈郡谢氏的仕宦、婚媾的研究等等[②]。

在门阀制度与学术文化的关系方面，陈寅恪先生《崔浩与寇谦之》一文提出了“东汉以后学术文化，其重心不在政治中心之首都，而分散于各地之名都大邑。是以地方大族之盛门乃为学术文化之所寄托……而汉族之学术文化变为地方化及家门化矣。故论学术，只有家学之可言，而学术文化与大族盛门常不可分离也”[③]的论点。实质上他是指出了从门阀制度的滥觞期——东汉开始，门阀社会的学术文化所具有的重要特征。钱穆于上世纪五十年代所撰的《略论魏晋南北朝学术文化与当时门第之关系》[④]一文，从四部之学的发达、儒家礼学的重视、清谈风流的强调等方面，总论门第社会对学术文化的贡献与影响。日本吉川忠夫《六朝精神史研究》[⑤]在对六朝士大夫的学术思想、宗教信仰的考察中，也采取了从门阀制度和家族背景出发分析思想嬗变的视角。近年来有关门阀社会文化的个案研究的成果较为突出。萧华荣《簪缨世家》[⑥]和《华丽家族》[⑦]叙述了王谢高门的兴衰历史，对王谢家族的文化个性亦有所表现。日本吉川忠夫《王羲之——六朝贵族的世界》[⑧]通过叙述王羲之的生活、思想、信仰，表现门阀社会士族文化的特征。丁福林《东晋南朝的谢氏文学集团》不仅反映了谢氏文学创作的总貌，而且对谢氏家族文学集团的人物关系和文化活动有翔实的考证。程章灿老师《世族与六朝文

---

① 东京：日本出版会社 1951 年版。

② 参见叶氏《东晋南朝侨姓高门之仕宦——陈郡谢氏个案研究》(《中山大学学报》,1986 年第 3 期)、《东晋南朝侨姓士族之婚媾——陈郡谢氏个案研究》(《历史研究》,1986 年第 3 期)等文。

③ 《金明馆丛稿初编》,第 147—148 页。

④ 载《中国学术思想史论丛》(三)(台北东大图书有限公司 1981 年再版)。

⑤ 京都：同朋舍 1984 年版。

⑥ 生活·读书·新知三联书店 1995 年版。

⑦ 生活·读书·新知三联书店 1994 年版。

⑧ 东京：清水书院 1972 年版。

学》[1]着重考察世家大族的文化生活对文学观念、创作实践的影响，既有世族宗亲伦理与文学题材、文学集团与文学批评等关系的宏观分析，又有对陈郡谢氏等文学家族的个案研究。

迄今为止，侨姓士族、尤其是王谢高门一直是门阀社会文化研究的重点，而近年来对江东士族的研究，也开始受到学术界的重视。前辈学者已经注意到了门阀社会中侨、吴士族的政治矛盾、门第差别和文化冲突，如陈寅恪先生《述东晋王导之功业》[2]、《东晋南朝之吴语》[3]等文，均涉及到了侨、吴士族在政治上的冲突与依赖关系、文化上的隔阂与交融过程。又如周一良先生《南朝境内之各种人及政府对待之政策》、《南齐书丘灵鞠传试释兼论南朝文武官位及清浊》[4]对南朝侨、吴士族在政治上的矛盾和吴姓士族政治地位的起落沉浮有精辟的论述。方北辰《魏晋南朝江东世家大族述论》[5]侧重于论述汉魏六朝时期江东世家大族的政治活动，分析了经济地理环境、江东世族集团结构对江东世族盛衰消长的影响。何启民《永嘉前后吴姓与侨姓关系之转变》、《中古南方门第——吴郡朱张顾陆四姓之比较研究》[6]等文考察了两晋南朝侨、吴士族政治利益的冲突和吴姓士族内部各家族的社会地位的升降。刘淑芬《六朝会稽士族》一文考察了会稽士族的谱系、家族的兴衰、政治上没落的原因以及会稽士族的豪强化等问题。[7]

有关江东士族学术文化的研究也取得了一定进展。唐长孺先生《读〈抱朴子〉推论南北学风的异同》[8]一文揭示了西晋时江东学风与中原学

---

① 黑龙江教育出版社 1998 年版。

② 《金明馆丛稿初编》第 55—77 页。

③ 《金明馆丛稿二编》第 304—309 页。

④ 《魏晋南北朝史论集》，北京大学出版社 1997 年版，第 33—126 页。

⑤ 台北：文津出版社 1991 年版。

⑥ 《中古门第论集》，台湾学生书局 1978 年版。

⑦ 《"中央研究院"历史语言研究所集刊》，第五十六本第二分，1985 年。

⑧ 《魏晋南北朝史论丛》，北京：生活 · 读书 · 新知三联书店 1955 年版。

术的不同，并且认为江东士人重视儒学的特点在南朝时期也同样存在。方北辰《魏晋南朝江东世家大族述论》也概述了江东世家大族的文化活动。刘跃进《门阀士族与永明文学》[①]则对永明文学集团中的南北士族的文化融合进行了深入分析。日本佐藤利行《入洛后的二陆について》[②]论述了陆机、陆云兄弟入洛以后与江东同乡的密切交往及其对文学创作的影响。前述程章灿老师《世族与六朝文学》辟有专章论述吴郡张氏的家族文化特征及其与文学创作的关系。傅汉思《山阴孔氏》一文考察了汉唐时期会稽山阴孔氏的系谱、家族地位、政治盛衰、经济状况、对朝代更迭的态度等方面[③]。本人的博士论文《论六朝吴姓士族的文化特征》[④]第一次全面系统地考察了六朝江东士族的学术、信仰、文学等家学门风的独特风貌、发展演变及其社会背景；在此基础上，拙著《六朝江东士族的家学门风》[⑤]通过考察六朝江东士族家学门风的发展演变，分析了江东士族的学术、宗教和文学之间的互动关系，从而更深入地认识六朝学术文化的复杂性。孙明君《两晋士族文学研究》[⑥]深入探究了两晋士族文学的特征、嬗变，其中包括陆机文学中的士族意识等问题。在此前后，关于江东士族文学的个案研究有王彦红《六朝吴郡张氏家族文化与文学研究》(2009 年曲阜师范大学硕士论文)、陈家红《六朝吴郡陆氏家族文化与文学研究》(2013 年上海师范大学硕士论文)，两者皆吸收了先行研究的基本思路，而后者更加全面地收集、整理了相关资料[⑦]。

---

① 生活·读书·新知三联书店，1996 年版。

② 《日本中国学会报》，第 44 集，1992 年。

③ 《清华学报》新二卷第二号。

④ 南京大学 1999 年博士论文。

⑤ 南京大学出版社 2003 年版。

⑥ 中华书局 2010 年版。

⑦ 进入二十一世纪以来，有关六朝江东士族家学门风的研究成果颇丰，本书仅择其要者加以论述。

## 二　有待解决的问题

综观近年来的相关研究状况可以发现，学术界对六朝江东士族的学术文化特征已经做出了较为深入的研究，但仍有进一步开掘的必要。在江东士族文化的诸层面中，文学尤其值得重视。因为六朝江东士族中的张氏、陆氏、沈氏等文学家族代有才人，而且多次引领文学潮流的新变。然而，迄今为止，对于六朝江东士族文学，学界仅有一些论文和篇章有所论及，尚缺乏总体把握和专书研究。本书拟在本人多年来有关江东士族文化研究的基础上，从家学门风和地域文化的角度系统深入地考察六朝江东士族文学。具体来说，本书试图回答以下问题：

其一，如何理解"六朝江东士族"这一群体的文化内涵？以往的研究比较强调"六朝江东士族"作为一个门阀士族群体的意味。换言之，作为六朝吴姓士族文学，由于六朝时期南北士族的文化隔阂与冲突，江东士族的家学门风有别于侨姓主流文化，在学术上重儒而轻玄，在信仰方面或长期尊奉道教而不愿入佛，或重视观音信仰而有别于好尚佛教义理的主流风尚。相应地，江东士族文学也深受儒学影响而追求典雅、重视辞采。

与以往的单一视角有所不同，本书拟从门阀和地域的双重视角来考察江东士族文学。江东士族文学的发展与江东地域文化的关系不可忽视。特别值得注意的是，孙吴以来江南歌谣越来越多地渗入到文学创作之中，在意象建构、诗歌风韵甚至声律变革等方面，都成为文学创新的重要动力。

其二，如何理解六朝江东士族文学以崇尚典雅为基本风貌、而南齐时沈约能够引领声律论这一重要的文学新变？现行研究较多地考察了江东士族的"文笔弘雅"，本书拟探究江东士人雅俗论的发展演变，分析江东士人文论的折衷倾向与其接纳俗文学之间的关系。

其三，如何理解孙吴以来的文化传统对江东士族文学的影响？关于孙吴时期的江东学风，已有的研究多强调其崇尚儒学、保守汉代"经明行修”学风的一面。本文拟考察孙吴时期江东禅学对六朝江东士族文学的影响。

概言之,本书的主要特点在于试图拓宽已有的以六朝门阀士族文化为本位的问题意识,突破以往把文学仅仅作为家学门风的一个层面的做法,改变“家学门风——文学”的单一视角,而引入了“地域文化——文学”等思路;与此同时,以考察六朝江东士族文学的兴衰为宗旨,全方位、多角度地探讨江东士族文学发展的动力,并着重对江东士族在南齐声律论中的贡献及其动力加以更深入的分析。

## 三 研究思路与方法

在考察六朝江东士族文学的过程中,本书所采取的研究思路和方法,可以概括为文献实证研究和多学科综合研究两个方面。

其一,本研究将在竭泽而渔地收集相关资料的基础上,通过文献实证来考察六朝江东士族文学。其中不仅包括域内现存的所有六朝文献,特别是先行研究重视得不够的佛、道两家资料,如金藏广胜寺本《安般守意经》、《阴持入经序》等;而且吸收流播海外的材料,如日本的唐抄《文选集注》、《日本世说新语注释集成》①等。本书附录三《论〈文选集注〉在六朝江东士族研究中的文献价值》即为这方面的尝试之一。

其二,本研究将运用多学科综合研究的方法,探究六朝江东士族文学与儒学、信仰等方面的互动关系。比如,六朝江东士族文学的主要理论背景是以崇儒为基本特征的家族学术,这一点构成了江东士族长期坚持道教和崇奉观音信仰的学术背景,但恪守道教和崇奉观音等宗教活动,也进一步巩固了江东士族文化圈,从而反过来促进了江东旧有学风的传承。

又如,六朝江东士族在信仰和文学方面都构成了源远流长的谱系,传承这一谱系的动力则是共同的江东地域文化传统和密切交往的江东

① 张伯伟编著《日本世说新语注释集成》,凤凰出版社 2019 年版。

士族文化圈。具体而论，在文学方面，西晋陆机树立了以温雅诗风兼容江南歌谣的典范；在佛教信仰方面，江东士族也有类似陆机的典范人物，即东晋时期的会稽谢敷（说详下）。

概言之，只有重视文学与江东士族文化各层面之间的互动关系，才能深入揭示六朝江东士族文学的独特风貌和思想背景。

## 四　创新之处

本书的创新之处在于：通过采取"家学门风——文学"、"地域文化——文学"等多重视角，揭示了江东士族文学以典雅为本而兼收俗文学的复杂性，分析了江东士族文学、儒学、信仰、地域文化等多层面之间的互动关系，从而揭示六朝江东士族文学发展的动力。

一，在六朝江东士族文学特征方面提出了新的观点，揭示了六朝江东士族文学特征的复杂性在于以典雅为本而兼收俗文学。以往的研究仅强调六朝江东士族文学有别于门阀社会的主流文化、推崇典雅的一面，这一看法难以解释南齐沈约在永明声律论上的先驱地位，也不能说明江东士族对梁陈宫体诗创作的预流。本书在揭示江东士族以雅兼俗的特征时，通过以下三个核心环节加以论证：其一，江东士族文学以雅兼俗的追求，发轫于西晋陆机。陆机既崇尚华美典雅的文风，又吸收江南歌谣，为江东士族文学树立了典范。其二，以往的研究已经注意到江东士族对典雅文风的追求，本书则明确了这一文风在不同历史时期的发展演变：西晋时期，陆机等人的诗文在内容上阐述儒家政治、伦理思想和抒发建功立业的抱负，于形式上好尚四言诗，讲究辞采的华美，追求温雅的文学风格。东晋和刘宋两世，玄言诗和山水诗先后成为文坛主流，都要求文人具备谈玄悟道的学术背景，是故崇奉儒学而玄学薄弱的江东士人几乎从文坛上销声匿迹，仅有的几个文人，如东晋陆冲、顾恺之，刘宋顾迈、张永等人，在创作上仍然追求温雅典丽，或气调警拔，或颇有古意；迄于南齐，江东文风对典雅的追求，主要表现为疏离轻柔细腻的新风，以刚健雄壮之气引人注目，如孔稚珪《白马篇》、虞羲《咏霍将军北伐》。萧梁以后，江东士族文学开始与主流文学融为一体，但擅长写作雍容典雅的庙堂文学仍是他们最显著的标志。梁代张率和陆倕以辞义典雅著称，陈代虞荔、虞寄兄弟，陆琼及其子从典、陆琰及其弟瑜、从兄玠、从弟琛等六人都擅长庙堂之制。其三，就吸收江南歌谣一端而论，陆机模拟江南民歌的传统，在六朝江东文人间薪火相传，本书揭示了其中最突出的现象是陆机、沈约和张率先后写作同题乐府《日出东南隅行》，张率和陆琼又先后以杂言体写作乐府《长相思》。

二，本书还探究了吴郡陆氏、吴郡张氏、吴郡顾氏、吴兴沈氏、会稽孔氏、会稽虞氏等家族的文学个性与家学门风的关系。其中，吴郡陆氏无疑是江东士族文学的领军，其最大贡献在于西晋陆机树立了崇尚典雅文风、兼容江南歌谣的典范；吴郡张氏以“张文”著称，南齐时张融的文论以其独特的风貌令人瞩目，萧梁起张率既以文笔典雅著称，又写作艳情诗；吴郡顾氏文学最独特的贡献，当推刘宋时期吴郡顾觊之令其侄子顾愿所作《定命论》，其意义在于折射了东晋以来佛教“报应说”与中土定命论的融合。而且，在汉魏六朝“辩命论”系谱中，顾氏《定命论》有承上启下之功；吴兴沈氏文学的主要成就在于制作吴歌西曲和提倡四声论。在江东士族中，吴兴沈氏最为热衷于创制吴歌西曲，南齐时期，沈约成为提倡四声论的领军人物；会稽孔氏文学的意义主要在于传承陆机的典雅文风，尤其是孔稚珪的诗和文都体现出对江东士族文学儒雅文风的弘扬；会稽虞氏于东汉、孙吴时期奠定了经学基础，东晋后期，虞氏儒学逐渐衰落，虞氏文学日益兴盛，文风也呈现出兼容复古与趋新的多姿多彩的风貌。

三，在六朝江东士族文学的背景方面提出了新见，分析了江东士族文学、儒学、信仰、地域文化等多层面之间的互动关系，着力考察了以下几个问题：

（一）指出南齐以降江东士族文学的复兴与学习江南歌谣之间的关系。崇尚典雅和吸收俗文学这两个层面在江东士族文学中的地位虽有主次之别，却先后创造了西晋和南齐两个时期的文学兴盛。关于西晋江东士族文学的辉煌成就与崇尚儒学的关系，学界已进行了充分的研究。

而以沈约为首的江东士人之所以能够在声律论、艳情诗等方面引领文坛风尚，则是由于江东士人将陆机开创的重视江南本土文化、吸收江南歌谣之风加以发扬光大。比如，陆机对江南歌谣的模拟，在江东士族中具有不言而喻的典范效应，成为齐梁之际沈约克服军功家族的心理障碍、积极吸收吴歌西曲的重要推动力。

值得注意的是，此时江东士族依据其对于永明文学新变的看法，可以分为趋新和守旧两派。以沈约为代表的趋新派从吴歌西曲中吸收养分，成为四声说的领军人物；而张融和陆厥等守旧派或在文学新变方面有独特看法，或对四声新说提出质疑，这就表明他们接受陆机传统的方式，不是大胆地吸收吴歌西曲中的“蜂腰”、“鹤膝”等因素，而只是讲求诗文的自然声韵或古典声韵①。

（二）提出沈约与诵经僧人的交往对其把握字音的影响。关于南齐永明声律论的背景，以往的研究已经充分注意到四声与佛教文化的渊源，特别是梵语字音和印度诗律的影响②。实际上，众所周知，四声说的理论动力颇为多元，南朝民间歌谣辨别和协调声音之清浊轻重的做法，亦有惠于四声的创立③。由此可见，与字音有关的其它佛教活动，比如诵经，也可能为四声说提供理论资源。因此，本书另辟蹊径，着力考察提倡声律论的中坚力量沈约、周颙等人与僧人的交往，发现与沈、周二人交谊甚笃的僧尼多有关乎字音的诵经活动。所谓诵经僧尼，一是指以诵经著称、见收于《高僧传·诵经》的僧人，二是指尤其重视诵经的习禅僧尼。关于习禅与诵经的关系，本书注意到《安般守意经》多次提及诵经与习禅

---

① 说详见第四章第二节《论张融文学新变的独特方向及其对侨姓文化的批判》和第六章第三节《论沈约陆厥的声律之争与沈氏家族文化的关系》。

② 参见刘跃进《别求新声于异邦——介绍近年永明声病理论研究的重要进展》（《文学遗产》1999 年 4 期）。

③ 钟嵘《诗品序》“至平上去入，则余病未能；蜂腰鹤膝，闾里已具”，已揭示了四声说的产生与民间歌谣的关系（参见郭绍虞《蜂腰鹤膝解》，《社会科学战线》1979 年第 3 期）。

的关系，如金藏广胜寺本《安般守意经》卷上云：“有三坐堕道：一为数息坐，二为诵经坐，三为闻经喜坐。”由此不难理解，《高僧传》“习禅”篇和“诵经”篇多载僧人的坐禅习诵。其中，以“禅诵为业”[①]的释慧约与沈、周二人的交情终身不渝；又如，沈约作有《比丘尼僧敬法师碑》、《南齐禅林寺尼净秀行状》[②]，对坐禅习诵的尼净秀和尼僧敬推崇备至。而周颙亦礼敬名列《高僧传》“诵经”篇的释法慧、擅长诵经的释法宣尼[③]。

诵经与领会字音的关系，可从以下两方面加以认识：其一，《四声指归》的作者释僧旻亦重视诵经、恢复了释道安讲前诵经的传统。其二，《高僧传·诵经传论》指出了诵经讲求“音吐遒亮，文字分明”[④]，因而沈约、周颙与诵经僧人的交往一定有助于他们对字音的领悟，进而推动四声论的成熟。

（三）在六朝江东士族文学的背景方面，本书还有以下突破：一是指出六朝江东士族的两种“太极论”都落后于时代思潮，分析南齐张融、孔稚珪之太极论的滞后与家族文化观念之间的关系。在六朝江东士族的学术发展过程中，西晋时纪瞻与顾荣在赴洛途中论《易》“太极”，南齐孔稚珪在给竟陵王萧子良的答书中论“易家有太极”，这两种“太极”论之间的联系尚未得到学者的注意。两种“太极”说分别滞后于王弼的“以无为本”和周颙的“非有非无”论。南齐张融、孔稚珪等人的“太极”论落后于时代思潮的根本原因，在于他们有意识地打造家族文化个性和弘扬汉代“经明行修”的学风。这表现为他们在佛道论争中强调道教乃其门业、视改变信仰为变节行为。

二是在江东士族的佛学方面，本书有以下两个突破点：其一，分析了汉末三国时期会稽陈慧的禅学贡献及其被遮蔽的原因。陈慧是《安般守

① [唐]道宣撰、郭绍林点校《续高僧传》卷六，中华书局 2014 年版，第 183 页。

② 分别见《沈约集校笺》卷七，第 224 页、第 227 页。

③ [梁]释宝唱著、王孺童校注《比丘尼传校注》卷四，中华书局 2006 年版，第 213 页。

④ 《高僧传》卷十二，第 475 页。

意经》的主要注者，且很可能注释了《阴持入经》，于弘扬安世高之学厥功甚伟。然而由于释道安《综理众经目录》未及陈慧，《安般注序》亦只提康僧会而不及陈慧，会稽陈慧注释佛经的贡献便隐而不彰了。这一考察有助于了解六朝江东士族重禅学的源头。其二，揭示出东晋谢敷在江东士族佛教信仰方面的先导作用，正如陆机在江东士族文学上的典范效应。一方面，笔者的先行研究指出，六朝江东士族佛教信仰的独特之处在于：吴郡张氏、会稽谢氏、吴郡陆氏等家族自东晋以来便重视观音信仰，有别于六朝多数士人的好尚佛教义理①。这方面的先驱，便是会稽谢敷。他颇为注意收集有关观音信仰的传说，撰《光世音应验记》一卷，为张演《续光世音应验记》、齐陆杲《系观世音应验记》导夫先路。另一方面，本书指出，谢敷在弘扬孙吴以来的江东禅学方面也做出了不凡的贡献。据《出三藏记集》，谢敷注《安般守意经》并作序②，又为支越、支法护和竺叔兰所译《首楞严经》的三个本子作合注③。《安般守意经》为安世高译出后，由会稽陈慧首次撰注义，康僧会担任助手；又谢敷合注三种《首楞严经》时，以支谦所定者为母本。支敏度《合首楞严经记》认为此本乃支谦删改支谶所译而成④。可知这两部佛经的译注承载着孙吴时期的江东禅学，作为会稽土著的谢敷，通过此举来弘扬江东文化传统的用心，不言可喻。这一考察的意义在于说明了江东士族在佛教方面重视观音信仰和禅学的独特倾向可谓其来有自，宋齐时期沈约与禅诵僧人的交往，也可上溯至此源头。

---

① 参见拙作《论六朝江东士族信仰的变迁》，载《中国学术与中国思想史》（《思想家》Ⅱ，江苏教育出版社 2002 年 4 月版）。无独有偶，在拙作发表之后两个月，纪志昌《东晋居士谢敷考》亦注意到“谢、张、陆均为吴地会稽士族，笔者以为这部应验记出现的最大意义，即是象征了吴地士族在家奉佛其中之一种信仰内容。”（《汉学研究》第 20 卷第 1 期，民国 91 年 6 月）

② [梁]释僧祐撰，苏晋仁、萧錬子点校《出三藏记集》卷六，中华书局 1995 年版，第 245—247 页。

③ 《出三藏记集》卷七，第 270 页。又王琰《冥祥记》称谢敷“手写《首楞严经》”（鲁迅《古小说钩沉》，第 472—473 页）。

④ 《出三藏记集》卷七，第 270 页。

# 第一章　以雅兼俗:六朝江东士族文学的演变和特征

江东士族文学以雅兼俗的追求,发轫于西晋陆机。陆机既崇尚华美典雅的文风,又吸收江南歌谣,为江东士族文学树立了典范。六朝江东士人一方面以传承典雅文风著称,另一方面积极吸取江南歌谣的养分,因而在南齐以降多样化的文学风尚中左宜右有,齐头并进,成为文坛中坚力量。

## 第一节　江东士族文学的典雅文风与儒学背景

六朝时期,江东士族文学经历了从西晋的辉煌到东晋和刘宋的中衰、直至齐梁复苏的变化,其崇尚典雅的基本风格是一以贯之的。这主要是由于江东士族崇尚旧有儒风的学术背景所致。

### 一　西晋:儒学修养与文学的辉煌

西晋时期,老庄玄学尚未对文学产生决定性的影响,以陆机为中心的江东文人以辞藻华美、风格典雅的诗文著称,他们的文学成就在很大程度上归功于其儒学修养。

西晋平吴之后,入洛的陆机、陆云兄弟很快便以词藻华美、风格典雅的诗文享誉洛下。文坛前辈张华欣然曰:“平吴之利,在获二俊。”[①]陆机、陆云兄弟生长于旧学盛行的江东,入洛前后虽已开始接受玄风的熏陶[②],但其基本学术倾向仍是服膺儒术。《晋书·陆机传》称他“伏膺儒术,非礼不动”。陆机等人的学风与主流思潮相左,何以他们的文学却能够得到主流的接纳和欣赏呢?

这是由于西晋初年虽然不少名士都对玄学趋之若鹜,但官方和一部分保守人士仍大力提倡儒学,尤其值得注意的是,当时玄学主要影响到士人的风度、情趣等层面,尚未对文学产生深刻影响,文学主要是沿着汉魏文学开辟的道路继续前进,儒家观念对文学创作和文学思想的影响并不亚于建安时期。尤其是在西晋前期,虽然文学理论上已经出现了“诗缘情以绮靡”等说法,反映了儒家政教观念淡化的倾向,但在文学创作方面,文人们仍然追慕以《诗经》为代表的典雅文风(说详下)。从当时文人的学术倾向来看,傅玄、傅咸父子从人格到文学都浸透着儒家文化。由《晋书》本传可知,名重一世的张华是典型的儒家君子:“少自修谨,造次必以礼度。勇于赴义,笃于周急。”虽然其《鹪鹩赋》、《归田赋》等作品带有玄理影响的痕迹,但其多数诗文规步曹植等建安文人,体现了他崇尚功名、兢兢业业的温雅儒风。张华拔擢的文人也多尚儒,如束皙撰有《五经通义》。

此时江东士人的儒学背景对其文学作品的影响主要表现在:

其一,内容上阐述儒家政治、伦理思想和抒发建功立业的抱负。这在陆机诗文中表现得尤为充分。其诗歌《吴王郎中时从梁陈作》、《长歌行》等篇都表达了强烈的仕进愿望。《演连珠》更是充斥着儒家思想。如“是以循虚器者,非应物之具;玩空言者,非致治之机”,“是故威以齐物为肃,德以普济为弘”[③]等说,皆与儒家观念深相契合。陆机在诗文中表现

---

① 《世说新语·言语》“陆机诣王武子”条引《晋阳秋》。

② 说详见第三章第二节《论孙吴士风的变迁对陆机出处之影响》。

③ [梁]萧统编、[唐]李善注《文选》卷五十五,上海古籍出版社 1986 年版,第 2390 页。

出强烈的用世之心,与其时有些文士的高旷放达姿态迥然有别,这在一定程度上强化了其诗文中的情感力量。

其二,形式上好尚四言诗。西晋文坛上模拟之风盛行,这未必与儒家思想的复苏有关,但四言诗的大量创作,无疑体现了士人对儒家经典《诗经》的宗奉。今存西晋四言诗数量与五言大致相当。挚虞《文章流别论》强调道德教化,代表了西晋崇奉儒家文学思想的保守派,其中便有推崇四言的文字:"然则雅音之韵,四言为正。其余虽备曲折之体,而非音之正也。"[①]重视四言者不唯挚虞一人,当时有一批崇儒文人都致力于四言诗的写作。比如,傅咸今存诗 19 首,其中四言有 13 首。更令人惊异的是,其中的《孝经诗》、《论语诗》等六首,简直就是韵文版的解经之作。束皙仅存的六首诗,则是为《诗经》中六首无辞笙诗所作的补文。

在此踵武《诗经》四言的风气中,尚儒的江东士人更是十分踊跃的健将。据《三国志・吴书・薛莹传》,吴建衡三年(271),孙皓追念薛综遗文,命其子薛莹继作四言诗一首,可以推测薛综原诗亦为四言,薛综父子是孙吴的大手笔,不难想见在儒风大炽的孙吴,人们所欣赏的正是具有《诗经》遗韵的四言诗。吴晋之际陆云、郑丰、孙丞等人尤为热衷于以四言相唱和。陆云今存诗 35 首,其中四言诗竟有 25 首计 130 章,堪称西晋最大的四言诗作家。陆云自称"不便五言诗",可见他是有意识地探索四言诗的写作。其《赠郑曼季四首》中,《谷风》、《鹤鸣》袭用小雅原名,《鹤鸣》还沿袭了《卫风・考槃》的诗意,《南衡》则是拟《小雅・白驹》,诸篇追摹《诗经》的用意是十分明显的。郑丰诗仅存《答陆士龙诗四首》计二十章,孙丞仅存的《赠陆士龙诗》也是四言。诸人的诗作皆大量化用《诗经》字句。陆机的四言诗数量不及五言,但他的四言诗也有 17 首 54 章。

江东士人推重四言诗写作及摹拟《诗经》的文学倾向,与他们的儒学

---

① [清]严可均校辑《全晋文》卷七十七,《全上古三代秦汉三国六朝文》,中华书局 1958 年版,第 1905 页。

修养之间的关系是不言而喻的。必须承认,在儒家思想的影响下,追摹《诗经》的四言诗大多充满着模拟因袭的迂腐之气,除了用以锻炼诗人遣词造句的基本功之外,其文学价值是不太高的。四言诗创作的平庸反映了儒家思想不利于文学创新的一面。

其三,讲究辞采的华美。儒家文学思想虽然认为素质先于文采,但同时也强调文质相辅相成,不可偏废。“质胜文则野,文胜质则史。文质彬彬,然后君子”,《论语·雍也》的上述说法已将这一点阐述得十分明白。相反,道家往往将形式与内容相对立,并突出后者的意义,比如《老子》曰:“信言不美,美言不信”。事实上,崇奉儒家者有可能对文质关系采取两种截然不同的态度:执先质后文一端者,在逻辑上可以发展为一味强调质朴;但是,对儒家思想更为全面完整的理解,应该是在承认先质后文的基础上崇尚文采,正如萧梁时期的刘勰强调文采的不可或缺云:“圣贤书辞,总称‘文章’,非采而何? ……虎豹无文,则鞟同犬羊;犀兕有皮,而色资丹漆;质待文也。”(《文心雕龙·情采》)他先是称说圣贤,继而又连续引用《论语·颜渊》、《左传·宣公二年》中的典故申说其意,足证追求藻采确实是将儒家文质思想运用于文学领域的结果。

陆机、陆云兄弟对文质关系的看法都契合于儒家思想,但两人的侧重点稍有不同。陆云主张先情后辞,但他推崇“清省”的文风,对于华美的辞采保持着警觉,认为不可太多,其《与兄平原书》曾经指出:“《文赋》甚有辞,绮语颇多。文适多体,便欲不清。”①陆机在理论上认同先质后文,其《文赋》曰:“理扶质以立干,文垂条而结繁。”但在实际创作中,他更多地表现出追求文采的一面。钟嵘《诗品》上赞美陆机诗的文采曰:“才高辞赡,举体华美。”

追求辞藻是陆机文学创作中最具创新意义的因素,这使我们看到,儒家文学思想中确实蕴涵着推动文学发展的积极成分。

---

① [晋]陆云著、刘运好校注整理《陆士龙文集校注》,凤凰出版社 2010 年版,第 1111 页。

其四,温雅的文学风格。“温雅”一词用以描述模拟儒家经典的文风,可见于《世说新语·文学》:“夏侯湛作《周诗》成,示潘安仁。安仁曰:‘此非徒温雅,乃别见孝悌之性。’”①又南朝宋裴松之《三国志》注引《尼别传》曰:“尼少有清才,文辞温雅。”②可见,温雅的文风本是儒家温柔敦厚诗教的体现,强调文学作品的思想感情、语言音调的中和之美。后来人们以“雅”来形容内容上符合儒家思想、形式上学习儒家经典的作品。

温雅的文风体现于作品的感情特征、辞采的选取、文章的谋篇布局等多种层面。陆机文风的突出之处是选言的雅驯和章法的古雅。陈祚明《采菽堂古诗选》卷十说得好:“士衡束身奉古,亦步亦趋,在法必安,选言亦雅。思无越畔,语无溢幅。”(上海古籍出版社 2008 年版,第 293 页)就章法而论,钟嵘已指出陆机诗“尚规矩”。以模拟“古诗十九首”的《拟古诗十二首》为例,陆机走的是一条完全沿袭古诗的立意、章法,仅仅错综变化其语辞的路子。陆机所模拟的古诗和建安诗,又都被六朝人认为是符合儒家文学标准的传统,如钟嵘《诗品》便认为古诗源于《国风》。因此他对古法的亦步亦趋,与他的服膺儒术是不无关系的。此外,陆机诗文的选言之雅,表现在他采掇古典尤其是儒家经典入诗文,关于这一点,前贤论之已详,兹不赘述③。

辞采华美和风格典雅,实质上构成了钟嵘《诗品》所谓“颜陆体”的风格,颜延之“其源出于陆机”④,因而“颜陆体”实质上是由陆机创始的文风。许文雨《诗品讲疏》云:“大抵颜、陆以华旷典正为宗,休、鲍以雕藻淫

---

① [南朝宋]刘义庆著、(南朝梁)刘孝标注《世说新语笺疏》,上海古籍出版社 1993 年版,第 253 页。

② [晋]陈寿撰、(南朝宋)裴松之注《三国志》卷二十一《魏书·卫凯传》,中华书局 1995 年,第 613 页。

③ 参见傅刚《论陆机诗歌创作的艺术特色》(《上海师范大学学报》1989 年第 2 期)。

④ 钟嵘《诗品》中。

艳相尚”，这种符合儒家审美趣味的文风，实质上是六朝江东士族文学的基本风格。

## 二　东晋至刘宋：诗风温雅与文学衰落

东晋和刘宋两世，玄言诗和山水诗先后成为文坛主流，都要求文人具备谈玄悟道的学术背景，是故崇奉儒学而玄学薄弱的江东士人几乎从文坛上销声匿迹，仅有的几个文人在创作上仍然追求温雅典丽。

### 1. 东晋：玄学薄弱与文学的中衰

随着清谈玄言逐渐渗入到士人的文化生活，从永嘉末年起，平典似道德论的玄言诗风笼罩了东晋文坛，其时人们在碑、赞、赋、颂、诗等各种作品中都阐发佛理和玄义，佛学玄理成为文学创作的必备素养。是故此时的玄言文学作家如孙绰、许询等都是一流的清谈高手。玄言文风的弥漫一时，决定了崇尚儒家而玄理基础薄弱的江东士人不可能在文坛上有所作为。

在南北士族共同参与的谈玄论诗的活动中，江东士人不擅长玄言文学的特点便暴露出来，以著名的风流雅集——兰亭会为例，与会名士亦觞亦咏，四十一人中有二十六人留下了寄托玄理的诗篇，只有十五人不能赋诗，前余姚令会稽谢胜便在其列①。谢胜其人的生平事迹不详，他能够与此盛会，说明他是江东士族中的不俗之辈，而他的不能赋玄言诗，正是江东士族因不擅玄理而淡出文坛的缩影。

东晋时寥寥可数的几名江东文人，其审美趣味迥异于时代风尚而承袭西晋。如陆冲当出于吴郡陆氏，其《杂诗二首》摹拟陆机《赴洛道中作》的痕迹很重。又晋陵顾恺之是唯一堪称能文的江东士人。他先后担任桓温、殷仲堪僚佐，桓、殷幕中曾经是东晋名士荟萃之处，因此，他颇得玄言风尚的浸润，其《观涛赋》、《虎丘山序》中颇有阐说玄虚的文字。但他

---

① 《世说新语·企羡》“王右军得人以《兰亭集序》方《金谷诗序》条”刘注引王羲之《临河叙》。

所生活的东晋后期已是“庄老告退,而山水方滋”(《文心雕龙·明诗》)的文风转关期,他对山水自然之美的感受力高于前人,因而能够作出《神情诗》“春水满四泽,夏云多奇峰。秋月扬明辉,冬岭秀寒松”①这样描摹风景的诗篇。更重要的是,他的咏物赋也糅进了儒家思想成分。其《筝赋》残篇一反同时代咏物赋以适性玄虚为宗的倾向,强调其“端方修直,天隆地平。华文素质,烂蔚波成。……正律度而仪形”②,其间的儒家倾向可谓不言自明。尤为突出的是其《凤赋》,从张华《鷦鹩赋》以来,士人竞相表现质小类微的物象,以寄托适性自得的玄理。顾氏《凤赋》却赞美了凤鸟的“荷义蹑正,鸡峙鸿前……音中钟律,步则规矩”③,其中的动物形象不仅一洗卑微琐屑之气,而且成为儒家道德的化身。这显然是追摹西晋儒者傅咸《仪凤赋》的写法。

上述诸人中,陆冲当接受了陆氏家传儒学,顾恺之出于吴郡吴县顾氏的旁支晋陵顾氏,晋陵顾氏与吴县顾氏颇为密切④,顾恺之父悦之著有“难王弼《易》义四十余条”(《宋书·关康之传》),可以想见顾恺之亦继承江东儒学。诸人文风的保守性,当是重儒轻玄的学术背景所致。

2. 刘宋:包括文学在内的文化滑坡

刘宋是南朝江东士族最为默默无闻的一个朝代。如前所述,逐渐在江东站稳脚跟的侨姓士族不必继续优待江东士族,而江东士族重操守的儒家人格,又决定了他们在晋宋易代之际不可能积极投靠刘氏,因而刘宋时江东士族的政治地位陡降,包括文学在内的文化也因此大幅度滑坡。除了吴郡张氏一枝独秀,以清谈和风度崛起于士林之外,其他士族

---

① 逯钦立辑校《先秦汉魏晋南北朝诗》之《晋诗》卷十四,中华书局1983年版,第931页。

②③ [清]严可均校辑《全晋文》卷一百三十五,《全上古三代秦汉三国六朝文》,第2236页。

④ 《世说新语·夙惠》“司空顾和与时贤共清言”条刘孝标注引《顾恺之家传》曰:“敷字祖根,吴郡吴人。滔然有大成之量。仕至著作郎,二十三卒。”《顾恺之家传》记录吴郡顾敷的生平,足证晋陵顾氏与吴郡顾氏关系颇密切,甚至可以推测晋陵顾氏与吴郡顾氏本是同宗。

的文化影响力远不如前代。

刘宋文坛盛行三种文学倾向:以谢灵运为代表的山水诗、颜延之所倡导的繁富典丽的文风以及鲍照、汤惠休等人主张的险俗文风。山水文学由东晋玄言文风发展而来,险俗之风与儒家文学思想相悖,因此江东士族自然对这两种文风敬而远之。与陆机一脉相承的颜延之文风的盛行,本可以成为江东士族文学复兴的契机,但江东士族经历了东晋的文学衰落后,刘宋时文化萎靡不振,显然没有能力很快乘时而起,因此刘宋文坛上仍然不见江东士人活跃的身影,仅有的几位文人在创作上则崇尚"颜陆体"。

其时堪称文人的江东士人仅吴郡顾迈、张永、陆展和会稽虞龢、虞通之、孔宁子等。前两位分别被钟嵘《诗品》列入中品、下品,顾迈《鸿飞》一篇,今已不存,钟嵘评曰:"文虽不多,气调警拔。"张永诗则是"虽谢文体,颇有古意。"陆展曾以辞章之美,被临川王刘义庆用为僚佐,其诗文已不存。虞龢、虞通之皆为宋明帝近臣,两人名入《南史·文学传》,前者今存《明君大雅》、《宋世大雅》等杂舞歌词,后者仅有《明堂颂》残篇①。

上述文人之不同形式的典雅文风,都折射出他们崇尚旧学的倾向。顾迈曾任始兴王濬征北府行参军,《宋书·刘穆之传》称他"轻薄而有才能",但其诗却颇有刚健之气,足见儒雅世家顾氏的余绪并未完全泯灭。晋宋以来,吴郡张氏在吸收新学的同时不废儒风,张永诗风同样与这一家学背景密不可分。

### 三　南齐:文学复苏与典丽、刚健的文风

南齐时期,儒学修养不仅使得江东士人疏离讲究声律、风格轻柔的永明主流文风,而且决定了他们以典雅温丽、刚健雄壮的文风相尚的特点。

迄于南齐,江东士族终于迎来了文学的复苏。以沈约为代表的江东

① 说详见第八章《会稽虞氏文学》。

士人置身于永明文学团体的核心,其中包括吴郡陆厥、张融、顾则心、会稽虞炎、虞羲、孔稚珪等人。此时江东文人以崇尚儒雅为共同特征,但在吸收江南歌谣方面,沈约与其他文人有趋新和守旧之别。这批文人大多深得江东士族儒风的熏陶,如张融、孔稚珪在学术上都具有以儒兼玄的倾向,陆厥无疑会对本族大儒陆澄的学术有所吸收。

这批文人都活跃于南齐永明年间,与文明文学集团保持着密切联系。其中,张融、孔稚珪都是竟陵王萧子良的西邸宾客,张融(444—497)曾任竟陵王征北咨议、司徒从事中郎,是永明末年竟陵西邸的三大清谈家之一;孔稚珪(447—501)曾获司徒中郎之职;年辈较晚的陆厥(472—499)曾与沈约讨论声律;永明中虞炎以文学见赏于文惠太子。虞羲卒于梁天监中,但他现存的诗歌大多作于南齐,故可视为南齐诗人。他的《巫山高》、《自君之出矣》等诗,都是与西邸宾客同题共作的,如《巫山高》的同作者有王融、刘绘。

与永明文学集团的密切联系,使得江东士人的文学或多或少地沾上了永明体的气息,如虞羲《咏秋月诗》云:“影丽高台端,光入长门殿。初生似玉钩,裁满如团扇。”描摹光影是永明体常见的写法。虞炎被钟嵘《诗品序》讥为“学谢朓,劣得黄鸟度青枝”①,其诗今存《玉阶怨》、《饯谢文学离夜诗》、《咏帘诗》、《奉和竟陵王经刘瓛墓下诗》四首,则是典型的永明体。

但江东文人的儒学背景,决定了他们从不同角度表现出对永明文学主流的疏离。永明文学以讲究声律对偶、风格轻柔细腻为主流,江东士人的文学却具有以下特征:

首先,与刘宋顾迈的“气调警拔”一脉相承,崇尚刚健雄壮的审美风格。永明文学惯于抒发淡淡的离愁、描绘细小轻柔的物象,江东士人的边塞诗,却体现出高壮的审美追求。南朝边塞诗的写作虽然不及建安兴盛,但也是不绝如缕。以乐府诗《白马篇》为例,曹植所作抒写捐躯赴

① 虞炎《玉阶怨》云:“紫藤拂花树,黄鸟度青枝。思君一叹息,苦泪应言垂。”

国难的壮志，其后刘宋袁淑、鲍照，南齐沈约、孔稚珪、王僧孺等人都有作。但沈约等人侧重于描写边戍生活的悲苦，可谓悲而不壮；袁淑吟咏侠烈之事而不及儒家忠义。孔稚珪《白马篇》却极力描写奋勇杀敌、建功疆场的“丈夫志”：“左碎呼韩阵，右破休屠兵。横行绝漠表，饮马瀚海清。……但使强胡灭，何须甲第成。当令丈夫志，独为上古英。”①气势一何雄壮！虞羲《咏霍将军北伐》与孔稚珪此诗风格相近，同样描绘了北伐军队的声威、志士建功立业的豪情，此诗以见录于《文选》而著名，被认为是洗尽齐梁纤弱气息而直追建安风力。胡应麟《诗薮》云：“宋齐之末，靡极矣。而袁阳源《白马》、虞子阳《北伐》，大有建安风骨，何从得之？”②陈祚明评曰：“高壮，开唐人之先，已稍洗尔时纤卑习气矣。”③钟嵘《诗品》亦赞赏虞子阳诗“诗句清拔”。仔细比较这两首诗可以发现，两诗在立意乃至字句上都多有相似之处。如两诗均依托汉将击退胡虏的史事，都引用了霍去病治第等典故。可以想见孔、虞二人在边塞诗的创作上相互切磋的情形。

构成边塞诗的高壮风格的骨架，是诗篇中洋溢着的建立不朽功名的豪情，可见作者对儒家“三不朽”观念的执着。南齐一代儒家思想对江东士族文学产生的最为积极的影响，便是对刚健雄壮的文风的追求。尤其是在世人竞骛轻柔妩媚之风的南朝，虞羲等人的诗风多少起到了补偏救弊的作用。

其次，反对人工声律而提倡自然音韵。如前所述，在陆机仿效民歌、重视音韵这一传统的影响下，陆厥等江东士人十分关注声韵，但他们对

---

① 有前辈认为此诗并非孔稚珪所作（参见曹道衡、沈玉成著《南北朝文学史》第二章第四节，人民文学出版社 1998 年版，第 201 页）。理由是孔氏有《上和虏表》反对北伐。事实上，《上和虏表》作于永泰元年（498），此时南齐与北方交战多年，劳民伤财而功效甚微，与作《白马篇》的永明年间的富庶兴旺相比，时移事异，孔稚珪对边境问题的看法由主战转为主和，是完全可能的。

② ［明］胡应麟撰《诗薮》之《外编》卷二，中华书局 1958 年版，第 143 页。

③ 《采菽堂古诗选》卷二十八，第 897 页。

四声论提出了质疑，原因在于，永明声律论是有悖于儒家文化的。音有五声是儒家传统观念，并且古代语音也采用五声系统，而永明声律却创建出平上去入的四声体系，这一变革产生的动力颇为多元，既受到了佛教梵呗转读、诵经等活动的启发，又吸收了民间俗乐①。是故钟嵘《诗品下》鄙夷不屑地评论四声曰："至平上去入，则余病未能；蜂腰鹤膝，闾里已具。"魏定州刺史甄琛也以为"《四声谱》不依古典，妄自穿凿。"（《文镜秘府论·天卷·四声论》）

正因如此，一部分服膺儒家文化的江东文人对"四声论"深致不满。齐明帝时，陆厥致信沈约，针对沈约《宋书·谢灵运传论》中有关声律的说法，提出了古人早已领悟到音声之美的说法。正如沈约答书所揭示的，陆厥此说的实质，是排斥四声体系而留恋五音系统。陆厥本人的诗歌创作也表现出对永明体的排斥。为了便于四声搭配，永明诗歌大多采用五言八句的形式。陆厥今存 10 首诗中，仅《左冯翊歌》、《邯郸行》是五言八句，《奉答内兄希叔诗》虽由五章五言八句构成，但该诗对偶很少，往往采用"王门所以贵，自古多俊民"的问答体结构，风调与永明体迥异。而《京兆歌》、《李夫人及贵人歌》等四首乐府诗则索性采用了错落有致的杂言体。《南齐书》本传称他"五言诗体甚新变"，平心而论，他的创作成就并不高，但显然他是在探索一条"永明体"之外的创新道路。

张融对永明声律的态度与陆厥相近。在阐述其文学思想的《门律自序》中，张融无一字道及平仄轻重等声律问题，却提出了他对于音声之美的看法是："然其传音振逸，鸣节竦韵，或当未及，亦已极其所矣。"（《南齐书》本传）可见他追求的也是自然的音韵和谐。揆诸他的诗作，今存《萧史曲》、《忧且吟》、《别诗》等三首五言诗皆不合平仄。

再次，承袭陆机的典丽诗风。钟嵘《诗品》下认为南齐谢超宗、丘灵鞠、刘祥、檀超、钟宪、颜测、顾则心等七人"并祖袭颜延，欣欣不倦，得士大夫之雅致乎！"他引用钟宪的话进一步论述其风格曰："大明、泰始中，

① 说详见第六章第三节《论沈约陆厥的声律之争与沈氏家族文化的关系》。

鲍、休美文,殊已动俗。唯此诸人,传颜、陆体。”可知这批文人力避雕藻淫艳的新风而保持了陆机、颜延之一脉的华旷典正的特征。他们中除谢超宗外,都不是高门甲族,都与儒家思想有着深厚渊源。其中出于江东的有吴兴丘灵鞠和吴郡顾则心。丘灵鞠并非本文所讨论的江东大族,但他显然受到了江东儒风的深刻影响,《南齐书·文学传》称他好臧否人物,便是明证。顾则心长于易学,他无疑是在吴郡顾氏的崇儒文化氛围中成长起来的(说详下)。其余的侨姓士人也大多服膺儒术。如刘祥曾撰文讥斥禅代,可见他对于主流社会所忽视的忠义道德非常看重(《南齐书》本传);钟宪则出自崇尚儒雅的颍川钟氏①,《诗品》认为“最荷家声”的颜测显然也承袭了父亲颜延之以儒家为主干的思想体系。

随着南齐儒学的复苏,陆、颜的典雅文风虽未成为主流,但越来越受到奉儒士人的重视。江东士人在继承陆颜文风方面,是最为积极踊跃的。除了钟嵘所指出的丘灵鞠和顾则心之外,虞羲、孔稚珪、张融等人皆堪称陆机的隔代知音。理由是:其一,抒发建功立业的抱负是陆机典雅文风在内容上的表现,虞羲、孔稚珪的边塞诗可谓与陆机一脉相承;其二,陆机华美富赡的文风,蕴涵着通过追求辞藻来实现文学创新的思路。张融的文学新变观念与此相近。他指出:“吾之文章,体亦何异,何尝颠温凉而错寒暑,综哀乐而横歌哭哉?政以属辞多出,比事不羁,不阡不陌,非途非路耳。”(《南齐书》本传)他承认自己创新的途径不外乎讲求辞藻和事典。他的《海赋》充斥着生僻字,间杂以倒装句式,正体现了他追求属辞比事的苦心。张融的文学思想,可谓将陆机的追求藻采发展到了极致。

儒家文化对江东文学的影响还表现在其它许多方面,如虞羲的四言诗创作。遍检《全齐诗》、《全梁诗》可知,南齐时五言诗早已蔚为大国,四言诗多局限于释奠、侍宴等应制诗中,很少有人在友朋酬唱中采用四言,可知者仅王融《赠族叔王俭》、王俭与徐孝嗣的相互赠答、袁彖《赠庾易诗》、任昉《答刘居士诗》、沈约《赠沈录事、江水曹二大使诗》、《赠刘南郡

---

① 钟嵘《诗品》下称钟宪为“余从祖正员”。

季连诗》等数例而已。其中王俭、任昉等人原本就属于南齐文坛上偏于古雅的一派。而虞羲却作有四言赠答诗《敬赠萧咨议诗》、《赠何录事諲之诗》二首计二十章，数量之多堪称南齐之最。

南齐时期江东士族文学的复兴，以沈约写作永明体、倡导声律论为主力（说详下），但吴郡陆厥、张融、顾则心、会稽虞炎、虞羲、孔稚珪等人在文坛的影响也不可小觑。一方面，孔稚珪《白马篇》、虞羲《咏霍将军北伐》等篇呈现出典雅温丽、刚健雄壮的文风，体现了陆机尚雅文学传统的不绝如缕；另一方面，陆厥、张融对永明声律论的质疑，体现了江东士族文化圈讲求声韵的氛围，并从反面刺激沈约更深入地思考声律方面的雅俗关系（说详下）。

## 四　梁陈：擅长庙堂文学与风格多样化

萧梁以后，江东士族文学开始与主流文学融为一体，但擅长写作雍容典雅的庙堂文学仍是他们最显著的标志。江东士族文学的融入主流，实际上经历了两个阶段：梁代前期，江东文人以其固有的典雅文风得到了文学主流的接纳，其主要表现是擅长歌功颂德的赋颂碑铭，本文姑称之为庙堂文学；梁代中期以后，南北士族文化开始密切融合，江东文人继续保持庙堂文学创作的优势，同时又投身到包括宫体诗在内的文学新变运动。

### （一）梁代前期：崇儒博物与庙堂文学

梁代文坛上涌现出文学倾向不同的三大流派：复古派、趋新派和折衷派[①]。保守派和折衷派的产生与梁武帝萧衍推崇儒术的学术背景密不可分。南齐以来，以陆澄等人为代表的崇儒博物学风逐渐盛行，当时士人在文化修养上追求博物强记，甚至以四部兼备相互劝勉，出现了一批高才硕学的文人。其中出身于儒史之业而兼擅雕虫的裴子野、刘之遴等人，形成了在文学创作中崇古抑今的保守派；另一派崇儒而博学的文

---

① 说详见周勋初师《梁代文论三派述要》，《周勋初文集》第三册第79—102页，江苏古籍出版社2000年版。

人,更重视文学本身的特点,这就是文质彬彬的折衷派。折衷派的前身是天监初年以任昉为领袖的“龙门之游”又曰“兰台聚”。据《南史·到溉传》,天监三年(504),任昉为御史中丞,“后进皆宗之。时有彭城刘孝绰、刘苞、刘孺,吴郡陆倕、张率,陈郡殷芸,沛国刘显及溉、洽,车轨日至,号曰兰台聚。”其后这十位士人先后担任昭明太子的佐吏,于是以昭明太子萧统为核心的折衷派正式形成。他们在诗歌创作和编撰《文选》中,都追求“丽而不浮,典而不雅”[①]的文学理想。

吴郡张率和陆倕是折衷派的骁将。其学术都具有崇尚儒学而博涉多通的特点。陆倕自云深受家传儒学的熏陶[②],张率曾尽读陆澄的万卷藏书[③],则二人的儒学修养可以想见。正因如此,两晋以来江东士族所崇尚的典雅文风,经二人之手,又得到了发扬光大。陆张二人分别以铭和赋著称。陆倕《石阙铭》、《新刻漏铭》盛赞梁武兴礼作乐的功业,形式上多骈辞丽句,用典弘富。张率《舞马赋》亦以典重富丽的语辞,描绘了舞马在礼乐活动中进退有度的姿态。梁武称赏曰:“太子中舍人陆倕所制《石阙铭》,辞义典雅,足为佳作。”[④]张率《待诏赋》、《舞马赋》更是令梁武赞不绝口。他们的典丽文风得到了折衷派其它成员的一致认同。(说详见第三章第三节《论陆澄崇儒博物的学风对梁代文学复古思潮的影响》)尤其值得注意的是,萧梁以前江东文人在创作温雅典丽的诗文中,很难跳出陆机的窠臼。至此江东文人才为典雅文风找到了较为适合的体裁,那就是以润色弘业为主旨的碑铭赋颂。

梁代儒学的全面复兴为江东士族文学的发展提供了一次重要机遇,使得一直处于边缘的江东士族文学真正与主流产生了共鸣。

（二）陈代的典雅文风

入陈以后,江东士人中涌现出更多的文人学士,吴郡陆氏人才迭出,

---

① 萧统《答湘东王求文集及诗苑英华书一首》,《昭明太子集》卷三,四部丛刊本。
② 《将至浔阳郡教》,《全梁文》卷五三。
③ 《南史·张率传》。
④ 《梁书·陆倕传》。

吴郡顾氏和会稽虞氏、姚氏也不乏能文才士。此时江东士人的文风与梁代后期一样,可说是典雅与轻艳并存。

会稽虞荔、虞寄兄弟由梁入陈,基本上承袭了梁代陆倕等人的典雅文风而长于庙堂之制。据《梁书》本传,虞荔年幼时曾得到陆倕的指点,成年后博览典籍,善文章。梁武于城西置士林馆,虞荔为撰碑文。虞寄于大同中上《瑞雨颂》,被梁武誉为"此颂典裁清拔"[①]。虞寄还自述其"美盛德之形容,以申击壤之情"[②]的创作思想。又虞荔之子虞世基作《讲武赋》,也以颂扬帝王的文德武功为旨归。吴郡陆琼及其子从典、陆琰及其弟瑜、从兄玠、从弟琛等六人皆为著名文士。诸人皆擅长写作典雅温丽的润色弘业之作。陈文帝时,"都官符及诸大手笔,并中敕付(陆)琼"[③]。陆琰《刀铭》、陆琛《善政颂》皆令陈文帝赞叹不已[④]。

以上对六朝江东士族的保守学风与文学风格关系的论述,不仅有助于我们了解六朝江东士族文学的独特风貌的形成,而且启发我们进一步思考儒家思想对文学发展的利弊。江东文人讲究藻采、崇尚刚健的审美风格等方面,都充分说明了儒家文学思想的积极意义;而他们摹拟《诗经》的四言诗写作和一味追求雍容典雅的文学趣味,则揭示了儒家的尊经复古思想和温柔敦厚诗教会不可避免地成为文学创新的羁绊。

## 第二节　陆机学习江南歌谣的典范效应与南朝江东士族文学的复兴

从六朝江东士族文学的发展来看,继陆机、陆云兄弟为西晋文坛之翘楚后,齐梁时期,以沈约为代表的江东文人再度引领文坛风向。对于

①② 《陈书·虞寄传》。
③ 《陈书·陆琼传》。
④ 《陈书·文学陆琰传》。

江东士族文学复兴的动力这一问题，以往的研究多强调江东儒学传统、陆机温雅文风和吴兴沈氏好尚吴歌西曲等因素[①]，实际上，陆机在追求温雅文风的同时，还有模拟江南民歌之作。这一传统在六朝江东文人间薪火相传，陆机、沈约、张率等相继作有乐府《日出东南隅行》，张率和陆琼又先后以杂言体写作乐府《长相思》，即是其明证。南齐时期，陆机学习江南歌谣的典范效应有助于沈约克服军功家族出身的心理障碍，使其积极地援俗入雅、吸收江南歌谣，从而为其提倡四声论并创作艳情诗提供了资源。陆机以雅兼俗的典范效应，也是南齐以降江东士族成为文坛中坚的奥秘所在。

## 一　西晋陆机模拟吴歌而作《吴趋行》、《日出东南隅行》

在陆机的文学创作与孙吴文化的关系方面，以往的研究多强调江东儒风、父祖显烈[②]的影响，实际上，陆机对吴地民歌的吸收亦不可忽视。陆机诗歌以典雅为基本风格，但这并不妨碍他模拟吴歌而作《吴趋行》、《日出东南隅行》。其中《日出东南隅行》是陌上桑系列的乐府诗中第一首全篇描写女性容貌姿态而不及其品行的作品，因此陆机堪称南朝艳情诗写作的先驱。从以下三个方面可以看出陆机从吴歌中吸收了养分：

其一，采用吴歌旧题。众所周知，《吴趋行》本是吴歌。《乐府诗集》卷六十四《吴趋行》解题引崔豹《古今注》："《吴趋行》，吴人以歌其地。"又《乐府诗集》同卷收无名氏所作《吴趋行》："茧满盖重帘，唯有远相思。藕叶清朝钏，何见早还时。"王夫之评曰："此吴歌之始唱也。为体虽纤俗，而居然蕴藉。"[③]陆机采用吴歌旧题的做法，显示了他弘扬吴歌这一江南民间文化的意识。

---

① 参见拙著《六朝江东士族的家学门风》第84—99页，南京大学出版社2003年版。

② 参见徐公持编著《魏晋文学史》，人民文学出版社1999年版，第357—358页。

③ 《古诗评选》卷三，[明]王夫之《船山全书》第十四册，长沙：岳麓书社2011年版，第616页。

其二,吟咏吴地风物。陆机《吴趋行》的耐人寻味之处,在于以"纤俗"的乐府旧题,歌咏孙吴的人杰地灵。此乐府诗从歌咏阊门楼阁之胜,至追溯泰伯、仲雍、延陵等君子的仁风和光华,其后着重赞美孙吴士族的文德武功,其内容纯以儒家雅文化为旨归。以往的研究已经指出此《吴趋行》意在回击社会上轻视吴人之论①,而就客观影响来说,此乐府诗开启了江东士人描写本土风物的风气。换言之,此诗折射了江东本土文化为诗歌创作所提供的养分。

其三,描写女性容貌服饰。《吴趋行》本写男女相思之情。除了前引无名氏之作外,梁元帝的同题作写道:"水里生葱翅,池心恒欲飞。莲花逐床返,何时乘艒归。"(《乐府诗集》卷六十四)可见,王夫之以"纤俗"评价《吴趋行》,正与其摹写男女有关。陆机《吴趋行》则无关乎男女,一洗香罗绮泽之态。但陆机《日出东南隅行》之作,提示了对《吴趋行》这一层面的隐性接受。

《日出东南隅行》源自汉乐府《陌上桑》,以往的研究指出其特点在于较早地描写了美女的群体形象,是展现陆机士族意识之作,诚为有见②。不过,从另外一个角度来说,在陌上桑系列的乐府诗中,陆机《日出东南隅行》是第一首全篇描写女性"冶容"的作品,为南朝刻画女性容态的艳情诗导夫先路。从《陌上桑》的发展演变来看,汉乐府《陌上桑》赞美罗敷装束、姿态之美艳和婉拒使君之高洁,曹植《美女篇》借采桑女的装饰情态,写出作者"求贤良独难"的心意;傅玄《艳歌行》则亦步亦趋地模拟汉乐府,明代谢榛《四溟诗话》对此乐府的评价为:"傅玄《艳歌行》,全袭《陌上桑》,但曰:'天地正厥位,愿君改其图。'盖欲辞严义正,以裨风教。殊不知'使君自有妇,罗敷自有夫',已含此意,不失乐府本色。"③足证傅玄此作在颂美妇德方面,较汉乐府有过之而无不及。与上述乐府诗有所不

---

① 参见傅刚《论陆机诗歌创作的艺术特色》(《上海师范大学学报》1989 年第 2 期)、俞灏敏《吴中文化与陆机创作心态》(《吴中学刊》1994 年第 4 期)。

② 参见孙明君《陆机的〈日出东南隅行〉》,《文史知识》2006 年第 7 期。

③ 《四溟诗话》卷一,丁福保辑《历代诗话续编》本,中华书局 1983 年版,第 1137 页。

同，陆机《日出东南隅行》几乎全篇描写女性的“绮态”与“沉姿”，仅在篇末以“冶容不足咏，春游良可叹”两句曲终奏雅，可谓讽一劝百。《乐府诗集》第二十八卷“陌上桑”解题云：“若陆机‘扶桑升朝晖’，但歌美人好合，与古词始同而末异”，此说正点明了陆机《日出东南隅行》脱去前人之作的说教和寄托等因素、单纯描写女性姿容的特点，只是没有明言其开启艳情诗风而已①。

陆机《日出东南隅行》全篇摹写女性，无疑是将《陌上桑》中的女性表现发展到极致的结果。与此同时，这一写法当或多或少地受到了《吴趋行》描写男女相思的影响。男女之情和女性姿容之间的内在关联，不言可喻。换言之，描写男女之情而非夫妇之义，表现女性容态而不及其品行，是南朝艳情诗有别于汉乐府的主要特征。陆机《日出东南隅行》从这一角度对汉乐府《陌上桑》的创新，与其采用吴歌题目写作《吴趋行》一样，体现了其积极吸收江南歌谣的意识。

由于陆机诗文作为江东士族文学的典范地位，陆机《吴趋行》、《日出东南隅行》吸收江南歌谣的倾向，对其后的江东士族文学产生了深远影响，甚至可以说，陆机以温雅诗风为主体而兼容江南歌谣的倾向，奠定了六朝江东士族文学的基本风貌。

## 二　晋宋：杨方、孔宁子和沈氏对江南歌谣的学习

东晋和刘宋时期江东士族文学颇为薄弱，但杨方、孔宁子和吴兴沈氏在吸收江南歌谣方面的努力，对于南朝时期江东士族文学在声律论和

---

① 归青《宫体诗渊源论二题》论述乐府诗对宫体诗的影响，指出“乐府诗中还有一些描绘女性形象的内容，也在一定程度上给了宫体诗影响。本来这个部分在全诗中并不是重心所在，然而宫体诗人在拟写时却把这部分内容加以放大，成为全诗的重心。……并且他们在此基础上又衍生出一连串新题，如《艳歌行》、《罗敷行》、《日出东南隅行》、《采桑》等，在这些新题中，对美女形貌的刻画已经成为诗歌最主要的内容了。”（《上海大学学报》2006年第3期）此说亦道出《日出东南隅行》以刻画美女形貌为主要内容，惜未明言陆机开启艳情诗风的贡献。

艳情诗方面的崛起而言,可说是十分重要的铺垫。

东晋时期,会稽杨方《合欢诗》二首[①]明显地追摹陆机《日出东南隅行》的写法。其一,这两首诗单纯描写男女之情。以第一首为例,其开篇以虎啸龙跃起兴,引出"我情与子亲,譬如影追躯"的主旨;接着又表达食、饮、衣、寝、居、行、静、游皆愿与共的情意;然后以"同心鸟"等四种物象为例,倾诉形影相随的愿望。最后以"秦氏自言至,我情不可俦"收篇。第二首的写法与此一致,只是喻体有所不同。此诗通篇描写男女情意,与陆机《日出东南隅行》全篇描述女性姿容有异曲同工之妙。其二,《合欢诗》篇末点出"秦氏",提示了其诗与陆机《日出东南隅行》一样,都源出汉乐府《陌上桑》。如前所述,陆机《日出东南隅行》单纯摹写女性冶容,与其吸收吴歌《吴趋行》有关,由此可以推测,通篇歌咏男女情意的《合欢诗》也带有向江南歌谣学习的痕迹。

值得注意的是,杨方以儒学著称于世,《晋书》本传称会稽杨方好读《五经》,虞喜、虞预兄弟和贺循均对杨方赞誉有加,并将其推荐给王导。杨方著有《五经钩沉》、《吴越春秋》。概言之,杨方精研五经且写有《合欢诗》,也是以雅兼俗的典型。

刘宋孔宁子之乐府诗远承西晋陆机的风格,讲究藻采。以《櫂歌行》而论,魏明帝以此诗歌颂帝王的文德武功,刘宋鲍照写颠沛流离之苦,梁简文、刘孝绰多写女子情态和相思之情。而孔宁子此篇却与陆机一样描绘上巳泛舟之乐,谋篇布局乃至遣词造句颇多相似之处。如前四句皆点明暮春物候,又如孔诗"攸飞激逸响,娟娥吐清辞。……仰瞻翳云缴,俯引沉泉丝"之于陆诗"名讴激清唱,榜人纵櫂歌。投纶沉洪川,飞缴入紫霞"(《乐府诗集》卷四十),立意完全一致,所用"激"字也有异曲同工之妙。孔宁子《前缓声歌》模拟陆机同题乐府的痕迹也很明显,二诗皆写企

---

① 《乐府诗集》卷七十六。又《乐府诗集》卷七十六"校记"云:"《古乐府》卷一〇此题下只录前二首。《诗纪》卷三二亦作'二首',后三首作《杂诗》。按《乐府解题》述杨方《合欢诗》大意不涉及后三首,可见只前二首为《合欢诗》。"此说可从。

慕游仙之事，孔诗“北伐太行鼓，南整九疑驾”与陆诗“北征瑶台女，南要湘川娥”之句式相近，“弱水时一濯，扶桑聊暂舍”在命意上颇类陆诗之“总辔扶桑枝，濯足旸谷波”，只不过陆诗传神地描摹神仙境界之奇逸，而孔宁子之诗境远远不及之。从孔宁子模拟陆机《櫂歌行》和《前缓声歌》，可以推测他对陆机乐府诗风的推崇。陆机乐府诗吸收江南歌谣的做法，想来他也曾手追心摹过，只是这类作品不存而已。值得注意的是，《宋书》卷六十三《王华传》称孔宁子“有富贵之愿”，可以推测他崇儒学且尚功名，人格接近陆机，这就不难理解他对陆机文风的追慕了。

刘宋时期最为不遗余力地吸收江南歌谣者，当推吴兴沈氏。关于沈氏在吴歌西曲上的贡献，先行研究已经注意到东晋沈充制《前溪歌》七首，此为吴歌；刘宋沈攸之作《西乌夜飞》，此为西曲[①]。实际上，沈氏酷爱吴歌西曲，还可从以下两件事见出：其一，《宋书·乐志》称沈怀远于宋孝武大明中造名为“绕梁”的乐器。其二，《南史·王俭传》载齐高帝幸华林宴集，使各效伎艺，于是沈文季歌《子夜来》。

关于吴兴沈氏喜好吴歌西曲的文化背景，以往的研究多强调吴兴武康的歌舞之风和沈氏的经济条件[②]，实际上，吴兴沈氏作为军功家族的文化趣味，也是一个不可忽视的因素。军功家族缺乏欣赏典雅文化所必须的文化修养，而吴歌通俗浅显的文化特征，与原本出身于庶族的将门武人的嗜好有着天然的契合之处。因而以吴歌西曲作为其文化消费品，几乎是军功家族的必然选择[③]。

---

① 参见王运熙《吴声西曲的产生时代》，载《乐府诗述论》第3、9页。又嵇发根《六朝时吴兴沈氏文人的崛起与发展》（《湖州诗专学报》1998年第2期）综述了六朝吴兴沈氏的文学成就。

② 参见王运熙《吴声西曲杂考》，载《乐府诗述论》第46—47页。

③ 参见拙作《论沈约陆厥的声律之争与沈氏家族文化的关系》，《福州大学学报》2002年第3期。

## 三　齐梁陈:江东士族以雅兼俗与文学复兴

齐梁时期,江东士族文学异军突起。在儒学复兴使得江东士族以辞义典雅著称于世的同时,追摹陆机而吸收江南歌谣,有助于沈约等人在声律论和艳情诗等方面胜人一筹。

在考察沈约成为四声论领军的背景时,江东士族探究音声的传统和风气是不可忽视的。南齐时期陆厥与沈约就四声论展开的论辩,尤其耐人寻味。一方面,正如笔者曾经指出的,论辩揭示了沈约、陆厥在雅俗倾向上的差异,沈约积极吸收江南歌谣而提倡四声,陆厥则恪守儒家五声系统;另一方面,沈约和陆厥都传承了陆机重视音声的观念。此外,如前所述,张融亦重视自然声韵。其与陆机文学传统的渊源关系,不言可喻。由此可以推测,江东士族文人传承陆机文风的表现之一,就是讲求音声。

### 1. 沈约与吴歌西曲

如前所述,刘宋时期吴兴沈氏热衷于创作吴歌西曲。身经宋齐梁三世的沈约,更是积极投身于江南乐府的收集与创作。关于沈约对乐府诗歌的贡献,萧涤非《汉魏六朝乐府文学史》认为一是《宋书·乐志》登载、保存了汉魏古词;二是发明了四声①。就本文的论题而言,沈约与乐府诗的关系中有三点值得注意:

其一,沈约对吴歌西曲的态度,与其他吴兴沈氏有所不同。《宋书·乐志》虽然兼收雅俗,但基本立场是雅高于俗。关于这一点,萧涤非先生已揭示了《宋书·乐志》对流行艳曲和汉魏古词有所轩轾②;拙作《论沈约陆厥的声律之争与沈氏家族文化的关系》已论述沈约试图证明吴朝有雅乐且批评西曲歌词多淫哇不典正。必须说明的是,将《宋书·乐志》与王僧虔的雅俗观加以对照,更可见出沈约区分雅俗的立场。据

---

① 萧涤非《汉魏六朝乐府文学史》,人民文学出版社 1984 年版,第 248—250 页。

② 《汉魏六朝乐府文学史》第 248—249 页。

《南齐书》本传，王僧虔上表论礼乐云："又今之清商，实由铜爵，三祖风流，遗音盈耳，……中庸和雅，莫复于斯。……自顷家竞新哇，人尚谣俗。"由此可以推测，在宋齐之间[1]偏于保守的士人看来，汉魏乐府和吴歌西曲虽然同样出自民间歌谣，但雅俗迥然有别。因此，《宋书·乐志》于汉魏古词全篇登载，而对吴歌西曲仅述其本末，这一做法的实质正是崇雅抑俗。

《宋书·乐志》以雅兼俗、雅重于俗的做法，提示了沈约的乐府观乃至文学观有承续陆机尚雅传统的一面。

其二，陆机树立的模拟江南歌谣的典范，是沈约克服军功家族的心理障碍、积极吸收吴歌西曲的重要推动力。沈约《日出东南隅行》步趋陆机同题乐府，足见沈约对江南歌谣的吸收，是对陆机文学传统的继承。如前所述，陆机《日出东南隅行》全篇描摹女性容态的艳情倾向，当是受惠于吴歌《吴趋行》表现男女好合的写法。沈约追随陆机而作《日出东南隅行》，使得陆机在吸收江南歌谣方面的努力得以发扬光大。

值得注意的是，沈约对陆机典范的仿效，与东汉以来沈氏与陆氏的世代交情是分不开的。沈约在《宋书·自序》中不止一次地叙述其所出自的沈浒一系与陆氏的通婚与交好，比如："浒子鸾字建光，少有高名，州举茂才，公府辟州别驾从事史。时广陵太守陆稠，鸾之舅也，以义烈政绩，显名汉朝，复以女妻鸾。"又据《后汉书·独行列传·陆续传》，会稽吴人陆续"长子稠，广陵太守，有理名。"由此可知，东汉时陆稠为沈鸾之舅、陆稠女又为沈鸾之妻。在交游方面，《宋书·自序》记沈仪于汉末"淳深隐默，守道不移，风操贞整，不妄交纳，唯与族子仲山、叔山及吴郡陆公纪友善。"沈仪所交好的陆公纪名陆绩，是汉末象数易学的大家[2]。直至南齐，陆氏与沈氏的学术文化交流仍然十分密切。笔者曾分析南齐永明末

① 《南齐书》本传称王僧虔此表写于刘宋末年齐高帝辅政之际。

② 参见唐长孺先生《读〈抱朴子〉推论南北学风的异同》(载《魏晋南北朝史论丛》，河北教育出版社2000年版，第337—367页)。

年吴郡陆厥与吴兴沈约对昔人有无宫商声律之用的论争,指出这一论争折射了吴姓新贵沈氏文化的尚俗与陆氏等吴姓旧族文化的崇雅之间的差异①。实际上,陆厥与沈约的这一论争,首先体现了沈约与陆氏的密切往还。

更值得注意的是,较之吴兴沈氏好尚吴歌西曲的门风,江东士族文学典范陆机所写作的《日出东南隅行》,更能激励沈约取资于江南歌谣。其原因在于,如前所述,吴兴沈氏之爱好吴歌西曲,与其作为军功家族的文化趣味有关。迄于南齐,吴兴沈氏尚未完成弃武从文的进程,因而沈约对军功家族的文化标签颇为反感,这从他对士庶之分的敏感中可以见出②。同时,如前所述,《宋书·乐志》崇雅抑俗、斥西曲歌词为淫哇不典正,这也折射了沈约通过崇雅来标榜其文化士族身份的心态。因此,借助于陆机模拟江南歌谣的典范效应,沈约才能真正打消这一身份顾虑,从而积极地吸收吴歌西曲的养分。

众所周知,从东晋至刘宋,吴歌西曲由少数将门武人和文化士族的爱好,逐渐成为上层社会的主流风尚③。沈约之所以能够成为模拟江南歌谣的中坚力量,乃由于他同时吸收了陆机和吴兴沈氏好尚江南歌谣的传统,具备了参与吴歌西曲这一文化浪潮的独特优势。前贤已经指出,沈约下列乐府诗与吴歌西曲有渊源关系:(1)《永明乐》源自西曲《襄阳乐》、《寿阳乐》。(2)《襄阳蹋铜蹄》为西曲。(3)《四时白纻歌》源自吴舞曲《白纻》。(4)《江南弄》源自西曲④。实际上,沈约乐府诗胎息于吴歌西曲者,并不止于此。如前所述,沈约《日出东南隅行》模拟陆机同题作,因而间接吸收了《吴趋行》的"纤俗"因素。此外,沈约创制的《夜夜曲》与西曲《乌夜啼》密切相关(说详下)。

---

①② 参见第六章第三节《论沈约陆厥的声律之争与沈氏家族文化的关系》。

③ 参见王运熙《吴声西曲的产生时代》,载《乐府诗述论》第12—15页。

④ 分别参见王运熙《吴声西曲杂考》(载《乐府诗述论》第53、62—63页)、《论六朝清商曲中之和送声》(载《乐府诗述论》第98页)、《吴声西曲杂考》(载《乐府诗述论》第9—10页)。

其三，沈约大力汲取吴歌西曲的养分，为他写作艳情诗和主张声律论提供了重要资源。对于江南民歌与艳情诗的源流关系，萧涤非《汉魏六朝乐府文学史》已经加以揭示①。就江东士族而论，《日出东南隅行》和《夜夜曲》的创作，可谓吴歌西曲催生艳情诗的明证。(一)，如前所述，西晋陆机已尝试吸收吴歌《吴趋行》的养分，因而写成了《陌上桑》系列中的第一首全篇描摹女性姿容的《日出东南隅行》。沈约同题乐府则将艳情倾向进一步发展，篇末"罗衣夕解带，玉钗暮垂冠"两句，笔触已指向男女之事。(二)，沈约在西曲《乌夜啼》的启发下创制《夜夜曲》。从《乐府诗集》所录、传为刘义庆所作的《乌夜啼》来看，此乐府诗写男女离别和相思之苦，沈约《夜夜曲》亦以"孤灯暧不明，寒机晓犹织"表达独处的伤感。沈约《夜夜曲》与《乌夜啼》的以下三点联系尤其值得注意：一是《乌夜啼》中有"夜夜望郎来"之句。《旧唐书》卷二十九《乐志》载："《乌夜啼》，宋临川王义庆所作也。元嘉十七年，徙彭城王义康于豫章。义庆时为江州，至镇，相见而哭，为帝所怪，征还宅，大惧。妓妾夜闻乌啼声，扣斋阁云：'明日应有赦。'其年更为南兖州刺史，作此歌。故其和云：'笼窗窗不开，乌夜啼，夜夜望郎来。'"二是唐王偃《夜夜曲》有"乌夜啼"的意象："北斗星移银汉低，班姬愁思凤城西。青槐陌上行人绝，明月楼前乌夜啼。"虽然此《夜夜曲》已由五言改为七言，但由此仍可窥见《夜夜曲》与《乌夜啼》的联系。三是沈约《夜夜曲》并无特别香艳的诗句，但《夜夜曲》的题目颇易生发与床第之欢的联想，因此梁简文帝萧纲《拟沈隐侯夜夜曲》增添了更多的艳情色彩："枕啼常带粉，身眠不着床"②。

沈约学习吴歌西曲的另一重要意义，在于从中领悟四声的奥秘。前

① 参见《汉魏六朝乐府文学史》第244页。

② 已有学者指出，萧纲这一颇带暗示性和夸张色彩的写法，是模拟吴歌《华山畿》"啼著曙，泪落枕将浮，身沉被流去"（曾智安《梁诗对吴歌西曲的藏用及其审美意蕴的拓展》，《首都师范大学学报》2007年第6期）。

贤已充分认识到吴声西曲对四声论形成的推动作用①，值得注意的是，沈约对四声与五声关系的论述，亦透露了四声与吴歌西曲的渊源关系。沈约《答甄公论》云："然则四声之用，何伤五声也。……是以《中庸》云：'圣人有所不知，匹夫匹妇，犹有所知焉，及其至也，虽圣人亦有所不知焉。'"（《文镜秘府论·天卷》）笔者曾经认识到，沈约此说"包含了雅文化必须吸收俗文化以自我丰富的意味"②。实际上，可以进一步推测，从沈约的创作实践来看，他在四声论问题上推崇的"匹夫匹妇"之所知，当包含了江南歌谣，江南歌谣当为其四声论的成熟提供了灵感。

2. 陆厥对音声的关注

上一节指出，以永明声律论为坐标来考察江东士人的文论，可以发现陆厥、张融提倡自然音韵，反对四声，显得比较保守。然而，不可否认的是，陆厥对四声论的批评，首先折射了他对音声的关注，追源溯流，则可见出他和沈约都承袭了陆机重视音声的传统。

沈约四声论与陆机音声论的渊源关系，在陆厥与沈约的论争中得到了进一步的揭示。陆厥致书沈约的原因之一，是沈约《宋书·谢灵运传论》将包括陆机在内的前贤探索音声的成绩一笔抹杀。陆厥在信的开头，就点出了沈约"自灵均以来，此秘未睹"、"闇与理合，匪由思至。张蔡曹王，曾无先觉；潘陆颜谢，去之弥远"等说法，并正面指出"但观历代众贤，似不都闇此处"，可见陆厥意在说明：包括陆机在内的前贤已经多少领会了音声的奥秘。接着，陆厥进一步申说其依据：

自魏文属论，深以清浊为言，刘桢奏书，大明体势之致，岨峿妥帖之谈，操末续颠之说，兴玄黄於律吕，比五色之相宣，苟此秘未睹，

① 钟嵘认为"至平上去入，则余病未能；蜂腰鹤膝，闾里已具"（《诗品序》），此说明白揭示了四声说的产生与民间歌谣的关系。其后李概《音谱决疑序》又云："平上去入，出行闾里。"（《文镜秘府论·天卷·四声论》），逯钦立先生则指出平上之名来源于声乐（《四声考》，《汉魏六朝文学论集》第527页）

② 参见第六章第三节《论沈约陆厥的声律之争与沈氏家族文化的关系》。

兹论为何所指邪?

由这段文字,不仅可以看出陆厥对沈约之说产生不满的直接原因,而且也可窥见沈约和陆厥双方都接续陆机传统的实质:

一方面,沈约既自诩四声论为独得之秘,又引用陆机《文赋》有关音声的说法。这一说法看上去自相矛盾,当是陆厥起而驳斥沈说的原因。沈约云:“夫五色相宣,八音协畅,由乎玄黄律吕,各适物宜。”(《宋书·谢灵运传论》)这一说法源自陆机《文赋》:“其会意也尚巧,其遣言也贵妍。暨音声之迭代,若五色之相宣。……谬玄黄之袟叙,故淟涊而不鲜。”(《文选》卷十七)可以推测,沈约在批评“潘陆颜谢,去之弥远”的同时,又引用陆机《文赋》证成其声律论。换言之,沈约吸收了陆机音声论的养分,却又批评陆机未得声律的真谛。对此,沈约答书已予以解释:“士衡虽云‘炳若缛锦’,宁有濯色江波,其中复有一片是卫文之服?此则陆生之言,即复不尽者矣。”对于此说,历来有不同理解[①],不过可以肯定的是,沈约认为陆机对于音声只是点到为止,因而有必要进一步加以探究。可见,从逻辑上来说,沈约的说法并不矛盾,不过,从感情上来说,此说伤害了陆厥以先祖陆机为荣的家族自豪感。

另一方面,这次论辩的双方都表达了对陆机音声论的重视。其中,陆厥为了凸显陆机的音声论,甚至将后者讨论构思遣词的一些说法,如“或妥帖而易施,或岨峿而不安”、“如失机而后会,恒操末以续颠”等等,都理解成音声论[②]。沈约在《宋书·谢灵运传论》中没有正面阐述陆机

---

① 明董斯张《答陈玺卿太始书》:“张,江左一老书生耳,竟其所就,亦是卫文之服,宁复有黼绣琮璜可羞清庙。”(《静歗斋遗文》卷三,清初刻本)此说将沈约之说理解为诗文当推陈出新,即沈约意在推进陆机的音声论;又清叶昌炽《李审言学制斋骈文序》云:“谓士衡论文‘炳若缛锦’,宁有濯色江波,其中复有一片是卫文之服?断章取义,斯文殆庶。”(《奇觚庼文集》卷上,民国十年刻本)此说从文章不可断章取义立论。寻绎文意,当以董斯张的理解更接近沈约本意。

② 参见王运熙、杨明著《中国文学批评通史——魏晋南北朝卷》,上海古籍出版社 1996 年版,第 243 页。

对音声论的贡献，不过，如前所述，他在给陆厥的答复中承认，陆机之于音声，不是“此秘未睹”，而是言而未尽。

3. 梁陈两世：江东士族宫体诗的创作

仿效吴歌西曲之风由陆机开创、沈约传承，至梁陈两世而蔚为大观，江东士族的诗风呈现出典雅与绮艳并存的特征。典雅文风已如前述，绮艳诗风则前有张率、陆罩等人参与梁简文帝萧纲倡导的宫体诗写作，后有陆氏、顾氏、姚氏等人追随陈后主的浮艳诗风。

其一，梁代宫体诗创作及其背景。

梁代趋新派的宫体诗风的学术背景比较复杂，有些学者认为描写女性容貌体态的诗风与佛教思想有关。值得注意的是，梁代以降皇族往往既推崇儒学又好尚艳情诗。以趋新派领袖萧纲本人的学术而论，他在东宫时奖倡儒学[①]。这与陆机开创的以雅兼俗的江东士族文风之间的契合，不言可知。梁陈两代江东士族文学复兴的原因，也可从中窥见一斑。

从江东士族的文学传统来说，继沈约接续陆机而作《日出东南隅行》之后，张率亦写有同题乐府。此篇明显地步趋沈约之作，连篇累牍地描绘女性的妆容和服饰。不过，在表现女性美方面，张率此篇的创新之处在于明确地提出了女性略施淡妆的重要，所谓“虽资自然色，谁能弃薄妆”。对于女性妆容的表现，肇端于汉末乐府《孔雀东南飞》之“新妇起严妆”，刘宋鲍照《代北风凉行》亦云“京洛女儿多严妆”。张率的“薄妆”说则体现了南朝诗人对于女性美的观察和鉴赏进一步深入，已臻于绚烂之极归于平淡的新境界，因而此乐府当视为南朝艳情诗歌发展的代表性作品。

与此同时，张率、陆罩等人大力写作艳情诗。张率《远期》等十首诗[②]被《玉台新咏》收录，虽然并非首首淫艳，但《白紵歌》“妙声屡唱轻体

① 《陈书·儒林传》云：“简文雅尚学业，每自升座说经。”又曰：“简文在东宫，雅爱经术，引(郑)灼为西省义学士。”

② 分别是《远期》、《对酒》、《相逢行》(《玉台新咏》卷六)、《白纻歌辞》五首、《长相思》二首(《玉台新咏》卷九)。

飞,流津染面散芳菲”等,确有脂粉气过浓的特点。又陆罩亦属于梁简文帝麾下的宫体诗派。《梁书·文学传》叙述简文的招纳文士云:

> 初,太宗在藩,雅好文章士,时肩吾与东海徐摛、吴郡陆杲、彭城刘遵,刘孝仪、孝仪弟孝威,同被赏接。及居东宫,又开文德省,置学士,肩吾子信、摛子陵、吴郡张长公、北地傅弘、东海鲍至等充其选。

此处的吴郡“陆杲”当为陆罩。遍检《梁书·陆杲传》及《南史·陆杲传》可知,陆杲并无担任萧纲僚佐的经历,而《南史·陆杲传》称陆罩与简文关系极为密切:“简文居藩,为纪室参军,撰帝集序。稍迁太子中庶子,掌管记,礼遇甚厚。”可以推测“杲”为“罩”之误。陆罩跟随简文多年,其诗歌自然染上了宫体色彩。其《闺怨》诗中有“自怜断带日,偏恨分钗时。留步惜余影,含意结离眉”等句子,对女性情态的表现稍嫌俗艳。值得一提的是陆罩写有《采菱曲》[①],据《乐府诗集》卷五十所引《古今乐录》,《采菱曲》是梁武帝改西曲而成的《江南弄》七曲之一,梁简文帝有同题之作。陆罩作《采菱曲》无疑是追随简文诗风的表现,但《采菱曲》与吴歌西曲的关系如此密切,因而此作同时也是陆机诗风在梁代的嗣响。

其二,陈代的轻艳文风。

入陈以后,江东士人中涌现出更多的文人学士,吴郡陆氏人才迭出,吴郡顾氏和会稽虞氏、姚氏也不乏能文才士。此时江东士人的文风与梁代后期一样,可说是典雅与轻艳并存。他们继续在庙堂文学的创作中大显身手,同时也参与了陈后主倡导的浮艳诗风。陆琼模拟张率《长相思》的杂言体,则折射了诸人的的艳情诗写作与江东文学传统的渊源。

陆氏和顾氏、姚氏等同为陈后主浮艳诗派的成员。首先值得注意的是江东士族在陈后主文学群体中的活跃程度。据《梁书·姚察传》,陈后主为太子时,东宫学士有济阳江总、吴国顾野王、陆琼及从弟瑜、河南褚

---

① 《乐府诗集》卷五十一,第740页。

玠、北地傅縡、吴兴姚察等,其中竟有四人出于江东士族,可见此时江东士族政治文化地位之突出。陈后主本人既欣赏典雅文学,如傅縡因"为文典丽"而见重,又好尚轻艳诗风,是故江东士人颇创作了一些浮艳文学。其中今存浮艳作品最多的是顾野王,其诗如《艳歌行》、《罗敷行》,赋如《舞影赋》都着力描写女性的"妖姿巧笑",陆琼《梁南吟》、陆瑜《东飞伯劳歌》等诗也语涉香艳。其次,陈代江东士人的写作艳情诗,也是对江东士族文学传统的接续。以往的研究已经指出,陆琼《长相思》[①]采取杂言体,是模拟了张率同题之作[②]。必须指出的是,陆琼对张率诗作的模拟,说明了陆琼也有意识地弘扬江东士族的这一传统。

## 四　余　论

正如会稽谢敷、吴郡张演和陆杲前后相续地撰写观音应验故事[③],陆机、沈约和张率也先后写作同题乐府《日出东南隅行》。这一现象表明,陆机以温雅为主体而兼容民歌之纤俗的诗风,对其后江东士族文学产生了深远影响。陆机《吴趋行》和《日出东南隅行》效仿江南歌谣的做法,有助于沈约克服军功家族出身的心理障碍,使得他明确提出援俗入雅的主张,吸收江南歌谣中的"平上去入"、"蜂腰鹤膝"等因素而提倡四声论,模拟《乌夜啼》等吴歌西曲而创作《日出东南隅行》、《夜夜曲》等艳情诗。其后张率、陆罩、顾野王、陆琼及从弟瑜、吴兴姚察等人一方面文风典雅,另一方面先后活跃于梁简文帝和陈后主的浮艳诗派,至此,江东士族文学可谓重现西晋的辉煌。

沈约在齐梁文坛的崛起,特别是其在四声论方面的成就,还可归因于他与诵经僧尼的交往。诵经与坐禅密切相关,因此沈约实际上接续了孙吴时期的江东禅风(说详下)。

---

① 《乐府诗集》卷六十九,第993页。

② 参见石观海《宫体诗派研究》,武汉大学出版社2003年版,第293页。

③ 参见下章《论六朝江东士族信仰的变迁》节。

# 第二章　六朝江东士族文学的文化背景

六朝江东士族文学以追求典雅为主导、兼容江南歌谣的特征之形成，是与江东士族的儒学、信仰和地域文化等层面密切互动的结果。

## 第一节　孙吴时期的江东文化传统

唐长孺先生《读〈抱朴子〉推论南北学风的异同》已指出孙吴时期江东学风较为保守。本章将比较魏晋的不同历史阶段中南北学风的差异，揭示江东保守学风的各个层面之间的内在联系。更重要的是，本章将从学术渊源和师法观念的角度探讨江东保守学风的形成。此外，江东士人的追求儒家道德、弘扬清议精神，也是江东学风保守的表现。在宗教方面，从黄武元年(222)至孙吴末年，支谦、康僧会等人先后在江东译注佛经，会稽陈慧传承安世高之禅学，为东晋以后江东士族接受佛教打下了基础，并决定了江东奉佛士族崇尚观音信仰、关注禅诵的倾向。

### 一　江东保守学风及其形成

确如唐长孺先生所论，西晋平吴之前，江东学风有相对保守的一面。他认为其保守性主要表现在以下两个方面：其一，就虞翻、陆绩、姚信三种易注来看，江南所流行的乃是孟氏、京氏，都是今文说。其二，江南流行天体论①。笔者认为，其一，魏晋期间江东和中原学风都经历了若干发展阶段，如果将不同发展阶段中的南北学风加以对照，可以更清楚地看出江东学风的保守性。其二，江东的好易释玄和尚天体论这两种学术倾向之间实质上有着内在的逻辑联系。兹就这两点稍作申说。

1. 江东学风保守的主要表现

其一，汉末孙吴的七十余年间，江东曾出现过虞翻、陆绩及其弟子辈姚信等两代易学家，中原地区的易学则先后经历了以宋衷、王肃为代表的古文易学和王弼等人开创的玄学义理易学两个发展阶段。第一阶段是建安十三年(208)赤壁之战后，宋衷等多数荆州名士都随曹操回到了北方，直至正始玄学兴起之前，北方易学的主流是宋衷、王肃等人的易学。据马国翰《玉函山房辑佚书》收录的宋衷《易》注可知，宋衷易的特点是不讲卦气而结合《易传》阐发义理。显然他是承袭了古文经学的费氏义理易学。王肃《周易注》则是古文经学派的集大成之作。

此时孙吴的易学家虞翻、陆绩却推重孟氏、京氏等象数易学。孟氏易的主要特点是讲卦气，即以《周易》卦象解说一年节气的变化，以六十四卦配四时、十二月、二十四节气和七十二候。京房易的特点是进一步发展了孟氏的卦气说，将六十四卦重新排列为八宫卦；又创立"纳甲"之法，将八宫卦各配以十干，其各爻分别配以十二支，形成了一个以卦象诠释律历的体系。京氏易最值得注意的特点是通过对《周易》的解释，大讲阴阳灾异②。

虞翻生当延熹七年(164)至嘉禾二年(233)左右③，其作《易注》是在被贬交州之前即220年左右。虞翻还著有《周易集林律历》一卷、《易律

① 唐长孺《读〈抱朴子〉推论南北学风的异同》，《魏晋南北朝史论丛》，第364—368页。

② 参见朱伯崑《易学哲学史》第一卷，华夏出版社1995年版，第113—159页。

③ 《三国志·吴书·虞翻传》引《江表传》曰："后权遣将士至辽东，于海中遭风，多所没失，权悔之"。于是派人去交州召回虞翻，此时虞翻已卒。可知虞翻卒于嘉禾二年(233)孙权遣将士至辽东之前。

历一卷》。

从今存虞翻《易》注来看，他对孟喜的十二消息卦、四正卦和京房的纳甲等说皆有所继承。以孟氏易为例，虞氏解乾卦《文言》“后天而奉天时”曰：“震春、兑秋、坎冬、离夏，四时象具，故后天而奉天时，谓承天时行，顺也。”①这是以“震、兑、坎、离”四正卦说解释四时。又虞翻卦变说将乾、坤、中孚、小过之外的六十卦，按阴阳爻画的多少，分为一阴一阳、二阴二阳、三阴三阳，四阴四阳四类，认为“复、姤、临、遁、泰、否、大壮、观”等八种基础卦，经过爻位变易而成为与其阴阳爻画相同的其它五十二卦。其说与孟喜的“十二消息卦”说显然是一脉相承的。十二消息卦认为复、临、泰、大壮、夬、乾、姤、遁、否、观、剥、坤等十二卦中，从复卦到乾卦是阳息阴消的过程，可以谓之息卦；从姤卦到坤卦则是阳消阴息的过程，故称之为消卦。将十二消息卦与虞翻卦变说对比可知，虞氏的八消息卦全部来自孟氏十二消息卦。虞翻说与孟氏学的区别仅在于，虞翻将十二消息卦中的乾坤视为众卦基础，故独立于众卦之外，又因十二消息卦中的剥、夬两卦亦为一阴一阳之卦，故并入一阴一阳的复姤系统之中。虞翻易学的独特之处在于通过卦变、旁通等方式，进一步强调各卦之间卦爻象和经传之间的联系，并运用互体说、取象说解释经传。他的取象说也比以前的汉易更为复杂，仅乾卦象就有王、神、贤人、君子等六十种之多②。虞翻易学，可说是将孟氏易在内的汉儒重视象数的特点发展到了极致。

此外，虞翻曾在奏章中阐述了对汉代几家易学的不满。其中马融、郑玄兼糅古今之学，宋衷承费氏易而来，都与虞翻的宗孟、京相异趣。据《三国志・吴书・虞翻传》注引《翻别传》所载虞翻上《易注》奏，虞翻评价郑玄、宋衷两家易曰：“若乃北海郑玄、南阳宋忠，虽各立注，忠小差玄而

① 李鼎祚《周易集解》卷一引。

② 参见朱伯崑《易学哲学史》第一卷第三章，刘玉建《两汉象数易学研究》第十二章（南宁：广西教育出版社 1996 年版）。

皆未得其门，难以示世。”可知虞翻对新兴易学是有所了解的，但并未受其影响。虞氏唯独对荀爽《易注》给予了“有愈俗儒”的肯定，这固然是由于荀爽的乾坤升降说直接开启了他的卦变说。但另一重要因素也不可忽视，那就是荀爽易学多有继承京房、孟喜之处，前者如八宫、飞伏，后者则以卦气为著（说详下），可见，虞翻批评汉易的标准，也是孟氏、京氏象数易学。

陆绩是光熹元年（189）至黄初元年（220）间人[①]，《隋书·经籍志一》著录其《周易注》十五卷。今存《京氏易传》有吴陆绩注，可知陆绩治易宗奉京房。同时，陆绩注京氏《易》传，“至言六爻发挥，旁通卦爻之变，有与孟氏相出入者”[②]，陆绩注京氏《易》而吸收了孟氏《易》的学说。这一点本不难理解。京氏易本是在孟氏易基础上继承创新而成的。从表面上看，京氏易提出的八宫卦、纳甲、五行等体例，与孟氏易迥然有别，实际上京氏易与孟氏易多有相通之处。其一，京氏和孟氏一样讲卦气，即结合二十四节气解释《周易》。其二，京氏易将六十四卦重新排列成八宫卦，将卦爻变化视为阴阳消长的过程，其理念与孟喜的十二消息卦如出一辙。其三，京房易的重要特点是讲阴阳灾异，将日月星辰之变与人事吉凶相联系，而《汉书·儒林传》称孟喜“得易家侯阴阳灾变书”，这就说明，孟喜同样讲灾变，只是现存有关资料甚少而已。此外，虞翻、陆绩二人还

---

① 据《三国志·吴书·陆绩传》，陆绩临卒前曰：“从今已去，六十年之外，车同轨，书同文，恨不及见也。”六十年之外即太康平吴（280年），可知其时为黄初元年（220年）左右。又陆绩年三十二卒，那么他的生年约是189年。又据同传，陆绩年六岁于九江见袁术，由《后汉书·袁术传》可知，袁术奔九江是在初平四年（193）之后，兴平二年（195）之前。又由《三国志·吴书·孙破虏讨逆传》及《三国志·吴书·陆逊传》可知，孙策攻陆康是在兴平元年（194），此前陆逊已携陆绩等人回吴，那么陆绩见袁术不迟于此年，由此可以推测陆绩当生于188—189年。综合上述两种算法，可知陆绩生年在188—189之间，而189的可能性更大一些。田余庆《孙吴建国的道路》（载《秦汉魏晋史探微》，中华书局1993年版，第268页）认为陆绩生于中平五年（188），未知何据。

② 张惠言：《易义别录·周易陆氏》（皇清经解本）。

合著《周易日月变例》六卷[①]，从书名看，这似乎是探讨天象变化与人事吉凶的阴阳灾异之流，这与虞、陆二人的宗奉京氏易是极为契合的。

在北方易学发展的第二阶段，正始玄学的代表人物王弼著《周易注》、《周易略例》，实现了从象数易学到义理易学的划时代变革。其说一扫象数易学以阴阳之象和奇偶之数牵合一切自然人事的旧习，强调《周易》经传中蕴涵的义理。此时江东地区的易学，却仍然不出虞翻、陆绩等象数易的藩篱。此时姚信著有《易注》十卷。姚信是吴郡陆逊的外甥[②]，《经典释文》称他在孙皓宝鼎(266—268)初年任太常，那么他活跃于江东文化界的时候，上距虞翻之死，已有三十多年了，可以推测他当是虞翻、陆绩的弟子辈。张惠言评价其说曰："其言乾坤致用、卦变旁通、九六上下，则与虞氏之注若应规矩……抑孟氏之传在吴，元直亦得有旧闻否?"[③]"乾坤致用"盖指乾坤两卦乃卦之基础，"卦变"不仅是指乾坤卦变为六子卦，还意味着消息卦的爻位变易而成杂卦等形式。"旁通"是指运用六爻相反的对立卦之间的关系解释卦爻辞。"九六上下"当是指乾坤升降之说。上述诸方面都是虞翻尤为重视的易学观念和体例，姚信《易》注可谓深得虞氏易的精髓。这与中原新兴的王弼之易，不啻天壤之别。姚信生活的年代较晚，他不可能对王弼易学一无所知，但他仍谨守旧学体系。

综上所述，汉末孙吴时期，江东先后出现过三种《易注》、两代易学家，都奉孟氏、京氏等今文派的象数易学为圭臬，与北方先后流行的古文易学和玄学之易有着明显的保守与趋新之别。

在注《易》之外，江东释玄的取向也颇为保守。荆州学派的宋衷诵习扬雄《太玄》，江东好尚《太玄》者亦为数不少，其中虞翻、陆绩、陆凯尤为著名。如虞翻"以宋氏解玄颇有谬错，更为立法，并著《明扬》、《释宋》以

---

① 《隋书》卷三十二《经籍志一》，中华书局 1973 年版，第 911 页。

② 《三国志》卷十三《吴书·陆逊传》云："逊外生顾谭、顾承、姚信，并以亲附太子，枉见流徙。"

③ 张惠言《易义别录·周易姚氏》(皇清经解本)。

理其滞”[1]。这与他们的尊奉象数易学大有关系。扬雄《太玄》是模仿《周易》的结构而成的。《太玄》中的“首”，类似《周易》中的卦象，其中许多首的名字同孟氏卦气说相合。如卦气说起于中孚，终于颐卦。《太玄》则起于中首，终于养首。“中”类似于卦气说的中孚，养与卦气说的颐卦义相近，足见扬雄《太玄》深受孟氏易的影响。陆绩等人由热衷象数易学，连带而及地研习《太玄》，也就不足为怪了。

当然持义理易学者也可能好尚《太玄》，如宋衷作有《太玄解诂》。但象数派治《太玄》的路径，与义理派大相径庭。江东诸人治《太玄》，往往依循《太玄》的卜筮本意而加以阐发，不同于宋衷的发挥义理。陆绩批评宋衷的《太玄》学曰：“夫玄之大义，揲蓍之谓，而仲子（宋衷）失其指归，休咎之占，靡所取定，虽得文间义说，大体乖矣。”[2]在此陆绩指责宋衷忽略了《太玄》作为占卜书的本质。陆凯（198—269）是陆绩的族孙辈[3]，比陆绩晚生十年左右，其治易的特点同样是以占筮为本，《三国志·吴书》本传称他“好《太玄》，论演其意，以筮辄验。”

其二，如唐长孺先生所论，孙吴时江南还流行天体论，这也是与象数之学相辅相成的。两汉象数易学以汉代天文学的发展为背景，尤其是京房易学往往将卦象与日月星辰之变相联系。是故汉代天体之学盛极一时，刘向、扬雄、张衡等人都曾有过这方面的著述。孙吴士人好尚象数易学，自然也就承袭了钻研天体论的风气。如陆绩著有《浑天图》（《三国志·吴书》本传）、《浑天仪说》[4]。年辈较晚的王蕃（228—266）[5]依据陆

---

① 《三国志》本传裴注引《翻别传》。

② 《述玄》，范望《太玄注》引（四部丛刊本）。

③ 据《三国志·吴书·陆凯传》，陆凯为陆逊族子，又由《三国志·吴书·陆逊传》可知，陆绩是陆逊的堂叔。

④ 《开元占经》卷二引陆绩《浑天仪说》，卷六七引陆绩《浑天图》。

⑤ 《三国志·吴书·王蕃传》称，甘露二年，丁忠使晋还，孙皓享宴群臣，王蕃触怒孙皓而被斩，年三十九。孙吴无甘露二年，又据《三国志·吴书·三嗣主传》，丁忠等人使晋还吴，是在甘露元年的次年宝鼎元年（266）。

绩之法制浑天仪[①]。此外,另有姚信造昕天论[②]、葛衜作浑天[③]。这种风气一直延续到吴人入晋以后。虞耸、虞喜等人皆有天体论方面的著述[④]。

2. 江东保守学风的形成

若论江东保守学风的形成,固然有多方面的原因,本文主要就学术渊源与师法观念两点略加探讨。

其一,江东儒学的渊源。吴会地区远离政治文化的中心,汉末以前,一直是文化薄弱之地,更遑论章句之学的积淀了。汉末之际,由于种种因缘际会,东汉学术也渗透到了吴会之地。其传播途径是多种多样的,其中具有重要意义的两种方式为:(一),许多世家大族子弟,其先祖曾仕宦、游学于京师,接受了儒术经学。其中一些在江东学术界影响甚大的家族,又恰好接受了今文经学,并将所习经学世代相传,使之成为家族之学。会稽虞氏即是如此。虞翻自云:"臣高祖父零陵太守光,少治孟氏易……世传其业,至臣五世。"[⑤]虞氏易学以虞光研治今文经学的孟氏易为开端,传至玄孙虞翻时,仍然不改象数易学的本色。如前所述,虞翻在前人基础上提出了半象、旁通等新体例,但其核心仍是孟氏易和同属象数系统的京氏易。

虞翻《易》学在江东甚有影响。如前所述,由于姚信《易》注与虞注多有相合之处,张惠言甚至推测:"元直岂仲翔之徒欤?"[⑥]则姚氏《易》学颇受虞翻影响。此外,如前所述,陆绩注京氏《易》而吸收了孟氏《易》,并且虞翻、陆机两人曾合著《周易日月变例》,则陆氏与虞氏《易》学之相互影

---

① 《晋书·天文志》。

② 《晋书》卷十一《天文志上》,中华书局1974年版,第280页。

③ 《太平御览》卷二引《晋阳秋》:"吴有葛衜,字思真。改作浑天,使地居中,以机转之,天转而地止。"(四部丛刊本)。

④ 说详见第八章《会稽虞氏文学》。

⑤ 《三国志·虞翻传》裴注引《翻别传》。

⑥ 《易义别录·周易姚氏》。

响，自不待言。因此，江南所流行的三种《易》注，均与虞氏家传《易》学有着千丝万缕的联系，这在很大程度上决定了江东《易》学的保守性。

（二），江东士人接受经学的另一机缘，是东汉经师为官或避祸于吴地，因而南士得以面承其训。如永元中张霸任会稽太守，擢用经明行修的士人，于是“郡中争厉志节，习经者以千数，道路但闻诵声。”[1]对汉末江东学术界影响尤著者，为今文经学家蔡邕。蔡氏曾避怨于吴地，《后汉书·蔡邕列传》称“（王）智衔之，邕虑卒不免，乃亡命江湖，远迹吴会，往来依太山羊氏，积十二年，在吴”，可以想见，其时慕名师从蔡邕的江东士人，自不在少数。其中名声较著者为顾雍。《三国志·顾雍传》称：“雍从（蔡邕）学琴书。”由此可以推测，蔡邕的经学也必然对江东士人产生影响。蔡邕是今文学家，其年略少于郑玄，却奉守西京博士之旧学，而与郑玄所创立的融合古今、删裁繁芜的新学无涉。其学说之影响于江东地域，可以浑天说为例。正如前文所说，江东流行天体论，陆绩作《浑天图》，稍后于陆绩的孙吴中常侍王蕃继承并发展其浑天说。他指出浑天说为蔡邕所主张：“蔡邕以为精微深妙，百世不易之道。”[2]此说出于蔡邕于朔方所上之《戍边上章·天文意》：“唯浑天仅得其情……精微深妙，百世不易之道也。官有其器而无本书。”[3]蔡氏同文又云：“本欲寝伏仪下，思惟微意，按度成数，以著篇章……宜问群臣，下及岩穴，知浑天之意者，使述其义。”据此可知，浑天说在彼时几成绝学，唯蔡邕孜孜求索，对浑天说有独得之见。其后他避怨吴会，则陆绩等人之浑天说，有可能受其流风余绪的影响[4]。

---

① 《后汉书》卷三十六《张霸传》。

② 《太平御览》卷二。

③ 《宋书》卷二十三《天文志一》，中华书局 1974 年版，第 673 页。

④ 据《后汉书·蔡邕列传》，蔡雍在吴时间为熹平六年（177）至中平六年（189），而《三国志》卷五十八《陆逊传》曰：“袁术与（陆）康有隙，将攻康，康遣逊及亲戚还吴。逊年长于康子绩数岁，为之纲纪门户”，又据同书卷四十六《吴书·孙策传》：“兴平元年，（策）从袁术。术遣策攻康。”则陆绩还吴已是兴平元年（194）之后，故不可能直接师从蔡邕。

其二，重家法的学术观念。综上所述，江东学风之保守，与其学术渊源本出旧学有关。如果说江东学术渊源的保守多少带有偶然因素的话，那么这种保守学风在江东经久不替，则是由重家法的观念这种必然因素所致。虞翻在上《易》注时称："臣亡考故日南太守歆，受本于(祖父)凤，最有旧书，世传其业，至臣五世。"①他对自己的家学传统如此津津乐道，其对家学渊源的重视，可想而知。又史称："(孙)权欲登读《汉书》，习知近代之事，以张昭有师法，重烦劳之，乃令(张)休从昭受读，还以授登。"②可知孙权亦极重师法。又如王蕃曾斥"宣夜之学，绝无师法"③。如前所说，王蕃生于黄武七年(228)，假定此说为其弱冠时所发，则已是魏正始八年(247)，彼时魏晋玄学已是方兴未艾，而王蕃犹持家法之论，可见孙吴学术之于魏晋学风，确实是新旧判然有别。

值得一提的是孙吴重家法观念背后的政治背景。强调家法传承，本是世家大族文化所固有的特性。孙吴盛行重家法观念，无疑是江东世家大族的文化观念支配思想界的结果。前述虞氏、陆氏都是在东汉文化氛围中成长起来的世家大族，因而在孙吴初期，东汉余风未泯，虞翻、陆绩等人都竭力保持家传学术。经过若干年的发展，江东第二代学人(如姚信、陆凯)仍然谨守前辈的框架，说明家法观念依然保持了强劲的势头。这与孙权实行政权江东化有关。从建安末年起，孙权开始在政治、军事等多方面倚重江东大族，采取了若干政策保障江东大族的利益④，其中对学术文化影响较大的一项内容是，由江东大族主持的乡间评议直接决定士人升迁(说详下)，这势必扩大了江东士族的文化趣味和学术倾向在孙吴的影响力，他们的保守学风和重家法观念便逐渐占据了江东文化的主流。

其三，江东新兴学风的萌芽。孙吴学术虽未能与当时新学术同步发

---

① 《三国志》本传裴注引《翻别传》。

② 《三国志·吴书·孙登传》。

③ 《浑天说》，《太平御览》卷二。

④ 参见田余庆《孙吴建国的道路》，载《秦汉魏晋史探微》(中华书局 1993 年版)。

展，但并不意味着孙吴五十多年中，江东学术完全固守汉儒旧说而毫无新创。至少在以下三个方面，江东学术体现了新的学术方向的萌芽：

（一）力革章句之学的繁缛之弊。据《三国志》本传，会稽山阴阚泽“以经传文多，难得尽用，乃斟酌诸家，刊约礼文及诸注说以授二宫”。他刊约经说的目的，虽然是出于实用，但也在一定程度上体现了对繁琐章句之学的矫正。又如虞翻《易》学，虽主家传之孟氏《易》，但就治学方法言之，他也不满于“前人通讲，多玩章句”[①]的缺点。

（二）融合今古文经学的倾向。如苍梧士燮，少游学京师，事颍川刘子奇，治《左氏春秋》。陈国袁徽曾称赞其“《春秋左氏传》尤简练精微，……又《尚书》兼通古今，大义详备”[②]。持融合古今思想的学者，于孙吴不乏其人。又如，北来士人程秉曾师从郑玄（《三国志·吴书·程秉传》），想必他更直接地接受了郑玄博通古今的学术特点。

尽管江东或多或少地受到了新兴学风的吹扇，然而，正如虞翻不满于章句之学却又承袭了孟、京易学的基本体系，江东学风总体上并没有冲破汉儒旧说的框架。

## 二　推重名节的风气

以上是从江东学术层面考察其保守性，江东士人对儒家道德的追求同样反映了江东文化的保守特征。

东汉社会本有奖倡名节的风气，汉末人士的清议活动则进一步将砥砺士节的风尚推向了巅峰。然而盛极必衰，迄于东汉末年，以儒家道德教化百姓的名教之治，逐渐蜕变为徒有虚名的利禄工具；而汉末天下大乱，又进一步冲击了儒家道德体系。曹操在建安十五年（210）、十九年（214）多次发布唯才是举令，公开提出了重才能轻道德的用人标准，这对社会道德风尚的负面影响是可想而知的。随着正始玄学的兴起，一部分

---

① 《三国志》本传裴注引《翻别传》。

② 《三国志·士燮传》。

士人在率性自适的哲学支配下，以废礼任达相号召。与此形成鲜明对比的是，在“经明行修”即兼重儒家理论与道德实践的东汉传统的影响下，江东地区推崇儒家道德之风极为炽烈。

1. 忠孝节义的道德内涵

江东士人所推崇的儒家道德，不外乎忠孝节义这几方面。值得注意的是，时人对这几种道德的重视程度并不均衡，对某些彼此冲突的道德类型(如忠与孝)是有所轩轾的，有些道德条目的具体内涵还打上了时代的烙印。

其一，忠大于孝。江东士人崇尚忠君的例子，多不胜数。虞翻曾斥责麋芳曰：“失忠与信，何以事君?”[①]虞翻本人每每直言进谏，山阴朱育誉之为“聪明大略，忠直謇谔。”[②]吴郡陆氏有“陆忠”之誉[③]，孙登曾褒赞陆逊“忠勤于时，出身忧国，謇謇在公，有匪躬之节”[④]。不仅如此，江东士人对孝道也极其推崇。因父溺死而投水的曹娥，尽心色养的董黯等，在孝子连间的江东绝非个别现象[⑤]，《宋书·五行传》称孙吴“居三年之丧者，往往致毁以死。”足见江东对孝道的强调已达到了非理性的激烈程度。这与江东世家大族地位的上升是不无关系的。

社会兼重忠孝，其结果必然是忠与孝产生冲突。例如，当时官吏常常不待办好交接手续，就擅自离职奔丧。为此孙权于嘉禾六年(237)正月下诏，令百官讨论这一行为的是非。将军胡综认为：“忠节在国，孝道立家，出身为臣，焉得兼之？故为忠臣不得为孝子。”[⑥]讨论的结果竟然是对擅自奔丧的官员处以大辟之刑，可见其时江东几乎是强制性地推行尽忠重于立孝的道德观念。这与曹魏的普遍观念是迥然有别的，如曹操

---

① 《三国志·吴书》本传。

② 《三国志·吴书·虞翻传》注引《会稽典录》。

③ 《世说新语·赏鉴》“吴四姓旧目”条。

④ 《三国志·吴书·孙登传》。

⑤ 《三国志·吴书·虞翻传》注引《会稽典录》。

⑥ 《三国志·吴书·吴主传》。

甚至赞赏毕谌的为母叛亡，又曹丕曾令宾客讨论君父先后，邴原坚执父先于君之说，而曹丕竟然予以认可[①]。显然，在曹魏的道德观念中，士人是有权选择尽忠还是立孝的。孙吴社会提倡忠义道德的风气，逐渐渗透到江东士族的家族文化之中。由于家族文化的代代传承，忠义道德成为六朝江东士族的重要人格特征。（说详下）

其二，崇尚节义。江东推崇的“节”包括了士节和妇节两个方面。“太伯三让”的传统，使得人们颇为看重“无道则隐”的节操。如上虞陈业在汉末乱世委官隐居于黟歙（《三国志・吴书・虞翻传》裴注引《会稽典录》）。孙吴时表彰妇节的风气也很盛行。如张温姐妹以节烈著称：“温姊妹三人皆有节行，为温事，已嫁者皆见录夺。其中妹先适顾承，官以许嫁丁氏，成婚有日，遂饮药而死。吴朝嘉叹，乡人图画，为之赞颂云。”[②]又如陆绩之女郁生适张温弟白，张白迁死异邦后，郁生“抗声昭节，义形于色，冠盖交横，誓而不许”[③]。这既是东汉以来推崇妇贞女节妇的传统的余绪，也是江东人士重视士节的道德观念已经内化为家风闾德的表现。江东士人砥砺士节的传统，直至六朝时期仍绵绵不绝，表现为不事权贵、不仕乱朝的气节（说详下）。

耐人寻味的是江东对于“义”的看法。孙权曾经赞赏吕蒙的折节好学曰：“富贵荣显，更能折节好学，耽悦书传，轻财尚义，所行可迹，并作国士，不亦休乎！”[④]“轻财尚义”一说，表明其时“尚义”的一个重要内涵是轻财。又丹阳朱才为了得到乡党之议的好评而砥砺道德，其表现也是“轻财尚义，施不望报”[⑤]。又会稽骆统的成名，也是由于他在饥荒时节

---

① 《三国志・魏书・邴原传》注引《原别传》。
② 《三国志・张温传》裴注引《文士传》。
③ 《三国志・张温传》裴注引《姚信集》。
④ 《三国志・吴书・吕蒙传》裴注引《江表传》。
⑤ 《三国志・吴书・朱治传》裴注引《吴书》。

衣缩食以接济亲友[①]。又山阴丁览“推财从弟，以义让称”[②]。孙吴士人在义行中尤推“轻财”，当是汉末以来社会物质匮乏的环境在道德观念中的反映。

2. 崇尚道德与清议风尚

江东崇尚道德之风的盛行，有着多方面的政治文化背景。首先必须提及的是吴地士风之传统。众所周知，从文化传统的角度来说，吴有太伯之三让：据《史记》，吴太伯、弟仲雍为周太王之子，王季历之兄。季历贤，有圣子昌，太王欲立季历和昌，于是太伯仲雍二人，乃奔荆蛮以避季历。太伯三让的文化积淀，势必对士人的观念产生深刻影响，使得以隐逸节义相尚，成为吴地士风的重要特色。如陆机《吴趋行》也以“泰伯导仁风，仲雍扬其波”[③]为吴地文化传统之源头所在。又如虞翻在与王朗论及会稽英贤时，认为“昔越王翳让位，逃于巫山之穴，越人熏而出之，斯非太伯之俦邪？”[④]可见，吴越传统文化中崇尚名节廉让的观念对于士人有着深刻影响。

以孙权为代表的帝王奖倡道德，也是不可忽视的因素。孙权即位后，有意识地矫正曹魏漠视道德的倾向，前述以刑法保证官员的忠于职守、赞赏吕蒙的轻财尚义等等，都反映了他的这一意图。

更值得重视的是，崇尚经明行修的江东世家大族对汉末清议精神的弘扬，有力地推动了砥砺名节的风气。东汉以来，清议之风盛行，桓灵之间，尤以品评、奖拔士人著名者为郭泰、许劭。《后汉书》本传称郭泰“性明知人，好奖训士类”，又《后汉书·许劭传》载许劭与许靖“好共核论乡党人物，每月辄更其品题，故汝南俗有月旦评焉”。在汉末清议风气的影响下，孙吴士人亦好为议论。陆机《辩亡论》曰：“奇伟则虞翻、陆绩、张

---

① 《三国志·吴书》本传。

② 《三国志·吴书·虞翻传》引《会稽典录》。

③ 《乐府诗集》卷六十四。

④ 《三国志·虞翻传》裴注引《会稽典录》。

温、张敦，以讽议举正。”[①]虞、张、陆等人均出自江东世家大族，其中虞翻、陆绩为一代名儒，诸人均好为议论，以正时俗。如魏将于禁为吴所俘获，孙权曾乘马出，引禁并行，虞翻遂呵斥于禁曰：“尔降虏，何敢与吾君齐马首乎？”[②]陆绩与荆州庞统友善，并与统相约：天下太平之后，与庞统共料四海之士。可见其对于人物品评的兴趣。他曾反对“今论者不务道德怀取之术，而惟尚武”[③]，正可窥见其以儒家正统议论时弊的特点。张温更是以“亢臧否之谭，效褒贬之议”[④]著名。

在品评人物的风气大为盛行的同时，名士奖拔后进、交游结党的现象也极为普遍。如顾邵之拔举丁谞、张秉、吴粲、殷礼诸人于幽贱，又虞翻曾拔举丁览、徐陵等人，其子忠、耸皆好识人物。这种风气之甚之烈，甚至成为风俗。《晋书·虞预传》称：“余姚风俗，各有朋党，宗人共荐(虞)预为县功曹，欲使沙汰秽浊。”葛洪《抱朴子外篇·穷达》指出“汉之末年，吴之季世……举士也必附己者为前，取人也必多党者为决。”议论交游之风，如果不能保证公正的品评标准，势必产生党同伐异之弊，他是从反面揭示了孙吴交游风气之盛。

与清议精神生息相关的，是士人的操行节义观念。如许劭之简别清浊，与其自身之崇尚名节是不可分的。而其议论，又无疑能使人改操饰行。清议精神在孙吴也同样起到了砥砺士节的作用。其时，名士品评人物，往往兼及道德和才能两方面。如山阴朱育品鹭会稽人物时，就采用了“聪明大略”、“忠直謇谔”、“渊懿纯德”、“雄姿武毅”等标准，从道德、文章、武功等多方面品鉴人物。又如虞翻赞誉山阴丁固曰：“丁子贱塞渊好德，堂构克举，野无遗薪，斯之为懿，其美优矣。”[⑤]其评主要着眼于丁氏的道德纯懿。显然，好尚清议和推崇名节是相辅相成的。黄武三年(224)，孙吴发生了暨艳案：尚书暨艳因郎署混浊淆杂，于是弹射百僚，贬

---

① 《文选》卷五十三。

②③④ 《三国志》本传。

⑤ 《三国志·吴书·虞翻传》注引《会稽典录》。

高就下，因为树敌太多，反遭当事人诽谤，最终导致暨艳及选曹郎徐彪之自杀，张温亦因与暨艳立场相同而获罪被废。当选曹尚书暨艳将激浊扬清的清议运用于吏政，沙汰不合格官员时，提出反对意见的陆瑁、朱据等人，也不得不承认清议本身有助于净化风俗："若令善恶异流，贵汝颍月旦之评，诚可以厉俗明教。"①"举清厉浊，足以沮劝。"②暨艳案发生后，孙吴清议风气受到了遏制，但通过舆论力量激励士人道德的现象，并未就此衰歇。正如史书所云："故吴之风俗相驱以急，言论弹射以刻薄相尚。"(《宋书·五行传》)其根本原因在于，以江东士族为主导的乡闾评议一直在孙吴选举中占有重要地位(详见下)。

当孙吴社会以名士清议考察士人节操之际，北方清议的内容、性质已发生了根本变化。曹魏虽没有也不可能完全废弃儒家道德，但邺下名士清议已冲破了忠孝节义的藩篱，前述君父先后等问题的讨论即是其例。迄于正始，名士们越发倾心于"性与天道"等形而上讨论。此为学界公论，不必赘言。总之，名士清议标准的保守性，与江东士人崇尚儒家道德是互为表里的。

## 三　乡闾评议与孙吴文武观念的变迁③

西晋年间，以陆机、陆云兄弟为中心，包括张翰、褚陶在内的一批江东士人，逐渐以其卓越的文学才华在中原文坛上崭露头角。这批由吴入晋的士人文采斐然，表明孙吴时期的江东文化有了长足的发展，那么，素以好武尚战而文化贫弱著称的吴会之地，其文化究竟是如何发展的呢？笔者以为，由于孙吴实行以乡闾评议选拔士人的制度，承袭了东汉"经明行修"的文化传统的江东世家大族，通过人物品评这一中介，推动了孙吴的社会风尚由起初的一味尚武向兼重文武转变，从而有力地促进了孙吴

① 《三国志·陆瑁传》。

② 《三国志·吴书·朱据传》。

③ 关于孙吴的乡闾评议对文武观念的影响，参见拙著《六朝江东士族的家学门风》第22—38页。

文化的发展。

1. 东汉末年吴地文化状况

吴地尚武传统悠久而文化基础薄弱①。一方面,《汉书·地理志》已指出“吴越之君皆好勇,故其民至今好用剑,轻死易发。”直至西晋平吴之后,晋武帝策问华谭曰:“吴蜀恃险,今既荡平。蜀人服化,无携贰之心;而吴人趑雎,屡作妖寇。岂蜀人敦朴,易可化诱;吴人轻锐,难安易动乎?”吴士华谭的对策也承认吴地有好武风气:“殊俗远境,风土不同,吴阻长江,旧俗轻悍。”②

另一方面,由于远离政治文化的中心,吴会文化长期处于贫弱状态。直至东汉末年,该地文化的总体水平仍然远远落后于中原地区。比如,后汉陈蕃认为徐稺、袁闳、韦著三名士中,豫章徐稺应居首位,原因即在于他“爰自江南卑薄之域,而角立特出”③。由此说不难窥见时人对于江南文化的普遍看法。孙策也自云:“及与中州士大夫会,语我东方人多才耳,但恨学问不博,语议之间,有所不及耳。”④

江东文化士族的形成,使得孙吴文化得到了一定程度的提高。如前所述,东汉后期,中原经学开始通过各种途径渗透到吴会之地,推动了江东文化士族的形成。随着东汉经学在吴会的传播,东汉末年,江东出现了一批以经明行修为特征的文化士族。如吴郡陆氏,在陆机祖父陆逊以上,续、褒、纡、骏四代均以道德学问著称⑤;吴郡顾雍自曾祖顾奉即以经学和德行闻名于世。会稽余姚虞氏的孟氏《易》学在虞翻之前已经传承了四世。山阴贺氏《礼》学更是由来已久。然而东汉末年江东文化士族的出现,并未改变吴会地区文化薄弱的整体面貌。武强文弱的文化状况

---

① 关于吴地尚武传统,参见王卫平《从尚武到尚文——吴地民风嬗变研究之一》,《苏州大学学报》1992年第3期。

② 《晋书·华谭传》。

③ 《后汉书·徐稺传》。

④ 《三国志·吴书·虞翻传》裴注引《江表传》。

⑤ 续、褒之德行见《后汉书·独行陆续传》,纡、骏见《三国志·吴书·陆逊传》。

和文化士族的初步形成，构成了孙吴文化发展的起点。

2. 孙吴文武观念的变迁

（一）从人人追求武职到士大夫不为骑射

吴地本有好武之风俗，而东汉末年中州扰乱，群雄并起，动荡不安的时局又进一步刺激了尚武风气的兴盛。孙策立意平定江东之时，张昭、张纮、秦松等人为其坐上宾，诸人“共论四海未泰，须当用武治而平之”①，便是其表现之一。在高尚气力的社会背景下，追求武职成为一时的社会风气。比如，建安二十二年（217），横江将军鲁肃卒后，孙权欲以严畯代鲁肃，督兵万人，镇据陆口。然而，严畯以自己本为儒生，不懂军事，故而坚决辞谢了此职。严畯量力而为，本是情理中事，在当时却激起了很大反响。孙权以严畯代鲁肃的任命初下时，“众人咸为畯喜”②，已足见时人对领兵统伍的向往。对于严畯的不愿从命，其后周昭评论曰：“鲁横江昔杖万兵，屯据陆口，当世之美业也。能与不能，孰不愿焉？”③当时社会崇尚军功，以致于时人无论是否有统兵作战的能力，都以担任将职武官为荣。武官将领自身之重武废文，就更是可想而知了。《三国志·吴书·孙瑜传》称“是时诸将皆以军务为事，而（孙）瑜好乐坟典，虽在戎旅，诵声不绝”。孙瑜从建安九年（204）起加绥远将军，建安二十年（215）卒，由此可以推测，直至建安末年，唯武独尊的社会风尚仍然十分盛行。

从以下一则史料可以窥见，其后社会的文武观念发生了何等巨大的变化：

> （纪）陟、（弘）璆奉使如魏，入境而问讳，入国而问俗。寿春将王布示之马射，既而问之曰：“吴之君子亦能斯乎？”陟曰：“此军人骑士

① 《三国志·吴书·陆绩传》。

② 《三国志·吴书·严畯传》。

③ 《三国志·吴书·步骘传》。

肄业所及，士大夫君子未有为之者矣。”布大惭。①

在此，纪陟鄙薄武事的态度是十分鲜明的。首先必须指出的是，孙吴风尚由高尚气力转向崇尚文化后，并没有因此形成蔑视军功的观念，相反，文武兼备是孙吴士人所追求的理想人才类型。（说详下）纪陟此论发于使魏之际，作为一种外交辞令，难免有偏激矫情之处。但这件事确实让我们看到了孙吴文武观念的变迁。此事发生在孙吴甘露元年（265）三月，上距严畯辞任武职的建安二十二年（217），差不多有半个世纪，社会风尚由崇尚武力向重视文化的转变，可从这两件事的对比中见出。尤其值得玩味的是，纪陟是丹杨人，而在江东地域，丹杨一地的尚武风气尤烈，《三国志·吴书·诸葛恪传》中有丹杨“俗好武习战，高尚气力”和“丹杨山险，民多果劲”的记载。出身于好武之乡的纪陟，竟有如此鄙视武事的言论，足见崇尚文化的观念已经深入人心。

（二）世家大族从投身戎旅到好学尚文

已经进入文化士族行列的江东世家大族，在孙吴初年，纷纷投奔孙氏麾下，争相在疆场上建功立业。其时许多名将都出身于文化士族，又由于孙吴实行世袭领兵制，因而终孙吴之世，世家大族几乎是世代为将。随着社会崇文风气的推广，士族子弟虽然仍旧驰骋于疆场，但较之父辈，他们对读书问学的兴趣明显增强了，可以说，他们不仅在一定程度上回归到作为文化士族的传统，甚至将东汉以来的家学进一步弘扬光大。以陆氏为例，陆逊、陆抗父子皆为孙吴名将，陆逊在夷陵之役中大败刘备，保全了江东一隅；又曹休之役前，孙权曾亲自为陆逊执鞭，以示对陆逊将才的倚重。而陆抗诸子虽大多任职于军旅，却在著书立说方面投入了更多的精力。陆机、陆云兄弟之文采斐然，已不必言；袭领父兵的陆机之兄景亦“澡身好学，著书数十篇”②。如果说陆机、陆云兄弟的文学成就，与

① 《三国志·吴书·孙皓传》裴注引干宝《晋纪》。

② 《三国志·吴书·陆逊传》。

他们遭遇吴亡之祸，客观上失去以武功显世的机会，不得不闭门读书有着很大关系的话，那么陆景在统军作战的同时著书立说的事实，却反映出陆氏家族在孙吴末年进一步强化了重文的观念。又会稽《礼》学世家贺氏在孙吴初年名将叠出，贺齐在攻讨黟歙贼帅等战役中屡建奇功，贺齐子达、景也是孙吴良将，贺齐父子还以喜好修饰兵甲器材著名。此外，《三国志·吴书·贺齐传》裴注引《会稽典录》称贺达“胆烈过人”，可见贺氏家族性格中本有能武善战的因素[①]。贺景之子邵却不同于父祖的全身心投入戎旅，《晋书·范平传》载吴郡钱塘范平“研览坟素，遍该百氏”，贺邵曾受业于范平。贺邵全家被流放海滨后，贺氏由武转文的倾向更为明显：贺邵子循好学博闻，尤善《三礼》，入晋后终成一代大儒。

孙吴后期，虽然江东士族力图做到文武兼擅，但随着文化素养、文学才能的不断提高，他们的统兵作战的能力却不可避免地相对减弱了。其后果是陆逊、贺齐等一代名将风起云涌之后，孙吴军队出现了后继乏人的现象。西晋灭吴之际，沈莹指出：“我上流诸军，无有戒备，名将皆死，幼少当任。”[②]这一青黄不接现象的出现，绝不仅仅是自然交替的结果，而应解释为社会没有培养出足以承继父业的将门虎子，这与全社会的尚文风气的盛行是密不可分的。

3. 孙权的“国士观”和推重文化的观念

三国鼎立的局面形成之后，社会相对安定，文化也自然随之发展。但形成孙吴尚文风气之更重要的原因，却在于以孙权为代表的孙吴政权和世家大族主持下的乡间评议对道德学问的提倡。

《三国志·吴书·吕蒙传》裴注引《江表传》记载孙权劝导吕蒙等人读书一事曰：

---

① 事实上这是江东士族的共性之一。孙吴初年，江东士族之所以能够涌现出一批武将，与吴会地区源远流长的尚武传统、江东士族原有的善战潜能是密不可分的。

② 《三国志·吴书·孙皓传》裴注引《襄阳记》。

初，权谓(吕)蒙及蒋钦曰："卿今并当途掌事，宜学问以自开益。"……权曰："孤岂欲卿治经为博士邪？但当令涉猎见往事耳。卿言多务孰若孤，孤少时历《诗》、《书》、《礼记》、《左传》、《国语》，唯不读《易》。至统事以来，省三史、诸家兵书，自以为大有所益。……宜急读《孙子》、《六韬》、《左传》、《国语》及三史。孔子言："终日不食，终夜不寝以思，无益，不如学也。"光武当兵马之务，手不释卷。孟德亦自谓老而好学。卿何独不自勉勖邪？"

由孙权这段劝学的议论可知，他劝诲吕蒙等人向学的目的，不在"治经为博士"。从他开列的"急读"书目来看，他希望吕蒙多读兵书和史籍，这显然是从提高吕蒙等人的武将素养的角度着眼的。孙权自称"唯不读《易》"，他称赞《易》学家虞翻"卿不及伏羲，可与东方朔为比矣"[①]，并非由于欣赏他的《易》学造诣高深，而是因为虞翻以《易》占卜的灵验。孙权重视学问，首先是因为它有益于军国政事。这在三国纷争的时代，本是不难想象的。

孙权提倡文化的另一动力，来自于三国之间的文化竞争。在三国之间的使节往还中，使节的应对才能和君主的文化素养，都是在竞争中取胜的重要条件。原本处于文化劣势的孙吴，在这种文化交往中所受到的刺激无疑更为强烈。前引孙权的劝学之论曰："孟德亦自谓老而好学。"由此可以推测，孙权的重视学问，与他以曹操为文化参照有关。又据史载，黄初二年(221)，赵咨"使魏，魏文帝善之，嘲咨曰：'吴王颇知学乎？'咨曰：'吴王浮江万艘，带甲百万，任贤使能，志存经略，虽有余闲，博览书传历史，藉采奇异，不效诸生寻章摘句而已'"[②]。在这段对话中，以文雅风流自居的魏文帝，对孙权的学问颇有怀疑、蔑视之意。赵咨的对答巧妙地回击了魏文帝，孙权"闻而嘉之"，正表明了他对这种文

① 《三国志·吴书·虞翻传》。
② 《三国志·吴书·吴主传》裴注引《吴书》。

化竞争的重视。此外,《吴历》记黄武元年(222),“文帝报使,……又以素书所作《典论》及诗赋与权”①,曹魏好尚诗文的风气也不能不对孙吴产生影响。

孙权重视学问的原因中,最值得我们注意的一个侧面是他的“国士观”。上述孙权的劝学理论,首先在吕蒙身上奏效。据《三国志·吴书·吕蒙传》,孙权劝学一事,当发生在孙权统事的建安五年(200)以后。史称建安十三年(208)鲁肃代周瑜,经过吕蒙屯下,与蒙谈论,深为其计略所折服,发出了“非复吴下阿蒙”的感慨,可知此时吕蒙已学有所成。对此,孙权感叹道:“人长而进益,如吕蒙、蒋钦,盖不可及也。富贵荣显,更能折节好学,耽悦书传,轻财尚义,所行可迹,并作国士,不亦休乎!”②此说道出了孙权提倡问学的重要原因:“耽悦书传”是“国士”必须具备的文化特征,它与“轻财尚义”等道德品质共同构成理想的士人人格(即“国士”)的组成要素。孙权还曾对薛综曰:“太子年少,涉道日浅,君当博之以文,约之以礼”③,此说也透露出他视读书问学为士人修养的观念。无疑,孙权的“国士观”与东汉“经明行修”的士人人格标准已颇为不同,但他也同时重视学问和道德两个方面,因而“国士观”承袭东汉士人人格模式的痕迹,还是很明显的。

孙权的“国士观”还打上了地域传统和时代风气的烙印,那就是孙权在提倡学问的同时,还要求能武。在这一点上,孙权与魏文帝曹丕颇异其趣。曹丕本人虽然兼擅文武,又主张“夫文武之道,各随时而用”④,但他即位后,重用的却是东汉名士陈寔之孙陈群等人。为此孙权评论曰:“闻(曹丕)任陈长文、曹子丹辈,或文人诸生,或宗室戚臣,宁能御雄才虎将以制天下乎?”⑤他认为陈群等人文才有余而武略不足。孙权曾与陆

① 《三国志·吴书·吴主传》裴注引。
② 《三国志·吴书·吕蒙传》裴注引《江表传》。
③ 《三国志·吴书·薛综传》裴注引《吴书》。
④ 《三国志·魏书·文帝纪》裴注引《典论·自序》。
⑤ 《三国志·吴书·诸葛瑾传》。

逊评价吕蒙等人曰："子明(吕蒙)少时,孤谓不辞剧易,果敢有胆而已;及身长大,学问开益,筹略奇至,可以次于公瑾,但言议英发不及之耳。"[1]他对吕蒙的以武兼文称赞不已。又《三国志·吴书·朱据传》称孙权"追思吕蒙、张温,以为(朱)据才兼文武,可以继之",他看重的,正是吕蒙、张温、朱据这样的文武双全之士。德才兼备、文武并重因此成为孙吴士人的理想人格。如孙和认为"当世士人宜讲修术学,校习射御,以周世务"[2]。又如,孙权为其子孙登选择淑媛,群臣皆推荐芮玄女,理由是"玄父祉兄良并以德义文武显名三世"[3],"德义文武"正是对道德文章、文才武艺兼备的概括。

孙权很注意在实践中贯彻其推重学问的"国士观",他常与臣下讲论学问,史称他曾问严畯:"宁念小时所诵书不?"[4]孙权还为其后的孙吴君主定下了发展文化的基调。比如,孙休尤以好尚学问著称。永安元年(258)诏曰:"古者建国,教学为先,所以道世治性,为时养器也。……其案古置学官,立五经博士,核取应选,加其宠禄;科见吏之中及将吏子弟有志好者,各令就业。"永安二年(259)诏更打出了"今欲偃武修文,以崇大化"的旗帜。他本人"锐意于典籍,欲毕览百家之言"[5]。在崇尚文化的道路上,他甚至比孙权走得更远。他对文化的推崇,几乎到了崇文废武的程度,想必会对社会的尚武观念产生不小的冲击。又孙皓为政严酷,但他也好讲论学问。环氏《吴纪》云:"皓尝问:'诗云:泛彼柏舟,唯柏中舟乎?'……又问:'鸟之大者唯鹤,小者唯雀乎?'"[6]又据《三国志·吴书·张纮传》,孙皓还因张尚的谈论每每在他之上,而积怨于尚。孙皓对学问的兴趣,绝不下于孙权。这些正是孙权的崇文观念在他的

① 《三国志·吴书·吕蒙传》。
② 《三国志·吴书·吴主五子孙和传》。
③ 《三国志·吴书·潘濬传》裴注引《吴书》。
④ 《三国志·吴书·张昭传》。
⑤ 《三国志·吴书》本传。
⑥ 《三国志·吴书·张纮传》引。

身后继续对社会风尚产生影响的条件。

4. 乡间评议对士人道德文章的重视

(一)以乡闾评议为基础、"公平"举拔与名士推荐并行的选举制度

孙权从塑造士人人格的角度提倡学问，必然会在士林中产生深远影响。尤其是直接或间接地受到过东汉士风洗礼的江东士族，自然而然地在观念上与孙权的"国士观"深相契合。而孙权的尚文思想之真正普及于全社会，正有赖于世家大族主持的乡闾评议的推动。

乡闾评议本是东汉选拔士人的旧制。众所周知，孙吴设立了类似曹魏中正制的"公平制"：

> 襄阳习温为荆州大公平。大公平，今之州都。(潘)秘过辞于温，问曰："先君昔曰君侯当为州里议主，今果如其言，不审州里谁当复相代者?"温曰："无过于君也。"后秘为尚书仆射，代温为公平，甚得州里之誉①。

大公平相当于州都(中正)，则孙吴的"公平制"与中正制相类。由《三国志·吴书·潘濬传》可知，潘秘之父濬卒于赤乌二年(239)，潘秘"先君曰君侯当为州里议主"一说，表明赤乌二年以前，孙权已经设立公平制。孙吴公平制与曹魏中正制一样，设有郡、州两个级别。葛洪《抱朴子外篇·自序》云："洪父……仕吴五官郎、中正、建城、南昌二县令、中书郎、廷尉、平中护军，拜会稽太守……"葛洪为丹杨句容人，此处的中正，当指丹杨郡中正。又《吴九真太守谷朗碑》称桂阳谷朗曾"除郎中、尚书令史、郡中正，迁长沙刘阳令……拜五官郎中，迁大中正"②，可见谷朗曾先后任桂

① 《三国志·吴书·潘濬传》裴注引《吴书》。

② 清·陆增祥《八琼室金石补正》卷八，文物出版社 1985 年版。

阳郡中正和荆州大中正①。

众所周知，曹魏中正制的设立，是鉴于战乱期间士人迁徙流动频繁，乡党无从考察士人德才的情况，将宗族乡党等多人品评士人的方式，一变而为任命专人（即中正）对士人的表现进行考察。正如曹魏中正制多有承袭乡闾评议之处②，公平制也不是对东汉选举制的彻底否定，相反，公平对人物的品评考察，在很大程度上仍旧采纳甚至依靠宗族乡党的意见。研究孙吴公平制的学者常常引用以下一段材料：

（朱）才（丹阳故鄣人，安国将军朱治子——笔者注），字君业，为人精敏，善骑射，（孙）权爱异之，常侍从游戏。少以父任为武卫校尉，领兵随从征伐，屡有功捷。本郡议者以才少处荣贵，未留意于乡党，才乃叹曰："我初为将，谓跨马蹈敌，当身履锋，足以扬名，不知乡党复追迹其举措乎！"于是更折节为恭，留意于宾客，轻财尚义，施不望报，又学兵法，名声始闻于远近③。

在此，"本郡议者"与前引"州里议主"意思相类，即本郡中正。本郡议者批评朱才"未留意于乡党"，朱才本人也慨叹"不知乡党复追迹其举措乎"，这就说明能够左右公平的考察工作的，仍然是宗族乡党。公平制在实质上与乡闾评议几无二致。

以往的学者在探讨孙吴公平制时，忽视了一个重要现象：在实行公平制的同时，宗族乡党、地方名士考察士人的德才，直接向州郡荐举士人的现象仍然存在：

---

① 参见田余庆《暨艳案及相关问题——再论孙吴政权的江东化》（载《秦汉魏晋史探微》，中华书局1993年版）、张旭华《东吴九品中正制初探》（《郑州大学学报》2001年第1期）。

② 参见唐长孺《九品中正制度试释》，载《魏晋南北朝史论丛》（生活·读书·新知三联书店1955年版，第81—121页）。

③ 《三国志·吴书·朱治传》裴注引《吴书》。

(聂)友有唇吻,少为县吏。虞翻徙交州,县令使友送之,翻与语而奇焉,为书与豫章太守谢斐,令以为功曹。郡时见有功曹,斐见之,问曰:"县吏聂友,可堪何职?"对曰:"此人县闲小吏耳,犹可堪曹佐。"斐曰:"论者以为宜作功曹,君其避之。"乃用为功曹①。

虞翻徙交州,是在孙权建国之后,此时公平制当已初具规模。据同传,聂友为豫章人。被徙交州的虞翻,并未担任"公平"之类的职位,但由于名士虞翻的推荐,豫章太守谢斐竟然罢免现任功曹而任用聂友。谢斐"论者以为宜作功曹,君其避之"一说,更反映出当时象虞翻这样以品评人物著称的"论者",在举拔士人方面处于何等权威的地位。这与东汉许劭、郭泰等人的人物品评为士林甚至政府所重视、采纳的情形,几乎一脉相承。由此可以推测,孙吴在用人制度上采取了"公平"的举拔与名士的推荐并行的双轨制,两者的基础都是乡闾评议。

(二)江东大族在乡闾评议中的核心地位

象虞翻这样以举拔人物为己任的名士,在孙吴不乏其人。吴郡顾邵尤以善于知人著称。《三国志·吴书》本传称他"博览书传,好乐人伦。……自州郡庶几及四方人士,往来相见,或言议而去,或结厚而别,风声流闻,远近称之。……世以邵为知人"。由他举拔成名的士人有阳羡张秉、乌程吴粲和云阳殷礼等。必须说明的是,顾邵二十七岁起家为豫章太守,他并未担任州郡"公平"之类的职务,他举拔士人的方式是"拔而友之,为立声誉",他是凭借自己的名士身份,考察士人的德才并助其成名。会稽虞翻和其子忠、耸皆好为人物品评。除前述聂友外,为虞翻所赏识的士人另有山阴丁览、太末徐陵②。又虞忠曾褒扬吴郡陆机、上虞魏迁、同县王岐等人,使之终成名士③。此外,会稽谢渊也以"虽在戎

① 《三国志·吴书·诸葛恪传》引《吴录》。
② 《三国志·吴书·虞翻传》。
③ 《三国志·吴书·虞翻传》裴注引《会稽典录》。

旅，犹垂意人物”著名[1]。

一个值得注意的现象是，上述名士所举荐褒扬者，绝大多数都是同郡士人（少数声望很高的名士，对人物的品评可以越出本郡的范围，如上述虞翻对聂友的举荐，虞忠之赞扬陆机）。正如中正、公平等职往往由本地有名望的士人担任一样，主持人物品评者，也必须德才望兼具。由于世家大族在地方上的声望地位，他们中的优秀分子便很自然地成为主持乡闾评议的核心力量。以上列举的以人物品评为己任的名士，他们分别出身于吴郡顾氏、会稽虞氏和谢氏等江东世家大族，正体现了孙吴的乡闾评议以世家大族为主体的必然性。

从以下事例还可以看出，对本郡士人的德行才能进行正确评价，甚至是大族名士不可推卸的责任：

> 骆统子名秀，被门庭之谤，众论狐疑，莫能证明。（谢）渊闻之叹息曰："公绪早夭，同盟所哀。闻其子志行明辩，而被闇昧之谤，望诸夫子烈然高断，而各怀迟疑，非所望也。"秀卒见明，无复瑕玷，终为显士，渊之力也[2]。

会稽骆统之子秀品行端正而蒙受诽谤，谢渊认为"诸夫子"应该对此"烈然高断"。如前所述，其时品评士人的"公正"或名士往往被称为"论者"、"议者"等等，是故这里的"众论狐疑"和诸夫子"各怀迟疑"，当是指负责评议士人的本地名士不能决断。谢渊批评其他"议者"的有负众望，他本人则履行了作为名士的责任，为骆秀恢复了名誉。

事实上，孙权在江东实行以乡闾评议为基础的公平制，正是为了保障江东大族的政治利益和文化优势，以便笼络江东世家大族。换言之，

---

①② 《三国志·吴书·陆逊传》裴注引《会稽典录》。

孙吴公平制是孙权实施政权江东化的重要举措[①]。

（三）乡闾评议在孙吴的地位

乡闾评议是州郡辟举的依据。州郡名士的人物品评在孙吴之所以具有极其重要的地位，还与孙权对州郡举命的重视密不可分：

> （孙）权嘉逊功德，欲殊显之，虽为上将军列侯，犹欲令历本州举命，乃使扬州牧吕范就辟别驾从事，举茂才[②]。

吕范于黄武元年(222)拜扬州牧[③]，该年当是孙权建立百官制度的开始。此事发生在孙权任命陆逊为右护军、镇西将军，进封娄侯之后。象陆逊这样在疆场上建立了卓越功勋的大将亦须经历本州举命，可见孙权对州郡选举的重视程度。

州郡举命作为一种进身之阶，比军功更为荣显甚至必要。因此，即便是能够享受世袭领兵制的名将子弟，也希望获得宗族乡党的赞誉。前引朱才受到本郡议者职指责一事，说明了同样的问题。朱才之父治为孙吴名将，根据孙吴领兵制，他年纪轻轻便得以承袭父兵而领兵作战，并在疆场上屡建功业。然而即便是他这样的名将之子，也得通过州郡举命，才能得到进一步的升迁。所以他不得不接受乡党的监督，折节修身。而"虞忠造吴郡陆机于童龀之年"[④]，则说明陆机等世族兼名将之后，也必须经由名士的品评揄扬而成名。

① 参见田余庆《暨艳案及相关问题——再论孙吴政权的江东化》、张旭华《东吴九品中正制初探》。

② 《三国志·吴书》本传裴注引《吴书》。

③ 据《三国志·吴书·吕范传》，吕范率军拒曹休于洞口，军还后拜扬州牧。又《三国志·吴书·吴主传》云，吕范拒曹休于洞口一事发生在黄武元年(222)十一月，陆逊举茂才当在此后。然田余庆《暨艳案及相关问题——再论孙吴政权的江东化》一文认为陆逊举茂才是在建安(196—219)时期，疑误。

④ 《三国志·吴书·虞翻传》裴注引《会稽典录》。

（四）乡间评议的标准与孙吴尚文风气

由世家大族主持的乡间评议，对不同阶层的士人的仕途升迁，都具有如此重要的意义。可以想见，乡间评议考察士人的标准，必然会影响社会普遍的价值观念，成为士人的立身规范。那么名士品评人物的标准，究竟包括哪些内容呢？

作为选拔人才的一种手段，乡间评议无疑会反映统治者的文化观念。同时，乡间评议的主角既然是世家大族，那么深得东汉士风沾溉的江东士族的价值观念，也不可避免地会在人物品评中表现出来。史曰："（顾）雍族人悌，以孝悌廉正闻于乡党。"①可知孝悌廉正的道德修养是乡议考察的一个方面。又前述朱才受到本郡议者的批评后，"于是更折节为恭，留意于宾客，轻财尚义，施不望报，又学兵法，名声始闻于远近"。朱才在乡党的要求下，在道德学养的各方面进行了自我砥砺。我们不难发现，他所努力的诸方面，与孙权在提倡学问时提出的国士标准，即"折节好学，耽悦书传，轻财尚义，所行可迹"，几乎完全一致。乡间评议的标准与孙权的国士观十分契合，这显然不能解释为偶然的巧合。这种契合，既是由乡间评议作为选举依据的性质所决定的，也说明了孙权与江东士族在文化观念上的合拍。又据《三国志·吴书·陆瑁传》，陆瑁"少好学笃义。……州郡辟举"，也反映了乡间评议的标准是德学兼重。

乡间评议重视文化的倾向，从虞翻等名士举荐的人物的特点中也可以看出。如前所述，虞翻之推荐聂友，是因为他"有唇吻……翻与语而奇焉。"则聂友长于谈论。又顾邵所举荐的殷礼，"弱不好弄，潜识过人"②，他在当时有"名儒善士"之誉③。

在推重学问的乡党评议的影响下，从士人到武将都不能不追求自身的文化修养，这对群雄纷乱之际的崇武尚战风气无疑起到了补偏救弊的

---

① 《三国志·吴书·顾雍传》裴注引《吴书》。
② 《三国志·吴书·顾雍传》裴注引殷基《通语》。
③ 《三国志·吴书·赵达传》。

作用,社会风尚也因此由片面强调军功而转向兼习文艺。前引朱才的“我初为将,谓跨马蹈敌,当身履锋,足以扬名,不知乡党复追迹其举措乎!”一说,生动反映出乡间评议对唯武独尊的观念的矫正。

乡间评议在推动全社会文化发展中的作用,还与人物品评的不重门第有关。乡党名士甚至有意识地举拔出身微贱的士人。顾邵举拔的士人中,张秉生于庶民,吴粲、殷礼起于微贱。虞翻所称扬的士人丁览,“八岁而孤,家又单微”①。虞耸不仅“抽引人物,务在幽隐孤陋之中”(同上),而且他还就如何援引士人的问题发表议论曰:“世之取士,曾不招未齿于丘园,索良才于总猥,所誉依已成,所毁依已败,此吾所以叹息也。”(同上)可见他反对取士之囿于名门望族,主张选才于无名幽滞。在不重门第的乡间评议的背景下,对出身卑微的士人来说,立功疆场不是唯一的进身之道;通过砥砺道德学问,更能获得成名出仕的机会,由此不难想象,由于乡间评议的推动,文化活动的主体由文化士族扩大到社会各阶层,从而真正在全社会树立起崇尚文化的风气,提高了全社会的文化整体水准。

5. 乡间评议与文学活动的兴盛

文化的发展能够推动文学的兴盛,本是不难想象的。关于孙吴文学活动的记载虽然寥寥无几,但仍可以隐约反映出孙吴时期赏文论诗的风气。如孙权曾令薛综造祝祖文,并要求他“不得用常文”,薛综遵命写出了三篇遣词立意各不相袭的祝祖文,于是“众咸称善”②。可见孙权座上,也不乏赏析诗文的活动。乡间评议从强调士人的道德学问,发展到提倡文学才能,也是十分顺理成章的:

> 张惇子纯与张俨及(朱)异俱童少,往见骠骑将军朱据。据闻三人才名,欲试之,告曰:“老鄙相闻,饥渴甚矣。夫騕褭以迅骤为功,鹰隼以轻疾为妙,其为吾各赋一物,然后乃坐。”俨乃赋犬曰……纯

① 《三国志·吴书·虞翻传》裴注引《会稽典录》。

② 《三国志·吴书·薛综传》。

> 赋席曰……异赋弩曰……三人各随其目所见而赋之，皆成而后坐，据大欢悦[①]。

我们从这则记载中，首先可以窥见孙吴文学活动的兴盛。更为重要的是，朱据其人才兼文武，又谦虚接士，在此，朱据令三人赋物的意图是"闻三人才名，欲试之"，张纯、张俨都是同郡晚辈，朱异是其从子，因此，这次文学活动，实际上是朱据作为宗族乡党对三位士人进行考察的一种方式。可以想见，张纯、朱异等一代文士的成长，正是以乡间评议的重视文学为背景的。

孙吴末年，随着孙吴文化的发展，出现了一个以陆机、陆云兄弟为中心的文学群体。其成员可考者有：孙吴宗室、豫章太守孙贲曾孙惠，《惠别传》称："惠好学有才智"[②]，他与陆机关系密切，成都王任陆机为前锋都督时，孙惠力劝陆机不要赴命；陆机兄弟被害后，孙惠伤悼不已（说详下）。又有建武将军孙桓之从孙丞，《文士传》称其"好学，有文章，作《萤火赋》行于世"，陆机任都督，请孙丞为司马，后陆机被诬陷，孙丞也遭到考掠，他坚执"吾义不可诬枉知故"的信条，与陆机同时被害[③]。此外，吴建安太守郑胄之子丰，"有文学操行，与陆云善，与云诗相往反。司空张华辟，未就，卒"[④]，又有吴郡钱塘褚陶，陆机入洛后曾向张华推荐其文才[⑤]。

日本学者佐藤利行先生在《关于入洛后的二陆》一文中指出，二陆入洛以后，在张华等的提携下，陆续将同乡士人引入北方社会，他们形成了一个以二陆为中心的集团，这个集团的成员之间经常相互交换信息、讨

---

① 《三国志·吴书·朱桓传》裴注引《文士传》。

② 《三国志·吴书·宗室传》裴注引。

③ 《晋书》卷五十四有《孙拯传》，又《三国志·吴书·宗室传》、裴注引《吴书》及《文士传》作"丞"，未知孰是。

④ 《三国志·吴书·吴主传》注引《文士传》。

⑤ 《晋书·文苑褚陶传》。

论文学[①]。事实上,以二陆为中心的文学群体,当在孙吴末年就已经形成了。上述诸人与二陆关系如此密切,他们之间当有着较长时期的交往。尤其是郑丰,他并没有入洛的经历,他与陆云的交谊,当始于二陆入洛以前甚至更早。又《文士传》称"云性弘静,怡怡然为士友所宗。机清厉有风格,为乡党所惮。"[②]其实,无论是为士友所宗还是为乡党所惮,都说明二陆在宗族乡党中具有很高的声望。《世说新语》的《自新》篇共两条,分别记载了吴士周处、戴渊年少时行为不检,其后悔过自新的故事。耐人寻味的是,他们的改邪归正,又都是在二陆的鼓励、督促下完成的。由此可以想见,孙吴末年,二陆几已成为江东士人的精神领袖。其中,周处自新的故事尤其值得注意:

> 周处年少时,凶强侠气,为乡里所患。(刘孝标注:《晋阳秋》曰:处轻果薄行,州郡所弃。)又义兴水中有蛟,山中有邅迹虎,并皆暴犯百姓,义兴人谓为三横,而处尤剧。或说处杀虎斩蛟,实冀三横唯余其一。处即刺杀虎,……乡里皆谓已死,更相庆,竟杀蛟而出。闻里人相庆,始知为人情所患,有自改意。乃自吴寻二陆。……清河曰:"古人贵朝闻夕死,况君前途尚可。且人患志之不立,亦何忧令名不彰邪?"处遂改励,终为忠臣孝子。

劳格《读书杂识五·晋书校勘记》辨此事之伪,认为周处年长于机二十余岁,故周处自新时不可能入吴寻二陆。但这一故事所反映的时代风气大可玩味。其一,周处年少时"为州郡所弃",可以想见乡间评议对周处品行的斥责,是何等激烈。因此《世说新语》述周处因乡人贺其死而改节,可以说是曲折反映了周处因乡党的严厉批评而醒悟的事实。而周处励志好学

---

① 《日本中国学会报》,1992年第44集。

② 《世说新语·赏誉》"蔡司徒在洛"条刘注引。

以后,"有文思,志存义烈"①,于是州郡交辟。由此可见,在周处自新即周处由恶向善、同时也是从武向文转变的过程中,乡党之议的敦促起着十分关键的作用。其二,故事之所以虚构出周处入吴寻二陆一节,正是因为,孙吴末年二陆的道德文章,已经成为那个时代士人的世范士则。故事将周处自新与二陆联系在一起,正是对二陆为孙吴士人所宗仰的现实的折射。出身于世家大族且道德文章兼具的二陆,在江东士林中,实际上具有双重身分,他们既是以人物品评为己任的宗族乡党,又是江东文学团体的盟主领袖。因此,以二陆为中心的文学团体的出现,正是乡间评议推重士人的文学才能的结果,体现了乡间评议对江东文学发展的影响。

在崇尚文化、不唯门第的乡间评议的推动下,孙吴末年的社会风气由唯武独尊转为文武并重;随着全社会文化整体水平的提高,赏诗论文的风尚也逐步形成,以陆机、陆云为中心的江东士人文学团体的出现,是世家大族主持下的乡间评议在崇尚文化方面结出的最辉煌的成果。

## 四　陈慧佛学的被遮蔽与释道安经录的佛学史建构

关于汉魏之际佛教在江东的传播,汤用彤先生《汉魏两晋南北朝佛教史》第六章已论述了支谦、陈慧、康僧会、竺将炎、维祇难等人译注佛教、建造寺庙等活动②。吕澂《安世高》、《支娄迦谶》、《支谦》③亦对此有所论述。有关孙吴佛教流传的文献中夹杂了不少传说和虚构,因此,近年来学界试图从考古发掘成果、文本分析等角度进行历史还原④,将研究向前推进了一大步。不过,迄今为止,对于会稽陈慧在注释佛经方面的贡献,学界尚未给予足够的重视。

---

① 《晋书》本传。

② 汤用彤《汉魏两晋南北朝佛教史》,北京大学出版社 1998 年版,第 87—105 页。

③ 吕澂《中国佛学源流略讲》,中华书局 1979 年版,第 283—294 页。

④ 参见屈大成《孙吴佛教流传考》(《东南文化》2010 年第 3 期)、魏斌《安世高的江南行迹——早期神僧事迹的叙事与传承》(《武汉大学学报》2012 年第 4 期)等。

1. 陈慧作《安般》注义之功被部分遮蔽

众所周知，三国时期在江东传承禅学者，分属于两个谱系：一为安世高——临淮严佛调、南阳韩林、颍川皮业、会稽陈慧——康僧会，这一系统重小乘禅学；另一为支谶——支亮——支谦，该系偏于大乘学①。

传承安世高之学的会稽陈慧，于梁释僧祐《出三藏记集》无传，而《高僧传》卷一《译经上·汉洛阳安清传》引《别传》②，称安侯临终封函有"尊吾道者，居士陈慧；传禅经者，比丘僧会"③之说。这一记载本身是否真实，已不可考，但其中折射的陈慧乃安世高所认可的、与康僧会相比肩的高足这一信息，实有所据。康僧会《安般守意经序》不仅肯定了这一事实，而且指出了陈慧乃康僧会之学长：

> 余生末踪，始能负薪，考妣徂落，三师凋丧，……宿祚未没，会见南阳韩林、颍川皮业、会稽陈慧，此三贤者，信道笃密，执德弘正，烝烝进进，志道不倦。余从之请问，规同矩合，义无乖异。陈慧注义，余助斟酌。④

这段文字还明确了《安般守意经》的主要注释者是陈慧，而康僧会只是助手。

然而，在汉魏佛教史研究中，陈慧的这一贡献未能得到充分重视，表现之一是汤用彤先生《汉魏两晋南北朝佛教史》于 65 页和 95 页两次引用这段文字，但解说有所不同。前一段肯定了"陈慧且注《安般》"（第 66 页），后一段既云康僧会"注《安般守意》、《法镜》、《道树》等三经，并制

---

① 参见汤用彤《汉魏两晋南北朝佛教史》，第 97 页。

② 汤用彤先生认为此书名称是《安世高别传》（参见《慧皎〈高僧传〉所据史料》，载《汤用彤学术论文集》，中华书局 1983 年版，第 28—34 页。魏斌《安世高的江南行迹——早期神僧事迹的叙事与传承》不赞成此说。

③ （梁）释慧皎撰、汤用彤校注《高僧传》，中华书局 1992 年版，第 8 页。

④ （梁）释僧祐撰，苏晋仁、萧錬子点校《出三藏记集》卷六，中华书局 1995 年版，第 244 页。

序”，又曰《安般守意经》的注释部分“即陈慧、康僧会所共作”，此说含糊不清，未能说明陈慧在《安般守意经》注释中的主要作用。值得一提的是，汤氏这一含混的说法较前者影响更大，其后，除了吕澂和方广锠指出康僧会帮助陈慧批注《安般经》、明确两者的主次关系之外[①]，其他学者都持合注说，比如，许理和《佛教征服中国——佛教在中国中古早期的传播与适应》提及康僧会“同会稽的陈慧合注的《安般守意经》”[②]，又任继愈论及康僧会“与陈慧共同注释《安般守意经》”[③]，此外，郭朋《汉魏两晋南北朝佛教》则时而称康僧会“协助陈慧撰写《安般守意经注》”；时而称康僧会注《安般守意经》[④]。

以上说法忽视陈慧在《安般守意经》注释中的主要作用，实为其来有自。其中尤值得注意的是释道安对陈慧注经之功的遮蔽。首先，据《出三藏记集》卷二，道安《综理众经目录》录“《安般守意经》一卷”和“《大安般经》一卷”，均未标注释者[⑤]。其次，与此相呼应，道安《安般注序》云“魏初康会为之注义”[⑥]，而不及陈慧之名。此说与康僧会《安般守意经序》“陈慧注义，余注斟酌”之说相悖，但迄今未见学者明确指出。道安将《安般守意经》的注释归功于康僧会而不及陈慧，其说影响深远。比如，《出三藏记集》卷十三《康僧会传》称传主注《安般守意》而不及陈慧，《高僧传》卷一《译经上·康僧会传》[⑦]全袭此说，于是陈慧作《安般守意经》

---

① 吕澂《中国佛学源流略讲》，中华书局1979年版，第286页。又方广锠《道安评传》明确揭示了“所谓康僧会注，实际是斟酌载述安世高当年对陈慧的教导，并非康僧会自己的著作。”（昆仑出版社2004年版，第114页）

② （荷）许理和著，李四龙、裴勇等译《佛教征服中国——佛教在中国中古早期的传播与适应》，江苏人民出版社2017年版，第64页。

③ 任继愈《中国佛教史》第一卷，中国社会科学出版社1985年版，第176页。

④ 参见郭朋《汉魏两晋南北朝佛教》，齐鲁书社1986年版，第119页和223页。

⑤ 《出三藏记集》卷二“《安般守意经》一卷”条下有小字注：“《安录》云，《小安般经》”，第23页。

⑥ 《出三藏记集》卷六，第245页。

⑦ 《高僧传》卷一，第18页。

注义而康僧会“助斟酌”的真相,便逐渐被淹没了。[①]

2. 陈慧注释《阴持入经》之功被埋没

陈慧的另一佛学贡献也可能被埋没了,那就是注释《阴持入经》之功。释道安《阴持入经序》只字不提陈慧[②],《大正新修大藏经》第33册《阴持入经注》前附录陈氏《阴持入经序》,汤用彤先生《汉魏两晋南北朝佛教史》一方面认为注者不明,原因是“标题为陈慧,但序中自称为密”[③]。另一方面,汤著主张此注所引经均汉魏人译,仍出于安世高之系统,为西晋前作品。

笔者认为此陈氏即陈慧的可能性较大,其理由可从以下四个方面加以考察:

其一,《阴持入经》的陈姓注者,可能名密而字慧。密与慧相互关联。东汉王符《潜夫论》卷六《相列》云:“是以吉凶期会,禄位成败,有不必。非聪明慧智,用心精密,孰能以中?”[④]此说将“慧智”与“精密”并论,当是东汉前后流行的说法。陈氏名密而字慧,这就可以解释《阴持入经序》中陈氏自称密,而康僧会《安般守意经序》称“会稽陈慧”,以及《高僧传》引《别传》载安世高称“居士陈慧”。

其二,陈氏《阴持入经序》及《阴持入经》陈注提示了作者曾亲炙安世高之学。首先,《阴持入经序》云:

> 密伏自惟,宿祚淳幸。生远八难之蒙瞽,值覩三尊之景辉。洪润普逮,群生蒙泽。使密铅铤之质,获厕圭璧之次。虽覩神化,禀怀

① 今本《佛说大安般守意经》的正文和注释难以分辨,因而本文无法从文本的角度分析陈慧和康僧会在注释《安般守意经》中的作用。这一点感谢张伯伟老师赐教。

② 《出三藏记集》卷六,第248—249页。

③ 《汉魏两晋南北朝佛教史》第97页。又周叔迦《最上云音读书记》误以陈慧为康僧会弟子,且否认康僧会、陈慧注《阴持入经》(《法音》1986年第1期。)

④ [汉]王符著、(清)汪继培笺、彭铎校正《潜夫论笺校正》卷六,中华书局1985年版,第310页。

净诫。然以鲁钝之否，学不精勤，夕夜怵惕，惧忝大道。命疾电耀，躬臁薄冰。疑滞之性，学不通窃。今以萤烛之耿，俾天庭之日。盖“阴持”者，行之号也，与安般同原而别流。安侯世高者，普见菩萨也。捐王位之荣，安贫乐道，夙兴夜寐。忧济涂炭，宣敷三宝，光于京师。于是俊乂云集，遂致滋盛。明哲之士，靡不羡甘。厥义郁郁，渊泓难测。植之过乎①清乾，横之弥于八极。洪洞浩洋，无以为伦。密睹其流，禀玩忘饥。因间麻緦，为其注义。差次条贯，缕释行伍。令其章断句解，使否者情通，渐以进智。才非生知，扬不尽景。犹以指渧之水，助洪海之润。贵令蜚睹之者，差殊易晓。唯愿明哲，留思三人，察其訑腄，幸加润畅，共显三宝，不误将来矣。

此序不仅描述了安世高在洛阳宣敷佛学、俊乂云集的盛况，还表露出作者得以预流的欣幸之情。其中的两处说法提示了作者为安世高的弟子。其一，“使密铅铤之质，获厕圭璧之次”一说，可与严佛调《沙弥十慧章句序》“调以不敏，得充贤次”②对读，说明了他们很庆幸自己能够师从安世高。其二，“密睹其流，禀玩忘饥”之说，一方面可以理解为陈氏受时代风气的影响而好尚《阴持入经》，另一方面也可诠解为他曾亲炙安世高的宣讲。

其次，《阴持入经》陈注也透露了陈氏之师很可能是安世高。周叔迦《最上云音室读书记》认为陈注“所引《安般解》，疑即是所佚安公《安般解》也”③。实际上《安般解》当出于安世高，理由是陈注在解释“精进根”时，引用“师云：精进在行”；又解释“不为穿穿漏也”时，援引“又《安般解》曰：‘精进在行。’首尾相属，邪念不得入其中间，谓之不漏。是之谓矣。”在此，“师云”与《安般解》都有“精进在行”一说，又安世高所译《道地经》亦论

---

① 除非特别说明，本文所引《阴持入经》，依据《中华大藏经》所收金藏广胜寺本。“乎”，金藏广胜寺本阙，据《大正新修大藏经》补。

② 《出三藏记集》卷十，第368—369页。

③ 周叔迦《最上云音读书记》，《法音》1986年第1期。

及“精进在行”[①]。因此,陈慧之师可能就是《安般解》的作者安世高。

其三,从《阴持入经》陈注对《安般》的援引和吸收,也可推测注者当为重视《安般经》的陈慧。首先,《阴持入经》陈注在解释“内外身”、[②]“尽意念”、[③]“法分别观觉意”、[④]“一向念”[⑤]、“复念”[⑥]、“清净法”[⑦]、“薄地”[⑧]、“已为无疑法”[⑨]、“彼持行戒转摸贸”[⑩]、“不为穿穿漏也”[⑪]、“现作四事”[⑫]等说法时,计11次明确引用《安般》。

其次,就暗袭而言,《阴持入经》陈注以《安般》“六情”为全经之纲要。《阴持入经》中的法数非常繁琐,包括“五阴”、“十八本持”“十二入”、“三十七品经法”、“十二种”、“九绝处”、“戒法十一本”等等,但《阴持入经》陈注却条理清晰,原因在于其以“六情”这一总纲解释全文,以总持六情与六邪的思路概括《阴持入经》的修行之法。就“六情”的来源而论,《阴持

---

① 《道地经·散种章第一》,《大正新修大藏经》第15册。

② 陈注:“《安般解》曰:‘息从内出,息中具有四大,而心在中,谓之内身也;息由外来,四大亦尔。禅家以息为身,系意在息,无令身想矣。’”

③ 陈注:“《安般》曰:‘念因有分,念尽无有。斯空不愿无想,定向泥洹门也。’”

④ 陈注:“《安般》曰:‘择法觉意。’”

⑤ 陈注:“一向念者,如《安般》六情,在在一向也。”

⑥ 陈注:“进行尽道原,谓之复念。《安般》曰:‘念觉种意。’是之谓。”

⑦ 陈注:“行安般六事,得行为清净,乃堕四意止也。”

⑧ 陈注:“三毒薄少,义在《安般》。”

⑨ 金藏广胜寺本中,“已为无疑法”后有“《安般解》曰:‘频来在欲果中,已舍四广倒,无余疑结也’”一段正文,当本为注释而被混入正文。

⑩ 金藏广胜寺本中,“彼持行戒转摸贸”后有“持行戒转摸贸,当以戒行道,而转意贸易天上,故言不解避也。又《安般解》曰:‘转戒,本愿当以戒求道,反求天上荣乐也,是谓转戒矣’”一段正文,当本为注释而被混入正文。

⑪ 金藏广胜寺本中,“不为穿穿漏也”后有“谓已已具足三十七品,其行不漏。又《安般解》曰:‘精进在行,首尾相属,邪念不得入其中间,谓之不漏。’是之谓矣”一段正文,当本为注释而被混入正文。

⑫ 陈注:“此四事以譬四谛也,义与《安般》同矣。”

入经》本身并无“六情”的概念[①]，陈注明确指出“六情”的概念出自《安般》。在“一向念”条下，陈注云：“一向念者，如《安般》六情，在在一向也。”《阴持入经》中只有与“六情”类似的“六本”、“自身六”(或云“自身六入”)等说。其中，《阴持入经》未明言“六本”说的内涵，陈注将其解释为：“本，根也。魂灵以六情为根本。人之身受，由教树轮转无休，故曰本也。”显然，这是以“六本”为“六情”。又，《阴持入经》说明“自身六”(或曰“自身六入”)的含义为：“自身六为何等？一为眼。耳、鼻、舌、身、心，是为自身六入。”耐人寻味的是，对于《阴持入经》本身具有的“六本”和“六入”，陈注分别只用了 3 次和 4 次，而“六情”则在陈注中出现了 50 次。陈注如此重视“六情”，可见他认为“六情”乃《安般》的核心概念。从另一角度来说，这也印证了《阴持入经序》“盖阴持者，行之号也，与安般同原而别流”之说。

陈注不仅在数量上频繁地援引《安般》“六情”，还多次采用《安般》“情有内外”的思维方式。如前所引，《安般》以“眼耳鼻舌身心”为内，“色声香味细滑邪念”为外，这与《阴持入经》的“十二入”本质上一致，不过，《阴持入经》主张“外有六为何等？色、声、香、味、更、法”，其表述不同于《安般》。值得注意的是，陈注在采取六情与六邪相对之思维形式的 11

---

① 金藏广胜寺本陈注《阴持入经》中，“六情”共出现了 50 次，其中 47 次为注释，只有 3 次出现在正文中，颇疑这两处本为注释，而被混入正文中。其一的语境为：“彼如如有知，是为恶却离。如有知者，言如事行知三十七品，已知三十七品，其意清净。便德六情所受，为却离三界。”寻绎文意，可知其中“如有知者”以下数语，是对前十字的解释，并非正文。其二的语境为：“云何是疮？为是已解本，已断树，不复住。疮，疑惑疮也。谓是五阴六衰三毒。经曰：‘六衰所向，夫受之者，剧被三百豸疮，人但不觉之耳。’一人身中，凡千八百豸疮，谓眼受色，命身得苦，为眼罪也。六情俱尔。如是无数五阴本已解断，譬如树已避地，不复住立也。”比对前后文字，同样可以发现，“疮，疑惑疮也”以下的文字，也是对“云何是疮？为是已解本，已断树，不复住”的解释，亦非正文。其三的语境为：“令还不与取止。色声香味细滑邪念，名之曰不与取也。行家已得四禅，还六情，不复受外六欲故言还不与取也。”这段文字中，“色声香味细滑邪念”之后的文字当为对正文“不与取止”的解释，而被混入正文。由此可以推测，《阴持入经》本身没有“六情”的概念。

个用例中[①],用“色声香味细滑可心之荣”等四种不同的说法[②]来表述“六邪”,与前引《阴持入经》的“外有六”相比,陈注所采用的四种表述都更接近《安般》说。

《阴持入经》陈注对《安般》“六情”以及“情有内外”说的重视,可从以下两个角度加以分析:一是证明陈氏对《安般》极为熟悉,因而很可能是其后作《安般》注义的陈慧。二是从中可以窥见,对于《安般》的核心观念,陈氏与康僧会的看法完全一致,陈氏很可能是与康僧会有着师友关系的陈慧。康僧会《佛说大安般守意经序》开宗明义曰:“夫安般者,诸佛之大乘,以济众生之漂流也。其事有六,以治六情。情有内外,眼、耳、鼻、口、身、心,谓之内矣,色、声、香、味、细滑、邪念,谓之外也。”[③]可见,康僧会也以“六情”、情有内外为《安般》的核心观念。

其四,陈氏注《阴持入经》与严佛调撰《沙弥十慧章句》可能都始于为安世高服丧期间。两序分别述及注释《阴持入经》和作《沙弥十慧章句》的机缘。严序叙述撰述背景云:“调以不敏,得充贤次,学未浃闻,行未中四,夙罹殉咎,遘和上忧。……于是发愤忘食,因闲历思,遂作《十慧章

① 分别是:(1) 以“持六情与色声香味细滑可心之荣相持,遂名之为本持矣”解释“卒名为本持”(卷上)。(2) 以“知内六情,爱外六欲也”解释“十二入”(卷上)。(3) 以“从所致者,譬六情从意所念,致六欲也。入者,邪入于六情矣”解释“从所致,是名为从是入”(卷上)。(4) 以“由五阴受身,令六情生而有六邪入”解释“从名字令有六入”(卷上)。(5) 以“六情备,即致色声香味细滑众念”解释“从六入令有致”(卷上)。(6) 以“六情望六邪,而心受之,以成法也”解释“六望受”(卷上)。(7) 以“六邪得六情”解释“已入得有”(卷上)。(8) 以“识神本没在三毒五阴窈冥之渊,又以六情采受六邪,以自覆弊”解释“冥中见冥”(卷上)。(9) 以“六情往至六倒,许色声香味细滑多念”解释“往观”(卷上)。(10) 以“当谛却六邪,无令入六情”解释“为了入”(卷上)。(11) 以“色声香味细滑邪念,名之曰不与取也。行家已得四禅,还六情,不复受外六欲”解释“不与取止”(卷下)。

② 另外三种说法分别是“色声香味细滑众念”(卷上)、“色声香味细滑多念”(卷上)、“色声香味细滑邪念”(卷下)。

③ 《出三藏记集》卷六,第242页。

句》。”[①]其中，“遘和上忧”等说提示了严佛调此序作于为安世高服丧期间。

无独有偶，陈氏序中有“因间麻缌，为其注义”之说，笔者推测其意为陈氏在服安世高之丧期间开始注释《阴持入经》。理由是“麻缌”似为汉末弟子居师丧之礼。关于弟子为师服丧礼，《礼记》郑玄注认为弟子当为师服心丧，无正式丧服，只是吊服加麻。具体说来，《礼记·檀弓上》指出弟子居孔子丧而无服：“孔子之丧，门人疑所服。子贡曰：‘昔者夫子之丧颜渊，若丧子而无服，丧子路亦然。请丧夫子若丧父而无服。”郑玄解释为：“无服，不为衰，吊服而加麻，心丧三年。”[②]与此相适应，《礼记·檀弓上》又云：“孔子之丧，二三子皆绖而出。”郑玄注：“尊师也。出，谓有所之适。然则凡吊服加麻者，出则变服。”[③]又郑注解释“吊服加麻”云：“加麻者，素弁上加缌之环绖。”[④]。显然，“吊服加麻”是在素弁上加缌麻之绖。汉班固《白虎通德论》卷十“丧服”条将此理解为弟子当为师服丧，理由是：“弟子为师服者，弟子有臣君父子朋友之道也。故生则尊敬而亲之，死则哀痛之。恩深义重，故为之隆服。入则绖，出则否。”[⑤]迄于西晋，挚虞重申弟子无师服、心丧三年而吊服加麻：“自古无师服之制，故仲尼之丧，门人疑于所服。子贡曰：‘昔夫子之丧颜回，若丧子而无服，请丧夫子若丧父而无服。’遂心丧三年。此则怀三年之哀，而无齐衰之制也。群居则绖，出则否，所谓吊服加麻也。”[⑥]直至清代，对于师服是否居则绖而出则否，学界仍有不同看法。比如，清陈立《白虎通疏证》卷十一主张“为师则虽出行犹绖，所以尊师也。今此谓‘入则绖，出则否’，误矣。”[⑦]东汉时期多有弟子

---

① 严佛调《沙弥十慧章句》，《出三藏记集》卷十，第 369 页。

② 《礼记正义》卷七，北京大学出版社 1995 年版，第 209 页。

③ 《礼记正义》卷七，第 214 页。

④ 《礼记正义》卷六，第 168 页。

⑤ [汉]班固《白虎通德论》，上海古籍出版社 1990 年版，第 79 页。

⑥ 《晋书》卷十《礼志中》，中华书局 1974 年版，第 631—632 页。

⑦ [清]陈立撰、吴则虞点校《白虎通疏证》，中华书局 1994 年版，第 526 页。

为师重服的现象[①]，但缌麻之丧逐渐成为一种趋势。比如，蔡邕《蔡中郎集》卷二《陈太丘碑》载陈寔辞世，“荀慈明、韩元长等五百余人缌麻设位，哀以送之”[②]；又如，《后汉书·邓寇列传》载邓弘曾授安帝《欧阳尚书》，邓弘卒，“太后服齐衰，帝丝麻”[③]。东汉弟子多为师服缌麻，因此，魏时便多实行“师丧及吏服长官，缌麻三月”的礼制了。王先谦赞缌麻之礼“颇合古制”，当是由于“缌麻”服与郑玄所谓“吊服加麻”有相近之处[④]。与师徒之礼相类似，信佛者为僧人服缌麻者，也不乏其例。据《佛祖统纪》卷三十八，梁大同元年(535)，“智者约法师亡，帝辍朝三日，素服哭之，从师受戒者四万八千人，皆服缌麻哭送。”[⑤]由此，笔者推测陈氏居安世高丧而服缌麻之礼，陈序“因间麻缌，为其注义”，可以解读为陈氏在守丧期间撰著《阴持入经注》。

严佛调《沙弥十慧章句序》与陈氏《阴持入经注序》可能皆作于两人为安世高服丧期间。可以作为旁证的是，两序对安世高的生平、学术和声望的描述，极其相近。试作如下比对：

(1) 陈序：安侯世高者，普见菩萨也。

严序：有菩萨者，出自安息，字世高。

(2) 陈序：忱济涂炭，宣敷三宝，光于京师。于是俊乂云集，遂致滋盛。

严序：愍俗童蒙，示以桥梁。于是汉邦敷宣佛法，凡厥所出数百万言。

(3) 陈序：厥义郁郁，渊泓难测。植之过乎清乾，横之弥于八

① 参见范志军《东汉弟子为师重服议》，《史学月刊》2006年第2期。

② 四部丛刊本。

③ 《后汉书》卷十六，中华书局1965年版，第615页。按：此处“丝麻”与“齐衰”并列，当即“缌麻”。

④ [清]王先谦《后汉书集解·傅燮传》之《集解》(民国王氏虚受堂刻本)。

⑤ [宋]志磐撰、释道法校注《佛祖统纪校注》卷三十八，中华书局2012年版，第861页。

极。洪洞浩洋，无以为伦。

严序：其文郁郁，其用亹亹。广弥三界，近观诸身。

(4) 陈序：差次条贯，缕释行伍。令其章断句解，使否者情通，渐以进智。才非生知，扬不尽景。犹以指渧之水，助洪海之润。贵令蒉睹之者，差殊易晓。唯愿明哲，留思三人，察其訧腄，幸加润畅，共显三宝，不误将来矣。

严序：不敢自专，事喻众经。上以达道德，下以慰己志。创奥博尚之贤，不足留意；未升堂室者，可以启蒙焉。

两篇序文篇幅不长，竟在立意乃至表述上如此接近，这就提示了他们之间密切的学术联系，进一步佐证陈氏为安世高弟子。

其五，陈氏《阴持入经注》所引经论皆出于汉魏间、多为安世高一系，亦可佐证陈氏即安世高弟子陈慧。将严序、陈序与康僧会《安般守意经序》结合起来加以考察，可以推测陈氏《阴持入经注》的上限为安世高去世之东汉灵帝末年，下限为康僧会助陈慧注《安般守意经》之魏初。安世高去世时间已不可确考，《出三藏记集》卷十三《安世高传》载安世高于汉灵帝(168—188)末年宣经事毕、杖锡江南①；又《高僧传》引道安《经录》云："安世高以汉桓帝建和二年(148)至灵帝建宁中(168—171)二十余年，译出三十余部经。"②。此外，《别传》云太康(280—289)末安侯道人至扬州，《高僧传》已驳其不足信③。则安世高当卒于东汉灵帝末年，陈氏《阴持入经注》当撰于此后。又如前所引，释道安《安般注序》认为康僧会于魏初助陈慧注《安般守意经》。

① 《出三藏记集》卷十三，第509页。
② 《高僧传》卷一《译经上·汉洛阳安清传》，第7页。
③ 《高僧传》卷一《译经上·汉洛阳安清传》，第7—8页。

值得注意的是,《阴持入经注》计引经论 14 种[1],译者的时代上起汉末安世高,下至吴支谦。其中出于安世高者,除了前引《安般经》、《安般解》之外,还有《道地经》[2];此外,严佛调、安玄所译者为《法镜经》[3],于此可见陈氏与安世高一系的密切联系。又《阴持入经注》援引支谶所译《屯真经》、竺朔佛所译《道行经》,皆出于东汉时。

必须说明的是,今本陈氏《阴持入经注》所引孙吴时期支谦所出佛经,多为对注文的疏解,因而很可能是后人加入的。陈注引支谦所出《法句经》[4]、

---

① 分别为:安世高《安般经》、《安般解》、《道地经》;严佛调、安玄所译《法镜经》;竺朔佛所译《道行经》,支谶所译《屯真经》;出于支谦之前者为《了本经》,支谦所出《法句经》、《大明度经》、《慧印经》、《维摩诘经》,失译者为《老母经》、《沸迦沙经》、《中心经》。

② 《阴持入经注》仅一处引《道地经》:卷上"冥中见冥矣"下注:"《道地经》曰:'譬如夜极冥,人复于冥中闭目行,是何时当见明?'斯痴之相矣。"引文见于今存安世高译《道地经·散种章第一》(大正新修大藏经第 15 册)。《出三藏记集》卷二《新集撰出经律论录第一》录安世高所译"《大道地经》二卷"(第 24 页)

③ 《阴持入经注》计三处引《法镜经》。(一) 卷上"自身痛,痛痛相观行止"下注云:"《法镜经》曰:'利衰毁誉称讥苦乐不以倾动也'。"引文见于安玄译《法镜经》(《大正新修大藏经》第 12 册)。(二)《阴持入经注》卷下"为意不堕不受"下注亦引《法镜经》此说。(三)《阴持入经注》卷下正文有"《法镜经》曰:'不以意存求于泥洹,何况有劳想哉。'"当本为注释而混入正文。此说未见于今本《法镜经》。《出三藏记集》卷二《新集撰出经律论录第一》录"《法镜经》一卷",乃"汉灵帝时,沙门严佛调、都尉安玄共译出。"(第 28 页)

④ 《阴持入经注》计两处引《法句经》:(一) 卷上"二声想,三香想,四味想,五更想,六法想"下注云:"心念善即善法兴,恶念生即恶法兴。夫心者,众法之本也。《法句经》曰:'心为法本。'斯之。"引文见于今本《法句经》(维祇难译,《大正新修大藏经》第 4 册);(二) 卷上"行相为何等? 为令后复有,是为行相。上从是发起"下注云:"上,痴也。从痴发起,遂至行相,故云一从是发起。《法句经》曰:'痴,十二因缘之母。'"引文不见于今本《法句经》。《出三藏记集》卷二《新集撰出经律论录第一》录孙权黄武三年(224)竺将炎共支谦译"《法句经》二卷"(第 28 页),又录支谦译"《法句经》二卷"(第 29 页);《出三藏记集》卷二《新集条解异出经录第二》录"《法句经》祇难 支谦　右一经二人异出"(第 81 页)。

《大明度经》[①]、《慧印经》[②]、《维摩诘经》[③]，由《出三藏记集》卷二《新集撰出经律论录第一》[④]可知，当为孙吴黄武(222—228)初至建兴(252—253)中所出，显然在上述《阴持入经注》的下限之后。不过，仔细比对相关的正文与注释，可以发现这部分佛经引文出现于注释的后段，在语义上与正文没有直接联系，却与前半注释相呼应，因而当是对注文的疏解。比如，《阴持入经注》计四处引用《慧印经》，其中三处引文都处于注释的后段，与正文没有直接联系，当为对注文的疏解：(一)《阴持入经注》卷上“尽意念，以却世间痴心不便。自法，法法相观行止”下注云：“法，十二因缘法也。……《安般》曰：‘念因有分，念尽无有。斯空不愿无想，定向泥洹门也。’《慧印经》曰：‘空无所著，是为泥洹。’”在此，《慧印经》引文与正文没有直接关系，是对注释所引《安般》“斯空不愿无想，定向泥洹门也”所作的疏通。(二) 卷上“何等为五根？信根、精进根、念根、定根、慧根，是名为五根”下注云：“精进在行，……观四非常，入三活门。《慧印》曰：‘是尊慧入慧门。’慧门，所谓三活门者。”在此，《慧印经》引文是对注文“入三活门”的疏解。(三) 卷上“彼慧种比丘为拔痴恶本，为散痴结，为合憍慢疮，为知不乐不苦。痛为得度，无有色界，是为三种”下注云：“慧

① 《阴持入经注》计三处引用《明度经》：(一) 卷上“从慧知为何等？为非常、苦、空、非身”下注引“《明度经》曰：‘痴者以非常、苦、空、非身，为常乐有身。明度变之，故曰大明。’”(二)《阴持入经注》卷上“比丘止为拔三恶本，散三恶，使合四疮，知三痛，度三界”下注引。(三) 卷下正文引《大明度经》。三处所引文字皆不见于今本。《出三藏记集》卷二《新集撰出经律论录第一》录支谦译“《明度经》四卷”(第30页)。

② 《阴持入经注》计四处引用《慧印经》，引文皆见于今本支谦译《佛说慧印三昧经》(《大正新修大藏经》第15册)。《出三藏记集》卷二《新集撰出经律论录第一》录支谦译“《慧印经》一卷”(第29页)。

③ 《阴持入经注》仅一处引《维摩诘经》(说详下)，今本支谦译《佛说维摩诘经》卷上《善权品》作：“是身为穷道，为要当死。”(《大正新修大藏经》第14册)《出三藏记集》卷二《新集撰出经律论录第一》录支谦译“《维摩诘经》二卷”(第28页)。

④ 《出三藏记集》卷二，第29—30页。

者以非常、苦、空、非身,眼观视三界,无针鼻之土。可免死不受苦者,即念空、灭愿、就净、无想,入三活门。《慧印》曰:‘空无所著,是为泥洹也。’”同样,此处《慧印经》引文是对注文“念空、灭愿、就净、无想”的疏解。又如,《阴持入经注》仅一处引《维摩诘经》,即卷上“令从是致堕不可处。不可相为何等?为心意急,是为不可相”下注云:“不可处,谓老病死处也。命扰谓之急也。虽心不可。会必往之。《维摩诘》曰:‘身身为穷道,会老死故。’斯义如之。”在此,《维摩诘经》引文亦位于注释的后段,与正文无明显联系,是对注文“老病死处”、“会必往之”的疏解。陈注引支谦所出《法句经》、《大明度经》的情况与此类似,很可能都是后人加入的。

3. 释道安的佛教史建构及其对陈慧佛学的遮蔽

综上所述,《阴持入经》的注者姓陈名密,师从安世高,所作《阴持入经序》与安世高弟子严佛调《沙弥十慧章句序》可能同撰于为安世高守丧期间,在内容和表述方面十分接近;《阴持入经》陈注对《安般》多有援引和吸收,多引安世高一系所出佛经,因而陈氏很可能是康僧会《安般守意经序》所说的会稽陈慧。

会稽陈慧是《安般守意经》的主要注者,且很可能注释了《阴持入经》,则其于弘扬安世高之学厥功甚伟。《高僧传》所引《别传》之“尊吾道者,居士陈慧;传禅经者,比丘僧会”一说,将陈慧对安世高之学的贡献置于康僧会之上,确非空穴来风。

然而由于释道安《综理众经目录》未录陈慧,释道安《安般注序》亦只提康僧会而不及陈慧,会稽陈慧注释佛经的贡献便隐而不彰了,这一现象说明了:释道安的经录在保存佛教文献、记载佛学史的同时,也遮蔽了佛教史的某些环节,因而实质上是一种建构。

关于释道安《综理众经目录》的学术价值,以往的研究多推崇其保存史料的意义,如《出三藏记集》卷十五《道安法师传》赞誉道安整理众经之功曰:“自汉暨晋,经来稍多,而传经之人,名字弗记。后人追寻,莫测年代。安乃总集名目，表其时人，铨品新旧，撰为经录。众经有据，实由其功。”[①]实际上，道安经录同时也是对汉晋佛教史的建构，其中尤其值得注意的是以下两点：其一，对佛经翻译史的建构。以往的研究已经注意到，道安对支娄迦谶、竺法护等人的译经加以评价，揭示了佛经翻译的不同特征。比如，道安赞誉支娄迦谶的翻译曰：“似谶所出，凡此诸经，皆审得本旨，了不加饰”[②]，此说肯定了忠实于经典本意、质朴无华的翻译风格；又道安称赞竺法护的译经：“凡所译经，虽不辩妙婉显，而宏达欣畅”[③]。上述说法不同程度地提倡信、达、雅的翻译风格，由此可以推测，道安经录的主旨之一，就是通过评价汉晋时期佛经翻译的得失，建构汉晋佛教翻译史。

其二，以往的研究尚未注意到，道安在佛教史建构中体现出明确的地域意识，这可能是陈慧佛学被遮蔽的原因之一。众所周知，道安经录中设有“凉土异经录”、“关中异经录”两类[④]，已有学者指出这一分类导致道安的经录缺乏一以贯之的体例[⑤]；不过，从积极意义上来说，这一分类折射了道安对于佛经所出的地域颇为关注。

重视佛经所出地域的另一表现，是道安对某些地域所出佛教采取了非亲过眼则不著录的审慎态度。与此相联系，道安遮蔽陈慧之功，当由于其过眼的孙吴佛经不多。可以作为旁证的是，安公经录对支谦于孙吴黄武(222—228)初至孙亮建兴(252—253)中所译述的佛经，仅录三十部，后来释僧祐根据《别录》所载而增加了六部[⑥]。汤用彤《汉魏两晋南北朝佛教史》第三章认为道安经录不载《四十二章经》的原因是：“安公治

---

① 《出三藏记集》卷十五，第561—562页。

② 《高僧传》卷一“支娄迦谶”条，第10页。

③ 《高僧传》卷一“竺法护”条，第24页。

④ 参见《出三藏记集》卷三《新集安公凉土异经录第三》、《新集安公关中异经录第四》，第108—114页。

⑤ 参见方广锠《道安评传》，第193页。

⑥ 《出三藏记集》卷二，第28—31页。汤用彤《汉魏两晋南北朝佛教史》第三章认为安公经录不载《四十二章经》的原因是：“安公治学精严，非亲过眼则不著录。”

学精严，非亲过眼则不著录。”[①]道安经录于孙吴佛学有所阙如，当无可疑。道安未及陈慧注《阴持入经》，当与此相关。如前所述，陈氏《阴持入经注》引用了支谶所译《屯真经》，由《出三藏记集》可知，道安经录未载此经[②]，由此可以推测，道安可能也未见陈慧《阴持入经注》，否则他当依据陈注而提及支谶所译《屯真经》。

道安经录对汉晋佛教史的建构，提示今人在考察佛学史的过程中，应尽可能全面地收集和运用多样史料。以陈慧佛学这一个案而论，有必要将经录与经序、经注、僧传等结合起来加以考察，尤其是将《阴持入经》陈注与《安般经》的内容加以比对，并且对撰写背景相近的《阴持入经序》和《沙弥十慧章句序》加以比较，从而全方位地探究佛学史的发展演变。

与支谦、康僧会、竺将炎、维祇难等外来僧人的佛教活动相比，作为江东土著的陈慧大力注释佛教，更能推动江东佛教的传播，特别是吸引江东士族对佛学产生浓厚的兴趣。东晋谢敷着力表彰孙吴佛学，并在重视禅学、推崇观音信仰等方面奠定江东士族佛学的基本特征（详说下），其渊源便可上溯到会稽陈慧的佛学。

## 第二节　江东士族以儒为本的保守学风及其演变

江东士族学术植根于“经明行修”的孙吴学风，直至两晋时期江东士人仍然推崇儒学而疏于玄学。刘宋时期江东士族文化中衰，仅吴郡张氏在《老》、《庄》、《易》“三玄”领域突飞猛进，江东士族文化的主体仍然是重儒轻玄。宋末齐初，陆澄玄儒兼宗的学术取向揭开了江东儒学复兴和南北士族文化融合的序幕；入梁以后，江东士族学术完全融入了社会主流文化，但儒家学术和道德仍然是他们的强项。简言之，以儒学为主体的六朝江东士族学术经历了一个从晋宋的重儒轻玄到南齐的儒玄兼宗，直

① 汤用彤《汉魏两晋南北朝佛教史》，第26页。

② 《出三藏记集》卷二“《伅真陀罗经》”下有注：“《别录》所载，安录无。”第26页。

至梁陈的以儒学为主导而多元化发展的演变过程。

## 一　晋宋:重儒轻玄的保守学风

晋宋时期,对于中原士族的清谈玄风,江东士人并非毫无接触。入洛之后,陆机、陆云兄弟热心揣摩玄学,以至有陆云夜遇王弼之精魂,因而谈《老》殊进之传说①。西晋末年,顾荣与纪瞻在第二次入洛途中,共同讨论王弼《易》太极义②。永嘉南渡以后,南北士族的矛盾相对缓和,吴人学习玄义的客观环境有所改善,顾和曾因中外孙张玄之、顾敷能够复述时贤的清言而喜不自胜③。刘宋时张氏在清谈界已达到了与侨姓高门并驾齐驱的境界。但就总体而言,江东士族学术仍以重儒轻玄为特色。

### 1. "礼玄双修"与忽视忠义的主流文化

在此有必要首先分析一下两晋以来门阀社会主流文化的特点。其时清谈玄学大行于世,但儒学也并未完全衰歇:其一,玄学在其发展初期曾经导致士人任情废礼的风尚,但由于礼学在门第制度中的重要意义,两晋之际"名教与自然合一"的理论逐渐支配思想界,名士们开始在崇尚清谈玄言的同时强调遵循礼制,礼玄双修成为社会主流风尚④。其時一流的清谈名士往往同時又是礼制讨论中的活跃分子。如孙绰曾有"父卒继母还前亲子家继子为服议"⑤、"父母乖离议"⑥、"京兆庙君迁主议"⑦,又刘惔曾与范汪探讨"从叔丧能否迎娶"一事⑧。

其二,正如《南齐书·褚渊传论》所云:"贵仕素资,皆由门庆,平流进取,坐至公卿,则知殉国之感无因,保家之念宜切。"在门阀制度下,士人

---

① 《晋书·陆云传》。

② 《晋书·纪瞻传》。

③ 《世说新语·夙惠》"司空顾和与时贤共清言"条。

④ 参见唐长孺《魏晋玄学之形成及其发展》,载《魏晋南北朝史论丛》。

⑤ 《通典》九十四。

⑥ 《通典》九十八。

⑦ 《宋书·礼志三》。

⑧ 《通典》九十五。

的政治经济利益完全取决于家族门第，因此门阀士族竭力推崇孝道等家族伦理，而漠视忠义节操等儒家道德。赵翼所谓“六朝忠臣无殉节者”①，便是明证。从东晋末年起，历次新旧换代之际，侨姓高门中都会出现身为皇亲国戚而投靠新朝的人物。如东晋末年，晋恭帝褚皇后为褚秀之妹，而褚秀之、淡之兄弟却多次杀害晋恭帝所生男婴，又曾协助杀害恭帝。刘宋末年，类似事件再度上演，王俭为宋顺帝之妹夫，褚渊为宋文帝驸马，但两人却竭力为萧道成之废宋立齐而奔走，其中褚渊的首倡之功尤为突出。显然侨姓高门在政治利益面前已顾不上奉守忠义道德了。

侨姓士族在忠义道德问题上的态度似乎比较复杂。南齐初年，褚王二人以佐命功跻于高位后，他们的背信弃义遭到了全社会的强烈批判。褚渊眼白多，人们讥之为“白虹贯日”（《南齐书》本传），意即宋亡之征兆；又东莞刘祥曾讥斥褚渊：“作如此举止，羞面见人，扇障何益？”②在侨姓高门内部，也兴起了对褚王二人的反思与批判。如庐江何点曾云：“我作《齐书》已竟，赞云：‘渊既世族，俭亦国华。不赖舅氏，遑恤外家”③。褚渊的儿子贲、从弟炤尤其愧恨于褚渊的失节。此事在全社会激起的反响至南齐末年仍余波未了。隆昌末年，南阳乐预告诫丹阳尹徐孝嗣勿行伊周之事曰：“人笑褚公，至今齿冷，无为效尤。”④以上现象又似乎表明侨姓士族对忠义道德并未完全忘怀。但实际上，门阀士族所强烈指斥的，只是象褚、王这样身荷旧朝重恩却又积极送旧迎新的士人。由于保障家族利益为第一要务，社会舆论不要求所有士人不事二朝，更无力在全社会提倡舍身殉国。刘宋末年萧道成辅政之际，琅琊王延之与王僧虔“中立无所去就，時人为之语曰‘二王持平，不送不迎’”（《南齐书·王延之传》）。二王受到的赞誉，提示了侨姓士族对朝代更迭的实用主义态度：既不赞成杀身殉节，也不主张为废旧立新而奔走。显然，侨姓士族对真正意义上的儒家

① 《陔余丛考》卷十七。

② 《南齐书·刘祥传》。

③ 《南齐书·高逸何点传》。

④ 《南史·孝义乐预传》。

忠义道德是心向往之而不能至的[①]。

2. 江东士族儒家文化的独特之处

在门阀制度和玄学思潮的影响下，主流文化中的儒学不是销声匿迹而是发生了扭曲变异。因此，晋宋时江东士族的重儒轻玄，并不简单地表现为儒家著述的数量超过中原士族，而是体现在其儒学较少受到玄学思潮的影响而更多地保留了汉末儒学的风貌。

在儒家学术方面，江东士人崇尚象数易学而反对义理易学，如西晋末顾荣驳斥王弼"太极"义[②]，东晋顾夷著《周易难王辅嗣义》[③]。又如，虞喜研习汉代流行的讖纬之学、南齐陆澄重视象数易学等，都是江东儒学传承汉代余绪的明证。这方面前贤论之已详，兹不赘述。以往的研究中尚未关注的一个重要方面是，江东士族的儒学著述不为当世显学所囿。首先，江东士人不满于时人偏重《孝经》的风气。如前所述，钱穆《略论魏晋南北朝学术文化与当时门第之关系》一文对《隋书·经籍志》著录的南朝著述的数量进行了统计，发现《礼学》最多，次为《春秋》，《易》居第三位，然后是《诗》、《尚书》(《中国学术思想史论丛》(三)，第138—139页)，由此可以推知时人对礼学的重视，居于五经之首。事实上，在《三礼》之外，《孝经》之学也颇为当时所重。《隋书·经籍志》著录《孝经》类著述五十九部(包括亡佚)，计一百一十四卷。南齐时王俭认为《孝经》"明百行之首，实人伦所先"[④]，又刘瓛答齐高帝之问政曰："政在《孝经》。宋氏所以亡，陛下所以得之是也。"[⑤]《孝经》以一部启蒙教材而为时儒如此青

---

① 侨姓士族中唯一堪称忠义之门的是陈郡袁氏。如刘宋元嘉末年，袁淑反对刘劭弑君而被害，谥"忠宪公"；宋末袁粲不事二姓而死，齐末袁昂虽未能以身殉君，但也曾拒绝梁武入境；陈末祯明三年(588)，隋军来伐，袁宪始终侍卫陈后主。(分别见《宋书·袁淑传》、《宋书·袁粲传》、《南史·袁昂传》、《陈书·袁宪传》)

② 《晋书·纪瞻传》。

③ 《隋书·经籍志一》。

④ 《南齐书·陆澄传》。

⑤ 《南史》本传。

睐，正说明了社会观念之趋向。吴姓士族亦同样重视《三礼》、《孝经》之学。比如，会稽贺氏世代精通《三礼》，齐世张融《遗令》要求“左手执《孝经》、《老子》”[①]。但江东旧族对时人于儒家众经中独重《孝经》的现象多少有些不以为然，南齐陆澄反对国学置郑玄《孝经》曰：“《孝经》，小学之类，不宜列在帝典。”（《南齐书》本传）身处门阀社会之中，陆澄不会认识不到《孝经》在建树家族道德中的意义，他的态度，无非表明了他对门阀社会过分尊显《孝经》风气的反拨。

其次，江东士人还往往以一些不为时世所重的学科作为主攻方向。除了上一节所述天文学、小学之外，六朝时人对《尚书》之学关注较少，[②]而吴姓旧族从东晋会稽山阴谢沈著《尚书注》起，相关著作不断出现，如南齐顾欢著《尚书百问》，梁代孔子袪最长于《古文尚书》，有《尚书义》二十卷，又有《集注尚书》三十卷[③]，直至隋世，顾彪尚有多种《尚书》著述。唐代孔颖达《尚书正义序》罗列隋代数家《尚书》学者，其中之一便是顾彪[④]，足证江东士族《尚书》学之源远流长。这些都从另外一个侧面反映了吴人对六朝儒学热点的疏离。

本文所要着重讨论的是江东士人在儒学实践方面的独特之处：

其一，批判缘情制礼而强调遵循礼典。门阀社会在崇尚清谈玄学的前提下强调孝悌之道，其结果是使礼义观念中渗透了玄学思想的因素，东晋之后的“缘情制礼”即是其表现之一[⑤]。从儒家礼义的本原来看，一方面礼制建立在人情的基础之上：“礼义之经也，非从天降也，非从地出也，人情而已矣”[⑥]，但另一方面，礼的本质却是节制人情，即“君子礼以

① 《南齐书》本传。

② 钱穆《略论魏晋南北朝学术文化与当时门第之关系》统计《隋书·经籍志》著录的南朝经学著作，其中《尚书》学著作32部247卷，在六经中数量最少（第138—139页）。

③ 《梁书》本传。

④ 《尚书正义》，十三经注疏标点本，北京大学出版社1999年版，第3页。

⑤ 参见余英时《名教思想与魏晋士风的演变》，载《士与中国文化》（上海人民出版社1987年版）。

⑥ 《礼记·问丧》。

饰情"[①]，缘情和饰情是儒家礼义观念中相辅相成的两个方面。而在老庄玄学的影响下，放纵任达之风盛行，门阀社会的礼学观念便向"缘情"这一端倾斜，片面强调人情，甚至导致了对礼制的违背。比如，由于世重孝道，士人不仅往往因居丧过哀而形销骨立，而且常常无视礼制的规定而妄服重丧。在礼典没有明文规定的情况下，提倡"疑斯从重"，亦未尝不可；于诸家异说中，遵从服重之说，也无可厚非。如宋永初二年(421)，王准之奏请三年之丧用郑玄二十七月说曰："夫先王制礼，以大顺群心。丧也宁戚，著自前训。"[②]然而"丧也宁戚"一旦被强调到极致，便不可避免地走向了礼制的反面。

东晋时常有出后子、庶子为本亲服丧超过礼制规定期限的现象。以"为人后者为所生母服"为例，《仪礼·丧服》规定："庶子为母缌麻三月"，《礼传》解释其原因曰："何以缌麻？以尊者为体，不敢服其私亲也。"(《晋书·礼志中》)而东晋汝南王统、江夏公卫崇皆为庶母制服三年，对此社会舆论却予以嘉许。吴郡顾和上奏指出，根据礼典明文规定，为人后者，必须降其所出。因此，为庶母制服三年的实质是"违冒礼度，肆其性情"[③]。此事发生在永和年间顾和任尚书令时[④]。据《晋书·礼志中》，由于"丧也宁戚"的观念已深深植根于社会心理之中，此后的升平四年(360)和兴宁三年(365)，太宰武陵王和梁王又先后要求为所生母服齐衰三年，朝廷令依乐安王故事服大功九月。直至太元十七年(392)，此风仍然盛行，以致太常车胤两次上书，反对"顷年已来，各申私情，更相拟袭，渐以成俗"的现象，要求按照礼制服缌麻三月。考车胤之家世可知，车胤

---

① 《礼记·曾子问》。

② 《宋书》本传。

③ 《晋书》本传。

④ 《晋书·顾和传》序此事于南中郎将谢尚领宣城内史之后。又据《晋书·谢尚传》，谢尚于建元二年(344)任南中郎将，又永和元年(345)五月，尚书令诸葛恢卒(《晋书·穆帝纪》)，此时顾和以母丧未就职，则其任尚书令是在服阕之后的永和三年(347)左右。

曾祖浚曾任吴会稽太守①,可以推测车氏虽非江东大族,但也深受江东学风的熏陶。此外,会稽虞喜《答孔瑚问庶子为人后其妻为本舅姑服》、贺循《出后子为本亲服议》、谢奉《太宰武陵王为所生母服议》②等都就这一问题表达了抑情守礼的观点。

江东士人在其它礼制实践中同样强调遵循礼典。以丧礼用凶门柏装为例,东晋初年,会稽孙霄曾上疏指出此仪不合礼典,东晋末年孔琳之进一步批驳这一时俗曰:"凶门柏装,不出礼典,起自末代,积习生常,遂成旧俗。"③

其二,砥砺忠义节操。如前所述,门阀社会的高门士族往往为了家族利益而背弃忠义道德,而江东士族却将孙吴重忠义的传统加以发扬光大。六朝时期,江东士族中的忠烈之士可谓层出不穷。如西晋末年,吴郡顾荣汇合江东士族力量平定陈敏之乱,直到刘宋文帝时,吴郡顾觊之仍为本族先辈的忠义而自豪④;又如东晋苏峻之难中,侨姓高门自顾不暇,而以吴郡陆晔、陆玩兄弟、会稽孔愉父子为代表的江东士族全都冒死保卫朝廷⑤;又刘宋随王刘诞之乱中,记室参军会稽贺弼由于对朝廷与府主的忠诚不能两全,竟以死立节⑥。

江东士人对忠义道德的追求虽然偶有例外⑦,但在整个南朝时期都是普遍现象。即便是在江东士族学术逐渐融入社会主流的萧梁时期,侯

---

① 《晋书·车胤传》。

② 分别见《通典》卷九十五、卷九十六、卷八十二。

③ 《宋书》本传。

④ 《宋书·顾觊之传》。

⑤ 方北辰认为江东大族在苏峻之乱中之所以效忠于朝廷,是"由于东晋王朝及时调整了统治集团内部的利益分配,江东世家大族对东晋朝廷的政治态度亦随之发生变化"(《魏晋南朝江东世家大族述论》上篇第三章,第75—77页),此说从政治利益角度立论,颇有见地。但江东士族的道德传统也是至关重要的因素。

⑥ 《宋书·随王刘诞传》。

⑦ 如南齐末年张稷曾为废齐立梁出力(《梁书·张稷传》);又如梁侯景之乱中,吴郡陆映公劝袁君正降敌(《南史·袁君正传》)。

景之乱证明了江东士人的忠烈之风未改：吴郡顾越拒绝接受侯景的任命（《南史·顾越传》），会稽孔奂不愿卑事景帅侯子鉴（《陈书·孔奂传》），张嵊率兵抵御侯景入侵，与子弟十余人同时遇害（《梁书·张嵊传》）。北齐颜之推《颜氏家训·养生》甚至认为张嵊是侯景之乱中唯一“辞色不挠”的义士[①]。

江东士族对儒家道德的追求，还表现为不事权贵的气节。如东晋孔愉被誉为“能持古人之节，岁寒不凋”（《晋书》本传），刘宋孔琳之、孔觊都以不阿权贵著称（《宋书》本传），顾觊之对权幸戴法兴不卑不亢，被济阳蔡兴宗认为“风节过峻”[②]。与此相联系，江东士人还继承了汉末清议人士激浊扬清的传统，这与门阀士族和光同尘、明哲保身的人格特征是大相径庭的。在平流进取的门阀制度下，在名教与自然合一的玄学思潮的影响下，侨姓士族崇尚一种貌似儒家忠厚之德而实质上是老庄和光同尘的人格。西晋夏侯湛就作有《东方朔画赞》，称扬其“退不终否，进亦避荣。……涅而无滓，既浊能清”[③]的依违两可的人生哲学。刘宋谢混赞许谢弘微云：“微子异不伤物，同不害正。若年迨六十，必至公辅。”[④]足见高门士族对这种和光同尘的人格是何等地推崇。又同传称谢弘微“不言人短长”，且反对其兄谢曜的好臧否人物。这就是谢混所谓“异不伤物，同不害正”的内涵所在。前述二王在朝代更迭之际“不迎不送”的态度，同样是这一人格理想的反映。又王僧虔尤重东汉崔瑗《座右铭》并以之教育子弟，该铭虽然涉及到儒家仁爱思想，但其核心却是老子明哲保身的观念，篇首即点出了“无道人之短，无说已之长”的劝诫。崔瑗乃东汉擅长铭文写作的崔骃之子，耐人寻味的是，昭明太子等人将此《座右铭》收入《文选》，却未收崔骃的铭文。单就文笔而言，崔骃之铭远比崔瑗

---

① 王利器撰《颜氏家训集解》，中华书局 1993 年版，第 363 页。

② 《宋书》本传。

③ [梁]萧统编、[唐]李善注《文选》卷四十七，上海古籍出版社 1986 年版，第 2119 页。

④ 《宋书·谢弘微传》。

更负盛名，但崔瑗《座右铭》在六朝更为脍炙人口，很可能是由于其中的劝戒更契合于门阀士族的依违两可、明哲保身的人生哲学。与此相反，江东士人中好论天下是非者，比比皆是。如东晋時孔愉曾上表抗言“奸吏擅威，暴人肆虐”[①]的弊政，晋末宋初孔琳之以“强正有志力”著称，多次上疏抨击時弊；又刘宋時孔觊“少骨梗有风力，以是非为已任”[②]，南齐虞玩之亦“于人物好臧否”[③]。臧否人物与不阿权贵，是江东士人人格特征中相辅相成的两个方面。

以上所讨论的江东士族保守学风的两个方面，是经六朝历代而不衰的，只不过在晋宋两世表现得尤为突出而已。

## 二　南齐以降：玄儒交融与江东儒学的发展

从西晋灭吴至南齐年间，江东士人努力维护儒学的纯粹性，但江东士人学术已在玄风中浸润了二百余年，吴郡张氏在玄学方面的造诣，已为江东士人的学术注入了新的活力。因此，江东士族儒学与玄学交融的态势已是呼之欲出。

吴郡陆澄之学术特征便充分反映了这一时代要求。永明初年，国学设王弼之玄学《易》，陆澄致书王俭，要求并设郑玄之儒学《易》，其理由是：“玄不可弃，儒不可缺”，此说显示出以儒兼玄的学术追求[④]。不过，南齐时江东士族学术的变迁仍处于萌芽状态。永明年间，顾欢《三名论》对玄学重要命题“四本论”加以驳斥，孔稚珪也参与了其说的建构[⑤]，足见儒玄之间的壁垒尚未完全倒塌。此时的玄儒交融是出于学术自身发展的必然要求，而导致南北士族学术差异的政治环境并未改善。

---

① 《晋书》本传。

② 《宋书》本传。

③ 《南齐书》本传。

④ 说详见第三章第三节《论陆澄崇儒博物的学风对梁代文学复古思潮的影响》。

⑤ 《南史·顾欢传》。说详见第七章第二节《论孔稚珪的隐逸观念和宗教信仰的关系》。

入梁以后，梁武帝萧衍从两个方面推动了南北士族的学术融合：其一，他有意识地改变了清官必授甲族的惯例，为包括江东士族在内的二流士族中的优秀分子提供了相对平等的机会。吴郡张率得秘书丞之职、陆氏子弟被选为东宫僚佐等，都得益于新的选官制度。门阀制度导致的政治隔阂是两晋南朝的南北士族文化差异的重要原因，梁武帝对门阀制度的修正，无疑有力地推动了江东士人融入主流的进程。其二，梁武帝在热忱事佛的同时，大力奖倡儒学。正如《梁书·儒林传》所述，汉末儒学衰微以来，梁武帝是第一个全方位复兴儒学的帝王，从天监四年(505)起，他不仅在中央设立五经博士，而且在州郡建立学堂，太子王侯也无不劝令就学。当儒学成为主流文化之后，崇尚儒术的江东士族文化融入主流，便是顺理成章之事。

至此，江东士族学术才真正建立起以儒术为强项、兼宗玄佛的多元结构。其时江东士族儒学极其兴盛，天监四年所设的五名五经博士中，就有吴郡陆琏、会稽贺瑒两位江东士族。此外，顾协、孔休源、贺琛、孔佥、孔子祛等人亦堪称大儒。梁武帝撰《五经讲疏》及《孔子正言》，令孔子祛为义证，其后又命孔子祛与朱异、贺琛三人于士林馆轮流执经①。诸人的学术都具有以儒为主、博涉多通的特点。如《梁书·儒林传》载贺瑒著有"《礼》、《易》、《老》、《庄》讲疏，《朝廷博议》数百篇，《宾礼仪注》一百四十五卷"，可见其兼擅儒玄。但同传称"瑒于《礼》尤精"，这就说明，虽然他对"三玄"之学颇为关注，但他最精通的还是起源于汉代、又经东晋贺循发扬光大的家传礼学。萧梁以降，江东士族已成为崇尚儒家道德(包括忠孝在内)的楷模。史称梁代侯景之乱中，士人皆不能终三年之丧，唯独会稽孔奂与吴郡张种以守丧尽孝闻于世②。

陈代江东士族的学风一如萧梁。陈武帝以江南土著自居，因此对江东士族格外垂青，江东士人的政治文化地位得到了空前提高。正如《陈

① 《梁书·儒林传》。
② 《陈书·孔奂传》。

书·儒林传》所述，陈代在礼乐建设方面可谓有心无力，因而其时的儒学不过是继承萧梁的余绪。此时江东士人的学术基础大多形成于萧梁，因此孔奂、贺德基、陆琼、陆琰、陆瑜、陆庆、顾野王、顾越等人多具有博识多通的特点。

值得注意的是，江东士族的学风与侨姓尚儒家族的学风亦颇为异趣。六朝時期（尤其是萧梁以前）江东士族所交往过从的侨姓家族，大多为尚儒旧族。此类擅长儒术的侨姓家族的学风往往比社会主流思潮保守，但与江东士人的保守儒风又有不同。这主要是由于这些侨姓尚儒家族自魏正始以来，早已受到过玄风的吹扇。如颍川荀氏直至东晋時仍传经学，但早在正始時期荀粲已“谈尚玄远”[①]，又陈留蔡氏有“礼度之门”的称誉[②]，而蔡睦曾任魏尚书，可以想见蔡氏也曾得到正始玄风的沾溉；南齐大儒沛国刘瓛为东晋刘惔的六世孙，刘惔是东晋一流的清谈名士，那么刘氏家学也是由尚玄转为奉儒的。这些家族都具有深厚的玄学文化底蕴，其儒学自然有别于迟至西晋太康年间才接触玄风的江东士族。此外，就儒学传统而论，侨姓旧族承袭的是中原儒学的谱系，亦与孙吴的学风迥异。以易学为例，荀氏等侨姓旧族兼奉郑王，陆澄等江东士人仍重虞翻的象数易学。侨姓旧族常对中原系统的儒学深怀追慕之意。如刘瓛曾谓学生曰：“江左以来，阴阳律数之学废矣。吾今讲此，曾不得其仿佛。”[③]济阳蔡仲熊亦曰：“凡钟律在南，不容复得调平。昔五音金石，本在中土；今既来南，土气偏陂，音律乖爽。”[④]刘瓛对此亦有同感。这两位侨姓儒者的言论，极具说服力地证明，同样是学风保守且崇尚儒学，江东士族与侨姓旧族的学术取向仍然是有区别的。六朝学术实质上存在着主流思潮、中原旧族之学和江东士族之学这三种（也许更多）彼此冲突又相互影响的倾向。

---

① 《世说新语·文学》“傅嘏善言虚胜”条。

② 《南齐书·蔡约传》。

③④ 《南齐书》本传。

## 三　会稽贺氏礼学

在江东士族儒学的发展演变过程中，会稽贺氏礼学尤其值得重视。贺循礼学对于江东士族学术文化的影响，几乎可与陆机文学、谢敷佛学相匹敌。因此，有必要将其作为江东士族儒学的个案加以考察。

会稽山阴贺氏早在西汉末年就已移居江南[①]。《元和姓纂》卷九载“贺氏”云：

> 姜姓，齐公族庆父之后。庆克生庆封，以罪奔吴。汉末，徙会稽山阴。后汉庆仪为汝阴令，庆普之后也。曾孙纯，避汉安帝父讳，始改贺氏。

会稽山阴贺氏是江东士族中家学渊源最为深远的家族。其祖先西汉庆普受《礼》于后苍，从此礼有庆氏之学[②]。东汉庆纯儒学有重名，汉安帝时为侍中、江夏太守，避安帝父孝德皇帝讳，改为贺氏[③]。这样一个世代治礼的学门，在孙吴时(尤其是前期)为适应时代的需要，由崇文转向尚武，竟出现了贺齐、贺齐之子贺达、贺景兄弟以及贺达之子贺质三代大将。

直至孙吴末年，贺景之孙贺循才真正恢复家传《三礼》之学。从表面来看，贺循之所以研习《三礼》，似乎是由于父亲贺邵被杀，全家流放临海，贺循失去了政治出路之后不得已而转向学术。其实贺循治学更为根本的背景还是孙吴后期的右文风气[④]。这种崇学的倾向从贺循父亲贺邵一代已经开始萌芽。贺邵(227—275)字兴伯，曾受业于吴郡钱塘范平。从其仕宦经历看，孙休时，他由中郎为散骑中常侍，出为吴郡太守；

---

① 参见方北辰《魏晋南朝江东世家大族述论》第一章。
② 《汉书·孟卿传》。
③ 《三国志·吴书·贺齐传》裴注引虞预《晋书》。
④ 详见第二章第一节《孙吴时期的江东文化传统》。

孙皓时入为左典军,迁中书令,领太子太傅。显然他几乎没有担任过武职。他在上疏中博引经传,也证明了他学养的深厚。可见贺邵已经迥异于其父贺景那种"御众严而有恩,兵器精饰,为当时冠绝"[①]的武将风貌。而贺循在社会尚文风气和个人政治灾难的双重因素的作用下,潜心钻研礼学并磨砺道德节操,其学术达到了很高造诣,即便与其同辈的陆机、陆云兄弟、顾荣等人相比较,贺循的才学和道德也是出类拔萃的。可以说,六朝贺氏家学门风的远源是庆普,而近因则是贺邵、贺循父子。

1. 贺氏家学门风及其盛衰

贺邵父子所开创的家学门风在六朝历代传承不绝,最为突出地表现在以下两方面:

(一)《三礼》之学代代相传。

东晋时贺循《丧服要记》为官方礼制实践的准则(说详下)。据《宋书》卷五十五传论和《隋书·经籍志》,刘宋时贺道养研治经书,著有《春秋序》一卷[②]、《贺子述言》十卷[③]、集十卷[④],《御览》二载其《浑天记》,由此不难推测其学术之守旧;又据《梁书·儒林传》,贺道力善《三礼》,任尚书三公郎、建康令等职;贺道期曾任太学博士,元嘉六年(429)曾议"太庙送神"礼[⑤]。梁代贺瑒(452—510)字德琏,于南齐时见赏于大儒沛国刘瓛,历任奉朝请、太学博士、太常丞,入梁后治宾礼,天监四年(505)兼五经博士,其时正是高祖创定礼乐之际,贺瑒之建议多为朝廷采纳。贺瑒著述不囿于《礼》学,有《五经异同评》一卷[⑥]、《易》、《老》、《庄》讲疏、《朝廷博议》、《孝经义疏讲议》一卷、《谥法五卷》[⑦]等著述多种,其礼学著作则包括《丧服义疏》二卷、《礼记新义疏》二十卷、《礼论要钞》一百卷[⑧]、《梁宾

① 《三国志·吴书·贺齐传》裴注引《会稽典录》。

②⑥⑦⑧ 《隋书·经籍志一》。

③ 《隋书·经籍志三》。

④ 《隋书·经籍志四》。

⑤ 《宋书·礼志四》。

礼仪注》九卷[①]。贺瑒二子革、季，皆通《三礼》。贺革(479—540)字文明，少通《三礼》，及长遍治《孝经》、《论语》、《毛诗》、《左传》。起家晋安王国侍郎兼太学博士，一生讲学不辍。比如，他任西中郎湘东王咨议参军时，湘东王于王府置学，以贺革领儒林祭酒，吸收了大批荆楚士人前来听讲。贺瑒侄子贺琛亦精《三礼》。他受学于贺瑒，梁普通中以学术为梁武所知，任王国侍郎兼太学博士、中卫参军事、尚书通事舍人、尚书左丞、御史中丞等职，长期参与礼仪的制定，曾反驳太子"大功之末，可得冠子嫁女，不得自冠自嫁"等说法。贺琛还奉敕撰《梁官》、《新谥法》，后者成为萧梁至隋唐时期朝野遵循的典籍。大同中，梁武于城西开士林馆，贺琛与朱异、张绾等人轮流讲述高祖《礼记·中庸义》[②]。据《梁书·贺琛传》，梁武帝每次召见贺琛，必长谈良久，以致朝中有谚曰："上殿不下有贺雅。"由此可以窥见，贺琛礼学在当世地位之高。又梁代贺文发、贺淹，陈代贺德基三代皆通《礼》学，任尚书祠部郎。

综观六朝时期贺氏的礼学传承可以发现，与其它江东士族相比，贺氏学者人数较少，除东晋贺循、梁代贺瑒、贺琛堪称学界的中坚分子外，刘宋、南齐乃至陈代，贺氏都不曾在学术文化领域作出重要建树。换言之，贺氏礼学虽然不绝如缕，但真正兴盛繁荣的时期只有东晋和萧梁两个阶段。这实在是一个很有意思的现象。如前所述，六朝时期社会主流虽不以儒学为核心，但《三礼》和《孝经》等关乎家族道德的儒家文化非但没有衰歇，反而在历朝历代都得到朝野的关注。世世代代研习《三礼》的贺氏却何以如此寂寥呢？这其中确实有贺氏子孙不够蕃盛因而人才寥落的原因。以东晋为例，据《晋书·贺循传》，贺循学冠海内，德望隆盛，可谓辉煌之极，但贺循之子贺隰却默默无闻，史书仅说他"官至临海太守"，可以推测他才德平庸，实在乏善可陈。相反，陆氏、孔氏、顾氏等家族不仅有陆玩、孔愉、顾荣等人在东晋初年活跃于政治、文化界，他们的

---

① 《隋书·经籍志二》。

② 《梁书·张绾传》序此事于大同十年(544)后、太清二年(548)前。

第二代陆纳、孔安国、顾和等人也都崇学术、重操行，有名于当世。东晋后期，由贺循造就的贺氏的辉煌竟随着贺循的辞世而陡然消失，这首先归咎于贺氏本身没有培养出好子弟。贺氏在陈代的萧条也当作如是观。

同时，贺氏士人不为朝廷所用，也是一个显而易见的事实。东晋贺循强调遵循礼典，其后的贺氏士人又莫不如此，比如，刘宋元嘉六年(429)，太学博士徐道娱认为太庙烝尝仪中，对于神主不迎而送的做法不合情理，其时太学博士江邃、贺道期、荀万秋等三人皆指出徐氏之说没有依据。其中，贺道期首先援引《祭统》"迎牲而不迎尸"、《诗》"钟鼓送尸"等典籍论证自己的观点，其他二人只是附和其说而已①。贺道期参与的礼制讨论，已知者仅这一次而已，但这已充分展示了贺道期以礼立论的风貌。又南齐建武年间，礼臣们讨论永明以来施行的南郊祭坛起瓦屋之仪，贺瑒引用《周礼》"王旅上帝，张氈案，设皇邸"，认为这一新兴制度有悖于礼典②。总之，贺氏崇尚江东的旧有学风，不愿为了阿顺帝王的旨意而违背礼典，也不赞成门阀社会缘情制礼的风尚，因此无论是在中央集权高度强化的刘宋，还是侨姓高门重又把持政治文化的南齐，贺氏礼学都不可能得到重用。现在能够知道的刘宋时贺道养、道期、道力三位守儒士人中，仅贺道期曾于元嘉六年(507)参与议论"太庙送神仪"；迄于南齐，永明七年(489)以前，朝廷礼仪讨论几乎是王俭的"一言堂"。王俭虽然在议礼时曾引用贺循礼说，但他对贺瑒等人并不推重。他大力举荐的是与贺瑒年纪相仿的侨姓高门子弟庐江何佟之(449—503)等人，因此何佟之在王俭之后，顺理成章地成为南齐礼制实践的权威。终南齐一世，贺瑒仅在建武二年(495)"南郊能否起瓦屋"一议中发表过看法，而他依据礼典提出的意见并未得到朝廷认可。宋齐两世贺氏学术走入低谷，很大程度上是被帝王和侨姓压抑、冷落的结果。

---

① 《宋书·礼志四》。
② 《南齐书·礼志上》。

在推崇礼学的时代里，礼学世家贺氏却长期默默无闻，这一事实充分说明了南士儒学与主流文化的异质，也反映了江东士族文化被侨姓高门排挤压抑的事实。

（二）推重士节的家风

从孙吴贺邵开始，贺氏重操行节义的家风就已有所展示。在孙吴暴君孙皓执政期间，贺邵上书指斥君王残害忠良王蕃、宠用小人何定、搜刮民财、骄奢淫佚等弊政，苦口婆心地劝谏孙皓任用贤良、轻徭薄赋、积极御敌，这封剖露了贺邵之赤胆忠心的上书却招致了孙皓的忌恨。他令人诬陷贺邵与楼玄毁谤国事，后来贺邵以中风去职，孙皓疑其装病，竟收治贺邵，加以严刑拷打，最后贺邵竟死于断头火烧之刑（《三国志·吴书·贺邵传》）。贺邵因直言极谏而付出了生命代价，其忠烈之节操对贺循产生了深刻影响。西晋末年陈敏据江东叛乱，欲任贺循为丹杨内史，贺循"辞以脚疾，手不制笔，又服寒食散，露发袒身，示不可用"①，始终没有屈服。当时江东士人仅贺循与吴郡朱诞能拒绝陈敏的任用。贺循坚守道义、不附逆臣的做法，与其父的忠烈是一脉相承的。刘宋时贺弼再一次践履了舍生取义的德操。孝武帝大明三年(459)，竟陵王刘诞举兵反叛，其记室参军贺弼多次劝谏而无效，有人劝贺弼随众人投降朝廷，贺弼曰："公举兵向朝廷，此事既不可从，荷公厚恩，又义无违背，唯当死明心耳。"②为了既不辜负竟陵王刘诞的重恩又不背叛朝廷，贺弼竟选择了服药自杀。这种以死表忠的行为在整个六朝时期都是罕见的，贺氏忠义可谓绵绵不绝。不可否认的是，贺氏忠义家风在南齐之后大为减弱，梁代侯景之乱中，贺琛竟上演了一出劝仆射王克等人开城纳贼的丑剧（《梁书·贺琛传》），贺氏门风真可谓斯文扫地矣。

东晋贺循以后，贺氏基本上以学术（主要是礼学）进身而较少政治才

① 《晋书·本传》。
② 《宋书·竟陵王诞传》。

能。本来，东晋南渡之初，司马睿最为重用的江东士人便是吴郡顾荣和会稽贺循。然而，经历了惨痛家祸的贺循，在推崇道德操守的同时，也淡化了仕进之念。当晋元帝无意中提及这次家祸时，贺循流涕曰："先父遭遇无道，循创巨痛深，无以上答。"[①]这一回答表露了：父亲的遭遇在他心中留下的是怎样难以抹去的伤痕！因此军司顾荣卒后，司马睿命贺循接替顾荣，但贺循拒绝了；此后对于晋元帝的每一次任命，他都再三推辞。当此之时，江东士族大多活跃于政治舞台，崇尚"素退"的会稽孔氏和吴郡顾氏也积极参政，贺循的退让在江东士族中可说是绝无仅有的。贺循的这种心理状态，还导致了他的后代也缺乏提高家族地位的野心。因而贺氏虽德才兼备却位宦较低。如前所述，宋齐两世贺氏衰微，贺道养、贺道力等人担任的，无非是太子博士之类的闲职；甚至在贺氏学术复兴的梁代，贺瑒、贺琛等人也不过位至尚书左丞等职。礼学世家贺氏的政治实力，实际上从孙吴末年起便一蹶不振。六朝时期贺氏文化不及其他江东士族兴盛，也很难说与此毫无关系。

2. 贺循礼学对六朝礼制实践的影响

贺循(260—319)字彦先，自幼便以操行、礼让著称。西晋平吴之后，贺循曾任阳羡令、武康令，颇有政绩，久之，补太子舍人，后与南士协同平定石冰之乱。司马睿渡江后，重用顾荣、贺循等江东名士，即位后又曾下诏曰："(循)言行以礼，乃时之望，俗之表也。"[②]在典章礼仪方面，朝廷尤为重视贺循的意见。史称"永嘉之乱，旧典不存，贺循为太常，始有登歌之乐"[③]，其时南郊制度"皆太常贺循所定，多依汉及晋初之仪"[④]。而朝廷礼制实践中的一些争执不下的疑议，也往往由贺循决断。如宗庙世数问题，贺循以为惠、怀二帝为兄弟，而"礼，兄弟不相为后，不得以承代为世"[⑤]，故二帝应为一世，刁协的意见与贺循相左，但朝

①②⑤ 《晋书》本传。

③ 《乐府诗集》卷一《郊庙歌辞》序。

④ 《晋书·礼志上》。

廷最终采用了贺循之说①。朝廷对贺循礼学的尊显，由此可见一斑。贺循礼学在东晋以后仍然颇具影响力。

（一）“依经礼而对”与贺循礼学的特征

贺循以尤精礼传而为东晋儒宗。《隋书·经籍志一》著录其《丧服要记》十卷②、《丧服谱》一卷，则贺循礼学的长处在于《丧服》礼学。但贺循礼学并不限于此。从散见于《宋书·礼志》、《晋书·礼志》、《通典》等史籍中的贺氏言论来看，贺循礼学的涵盖面极广，举凡耕籍之礼③、宗庙之祭④、立谥之法⑤、太庙制度⑥等问题，他都提出了言之有据的看法。贺循礼学的博大精深，是东晋朝廷重用其学的内在因素。

正如其他江东士人一样，贺循礼制观念最为突出的特征，是强调遵循礼典而有别于“缘情制礼”的时尚。一方面，《晋书》本传已指出贺循的礼学倾向：“朝廷疑滞皆咨之于循，循辄依经礼而对。”贺循议礼时言必称礼典。比如他反对“琅琊恭王称皇考”一事曰：“案礼，子不敢以己爵加父”⑦，贺循仅凭两句话就驳回了异议，可见据“礼”立论确有四两拨千金之效。另一方面，对于礼无明文的问题，他往往采取疑则存疑的谨慎态度。如改葬时是否行虞祭的问题，贺循在《丧服要记》中没有明言，后来韩虮提出疑问，贺循说明其缘故是：“礼无明文，是以不明言也。”⑧。但贺循也并非泥古不化的教条主义者。如议“告庙”之礼时，他首先指出

---

① 《晋书·礼志上》云：“寻以登怀帝之主，又迁颍川，位虽七室，其实五世，盖从刁协以兄弟为世数故也。”与《晋书·贺循传》说异。又据《宋书·礼志三》，太兴三年(320)，华恒、温峤再议，始复豫章、颍川二主于昭穆之位，此时贺循已卒。未知孰是。

② 《隋书·经籍志一》注云：“梁有《丧服要记》六卷，晋司空贺循撰”，可知梁代已有不同版本。

③ 如《晋书·礼志上》之“答尚书符问籍田至尊应躬祀先农不”。

④ 如《晋书》本传之“颍川豫章庙主不毁议”。

⑤ 《通典》一百四之“琅琊世子谥议”。

⑥ 《通典》四八之“答尚书符问”。

⑦ 《晋书》本传。

⑧ 《通典》一百二“答韩虮问”。

“古礼及汉氏之初，皆帝帝异庙”，故古礼规定有大事则仅告一庙，而自东汉光武以来，庙制改为共堂别室，所以当今应该根据实际情况而遍告先祖，“不得以古礼为断”①。

东晋时期，“缘情制礼”之风尚的表现之一，是对于血缘关系很近而伦理原则要求“降杀”（即降低服叙）的亲属，人们往往服丧过重。如为人后者（出继者）为本亲不降服，庶子承重者（继承宗祧者）为所生母服三年之丧等。针对这类片面重视自然人情（即血缘关系）的现象，贺循从以下几个方面强调了礼制中的宗法伦理原则：一是对于已嫁女子来说，君服（夫家之服）重于私服（娘家之服）。在“车骑妇先遭车骑丧，后遭母丧”一例中，贺循首先引经据典曰：“礼，女子适人，服夫三年，而降其父母，传曰不贰斩”。因此符合礼制的做法是从夫为车骑服斩衰三年，不必再服齐衰母丧，只需在奔丧时“有母初丧之服，以明本亲之恩”②。二是出为人后者，为本亲降服一等，为人后者之子，则不必再为本亲服丧，即所谓“初出情亲，故不夺其亲而与其降；承出之后，义渐轻疏而绝其恩”。贺循还揭示了这一礼制的实质是为了贯彻儒家伦理秩序：“绝其恩者，以一其心，其心一则所后亲，所后亲则祭祀敬，祭祀敬则宗庙严，宗庙严则社稷重。重社稷以尊百姓，齐一身以肃家道，此殆圣人之意也。”③三是礼制的实施必须具有统一性，不应为个别人的情感和道德而破例。如会稽丁潭有“清淳贞粹，雅有隐正”之誉，曾任琅琊王中令，琅琊王薨，他上疏要求依古礼为王终三年之丧，而当时朝廷的要求是“诸侯卿相官属为君斩衰，既葬而除”。贺循认为，礼制“无一人独重之文”、“不得唯一人论”④，因而丁潭的要求尽管是出于对故主的忠诚，但违背了礼制实践的统一性。

---

① 《通典》五十五“又答王导书”。

② 《通典》九十九。

③ “出后子为本亲服议”，《通典》九十六。

④ 《晋书·丁潭传》。

（二）兼奉郑王与贺循礼学的影响

贺循礼学对东晋南朝的礼制生活产生了深远影响。东晋朝廷奉贺循为礼学权威，《通典》卷一百二十载有东晋"殷仲堪问范宁"曰："荀讷议太后改葬，既据言不虞，朝廷所用贺要记云三月便止，何也"，可见贺氏《丧服要记》被官方视为丧服礼的实施准则。东晋士人议礼时每每援引贺氏《要记》，也就理所当然了。如范宁问为人后者归本亲后、为曾经所后之母的服叙时，孔汪以贺循《要记》证成其说："继母出为服周，是父没而嫁。贺循《要记》亦谓之出。当以舍此适彼，不独在嫁。可以意领，故不必继于本也。"[①]又如张祖高问会稽谢沈"士为天王何服"时，亦云："《要记》唯道大夫服君及家臣服大夫耳，不说士，恐有脱误。"[②]贺循本人曾多次答复时人对其《丧服要记》的质疑，今存者就有"答傅纯问"三次[③]、答韩蚪问一次[④]。

刘宋时研习、引用贺循礼学者，亦不乏其人。如颍川庾蔚之曾协助雷次宗管理儒学馆，又曾任太常丞[⑤]，史称其"略解《礼记》，并注贺循《丧服》行于世"[⑥]。《隋书·经籍志一》注亦云"梁有《丧服要记》，宋员外常侍庾蔚之注"。

南齐王俭在议礼中也频繁地援引贺循之说。如建元四年(482)，关于昭皇后迁祔是否祭奠一事，王俭引用了贺循"从墓至墓皆设奠，如将葬朝庙之礼"[⑦]以及"既窆，设奠于墓，以终其事"[⑧]的说法。又建元二年(480)皇太子穆妃七月薨，其年闰九月，对于南郡王兄弟服杖期之丧、应

---

① "孔汪答范宁问"，《通典》九十六。

② 《通典》八十一。

③ 《通典》五十六、七十三。

④ 《通典》一百二。

⑤ 《宋书·礼志四》。

⑥ 《宋书·臧焘徐广傅隆传论》。

⑦ 由《通典》卷一百二可知，这是贺循答韩蚪问时所云。

⑧ 《南齐书·礼志下》。《通典》卷一百二作"既设奠于墓，所以终其事"。从文义看，当从《南齐书·礼志下》。

以何月小祥的问题，王俭以为，在十一个月的小祥期内，闰九月不作数，因而应于五月而不是四月小祥，其依据是“郑(玄)、射(慈)、王(肃)、贺(循)唯云期则没闰，初不复区别杖期之中祥，将谓不俟言矣”[①]。此外，永明六年(488)，太常丞何諲之曾援引贺循《祭义》“用鱼十五头”[②]之说。直至梁代，人们在讨论礼制问题时，仍然不忘参考贺循的观点。如天监七年(508)周舍议慈母之服，征引了贺循“慈母之子不服慈母之党，妇又不从夫而服慈姑，小功服无从故也”的观点[③]。

如前所说，贺氏的礼学观念不同于社会主流的“缘情制礼”，而贺循礼学在东晋南朝又颇具影响力。如何理解这一看似矛盾的现象呢？这一现象反映了南朝礼制实践和贺循礼学的复杂性，可以从两方面加以考察。一方面，贺循的礼学思想在东晋南朝历代都被人们引用，但并不意味着得到了主流文化的认同。这是因为：

其一，在不同历史时期，贺循礼学的影响力受制于帝王的礼乐政策，有着强弱深浅的变化。东晋时贺循礼学颇为朝廷所重，而刘宋、南齐两代贺氏礼的地位明显下降。刘宋朝廷对贺氏礼学的重视程度大不如东晋，这从两方面可以看出：一，刘宋时会稽朱膺之和颍川庾蔚之遵用贺循礼学，但他们并非朝廷最为倚重的礼学大师。宋文帝推重的是北地傅隆和东海何承天。元嘉十四年(437)，宋文帝以新撰《礼论》交与北地傅隆，令其发表意见(《宋书·傅隆传》)。又何承天将《礼论》八百卷删减并合为三百卷(《宋书·何承天传》)。孝武以后，朱膺之和庾蔚之虽然多次参与礼制讨论，但孝武一世的礼乐活动并不取决于这些博学之儒的看法，而是完全服从孝武帝近臣徐爰的意志，史称其时“朝廷大礼仪注，非爰议不行，虽复当时硕学所解过人者，既不敢立异议，所言亦不见从”[④]。二，孝武以降，刘宋朝廷每每认为东晋礼制粗陋不全，如建安王休仁于泰始

① 《南齐书·礼志下》。
② 《南齐书·礼志上》。
③ 《南史·儒林司马筠传》。
④ 《宋书》本传。

四年(468)五月议皇太子车服时指出:"自晋武过江,礼仪疏舛。"[①]又泰始五年(469)有司奏议也认为"晋氏江左,礼物多阙。"[②]好大喜功的帝王大力复兴礼乐,其结果却往往是对礼制的僭越[③]。不难想见,恪守礼典的贺氏礼学与刘宋帝王的文化趣味是格格不入的。朝廷如此,侨姓士族更不可能真正服膺贺氏礼。

南齐时王俭等人推崇贺氏礼学,很大程度上是因为王俭属于侨姓高门中相对保守的士人。他曾经多次反思前代礼制中的任情违礼的弊端。如议刘宋的太子妃丧服曰:"大明旧事,是不经详议,率尔便行耳。今宜考以礼典,不得效尤从失。"[④]又如,对于丧期相差一二月者却同时除丧的现象,他给予了严厉的批判:"此所谓任情径行,未达礼旨。"(同上)更何况,今存王俭的所有礼制议论中,援用贺循说者仅前文所说三处而已,王俭对贺循礼学的承袭是有限的。

其二,即便是在朝廷遵循贺氏礼的东晋,贺循礼学也很难说是真正代表了礼制文化的主流。因为东晋南朝的礼制观念实际上存在着朝廷和士族两个系统,它们之间有相互交融的趋势,但并不完全一致。众所周知,在三年之丧的具体期限这一基本问题上,刘宋以前,朝廷用王肃的二十五月之说,而士族却依照郑玄的二十七月,直至刘宋永初二年王准之上疏要求"朝野一礼"之后,才统一采用二十七月的标准[⑤]。由此可以推测,朝廷和士族的礼制观念在其它方面也存在着若干分歧。由前引"朝廷所用贺要记"一说可知,贺循的《丧服要记》在东晋属于朝廷礼学的

---

① 《宋书·礼志五》。

② 《宋书·礼志一》。

③ 说详见拙作《符瑞文学与刘宋文风》,《文学评论丛刊》第四卷第二期(2001年9月)。

④ 《南齐书·礼志下》。

⑤ 《宋书·王准之传》。

系统，不仅朝廷礼事并不严格依照贺氏之说[1]，侨姓士族社会更不一定完全遵用。贺循曾在“出后子为本亲服议”中，以两个“或曰”的形式，述及时人的不同意见，其中之一为：“所后在五服之外，父制周年，而已无服，疏亲戚之恩，非先贤之意也”，此说显然出于“缘情制礼”论者。在东晋玄学思潮的冲击下，违悖礼典的“缘情制礼”倾向反而比遵循礼制的思想更占上风（说详见第二章第二节《江东士族以儒为本的保守学风及其演变》）。

另一方面，贺循礼学在东晋南朝的影响力，还缘于其礼学对前代学说的兼容并蓄。在反对“缘情制礼”的特征之外，贺氏礼学还表现出兼奉郑（玄）王（肃）的倾向，这就使得贺氏礼学在某些方面能够与社会主流合拍。郑、王礼学的主要分歧之一是，对于礼典无明文规定的问题，王肃往往倾向于从轻从简，而郑玄却每每从重从繁。前述三年之丧的期限便是如此。又以改葬之礼为例，王肃认为虞毕即除丧，郑玄则主张改葬后三月而除[2]。西晋以来，朝廷礼仪多采用王肃说，而在门阀士族中，援引郑玄之说以服重丧的风气盛行一时。在不违反礼典明文的前提下，贺循对王、郑两家的学说都有所吸收。就王氏礼而论，王肃著有《丧服要记》，贺循对自己的《丧服》学著作冠以同名，多少反映了他踵武王氏礼学的倾向。在“颍川豫章庙主不毁”一议中，他立论的基础是朝廷所用的王肃“三昭三穆，并太祖而七”之说[3]；又如《礼记·大传》有“别子为祖”一语，王氏的理解是“别子为祖，诸侯母弟则不尽为祖也”，杜预释为“始封之君，别子一人为祖”，贺循认为王、杜二说不同，很可能是因为两说适应的

① 如“广昌乡君丧停冬至小会”议中，贺循依据《礼记·杂记》“君于卿大夫之丧，比葬不食肉，比卒哭不举哀”的规定，认为广昌乡君丧而未葬时不宜举行小会，但咸宁二年诏书已有“王公大臣薨，三朝发哀，逾月举乐；其一朝发哀，三日不举乐”的成例，贺循只得无奈地承认“咸宁诏书虽不合经典，然随时立宜，以为定制，诚非群下所得称论”（《晋书·礼志中》）。

② 《通典》一百二“贺循答韩蚪问”。

③ 《晋书》本传。

具体情况有别，他强调王杜“二儒通识，不应有误”[1]。他对王肃学说的推重，由此可窥一斑。同时，贺循礼学中也颇多承袭郑氏之处。其“妇人为君服”、“答庾亮问”[2]等议中均援引郑说。更重要的是，在不违背礼典的前提下，当王、郑之说相互冲突时，贺循有时采用从重的郑说。如他解释《贺氏要记》在改葬礼的问题上从郑的原因是“郑得从重，故《要记》从之”[3]。贺循在一定程度上认同“疑则从重”的观点，因而与门阀社会的主流形成了局部的契合。这既是他多少沾溉了东晋玄风的结果，也成为其说被东晋以降的礼学家袭用的原因。南齐时王俭议改葬礼时援引贺说，即是其例。

综上所述，与其他江东士族一样，贺循礼学以恪守礼典、反对任情为主要特征；在此前提下，他又时而有“疑则从重”的倾向。贺循礼学在东晋南朝的影响，既是由上述贺氏礼学特征所决定的，也受制于东晋南朝帝王的礼乐政策。

## 第三节　论江东士族信仰的变迁

与王、谢等侨姓士族相比，六朝江东士人的家族信仰的特征及其变迁自有其特点。其中，吴郡张氏、会稽谢氏、吴郡陆氏等家族在晋末宋初已先后由道入佛，其奉佛进程与六朝社会主流基本一致，但上述士族自东晋以来便重视观音信仰，有别于六朝多数士人的好尚佛教义理；会稽孔氏、吴郡顾氏等家族长期坚持其道教信仰，直至齐末梁初才陆陆续续皈依佛门。江东士族信仰的独特性，与江东固有的儒家文化和黄老思想密不可分，也反映了江东士族内部的趋新与保守之别。

---

① 《通典》七十三“答傅纯问”。

②③ 《通典》七十三。

## 一　奉佛家族与观音信仰

元嘉十二年(435),丹阳尹萧摩之上书奏沙门奢侈,宋文帝以此事问侍中何尚之。何氏论东晋名士之奉佛曰:

> 渡江以来,则王导、周顗、庾亮、王濛、谢尚、郗超、王坦、王恭、王谧、郭文、谢敷、戴逵、许询及亡高祖兄弟,王元琳昆季,范汪、孙绰、张玄、殷顗,或宰辅之冠盖,或人伦之羽仪,或置情天人之际,或抗迹烟霞之表。并禀志归依,厝心宗信[①]。

这份名单表明,永嘉南渡后,琅琊王氏、汝南周氏、陈郡谢氏、高平郗氏、太原王氏、庐江何氏等侨姓一流士族皆先后皈依佛门。刘宋以降,越来越多的士族加入了奉佛行列。直至南齐初年,侨姓高门奉道者,仅琅琊王俭数人而已[②]。东晋以降,佛教对高门士族的吸引力远胜于道教。如果说佛教是六朝门阀社会的主流宗教,应该不会与事实相差太远。

1. 奉佛时间考

永嘉南渡后,率先皈依佛教的一批士人中,出身于江东士族者仅会稽谢敷、吴郡张玄二人。

谢敷卒于太元十六年(391)至二十年(395)之间[③]。《世说新语·栖逸》"郗尚书与谢居士善"条引檀道鸾《续晋阳秋》,叙谢敷之生平云:

---

① 《高僧传·释慧严传》。

② [梁]阮孝绪《七录序》云:"王(俭)则先道而后佛,今则先佛而后道,盖所宗有不同,亦由其教有浅深也。"

③ 据《世说新语·栖逸》"郗尚书与谢居士善"条刘注引檀道鸾《续晋阳秋》可知,谢敷先戴逵而死;又《晋书·戴逵传》云戴氏卒于太元二十年(395),则谢敷死于太元二十年以前;又陆澄《法论目录》载录谢庆绪《阿毗昙五法行义》(《出三藏记集》卷十二),太元十六年,僧伽提婆始于庐山译出《阿毗昙心》(慧远《阿毗昙心序》,(《出三藏记集》卷十),谢敷生前得见《阿毗昙心》,那么他的卒年应在太元十六年以后、太元二十年之前。

> 谢敷字庆绪，会稽人，崇信释氏。初入太平山中十余年，以长斋供养为业，招引同事，化纳不倦。以母老还南山若邪中。内史郗愔表荐之，征博士。不就。

《高僧传·竺法旷传》云，兴宁年间(363—365)竺法旷至若邪，与谢敷、郗超等交游。谢敷还若邪之前已崇信佛教十余年，那么他的崇佛当不会晚于永和九年(353)[①]。

由《世说新语·言语》"张玄之、顾敷是顾和中外孙"条引《续晋阳秋》可知，张玄[②]字祖希，是吴郡太守张澄之孙，少以学问著称，历任吏部尚书、冠军将军、吴兴太守等职。张玄九岁时，便与外祖顾和去过佛寺。其后他的侄子张裕、张邵兄弟虔诚奉佛。张邵于元嘉五年(428)左右镇襄阳，与子张敷皆礼敬僧人释道温[③]。张邵"遗命祭以菜果，苇席为辎车"[④]，他希望改变以牲牢为祭物的旧仪，代之以菜果，可见他已完全接受佛家不杀生的思想。显然，从张玄信奉佛教起，张氏已成为热忱的奉佛家族。此后南朝历代，除南齐张融主张尊道抑佛、以道统佛的"通源之论"外，张氏子弟皆专心事佛。

吴郡陆氏奉佛比张氏、谢氏略晚，东晋陆纳等人仍信道。《三洞珠囊》卷一《救导品》引《道学传》卷四"杜炅"条云：

> 陆纳为尚书令，时年四十，患疮。告炅云，奕世短寿，临终皆患此疮。炅为奏章，又与灵飞散。谓曰：君厄命已过，可至七十。果如其言也。

---

① 此时会稽谢氏尚未完全入佛，据《真诰》卷八《甄命授》，东晋谢奉服膺道教。

② 《世说新语》及刘孝标注多次提及张玄，仅《世说新语·言语》"张玄之、顾敷是顾和中外孙"条作"张玄之"，故本书取"张玄"一名。

③ 据《高僧传·释道温传》，其时张邵镇襄阳，又由《宋书》本传可知，元嘉五年(428)，张邵领雍州刺史。

④ 《宋书》本传。

这条材料在陆纳的生卒年等细节上与史实相悖[①]，但东晋陆氏信奉道教，当无可疑。而到刘宋前期，陆氏已出现了奉佛士人。陆杲《系观世音应验记》第五十三条记释道汪事云："杲祖简子使君作益州时，大崇敬之。"陆杲祖陆徽[②]，谥曰简子，曾于元嘉二十三(446)年至二十九年(452)任益州刺史[③]，则陆徽至迟在元嘉后期已经由道入佛。宋明帝时陆澄奉帝命撰《法论目录》，可见此时陆氏佛学修养已相当深厚。

2. 皈依佛门与吸收玄学的关系

在江东士人中，上述士族之所以较早地迈入奉佛家族的行列，是由于他们在保持江东旧有儒风的同时，在吸收玄学方面取得了长足的进步。西晋灭吴之后，江东仍大体保持着"经明行修"的儒风，而洛下早已盛行玄学。此时在继承江东儒学的前提下，大多数入洛吴士都受到了中原玄学的沾溉。永嘉南渡后，江东人士参与清谈玄学的热情，有增无减。其中谢氏、张氏等成为江东士族中较早接触并吸收了玄学的家族，陆氏也多少沾染了玄风。

太元十一年(386)前后，张玄任吴兴太守时，已与陈郡清谈名士谢玄并称"南北二玄"[④]，此时张氏的玄学造诣不仅远非其它江东士人可比，而且达到了整个士族社会的一流水平。其时谢敷也热心地与郗超等清谈名士讨论玄学佛理。他的《答郗敬书》有"至理深玄，非言象所喻也"之语[⑤]，明显带有庄子言意之辩的痕迹。东晋以来陆氏在保持儒学的同

---

① 一是陆纳于太元十四年(389)拜尚书令，太元二十年(395)卒(《晋书·孝武帝纪》)，则陆纳四十任尚书令、七十乃卒的说法不实；二是陆纳父陆玩年六十四而亡，"奕世短寿"云云为无稽之谈。

② 《梁书·陆杲传》。

③ 《宋书·良吏传》。

④ 《世说新语·言语》"张玄之、顾敷是顾和中外孙"条引《续晋阳秋》云："(张玄之)出为冠军将军，吴兴太守，会稽内史谢玄同时之郡，论者以为南北之望"，据《晋书·谢玄传》，谢玄于太元十一年移镇东阳，其后又转授会稽内史，太元十三年(388)卒于官，可知张玄赴会稽是在太元十一年至十三年之间。

⑤ 《文选》卷五十八王俭《褚渊碑文》李善注引《谢庆绪答郗敬书》。

时，并不完全排斥玄学新风。比如，南齐永明年间，陆澄阐述了对玄儒关系的看法："玄不可弃，儒不可缺"[①]，其学术思想的实质是以儒为本的儒玄兼综（说详见第三章第三节《论陆澄崇儒博物的学风对梁代文学复古思潮的影响》）。

江东奉佛家族在继承旧有儒学的同时，积极接受新学的熏染。众所周知，东晋佛学的传播，往往采取比附《老》、《庄》义理的"格义法"，以玄释佛的色彩很浓，上述家族对玄学的领会无疑有助于他们接受佛教。同时，他们在玄学领域内所取得的成绩，还显示了他们相对趋新的文化心态。这种求新的文化心态，使得他们在拥抱外来的佛教文化时，较少受到旧有观念的羁绊。

3. 皈依佛门与江东禅学传统

江东士人之奉佛与江东禅法的传播有着不可忽视的联系，这一点尚未得到学界的充分注意。在弘扬江东禅学方面，东晋时期会稽谢敷做出了重要贡献。

据《出三藏记集》，谢敷注《安般守意经》并作序[②]，又谢氏为支越、支法护和竺叔兰所译《首楞严经》的三个本子作合注[③]。以往的研究已经指出谢敷对东晋玄佛合一之风的预流，本书则强调，谢敷的上述佛学与孙吴时期的江东禅学传统一脉相承。其中，《安般守意经》为安世高译出后，由会稽陈慧首次撰为注义，康僧会担任助手[④]；陈慧为江东会稽士人，康僧会从赤乌十年（247）至天纪四年（280）在江东弘法三十多年[⑤]，则注释《安般守意经》可说是江东文化传统；又《首楞严经》也是汉代桓灵

---

① 《南齐书》本传。

② ［梁］释僧祐撰，苏晋仁、萧錬子点校《出三藏记集》卷六，中华书局 1995 年版，第 245—247 页。

③ 《出三藏记集》卷十二，第 270 页。王琰《冥祥记》称谢敷"手写《首楞严经》"（鲁迅《古小说钩沉》，第 472—473 页）

④ 康僧会《安般守意经序》，《出三藏记集》卷六，第 244 页。

⑤ 据《出三藏记集》卷十三《康僧会传》。汤用彤《魏晋南北朝佛教史》认为此传记不可信（第 89 页），但康僧会于江东弘法一事，自无可疑。

之际支谶首译①，孙吴黄武（222—228）初至建兴（252—253）中支谦再译②。而谢敷合注三种《首楞严经》时，以支谦所定者为母本。作为会稽土著，谢敷此举寄寓着弘扬江东文化传统的用心，不言可喻。

4. 崇尚观音信仰

吴郡张氏等奉佛较早的江东士人理解接受佛家文化的侧重点，与侨姓士族所决定的主流思潮有所不同。其主要原因在于，东晋以来，谢敷等人颇为注意收集有关观音信仰的传说。在江东士族的奉佛历程中，会稽谢敷所起的典范作用，颇近于陆机在江东士族文学史上的意义。除了注释禅学方面的佛经外，谢敷在观音信仰方面也是领路者。宋傅亮《光世音应验记序》云：

> 右七条。谢庆绪往撰《光世音应验》一卷十余事，送与先君。余昔居会土，遇兵乱失之。顷还此境，寻求其文，遂不复存。其中七条具识，余不能复记其事。故以所忆者更为此记，以悦同信之士云。③

由此可见，傅亮《光世音应验记》的原著实为谢敷。傅亮之父为傅瑗，与郗超友善④，谢、傅、郗三人经常相互研讨佛理，《出三藏记集》卷十二所载陆澄《法论目录》中有三人探讨佛理的书信目录。在观音信仰方面，三人也不无交流切磋之事，如《光世音应验记》第5条记吕竦父得观世音救护事，末了谢敷说明这条信息来源于郗超："竦后与郗嘉宾周旋，郗口所说。"又《高僧传》卷四《竺法义传》载傅亮语，述及傅瑗与竺法义谈论观音应验的情形曰："吾先君与义公游处，每闻说观音神异，莫不大小肃然。"

① 《出三藏记集》卷二，第27页。

② 支敏度《合首楞严经记》认为此本乃支谦删改支谶所译而成（《出三藏记集》卷七，第270页）。

③ 孙昌武点校，《观世音应验记（三种）》，中华书局1994年版，以下所引《光世音应验记》、《续光世音应验记》、《系观世音应验记》皆依此本。

④ 《宋书·傅亮传》。

谢敷不仅与诸人讲论观音应验故事，而且通过各种渠道收集观音灵迹，可见三人中以谢敷对观音信仰最为虔诚。

谢敷记录观音灵迹的做法，对江东士人的佛教文化产生了深远影响。刘宋傅亮根据记忆重录谢敷《光世音应验记》七条，张演撰《续光世音应验记》，齐陆杲则作有《系观世音应验记》。三部《应验记》分别出于江东士族中奉佛较早的谢氏、张氏和陆氏，这实在是一个耐人寻味的现象。在这个由前后相续的三部《应验记》构成的观音信仰的谱系中，傅瑗、傅亮父子虽也起到了一定作用，但其核心还是由谢敷导夫先路，张演、陆杲传承接续的江东士族文化。

5. 观音信仰的非主流地位

观音信仰认为，众生在遭遇苦难时，只要称诵或归心"观世音"，就会得到观世音菩萨的解救。较早流行的是源于《法华经·普门品》的救苦观音。六朝所行《法华经》有两种译本，一为西晋竺法护于太康七年(286)所译《正法华经》十卷二十三品，二为弘始八年(406)后秦鸠摩罗什所译《妙法莲华经》七卷二十七品。"光世音"的译法，出于《正法华经》。在什译《法华经》问世以前，《法华经·普门品》已作为单独的经典，以《观世音经》或《光世音经》的名称流行于僧俗间①。《出三藏记集》卷四录失译《光世音经》和《观世音经》各一种，可见单本《观世音经》曾有多种版本流传。今存三种《观世音应验记》共记观音灵迹 86 条，其中主人公诵念《观世音经》或《光世音经》者有二十条。可见，直接对观音信仰产生影响的，当是《法华经·普门品》的单行本。陆杲《系观世音应验记》将六十九条记事分别附属于《普门品》的"设入大火，火不能烧"等经文和《请观音经》(《请观世音菩萨消伏毒害陀罗尼呪经》，《大正新修大藏经》第 20 册)的"若行旷野"等内容之后，反映出《请观音经》也与观音信仰的传播有关。

---

① 参见周一良《魏晋南北朝史札记》，第 114—115 页，"《观世音经》"条，(中华书局，1985 年版)。

修行和信仰等层面在东晋南朝佛教文化中处于边缘地位。小南一郎认为三种《观世音应验记》所反映的观音信仰，与崇尚义理的“宫廷佛教”迥然有别。前者是一种真正意义上的信仰，他还指出“陆杲和刘义庆两个人之间在佛教信仰上有质的差异。刘义庆的佛教信仰，归根到底不能离开宫廷佛教。他召集文人和佛僧们，和他们进行格义佛教似的议论，其中很可能也包含许多咒术性因素。相对于此，陆杲的信仰是注重于家常生活中的个人行为和心情的，换言之，是作为一种生活规范的佛教。”[①]事实上谢敷等江东人士的佛教信仰都具有这一特点。众所周知，东晋以至南朝历代的佛教主流，都是重视义理而忽略信仰，东晋佛教尤其如此。其时般若学为世所重，名士们在探究“三玄”之学的同时，往往就般若学的“本无”、“即色”等各种学说展开热烈的讨论。其它僧俗名流自不必说，谢敷的法侣郗超虽曾谈论观音灵迹，又著有《奉法要》，论述居家佛徒所必须信守的戒规、斋法，但他对般若义理的探讨更为热衷，他对般若学“本无义”、“即色空义”等说都曾提出自己的见解[②]，东晋士人中勤于供养礼敬而疏于义理者，似乎仅何充等寥寥数人而已。

不仅士人的兴趣不在于义理之外的修行和信仰，一些为僧侣所奉行、与中土礼教有所冲突的礼俗，在很长一段时期都不到官方的允许。“沙门不敬王者”即是其例。成帝咸康六年(340)，中书监庾冰主张沙门应向王者行礼致敬，经过反复争论，尚书令何充等反对派的理论占了上风，但到了东晋末年，桓玄又重新提出沙门应致敬王者。直至慧远作《沙门不敬王者论》，认为在家信徒必须致敬王者，而出家僧侣则不能不变俗，这才为僧侣的“服章”争得了独立地位。《高僧传·慧远传》称“自是沙门得全方外之迹矣”。桓玄曾论述般若“心无义”[③]，他的好尚佛理而排斥教仪，正反映了东晋社会对佛教义理之外的修行和信仰的淡漠甚至排斥。

---

① 《观世音应验记排印本跋》，载《观世音应验记》(三种)。

② 《高僧传》卷五“竺法汰传”、卷四“于法开传”。

③ 《法论目录》，《出三藏记集》卷十二。

从晋末宋初起，士人对修行和信仰层面的关注有所增强。南齐竟陵王萧子良尤其重视修行，他甚至亲自赋食行水①，这必然对西邸宾客乃至全社会的奉佛风气产生了深刻影响。梁武帝亦为狂热的佛教徒，于修行和义理都十分关注。但这些都不足以根本扭转南朝佛教的义理重于信仰的总体状况。其表现之一是，齐武帝时，“沙门不敬王者”一事又遭到齐武帝质疑，最后他在敬与不敬之间作了个折衷，允许僧人“预坐”而不必“拖拜”，但禁止僧人自称“贫道”而必须称名②。显然，历史又倒退了一步，此时人们对佛教教仪的尊重程度甚至不及宋初。

观音信仰甚至在南朝信仰生活中也不占主要地位。六朝名士似乎对净土信仰更感兴趣。弥陀净土信仰，是指通过修持禅定的形式，思念阿弥陀佛的形象和西方净土的景色。晋末名僧慧远信奉净土，元兴元年(402)，他曾与同道一百二十三人立誓往生西方净土③。又刘宋何承天《与宗居士书》云：“近得贤从中郎书，说足下勤西方法事”④，可知宗炳亦信净土。慧远的友人慧永、弟子僧济⑤等多人均念西方弥陀。由此不难推测，其时净土信仰对名士名僧的影响力超过观音信仰。从三种《观世音应验记》来看，八十六条故事中，以僧侣(尼)为主人公的有二十八条，其中，仅帛法桥、竺法义、僧融等七位僧人见于《高僧传》，慧简道人、道泰道人等七位僧人名入《续高僧传》⑥，换言之，堪称名僧者，仅上述十几位僧人而已，他们分别以义解、诵经著称，足见南朝多数名僧对观音信仰的重视程度不够；此外，经历观音应验的平人中，仅沛国刘澄、太原王球、吴郡张畅等三人出身士族⑦。其它典籍中记载的崇奉观音信仰者，也不过

① 《南齐书》本传。

② 《高僧传》卷十三《释法献传》。

③ 《高僧传》本传。

④ 《弘明集校笺》卷三，第159页。

⑤ 《高僧传》卷六。

⑥ 附《观世音应验记》(三种)僧人一览表。

⑦ 分别见《系观世音应验记》第5条、23条和34条。

太原王琰[①]、平原刘霁[②]等数人而已。这也证明了观音信仰主要为下层百姓所尊奉。

6. 崇信观音的文化背景

谢敷等江东士人代代相承地记载、收集观音信仰传说，显示出他们在佛教方面的兴趣点与众不同。从表面上看，其中似乎充满着偶然因素。比如，张演收集的十条故事里，三分之一跟荆州江陵有关。张演的父亲张裕，曾任荆州刺史刘道怜咨议参军，因此张演接触到观音应验故事，与他父亲的任职不无关联。但究其根本而言，江东士人的观音信仰，有着深刻的家族学术文化背景。

（一）崇信观音与兼综玄儒

关于这三种观音信仰形成的背景，以往的研究基本上忽视了谢敷、张演、陆杲等士人所具有的共同的家族学术背景。如前所述，这些江东士族相对于顾氏、孔氏等家族而言，在吸收玄学方面颇有成就；但与琅琊王氏、陈郡谢氏等侨姓士族相比，江东文化传统的积淀，又使得他们更多地保留了"经明行修"的儒家文化。儒家文化重视道德实践，同时，儒学传统又使得谢敷等人的玄学造诣未能达到一流水准，在这两重因素的影响下，他们极为重视佛教的修行层面。

就谢敷的观音信仰而论，如前所述，他与傅瑗是信仰观音的同道，傅氏的崇奉观音，乃是受到了竺法义的熏陶。那么谢敷的观音信仰也与竺法义的影响有关。但谢敷对观音信仰尤为虔诚，这就不能不从谢敷的学术背景中探究其原因。如前所述，谢敷在一定程度上受到了东晋玄风的沾溉。其时郗超的堂兄弟郗恢与谢敷交好[③]，他对谢敷的评价是："谢庆绪识见虽不绝人，可以累心处都尽。"[④]这一说法提示了谢敷佛学的相辅

---

① 《冥祥记序》，鲁迅《古小说钩沉》辑本。

② 《梁书·孝行刘霁传》。

③ 郗氏诸人与谢敷交谊甚笃。郗愔事道极虔诚，但他任会稽内史期间，曾表荐谢敷。

④ 《世说新语·栖逸》"郗尚书与谢居士善"条。

相成的两个方面：

一是谢敷在佛理方面的造诣并无过人之处。陆澄《法论目录》中，与谢敷有关的条目有：谢氏《阿毗昙五法行义》、《郗与谢庆绪往反五首》、《书与谢庆绪论十住》往反四首、《傅叔玉重书并谢答》三十二字、谢氏《识三本论》、《支道人书与谢论三识并答》、《戴安道书谢论三识并答往反三首》。由这些目录可以想象谢庆绪在佛理讨论中是何等活跃。但谢氏并没有因此赢得擅长佛理的声名。其中的原因可能是多方面的。一个值得注意的因素是，会稽谢氏直至东晋仍然保留了很多江东旧有学风。如谢沈以经史之才著称[①]，又如谢奉反对纵情废礼、服丧过重的时风，强调"礼有抑引而违情者，故有君服而废私丧"[②]。由此可以推测，谢敷也难以摆脱旧有儒风的影响，这就导致他的玄学很难达到与侨姓名士并驾齐驱的程度。东晋佛理多依附于玄谈，是故谢敷的佛理也不能臻于一流。

二是谢敷在佛教修行方面达到了很高境界。他曾经论述修习禅定与洗心灭累的关系云："若欲尘翳心，慧不常立者，乃假以安般，息其驰想。"[③]历来学者在论述谢敷的佛学时，往往引用其"苟厝心领要，触有悟理者，则不假外以静内，不因禅而成慧，故曰《阿惟越致》，不随四禅也"[⑥]的说法，来论证谢敷与同时代人一样，青睐佛理而忽视禅法[④]。其实，如前所述，谢敷对有关修行的禅数之学极为重视，他曾为两部有关禅定的佛经《安般守意经》和《合首楞严经》作注。不言而喻，谢敷之所以钻研实践色彩很浓的禅数学，是由于他在探究般若义理所需要的玄学方面基础薄弱，而江东地区又素有禅数学的积淀。作为一种有意无意的文化竞争

---

① 《晋书》本传。

② 《通典》九十六。

③⑥ 《安般守意经序》，《出三藏记集》卷六。案：关于"阿惟越致"，《翻译名义集·法宝众名篇第五十》："阿鞞跋致，亦名阿惟越致。此云不退转。不退有三义：人空位不退，入假行不退，人中念不退。"（大正新修大藏经第 54 册）

④ 参见汤用彤《汉魏两晋南北朝佛教史》第 251 页（北京：北京大学出版社 1998 年版）。

策略，谢敷选择禅数学作为自己的主攻方向之一。前述郗愔对谢敷的赞誉，表明谢氏的文化选择是正确的。

上述谢敷佛学的两个方面，都与他所接受的江东文化传统以及与之相应的文化选择有关。谢敷奉持观音信仰，收集记录观音灵迹，也当是出于同样的文化选择。观音信仰几乎没有什么理论色彩，侧重于对佛典的诵念和信仰的虔诚。谢敷的佛学原本就有修行胜于义理的特点，因此他能够不为时风所囿，对观音应验故事给予较多关注。

张演、陆杲记载观音故事的学术背景，与谢敷大同而小异。两晋以来，虽然江东士族在玄学文化中浸淫已久，但南北士族门第差异的加剧(说详见附录一《六朝门阀制度对江东士族儒学的影响》)，深刻地影响了江东士族在文化上自成一统的意识，使得他们在吸收新兴玄学的同时，努力保持江东旧有儒学，发展江东士族的文化个性。就张氏而论，刘宋以来，张氏子弟继续潜心钻研"三玄"之学，其玄学造诣不亚于任何侨姓士族，张演本人亦长于言理。因而张氏的推重观音，不再具有文化竞争策略上的扬长避短的意义。但张氏在积极吸收新学的同时，还保持了旧有的江东儒学。(说详见第四章《吴郡张氏文学》)江东儒学重视"经明行修"即实践与学术并重的特征，使得张氏对佛教同样采取了义理、实践并重的态度。与其它侨姓高门的尤重义理有所不同的是，张氏喜欢结交那些擅长经律、持戒勤苦的僧人。从《高僧传》来看，全书共记僧人 532 名，其中义解僧人 266 人，占总数的一半，而习禅者仅 33 人，《明律》一类仅录僧人 21 名。张氏与僧人交游者计 11 人，其中礼敬"明律"僧人者就有张永、张邵等四位，而《明律》篇中的僧徒所交游的侨姓士人仅蔡兴宗、袁粲、何尚之三人。张氏之推重律学，由此可窥一斑。出于同样的文化背景，张氏也十分注重观音信仰。在他们过从的僧徒中，存念观音者为数不少，如张悦于宋武时所礼敬的释道汪①、张畅所交游的求那跋陀罗②、

---

① 《高僧传》卷四。

② 《高僧传》卷三。

释昙颖[①]以及张融、张绻所师从的释法献[②]等。张氏诸人自身更是虔诚地诵念观音,如张畅奉持观音,在南谯王之难中得观音庇佑[③],虽然观音应验一事本身未必可靠,但此说折射了张畅与求那跋陀罗等僧徒在观音信仰方面的志同道合。虽然张氏的信仰实践并不限于观音一端[④],但张氏家族中观音信仰的氛围无疑更为浓郁。至于陆氏,如前所述,陆氏家学至宋齐二世,仍以服膺儒术为主而兼综玄儒。比如,南齐陆澄对国子学忽视郑氏易的做法大为不满,他认为象数易学是《易学》的大宗和根本。(说详见第三章第三节《论陆澄崇儒博物的学风对梁代文学复古思潮的影响》)又陆杲的崇尚观音信仰,与他的注重持戒一样,都是重视佛教实践的表现。《梁书》本传称他:“素信佛法,持戒甚精,著《沙门传》三十卷。”

(二)江东奉佛士人的文化交流

历来研究观音信仰的学者,都注意到了吴郡张氏与吴郡陆氏都是吴中大姓且相互通婚的关系[⑤],事实上,具有相近的儒家文化背景的吴郡和会稽士族之间,都有着密切的文化交流,而且从孙吴起就相互通婚,很自然地形成了一个江东士族文化圈。当然,在这个圈子内部,各家族之间联系的密切程度并不完全一致。在佛教文化方面,会稽谢氏、吴郡张氏、陆氏等结成了一个相对紧密的群体。他们对待江东固有的儒家传统与新兴玄学和佛教的态度比较接近,同时有些家族之间还有着牢固的婚姻关系的纽带,如张氏、陆氏世世通婚,据现存史料,吴晋南朝时期,张氏与陆氏通婚可考者计有5次,仅次于顾氏与陆氏的通婚频率。(附《江东

①② 《高僧传》卷十三。

③ 《系观世音应验记》。

④ 张敷曾与张演论西方弥陀(《出三藏记集》卷十二陆澄《法论目录》),又张辩曾为奉持弥陀信仰的释昙鉴作传赞,对他的信奉弥陀加以颂美:“披荔呈芬,握瑾表洁。浑浑法师,弗淄弗涅。暐晔初辰,条蔚暮节。神游智往,岂伊实诀。”(《高僧传》卷七)。

⑤ 《观世音应验记排印本跋》,载《观世音应验记》(三种)。

士人通婚一览表》)家族关系的密切，使得这些家族往往具有保持、发展其共同文化的心理。就观音信仰而论，张氏、陆氏等家族的士人经常在一起交流观音应验的故事。《系观世音应验记》第三十四条叙张畅经历的观音灵迹后，曰："此杲家中事也。"又第三十八条交代唐永祖一事的来历云："今郢州僧统释僧显，尔时亲受其请，具知此事，为杲说之。杲舅司徒长史张融、从舅中书张绪同闻其说。"显然，陆杲将张氏与陆氏视为一个家族联合体，并且将观音信仰视为这个联合体的共同文化。他们往往共同礼敬某位奉持观音的僧人。比如，如前所述，陆徽于元嘉二十三(446)年至二十九年(449)益州刺史任上，曾敬重释道汪；此后张悦接替刘瑀为益州刺史时[①]，也曾向宋孝武帝称述道汪德行[②]。他们的文化共同性之最突出的表现，莫过于前后相续地撰写观音应验故事。张演《续光世音应验记序》云：

演少因门训，获奉大法，每钦服灵异，用兼缅慨。窃怀记拾，久而未就。曾见傅氏所录，有契乃心，即撰所闻，继其篇末，传诸同好云。

"少因门训"强调了张氏观音信仰的家族文化背景，"有契乃心"、"传诸同好"则反映了在观音信仰的文化圈内，士人相互影响的情形。陆杲《系观世音应验记序》则进一步揭示了以谢氏、张氏、陆氏为中心的撰述观音灵迹的文化谱系：

昔晋高士谢敷字庆绪记光世音应验事十有余条，以与安城太守傅瑗字叔玉。……其子宋尚书令亮字季友犹忆其七条，更追撰为记。杲祖舅太子中舍人张演字景玄又别记十条，以续傅所撰。……今以齐中兴元年，敬撰此卷六十九条，以系傅、张之作。

---

① 《宋书·萧惠开传》。

② 《高僧传》卷四《释道汪传》。

“以系傅、张之作”表露了他继承这一传统的文化心理。

陆杲之后，直至南朝末年，未见有其它江东士人撰述观音灵迹，这也从一个侧面反映了梁陈以后江东士人保持文化个性的心理逐渐减弱、侨姓和吴姓士人的文化进一步融合的趋势。

综上所述，一方面，谢氏、张氏和陆氏等家族在江东士人中率先入佛，其奉佛进程几乎与侨姓士族步调一致，这与他们吸收玄学的成绩密不可分；另一方面，他们在佛教文化中尤重观音信仰的特点，迥异于社会主流的崇尚般若义学，形成这一特征的背景是他们在学术上的儒玄兼宗和文化上的密切交游。

## 二　奉道家族及其文化背景

江东士族中的孔氏、顾氏与上述奉佛群体同样服膺儒术，具有共同的江东学术文化背景，但由于他们的文化性格更为保守，且玄学更为薄弱，因而他们对道教信仰更为执着，他们之间的密切交流又进一步强化了他们的道教热忱，这就使得他们由道入佛的时间远远晚于其它江东士人，自然更是滞后于侨姓士族了。

### 1. 奉道家族考

就孔氏而论，刘宋初年孔宁子曾请僧人杯度为其治病[①]，孔逭于元嘉二十七(450)年为释僧翼制碑文[②]，又刘宋大明四年(460)京兆尹孔灵符曾表奏释道温为路昭皇后造普贤像成、于中兴禅房设斋时忽有异僧来临一事，除此之外，大多数孔氏士人都虔诚事道。

会稽孔氏在孙吴时的家族信仰已不可考。从现存资料看，孔氏最先服膺道教者，似为晋代孔愉。孔愉以后，孔愉侄孙孔道民、孔静民、孔福民等三人师事杜子恭弟子、琅琊孙泰，却在孙恩之乱中遇害。但孔氏并未因此弃道从佛，相反，宋齐两世，孔氏颇出了几位著名的奉道士人。

① 《高僧传》卷十《杯度传》。

② 《高僧传》卷十三。

一支为孔愉曾孙祐、子道徽、道徽兄子总等人，一支是孔道隆、孔灵产和孔稚珪祖孙三代，还有一支是孔愉从弟群的六世孙孔觊[①]，另外还有先祖不详的孔璪等[②]。孔氏对道教的虔诚程度，奉道人数之多，在江东士族中首屈一指。孔氏堪称江东奉道士族中的核心家族，随着南朝道教的发展，孔氏所奉道教的派别也变得更为复杂。（说详见第七章《会稽孔氏文学》）

南齐永明末年，竟陵王萧子良劝诲孔稚珪弃道从佛，孔稚珪依照吴郡张融的通源之论，对佛道两教采取了表面上并尊共奉、实际上以道统佛的态度（说详下）。自此以后，孔氏未见有专心事道的士人。相反，孔氏逐渐表现出对佛教观念的接受。孔冲八世孙孔休源卒于梁中大通四年（532），“遗令薄葬，节朔荐蔬菲而已”[③]。由此可以推测，佛教的不杀生观念，已经渗透到孔休源的日常生活当中。其子孔云童对佛教的虔诚超过乃父，《梁书》本传称他“颇有父风，而笃信佛理，遍持经戒”。可见，孔氏是从梁代开始弃道入佛的。

就吴郡顾氏而言，东晋至萧梁之间，顾氏虽然出现过一两位奉佛者，如东晋顾和曾携孙顾敷至寺中，刘宋顾迈曾经历过观音应验之事[④]；但遍检《高僧传》，未见有吴郡顾氏与僧人交往的记载，可见顾氏奉佛者很少。至少孙吴顾悌的后代直至南齐仍然信奉道教。其理由是：

首先，西晋时顾悌之子顾祕与江东道士葛洪关系密切。《晋书·葛洪传》载，太安中，石冰叛乱，吴兴太守顾祕与周玘等起兵攻讨，祕任命葛洪为将兵都尉。虽然此时顾祕未必接受葛洪的道法，但很有可能受到葛洪道教思想的影响。东晋时，顾悌之孙顾众颇有排佛之事：顾众于永和

---

① 孔觊似乎兼奉佛道。据梁王简栖《头陀寺碑文》，宋大明中，孔觊为释慧宗“薙草开林，置经行之室”（《文选》卷五十九，上海古籍出版社1986年版，第2536页）。

② ［梁］陶弘景撰，赵益点校《真诰》卷二十《真经始末》，中华书局2011年版，第346页。

③ 《梁书》本传。

④ 刘义庆《宣验记》，鲁迅《古小说钩沈》。

初年由何充擢为领军，何充事佛，顾众却以何氏奉佛奢靡而加以劝阻，顾众还曾拒绝与何充一同入佛寺。其次，晋宋之际，顾祕之兄顾谦的曾孙名黄老。六朝人常称道教为“黄老道”，如《南齐书·高逸传》云顾欢“事黄老道”，又顾欢论佛道关系曰：“若谓黄老虽久而滥在释前。”[①]由顾黄老的名字可以推测其道教信仰。刘宋时黄老之子顾觊之、渊之的名字，也颇具道教色彩。

更为值得注意的是，刘宋顾觊之曾令侄子顾愿作《定命论》，阐述其定命思想。从东晋以来定命论与报应说相互对立的历史可知，顾氏《定命论》的命题本身，就隐含着对佛教基本义理报应说的怀疑。顾氏《定命论》的立论依据，一为儒家的“死生有命，富贵在天”，二为道家的元气说：“夫生之资气，清浊异源；命之禀数，盈虚乖致。”在这一点上他远承王充的元气自然说，近接戴逵之论。由顾觊之立意、其侄顾愿撰写的《定命论》(参见第五章第二节《顾氏〈定命论〉的思想背景和文学史意义》)，可以窥见刘宋时顾氏对佛教的疏离。由此可以推测，此时顾觊之及其侄子顾愿仍然奉守道教。

此外，宋齐之际，吴郡盐官顾欢奉道极为虔诚。盐官顾氏出于孙吴顾雍之后，与吴县顾氏本为同族。刘宋末年，顾欢曾作《夷夏论》，阐明其尊道抑佛的思想(说详下)。顾欢善道术，曾为人驱魅治病[②]；他与杜京产关系密切。他对上清经典也极为重视，曾多方搜寻，又曾与戚景玄、朱僧标等人共同整理上清经书，撰成《真迹》，此书成为后来陶弘景编撰《真诰》的底本[③]。

---

① 《南史·顾欢传》。

② 《道学传》，《三洞珠囊》卷一《救导品》引。

③ 《真诰》卷二十《真经始末》，第346页。关于顾欢在杨、许手迹整理中所起的作用，参见(日)石井昌子《真诰の成立に関する一考察》，载吉冈义丰、Michel Soymié主编《道教研究》(第一册)，东京：昭森社1965年版，第215—270页。又参见赵益《六朝南方神仙道教与文学》，上海世纪出版股份有限公司、上海古籍出版社2006年版，第141—142页。

吴郡顾氏的由道入佛，当始于齐末梁初。据《梁书·止足顾宪之传》，顾觊之孙顾宪之于天监八年(509)临终前嘱咐其子曰：

> 庄周、澹台，达生者也；王孙、士安，矫俗者也。吾进不及达，退无所矫。常谓中都之制，允理惬情。衣周于身，示不违礼；棺周于衣，足以蔽臭。入棺之物，一无所须。载以輴车，覆以粗布，为使人勿恶也。汉明帝天子之尊，犹祭以杅水脯糗；范史云烈士之高，亦奠以寒水乾饭。况吾卑庸之人，其可不节衷也？丧易宁戚，自是亲亲之情；礼奢宁俭，差可得由吾意。不须常施灵筵，可止设香灯，使致哀者有凭耳。朔望祥忌，可权安小床，暂设几席，唯下素馔，勿用牲牢。蒸尝之祠，贵贱罔替。备物难办，多致疏怠。祠先人自有旧典，不可有阙。自吾以下，祠止用蔬食时果，勿同于上世也。

顾宪之既表示了对孔子的终制和“丧易宁戚”等丧礼观的继承，又提出了一种有别于先人旧典的终制：他要求不设灵筵而置放香灯；他还强调祭祀都以蔬果代替牲牢。

从刘宋起，奉佛士人往往遵循佛家不杀生的原则，要求子孙祭奠时弃牲牢而用蔬果，前述张邵便是如此。迄于萧梁，随着全国上下奉佛风潮的兴盛，更多的士人提出了改革终制的要求，他们还从理论上论证了丧制改革的必要性。如刘歊于天监十七年(518)著《革终论》，提出了以“孔释为师”的终制，并特别指出了旧有的终制如气绝复魄、送往之具、茅君之虚座等，均为受道教影响的结果，因此必须予以革除[1]。顾宪之的终制改革不及后来的刘歊那么彻底，但“不设灵筵”表明了他对道教祭仪的扬弃，祭祀用蔬食则透露出他皈依佛教的消息。尤其值得注意的是，顾宪之强调“祠先人自有旧典，不可有阙”，由此可以推测，顾宪之以前，顾氏仍然奉守道教而疏离释家。

① 《梁书·处士刘歊传》。

孔氏、顾氏之外，吴郡张融等人对佛道二教的态度亦颇为独特。如前所述，张氏自东晋以来世代奉佛，然而张融著“通源之论”，自称并尊道佛，事实上他更倾向于道教。（说详下）他与道士的交往颇为频繁，《南齐书》本传称陆修静曾经将白鹭羽麈尾扇送给张融，又《南史》本传称张融还与出身于奉道世家的东海徐文伯交情甚笃。又吴郡张绎亦虔诚奉道。《茅山志》卷十五云：“崇虚馆主道士吴郡张绎。馆本宋明帝敕立于潮沟，供养大法师陆修静。”（元）刘大彬编撰，（明）江永年增补《茅山志》上海古籍出版社 2016 年版，张绎既为崇虚馆主道士，那他于陆修静道法当不无濡染①。

必须说明的是，孔氏、顾氏和张融等士人对道教的不同派别有兼融并包的倾向。唐长孺先生认为，孙恩起义后，本来各行其是的天师道与神仙道逐渐相互结合②。事实上道派的融合并不仅限于天师道与神仙道之间，南朝时期各种新旧道派都有合而为一的趋势，褚伯玉、孔稚珪、顾欢等人在道法上转益多师的现象便是明证（说详见第七章《会稽孔氏文学》）。

萧梁以后，孔氏、顾氏先后由道入佛。孔氏、顾氏与张氏、陆氏等家族（包括侨姓士族）在信仰上的区别，严格说来只是在三教融合的过程中，奉佛早晚的不同。但这一现象足以说明孔氏和顾氏等江东士人与社会文化主流的异趣，同时也反映了江东士族内部这两个家族群体在学术文化上的差异。

2. 崇道抑佛的文化根源

孔氏、顾氏等家族长期奉道，张氏和陆氏士人入佛较早而崇信观音。一方面，江东士族的这两个群体的宗教信仰，就其有别于以侨姓士族为

---

① 《道学传》卷十一载：“张泽，字士和，吴郡吴人也。专心道法，沉浮世也。随时语默，居贫守约，处之无闷也。”（《三洞珠囊》卷二《贫俭品》引）未知张泽与张绎是否为一人。关于陆修静其人其道，参见第七章第一节《会稽孔氏的家学变迁与家族兴衰》。

② 《钱塘杜治与三吴天师道的演变》，载《唐长孺社会文化史论丛》（武汉：武汉大学出版社 2001 年版）。

代表的社会主流文化而言，是具有共同之处的。如前所述，这是缘于他们具有共同的江东儒学背景，而宋齐以来侨姓和吴姓士族的政治矛盾又进一步强化了江东士人的文化个性意识。另一方面，东晋以来，江东士族的这两个家族群体毕竟又有着守道与奉佛的差别，究其原因，是他们在家族学术和文化交流等方面同中有异。

（一）儒学与黄老并存的家族学术

与坚持道教信仰有着深刻关联的，是这些家族在服膺儒术之外，还多少受到了黄老道家的影响。

东汉末年，在魏晋玄学诞生的前夜，在章句之学日渐式微的同时，以老子思想为主的黄老道家思潮极为兴盛，江东地区也受到了这股学风的吹扇。顾氏家学中的崇老倾向尤为明显。顾氏对黄老思想的重视几乎贯穿了整个六朝时期。在不同社会政治形势下，黄老思想表现在士人的人格特征和政治策略等不同层面：在时局动荡之际，顾氏士人深谙全身远害之道；在顾氏为世所用时，黄老思想则表现为以简驭繁的政治技巧（说详见第五章《吴郡顾氏文学》）。孔氏家学中的黄老思想，表现得不如顾氏那么充分。但孔氏清静无为的倾向，与顾氏颇为接近。比如，孔稚珪答萧子良的信中云："民积世门业，依奉李老。以冲静为心，以素退成行。"[①]这段话清楚不过地勾勒出孔氏的道教信仰和黄老思想的关系。

黄老思想与道教无疑是十分契合的。虽然道教本身是一个糅合了道家、方术、神仙家等各种成分的复杂体系，但道教以老子为始祖，论道教宗旨者亦以《老子》为依据。如南齐道士、吴兴孟景翼造《正一论》云："《宝积》云'佛以一音广说法'，《老子》云'圣人抱一以为天下式'"，其说视《老子》为道教经典，正如佛经之于佛教。孔氏、顾氏家学中的老学成分，使得他们比侨姓士族和其它江东士族更执着于道教。同时，宋齐以来孔氏、顾氏的老子思想与道教信仰之间还存在着相辅相成、相互促进的关系。

① 《弘明集校笺》卷十一，第605页。

值得注意的是，魏晋玄学是在融合儒道思想基础上的新创学说，而孔氏、顾氏等家族兼奉儒家与老子，所反映的正是东汉末年儒道尚未融合为玄学的情形。

(二) 偏于保守的家族文化性格

前文所述的儒道二家的合而未融本身，便是这些家族的文化保守性格的表现之一。奉道家族的文化保守性，体现在新文化与旧文化、外来文化与本土文化冲突的各个方面：

其一，他们接触了新兴玄学却不能真正接受。

以顾氏而论，西晋时期，从顾荣开始，顾氏便不乏研习玄学者。但顾氏最终未能象张氏那样，在清谈界建立起自己的声名。其中的一个重要原因，当是顾氏在新兴学术面前的保守性。如顾荣、顾夷等人承袭象数易学而反对王弼玄学易(说详见第五章《吴郡顾氏文学》)。宋末齐初的顾欢，曾从豫章雷次宗学习玄儒，但他作有《三名论》，对魏晋玄学的重要命题之一的"四本论"加以批评。孔氏的情况与顾氏相仿。晋代以来，除了"四族之俊"之一的孔沈之外，孔氏似乎极少受到玄学的影响。而孔氏对儒学的格外重视，既体现为崇尚忠义、恪守礼典，也表现为重视教化和钻研刑律。(说详见第七章《会稽孔氏文学》)

孔氏、顾氏对旧有儒学的执着和对新兴玄学的批判，从不同角度决定了他们的坚持道教信仰：首先，宋末南齐的佛道之争，可以说是礼俗和义理层面上的夷夏之辨。上述家族的儒学积淀，使得他们特别重视儒家的夷夏之辨，认为佛教是夷狄文化而加以排斥。其次，六朝佛学与玄学紧密相联，玄学基础的薄弱，使得这些奉道家族很难被佛教义理所吸引。

其二，重视本土道教而排斥外来佛教。

孙吴时期江东道教虽不为官方所认可，但仍拥有一定数量的信徒。孙吴初年，江东曾一度流行琅琊于吉的道术，于吉遭孙策杀害后，其影响仍绵绵不绝[①]。又据葛洪《抱朴子内篇》卷九《道意》，孙权时，李家道由

① 《三国志》卷四十六《吴书·孙策传》注引《江表传》。

蜀中传至江南，这一道派至东晋初年仍有一定势力。尤为值得注意的是，江东地区还有以左慈为代表的金丹道派，这一派经历了左慈—葛玄—郑隐—葛洪的传承序列，经由东晋葛洪之手，得到了理论上的充实和发展，是孙吴道教中对后世影响最为深远的一派[①]。

永嘉南渡以来，在江东士人的努力下，江东固有的道教得到了继承和发展，东晋南朝盛行的几种新兴教派，也以江东士人为核心：其一，东晋以来吴郡钱塘杜子恭一派的道教在南北士族中颇具影响力。东晋末年，虽然孙恩之乱使得教内外人士伤亡惨重，但杜氏道教并未因此衰败，《真诰叙录》在叙述元兴三年（404）许黄民得到马家供养一事后，云："钱塘杜道鞠，道业富盛，数相招致。"[②]道鞠为杜子恭之孙，足见此时杜子恭一派仍十分红火。直至南齐，杜子恭玄孙杜京产、京产子杜栖仍然以道术为士林所推重[③]。其二，上清派的领袖多为江东土著，并且上清派与江东旧有道教有着千丝万缕的联系。据陶弘景《真诰叙录》、《茅山志》卷十等资料可知，始创于东晋的上清派道教领袖中[④]，除了魏华存为任城人外，其余都出身于江东：杨羲本为吴人，移居句容；许迈、许谧兄弟出身于句容大族。齐梁之际悉心收集整理上清经典的陶弘景，其先祖早在汉末便移居江东。他的宗奉道教，是受到了葛洪《神仙传》的启发[⑤]。此外，上清系的传道基地茅山，早在孙吴时期，便是葛洪的先祖葛玄进行道教活动的基地。其三，灵宝派与孙吴道教的渊源更为直接。南朝《灵宝经》为葛洪从孙葛巢父于东晋末叶所造。葛巢父之道术，显然不无承袭葛洪之处。刘宋时期，吴郡陆修静虽总括《三洞》，并被奉为上清派第七代宗师，但实际上他与灵宝派的关系更为密切，他曾对葛巢父《灵宝经》

---

① 《抱朴子内篇·金丹》。

② 《真诰》卷十九，第340页。

③ 《南齐书·高逸杜京产传》。

④ 《真诰》将上清派的谱系溯自王子乔，事实上魏华存以前都是拟托。参见赵益《六朝南方神仙道教与文学》第125页（上海古籍出版社2006年版）。

⑤ 《南史》本传。

加以增修，陆修静一派堪称孙吴道教嫡传[①]。

东晋南朝道教的各个流派的领袖都为江东土著，且与孙吴以来的江东旧有道教有着不同程度的联系。对于江东士族来说，道教具有江东本土文化的性质。正因如此，前述南朝佛道之争中，护道一方几乎全为江东士族。孔氏、顾氏等士人宗奉道教而排斥佛教，正是以本土文化排斥外来文化的保守主义的表现。

（三）奉道士族之间的文化交流

孔氏、顾氏等士人之间的交流极为密切。以江东士族中奉道最为虔诚的孔氏为核心，顾氏和孔氏相互通婚，如刘宋时顾琛母为孔氏[②]；张氏和孔氏亦曾结为秦晋之好，刘宋时张融为孔稚珪外兄，而陆氏却未见与孔氏通婚的例子。婚姻关系往往决定家族信仰取向的一致，如张融自述其奉道原因是“舅世奉道”。

比婚姻关系更为重要的是这些家族之间基于共同的学术倾向的交往。在佛道之争尤为激烈的宋齐之际，奉道士族在儒学、道法甚至文学等各方面的交游往还都十分密切。学术方面，孔稚珪曾经同顾欢共谈“四本”[③]，想必二人在以儒驳玄这一点上，是同声共气的；顾觊之十分赏识顾欢的学术，令其子孙师从顾欢；道法方面，顾欢曾作《道经义》，“于孔稚珪多有与夺”[④]。奉道士族在学术、信仰方面声息相通的最突出的表现，是他们都主张尊道抑佛。张融“通源之论”成为孔稚珪处理佛道关系的依据，而“通源之论”的形成，本是受到了孔氏家学的启发，孔稚珪指

---

① 《珠囊三洞群仙录》卷二引《道学传》云：“陆修静，字元德，吴兴东迁人，吴丞相凯之后也。母姚氏怀之……”，孙吴时陆氏已与姚氏通婚（《三国志·吴书·陆逊传》），由此可知陆修静确实是吴郡陆氏之后。值得注意的是陆修静与陆氏士人几乎没有交往，却与张融等人有过从。

② 《宋书·顾琛传》。

③ 《南史·顾欢传》。

④ 《御览》六百六十六引《道学传》。

出:“民门昔尝明一同之义,经以此训张融,张融乃著《通源之论》”[①]。奉道士族密切的文化交流,是他们违异奉佛的社会主流,长时期保持家传道教信仰的原因之一。

必须说明的是,迄于萧梁,由于梁武帝在政治上重用江东士人,造成侨姓和吴姓士族文化差异的政治因素逐渐减弱;梁武帝在宗教政策上更进一步地推尊佛教为国教,在强大的政治干预力量面前,儒家和老子等家学对士人信仰的影响也变得极为微弱;更重要的,随着佛教逐步渗入到社会文化的深层,孔氏和顾氏等保守家族也慢慢对佛教文化产生了认同。

东晋南朝的江东士族中,陆氏、张氏等家族较早入佛而崇尚观音信仰,孔氏和顾氏(包括张融)长时期保持家传道教。这两个家族群体在佛道信仰上都有别于时俗,这与他们共同的江东文化背景密不可分,宋齐二世侨姓和吴姓士族的政治利益的冲突,则强化了他们发展江东士族的文化个性的意识。家族文化的保守与趋新之别,又决定了他们在由道入佛的进程上有早晚之异。探索江东士族的家族信仰的变化轨迹及其背景,不仅可以发现江东士族文化的独特性及其不同表现形式,而且可以窥见六朝士族宗教观念中的奉佛与宗道,学术思想上的崇尚儒家、黄老与儒玄兼宗,以及家族文化性格上的保守与趋新等因素之间有着错综复杂的关系。

**表一 《观世音应验记》(三种)中的僧人一览表**

| 书　名 | 僧　名 | 《高僧传》 | 《续高僧传》 |
|---|---|---|---|
| 光世音应验记 | 竺长舒 | | |
| | 帛法桥 | 卷十三(经师) | |
| | 邺西寺三胡道人 | | |
| | 竺法义 | 卷四(义解) | |

① 《弘明集校笺》卷十一,第606页。

续表

| 书　名 | 僧　名 | 《高僧传》 | 《续高僧传》 |
|---|---|---|---|
| | 惠简道人 | | |
| 续光世音应验记 | 道泰道人 | | |
| | 释僧融 | 卷三(义解) | |
| 系观世音应验记 | 法力道人 | | 卷二十五 |
| | 法智道人 | | 卷二十五 |
| | 释道冏道人 | 卷十二(诵经) | |
| | 释法纯道人 | 卷十二 | |
| | 关中道人法禅等五人 | | 卷二十五 |
| | 北有一道人 | | |
| | 惠和道人 | | |
| | 释僧洪道人 | 卷十三(兴福) | |
| | 超达道人 | | 卷二十五 |
| | 虏中寺主 | | |
| | 益州一道人 | | |
| | 河北一老尼 | | |
| | 释僧标 | | |
| | 释开达 | | |
| | 法智道人 | | |
| | 释道汪法师 | 卷七(义解) | |
| | 释道明 | | |
| | 释僧朗 | | 卷二十五 |
| | 释道冏 | | |
| | 释慧胜道人、法领道人 | | |

**表二　江东士族通婚一览表**[①]

| 时代 | 通婚家族 | 材料来源 |
|---|---|---|
| 东汉 | 广陵太守陆稠,(沈)鸾之舅也 | 《宋书·自序》 |
| | (陆稠)复以女妻(沈)鸾 | 《宋书·自序》 |
| | 沈仪外祖为会稽盛孝章 | 《宋书·自序》 |
| 孙吴 | 顾邵之舅为陆绩 | 《三国志》卷五二《吴书·顾邵传》 |
| | 顾承之舅为陆瑁 | 同上 |
| | 顾承娶张温中妹 | 《三国志》卷五七《张温传》注引《文士传》 |
| | 张温弟张白娶陆绩之女郁生 | 《三国志》卷五七《陆绩传》注引《姚信集》 |
| | *陆逊外生顾谭、顾承、[②]姚信 | 《三国志》卷五八《陆逊传》 |
| 两晋 | 顾谦为陆机姊夫 | 《宋书》卷四一《顾觊之传》 |
| | 陆退为张凭之婿 | 《世说新语·文学》"谢太傅问主簿陆退"条引《陆氏谱》 |
| | 张玄为顾和外孙 | 《世说新语·言语》"张玄之、顾敷是顾和中外孙"条 |
| | 张玄妹嫁顾氏 | 《世说新语·贤媛》"谢遏绝重其妹"条 |
| 刘宋 | 陆法真为张玄外孙 | 《宋书》卷五十二《良吏传》 |
| | *陆修静母为姚氏 | 《珠囊三洞群仙录》卷二引《道学传》 |
| | *顾琛母孔氏 | 《宋书》卷八一《顾琛传》 |
| 南齐 | 张融为孔稚珪外兄 | 《南齐书》卷四一《孔稚珪传》 |
| | 陆倕外祖为张岱 | 《梁书》卷二七《陆倕传》 |
| | 顾昌衍为张永外甥 | 《南史》卷七三《孝义王虚之传》 |
| | 陆杲之舅为张融 | 《梁书》卷二六《陆杲传》 |

续表

| 时代 | 通婚家族 | 材料来源 |
| --- | --- | --- |
| 南齐 | 张稷长女适孔氏 | 《梁书》卷六《张稷传》 |
| | 陆厥妻顾盼妹 | 《文选》卷二六陆韩卿《奉答内兄顾希叔诗》李善注 |
| | 顾欢女嫁钱塘朱选之 | 《南齐书》卷五五《孝义朱谦之传》 |
| 萧梁 | 顾协内弟为张率 | 《梁书》卷三《顾协传》 |
| 陈 | 虞世南妹嫁陆氏 | 张怀瓘《书断》 |

注：① 参见方北辰《魏晋南朝江东世家大族述论》第250页（台北：文津出版社1991年版）。方氏的统计有疏漏，笔者补充的部分以*号表示。
② “陆逊外生顾谭、顾承”盖即“顾承之舅为陆瑁”。

# 第三章　吴郡陆氏文学

吴郡陆氏无疑是江东士族文学的领军，其最大贡献在于西晋陆机树立了崇尚典雅文风、兼容江南歌谣的典范。如前所述，这一传统既是萧梁以降江东士族以辞义典雅享誉文坛的基础，更是南齐时期沈约“援俗入雅”、吸收吴歌西曲的因素而提倡四声论的重要依据。

陆氏文学的另一贡献在于：萧梁时期陆倕与张率一起，踵武陆机的典雅文学传统，以崇儒博物的学风追求文笔弘雅，为江东士族文学在梁陈两世的复苏导夫先路。

南齐以降，陆氏文学人才的彬彬之盛尤其值得注意：首先，南齐永明时，陆慧晓之子陆倕预于竟陵八友之列[①]；又永明末年，陆慧晓之侄孙陆厥与沈约讨论四声与五声的关系[②]。陆倕和陆厥拉开了陆氏文学复兴的序幕。接着，陆倕、陆才子、陆云公、陆煦和陆罩是蜚声于梁代文坛的五位士人。最后，陆氏之才士济济，在陈代达到了极盛，尤其是陆云公的子侄肯堂肯构，至少有陆琼、陆从典[③]、陆琰、陆瑜、陆玠、陆琛[④]等六人享

---

① 《梁书·陆倕传》。按：《梁书》本传在“年十七，举本州秀才”之后，叙陆倕为竟陵王西邸宾客一事。陆倕卒于普通七年(526)，年五十七，则其年十七时为永明四年(486)。又据刘跃进《门阀士族与永明文学》，竟陵八友文学集团的形成时间为永明二年至五年之间(第29页)，则陆倕入西邸的时间在永明四年(486)至五年(487)之间。

② 《南齐书·文学陆厥传》。

③ 《陈书·陆琼传》。

④ 《陈书·文学传》。

誉文坛。

六朝时期陆氏文学薪火相传的奥秘，当从陆机文学的典范作用、陆氏崇儒博物之学风代代相传等方面加以探究。

## 第一节　军事谋略·立德立功·清操忠贞·儒佛兼擅
### ——论吴郡陆氏的家学门风与盛衰沉浮

从西汉陆烈葬于吴地起，陆氏开始在吴会之地落户[①]。东汉初年陆氏已逐渐蕃盛，成为当地大姓，并开始在政治舞台上斩露头角。陆闳字子春，建武中为尚书令；闳孙陆续字智初，以忠义著称[②]。续子稠、逢、褒三人中，稠官至广陵太守，史称其“有理名”[③]；又据张勃《吴录》，广陵谚赞美陆稠之政绩云：“解结理烦，我国陆君”[④]；逢官至乐安太守，褒好学不仕，褒子康官庐江太守。陆氏在东汉末年形成的政治地位和家族力量，为孙吴时期陆氏的兴盛打下了良好基础。

### 一　吴晋之一：军事谋略与陆氏盛衰

陆氏首次达到政治上的鼎盛，是在孙吴时期。《世说新语·规箴》载：

> 孙皓问丞相陆凯曰：“卿一宗在朝有几人？”陆曰：“二相、五侯、将军十余人。”皓曰：“盛哉！”陆曰：“君贤臣忠，国之盛也。父慈子孝，家之盛也。今政荒民弊，覆亡是惧，臣何敢言盛！”

在此，“二相”当是指赤乌七年(244)任丞相的陆逊和宝鼎元年(266)拜左

---

① 《新唐书·宰相世系表》。
②③ 《后汉书·独行列传》。
④ 《太平御览》四百九十六。

丞相的陆凯;陆氏封侯者,至少有陆逊、逊子抗、抗子晏、景、逊族子陆凯、凯弟胤等六人。其中,陆逊先后封华亭侯(219 年)、娄侯(220 年)、江陵侯(222 年);陆抗、陆晏分别承袭父爵;陆景因尚公主而封毗陵侯;陆凯先后得封都乡侯(255 年)、嘉兴侯(264 年),陆胤于永安元年(258)受都亭侯之封,"五侯"盖举其成数。"将军十余人"已不可尽晓,已知逊、抗、景、晏、凯、绩、胤、式、祎等九人曾任将军。陆氏一门将相王侯接踵而出,以致吴主孙皓也不禁发出"盛哉"之叹。

1. 陆逊与孙权政权的积极合作

若论陆氏兴盛于孙吴的原因,从外部条件看,首先是孙权倚重江东士族的政策。关于江东世家大族与孙权进行政治合作的历史背景,前贤论之已详,兹不赘①。值得注意的是陆逊在此合作中所起的积极作用。陆氏与孙氏之间的历史恩怨,是江东世家大族与孙氏合作的一个主要障碍。不可否认,孙坚曾经帮助过陆氏:孙坚任长沙太守时,庐江太守陆康的侄子作宜春长,为贼所攻,遣使求救于孙坚,孙坚不顾主簿的反对,派兵前往救援,令贼人闻风而走②。但是,孙氏与陆氏之间的仇怨远远多于恩情。吴郡富春孙氏出身卑微,孙坚凭藉武功才封侯致贵,因而世为江东大族的陆氏对孙氏颇为鄙视。孙策曾经拜见陆康,陆康不出面,而令其主簿接待孙策,孙策为此怀恨在心。兴平元年(194),袁术欲攻打徐州,向庐江太守陆康求米三万斛,陆康以其叛逆而不与,于是袁术派孙策攻陆康。陆康苦守两年后,城陷,一个多月后陆康病死,在庐江的百余名陆氏宗族亦死亡近半。孙策攻打陆康一事在江东士族中引起了强烈震撼,以陆氏在江东士族中的声望,可以说,陆氏能否与孙权顺利合作,甚至决定着孙吴政权江东化的成败。

陆逊(183—245)字伯言,本名议。因年少失怙,随从祖陆康居于庐

① 参见田余庆《孙吴建国的道路》,载《秦汉魏晋史探微》(中华书局,1993 年 11 月),又见方北辰《魏晋南朝江东世家大族述论》第二章(台北文津出版社 1991 年版)。

② 《三国志・吴书・孙坚传》裴注引《吴录》。

江。在孙策围攻前，陆康令陆逊与亲戚还吴。陆逊比陆康子陆绩年长几岁，故陆康死后，陆逊事实上成为陆氏一家之主[①]。陆氏能否与孙氏成功合作，在很大程度上取决于陆逊的态度。孙权统事后，陆逊出任孙权幕府，陆绩被辟为奏曹掾，从表面上看，两人都归入了孙权麾下，实际上陆绩与陆逊对孙权政权的态度大不相同。史称陆绩"以直道见惮，出为郁林太守"[②]。陆绩与孙权不能愉快合作以致被贬往南方的原因是多方面的(说详下)，但陆绩对父仇难以释怀当是其中的一个重要因素。相形之下，陆逊的态度要明智、现实得多。他自幼依陆康生活且深得其信赖，他对陆康的情感之深，当不亚于其子陆绩，但出于家族长远利益的考虑，他理智地捐弃了历史恩怨，不仅接受了与孙策女儿的联姻，而且积极主动地为孙权出谋划策。

他的主动态度，可以从他在平定荆州时的作为中见出。建安末年，孙氏信赖倚重的大将谋臣先后辞世，周瑜、鲁肃先后卒于建安十四年(209)、建安二十二年(217)，此时吕蒙也常常患病，孙权麾下大有后继乏人之势。陆逊敏锐地把握到了这一时机，趁吕蒙为麻痹关羽而以治病为名还建业之际，当时并无赫赫声名的陆逊特意拜见吕蒙，陈述当时形势，令吕蒙大为欣赏，吕蒙遂向孙权推荐陆逊以自代。陆逊就职后，故意向关羽写信，示以自卑之意，令关羽进一步放松了戒备。在吕蒙和陆逊的密切配合下，吴军攻克公安、宜都，建安二十四年(219)荆州平定。荆州之役后，陆逊拜抚边将军并封华亭侯，更重要的，陆逊由此踏上了通往孙权政权核心的道路。

2. 陆逊、陆抗的军事谋略与陆氏的兴盛

从家族文化的内部因素来看，吴郡陆氏在孙吴的昌盛，很大程度上是其致力于军功、发挥其军事智谋的结果。孙权统事之初，对各江东大族的倚重程度并不一致，他对顾雍的重用明显超过陆氏，但陆氏后来居

---

① 《三国志·吴书·陆逊传》。

② 《三国志·吴书》本传。

上，成为江东最为兴盛的世家大族，这与陆逊主动依附孙权的态度有关，更与以陆逊为首的陆氏士人长于军事谋略的家族传统密不可分。

陆逊出仕不久，便向孙权献计掠取山越，此举使得吴土的山寇之患有所缓和，而且扩充了孙权的兵力，对于巩固孙权在江东的统治，可谓意义极其重大，此乃史家共识，不必多言。这里想要指出的是，在陆逊参与的其它战事中，也常可以看到陆逊智慧的闪光。比如，陆逊在夷陵之役中与刘备斗智斗勇时，先是识破刘备"挑战"的计谋，与刘备军相持七八个月后，又力排众议，令将士趁便火攻。夷陵之役的胜利，奠定了陆逊在孙吴的主帅地位。陆逊的足智多谋，在其后攻打襄阳等战役中也有充分的表现。陆逊甚至曾用伪造信件等小手段打击魏江夏太守逯式。同僚诸葛瑾心悦诚服地称赞曰："伯言多智略"[①]。又吕蒙极为赏识陆逊的政治智谋，认为他"意思深长，才堪负重，观其规虑，终可大任"[②]。陆逊在战争中屡建奇功，主要是凭藉其智谋机变而非武力骁勇。陆逊本人常自称"仆书生疏迟"、"仆虽书生"[③]，可以推测他不以身手矫捷过人。相比较而言，同样是建功疆场，吴郡朱氏更多地施展其膂力勇气，史称朱桓"以勇烈著闻"[④]。赤乌七年(244)，陆逊代顾雍为丞相，这在很大程度上归功于他的军事谋略和战场功勋。孙权诏曰："惟君天资聪叡，明德显融，统任上将，匡国弭难。夫有超世之功者，必应光大之宠；怀文武之才者，必荷社稷之重。"[⑤]这段话将陆逊的智谋、军功及其高位之间的关系，阐述得非常显豁。

当然，陆逊之得以担任丞相，还在于他坚持儒家的以礼治国、反对严刑峻法、强调爱惜民力等政治思想。他曾经多次上疏陈述时政，批判时弊。但在连年征战的孙吴时期，陆氏在军事上的建树显然更能决定其政治地位。孙吴时担任丞相的孙邵、顾雍、陆逊、步骘、朱据、陆凯等人中，

---

①②⑤ 《三国志·吴书·陆逊传》。

③ 《三国志·吴书》本传。

④ 《三国志·吴书·朱治朱然吕范朱桓传论》。

除了孙邵和顾雍之外,其余诸人都曾在疆场上建立过不俗的功勋。如果说陆逊的军事谋略奠定了陆氏在孙吴的地位,使得陆氏成为孙吴时最兴盛的江东士族,当不会与事实相差太远。

陆逊之子陆抗的军事才能亦不亚于乃父。陆抗(226—274)[①]字幼节,为孙策外孙。凤凰元年(272),在攻克西陵的战役中,陆抗始令江陵督作堰,既而又下令破堰,都是为了灵活机动地适应战争形势的变化。他声东击西,兵不厌诈,令晋军猝不及防。其时陆抗驻守着孙吴的西部边防,其军事才能之卓越不凡、无可代替,使得世间有"陆抗存则吴存,陆抗亡则吴亡"[②]之说。陆抗之不可动摇的军事地位,甚至还使他成为其它陆氏士人的政治保护伞。比如,左丞相陆凯常常抗颜直谏孙皓,孙皓因"陆抗时为大将在疆场",不得不暂时容忍;陆抗卒后,孙皓竟将陆凯全家徙于建安[③]。

陆逊、陆抗父子的军事才能,将陆氏家族推向了全盛。在孙吴"领兵制"的军事世袭制度的保障下,陆氏第三代也得到了领兵作战的机会。然而由于包括孙吴右文风气的吹扇在内的种种原因,陆氏第三代的军事才能已远不及他们的父祖辈(详见第二章第一节《孙吴时期的江东文化传统》),但陆机等人已经在内心深处建立了对自己的军事才能的无比自信。正因如此,孙吴亡国之后,陆氏在客观上已经失去了驰骋疆场、建功立勋的可能,但陆机等人仍怀着以军功致显的梦想。因此,从某种意义上说,陆逊父子的军事声威,既造就了陆氏在孙吴的全盛,也为陆氏在两晋的衰落埋下了伏笔。

3. 追求军功与陆机的覆亡

随着孙吴的灭亡,陆氏满门王侯将相的荣耀在一夜间灰飞烟灭。吴亡后,陆机在家乡闭门苦读十年,于太康十年(289)应诏入洛。以亡国之

---

① 《三国书·吴书》本传称"逊卒时,(陆抗)年二十",可知他生于黄武五年(226),卒于凤凰三年(274)。

② 《晋书·何充传》。

③ 《三国志·吴书·陆凯传》。

余的身份，客居游宦于洛阳的陆机，承负着沉重的家族传统的包袱。一方面父祖热衷于事功的人生价值取向，使得他自幼便满怀追求功名的热情（说详下）；另一方面陆氏昔日的鼎盛是如此地令人难以忘怀，陆氏兄弟在不断地追忆祖上荣光的同时，内心充满了重振门庭的焦虑。陆机《辩亡论》旨在分析孙吴兴亡之根源，同时也着力渲染了其父祖的功勋。他在《思亲赋》、《述先赋》、《祖德赋》中颂赞了先人的丰功伟绩。另一方面，他又在诗文中反复表达家业颓倾后的悲哀，如《与弟清河云诗》曰："昔我斯逝，族有余荣；今予来思，堂有哀声。"（影弘仁本《文馆词林》卷一百五十二）陆云在长诗《答兄平原诗》中，满怀深情地追叙祖先的业绩，反复表达家国灭亡的悲哀与愧疚："昔我先公，斯纲斯纪。今我末嗣，乃倾乃圮。世业之颓，自予小子。仰愧灵丘，衔忧没齿。"（《文馆词林》卷一百五十二）当时的现实是，被江东士人奉为精神领袖的陆机兄弟，入洛以后，却被中原士族视为化外之民和亡国之余，《世说新语·方正》记载陆机兄弟受辱之事曰：

> 卢志于众坐问陆士衡："陆逊、陆抗，是君何物？"答曰："如卿于卢毓、卢珽。"士龙失色。既出户，谓兄曰："何至如此，彼容不相知也？"士衡正色曰："我父祖名播海内，宁有不知，鬼子敢尔！"议者疑二陆优劣，谢公以此定之。

由于故国的败亡，不仅陆机兄弟不得不在中原士人的冷眼中讨生活，就连早已过世的父祖都遭到了侮辱。不难想象，陆机此刻的愤怒，夹杂了亡国和破家的双重悲愤。此类现实的刺激无疑促使他的功名之心进一步膨胀。

父祖先后任孙吴主帅的军事传统，使得陆机兄弟对统军作战充满了兴趣。陆机作有《逊铭》，描述祖父陆逊以军功获得的荣耀："魏大司马曹休侵我北鄙，乃假公黄钺，统御六师及中军禁卫而摄行王事，主上执鞭，百司屈膝。"（《三国志·吴书·陆逊传》裴松之注）陆机年少时可能曾为从戎作过一定的准备,《艺文类聚》九十四引《述异记》云:“陆机少时颇好猎”。凤凰三年(274)夏,陆抗病卒,陆机兄弟五人分领父兵,墨经从戎。陆机《与弟清河云诗》述及这段经历云:“帝曰钦哉,纂戎烈祚。双组式带,绥章载路。即命荆楚,对扬休顾。肇敏厥绩,武功聿举。”(《文馆词林》卷一百五十二)显然对那段军旅生活颇为怀念。

入洛以后,陆机主要以文才见重于世。他先后所担任的太子洗马、太傅(杨骏)祭酒、吴王(司马晏)郎中令、著作郎等等,几乎都是一些文职。“八王之乱”起,他先后依附赵王司马伦、成都王司马颖。太安二年(303),司马颖与司马颙起兵讨司马乂,任陆机为后将军、河北大都督,督兵二十万人。面对这一带兵作战、立功疆场的机会,陆机内心极为矛盾。在口头上,他以三世为将、道家所忌等理由,向司马颖辞谢这一职位,而在内心深处,“三世为将”这一念头带给他的是无限的希冀。换言之,父祖以军功造就了陆氏家族的辉煌,陆机也希望藉这场战争实现重振家族的梦想。是故当乡人孙惠劝陆机让都督于北人王粹时,陆机以“将谓吾为首鼠避贼,适所以速祸也”为借口,搪塞了过去。陆机接受任命后,陆云也异常激动,特作《南征赋》颂美此事①。他在序文中将此役解释为司马颖等人的义征:“太安二年秋八月,奸臣羊玄之、皇甫商敢行称乱,凌逼乘舆,天子蒙尘于外,自秋徂冬,大将军敷命辟后,同恤社稷,乃身统三军,以谋国难”。他自称此赋之作是为了“美义征之举,壮师徒之盛”,实质上此事折射出他希望通过这次作战来重振父祖功勋的心态。最后陆机之军大败,宦人孟玖串通其它将领,诬陷陆机有背叛之心,陆机遇害于军中,其弟云、耽皆未能幸免。

对于陆机兄弟的败亡,前人从父祖军功的角度,用传统的“积善积恶”说加以阐释。如刘宋裴松之评论陆逊袭击江夏小县一事曰:“用兵之道既违,失律之凶宜应,其祚无三世,及孙而灭,岂此之余殃哉!”②又如

① 《三国志·吴书·陆抗传》裴注引《机云别传》。

② 《三国志·吴书·陆逊传》裴注。

《三国志·吴书·陆抗传》裴注引《机云别传》云:"初,抗之克步阐也,诛及婴孩,识道者尤之曰:'后世必受其殃!'及机之诛,三族无遗。"以父祖在战争中的不义来解释陆机的失败,这些说法看似荒诞不经,但它们揭示了父祖军功传统对陆机的影响,其中未尝没有一些合理成分。

## 二 吴晋之二:重事功与崇道德的冲突与融合

吴郡陆氏家风从孙吴时期就呈现出重事功与尚道德这两种不同倾向。陆逊无疑是追求事功的代表,陆绩则著书不辍、追求直道。这一分化在陆抗与陆喜之间表现得更为明显。迄于陆机、陆云兄弟,则演变为重事功且好新学、崇道德且尚旧学这两种倾向之间的对峙。

### 1. 孙吴前期:两种人格模式与家学的关系

陆绩与孙吴政权的合作未能成功,但他在学术方面却成绩斐然。当陆逊驰骋疆场追逐功名之际,"意存儒雅"的陆绩则承担起发展陆氏家学的任务。从陆绩的学术历程来看,陆绩虽然曾在庐江等地生活,但其主要学术思想是在江东形成的。因为陆绩还吴是在兴平年间(194—195),其时不足十岁[①]。如前所述,陆绩首先通过与会稽旧族虞翻等人的学术交流,吸收江东传统文化。对虞氏易学的吸取,决定了陆绩易学重视象数的保守特征,同时也使陆氏与江东儒学积淀最为深厚的学门虞氏站到了同一起跑线上。不唯如此,对于蔡邕等流寓江东的北方学者传入的学术,陆绩也努力借鉴。如蔡邕倡"浑天说",陆绩作《浑天图》,很有可能是受到了蔡邕的流风余绪的影响。更值得注意的是,陆绩对以宋忠为代表的荆州新兴学术也颇为关注。他在《述玄》中叙述了自己得到宋衷《太玄解诂》的经过:"后(梁国成)奇复衔命寻盟,(宋)仲子以所解付奇与安远将军彭城张子布,绩得览焉。"(《太玄》范汪注本引)寻绎这段话的语意,陆绩似乎是江东士族中最先读到《太玄解诂》的。《翻别传》称孙吴建国

① 参见第二章第一节《孙吴时期的江东文化传统》,陆绩(188—219)于兴平年间(194—195)还吴时为七、八岁。

以后、虞翻南迁时才研究《太玄》，“以宋氏解《玄》颇有缪错，更为立法，并著《明杨》、《释宋》以理其滞。”[①]由此可以推测，虞翻之了解宋衷《太玄解诂》，有可能是缘于陆绩的推荐。陆绩虽然较早地接触到了新学风，但他的《太玄》学大体上仍然遵循重占筮的老路子（说详见第二章第一节《孙吴时期的江东文化传统》）。陆绩被出为郁林太守后，仍然领兵二千人，他在南方虽时有战争，但他不好疆场征伐，从未停止过著书立说。相反，以“书生”自居的陆逊，在文化方面却毫无建树。

陆逊和陆绩的区别并不仅仅是尚武和好文的差异。陆绩之推崇道德操行，亦与陆逊不同。陆氏在东汉便以节义操行闻名。在陆氏的经学成熟之前，儒家的忠义节操早已深深地渗入了陆氏家风之中。陆绩承袭了节义家风，他以“直道”而遭左迁，他反对“今说者不务道德怀取之术，而惟尚武”[②]，在在说明他对儒家忠义道德的追求。近代章炳麟《陆机赞》云：“机之族始于陆绩，说《易》明《玄》，为经术大师。绩女郁生十三丧夫，誓死不践二庭，其门风家仪可知也”[③]，他概括的正是以陆绩为代表的守节重义的旧门风。年纪稍长于陆绩的陆逊，虽然大体上仍服膺儒家思想，但在新兴思潮的冲击下，他更重视现实利益。他在许多方面已不再恪守东汉的旧道德。前述他与孙氏政权的亲密合作，不仅表明他将家族利益置于个人恩怨之上，更反映出他重实利而轻道义的倾向。他还对臧否善恶的清议之风提出了批判。又如，在指挥作战的过程中，由于功名之心的驱使，他也时有违背儒家“义战”原则的行为。比如他在襄阳之役中，暗中派遣将领袭击小县市，导致集市中人逃跑不及而自相残杀，刘宋裴松之斥陆逊此举云：“俘馘千人，未足损魏，徒使无辜之民横罹荼酷。”[④]

陆逊和陆绩的差异实质上是陆氏两种类型的人格模式的体现。一

---

① 《三国志·吴书》本传裴注引。

② 《三国志》本传。

③ 《章太炎全集》第四集，上海人民出版社 1985 年版，第 230—231 页。

④ 《三国志·吴书·陆逊传》裴注。

是追求功业而德行稍逊，一是好尚学术且砥砺节操。这两种人格差异在陆抗和陆喜之间体现得更为明显，以致世人有“道德名望，抗不及喜；立功立事，喜不及抗”的评价[①]，这一说法揭示了陆氏家风中的新思潮的萌芽(说详见第三章第二节《论孙吴士风的变迁对陆机出处之影响》)。

这两种人格模式的存在，还对陆氏家学的保守性产生了深刻影响。由于陆氏文才与武略的分工，往往对应着道德与事功的对立，换言之，研究学术者往往推崇儒家道德，陆氏学术完全承袭了东汉“经明行修”的传统。对于儒家道德的积淀胜于经学基础的陆氏来说，由于执着于旧道德，他们自然而然地迷恋旧学术而排斥新学风。如前所述，陆绩对于新兴学风并非一无所知，但他大体上仍遵循旧学。其后，陆喜学术的保守性也十分明显。他自云：“余不自量，感子云之《法言》而作《言道》，睹贾子之美才而作《访论》，观子政《洪范》而作《古今历》，览蒋子通《万机》而作《审机》，读《幽通》、《思玄》、《四愁》而作《娱宾》、《九思》，真所谓忍愧者也。”[②]在陆喜模仿的子书中，贾谊为旧学，自不待言，刘向《洪范》以阴阳五行为旨归，早已为当时学术主流所不屑一顾；蒋济在曹魏政治斗争中，处于何晏、夏侯玄所代表的新学风的对立面，从《万机》的佚文来看，他反对汉宣帝“贱儒贵刑名”，痛斥庄周“妇死而歌”，显然与当时的新学颇异其趣[③]。由陆喜推崇的这几位学者，也不难窥见陆喜学术的保守倾向。陆喜在吴平以后作《西州清论》，从形式上看，此书颇有魏晋人物批评之风，而其内容，却是申论出处大节，强调君子“有道则仕，无道则隐”的儒家传统观念，体现了陆喜追求节操的倾向，而与魏晋人物批评的抽象玄远之风了不相涉。这样看来，江东学风之所以具有保守倾向，固然有着地理的隔阂等原因，而旧士风与旧学风的相互影响也不可忽视。换言之，陆绩、陆喜等人追求道德节操而轻视事功，进一步促进了他们对旧学

---

① 《晋书·吾彦传》。

② 《晋书》本传。

③ (清)严可均校辑《全三国文》卷三十三，《全上古三代秦汉三国六朝文》，中华书局1958年版，第1239—1241页。

风的继承。

2. 孙吴后期:重事功与新思潮的融合

到了孙吴末年,陆氏第三代士人陆景、陆机、陆云成长起来,陆氏文化的保守特点开始有所改变。三国鼎立的局势逐渐形成之后,孙权有意识地提倡文化,推崇能文善武的"国士",江东世家大族主持下的乡闾评议有力地推动了右文风尚的普及,陆机兄弟便是在文武兼治的人格理想的号召下,博览群书,吟咏诗文,锤炼出超越同辈的文学才能。陆机等人与前辈学者的一个重要区别在于,他们既追求功名又好尚学术。他们的时代,已经对文化产生了更高的需求,文化已不再疏离于功名之外,这就使得他们对文化的选择,并不完全局限于汉代旧学的框架内。他们在士人风范上一定程度地挣脱了传统儒家道德的束缚,他们对新学风、新思潮也相应地采取了兼容并包的态度。

历来学者都注意到陆机兄弟入洛后濡染中原玄风一事。实际上,对于新学风的接受,早在孙吴时期便已开始了。关于这一点,第三章第二节《论孙吴士风的变迁对陆机出处之影响》已有所涉及。现以陆景为例,进一步分析陆氏的学术倾向。陆景(250—280)字士仁,以尚公主拜骑都尉,封毗陵侯,领父兵后,拜偏将军、中夏督,天纪四年(280)以身殉国。《三国志・吴书・陆逊传》称他"澡身好学,著书数十篇也",《隋书・经籍志三》将其《典语》列入儒家类,从其残篇来看,陆景思想中杂糅着不少名家的成分。如他不止一次地表述了对于事功的重视,虽然他也将"功"与"德"并举,但他说得更多的,还是"夫无功而受禄,君子犹不可,况小人乎?"尤为值得注意的是他对于"效实"的强调:"谁忠谁否,谁是谁非,须当留意隐括,听言观行,验之以实,效之以事。能推事效实,则贤愚明而治道清矣。""效实"观念与名家思想有着密切关系,这一点自不待言。曹魏初年,针对东汉士人追求道德名望以致虚望伪名泛滥的现象,思想界提出了循名责实的要求,陆景的思想与曹魏初年的名法一派颇为接近。此外,陆景《典语》还十分热衷于讨论士人之才:"夫料才核能,治世之要也。凡人之才,用有所周,能有偏达……若任得其才,才堪其任,而国不治者，未之有也。”(《全三国文》卷七十)对“才”的关注，也多少带有新学风的特色。魏晋时有关“才性”的论争，便是在东汉士人崇尚的道德即“性”之外，又加上对“才”的评价，从而使得才性离合关系成为魏晋玄学的一项重要命题。陆景以身殉吴，《典语》等作皆是平吴以前的著述，可见吴晋在学术思想上呈隔而不绝的状态。作为陆氏家族中重视事功同时也是善于接受新学的一支，陆景等人在保持儒家思想的主要地位的同时，也受到了中原新兴士风和学风的浸润。

以陆机兄弟为代表的新一代陆氏士人以才兼文武自砺，在追求事功的同时又倾心于学术文化，从而改变了陆绩、陆喜等前辈学者尚节义、慕旧学的传统，也不同于陆逊、陆抗等人的重武轻文。新一代学者积极进取、追求功名的政治心态，与其追逐时尚、接受新学的学术心态显然十分契合。然而，陆机等人在政治上彻底失败，这不仅意味着陆逊一门的力量遭到了毁灭性打击，而且意味着陆机等人所代表的文化创新意识的衰歇。于是陆氏接受新学的文化革新势头戛然而止，陆氏学风重新变得保守，并且步入了政治与文化的双重中衰期。

## 三　晋宋:政治与文化的中衰

1. 政治地位的似荣实衰与忠义门风

永嘉南渡以后，晋元帝和侨姓高门为了巩固在江东的统治，不得已采取了倚重江东士族的政策，因八王之乱而南归的江东士人纷纷重新出山。作为江东旧族的陆氏，在东晋似乎仍保持着政治上的荣显。如陆机从弟陆晔(259—332)字士光，曾为明帝顾命大臣，尤其是陆晔弟陆玩(278—341)字士瑶，于咸康六年(340)位至司空。陆玩是在王导、郗鉴、庾亮等人相继谢世后升任司空的，因而时人包括陆玩自己都认为这一任命不完全是由于陆玩的德望，而是因为世乏贤才(《晋书》本传)。但这一现象至少说明了此时陆氏门第仍居江东士族之冠。

陆氏在东晋的宦达，固然与他们的道德操行密不可分，但更重要的是陆氏门第为江东士族之首。换言之，陆氏之所以兴盛于东晋，很大程度上是凭恃其在孙吴时期的显赫。晋元帝太兴初年，侍中皆为北人，晋元帝为了照顾南北平衡，于是任用陆晔为侍中。《晋书》本传称任用陆晔的理由是“晔以清贞著称”，事实上东晋以来侍中一职往往授予出自名门且荣貌出众的士人，正如《南齐书》卷三十二“传论”曰：“内侍枢近，世为华选，金珰熲耀，朝之丽服，久忘儒艺，专授名家。加以简择少姿，簪貂冠冕，基荫所通，后才先貌，事同谒者，以形骸为官，斯违旧矣。”陆晔之充任侍中，也当是陆氏门第余荫所致。《世说新语·方正》“王丞相初在江左”条载北人南渡初年，王导为了笼络江南土著，打算与陆玩结亲，却遭到了陆玩的严辞拒绝。王导欲与江东士族联姻而首选陆氏，这正说明了陆氏门第的高华。在某种意义上，陆氏在东晋所取得的政治地位，只不过是孙吴时陆氏显赫兴盛的流风余绪。

晋末宋初，陆氏的衰落逐渐显现出来。在此，首先有必要剖析一下陆氏“四世侍中”的繁华表象。自东晋陆玩至刘宋陆仲元，陆氏四代担任侍中，史称“时人方之金、张二族”[①]。其实此时陆氏的政治地位已不及其它江东士族。以刘宋时崛起的张氏而论，其时张永、张畅、张悦皆获任侍中，可谓与陆氏并驾齐驱。而从实际政治地位来说，义熙十二年(416)刘裕北伐，令张邵与刘穆之共同负责京师政事，足见刘裕对张邵极为信任，而陆氏则与刘宋政权核心缺乏密切联系。从史书着墨之少，也可以看出陆氏地位的衰微。沈约《宋书》中，张邵及其子敷、邵侄子畅、邵兄张茂度及其子永等皆有传，而陆玩曾孙陆仲元、陆子真兄弟仅附见于《张茂度传》，对于其生平事迹的介绍也仅有寥寥数语，这说明陆氏在刘宋时期的表现实在乏善可陈。遍检《宋书》，陆氏另有家世不明的陆徽、陆法真二人名入《良吏列传》，陆徽位至益州刺史，陆法真于太宗时为南海太守，

① 《宋书·陆仲元传》云：“自玩洎仲元，四世为侍中，时人方之金、张二族。”而《南史·陆慧晓传》曰：“陆慧晓，晋太尉玩之玄孙也。自玩至慧晓祖万载，世为侍中，……慧晓伯父仲元，又为侍中，……父子真，……王僧达入昌门曰：‘陆子真五世内侍，我之流亚。’”案：《晋书·陆玩传》：“(陆玩)子始嗣，历侍中、尚书。”陆氏玩、始、万载、仲元四世相继为侍中，《南史》“五世”误。

二人的地位更不及陆仲元等人。泰山羊希致书安北咨议参军孙诜，赞美陆法真之为政清廉曰："足下同僚似有陆录事者，此生东南名地，又张玄外孙"，陆法真只能凭藉张玄外孙的身份为世所重，可见陆法真父祖早已被东晋清谈名士张玄的声名所掩盖。陆氏在江东士族中领袖地位的丧失，还可从陆玩玄孙陆慧晓的仕宦中窥见一斑。刘宋末年，萧道成用事，张岱任吏部尚书，张岱婿陆慧晓得任尚书殿中郎，邻人前来祝贺，陆慧晓举酒曰："陆慧晓年逾三十，妇父领选，始作尚书郎，卿辈乃复以为庆邪？"[①]陆慧晓此语充满了对陆氏家族今不如昔的感慨。

陆氏在刘宋的衰落，主要是因为刘宋政治局势不同于东晋。首先，由晋及宋，北方士族逐渐在江东站稳脚跟，刘裕从祖辈起就生活在晋陵丹徒，帝王和高门都不再有寄人篱下之感，不必再像东晋那样优待江东士族；其次，刘裕凭藉武力取得天下，用人并不纯以门第高低为准绳，而是看士族对刘氏新政权是否积极依附（说详见附录一《六朝门阀制度对江东士族儒学的影响》）。陆氏的政治品格显然不能适应这种新的政治形势。如前所述，西晋陆机等人的败亡，使得陆氏家族中追求功名、崇尚新学的文化特征开始淡化，严于出处、追求德操的保守文化重新成为陆氏家学门风的主流。东晋时期的陆氏门风有两个值得注意的特点：其一，陆氏以轻易权贵著称。陆玩曾拒绝王导的求婚，又曾在食酪得病后对王导作"民虽吴人，几为伧鬼"之语[②]，咸和中任尚书左仆射时，他还常常擅自改动上司王导的意见[③]。凡此种种，都是其桀骜不驯、蔑视权贵的表现。陆玩子陆纳完全继承了乃父清高的风骨。陆纳兄子陆俶私自设盛宴款待侨姓名士兼显贵谢安，陆纳得知后怒斥之曰："汝不能光益父叔，乃复秽我素业邪！"[④]其二，如前所说，孙吴时陆氏便有"陆忠"之誉，东晋明帝遗诏中有"（陆）晔清操忠贞，历职显允，且其兄弟事君如父，忧

① 《南齐书》本传。

② 《世说新语·排调》"陆太尉诣王丞相"条。

③ 《世说新语·政事》"陆太尉诣王丞相咨事"条。

④ 《晋书》本传。

国如家，岁寒不凋，体自门风"[①]的赞誉，足见其时陆氏仍传承了忠义门风。这一门风至刘宋时仍然绵绵不绝。陆子真颇有轻易权贵的品格。元嘉十年(433)，宋太祖亲信、中书舍人海陵秋当父死，欲还葬乡里，以道路不通，要求当地征发民力修治。陆子真时为海陵太守，断然拒绝了秋当的要求(《宋书·陆子真传》)；陆徽亦推崇忠义。元嘉年间益州刺史毛璩为谯纵所杀，璩佐吏龚颖为之送葬，在谯纵的淫威面前毫不屈服。陆徽任益州刺史后，于元嘉二十四年(447)表奏龚颖曰："臣闻运缠明夷，则艰贞之节显；时属栋挠，则独立之操彰。……璩故吏龚颖，独秉身贞白，抗志不挠，殡送旧君，哀敬尽礼，全操九载，不染伪朝。……诚当今之忠壮，振古之遗烈。"[②]陆徽对忠义节操的褒赞，正是陆氏尚忠义家风的折射。到了晋宋易代之际，正是这一家风使得他们不可能主动依附新政权，于是陆氏的衰落也就在所难免了。

2. 陆氏文化的中衰

东晋、刘宋两世陆氏家族在政治上失势的同时，家族文化也呈现出中衰的趋势。东晋陆晔、陆玩兄弟及其子孙都以道德操行而非学问文才著称于世。如陆晔"以清贞著称"[③]，陆玩"器量淹雅"[④]，其子陆纳也是"少有清操，贞厉绝俗"。对于诸人的学术文章，史书却几乎未置一辞。陆氏文化中衰的原因可能是多方面的，值得注意的一点是，如前所述，由于西晋陆机、陆云兄弟的败亡，二陆所代表的崇尚新学的风气也随之消沉下去，陆氏又回归到孙吴以来的旧学。陆氏原本擅长象数易学、《太玄》、浑天学等等，晋宋之际此类学问不为时世所重，因此陆氏不以学问显世，很可能是由于他们的学术守旧落伍。证据之一，是东晋时许多江东士族都在保持传统学风的同时，积极吸收清谈玄学。如顾氏之顾和及其孙顾敷，张氏之张玄、张凭等人，都或多或少地参与了清谈活动，但史

---

① 《晋书·陆晔传》。

② 《宋书·孝义龚颖传》。

③④ 《晋书》本传。

书中未见有关东晋陆氏尝试清谈玄学的记载。关于东晋陆氏学风的情况,今仅存一些零星资料。《世说新语·言语》"孝武将讲《孝经》"条刘孝标注引《续晋阳秋》曰:"宁康三年九月九日,帝讲《孝经》。仆射谢安侍坐,吏部尚书陆纳、兼侍中卞耽读,"《孝经》为门阀社会普通重视的显学,只不过侨姓士族较江东士族更为热衷于此。由陆纳参与讲《孝经》一事,很难确定陆纳学术的新旧取向。而此时陆凯之玄孙、张凭婿陆退的思想颇值得注意。《世说新语·文学》载:"谢太傅问主簿陆退:'张凭何以作母诔,而不作父诔?'退答曰:'故当是丈夫之德,表于事行;妇人之美,非诔不显。'"张凭是江东士族中研习玄学清谈的积极分子。但他对儒家礼制奉行甚谨(说详见第三章第一节《清虚学尚·忠贯昊天·世有豪气——论吴郡张氏的门风变革与盛衰沉浮》)陆退对此事的解释,完全符合儒家有关妇德的传统观念。由此可以窥见,无论陆退受东晋玄风沾溉的程度如何,他的学术观念中保留了很多儒家思想的成分,当无可疑。

### 四　齐梁陈:儒佛兼擅与家族文化的复兴

#### 1. 重振儒学

陆氏家族文化的复兴始于刘宋末年,重振陆氏既有的儒学是其文化复兴的第一步。刘宋社会仍然崇尚玄谈,但帝王开始表现出奖倡儒学的姿态。元嘉十五年(438),宋文帝立儒、玄、史、文四学,令雷次宗总领儒学,这一举措,预示着玄学的强势遭到了削弱。元嘉十九年(442),朝廷建国子学。元嘉末年,宋文帝又令尚书仆射何尚之抄撰《五经》,访举学士[1]。此事进一步向士人透露了儒学的学术地位正逐步恢复的消息。在此社会风尚的激励下,崇尚儒学、博闻广识的陆澄成为世人瞩目的儒宗。陆澄以博闻著称的学术,具有以儒为本、兼宗玄学的特征。(说详见第三章第三节《论陆澄崇儒博物的学风对梁代文学复古思潮的影响》)陆

---

① 据《南齐书·沈驎士传》、《宋书·何尚之传》,何氏于元嘉二十五年(448)至二十八年(451)任左仆射。

氏家族对玄风的沾染比张氏等家族迟得多;同时,陆氏的儒学根基较张氏等更为深厚。南齐时的"儒宗胜达"出自江东士族中的陆氏,并不是没有缘由的,陆氏儒学在沉寂多年之后复苏,而复苏后的儒学又绝非传统家学的翻版,它以兼综玄学的方式实现了自我革新,并进一步发展成为兼容并包的学术体系。在陆氏儒学复苏中,陆澄发挥了导夫先路的作用。

继陆澄之后,陆氏家族中堪称才学之士者为陆慧晓。陆慧晓(439—500)字叔明,祖万载,侍中;父子真,自临海太守为中散大夫。陆慧晓曾任尚书殿中郎、太子洗马、吏部郎、持节,终于督南兖兖徐青冀五州军事、辅国将军、南兖州刺史一职。陆慧晓以"清介正立,不杂交游"[①]的人格闻名于世。据《南史・陆慧晓传》,沛国刘琎至吴,特意饮张融与陆慧晓宅间水,曰:"饮此水,则鄙吝之萌尽矣。"陆氏之高洁,可想而知。张畅、张绪等极为赏识慧晓,后者叹赏其为"江东裴、乐"[②],看来陆慧晓也多少接受了玄学风尚的影响。又永明五年(487),萧子良正位司徒,移居鸡笼山邸,招集学士抄《五经》百家,依《皇览》例为《四部要略》千卷。陆慧晓参预此事,反映了他具有相当的学术基础(《南齐书》本传)。陆慧晓比陆澄年轻十四岁,想必受到了陆澄崇儒而博物之学识的影响。

陆慧晓之子陆倕的学术更具有崇儒尚博的特征。陆倕(470—526)字佐公,南齐时曾为竟陵王西邸宾客,入梁历太子中舍人、太子庶子、中书侍郎、吏部郎、太常卿等职。《梁书》本传称他年少时曾花数年时间闭门读书,其友任昉作《感知己赋》,称赞其学术"冠众善而贻操,综群言而名学。折高、戴于后台,异邹、颜乎董帷。采三《诗》于河间,访九师于淮曲。术兼口传之书,艺广铿锵之乐",可见其学术以儒学为主体且兼综百家,显然与陆澄之学一脉相承。陆倕还以典雅的文风见重于世,有《陆倕

① 《南齐书》本传。
② 《南齐书・陆慧晓传》。

集》二十卷[①]。他在梁代的文坛和学界具有较大的影响。首先是同族士人奉之为宗师，如陆倕曾与沛国刘显一起，以十事考侄孙陆云公[②]。其他江东子弟也十分仰慕陆倕。会稽虞荔曾于天监十年(511)与从伯虞阐拜访太常陆倕[③]，陆倕问之以《五经》十事，由此不难窥见陆氏学术地位之恢复。虽然此时张氏仍在奖掖后进方面发挥着重要作用，但陆倕以其过人的学术和文学才能，正逐步恢复陆氏在江东士林中的领袖地位。

陆氏儒学复兴的另一重要标志，是天监四年(505)梁武帝所设五名五经博士中，有一位便是吴郡陆琏。陆琏之家世已难以确考，据《陈书·陆云公传》，陆云公之子名琼，琼从弟瑜、瑜从兄玠、从弟琛，名皆从"王"旁。也许陆琏与此诸人同辈。陆琏著有《梁军礼》四卷[④]。迄于陈代，陆诩以礼学自命；陆庆遍知五经，尤明《春秋左氏传》[⑤]。其时陆氏所出的人才不是文才横溢，便是饱读经书，同时许多人兼文士与儒者于一身。

值得注意的是，从陆倕开始，陆氏学术的兴盛，受惠于南北学术的交流融合。如陆倕在天监年间参与了以任昉为盟主的"龙门之游"；又如陆瑜受《庄》、《老》于汝南周弘正，学《成实论》于僧滔法师[⑥]。又陆诩少习清河崔灵恩《三礼义宗》[⑦]。清河崔灵恩仕魏为太常博士，至天监十三年(514)才归梁，其《左传》学先以服虔说为宗，后来才改习南朝流行的杜氏学；他又设浑天、盖天合一论[⑧]，是北朝保守学风的典型，可以推测其礼学也不能不带有北朝学术的特点。在南北学术交融思潮的影响下，陆氏保持了旧有儒学的主体地位，又对玄学及其它学术流派采取了开放吸收

---

① 《梁书》本传，《隋书·经籍志四》作十四卷。

② 《梁书·陆云公传》。

③ 《陈书》本传称虞荔天嘉二年(561)卒，时年五十九，他拜访陆倕时年九岁，当为天监十年(511)。

④ 《新唐书·艺文志二》。

⑤⑦ 《陈书·儒林传》。

⑥ 《陈书·文学传》。

⑧ 《梁书·儒林传》。

的态度，于是梁陈之际陆氏学术走向了全盛。

2. 钻研佛理

宋齐以后，陆氏对佛理研究倾注了很多的热情，这是陆氏家族文化能够迎头赶上的重要原因。陆氏在东晋玄学思潮中默默无闻，导致陆氏家学呈现出中衰的局面。佛教从东晋起开始引起高门士族的广泛注意，入宋以后，士人中再一次掀起奉佛热潮。于是，已经错过了东晋佛学思潮的陆氏，在刘宋时终于参预潮流，成为奉佛家族。此时佛学尤为深湛者要数陆澄。

陆澄从何时开始奉佛，现已不可详考。他在佛学研究中的重要贡献，是于泰始年间奉宋明帝之命编撰《法论》①。该书搜罗汉末以来的佛教著作，勒成一百零三卷，分十六帙。梁时宝唱有《续法论》之作，证明此书在佛学界影响深远。陆澄之后，陆氏诸子多以奉佛精笃著称，与僧人的交往过从十分密切。如陆澄与陆慧晓皆礼敬僧若②。陆澄之子陆少玄著有《佛像杂铭》十二卷③。陆倕更是广泛地参与佛教活动。天监十三年(514)，他为释保志制铭辞④；普通五年(524)，撰写慧初禅师碑文⑤；此外他还曾制梁武光宅寺碑文⑥，他对僧旻深为崇敬⑦。陆氏精信佛理者还有陆徽之孙陆杲、陆煦兄弟。陆杲(459—532)字明霞，起家齐中军法曹行参军，入梁后任御史中丞、祕书监、太常卿等职。撰有《沙门传》三十卷。《高僧传·序录》称"中书郎郗景兴《东山僧传》、治中张孝秀《庐山僧传》、中书陆明霞《沙门传》，各竞举一方，不通今古；务存一善，不及余行"，可知《沙门传》仅记录某一时代、某一类的僧人，非通史、全传性质的

---

① 《出三藏记集》卷十二有"宋明帝敕中书侍郎陆澄撰《法论目录序》"，又《南齐书》本传序陆澄兼中书郎一事于泰始六年(470)以前。

② 《续高僧传》卷五《僧若传》。

③ 《隋书·经籍志四》。

④ 《高僧传·释保志传》。

⑤ 《续高僧传》卷十六《慧初传》。

⑥ 《梁书·周兴嗣传》。

⑦ 《续高僧传》卷五《僧旻传》。

传记。陆杲南齐时从释法通禀受戒法[①]，《梁书》本传称他“素信佛法，持戒甚精”。他还踵武谢敷、张演等人，作有《系观世音应验记》，正是这一点体现出陆氏佛学具有不媚时俗的特点(说详见第二章第三节《论江东士族信仰的变迁》)；陆杲之子陆罩笃学有文才，仕至太子中庶子、光禄卿，曾参与梁简文组织的编撰《法宝联璧》一事。天监六年(507)，梁武帝令臣下答范缜《神灭论》，参与其事者计六十四人，陆氏一门中竟有太子中庶陆杲、太子中舍陆煦、散骑侍郎陆任、太子中舍陆倕、五经博士陆琏等五人在其列[②]，此事充分反映了此时陆氏家族中人才之盛。

陆氏之研习佛理，起步晚于张氏，但是比起萧梁初年才皈依佛门的孔氏和顾氏，陆氏总算是及时地接受了这一新兴文化。这对陆氏家学的复苏具有非同寻常的意义。南齐竟陵王子良、梁武帝、简文等政治和文化领袖都极其热衷于佛教理义，整个社会亦从风而靡。从刘宋开始积累起来的佛学素养，无疑有助于陆氏在齐梁的文化竞争中获胜。从宋末齐初起，陆氏在保持儒学这一传统家族文化的同时，开始正视玄学的价值，并努力接受佛教文化，都是一种积极的文化心态的表现。这说明陆氏已经从孙吴灭亡和陆机失败的阴影中走出，在一定程度上恢复了吸收新兴文化的热情。

3. 文学人才彬彬之盛

梁陈两世，陆氏文人才士济济一堂。萧梁时，陆倕与张率并以辞义典雅著称(详见第三章第三节《论陆澄崇儒博物的学风对梁代文学复古思潮的影响》一节)，又陆厥弟陆完之子、即陆倕之侄孙陆云公(511—547)字子龙，好学有才思，以《太伯庙碑》见赏于张缵，曾入直寿光省，有《陆云公集》十卷[③]；陆云公从兄陆才子亦有才名[④]；又陆煦撰《晋书》未

① 《高僧传》卷八《释法通传》。

② 《弘明集校笺》卷十，第508、511、550、563页。

③ 《隋书·经籍志四》。

④ 《梁书·文学传》。

就，有《陆史》十五卷、《陆氏骊泉志》一卷行于世[①]，陆煦之兄子陆罩以文才受到晋安王萧纲的赏接，长于艳情诗(详见第一章第二节《陆机学习江南歌谣的典范效应与南朝江东士族文学的复兴》)，曾撰帝集序[②]。

入陈以后，陆云公的子侄堪称克绍其裘：陆云公之子陆琼(537—586)字伯玉，八岁时便有神童之誉，博学能文，棋艺精湛，陈文帝时负责"都官符及诸大手笔"，著有《嘉瑞记》三卷[③]，集二十卷，《陈书》四十二卷[④]；又陆琼第三子陆从典文史兼擅，年十三便以《柳赋》为东宫僚属所称赏，曾整理从父陆瑜文集并制集序；入隋後，又续司马迁《史记》而迄于隋，可惜未能完成[⑤]。又陆琼从父弟陆琰、琰弟瑜、瑜从父兄玠、瑜从父弟琛等四人名列《陈书·文学传》。其中，陆琰撰《刀铭》，文不加点，为陈文帝嗟赏。其所制文笔多不存本，陈后主搜求其遗文，撰成二卷；陆瑜与其兄陆琰并以才学任职东宫，时人比之为"二应"[⑥]。太建二年(570)，太子释奠于太学，宫臣赋诗，陆瑜所制序文"赡丽"。其卒后，陈后主与江总信中称赞陆瑜的博学和善文辞，有"博综子史，谙究儒墨……促膝举觞，连情发藻"等说，甚至称许陆瑜之才学为梁室乱离之后的第一人；又陆琛年十八时以《善政颂》知名，以才辩深受太子礼遇[⑦]。

值得注意的是，梁陈两世陆氏文学的兴盛，与陆氏复兴儒学和钻研佛理的学术背景密不可分，特别是崇儒博物的学风薪火相传，为陆氏典雅文风提供了充分的动力。弘扬这一学风的核心人物，于南齐有陆澄，于萧梁有陆倕，于陈代有陆瑜。如前所述，陆倕的学风与陆澄一脉相承，

---

① 《梁书·陆杲传》。

② 《南史·陆罩传》。

③ 《隋书·经籍志二》。按：《陈书·陆琼传》云"琼父陆云公奉梁武帝敕撰《嘉瑞记》，琼述其旨而续焉，自永定迄于至德，勒成一家之言"，可见《嘉瑞记》是陆云公、陆琼父子相续完成的。

④ 《隋书·经籍志二》。

⑤ 《陈书·陆琼传》。

⑥ 三国时建安七子中的应玚、应璩兄弟。

⑦ 《陈书·文学传》。

陆倕又曾以十事考侄孙陆云公,可见其意在将崇儒博物的学风代代相传。迄於陈代,被陈后主誉为当世博学第一人的陆瑜,对陆琼之子陆从典尤为赏爱,临终时将家中典籍悉数传给陆从典。又其时陆瑜之兄琰亦以博学著称[①]。可见,南齐以来陆氏文学复兴与弘扬崇儒博物学风之间,有着不可忽视的联系。

综上所述,南齐以降,陆氏人才济济,他们在儒学、佛理、文学等领域的出色表现,共同造就了陆氏家族文化的复兴。

4. 政治复兴的曲折过程

宋末齐初,陆氏家族文化正逐步恢复生机,而陆氏在南齐的政治地位更不及刘宋。正如第二章所述,其时以王俭为代表的侨姓高门势力又开始膨胀,以致在用人选官等方面,齐武帝不得不听从王俭等人的主张。面对江东士族人才迭出、日渐兴旺的势头,侨姓高门为了保持自己在政治文化上的垄断地位,自然要想方设法加以压制。刘宋以来声望日隆的吴郡张氏是侨姓高门打击的头号目标,同时陆氏等家族也遭到了政治、文化等多方面的排挤。如南齐末年,朝廷打算用陆慧晓为侍中,史部尚书王亮却表示反对:"济、河须人,今且就朝廷借之,以镇南兖州。"[②]实际上陆慧晓并不长于军政。由于王亮的阻挠,陆氏"四世侍中"的荣耀至陆慧晓一代突然中断,陆氏的政治地位跌入了孙吴以来的最低谷。

陆氏政治地位从梁代开始回升,这是由陆氏文化的发展和梁代门阀观念的转变两方面的因素决定的。梁代虽然没有彻底变革北尊南卑的门阀制度,但梁武帝大力任用才学之士,并在一定程度上打破了对江东士族的歧视。陆氏家族便凭着自己的文化实力,逐步跻身于清显之职。陆倕、陆襄、陆杲等都曾任东宫属官。陆倕的侄孙陆云公(511—547)字子龙,好学有才思,曾任著作郎、中书黄门郎等职,以博学多才见赏于梁

① 《陈书·文学传》。

② 《南史·陆慧晓传》。

武，梁武曾打算用云公为侍中。惜乎陆云公英年早逝，否则陆氏担任侍中的传统在梁代就能够恢复了。

迄于陈代，陆氏文化人才可谓层出不穷，陈文帝、后主等帝王亦重用才学之士，比如，陆任之子陆缮(518—580)字士儒，仪表端丽，进退闲雅，起家梁宣惠武陵王法曹参军，梁末以通直散骑常侍兼侍中，太建年间先后任尚书右仆射、左仆射等美职[①]。又陆琼于陈后主时任吏部尚书[②]。

此时，无论是政治地位还是文化实力，陆氏都足以与晋宋以来的江东望族张氏分庭抗礼，陆氏在陈代迎来了短暂而辉煌的昌盛期。

## 第二节　论孙吴士风的变迁对陆机出处之影响

从太康末年起，陆机在十余年的仕晋生涯中，先是因与贾谧亲善，而为世人所讥；在八王之乱中，赵王伦篡位时，他参与劝进事宜；其后他又驱驰于成都王麾下，因谮而死。当其时，张翰、顾荣等江东士人大多不约而同地南归吴会。他们还曾试图劝说陆机与之同归故里，但“机负其才望，而志匡世难，故不从”[③]。陆机被害后，孙惠与朱诞书曰：“马援择君，凡人所闻，不意三陆相携暴朝，杀身伤名，可为悼叹。”[④]此说点明了陆机与其它江东士人在出处问题上的分歧，“杀身伤名”一语，则表达了孙惠对陆机的生命殒灭和名节蒙尘的双重惋惜。

陆机在乱世不能激流勇退，先后投靠佞臣贼党，可见其仕进求名之念甚切，而固节守操之心几无。其原因在于陆机从变化了的孙吴士风中接受了一些新观念的熏陶，而入洛以后，更濡染了当时对于功名时势的流行观念。

---

①② 《陈书》本传。

③ 《晋书》本传。

④ 《三国志·吴书·陆逊传》裴注引《机云别传》。

## 一　崇郭抑许:陆氏家族与江东新兴士风的萌芽

在汉末清议风气的影响下,虞翻、张温、陆绩等出自江东世家大族的士人皆好为议论。吴地本有“太伯三让”等崇尚士节的传统,汉末清议精神的张扬,又进一步强化了士人的节操观念。(说详见第二章第一节《孙吴时期的江东文化传统》)但随着时代的发展,士人的行为模式、立身准则等也发生了一定的变化。

1. 崇郭抑许之论的产生

在孙吴士风的变迁中,暨艳事件的发生是一个重要的转折点。暨艳由张温引致而为尚书,其人“性狷厉,好为清议,见时郎署混浊淆杂,多非其人,欲臧否区别,贤愚异贯”[①],于是弹射百僚,贬高就下,因为树敌太多,反遭当事人诽谤,最终导致暨艳及选曹郎徐彪自杀,张温亦因平素与艳、彪观点相同,书信往来频繁,而获罪被废。张温之被废,固然一方面因为孙权嫌其声名太盛,恐终不为己用;但另一方面他与暨艳共为清议,沙汰清浊,是一重要因素。正如诸葛亮分析张温获罪原因云:“吾已得之矣,其人于清浊太明,善恶太分。”[②]

暨艳事件的发生,透露了臧否人物的清议风气开始受到抑制的消息。清议本应识别清浊,对人物的品评包括褒赞和非难两方面的内容,然而暨艳等人因好为清议,揭发他人过失而获罪,表明当时对于人物品评,有要求扬人之善,反对贬人之恶的倾向。从孙吴士人对暨艳事件的评论,可以更清楚地看出士人开始对汉末清议之风进行反思。

史载,因为尚书暨艳盛明臧否,扬人之失,陆机从祖陆瑁致书暨艳曰:“若令善恶异流,贵汝颍月旦之评,诚可以厉俗明教,然恐未易行也。宜远模仲尼之泛爱,中则郭泰之弘济,近有益于大道也。”[③]陆瑁对于暨

---

① 《三国志·吴书·张温传》。

② 《三国志·吴书·张温传》裴注引《会稽典录》。

③ 《三国志·吴书·陆瑁传》。

艳的劝告,反映出孙吴社会思潮的一个极其重要的新动向:将好为人物品评的许、郭两人分而论之,反对许劭的月旦之评,却提倡郭泰之弘济。若论许郭之别,《续谈助》卷四殷芸《小说》引《许劭列传》曰:“自汉中叶以来,其状人取士,援引扶持,进导招致,则有郭林宗;若其看形色,目童龀,断冤滞,摘虚名,诚未有如劭之懿也,尝以简别清浊为务。”①则许劭主简别清浊,而郭泰则重扶持士人。孙吴士人在取则郭泰这一点上,并无异议。与郭泰风概类似者,如吴郡顾邵,颍川周昭对他赞赏不止:“《论语》言‘夫子恂恂然善诱人’,又曰‘成人之美,不成人之恶’,(顾)豫章有之矣……是以人无幽滞而风俗厚焉”。他指出顾邵是以赞誉人物的方式施行教化。周昭还论及当时士人致祸之由曰:“古今贤士大夫所以失名丧身倾家害国者,……急论议一也……急论议则伤人。”②周昭重视顾邵之奖拔人物而非议“急论议者”,可知他同样将许郭分而论之,并且崇郭抑许。

对于许郭有所轩轾的说法,又可见于陆机祖父陆逊与诸葛恪的讨论中。据《三国志·吴书·陆逊传》,“初,暨艳造营府之论,逊谏戒之,以为必祸。又谓诸葛恪曰:‘在我前者,吾必奉之同升;在我下者,则扶持之。今观君气陵其上,意蔑乎下,非安德之基也。’”由此不难看出,陆逊亦倡郭泰弘济之风。诸葛恪知陆逊不满于自己的沙汰清浊,因此他与陆逊书,责难清议之风,所发者实为陆逊之观点:“自汉末以来,中国士大夫如许子将辈,所以更相谤讪,或至于祸,原其本起,非为大仇,惟坐克己不能尽如礼,而责人专以正义。”③这里对许劭(字子将)的批评恰与陆逊之扶持士人之说相辅相成,在崇郭抑许这一点上,陆逊之观点与陆瑁等人如出一辙。

2. 孙吴清议风尚转变的原因

史学界对暨艳案的历史背景及其实质已经进行了多方探讨。胡守

① (宋)晁载之辑《续谈助》,粤雅堂丛书本。

② 《三国志·吴书·步骘传》。

③ 《三国志·吴书·诸葛恪传》。

为先生认为暨艳案之发生，是因为暨艳在官吏考核中过于强调辨明清浊，违背了孙权“忘过记功”的选士宗旨[①]；田余庆先生指出暨艳激浊扬清，其打击对象是作为三署主要成分的吴四姓子弟[②]。有的学者则考索出孙权严惩暨艳之目的是维护淮泗集团的利益[③]。学术界对这一问题的看法之所以如此聚讼纷纭，除了因为史书对此事的记载言词闪烁不明之外，还在于这一历史现象本身是由孙吴政治、文化、士风等各种复杂因素造成的。本文所要着重讨论的是：江东清议风尚何以会发生如此变化？

最直接的原因是汉末大乱之后、孙吴王国草创时期的客观形势的需要。当汉末群雄纷争之际，世好纵横，弃瑕录用的现象较具普遍性。以襄阳庞统而言，统“性好人伦，勤于长养。每所称述，多过其才，时人怪而问之，统答曰：‘当今天下大乱，雅道陵迟，善人少而恶人多。方欲兴风俗，长道业，不美其谭即声名不足慕企，不足慕企而为善者少矣。”[④]可见对于士人以奖掖为急、不求全责备的做法，并非孙吴独有。孙吴士人也正是在此基础上提出了崇郭抑许的理论。如陆瑁以为：“今王业始建，将一大统，此乃汉高弃瑕录用之时也。”[⑤]诸葛恪与丞相陆逊书亦云：“杨敬叔传述清论，以为方今人物凋尽，守德业者不能复几，宜相左右，更为辅车，上熙国事，下相珍惜。”[⑥]可见世积乱离、人才寥落是陆逊等人重郭泰风概的原因。朱据反对举清厉浊，也是由于“天下未定，宜以功覆过，弃瑕举用”[⑦]。但陆瑁等人反对暨艳的臧否善恶，似有更为重要的政治背景。要了解这一点，首先必须辨明张温、暨艳等人与其反对派的分歧何在。

---

① 参见胡守为《暨艳案试析》，《学术研究》1986 年 6 期。

② 参见田余庆《暨艳案及相关问题——再论孙吴政权的江东化》，载《秦汉魏晋史探微》，中华书局 1993 年版，第 296—327 页。

③ 参见庄辉明《暨艳案与吕壹事件再探讨》，《江海学刊》96 年第 1 期。

④ 《三国志・蜀书》本传。

⑤⑦ 《三国志・吴书》本传。

⑥ 《三国志・吴书・诸葛恪传》。

就政治利益而论，张温与陆逊、朱据等人同为吴大族，相互之间有着密切的婚姻、交游关系，如张温妹适顾承[①]，张温弟张白娶陆绩之女[②]，因此张温与吴大姓的政治利益完全一致。由张温提拔而任选曹尚书的暨艳，也不可能有削弱江东大族之心。虽然暨艳之检核郎署的举措，在客观上侵犯了大族尤其是正在上升的江东大族的利益[③]，但这并非暨艳等人的初衷。从他们沙汰官员的原则来看，“其居位贪鄙，志节汙卑者，皆以为军吏，置营府以处之。”[④]他们贬斥的是那些道德败坏的郎官。暨艳沙汰官员的结果，不是三署机构的局部微调而是全面更新，即“率皆贬高就下，降损数等”。足见暨艳等人为了贯彻清议标准，甚至不惜牺牲本阶层的利益，并且敢于打乱现有的、体现了孙权意志的政治格局。显而易见，他们的目的是试图在官吏考核中严格依照儒家道德标准，从而取得整顿吏治、厉俗明教的效果。简言之，他们是不惜以清议干犯皇权的。

从士人风范来看，如前所述，江东地区清议之风盛行一时，会稽、吴郡的世家大族竞相通过人物品评、清谈议论等方式拔举人物、砥砺士风，暨艳案的反对派也多为清议名士。《三国志·吴书·朱据传》称朱据“有姿貌膂力，又能论难”，又会稽虞俊“至吴，与张温、朱据等清谈干云，温等敬服”[⑤]，则朱据在清议界的地位不容怀疑；又《三国志·吴书·顾邵传》云：“(顾邵)好乐人伦，少与舅陆绩齐名，而陆逊、张敦、卜静等皆亚焉。”可见陆逊也是清议中人。又陆瑁与陆喜父子皆“好人伦”，足见反对暨艳检核三署的士人本身都是清议活动的骨干[⑥]。他们提倡在清议中取则

① 《三国志·吴书·张温传》注引《文士传》。

② 《三国志·吴书·陆绩传》注引《姚信集》。

③ 从田余庆《暨艳案及相关问题——再论孙吴政权的江东化》中列举的三署成员来看，他们出身于孙吴公族、江东大族和淮泗集团等不同阶层，其中江东大族子弟所占比例可能更高一些。

④ 《三国志·吴书·张温传》。

⑤ 《太平御览》卷四九一引《会稽典录》。

⑥ 前引田余庆文强调张温、暨艳好为清议，而忽略了他们的对立面朱据等人也是清议名士。

于郭泰之弘济，就其普遍意义来说，是为了举拔更多的人才，但在暨艳案这一特定情境之下，主张成人之美的目的主要是为了维护现有的政治秩序。陆逊等反对派实质上是主张在皇权与清议发生冲突时，清议原则有必要作适当修改。总之，暨艳案中，张温与反对派的分歧既非政治利益，亦非清议活动本身，而是对清议与皇权关系的看法的区别。

江东士人对清议与皇权关系的看法，在孙吴前后期是有所变化的。从汉末清议的性质来看，清议运动是在汉末政荒主缪、阉寺弄权的背景下产生的，清议先天地具有弘扬士大夫人格、制约专制皇权的性质。孙吴清议是东汉处士横议之风吹扇于江东的结果，因此孙吴初年的沈友、虞翻、陆绩、魏腾等清议士人，大都以傲视皇权为其人格特征。如沈友好臧否人物，建安九年(204)以指斥孙权"有无君之心"而被杀①，又如会稽魏腾曾以直言触怒孙策②；孙吴建国初年，虞翻因犯颜直谏而两次被放，建安末年陆绩因事君梗直而被外任为郁林太守③。

与这些名士形成鲜明对比的是，孙吴实施政权江东化之后，陆逊、朱据等清议名士在孙吴政局中担当重要角色。他们不仅对孙吴政权表现出相当程度的依附性，而且在清议活动中主张扬善隐恶、成人之美。严格说来，以上两类在清议观念上有所区别并且对皇权的态度也迥然异趣的士人，在孙吴的不同时期都曾出现过，比如诸葛恪在赤乌年间(238—250)仍然热衷于臧否人物④。但就总体倾向而言，傲视皇权的清议名士在三国初期纷纷涌现，而孙权倚重江东士族之后，活跃于社会政治舞台的江东士人大多努力将清议控制在皇权许可的范围之内。当此之时，黄武三年(224)张温、暨艳等人却仍然竭力维护汉末清议的旧风，其结果只能是既得不到其它清议名士的赞同，又遭到了孙吴皇权的痛击。陆机《辨亡论》云："奇伟则虞翻、陆绩、张温、张敦以讽议举正"。以"讽议举

---

① 《三国志·吴书·吴主传》裴注引《吴录》。
② 《三国志·吴书·妃嫔吴夫人传》裴注引《会稽典录》。
③④ 《三国志·吴书》本传。

正”说明虞翻等四人是以清议干犯皇权的同道。其中张敦即前述与陆逊声名相埒的清议名士，《三国志·吴书·顾邵传》注引《吴录》说他“德量渊懿，清虚淡泊，又善文辞”。孙权任车骑将车时，张敦曾被辟为西曹掾、主簿，其后任海昏令，年三十二卒。从其仕宦经历来看，张敦很可能卒于孙吴建国以前。张温年辈略小于虞翻、陆绩①，更主要的是，他是四位以清议干犯皇权的名士中唯一在孙吴建国后才出仕者②，在政治资历上是虞翻、陆绩等人的晚辈，但他的清议观念却承袭了汉末余绪而与虞翻等人契合。张温的人格中固有桀骜不驯的成分。如黄武三年(224)他出使蜀国时，对蜀政颇多溢美之辞，曾令孙权大为不满。暨艳亦以“性狷厉”著称。张温等人在清议观念方面的守旧与其人格特征的刚直是互为表里的。

显然，江东名士对清议与皇权关系的看法的变迁，与孙吴政权的江东化密不可分。孙策渡江之初，江东大族多持观望、自保态度。会稽周氏兄弟和盛宪等少数吴会英豪反对孙氏入侵江东，孙策曾予以无情杀戮。孙权统事后，会稽虞氏、魏氏开始进入孙吴政权，但仍与孙氏保持一定距离；由于淮泗集团的后继无人和孙吴政权对人才需求的扩大，孙权在建安、黄武之间开始实行政权江东化，陆逊和顾雍相继居于文武之职的显位。学术界对孙吴政权的江东化过程、江东大族与孙吴政权关系的变化已有所揭示③，但孙吴政权的江东化对清议观念的影响尚未得到足够的注意。孙权的优宠江东大族，对于江东文化发展来说犹如双刃剑：一方面使得江东大族通过乡闾评议等形式，进一步推广江东大族“经明行修”的文化观念(说详见第二章第一节《孙吴时期的江东文化传统》)，另一方面则或多或少地改变了汉末以来清议精神的内涵。崇尚清议的

---

① 据《三国志·吴书》本传，黄武三年(224)张温年二十三，则张温生于初平四年(193)。

② 由《三国志·吴书》本传可知，张温因太常顾雍的推荐而出仕，又据《三国志·吴书·顾雍传》，孙权为吴王后，顾雍累迁为太常。

③ 参见田余庆《孙吴建国的道路》，载《秦汉魏晋史探微》，中华书局1993年版。

江东大族被纳入孙权的政治核心之后，具有叛逆性的清议活动必然与皇权产生冲突。这种矛盾不唯孙吴有之。在魏蜀等地表现为个别现象，如魏有孔融的傲慢犯上，蜀有“来敏乱群，过于孔文举”[①]，而江东地区对汉末清议之风尤为执着，因此清议与皇权关系的调整，成为当时的江东大族所面临的一项重要课题。既然当时江东大族的势力并不足以与皇权相颉颃，因而不可能出现类似于两晋时期王谢大族与皇权共天下的局面，那么，江东士人变革清议观念以臣服皇权，便是势在必行了。于是陆逊、陆瑁、朱据等江东大族逐渐体会到，在清议中采用郭泰的弘济原则，既符合孙权的“忘过记功”的用人宗旨，也有利于维护既有的政治秩序。历来的论家往往以为张温、暨艳等人与其反对派的分歧，在于他们的不谙官场，而后者练达圆通[②]，此说诚为有见，但稍嫌含糊，这两个士人群体在清议观念上的新旧之别，即他们对皇权与清议关系之看法的不同，是问题的关键所在。

3. 孙吴士风的变化

“弃瑕举用”的说法，提示了崇郭抑许的社会思潮对士人的名节观念可能产生的影响。因为弃瑕录用之说，近于曹操著名的“唯才是举”令。据《三国志·魏书·武帝纪》，曹操建安十五年(210)诏指出：“今天下尚未定，此特求贤之急时也。”十九年(214)令又曰：“夫有行之士未必能进取，进取之士未必能有行也。陈平岂笃行……而陈平定汉业。”陈平一事，可作汉高弃瑕录用之佳例。当然，孙吴士人重“弃瑕录用”，并没有曹魏走得那么远，他们在时势论之外，又援引孔子等儒家先贤之说进行论证，如陆瑁曰：“夫圣人嘉善矜愚，忘过记功……宜远模仲尼之泛爱。”[③]又诸葛恪认为：“仲尼不以数子之不备而引以为友，不以人所短弃其所长也。”[④]可见，崇郭抑许并没有导致儒家道德原则的全面崩溃。

---

① 《宋书·王微传》。

② 参见胡守为《暨艳案试析》、田余庆《暨艳案及相关问题——再论孙吴政权的江东化》。

③④ 《三国志·吴书》本传。

无论怎样，对于汉末清议精神的反拨，还是多多少少地带来了孙吴士风的变化。以陆氏为代表的孙吴士人崇郭抑许，为与清议密切相关的士节观念的变化打开了一个缺口。不仅如此，重郭轻许，势必导致士人热衷于求名逐誉而忽视砥砺节操，必将使得“道德名望”与“立功立事”这两项本应并行不悖的品质，在不同的士人身上发生分化。对一部分士人来说，功名进取之心将日益强烈，道德操行观念则有可能相对趋于淡漠。

吴末晋初江东士人对功名进取的热衷，可以从其时思想界的一些争论中看出。关于君臣遇合的讨论即是其一。太康中，扬州别驾陈总为华谭饯行，因问曰：“思贤之主以求才为务，进取之士以功名为先，何仲舒不仕武帝之朝，贾谊失分汉文之时？此吴晋之滞论，可辩此理而后别。”①这一论题，讨论士人何以不被君王赏识任用，而被称为“吴晋之滞论”，可见它已成为当时士人所热烈讨论的一个问题。又如，丹阳纪瞻举秀才，尚书郎陆机策试之，其中一策即为：“夫成功之君勤于求才，立名之士急于招世，理无世不对，而事千载恒背。古之兴王何道而如彼？后之衰世何阙而如此？”②足证此类君臣遇合的问题，确实为士人所密切关注。其中的原因之一，当为士人求进之心驱使所致。而华谭对这一问题的回答，更清楚地表明吴士对儒家成说的突破。华谭以为“至承统之王，或是中才，或复凡人……朝虽有求贤之名，而无知才之实。”③如此客观理性地分析君王的才能，以为历世不乏才能凡庸之主，其逻辑归宿必然是对忠君观念的动摇。在作为士人立身准则的儒家道德观念的系统中，任何一环的突破都有可能导致整个体系的动摇。君臣之节的恪守如果被附加了条件，那么去就大义等等都有可能发生变化。

## 二　立功立事：陆氏家风的分化与陆机的选择

从孙吴士风的总体特征来看，新兴士风的萌芽并未充分成长起来，

---

①③ 《晋书·华谭传》。
② 《晋书·纪瞻传》。

士人功名进取之心的增强,也并未改变德行节操的基本框架。但对个别士人如陆机而言,这种影响却可能决定其整个价值体系。

陆氏家族向来被视为忠义之门。陆机之七世祖陆续因节操卓著而名列《后汉书·独行列传》,其主要事迹为:会稽太守尹兴名列谋反名单,陆续与诸郡吏诣洛阳狱就考,续肌肉消烂,终无异辞,最终尹兴一案得以昭雪。陆续极重砥砺操行,反映出陆机家风中的东汉士人风操传统的积淀,是较为深厚的。这样的家风也确实在一定程度上代代相传下去了。陆绩之立身处世,正可鲜明地看出乃祖节操的影响。即便是主崇郭抑许之论的陆逊,也未尝没有奉守儒教的气息。如其时曹魏流行刑名法治思潮,丁仪刘廙等人有刑礼之论,陆逊斥责曰:“礼之长于刑久矣,廙以细辩而诡先圣之教,皆非也。”[①]他对当时流行思潮之背离先圣教导,颇为不满。可以说,陆氏家风就其主流而言,可谓清操忠贞。

但是暨艳事件发生后,反对其简别清浊之举,提出崇郭抑许之论者,陆氏家族有陆逊、陆瑁两人。变化了的时代思潮还是在陆氏家风中留下了烙印。这一点,从陆抗、陆喜的人格特征的区别上,可以更清楚地看出。据《晋书·吾彦传》,吴郡吾彦出身寒微,初为小将,跟随吴大司马陆抗,抗奇其勇略,遂设法拔用之。然吾彦仕晋后,武帝问彦:“陆喜、陆抗二人谁多也?”彦对曰:“道德名望,抗不及喜;立功立事,喜不及抗。”此答颇令陆机兄弟恚怒。吾彦对陆抗、陆喜二人之评价虽然触怒了陆机兄弟,但其议论本身,似不无根据。

陆机之父陆抗确实功名业绩显著,而道德名望稍逊。观其立身行迹,如前所述,“抗之克步阐也,诛及婴孩,识道者尤之曰:后世必受其殃”[②]。陆抗克平步阐,诚为巨勋;诛及婴孩,则于儒家仁义有亏。而陆抗之从兄弟陆喜,却以道德名望著称。陆喜其人好为清议,作《西州清论》传于世,其中之《较论品格篇》认为薛莹有愧于第一国士之称,其根据

① 《三国志·吴书》本传。

② 《三国志·吴书·陆逊传》裴注引《机云别传》。

为当时孙皓政权暴虐无道，有识之士大多高蹈出世，薛莹却身仕乱朝而显名，故其品必不能高。对于薛莹之出处，三国史臣亦讥其“于暴酷之朝，屡登显列，君子殆诸”[①]。儒家传统思想有关士人出处去就的原则是：“天下有道则见，无道则隐。邦有道，贫且贱焉，耻也；邦无道，富且贵焉，耻也。”[②]陆喜是反对显名于乱世的，他对薛莹的评价不高，也正因为薛的行为违背了这一传统人格标准。事实上对是否出仕乱朝的选择，正表明了士人对功名进取和道德名望孰轻孰重的看法。

本来，从“太上有立德，其次有立功，其次有立言”的“三不朽”之说来看[③]，儒家是兼重立德与立功的，但“立德”的重要性又大于“立功”。当社会不再追求“立德”而过分强调“立功”时，便会产生背离儒家思想的可能。汉魏之际便是如此。“道德名望”是东汉名教之治下士人的普遍追求，“立功立事”则代表了曹魏重才轻德的新兴风尚。众所周知，曹操曾经多次发布举贤以才不以德的诏令，他还提出了“治平尚德行，有事尚功能”一说，汉末徐幹《中论·智行篇》亦云：“是故圣人贵才智之特能立功、立事，益于世矣。”[④]与“贵刑名而贱守节”的时代风尚相联系的，正是士人对立功立事的追求和对道德名望的淡漠。

陆喜、陆抗二人对道德名望和立功立事的各有所重，正显示了孙吴崇郭抑许之风对陆氏的价值观念的影响。当然，与曹魏的士风有所不同的是，陆抗并没有完全舍弃道德，而陆喜也不彻底否定功名，只不过前者更接近于新风尚，而后者更趋向于旧道德。

陆机在去就问题上所作的选择，与其从父陆喜的观念恰恰相反，而接近于其父陆抗。在兼容了重视功名和砥砺操行的多元取向的家风中，陆机更多地关注立功立事的追求，而在一定程度上忽略了对道德节操的涵养。从陆机入洛以后的立身行事中，已经很难看到东汉士人的廉退之

---

① 《三国志·吴书·薛莹传论》。

② 《论语·泰伯》。

③ 《左传·襄公二十四年》。

④ 《中论》卷上，四部丛刊本。

节了。从其作品来看,他除了在诗文中反复地吟咏"行矣勉良图,使尔修名立"[1]的志向以外,其怀念入侍东宫生涯时云:"玄冕无丑士,冶服使我妍。"[2]较为独特地刻划了其仕进之喜悦。他在《五等论》中力主五等制、反对郡县制的一个重要依据即为"盖企及进取,仕子之常志;修己安民,良士之所希及。夫进取之情锐,而安民之誉迟。"[3]在认同了士人的功名之心的前提下,他甚至已经承认了仕子之进取心甚于安民心的合理性。

## 三 乘时借势:陆机对西晋士风的濡染

陆机兄弟入洛以后,热心学习包括玄学在内的中原文化,乃至有陆云夜遇王弼之精魂,与之共谈《老子》,因而谈《老》殊进之传说[4]。可以想见,西晋士人的立身原则、价值观念,必然对陆机兄弟的思想产生冲击。

西晋政权的建立,是司马氏违背儒家礼教、篡夺曹魏政权的结果。统治者在忠义道德上的尴尬处境,不仅使得政权本身邪正不分,而且导致全社会缺乏弘扬儒家忠义观念的政治基础,士人的德行节操便由此颓坏[5]。西晋之初,世务荣进。庾峻因此上疏抗论"普天之下,先竞而后让;举世之士,有进而无退"[6]的社会现象。刘寔亦因世多进趣而作《崇让论》(《晋书》本传)。贾谧之"二十四友",可以说是进竞士风最集中的体现。《晋书·贾谧传》称"(贾谧)开阁延宾,海内辐凑,贵游豪戚及浮竞之徒,莫不尽礼事之"。这是一个热衷于功名利禄的文人团体。身居其中的潘岳即认为"顾常以为士之生也,非至圣无轨微妙玄通者,则必立功

---

① 《遨游出西城》,《陆机集》卷五。

② 《吴王郎中时从梁陈作》,《陆机集》卷五。

③ 《陆机集》卷十。

④ 《晋书·陆云传》。案:此说又见刘敬叔《异苑》,所不同者,《异苑》以此事属陆机。

⑤ 参见罗宗强《玄学与魏晋士人心态》第三章《西晋士人心态的变化与玄学新义》(浙江人民出版社 1991 年版)。

⑥ 《晋书·庾峻传》。

立事,效当年之用”①,史又称其性轻躁趋利,与石崇等谄事贾谧,每候其出,与崇辄望尘而拜。则潘岳其人求进之心甚切,廉让气节全无。正因为陆机的价值观念中已经打下了重功名轻士节的基础,他入洛后不久,便投身于这样一个为世所讥的圈子。这些文人之间相互影响的结果,必然进一步地强化了陆机的功名之心,而削弱了他的节操观念。

在功名仕进之心的推动下,促使陆机不避危祸而效力于诸王的一个观念上的原因,是陆机对所谓时势的看法。其《豪士赋序》曰:“是故苟时启于天,理尽于民,庸夫可以济圣贤之功,斗筲可以定烈士之业。故曰‘才不半古,而功已倍之。’盖得之于时势也。”②陆机作《豪士赋》的本意是讥刺齐王冏之骄纵,但是他在分析齐王得势原因的过程中,却提出了乘时得势对于建功立名的意义。这种乘时论的形成,亦与陆机所受西晋社会思潮的影响密不可分。

西晋时期,门阀制度逐步形成,孤寒有才之士进取无门,因此多有作不平之鸣者。如张载《榷论》、王沈《释时论》、蔡洪《孤奋论》等文,其主旨均在抨击门阀制度之埋没人才。如王沈《释时论》反对“公门有公,卿门有卿”③,张载《榷论》则痛斥“今士循常习故,规行矩步,积阶级,累阀阅,碌碌然以取世资”④的现象。当世重阀阅,使得寒士体会到于守平之时建功立业的艰难,由此滋生出对纵横之世的向往⑤。从对门阀制度的思考、批判出发,士人对时势与仕进的关系提出了自己的看法,如张载《榷论》开宗明义曰:“夫贤人君子将立天下之功,成天下之名,非遇其时,曷

①③④　《晋书》本传。

②　《文选》卷四十六,第2044页。

⑤　西汉士人早已有类似的观念,如东方朔《答客难》云:“今则不然。圣帝德流,天下震慴,诸侯宾服,连四海之外以为带,安于覆盂,天下平均,合为一家,动发举事,犹运之掌,贤与不肖,何以异哉?”(《文选》卷四十五,第2001页)西晋士人之所以与汉人有类似的感慨,不仅因为西晋天下一统的局势与西汉相同,更因为西晋门阀制度对有才寒士的压抑。

由致之哉!”[①]这一看法,与陆机之“得之于时势”的观点,可谓如出一辙。张载又进一步指出:“时平则才伏,乱世则奇用……此言有事之世易为功,无为之时难为名也。”王沈《释时论》也同样指出才士建功于乱世的规律:“英奇奋于纵横之世,贤智显于霸王之初。”[②]

这些抨击门阀制度的理论,自然地导出了功名建立于时运之上的观点,并且更进一步地推出寒士只有在乱世才能驰骋一己之才的结论。张载等人作出了这样的分析,然而他们本身并没有躬行之。如王沈因当时王政陵迟,君子多退而穷处,遂终于里闾。张载亦因世乱而称疾归家。这种思潮却深刻地影响了陆机之立身行事。这不仅由于时势之论与陆机的功名之心非常契合,还与西晋吴士在门阀社会中的地位有关。其时纪瞻等孙吴显贵的后代在西晋沦为“无世祚之资”的寒素(说详见附录一《六朝门阀制度对江东士族儒学的影响》),前述吴郡蔡洪《孤奋论》(《晋书·文苑传》称该篇已佚)之作,很可能即为失去了祖荫门资的江东士人而发。又《世说新语·言语》记蔡洪赴洛,洛中人讥其为“亡国之余”,蔡洪反唇相讥,可知蔡洪亦身历亡国失路、为北人压抑之痛苦。中原寒士对门阀制度的不满,与江东士族沦为寒门孤士的失落之间便产生了共鸣。亡国以后陆机的社会政治境遇,是陆机接受时势论的现实基础。

陆机不仅从理论上认识到了乘时借势以建功立业的重要,而且在实践中贯彻其凭藉乱世以驰骋才智的思想。他一次又一次地失去了及时抽身的机会:赵王伦败后,齐王冏收陆机等人付廷尉,赖成都王颖、吴王晏之救理而免祸,是时南士顾荣等人劝机还吴,陆机未从;太安二年(303),司马颖、颙讨长沙王乂,颖任用陆机为后将军、河北大都督,陆机此时已深知羁旅入宦的艰难,乡人孙惠亦劝其让都督于王粹,然而陆机踌躇再三,终于还是赴命了。

很多学者注意到江东儒学传统和中原新兴玄风都对陆机的文学观

---

① 《晋书》本传。

② 《晋书·文苑传》。

念和创作实践产生了影响[①]。本文试图从江东士风的变迁中找到陆机接受北方新思潮的依据，并解释何以新兴思想的萌芽未能改变江东士风的基本特征，却使得陆机的立身处事异于其他江东士人。本文通过追溯陆机关于出处去就观念的家族渊源，发现孙吴数十年间，经明行修的江东学风还是或多或少地受到了新兴思潮的影响，陆氏家族中陆瑁、陆逊等人在孙吴士风的变革中得风气之先，于是陆氏家风中尚道德名望和重立功立事的分化越发明显，陆机秉承了乃父之风而重视功名进取。家族文化的多重机缘，决定了孙吴士风的转变最集中地体现在陆机身上，使得陆机很快接受了中原新兴士风的影响，陆机趋利求进的行为方式遂成为江东士人中一个较为独特的现象。

## 第三节　论陆澄崇儒博物的学风对梁代文学复古思潮的影响

宋末齐初，儒学在思想学术界所占的地位有上升趋势。大力提倡儒学的士人中，侨姓以王俭为宗主，吴人则以陆澄为代表，此外沛国刘瓛也多为时人所师从。在此儒学复兴的思潮中，陆澄提出了儒玄兼宗的思想，并以此作为儒学发展、创新的突破口。儒玄兼宗思想所体现的兼容并包的学术倾向，直接触发了士人重视博物多识的学风之流行。陆澄本人的学术特点，正是崇儒博物之风的最典型的代表。迄于梁世，士人由对博物多识的强调，发展到对兼宗四部的要求，于是文学界便涌现了一大批文章、学术兼长的“高才硕学”型的作家，他们成为以任昉为中心的“龙门之游”文人集团的骨干力量，并且是梁代前期文学复古思潮的中坚分子[②]。“龙门之游”中，陆倕、张率等吴姓士人深得陆澄学术的沾溉，他

① 关于陆机《文赋》的产生与洛下“言意之辩”的关系，参见周勋初师《〈文赋〉写作年代初探》(载《文史探微》，上海古籍出版社 1987 年版)。

② 关于梁代文学复古思潮，参见傅刚《试论梁代天监普通年间文学思想与创作》，《文学遗产》1998 年第 5 期。

们与刘氏、到氏等侨姓诸子以崇儒博古相号召，以诗文相往还，推动了任昉晚年诗风变化的完成，并且形成了“丽而不浮，典而不野”的文质彬彬的文学理想。

## 一　易道无体：陆澄儒玄兼宗的学术思想

刘宋以降，儒学渐呈复兴之势。刘宋时，帝王虽然无意于振兴儒学，但也作出了开国子学之类的举措（说详见第二章第二节《江东士族以儒为本的保守学风及其演变》）；齐代前期，儒风稍有上升之势。齐高帝少为儒生，曾受学于豫章雷次宗，是故即位不久即于建元四年（482）下诏开国子学，其后武帝于永明三年（485）恢复国子学，又于王俭宅开学士馆。帝王的提倡为儒学的复兴提供了契机，王俭以侨姓高门和当朝宰相的身份，不仅本人长于经礼，且大力奖倡儒学，于是天下翕然从风。沉寂已久的吴姓儒学也呈现出复苏之象。陆澄之儒学，便形成于这样的社会背景下。

### 1. 陆澄兼宗儒玄的理论依据

陆澄（425—494）字彦渊，宋孝建元年（454）起家太学博士，曾任秘书监、都官尚书、吴郡中正、国子祭酒等职。著有《汉书注》一卷，《杂传》十九卷，《地理书》一百四十九卷，《地理书钞》二十卷①，《述政论》十三卷，《政论》十三卷②。

陆澄儒学秉承江东学风的倾向是十分明显的。以《易》学为例，江东盛行虞翻、陆绩等人的象数《易》学。陆澄对象数传统十分重视，他认为：“（《易》）自商瞿至田何，其间五传……虽有异家之学，同以象数为宗。数百年后，乃有王弼。”（《南齐书》本传）可见他视象数为《易》学的正宗③。

陆澄儒学虽在一定程度上承袭江东学风，但并非一味地因循沿袭。西晋灭吴以来，吴人学术已为玄风浸润了二百余年，要说江东学风一仍

---

① 《隋书·经籍志二》。

② 《隋书·经籍志三》。

③ 说见唐长孺《读〈抱朴子〉推论南北学风的异同》，《魏晋南北朝史论丛》第375—376页。

其旧是难以想象的，吴姓士族也在努力为儒学的发展寻找突破口。如张氏家族对玄学的钻研和造诣，已为吴人的学术注入了新的活力（说详见第四章第二节《论张融文学新变的独特方向及其对侨姓文化的批判》一节）。因此，儒玄兼融的学术建构，已经有瓜熟蒂落之势。陆澄之学术便充分反映了这一时代要求。永明三年（485），国学置王氏《易》，陆澄即致书王俭，提出了并置郑王的建议①。其理由主要为：首先，正如前文所说，他以象数学为《易》学正宗，因此，他认为偏重义理的王弼《易》学，不能究尽《易》道，故云："王济云弼所悟者多，何必能顿废前儒。"加之"且弼于注经中已举《系辞》，故不复别注。今若专取弼《易》，则《系》说无注。"②单就内容而言，王弼《易》注也不完整。其次，他认为即使在玄学盛行之世，郑氏《易》也有着不可或缺的意义。他指出："晋太兴四年，太常荀崧请置《周易》郑玄注博士，行乎前代，于时政由王、庾，皆俊神清识，能言玄远，舍辅嗣而用康成，岂其妄然。"援用清谈名士王导、庾亮等人舍王用郑一事证成其说。最后，并置王郑的一个最为根本的理由，即所谓"玄不可弃，儒不可缺"。国学之兴，本以弘儒为目的，即"今若不大弘儒风，则无所立学"，因此，"众经皆儒，唯《易》独玄"无疑是不合理的。另一方面，他从儒学本身的发展着眼，认为"《易》道无体，不可以一体求；屡迁，不可以一迁执也。……谓（郑王）宜并存，所以合无体之义。"（《南齐书》本传）这说明陆澄视王弼《易》学为整个《易》学体系的一部分，因此儒学之《易》也必须吸收具有玄学特色的王氏《易》，才能完整地理解和深化《易》学。

进一步寻绎陆澄语意可知，所谓"《易》道无体"，语出《易·系辞上》：

---

① 据《南齐书·武帝纪》，建元四年（482）以国哀罢国子学，永明三年（485）正月诏曰："宜高选学官，广延胄子"，又《南齐书》本传称陆澄永明元年（483）转度支尚书，其后领国子博士。故此事当在永明三年。又《南齐书·陆澄传》云："时国学置郑王《易》，杜服《春秋》，何氏《公羊》，麋氏《谷梁》，郑玄《孝经》。……（澄）乃与俭书论之曰……"案：陆澄之论要求并置郑王，可知陆王商略之前，国学仅置王《易》，故此处疑为"时国学置王氏《易》"。

② 《南齐书》本传。

“范围天地之化而不过，曲成万物而不遗，通乎昼夜之道而知。故神无方，而《易》无体。”据韩康伯注：“自此以上，皆言神之所为也。方体者，皆系于形器者也。神则阴阳不测，《易》则唯变所适，不可以一方一体明。”则韩注认为“易无体”表明了《易》道超越于具体形器之上的超验性。易道“屡迁”一语，出《易·系辞下》：“易之为书也不可远，为道也屡迁。”韩康伯于此无注，孔颖达疏以为：“其为道也屡迁者，屡，数也。言易之为道，皆法象阴阳，数数迁改，若乾之初九则潜龙，九二则见龙，是屡迁也。”则屡迁之说，乃言易道不拘一体。韩、陆对于“无体”说的歧异值得注意，韩注意在说明易道超越于“一体”，因而他关注的是众体之上的“道”而不是“体”，此乃王弼《易》学的旨趣；陆澄的观点则是侧重于易道“不可以一体求”，换言之，易道可以由多体求得，所以他认为“谓宜并存（王郑），所以合无体之义”。重视多样的易体，可说是儒学之《易》的特征。因此，“易道无体，不可以一体求”的说法，体现了陆澄《易》学的以儒学为基点，同时也反映了儒玄交融是以兴儒为旨归的。

由于儒学的礼义观念在树立家族道德规范中的作用，江左历代虽然玄风久盛不衰，但是躬行践履意义上的儒家观念并没有被废弃。另一方面，晋宋两代，并列王郑《易》的现象也不乏前例。陆澄提出并存王郑的时代意义，在于学术范畴上的、以儒学为旨归的儒玄交融的真正开始与自觉。

陆澄儒玄交融的思想，为儒学的发展找到了一条新路，得到了儒学之士的广泛认同。如王俭即明确表示：“易体微远，实贯群籍，施、孟异闻，周、韩殊旨，岂可专据小王，便为该备？依旧存郑，高同来说。”[①]他赞成陆澄并存王郑的建议，也是从求得《易》学该备的角度着眼的。又如，沛国刘瓛“儒业冠于当时”，从家学渊源而论，其六世祖刘惔为东晋清谈名士，可以想见其儒学中必然渗透了家世相传的玄义。黄庆萱先生通过

① 《南齐书·陆澄传》。

对刘瓛《易》学的辑佚考订,得出了刘瓛兼采郑王,甚至以马、郑为重的结论[①]。又《南齐书·谢几卿传》载,齐文惠太子策试谢几卿,令王俭曰:"几卿本长玄理,今可以经义访之。"王俭承旨发问,几卿竟辩释无滞。此事发生在永明五年(487)以后[②]。由此不难推知,浸淫玄风多年的侨姓世家大族也开始由玄入儒。陆澄在此学风中无疑处于先导地位。当然,同样是儒玄兼宗,陆澄的以儒为主,仍有别于侨姓的以玄为本(说详见第二章第二节《江东士族以儒为本的保守学风及其演变》)。

2. 陆澄与博学风尚的关系

在儒玄交融风气的影响下,士人开始以博闻多识相尚。这种学术追求的产生,并非空穴来风。从理论倡导的角度来看,陆澄儒玄交融、易道无体的理论,强调易道之多体,已经孕育着尚博思想的萌芽。将陆澄的学术与王俭、刘瓛等人相比较,可以看出陆澄学术有两个较为独特的方面:其一即所谓"博而寡要"。据《南齐书·王俭传》,齐高帝令陆澄诵《孝经》,陆澄从"仲尼居"起诵,王俭讥曰:"澄所谓博而寡要,臣请诵之。"于是始诵《君子之事上》一章[③]。从王俭的"博而寡要"一说中,也可看出陆澄学术之繁博。然而正因陆澄之"寡要",他才可能达到"博"的极致。"寡要"与否,是陆澄与王俭学术的重要差异,也是陆澄真能博极群书而王俭则逊之的本质原因之一。

其二,陆澄儒学的纯学术倾向,可见于其对《孝经》的看法。如前所述,他认为"《孝经》,小学之类,不宜列在帝典。"并且进一步申说其不列

---

① 黄庆萱《魏晋南北朝易学书考佚》第十八节(幼狮事业文化公司1975年版)。

② 据《南史·谢几卿传》,此年几卿年十二,召补国子生。又同传称其父超宗徙越嶲,几卿年八岁。据《南史·谢超宗传》,超宗徙越嶲,在张敬儿诛后。张氏于永明元年受诛,可知策试一事当在永明五年(487)后。

③ 类似的故事发生于三国吴时,据《三国志·吴志·张昭传》,孙权曾问严畯:"宁念小时所谙书不?"畯于是诵《孝经》"仲尼居"。张昭曰:"严畯鄙生,臣请为陛下诵之。"乃诵"君子之事上"。以陆澄之博学且身为吴人,不可能不熟知此事,但他并不从张昭之诵"君子之事上",说明他非不能也,乃不为也,他不欲以儒学事主媚上。此事反映了陆澄为学术而学术的非功利倾向。

《孝经》的理由是:“世有一《孝经》,题为郑玄注,观其用辞,不与注书相类。案玄自序所注众书,亦无《孝经》。”陆澄实际上是从学术辨伪的角度,认为《孝经》郑玄注的学术价值不高,因而不应将其列入帝典。对此王俭反驳道:“仆以此书明百行之首,实人伦所先”(《南齐书·陆澄传》),他是从实用意义上说明《孝经》的价值。事实上身为门阀社会的一员,陆澄未始不明白《孝经》对于家族人伦的重要性,但他并不因此承认其学术价值。陆澄忽视学术的实用价值,是其博识的内在原因。因为博闻多识,很大程度上是出于对知识本身的兴趣而非知识的实践意义。

陆澄之议礼,也显示出其学术与实用相脱节的特点。陆澄从宋孝武帝时期开始活跃于礼乐活动中。如孝建元年(454)议是否为皇弟刘休倩服殇礼①,大明三年(459)议庙祠有故是否应迁日②,泰始元年(465)议皇太子冕服③等等。陆澄在这些礼乐活动中的表现并不出色,如泰始初年他议皇后讳班下应依旧称姓,被左丞徐爰斥为“以意立议”,并因此被免官(《南史·陆澄传》)。这对身为当世硕学的陆澄来说,似乎颇不可思议。考陆澄之议论礼事,往往多用逻辑推理而不引典证明。如宋孝武孝建元年皇弟休倩年始及殇而夭,追谥东平冲王。陆澄议其服制曰:“案礼有成人道,则不为殇。今既追胙土宇,远崇封秩,圭黻备典,成孰大焉。典文式昭,殇名去矣。夫典文垂式,元服表身,犹以免孺子之制,全丈夫之义。安有名颁爵首,而可服以殇礼。”④他的论证过程为:既然“典文垂式,元服表身”可以免孺子之制,而“名颁爵首”之郑重程度过之,因此更应视为成人。在这里,陆澄议礼不援引前例,确实可谓“以意立议”。陆澄博识而不能致用,反映了他在知识实用方面的笨拙。

陆澄之不求实用,几至食古不化。《南齐书》本传称其“读《易》三年不解文义,欲撰《宋书》竟不成”,因此王俭讥其为“书橱”。事实上如果说忽

①④ 《宋书·礼志二》。

② 《宋书·礼志四》。

③ 《宋书·礼志五》。

略实用甚至食古不化是陆澄学术之弊端的话，那么这恰好成全了陆澄之博闻多识。陆澄曾与王俭较量学问，他列举王俭所遗漏的数百条，均为王俭所未尝目睹。陆澄认为自己博闻多识胜于王俭的原因在于“仆年少来无事，唯以读书为业”，而王俭却少年得志，公务烦冗，因此不暇多读。他没有道及的一个相对本质的原因是，陆澄追求知识本身的热情是王俭难以企及的。

综上所述，陆澄是儒玄双修而归于儒学、博物强识而长于记诵的学风的最典型的代表。就崇儒博物学风的当代影响而言，陆澄难以望王俭之项背。《南史·王摛传》称王俭奖倡尚博学的隶事之风：“尚书令王俭尝集才学之士，总校虚实，类物隶之，谓之隶事，自此始也。”被称为“王俭三公”的何宪、孔逷即以博涉该通著称。由于王俭的高门华胄和当朝贵显的身份，从学风推广的角度来看，博物隶事之风可说是肇始于王俭。陆澄之学术影响，就门徒人数而言，也不及刘瓛。史称“（刘瓛）儒学冠于当时，京师士子贵游莫不下席受业”[①]。一个有趣的现象是吴人贺循之玄孙贺瑒少习家传之礼学，刘瓛为会稽府丞，见瑒而大为器异，认为他将来必能为儒宗，遂荐之为国子生[②]。以陆氏与贺氏世代相沿的密切关系[③]，陆澄又身为“缙绅领袖，儒宗胜达”[④]，则举荐贺瑒一事，本应是陆澄的责任。此外史书中也很少见到时人师从陆澄的记载。这在很大程度上与陆澄学术之重记忆、轻义解有关。但是，声名不显与生徒寥寥并不意味着陆澄崇儒博物的学术毫无影响，相反，从学术特征本身言之，陆澄的学术特点甚至弊端都显示了陆澄在博闻多识方面，是极为纯粹而典型的，因此，陆澄学术的主要意义，正是其尚博的学术本身对当世及其后的士人的影响。

---

①④　《南齐书》本传。

②　《梁书·贺瑒传》。

③　据《晋书·贺循传》，著作郎陆机上疏荐循曰：“伏见武康令贺循德量邃茂，才鉴清远，服膺道素，风操凝峻，历试二城，刑政肃穆。”

## 二 高才硕学：崇儒尚博风尚与士人知识结构的变化

博物强识的学术倾向在南齐并未充分发展，至有梁一世，则蔚然成风。梁武以帝王之尊提倡博学的结果，使博学发展到了极致。梁世的一个突出现象是士人大多以一身兼治四部，以四部评论士人学养的风气也由此流行。这种风气显然发端于齐世。如任昉、刘沨曾执秘阁四部书，试问何宪，自甲至丁，每书说一事，并叙其述作之体[①]，至梁世此风更为盛行。从梁武本人的学术结构来看，他"造《制旨孝经义》,《周易讲疏》,……《毛诗答问》,《春秋答问》,《尚书大义》,《中庸讲疏》,……并证先儒之迷，开古圣之旨。"[②]可知他于儒学是博通众经的。他又造《通史》，躬制赞序，凡六百卷。此外梁武又长于释典，制《老子》讲疏。又有文集百二十卷。因此，梁武是贯通了经史子集四部之学的。又如范阳张缵，曾手执四部书曰："若读此毕，乃可言优仕也。"[③]则张缵是以四部兼善自我期许的。当时对于学人的评价，并不限于专门专家之学的高低，而有求全责备的倾向。如萧绎认为"任彦升甲部阙如，才长笔翰，善辑流略，遂有龙门之名"[④]，事实上任昉文史兼通，《梁书》本传称其"撰《杂传》二百四十七卷，《地记》二百五十二卷，文章三十三卷"，又云"自齐永元以来，秘阁四部，篇卷纷杂，昉手自仇校，由是篇目定焉"。他对四部下过很深的功夫。萧绎《金楼子》之说，充分反映出当时要求士人四部兼备的苛刻态度。

梁世崇尚博物多识，四部兼备，与陆澄学术的共同之处是不深求义解，而强调诵记。如史称博学之士"刘显、韦稜并强记，(刘)之遴每与讨论，咸不能过也"[⑤]。又梁代文人学士互相策问经史之事的现象也很普

---

① 《南史·何宪传》。

② 《梁书·武帝纪下》。

③ 《梁书》本传。

④ 《金楼子》卷四《立言下》。

⑤ 《梁书·刘之遴传》。

遍。如沈约问刘显经史十事[1]，陆倕、刘显问陆云公《汉书》十事[2]，刘显问韦载《汉书》十事[3]等。“问事”这种较量学问的方式，也以记诵能力的高低为标准。在这一点上，梁代博学之风与陆澄学术是一脉相承的。

萧绎《金楼子·立言篇》在描述当时学术界的现状时，指出一类学人的特征是：“今人之学者有四……今之儒，博穷子史，但能识其事，不能通其理者，谓之学。……而学者率多不便属辞，守其章句，迟于通变，质于心用，学者不能定礼乐之是非，辨经教之宗旨，徒能扬榷前言，抵掌多识，然而挹源知流，亦足可贵。”他对“今之儒”的描述，让我们看到了陆澄之学术特征在梁世的再现。由此可以推知，陆澄的博物崇儒学风在梁世影响之烈之甚，已使当时的学术界开始承认这种不求实用之学术的存在意义。

以四部之学评论学人，责其学养，于是所谓“高才硕学”大批涌现。如《南史·江总传》称“尚书仆射范阳张缵、度支尚书琅琊王筠、都官尚书南阳刘之遴并高才硕学。”其中，王筠为著名文人，《梁书》本传称其博极群书：“幼年读《五经》，皆七八十遍。……子史诸集皆一遍。”张缵既博学多识，又善于为文，《梁书》本传载录其《南征赋》全文，有文集二百卷。南阳刘之遴笃学明审，亦长于诗文。有梁一代堪称高才硕学者，远不止以上三人。博学文人还因为在思想、文学观念上的志趣相投而结成了多个群体。其中以裴子野为中心者有裴子野、刘之遴、刘显等人。据《梁书·裴子野传》，三人常共讨论书籍，“子野为文典而速，不尚丽靡之辞，其制作多法古”。又刘之遴亦多学古体。他们均有出身于儒史之业而兼擅雕虫的特点，在文学上有崇古抑今的倾向。以任昉为中心者则有“龙门之游”。《南史·陆倕传》称：“及昉为中丞，簪裾辐凑，预其䜩者，殷芸、到

① 《梁书·刘显传》。

② 《南史·陆云公传》。

③ 《陈书·韦载传》。

溉、刘苞、刘孺、刘显、刘孝绰及倕而已，号曰龙门之游。”[①]诸人均以文人而博学，就文学倾向而言，任昉本长于典雅的笔体，晚年诗风也转为弘雅，与追求清丽的永明文风相比较而言，显示出一定程度的复古倾向。这两个文学群体的出现，充分说明了当时文学与学术并行发展的特点，而且反映出其时崇儒博物的学养对文学思想之复古倾向的影响。

## 三　文笔弘雅：崇儒尚博学风对陆倕、张率的影响

崇儒尚博的学风既然以陆澄为先导，则对吴姓文人的学术首先产生影响，乃情理中事。梁代吴人之博学者，以陆倕、张率、顾协、孔休源、朱异等最为著名。论其学术渊源，除孔休源曾“就吴兴沈驎士受经”[②]，又朱异为外祖顾欢所器异之外，其余三人与陆澄的学术关系均有脉络可寻。陆倕为陆澄族人。陆氏家传之儒学，至陆澄之时重放异彩，无疑首先会使同族子弟受其熏陶。史称陆倕少年勤学，所读之书均诵记于口，曾默写《汉书·五行志》四卷而毫无遗漏。又陆倕自云：“太守家本诸生，伏膺典记，光武灵台之籍，较涉根基；张华聚土之书，略见庭户。”[③]这不仅反映出陆氏儒学之源远流长，也表明陆倕对所受家学影响的深刻体认。又张氏与陆氏本为世代姻亲，张氏之学术得到陆澄的沾溉，也是不难想见的。据《南史·张率传》，“陆少玄家有父澄书万余卷，率与少玄善，遂通书籍，尽读其书”。又据《南齐书·陆澄传》，陆澄藏书极为丰富，且多人所罕见之书，张率能够尽读陆氏藏书，充分说明了他的学术与陆澄崇儒博物学风的渊源关系。顾协少为外祖张永所器重，从内弟张率尤其推重之。顾协

---

① 如前所述，《南史·到溉传》云：“昉还为御史中丞，后进皆宗之。时有彭城刘孝绰、刘苞、刘孺，吴郡陆倕、张率，陈郡殷芸，沛国刘显及溉、洽，车轨日至，号曰兰台聚。”其说与《南史·陆倕传》小异，同游者多到洽、张率。验之以现存诗文，洽、率实预其游，故“龙门之游”包括任昉在内有十人之多。

② 《梁书》本传。案：驎士，《南齐书》作“驎士”，有传；《梁书·孔休源传》亦作“驎士”，《南史·隐逸列传》作“麟士”。本书从《南齐书》、《梁书》作“驎士”。

③ 《将至浔阳郡教》，《全梁文》卷五三。

很可能通过与张率的交游往还，间接地受到陆澄学术的影响。

受陆澄学风影响的吴姓士人中，不乏堪称“高才硕学”者。张率、陆倕即以善于摛文著名。其文学倾向和创作风格首先可以从其参与的文学群体中略见一斑。张陆二人均以文藻深得梁武的赏拔。《梁书·文学刘苞传》云：“自高祖即位，引后进文学之士，苞及从兄孝绰、从弟子孺、同郡到溉、溉弟洽、吴郡陆倕、张率并以文藻见知。”梁武以弘扬儒学为己任，其于文学亦崇尚典雅的文风。如前所述，他曾叹赏陆倕《石阙铭》辞义典雅，又称赞张率《待诏赋》：“相如工而不敏，枚皋速而不工，卿可谓兼二子于金马矣。”（《梁书·张率传》）张率的文风与陆倕相近（说详下），因而二人见赏于梁武，并非偶然。

陆张二人参与了“龙门之游”（说详下），他们又是昭明太子东宫十学士的成员。《南史·王锡传》称“时昭明太子尚幼，武帝敕（王）锡与秘书郎张缵使入宫，不限日数。与太子游狎，情兼师友。又敕陆倕、张率、谢举、王规、王筠、刘孝绰、到洽、张缅为学士，十人尽一时之选。”二人雍容典雅的文风与萧统的文学思想颇为契合[①]。昭明太子与晋安王萧纲书云：“陆生资忠履贞，冰清玉洁，文该四始，学遍九流，高情胜气，贞然直上。……近张新安又致故，其人文笔弘雅，亦足嗟惜。”[②]萧统不仅称许陆倕之德行忠贞清介，对陆、张二人之文笔典雅、学贯群书亦极为肯定。这一切都说明了他们在梁代文学复古思潮中的重要地位。

陆张二人辞义典雅的文风，与崇儒博物的学术倾向有着密不可分的联系。他们分别以铭和赋著称于世。陆倕之《石阙铭》、《新刻漏铭》，无论内容还是形式，都带有鲜明的儒家思想的痕迹。史载天监六年（507）十月，梁武敕祖暅治新漏成[③]；又天监七年（508）正月，作神龙、仁虎阙于

① 关于昭明太子与梁代文学复古思潮的关系，参见刘跃进《昭明太子与梁代中期文学复古思潮》，《文选学论集》第246—261页（赵福海编，长春：时代文艺出版社1992年版）。

② 《梁书·到洽传》。

③ 《文选》卷五十六陆倕《新刻漏铭》李善注引刘璠《梁典》。

端门、大司马门外[①]。树阙治漏，皆为儒家礼乐教化的重要内容。天监七年(508)正月戊戌诏指出："昔晋氏青盖南移，日不暇给，而两观莫筑，悬法无所。今礼盛化光，役务简便，可营建象阙，以表旧章。"[②]可知梁武视树阙为复兴礼乐的工程之一。陆倕于《石阙铭序》中大事渲染当时之礼乐复兴、儒风昌盛："于是天下学士，靡然向风，人识廉隅，家知礼让"，而在铭文中又表现象阙之巍峨雄伟，以歌颂梁武帝王之业的兴隆："大人造物，龙德休否。……神哉华观！永配无疆。"《石阙铭》把建观立阙的儒家文治意义表达得淋漓尽致，诚为润色鸿业之作。《新刻漏铭》指出昔日"世道交丧，礼术销亡"，因而漏刻失度，而梁武之新造漏刻，正是其"乐迁夏谚，礼变商俗"的礼乐复兴运动的内容之一(《文选》卷五十六)。陆倕两铭在内容上盛赞梁武兴礼作乐的功业，当是其被视为成功之作的主要原因。就形式而言，两铭多骈辞骊句，且用典弘富。刘勰指出"铭兼褒赞，故体贵弘润。其取事也必核以辨，其摛文也必简而深"[③]，他认为，善于用事是一篇成功的铭文在形式上的要素。刘勰又云："学贫者迍邅于事义，才馁者劬劳于辞情。"[④]则从反面说明了博览载籍是善于使事用典的学术前提。于此不难推知，陆倕在铭文创作上的成就，在很大程度上受惠于其崇儒尚博的学术基础。张率《舞马赋》亦竭尽歌功颂德之能事。特别要指出的是其《绣赋》[⑤]一文，表现绣物的华丽斑斓、士女着绣衣锦的姿态，极尽绮丽之至，却于篇末有"不息末而反本，吾谓遂离乎浇薄"之说，虽然有讽一劝万之嫌，但隐约可见作者乃远嗣班固之"或以抒下情而通讽喻，或以宣上德而尽忠孝"[⑥]的讽谏传统。作者崇尚礼乐教化的文学观，由此亦可略窥一斑。

---

① 《梁书·武帝纪中》。

② 《文选》卷五十六陆倕《石阙铭》李善注引刘璠《梁典》，第 2421 页。

③ 《文心雕龙·铭箴》。

④ 《文心雕龙·事类》。

⑤ 《全梁文》卷五四。

⑥ 班固《两都赋序》。

陆、张二人的文学创作显示出崇儒博物的学风所给予的深刻影响。换言之，陆澄所倡导的学风在梁代文坛上结出的最直接的成果，当为陆倕的铭文和张率的赋作。

## 四　康成斯在：龙门之游与崇儒尚博学风的关系

崇儒博物的士人所形成的文学群体已如前述，其中"龙门之游"诸子与昭明文学群体在文学上表现出共同的文质彬彬、折衷古今的倾向，而且从天监三年(504)开始的"龙门之游"实际上是其后昭明太子文学群体的前身。"龙门之游"的十人中，不仅刘孝绰、到洽、陆倕、张率为东宫十学士的成员，殷芸亦于天监十年(511)除昭明太子侍读，到溉曾任太子中庶子，刘苞曾为太子洗马，刘孺亦任太子舍人(《梁书》本传)，可见，除任昉、刘显外，"龙门之游"诸人均曾侍从昭明太子。萧统《文选》所表现出来的文学观念，在"龙门之游"时期，应已具备了雏形。"龙门之游"中陆倕、张率等吴姓士人与崇儒博物学风的关系，已如前述，以下进一步分析同游侨姓士人与崇儒学风的渊源。

任昉之博物多通，前文已有所述。王僧孺《太常敬子任府君传》称其"耻一物之不知，惜寸阴之徒靡。下帷闭户，投斧悬梁。虽玄宴书淫，文胜经溢，康成之忽忘所往，公叔之颠坠硎岸，无以异也。"[①]其博学专注之状如见。任昉学术又深受儒风浸润，故王僧孺同文称其为"康成斯在"。任昉与齐世儒学三大家均有密切关系。其一，王俭曾引任昉为主簿，"雅钦重昉，以为当时无辈"[②]。任昉《王文宪集序》曰："宋末艰虞，百王浇季，礼紊旧宗，乐倾恒轨。自朝章国纪，典彝备物，奏议符策，文辞表记，素意所不蓄，前古所未行，皆取定俄顷，神无滞用。"[③]竭力颂美其重建礼乐之功。由此不难想见王俭弘扬儒术的思想对其产生的影响。其二，任

① 《全梁文》卷五二。

② 《梁书·任昉传》。

③ 《文选》卷四十六，第2077页。

昉曾师从刘瓛。《求为刘瓛立馆启》云："昔在魏中，爰及晋始，书贵虚玄，人悦陶纵，瑚琏废泗上之容，樽俎恣林下之适。"[①]在此，任昉重弹清谈误国的老调，意在弘扬其复兴儒教之观念。同篇还称赏刘瓛"澡身浴德，修行明经"，表明自己"辄欲与之周旋，开馆招屈"，可见其对刘瓛学行之钦慕。其三，任昉对陆澄学术有所继承。《梁书》本传称"昉撰《地记》二百五十二卷"。考《地记》一书的性质，《隋书·经籍志二》称"任昉增陆澄之书(《地理书》)八十四家，以为此记"，又著录陆澄、任昉各有《地理书钞》，姚振宗《隋书经籍志考证》卷二一云："案陆任两家所集，但依其前后远近，编而为部，有如今之丛书。"王庸《中国地理学史》分析《地理书钞》之性质云："大概为编撰《地理书》与《地记》时搜集材料之附产品，故其内容殆多抄录，而少撰作。"[②]任昉追慕陆澄地理之作，竟至步其后尘，增补陆氏之书，他受陆澄学术影响之深，不言而喻。从齐世三大儒师对任昉的影响方式及程度来看，王俭于其有故主赏遇之恩，刘瓛之学问道德为任昉所仰慕，而陆澄则真正在学术的层面上影响到任昉。从任昉的《地记》之作，也可以看出陆澄之弘倡儒学，博闻强记，虽然在当世为人讥嘲，但对梁代士人的学术倾向却有着极其深远的影响。

刘孝绰、刘孺、刘苞三人同出彭城刘氏。从家学传统来看，刘孝绰之父绘为齐永明时清谈名士，与周颙、张融并为三大家，时人誉之为"刘绘贴宅，别开一门"(《南齐书·刘绘传》)，言其清言介于周、张二家之间。然而刘绘又曾师事刘瓛。据《南齐书·刘瓛传》，"(刘瓛)未及徙居，遇病，子良遣从瓛学者彭城刘绘、从阳范缜将厨于瓛宅营斋。"则刘绘为瓛之高徒。由此可以推知，在彭城刘氏的家学中，儒学应有其重要位置。

刘显与刘瓛儒学的关系似更为密切。刘显为刘瓛族子。据《南史》本传，刘瓛卒而无嗣，齐武帝诏以显为后。当时刘显年仅八岁，则其亲炙刘瓛之学的机会很少，但这并不妨碍刘瓛之流风余韵对刘显学术产生影

---

① 《全梁文》卷四三。

② 王庸《中国地理学史》第三章《地志史》，商务印书馆 1938 年版，第 190 页。

响。南阳刘之遴为刘显作墓志铭曰："礼著幼年，业明壮齿。厌饫典坟，研精名理。一见弗忘，过目则记。"①则刘显之学，以博闻强记为特色，而又与儒家相契合。

由以上的分析可以看出，"龙门之游"的侨姓士人，大多受到了南齐儒学的熏陶。据《梁书·刘显传》，任昉曾有缺简文书一篇，唯刘显识其为《古文尚书》所删逸篇，任昉由此对刘显大为器异。这说明学术上的崇儒博物，甚至可以说是"龙门之游"的思想基础。

## 五　留连雅韵："龙门之游"中南北士人的交游及其意义

"龙门之游"的侨吴士人都在学术上远嗣陆澄之崇儒博物之风，因而"龙门之游"可以说是一个以儒学博识的学术为基点的南北文人的融合过程。从这一角度考察"龙门之游"士人的交游往还，可以发现这一活动对其时的文学创作及其观念都产生了深刻影响。

如前所述，"龙门之游"，史书又称为"兰台聚"，从时间上看，天监三年(504)，任昉为御史中丞，十人聚于建康，当为这一文学团体的主要活动时期。但任昉与诸子之相知定交则远远早于此时。如陆倕、张率与任昉定交于齐永泰元年(498)左右②，刘孝绰与任昉相识于建武初年③。"龙门之游"中南北士人的诗文酬答之作，存世者主要有以下几篇：(一)任昉：《报陆倕赋》(二)陆倕：《感知己赋》、《赠任昉诗》、《以诗代书别后

---

① 《梁书·刘显传》。

② 据《梁书·武帝纪》，陆倕与任昉同为"竟陵八友"，但永明年间二人似尚未定交。《梁书·张率传》云："(率)建武三年，举秀才，除太子舍人。与同郡陆倕幼相友狎，常同载诣左卫将军沈约，适值任昉在焉。约乃谓昉曰：'此二子后进才秀，皆南金也，卿可与定交。'由此与昉友善。"又据《梁书·沈约传》，沈约于永泰元年(498)左右任左卫将军，则任昉与陆倕、张率定交于此时。

③ 《梁书·刘孝绰传》称"父党沈约、任昉、范云等闻其名，并命驾先造焉，昉尤相赏好。范云年长绘十余岁，其子孝才与孝绰年并十四五"云云。案刘孝绰大同五年(539)卒，年59，则其生于建元三年(481)，与任昉相识时年十四五岁，当为建武元年(494)或二年(495)。

寄赠诗》(三)到洽:《答秘书丞张率诗》①。(四)刘孝绰:《发建兴渚示到陆二黄门诗》。从以上诗文可以看出,诸人的交游在天监三年(504)以后并未中止。以刘孝绰《发建兴渚示到陆二黄门诗》为例,据《梁书》本传,到洽天监十四年(515)任给事黄门侍郎,陆倕亦约于同时任同职,因此,南北诗人"殷勤览妙书,留连披雅韵"②的文学交游实际上从齐建武年间至少延续到梁代天监后期。在如此长时期的诗文交游中,南北士人的儒家思想、文学观念的互相激荡,对同游诸子在创作与理论上产生了一定影响。以下从两方面加以说明:

1. 任昉晚年诗风的变化

钟嵘《诗品》称"(任)彦升晚节爱好既笃,文亦遒变。善铨事理,拓体渊雅,得国士之风,故擢居中品。但昉既博学,动辄用事,所以诗不得奇。"③则任昉晚年诗风转为渊雅,并且长于用事。使事用典,本是任昉载笔之体的特征。文章之多用典故,在齐梁之世是较为普遍的;在诗歌中使事用典,则是任昉在诗歌创作上的尝试,这使得任昉的诗歌呈现出雍容典雅的风貌,相对于清丽的永明诗风,其复古倾向是显而易见的。在此意义上,不妨认为,任昉的典雅诗风才体现了其文学创作的复古特征。将使事用典的手法运用到诗歌中,表明任昉对用典手法本身有了更

① 《文馆词林》百五十八。此诗似非到洽所作。其一,诗中有"尔日声闻,余称倾盖,事以年殊,理因义会。在昔壮年,尝怪长老。殷勤好少,忘年爱宝。于今念兹,苟求怀抱。绮縟素褐,何伤交道。余既迟暮,伤兹岁聿。迫以贱事,且婴老疾"之语。寻绎语意,似此时到洽已年老,而张率方当少年。而据史载,到洽、张率均卒于大通元年(539),洽年五十一,率五十三,与诗意不符。其二,张率天监初为鄱阳王友,迁司徒谢朏掾,直文德待诏省。其年,迁秘书丞。四年(505)三月以丁父忧去职。谢朏任司徒在天监二年(503)六月。则张率任秘书丞当在天监三年(504)至四年(505)。到洽诗云:"余为司直",而洽任御史中丞已是普通六年(525)。笔者虽不能确定此诗为何人所作,但任昉天监三年(504)为御史中丞,时张率正在秘书丞任上,按照诗意,有可能为任昉所作。疑后人因任昉与到洽均曾任御史中丞而将此诗误属到洽。

② 刘孝绰《酬陆长史倕诗》(《梁诗》卷十六)。

③ 《诗品集注》,第316页。

强的信心。这一信心的获得，与其所领导的以崇儒博物为共同学术倾向的“龙门之游”中南北士人的思想融合不无关系。

从“龙门之游”士人与任昉的关系来看，无疑首先是任昉以文学前辈的身份，对后进士人的创作加以奖掖提携，但与后进士人的交游，也对任昉的文学创作产生了多方面的影响，其一：增强了对于以学术为诗、即使事用典的创作手法的信心。后进诸子对任昉的博学多识极其钦慕。如陆倕颂美任昉之“学穷书府，文究辞林”[①]，到洽亦赞其“往行前言，多识罔匮。一见口传，蹔闻心记。……苞罗载籍，绝妙虫篆”[②]，这都表明陆倕等人体认到了任昉的典雅文风与其博闻强识的关系，自然也就肯定了作为中间环节的使事用典的创作手法。由此可以推知任昉因后进诸子的推戴而增强了对用典手法的兴趣。其二，陆倕等人对任昉诗歌的效仿也具有不可忽视的意义。任昉诗风的仿效者极多，《南史·任昉传》云：“（任昉）用事过多，属词不得流便，自尔都下士子慕之，转为穿凿，于是有才尽之谈矣。”又钟嵘《诗品序》云：“近任昉、王元长等，词不贵奇，竞须新事，尔来作者，寖以成俗。”《诗品》中论任昉晚年诗风云：“少年士子效其如此，弊矣”，所谓“都下士子”、“少年士子”，首先当指同预“龙门之游”的后进诸子。任昉使事用典的新诗风，与永明体的风格大异其趣，在紧承永明余绪的梁初，此种独辟蹊径的诗风起初必然是“势单力薄”的，“龙门之游”诸子由于在文学趣味上与任昉接近，必然对此新诗风由玩味喜好到摹拟仿作，从而推动了任昉新诗风的成熟。陆倕于《感知己赋》自称：“托异人以蠲忧，类其文而愈疾。”由此可知他便是一位热心的摹仿者。由《梁书·任昉传》可知，从天监三年(504)任御史中丞至天监六年(507)春出为宁朔将军、新安太守之前，任昉一直在京城，其用事诗风的成熟、流行也应当是在这段时期。

任昉诗风的变化，还反映了陆机以来的典雅文风是绵绵不绝的。任

① 《感知己赋》，《全梁文》卷五三。

② 《赠任昉诗》，《梁诗》卷一三。

昉博物用事的新诗风实质上直接继承了颜延年的诗歌风貌。钟嵘《诗品》在叙述用事诗风的源头时曰:“颜延、谢庄,尤为繁密”。继而又指出:“近任昉、王元长等,词不贵奇,竞须新事。”则钟嵘视颜延年为博物用事诗风的先祖,而颜延年又“源出于陆机”。清人何焯亦指出“陆机《答贾长渊》铺陈整赡,实开颜光禄之先。”又曰:“颜延年《北使洛》拟士衡《赴洛诗》,……《还至梁城作》拟《赴洛道中作》。”[①]可知诸家都注意到了颜延年诗风与陆机诗歌创作特征的渊源关系。可以说任昉的典雅诗风,实际上是远嗣陆机的。陆倕对族祖陆机诗歌的崇拜,自不待言。观其“刘郎(刘显)可谓差人,虽吾家平原诣张壮武,王粲谒伯喈,必无此对”[②]一语,称陆机为“吾家平原”,可见其以家族中的陆机文学传统为荣的心理。陆倕之仿效任昉诗风,既是共同学风的影响,又有复兴家族文学传统的内在动因。任昉亦对陆倕的家族文学传统有所体认。《答陆倕感知己赋》赞其“还伊人而世载,并三骏而龙光”[③],由此可以推知任昉视陆倕为陆机文学的薪火传人。对陆机典雅诗风的追慕继承[④],是任昉与陆倕在文学观念上的契合点,是崇儒博物的学风在文学观念中的体现。

2. 文质彬彬的文学理想

同样是在崇儒博物学风的影响下,梁代前期的文学复古思潮存在着倾向不同的两个文学流派,一为“龙门之游”及其后的昭明太子文学集团,该流派的文学观念通过《文选序》及《文选》对历代作家作品收录的情况得到了体现,即崇尚雍容典雅的创作风格,强调文质彬彬的文学思想。与此有所不同,以裴子野为中心的文学群体则一味追求文学的复古,崇奉《诗经》“既形四方之风,且彰君子之志”的文学教化传统,在创作上效

① 分别见《义门读书记》卷四十六、四十七。

② 《梁书·刘显传》。

③ 《梁书·陆倕传》。《晋书·顾荣传》云:“吴平,(顾荣)与陆机兄弟同入洛,时人号为‘三俊’”。

④ 据傅刚《试论梁代天监、普通年间文学思想与创作》一文对《文选》收录作家作品的统计,诗歌一类,以陆机作品收录最多,可知萧统文人集团亦宗奉陆机诗歌。

法古体，质朴无文，即萧纲所谓“裴氏乃是良史之才，了无篇什之美”[①]。从学术思想影响的角度来看，两个集团在文学观念上的差异，当为他们在文学思想上从不同的角度和层面接受儒家思想的结果。以下对任昉文人集团的儒家思想略加说明。

任昉的儒家思想中，有关中庸的观念值得注意。他不止一次地以“中庸”来指代儒家的人格理想和立身原则。其《齐宣德皇后答梁王令》曰：“王诞兹上睿，对越天行，德冠二仪，化周群动，生民以来，一人而已。但达节弘道，每濡迹于中庸。神照惟几，不抑心于钻仰。”[②]在此，任昉极言赞美梁武的中庸之德。又其所作《为范尚书让吏部封侯第一表》曰：“臣素门凡流，轮翮无取，进谢中庸，退惭狂狷。”[③]这里是代范云自谦其不及“君子中庸”。任昉对儒家道德观念中的“执其两端而用其中”的“中庸”之德极为推崇。与任昉的中庸观念甚为相近的，为陆倕之“允执厥中”之说。其《石阙铭序》盛赞梁武礼乐之功云：“历代规謩，前王典故，莫不芟夷剪截，允执厥中。”[④]显然，陆倕是从兴礼作乐的角度提倡“执中”思想，即对于前代的礼乐制度，结合时势需要，加以折衷取舍之意。

在这样的思想前提下，文学观念中的文质彬彬之说得到任昉等人的重视，也就可以想见了。任昉论王俭之文学曰：“固以理穷言行，事该军国，岂直雕章缛采而已哉？”[⑤]已隐含着兼顾文质的文学思想。任昉、陆倕等人在创作上追求雍容典雅的风格，则贯彻了文质彬彬的思想。“龙门之游”诸子在文学创作中崇尚中庸的观念，由刘孝绰的《昭明太子集序》得到了最为直接的表述：“深乎文者，兼而善之，能使典而不野，远而

① 《梁书·庾肩吾传》。
② 《全梁文》卷四二。
③ 《文选》卷三十八，第1734页。
④ 《文选》卷五十六，第2419页。
⑤ 《王文宪集序》，《文选》卷四十六，第2083页。

不放，丽而不淫，约而不俭。独擅众美，斯文在斯。”[①]该序作于普通三年(522)[②]，但可以想见，刘孝绰折衷古今的思想，在“龙门之游”期间已经奠定了基础。

以上的分析表明，“龙门之游”诸人对儒家思想之中庸观念的重视，是其文学创作有别于崇古抑今的裴子野集团的原因之一。

综上所述，以陆澄崇儒博物的学风为典型的吴姓儒学传统，其在梁世的影响，实际上是从两个层面展开的：一方面吴姓陆倕、张率等人均得其学术的沾溉，侨人如任昉等人也以其所著《地理书》最为直接地体现了对陆澄学术的继承。另一方面，在“龙门之游”中，具有同样的崇儒博物学风的南北士人以共同的学术特征、文学观念相推尚，从而最终促使了在文学创作尤其是诗歌中使事用典之风的盛行，也对文质彬彬、折衷今古的文学观念的形成产生了深刻影响。同时，与陆氏儒学传统相辅相成的陆机典雅文风，也成为“龙门之游”诸人所汲取的重要文学传统。

---

① 《全梁文》卷六十。

② 序中有“我大梁之二十一载”之说。

# 第四章　吴郡张氏文学

吴郡张氏的文脉源远流长，孙吴时期张敦、张纯、张俨等皆负文名。与张氏既崇尚玄言、推崇忠义、追求个性的门风相适应，西晋以来，张氏文学一方面难以割舍陆机、张翰的典雅传统，另一方面以独特的方式回应永明体、宫体诗等文学新变。吴晋之际以“张文”[①]著称的张氏，于西晋一朝有张翰、张赡的文采高丽；东晋刘宋时文风稍衰，仍有张永诗歌被誉为“颇有古意”[②]；南齐时张融的文论以其独特的风貌令人瞩目，萧梁时张率既以文笔典雅著称，又追慕陆机《日出东南隅行》而写作艳情诗，显示了张氏文学于南朝后期复兴的趋势。

## 第一节　清虚学尚·世有豪气·忠贯昊天

### ——论吴郡张氏的门风变革与盛衰沉浮

吴郡张氏从孙吴起就活跃于政治和文化舞台。张氏据说是张良的后代，大概在东汉年间张良七世孙赞（或曰其弟睦）开始迁居吴地[③]。与

---

① 《世说新语·赏誉下》“吴四姓旧目云”条。

② 《诗品》下。

③ 据《宋书》卷五十三《张茂度传》，吴郡张氏为“张良后也。良七世孙为长沙太守，始迁于吴”。又《新唐书》卷七十二下《宰相世系表》曰：“良字子房，汉留文成侯。良生不疑。不疑生典。典生默。默生大司马金。金生阳陵公乘千秋，字万雅。千秋生嵩。嵩五子：壮、赞、彭、睦、述。……吴郡张氏本出嵩第四子睦，字选公，（注转下页）

其它江东士族相比，六朝时期吴郡张氏的家族文化具有鲜明的个性色彩。学术界对张氏的长于文学辞藻、擅长清谈玄言、讲究音仪容止等特征都已有所揭示，对张氏在宋齐之际的兴盛活跃也给予了关注[①]，但张氏文化个性形成的原因、张氏盛衰沉浮的背景以及张氏学术文化的转型等问题，仍值得我们进一步探讨。

## 一 孙吴：擅文辞、重名节、尚恬淡的文化传统

要考察张氏玄学的独特造诣以及张氏在刘宋时期的异军突起，则不能不追溯到汉末孙吴以来张氏家学、家族性格的独特性。从现存史料来看，孙吴时期张氏的重要人物，主要有张允及其子温、祗、白；张敦[②]、张纯父子以及张俨等人。张允为孙权东曹掾，张温先后任议郎、选曹尚书、太子太傅，后因暨艳案罢官[③]，张敦曾任孙权西曹掾、主簿、海昏令等职，年三十二卒[④]，其子张纯曾为太子孙和侍从，历郎中、广德令、太子辅义都尉等职。张俨字子节，与张纯年纪相仿[⑤]，在孙皓执政时任大鸿胪，曾奉命使晋吊晋文帝丧，以博闻多识令北人侧目[⑥]。其后竟病卒于出使归国途中。

---

（续上页注）后汉蜀郡太守，始居吴郡。”又《太平御览》卷四百九十六《人事部》一百三十七《谚》下引《文士传》曰：“留侯七世孙张赞，字子卿，初居吴县相人里。時人谚曰：‘相里张，多贤良，积善应，子孙昌。’”综合这三种材料，可知张氏迁居吴地，始于张良七世孙。参见程章灿《世族与六朝文学》第四章，第89—90页（黑龙江教育出版社1998年版）；何启民《中古门第论集·中古南方门第——吴郡朱张顾陆四姓之比较研究》（台湾学生书局1978年版）。

① 参见前引程章灿《世族与六朝文学》第四章《吴郡张氏：吴姓文学世族之个案研究》。

② 《三国志·吴书·朱异传》注引《文士传》作“张惇”，同书《顾邵传》注引《吴录》作“张敦”，又同书《孙和传》注引《吴书》作“敦”，其中《吴录》为族人张勃所作，当从《吴录》。

③ 《三国志·吴书》本传。

④ 《三国志·吴书·顾邵传》注引《吴录》，以下关于张敦的材料皆出于此。

⑤ 《三国志·吴书·朱异传》注引《文士传》曰：“张惇子纯与张俨及(朱)异俱童少”。

⑥ 《三国志·吴书·孙皓传》注引《吴录》，以下有关张俨的材料，除非另有说明，皆同此。

孙吴时期张氏家族文化已体现出以下特点：

一是善文辞。张氏诸人皆以文章著称。《吴录》称张敦"善文辞"，如前所述，张纯、张俨少年时便有文名，两人曾与朱异一同拜访骠骑将军朱据，分别即席作《席赋》、《犬赋》和《弩赋》，大为朱据称赏[①]；史称张纯"学博才秀"，赤乌五年(242)，张纯之所以被擢为太子属官，很可能是缘于太子孙和本有"好文学"的倾向。张俨则有"《默记》三卷"[②]，又有"《张俨集》一卷，梁二卷，录一卷"[③]。张温亦有集传世，又有《三史略》[④]。他曾以文辞占对见赏于孙权，骆统极力称扬张温的"弘雅之素，英秀之德，文章之采，论议之辩，卓跞冠群，炜晔曜世，世人未有及之者也"[⑤]。吴晋之际曾有"吴四姓，旧目云：张文，朱武，陆忠，顾厚"的说法[⑥]，这里的"文"显然是与"武"相对的、包括了文学和学术的广义概念，但从诸张的文学才能来看，"张文"首先揭示了张氏能诗善文的传统[⑦]。

这里有一个问题需稍作辨析。前述张氏诸人中，《三国志·吴书》仅为张允、张温立传，有关张敦、纯父子及张俨的生平、德才的材料，多出于张勃《吴录》。张勃为张俨之子(说详下)，张纯与张俨同族且交往密切，因此，若说《吴录》对以上诸人的道德文章的叙述，完全不为私人感情所左右，似乎不大可能。但从《三国志·吴书》中有关张氏的片言只字来看：

(1)(顾)邵少与舅陆绩齐名，而陆逊、张敦、卜静等皆亚焉[⑧]。

(2)赤乌五年，(孙和)立为太子，……阚泽为太傅，薛综为少

---

① 《三国志·吴书·朱异传》裴注引《文士传》。

② 《隋书·经籍志三》。

③ 《隋书·经籍志四》。

④ 《隋书·经籍志二》。

⑤ 《三国志·吴书·张温传》。

⑥ 《世说新语·赏誉》。

⑦ 参见程章灿《世族与六朝文学》第四章《吴郡张氏：吴姓文学世族之个案研究》。

⑧ 《三国志·吴书·顾邵传》。

傅，而蔡颖、张纯、封俌、严维等皆从容侍从①。

(3) 宝鼎元年正月，遣大鸿胪张俨、五官中郎将丁忠吊祭晋文帝。及还，俨道病死②。

第一则文字说明张敦是与陆逊等人齐名的名士；如前所述，第二则材料反映出张纯确实道德文章兼备，否则不可能担任太子属官；第三则史料告诉我们，既然张俨能够胜任相当于外交使节的大鸿胪一职，那么《吴录》中“博闻多识”的赞誉就不是虚词，更何况它与前述《文士传》的记载也是可以相互印证的。可见，张勃《吴录》中有关张敦、张纯、张俨三人的记载与《三国志·吴书》及其它史料基本一致，并无虚美之弊。

二是重名节。张氏以推崇儒家道德节操著称。如前所述，张温在暨艳事件中支持对官吏臧否善恶，这与他本人的道德观念是密切相关的，他“少修节操”，且“亢臧否之谭，效褒贬之义”，有着强烈的以天下是非为己任的观念。暨艳案实质上表明了，张温为了贯彻儒家原则，甚至不惜干犯皇权(说详见第三章第二节《论孙吴士风的变迁对陆机出处之影响》)；又张氏姐妹三人皆有节行；张纯亦“少厉操行”。张俨在《默记·述佐篇》中极力推崇诸葛亮“忠谋謇謇，义形于主”的品德③。令人扼腕的是张氏诸人先后为坚持儒家道德而付出了政治乃至生命的代价。张温因臧否人物而全家被废；张纯在太子孙和与鲁王孙霸的二宫之争中，恪守儒家正统观念，反对废黜太子，终因直言极谏而遭幽禁、弃市。显然，张氏家风中有着鲜明的舍生取义的倾向。同时，这一现象还折射出张氏桀傲不驯的家族个性。

三是尚恬淡。在出处去就、功名利禄等问题上，张氏淡泊宁静的家风已开始萌芽。如前所述，《吴录》称张敦“德量渊懿，清虚淡泊”④。值

---

① 《三国志·吴书·吴主五子传》。

② 《三国志·吴书·三嗣主传》。

③ 《三国志·蜀书·诸葛亮传》裴注引吴大鸿胪张俨《默记》。

④ 《三国志·吴书·顾邵传》引。

得注意的是张氏的崇尚节义与淡泊宁静，表面上水火不相容，其实有着深刻的内在联系。正因为张氏对包括政治得失在内的利禄都能淡然处之，才有可能九死不悔地捍卫儒家原则。

《世说新语·赏誉》“吴四姓”条刘孝标注引《吴录·士林》曰：“吴郡有顾、陆、朱、张为四姓，三国之间，四姓盛焉。”综观张氏在孙吴时期的活动可知，已跻身于吴郡“朱、张、顾、陆”四大家族之列的张氏，确实涌现出了一批道德文章兼备的人才。但与产生过孙吴丞相的顾、陆相比，张氏的政治地位并不显赫。个中原因并不难究索，所谓“求仁得仁”，张氏崇尚儒家道德节操，主张道尊于势，因而张氏出众的才华适足以增加名高震主的危险，而不一定带来政治上的亨通。尤其是在天下三分这一特定的历史时期，以孙权为代表的孙吴君王迫切需要加强中央集权，象张氏这样桀傲不驯的家族注定了不可能进入孙吴政权的核心。

## 二　晋宋之一："清虚学尚"与文化兴盛

由晋及宋，张氏家族文化得到了飞跃发展。长于义理、讲究仪容的人才接踵而出，以“清虚学尚”为主要特征的家风逐步形成。“清虚学尚”一说出于《陈书·张种传》，时人称赞张种曰：“宋称敷、演，梁则卷、充。清虚学尚，种有其风。”“清虚学尚”概括了张氏在文采风流、道德情操两方面的特征。

1. 文学的薪尽火传

张氏文化的兴盛，首先表现在“张文”传统的不绝如缕。西晋张翰、张勃、张赡、张悛[①]等人皆工于诗文。张翰为张俨之子，有清才美望，史称张翰“博学善属文，造次立成，辞义清新”[②]。《晋书·文苑传》为其立传，称“其文笔数十篇行于世”，《隋书·经籍志三》记“《张翰集》二卷，录

① 张悛字士然。参见前引程章灿文第103页注。张悛出于吴郡张氏，除了程氏文中所述的理由外，陆机陆云皆作有《答张士然诗》，诗中皆有思念家乡的句子，可以推测张士然当是二陆的同乡。

② 《世说新语·识鉴》“张季鹰辟齐王东曹掾”条引《文士传》。

一卷”。张翰《首丘赋》已亡,《杖赋》、《豆羹赋》仅存残篇,除了咏物以说理、抒怀之外,已很难清晰地辨认其赋篇的具体风格。相对而言,张翰的诗歌更为人称道。张翰诗今存四言《赠张弋阳诗》、《周小史诗》、五言《杂诗三首》[①]、骚体《思吴江歌》等五首,其中《杂诗》“暮春和气应”被收入《文选》卷二十九。钟嵘《诗品》对张翰诗评价甚高,将张翰与魏何晏、晋孙楚、王赞、潘尼并举,称诸人的诗作“虽不具美,而文彩高丽。并得虬龙片甲,凤凰一毛,事同驳圣,宜居中品”。刘勰《文心雕龙·才略》称赞张翰“辨切于短韵”。张翰《杂诗》中的“青条若总翠,黄华如散金”两句,写景状物尤为鲜明生动。南齐江淹《苔赋》“假青条兮总翠,借黄华兮舒金”两句,显然胎息于张翰诗。直至唐代,诗仙李白还赞不绝口:“张翰黄华句,风流五百年”[②]。张勃为张翰兄弟[③],撰有《吴录》三十卷[④],可见其文史之才确实不同凡响。张赡也颇有文辞,陆云曾移书太常府举荐张赡,称赞他“思乐百氏,博采其珍;辞迈翰林,言敷其藻”[⑤]。

东晋张凭、张玄之,刘宋张演、张镜、张畅、张悦、张永、张辩等人皆有文集[⑥]。总体而论,东晋以降张氏尚文的传统仍有薪尽火传之势。但诸人的诗文多不存,文名较盛的也只有张永等人。钟嵘《诗品》下将张永诗与齐高帝、王俭并举,其评曰:“张景云虽谢文体,颇有古意。”此说一方面揭示了张永诗歌不为晋宋以来的新兴文风所左右的特点,另一方面也透露了张永诗歌不及西晋张翰的信息。在晋宋以来江东士族文学中衰的大气候下(说详见第一章《以雅兼俗:六朝江东士族文学的演变和特征》),张氏文学也在一定程度上呈现出停滞不前的局面。

---

① 今仅存两首。

② 《李太白全集》卷十七《金陵送张十一再游东吴》,中华书局 1977 年版,第 822 页。

③ 《史记》卷六十六《伍子胥列传》“止中道,乞食”句,裴骃《集解》引张勃曰:“子胥乞食处在丹阳溧阳县”。司马贞《索隐》云:“按,张勃,晋人,吴鸿胪严之子也,作《吴录》,裴氏注引之是也”。参见章宗源《隋经籍志考证》卷一“《吴录》三十卷”条。

④ 《隋书·经籍志二》。

⑤ 《晋书·陆云传》。

⑥ 《隋书·经籍志四》。

2. 从清谈新秀到玄言重镇

晋宋两世张氏文化的活力，主要体现在清谈玄学领域。从西晋张翰、东晋张玄之、张凭等人开始，张氏逐步吸收了中原士族的清谈文化，并进而跻身于清谈名士圈内。迄于刘宋末年，张氏玄学已与陈郡谢氏、袁氏等侨姓高门鼎足而三，成为清谈重镇。

（一）张翰对名士风流的接受

孙吴灭亡后，张翰与贺循等江东士人一起入洛，被齐王冏辟为东曹掾，但不久便以思念吴中菰菜羹、鲈鱼脍为理由，罢官南归。其后不久齐王败亡，时人都认为张翰善识祸福之机。事实上张翰之南归，固然有时局动荡的因素，但更主要的原因是他淡泊于功名利禄，正如他自称“吾本山林间人，无望于时久矣”①。一个重要的证据是永嘉南渡后，晋元帝在江东拔擢任用江东士人，张翰的好友顾荣尤其受到推敬，其时张翰尚健在②，但他一直没有出仕，据说原因是“自以年宿，不营当世”③，显然，张翰承袭了孙吴张敦的清心寡欲的品格。另一方面，张翰还有着纵性自适的特点。《世说新语·任诞》记载了两条有关张翰的事迹。其一是时人指责他不求功名，他回答以“使我有身后名，不如即时一杯酒”一语。（“张季鹰纵任不拘”条）其二为会稽贺循入洛赴命时，途经吴阊门，张翰本不认识贺，因听到贺循的琴声清越，便与之攀谈起来，双方相见恨晚，于是张翰当即决定与贺循结伴赴京（“贺司空入洛赴命”条）；又张翰哭顾荣之丧时，弹琴数曲，未行“执孝子手”之礼，就离开了④，这与王珣吊谢安丧而不执末婢手之举（《世说新语·伤逝》“王东亭与谢公交恶”条），颇为相似。

张翰洒脱不羁的人生哲学，为他赢得了“江东步兵”的称号⑤。显然

① 《世说新语·识鉴》“张季鹰辟齐王东曹掾”条刘孝标注引《文士传》。

② 《世说新语·伤逝》“顾彦先平生好琴”条记张翰吊顾荣丧一事，可知张翰在顾荣之后卒。

③ 《世说新语·识鉴》“张季鹰辟齐王东曹掾”条刘孝标注引《文士传》。

④ 《世说新语·伤逝》“顾彦先平生好琴”条。

⑤ 《世说新语·任诞》“张季鹰纵任不拘”条。

他受到了魏晋以来名士风流的影响。张翰虽没有留下有关《老》、《庄》、《易》三玄之学的专著，但从现存的片言只字来看，他对老庄玄学思想有充分的领悟。其《杖赋》云："惟万物之品分，何利人之独书。中神性之极妙，岂给口之至味。虽至味之御内，乃靡失乎身外。舍少壮之自然，假扶我之攸赖"[①]。显然，从"品分"、"神性"、"内外"、"自然"等概念来看，此篇带有鲜明的老庄色彩。另外，《艺文类聚》十七有张韩的《不用舌论》，亦疑为张翰的手笔[②]。该篇从"是谓至精，愈不可闻"即"言不尽意"和"三缄告慎"即慎于言语两个角度论证"无言"之必然，是一篇阐述玄理的文字。与其时大多数江东士人仍恪守儒学相比，张翰可谓领先一步地接受了中原文化。

（二）张玄和张凭在清谈界斩露头角

永嘉南渡以后，中原士族与江东土著的主客心态发生了戏剧性的转换，但这并不妨碍玄学风流在江东大行其道。擅长清言几乎成为门阀社会圈子的入场券。为了振兴家族文化，不少江东士人在竭力保持传统儒学于不坠的同时，研习揣摩清谈文化，于是张氏在清谈界脱颖而出。

东晋一代张玄和张凭尤以玄学清言见重于世。张玄是吴郡太守张澄之孙，司空顾和外孙。在作为名士兼显贵的顾和的引导下，张玄很早便以好尚清言著称。《世说新语·夙惠》记载了他与顾敷年七岁时复述顾和与时贤清谈内容一事[③]，《世说新语·言语》还叙述了顾和携中外孙顾敷、张玄至寺中，顾和令中外孙思考"佛般泥洹像，弟子有泣者，有不泣者"的原因，张玄的答案是"被亲故泣，不被亲故不泣"，此说仍带有儒家"亲亲"的传统观念色彩，而顾敷"当由忘情故不泣，不能忘情故泣"的说

---

① 《艺文类聚》六十九。

② 参见清严可均辑《全晋文》卷一百七（中华书局1958年版，第2077页）。

③ 该条称张玄之、顾敷"年并七岁"，而《世说新语·言语》"张玄之，顾敷是顾和中外孙"条曰："于是张年九岁，顾年七岁"。程章灿前引论著第222—223页以"叙事重点的不同"解释两者的龃龉。

法更接近佛家义理[1]。这二条记载都反映出张玄之在顾和的指点下,已逐步接触清谈玄学。《世说新语·言语》“张玄之、顾敷是顾和中外孙”条刘注引《续晋阳秋》曰:“(张玄)少以学显”,其“学”当以清谈玄学为主。咸康年间,张玄任庾亮主簿[2],其时庾亮佐吏皆为殷浩等清谈名流,可以推测此时张玄已被清谈社会所接纳。太元二年(377)至九年(384),桓冲为荆州刺史期间,张玄任侍中[3];太元十一年(386)前后,张玄先后任吏部尚书、冠军将军、吴兴太守,在玄学界的声望已直逼谢玄,与谢玄并称“南北二玄”(说详见第二章第三节《论江东士族信仰的变迁》)。此时,在顾和的引导下成长起来的张玄已经青出于蓝而胜于蓝,凭藉自己的清言才能获得了主流社会的认同。从某种意义上说,这是孙吴以来张氏第一次取得了其它江东士族无可比拟的文化优势。

张凭之祖父张镇,任苍梧太守,封兴道县侯[4]。其父位宦不详。《世说新语·排调》“张苍梧是张凭之祖”条称张苍梧曾对其父云:“我不如汝”,理由是凭父“有佳儿”,可知张凭父一平庸士人矣。张凭的位宦不若张玄,或许与其父的默默无闻有关。《世说新语·文学》“张凭举孝廉出都”条刘注引宋明帝《文章志》称张凭“有意气,为乡闾所称。学尚所得,敏而有文。太守以才选举孝廉,试策高第。为(刘)惔所举,补太常博士。累迁吏部郎、御史中丞”。张凭文章、义理兼长,但他的才华得到清谈社会的承认,是在干谒清谈名家刘惔之后。《世说新语·文学》描述了张凭

① “张玄之、顾敷是顾和中外孙”条。

② 《世说新语·栖逸》“南阳翟道渊与汝南周子南少相友”条刘注引《寻阳记》。

③ 《世说新语·任诞》“桓车骑在荆州”条。

④ 《世说新语·排调》“张苍梧是张凭之祖”条引《张苍梧碑》曰:“君讳镇,字义远,吴国吴人。忠恕宽明,简正贞粹。泰安中,除苍梧太守。讨王含有功,封兴道县侯。”而地下出土之《张镇碑志》称“晋故散骑常侍,建威将军,苍梧吴二郡太守,奉车都尉,兴道县侯吴国吴张镇字义远……太宁三年岁在乙酉侯年八十薨。”(参见罗宗真《东晋张镇碑志考释》,《文博通讯》1979年10月)讨王含事在太宁二年(324)(《晋书·明帝纪》),若依《张镇碑志》,此年张镇年七十九,以如此高龄讨王含,似不合情理。又《张苍梧碑》不云张镇任吴郡太守,未知孰是。

“一夜成名”的戏剧性经历：

> 张凭举孝廉出都，负其才气，谓必参时彦。欲诣刘尹，乡里及同举者共笑之。张遂诣刘。刘洗濯料事，处之下坐，唯通寒暑，神意不接。张欲自发无端。顷之，长史诸贤来清言。客主有不通处，张乃遥于末坐判之，言约旨远，足畅彼我之怀，一坐皆惊。真长延之上座，清言弥日，因留宿至晓。张退，刘曰：“卿且去，正当取卿共诣抚军。”张还船，同侣问何处宿？张笑而不答。须臾，真长遣传教觅张孝廉船，同侣惋愕。即同载诣抚军。至门，刘前进谓抚军曰：“下官今日为公得一太常博士妙选！”既前，抚军与之话言，咨嗟称善曰：“张凭勃窣为理窟。”即用为太常博士。

此事当发生在永和元年（345）至永和二年（346）之间①。关于张凭的清谈造诣，今存史料中仅此一见，但这条材料已足以证明张凭在当时清谈界的地位。

必须说明的是，尽管此时张氏在清谈界颇有声望，但由于东晋朝廷之任用江东士族，多以各家族在孙吴时期的位宦为依据（说详见第七章第一节《会稽孔氏的家学变迁与家族兴衰》），因此张氏的政治地位最高不过吏部尚书，与多人担任尚书仆射乃至三公的顾氏、陆氏、孔氏相比，张氏显得稍逊一筹。

（三）刘宋清谈的飞跃

刘宋时张氏玄学又臻佳境，其主要特征是在《老》、《庄》、《易》三玄中，张氏开始学有专攻。张玄之侄子张邵本人以长于政事著称，在学术上并无特别建树，但他非常重视子弟教育。宋武帝时，他曾令儿子张敷与精于

① 此事当在司马昱任抚军大将军后，张凭为太常博士前。据《晋书·简文帝纪》，永和元年（345）司马昱进位抚军大将军。又《宋书·礼志三》记永和二年（346）七月博士张凭议四府君迁庙。

名理的南阳宗少文谈《周易》之《系辞》、《象传》。张敷辩才无碍，令宗少文赞叹不已："吾道东矣。"[①]其时张邵兄裕的儿子张演、张敬，皆长于言理。张演曾任太子中舍人，演弟敬，官至新安太守，皆有盛名而英年早逝[②]。《南史》称张敬曾与客人谈，"辞义清玄"，邻居颜延之听后大为倾倒佩服[③]。

张氏玄学获得飞跃性的发展，是在宋齐之世。其代表人物是张演之子张绪。张绪于刘宋时位至侍中，入齐后曾任吏部尚书、金紫光禄大夫、太常、国子祭酒等职。张绪德才兼美，在朝野间享有很高声望。齐武帝曾对王俭曰："（张）绪以位尊我，我以德贵绪也。"[④]宋末王僧虔《诫子书》云："设令袁令命汝言《易》，谢中书挑汝言《庄》，张吴兴叩汝言《老》，端可复言未尝看邪？"[⑤]此处之张吴兴，当为张绪[⑥]。可见至迟在宋世末年，张绪之玄谈造诣，已与侨姓高门袁粲、谢庄鼎足而三。张绪不仅长于《老》学[⑦]，对《周易》也有独到的见解。史称绪长于《周易》，言精理奥，见宗一时。常云"何平叔所不解《易》中七事，诸卦中所有时义，是其一也"[⑧]。可见张氏玄学已从摹仿吸收侨姓士族的清谈玄学，发展到自出机杼地深研玄学奥义。

刘宋以降，张氏玄学长期保持一流水准。张绪从弟张融"玄义无师法"而神解过人，在永明末年的清谈界，他与汝南周颙、彭城刘绘等并为

① 《宋书·张敷传》。

② 《宋书·张茂度传》。

③ 《南史·张裕传》。

④⑤ 《南齐书》本传。

⑥ 据余英时《王僧虔〈诫子书〉与南朝清谈考辨》，载《中国文化》第八期（1993年春季号）。

⑦ 《南齐书》、《南史》本传均云张绪"长于《周易》"，未云其长于《老》学。但《南史》本传称其子充尤明《老》、《易》，则从家学传承的角度逆而推之，可能绪亦兼善《老》、《易》。又据《宋书·袁粲传》，泰始六年（470），明帝于华林园茅堂讲《周易》，袁粲为执经。则袁粲也许因为曾参与御讲，《易》学名气更大，所以王僧虔不以《易》学而以《老》学推许张绪。

⑧ 《南齐书》本传。

三大家(说详见第四章第二节《论张融文学新变的独特方向及其对侨姓文化的批判》)。张绪之子充继承了乃父之学。张充少时好逸游,三十之年始折节向学,不久便以善清言,明《老》、《易》著称。天监初年,由于高深的玄学造诣,他已成为学界之泰斗。《梁书》本传称"充长于义理,登堂讲说,皇太子以下皆至。"除了前引"宋称敷、演,梁则卷充,清虚学尚,种有其风"一说外,齐梁之间又有"充、融、卷、稷,是为四张"的说法①,可知张稷、张卷亦为清谈名家。张稷为张裕之孙,永之子,历仕齐梁二代,位至尚书仆射。《梁书》本传称他"朗悟有才略"。

3. 长于清言的家族文化背景

张氏在清谈玄学中的造诣,远非其它江东士族可比。顾氏、陆氏、孔氏等家族虽然从西晋起就开始接触中原玄学,却未能在清言方面取得骄人的成绩。(说详见第二章第二节《江东士族以儒为本的保守学风及其演变》)为什么张氏玄学能够在江东士族中一枝独秀呢?这显然要从汉末以来张氏独特的学术基础、家族个性等方面加以考察。

首先,张氏家学中的经学积淀甚少。孙吴时多数江东士族都对儒学有精深研究,并形成了专门专家之学。如陆氏中,陆绩著有《周易注》,陆玑撰《毛诗草木鸟兽虫鱼疏》;又如,会稽虞氏五世传《孟氏易》,又贺氏为汉代礼学名家庆普的后代。而吴郡张氏在汉代却未见有师从经学名家的经历,更遑论专门的经学著述了。张氏闻名于孙吴的第一代士人张敦、张允都未见有研习经学的记载;第二代张纯、张俨、张温等人中,史书称张纯"学博才秀",张俨"博闻多识",都没有明言其儒学修养,唯一可能有经学基础的是张温。《三国志·吴书·唐固传》曰:

(阚)泽州里先辈丹杨唐固亦修身积学,称为儒者,著《国语》、

① 充、融、卷、稷四人中,张融是张畅之子,张充为张演之孙,永、演、畅同辈,则融、稷为堂兄弟,充为其侄辈,卷的辈份不详。《梁书·张充传》云:"(张充)与从叔稷俱有令誉。"又《梁书·张稷传》载"(张稷)与族兄充、融,卷等具知名"。两说龃龉不合。

《公羊》、《谷梁传》注，讲授常数十人。(孙)权为吴王，拜固议郎，自陆逊、张温、骆统等皆拜之。

即便张温确曾向唐固学经问道，比起顾氏、虞氏等家族的累世经学来，张氏儒术仍可说是相形见绌。

在家族性格方面，学术界已注意到张氏的任性自适与清谈玄学的契合。唐长孺先生指出："西晋时张翰的通脱为人所习知，所以当京洛名士带着玄学清谈和任诞之习一起渡江之后，张氏最易于接受。"[①]事实上张氏从孙吴起就表现出桀傲不驯的一面。如前所述，在暨艳案中，为了贯彻儒家原则，张氏不惜干犯皇权。其他江东士族则不然。以陆瑁、陆逊为代表的陆氏最为立场鲜明地反对暨艳，吴郡朱据也以"天下未定，宜以功覆过，弃瑕取用"为由加以劝阻。顾氏没有对此事明确表态，但从吴郡顾邵在人物品评中倾向于"成人之美"来看，顾氏至少不会支持暨艳的做法。张温等人对儒家道德的执着本身，便体现了张氏强烈的个性色彩。

同时，张氏门风中淡泊宁静的特点也值得重视。如前所述，孙吴张敦就有"清虚淡泊"的美誉，西晋张翰曾直接表达其无心于功名的态度；刘宋时，张敬平日静默无言[②]，张绪更是以清简寡欲著称。宋明帝每次见张绪，都赞其清淡[③]。张绪口不言利，有财便散之，有时终日清言端坐而不食。他对政治利益也毫不挂怀，曾因自言"一生不解作诺"而被袁粲、褚渊外放为吴郡太守，他本人对此竟一无所知(《南齐书·张绪传》)。南齐时，张融曾自述其安贫乐道的个性[④]，张绪之子张充自云"生平少偶，不以利欲干怀，三十六年，差得以栖贫自澹"[⑤]。梁代张率疏略政事

① 唐长孺《读〈抱朴子〉推论南北学风的异同》，载《魏晋南北朝史论丛》(北京：生活·读书·新知三联书店1955年版)。

② 《南史·张裕传》。

③④ 《南齐书》本传。

⑤ 《梁书·张充传》。

且不问家务(《梁书》本传)。直至陈代,张种仍然不营私利,其家产屡空而处之晏然(《陈书》本传)。张氏恬静淡泊的门风可谓代有传人。

恬静淡泊与任性自适是相互联系的两种品格。清虚淡泊意味着对功名利禄的超脱态度。任性自适者则强调顺应自然本性,其具体表现可能是超越于利禄之上的避世隐居,也可能是不守礼法或者荒淫无度。六朝时期,许多崇尚玄学的高门士族生活奢靡,便是任性自适的人生哲学使然。《老》、《庄》哲学本是提倡恬淡清静的,只不过魏晋玄学发展到"名教与自然合一"理论盛行之后,淡泊清廉的色彩已大大减弱。张氏的淡泊性格,无疑有助于他们领会《老》、《庄》之学。当然,必须说明的是,淡泊宁静的品德也是儒家人格原则的要求,又契合于黄老道家思想,因此,淡泊宁静的性格并非擅长清言的充要条件,只是提供了贴近玄言的可能性而已。

与功名利禄方面的消极态度相反,张氏在学术文化领域却表现出锐意进取的性格。晋宋两世张氏常常通过与中原清谈名士的学术交流,提高玄学水准和知名度。如前所述,东晋张凭主动拜访清谈领袖刘惔,又宋武帝时张邵令儿子张敷与宗少文谈《系辞》、《象传》,由此两事足可窥见张氏在学术活动中常常主动出击。又如,张绪《易》学颇有创见,南齐张融的玄学思想,更体现出张氏锐意创新的特点。张氏之所以能够较快地吸收清谈玄学并能戛戛独造,应当归功于他们的极具创新意识和开拓精神的学术个性。

此外,张氏能言善辩的门风也值得重视。张纯"切问捷对",张俨的口才在吊祭晋文帝之行中得到了充分展示;张温更是辩才无碍,史称孙权召见张温时,他的文辞占对甚至使"观者倾竦"①。以下一则记载可以帮助我们了解张温等人热衷于辩说的情形:

及(秦宓)至,(张)温问曰:"君学乎?"宓曰:"五尺童子皆学,何

① 《三国志·吴书》本传。

必小人！"温复问曰："天有头乎？"宓曰："有之。"温曰："在何方也？"宓曰："在西方。《诗》曰：'乃眷西顾。'以此推之，头在西方。"温曰："天有耳乎？"宓曰："天处高而听卑，《诗》云：'鹤鸣于九皋，声闻于天。'若其无耳，何以听之？"温曰："天有足乎？"宓曰："有。"诗云：'天步艰难，之子不犹。'若其无足，何以步之？……"答问如响，应声而出，于是温大敬服[①]。

此事发生在黄武三年(224)张温使蜀之时[②]。这段文字主要展示了蜀国文士秦宓的口才敏捷，但张温的一连串设问，表明他本人也是论辩场上的行家里手。肇端于孙吴的论辩门风，显然为晋宋以来张氏掌握清言提供了得天独厚的条件。

清谈玄言是张氏名士风流的主要内容，但"清虚学尚"的全部内涵，或曰构成张氏魅力的因素并不仅限于此。从刘宋张敷以来，张氏便以其"善持音仪"的风度为世人所瞩目(说详见第四章第二节《论张融文学新变的独特方向及其对侨姓文化的批判》)。此外，正如其它江东大族一样，张氏自孙吴起已形成了多才多艺的家风。以书法而论，孙吴有书法名家皇象，"中国善书者不能及也"[③]。皇象寓居山阴，其时张温为了学得皇氏书法的真传，曾借住山阴华融家，可以推测张氏因此打下了良好的书法根底。宋齐之际张永善隶书，"纸及墨皆自营造"[④]；其后张融草书颇有骨力，并能于二王之法外别创一格[⑤]。音乐也是张氏的强项。如前所述，《世说新语》所载西晋张翰的事迹中，有两条与音乐有关，一说张

① 《三国志·蜀书·秦宓传》。
② 《三国志·吴书·吴主传》："(黄武)三年夏，遣辅义中郎将张温聘于蜀。"
③ 《三国志·吴书·赵达传》裴注引《吴录》。
④ 《宋书》本传。
⑤ 《南史·张融传》。

季鹰吊顾荣丧时鼓琴数曲①，一曰张翰欣赏贺循琴声，竟与其一同赴洛②。由此不难想象张翰对琴艺的痴迷和擅长；又张永精通音律，宋孝武曾问张永，太极殿前钟声何以嘶哑，张永认为原因是“钟有铜滓”，凿去铜滓后果然声音变得清越③。张永之子张玮受其母影响而善弹筝④。绘画方面则有梁代著名画家张僧繇及其二子。张氏于书、琴、画无所不能且无所不精。

### 三　晋宋之二："世有豪气"与政治崛起

考察清虚学尚的张氏崛起的背景，不能忽视其军功路线。《南齐书·张瓌传》称："诸张世有豪气，瓌宅常有父时旧部曲数百。"事实上，从东晋张镇开始，张氏就已表现出能征善战的特征。如前所述，张镇于太宁二年(377)因讨王含功而封侯。又东晋末年张邵不仅以长于政事著名，而且历任荆州刺史刘义隆司马、征虏将军、雍州刺史等军政要职；元嘉三年(426)，宋文帝讨荆州刺史谢晦，张邵立即起兵应朝廷；元嘉五年(428)，张邵镇守襄阳时，曾诱杀群蛮。刘裕将讨司马休之时，张茂度受命为刘裕录事参军；其后又出为使持节，督广交二州诸军事、建武将军、平越中郎将、广州刺史；又元嘉二十七年(450)北魏大军南下，张畅随宋孝武镇守彭城，坚决反对刘义恭弃城南归的主张，其后魏军袭城时，他又"躬自前战，身先士卒"⑤。张氏家族中最为久经沙场的士人，则不能不推张邵侄子张永。元嘉二十九年(452)，张永督王玄谟、申坦等诸将，北征河南，以军败被萧思话收系入狱；元嘉三十年(453)，刘劭弑父，张永不计前嫌，又率军与萧思话等人赴国难；宋明帝即位，四方反叛，张永又统兵东讨，累建军功；其后在北讨薛安都时失利，痛失爱子；元徽二年

① 《世说新语·伤逝》"顾荣平生好琴"条。

② 《世说新语·任诞》"贺司空入洛赴命"条。

③ 《南齐书·张瓌传》。

④ 《南史·张稷传》。

⑤ 《宋书·张畅传》。

(474)，年已六十五的张永，竟欣然奔赴征北将军、南兖州刺史之职。刘宋朝廷的每一次重大军事行动，张永几乎都踊跃参与了。《宋书》本传称他"少便驱驰，志在宣力。年虽已老，志气未衰"，足见他终身都以戎旅生涯为乐。南齐时，张永之子张瓌、张稷继承了其父对于军事的热衷。张瓌于永明四年(486)任雍州刺史等边防要职，其后转太常，张瓌对此文职大为不满："陛下御臣等若养马，无事就闲厩，有事复牵来。"[①]对于士人视为清途的职位，张瓌与其父一样不甚看好。张瓌弟张稷亦颇能武事：永明中，唐寓之作乱，时任剡县令的张稷率领县人保全了县境；魏攻寿春，朝廷以张稷为宁朔将军，尚书仆射沈文季将军事完全委托给张稷(《梁书·张稷传》)。又张冲年少便随从张永作战，史称"朝廷以幹力相待，故历处军校之官"[②]。如建武二年(495)，他曾带兵大败魏军。迄于梁世，张嵊感于其父张稷为青州土民所害一事，常年蔬食布衣，手不执刀刃；但当侯景入侵时，他又收集兵力抗敌保城(《梁书·张嵊传》)。

如前文所述，吴郡张氏从孙吴起就获得了"张文"的美誉。东晋南朝时期，高门士族普遍鄙视军功。当士庶各阶层都对武事军功避之唯恐不及之际，何以张氏却在追求文采风流的同时，甘心驰骋疆场呢？

首先有必要分析一下高门士族轻视军功的原因所在。一方面，六朝从事戎旅者往往出身寒微，且缺乏文化素养，自然为高门士族所鄙视。因此，轻视军功的实质之一是鄙薄寒门庶族。《世说新语·方正》"王文度为桓公长史时"条记桓温欲娶太原王文度女为儿媳，王父闻后怒曰："恶见文度已复痴，畏桓温面？兵，那可嫁女与之！"在此，"兵"意味着门地寒微。同样，以军功起家的家族讳言兵事，也正因为它联系着自己寒微的出身。据《晋书·谢安传》，谢万受任北征时，不善于安抚军众，召集诸将时，竟以如意指四坐，云"诸将皆是劲卒"，被称为"劲卒"的诸将领恼怒异常。在鄙视军功的风气下，出身寒门的将领视担任文职为通向士族

---

① 《南史》本传。

② 《南齐书》本传。

之路。永明四年(486),将领出身的吕安国被征为光禄大夫,加散骑常侍,他欣然谓其子曰:“汝后勿作袴褶驱使,单衣犹恨不称,当为朱衣官也”①。全社会都讲求文武官职的清浊之分,而出身寒门者对此尤为敏感。

另一方面,在门阀制度的庇护下,高门士族可以凭藉门第出仕清显之职。而如果参与军事,不仅个人要冒生命危险,更主要的是门地高华和军功显赫的双重身份,很可能造成功高震主之势,于是整个家族的安全都会受到威胁。特别是刘宋以来,帝王大力加强君权,对高门士族高度戒备,其表现之一便是南朝寒人的兴起。于是侨姓高门更加视军功为畏途。对于家族中驰骋疆场的子弟,高门士人的评价往往是“汝必破我门户”②。只有那些出于高门士族中位宦低微的分支者,才常常萌生从戎之念。如刘宋泰始初年,琅琊王蕴起而为将的原因正是王蕴父王楷人才凡劣且位宦不显③。

吴郡张氏出身于江东世家大族的家族背景,决定了军功对张氏可谓有利而无弊。其一,吴郡张氏出身于江东世家大族,对于征战之事,他们没有源于门阀背景的心理阴影,不必担心被视为兵家。其二,张氏门第远没有高华到王谢那样震慑朝廷的地步。据《宋书·王景文传》,宋明帝病重时,因王景文外戚贵盛,张永累经戎旅,担心两人在自己死后作乱,遂自为谣言曰:“一士不可亲,弓长射杀人。”然而最终王景文被宋明帝毒死,张永却活到了元徽三年(475),可见张永对朝廷的威胁远不及王景文。从某种意义上来说,侨姓高门不敢走军功道路,反而为吴郡张氏等二流家族提供了机会。其三,两晋时期,与曾经位至尚书仆射、司空等要职的顾氏、陆氏、孔氏等江东士族相比,张氏仅张玄位至吏部尚书,位宦并不显赫。为了求得家族的兴旺发达,除了在文化上积极创新之外,政

---

① 《南齐书》本传。

②③ 《宋书·王蕴传》。

治上也必须走军功道路[1]。在以上多重因素的作用下，“世有豪气”、文武兼备的张氏家风遂蓬蓬勃勃地生存和发展起来。张氏对于戎旅的态度，反映了南朝社会的鄙视军功只是门阀观念和政治局势影响下的一种大致的社会心理趋势，并非绝对的社会原则。

在张氏的政治地位逐步抬升的过程中，张氏之军事功勋的作用，是先于家族文化的。宋武帝即位后，为一批佐命功臣封爵，其中张邵封临沮县伯，食邑六百户。张邵的南征北战，为张氏在刘宋的政治地位打下了良好基础。又《南史·张裕传论》云：“张裕有宋之初，早参霸政，出内所历，莫非清显；诸子并荷崇搆，克举家声，其美誉所归，岂徒然也”。此说揭示了宋初张邵的武功战绩对张氏地位的影响。其后“敷、演、镜、畅”四大名士相继产生，张氏的清谈风流开始引起世人注目，但敷、演、镜三人都英年早逝、位宦不显，张畅升至吏部尚书，是因为他在元嘉末年屡立战功，又参与平定刘劭之役，可见张畅之宦达，是其文才武能综合作用的结果，其中军功占据的成分更重一些。刘宋时顾氏、陆氏、孔氏等江东士族的地位大幅度跌落，而张永、张畅皆任吏部尚书，保持了东晋张玄所达到的最高位宦，因此相对而言刘宋张氏的政治地位得到了很大提高，这首先是凭借了沙场征战之功。迄于南齐，张演之子张绪才完全以其“清虚学尚”的名士风流征服了朝野，先后被任命为中书令、吏部尚书等职。

## 四　“忠贯昊天”与不失江东儒风

张氏清谈风流颇近于中原学风，同时孙吴以来张氏就有经学先天不足的特点，但这并不妨碍张氏在礼学观念和忠义道德方面将江东士风代代相传，这一点恰恰是“清虚学尚”之说所未能涵盖的张氏家风。

张氏礼学的保守，在玄风大炽的东晋表现得尤为充分，《世说新语·

---

① 方北辰《魏晋南朝江东世家大族述论》下编第四章以江东地区大批寒微家族兴起、吴姓士族为保持政治地位而选择多种仕进道路，来解释吴郡张氏及吴兴沈氏投身戎旅的原因，所论诚为有见。但吴兴沈氏与吴郡张氏的家族性质并不相同，似不宜一概而论。又此说仍不足以解决何以其它江东士族不走军功之路。

贤媛篇》有如下记载：

> 谢遏绝重其姊，张玄常称其妹，欲以敌之。有济尼者，并游张、谢二家。人问其优劣，答曰："王夫人神情散朗，故有林下风气。顾家妇清心玉映，自是闺房之秀。"

谢玄之姊谢道蕴颇有竹林名士风范，已非儒家女教妇道所能范围。而张玄之妹被誉为"闺房之秀"，可见她对儒家传统女诫奉行甚谨。张谢二人姊妹风范的差别，不仅暗示了两人受玄学浸润的程度不同，而且从一个侧面提示出张玄之虽好尚清谈，但学风仍有与时辈异趣之处。张氏崇尚儒家礼教的传统，使得在学理上追求玄学的张玄之，于立身行事中仍恪守儒教。

当我们考察张凭的礼学思想时，也可以看出他仍以儒家礼典为旨归。他对晋朝征西、豫章、颍川、京兆四府君是否毁主的看法为："或疑陈于太祖者，皆其后毁之主。凭案古义无别前后之文也。禹不先鲧，则迁主居太祖之上，亦可无疑矣。"①又如他反对招魂葬曰："谨案礼典，无招魂之文。"②只是在礼典无明文可依的情况下，他才强调礼从人情的一面："礼者，人情而已，疑则从重。"③如前所述，张凭之奉守儒家礼仪，还可从张凭作母诔而不作父诔中见出④。有学者认为此事体现了张凭的缘情倾向⑤，不过，也不妨推测张凭婿陆退对此事的解释道出了张凭的本义："故当是丈夫之德，表于事行；妇人之美，非诔不显。"这一说法与张玄之妹守闺阁之礼一事大有相通之处，都透露出张氏的女性观念与儒家礼教的契合。

---

① 《宋书·礼志三》。

②③ 《通典》一百三。

④ 《世说新语·文学》"谢太傅问主簿陆退"条。

⑤ 参见前引程章灿《世族与六朝文学》第四章《吴郡张氏：吴姓文学世族之个案研究》。

张氏崇尚忠义的门风更是代代相承。孙吴时张氏便以节义著称于世，由晋及陈，张氏培养出一代又一代节义之士：晋宋易代之际，张邵兄张祎任晋琅琊王国郎中令，刘裕令其以药酒毒死晋琅琊王，张祎不能弑主而生，遂自饮毒酒而死[①]；南齐张融被誉为“干君会友，敦义纳忠”[②]；南齐末年，梁王萧衍进攻郢州，郢州刺史张冲带领将士固守城防，最终病死于城内。张冲故吏房长瑜赞叹道：“前使君忠贯昊天，操逾松竹。”[③]梁太清三年(549)，侯景攻陷京城后，吴兴太守张嵊奋起抵御侯景，最终遭侯景杀害，子弟同遇害者十余人，梁元帝谥其为忠贞子。

世人对张氏门风的体认，可从有关张畅的评价中见出。孝建元年，南郡王义宣等举兵攻朝廷，丞相长史张畅竭力反对而无效，只得常常以酒自晦，不预义宣之事。对于张畅的这段经历，庐江何偃讥嘲曰：“张畅信奇才也，与义宣作贼，而卒无咎。苟非奇才，安能致此。”[④]但宋孝武并不介意张畅的这段经历。史称宋孝武帝曾向刘义宣所礼敬过的僧人求那跋陀罗了解此事，求那跋陀罗对曰：“出家之人不预戎事。然张畅、宗灵秀等并是驱逼，贫道所明。但不图宿缘，乃逢此事。”[⑤]张畅在这次事件中确有尽忠不够彻底的嫌疑，但宋孝武、求那跋陀罗等人竭力为张畅开脱一事，却反证了张氏忠义家风已为世人所公认。

当然，张氏在忠义大节上也并非人人都毫无瑕疵。刘宋昇明元年(477)，尚书令刘秉、吴郡太守刘遐兄弟反对齐王篡宋，齐王令张瓌杀刘遐。张瓌与叔父张恕攻入郡内，瓌部下顾宪子手斩刘遐。又南齐末年，在张冲等人浴血守郢州后不久，张稷派直阁张齐害东昏于含德殿。张瓌兄弟杀君害主，颇为时人诟病。梁武帝酒后谓张稷云：“卿兄杀郡守，弟杀其君，袖提帝首，衣染天血，如卿兄弟，有何名称。”又中丞陆杲奏弹张

---

① 《晋书》本传。
② 《南齐书》传论。
③ 《南齐书》本传。
④ 《宋书·张邵传》。
⑤ 《出三藏记集》卷十四《求那跋陀罗传》。

稷云："领军张稷，门无忠贞，官必险达，杀君害主，业以为常。"[①]张瓌、张稷兄弟之背弃忠义，皆有其特定的历史原因。张稷父张永于刘宋元徽二年(474)抵御桂阳王休范的战役中大败，阮佃夫等人欲治其罪，终赖齐高帝为其辩白开脱而免于罪责，张瓌因此对齐高帝感激不尽。张瓌之杀郡守，很大程度上是为了报恩。张稷之背信弃义，很可能是张氏在南齐的失势所致。张稷为此终生怀抱愧恨，他名其子为伊字怀尹，霍字希光，畯字农人，以表明其废昏立明之志。可见他并非如陆杲所云以杀君害主为常，家族中固有的忠义道德观念，使他在内心深处对自己的行为深感不安。张瓌、张稷兄弟的亏于名节，体现了张氏家风的复杂性。

尽管出现过两位不忠不义之士，张氏仍不失为代代有忠义的家族。侨姓士族中能与张氏相比者，仅陈郡袁氏一家而已。何况，为了坚持忠义节操，张氏的家族力量遭受了惨痛的损失。如由梁至陈，张氏人才骤然变得寥落，陈时张氏仅张稷之侄种、稜兄弟，张冲之孙稚才有名于世。个中原因固然十分复杂，但张氏在侯景之乱中的伤亡当是一重要因素。张氏为忠义节操而付出的代价极其沉重，甚至在江东士族中也是罕有其比的。正因如此，张氏在大体上仍可说是以忠义士节为门风。耐人寻味的是，南朝历代，张氏名士有演、敬、永、辩、岱、敷、畅、充、融、卷、稷、种等十二位[②]。而祎、融、冲、嵊等忠义之士，除了张融因兼擅玄学而为人所称道外，其它三位皆不在张氏名士之列。这显然是由于门阀社会并不鼓励士人以身殉主，是故张祎等舍生取义的士人身后寂寥，而背叛君王的张稷却不妨享有高名。

---

① 《南史·张稷传》。

② 关于张氏名士的排列，大致有以下四种说法："畅少与从兄敷、演、敬齐名，为后进之秀。"(《宋书·张畅传》)；"岱少与兄太子中舍人演，新安太守镜，征北将军永，弟广州刺史辩俱知名，谓之张氏五龙。"(《南齐书·张岱传》)；"张氏知名，前有敷、演、镜、畅，后有充、融、卷、稷"(《南齐书·张融传》)。"宋称敷、演，梁则卷，充。清虚学尚，种有其风"。(《陈书·张种传》)

## 五　南齐:文化崛起与政治冲突

宋齐之际,学术、德行、风度兼美的张绪之出现,标志着晋代以来积极效法中原士族文化的张氏文化达到了鼎盛。张绪学问之高深精妙、人格之恬淡有气节已如前述,张绪的风度举止更是倾动朝野。齐武帝曾以婀娜多姿的杨柳比喻张绪的名士风流:“此杨柳风流可爱,似张绪当年时。”[①]家族文化地位的上升和本人才德的出众,使得张绪成为宋齐之际朝野瞩目的名士。

张氏文化的蒸蒸日上,导致南北士族的政治矛盾日益突出。如前所述,其标志便是齐武帝打算任用德高望众的张绪为右仆射,王俭以“南士由来少居此职”为由阻止了此事。南北士族政治冲突的表面化,使得晋代以来以中原士族为典范、精心打造家学门风的张氏开始自我反思,其表现之一是以张融为代表的张氏增强了对侨姓士族文化的批判意识(说详见第四章第二节《论张融文学新变的独特方向及其对侨姓文化的批判》)。

## 六　梁代:崇儒博物与未能成功的学术转型

齐末梁初,张率以崇儒博物的学术特征、雍容典雅的文学风貌,开始了张氏玄言学风的转变。张氏学术之转型,首先是因为全社会崇儒学、尚博识的风气。南齐初年,琅琊王俭以宰相的身份提倡儒学经术,奖掖博学士人;齐竟陵王萧子良的司徒府中荟萃了天下英才,虽然他们主要从事佛教、文学活动,但抄《五经》、依《皇览》例为《四部要览》、修撰五礼等学术工作也占有一定地位。这对推动士人的追求博学,也起着不可忽视的作用。梁武帝即位后,大力奖倡儒学,崇儒博学的风气更是盛行一时。在学术思潮转变的过程中,江东士族的儒学开始复兴,陆澄等人成为崇儒博物的学术的代表人物。(说详见第三章第三节《论陆澄崇儒博

---

① 《南史・张绪传》。

物的学风对梁代文学复古思潮的影响》)

其次,张氏学风的变革,还与他们在学术上的创新意识有关。张氏玄学发展到张绪这一代,张氏终于能在玄学方面与侨姓并驾齐驱时,玄学本身却已丧失了生机,张氏诸人对家学创新的焦虑便因此产生了。张融在玄学方面不拘师法,试图有所突破,但事实上他并没有真正改变清谈陈陈相因的局面。这就预示了恢复张氏学术活力的方法,已不可能在玄学体系内产生。当此之时,以陆澄为代表的江东儒学复兴,为张氏提供了学术转型的契机。在此之前,张氏的道德人格继承了江东文化传统而家族学术却取法于中原士族的老庄玄学。这次学术转型可说是张氏在学术层面向江东士族文化圈的回归。

梁代前期,比张融(444—497)略小几岁的张稷(450—512)、张充(449—514)均未能在家学革新中有突出的建树。张充确实参与了一些儒学活动。如,由《梁书·徐勉传》可知,天监初年[1],梁武帝认为礼仪深广而记载残缺,须召集学者共同讨论,便令镇军将军丹阳尹沈约、太常卿张充及徐勉三人参与修订五礼。又如,天监八年(509)九月,昭明太子于寿安殿讲《孝经》[2],国子祭酒张充与徐勉为执经[3],但以上活动并不意味着张充学术已由玄转儒。这是因为,门阀社会特重《三礼》之学,而国家礼制的修撰多由名士承担,清谈名家张氏一直参与礼仪的修撰。如刘宋张镜撰《宋东宫仪记》,南齐永明七年(489)王俭卒后,张绪继王氏修撰新礼。张充有关礼仪、《孝经》的活动,既没有超出侨姓士族所关注的儒学的范围,也是对刘宋以来家风的继承。

张率(475—527)比张融小三十多岁,其学术呈现出与前辈颇为不同的风貌。《南史》本传称他与陆澄子陆少玄交好,因而得以尽读陆澄藏书

---

① 据《梁书·武帝纪》,天监五年(506)二月张充由太常转吏部尚书,可知任太常在此之前。又《梁书·严植之传》称,天监二年(503)置五礼学士,张充参与修礼一事在此之后,故在天监二年至天监五年之间。

② 《梁书·昭明太子传》。

③ 《梁书·徐勉传》。

万余卷。陆澄是玄儒兼综的名儒,其藏书想必是以儒家典籍为主而旁及子史百家,张率的学术无疑带有鲜明的崇儒倾向。因此,张率尽读陆澄藏书一事,透露了张氏学术转型的消息。天监年间,张率与彭城刘孺等人组成的“龙门之游”既是文学团体,又是以博闻强记为共同追求的学术群体。张氏儒学与传统儒者的区别在于,张率注重的是对《五经》熟稔记忆的程度,而非经书的训诂、义理。如前所述,这是当时“高才硕学”型文人的普遍学术特征,“问事”是他们较量经学的常用方法。如陆倕曾以《五经》十事问会稽虞荔,虞荔“随问辄应,无有遗失”①。

从张率与张充等人的求学经历的不同,也可看出张氏学风的变化。如前所述,张充从三十岁起开始问学,“学不盈载”,便以玄学清言著称。张充之学之所以能够如此速成,不仅仅是由于玄学乃张氏家传文学,张充从小就耳濡目染,他本人又天资聪慧,而且还跟玄学本身重领悟而非博览的性质有关。相反,张率学术之养成,经历了大量阅读陆澄藏书的过程,这同样与儒学本身非积年苦读不成有关。可以作为旁证的是,同样以崇儒博学著称的陆倕,亦曾“杜绝往来,昼夜读书,如此者数载”②。

张率在天监年间以典雅的文笔见赏于梁武帝和昭明太子,同時他的学问也为世所重。天监初年,张率入直文德待诏省,奉敕抄工部书,又撰妇人事二十余条,勒成百卷。天监七年(508),又直寿光省,治丙丁部书抄。从梁代文德等省的设立目的和人选来看,“天监初……時文德殿置学士省,召高才硕学者待诏其中,使校定坟史”③。文德省是一个校定典籍的学术机构,从天监二年(503)至中大通二年(530),梁代两开文德学士省。天监初年先后入直文德省者,既有才华横溢、博闻多识的文人,如文才过人的到洽曾在文德省抄甲部书,同時也有高阳许懋等儒生(附《梁文德省学士一览表》、《梁寿光省学士一览表》)。张率之入直文德省,正

① 《陈书·虞荔传》。
② 《梁书》本传。
③ 《梁书·文学到沆传》。

标志着其崇儒博物的学术得到了学界的承认。

以张率为开端的张氏学术转型，似乎并没有完全成功。张率之后，仅其弟张盾的学术风格与张率接近。史称张盾藏书千余卷，可以推测他同样追求博学多识。(《南史·张盾传》)其后张氏便少有这类崇儒而博学的士人。梁代中大通二年(530)，萧纲为太子，又开文德省，张长公入为文德省学士。张长公在省中的具体学术活动已不得而知，但萧纲本人的学术以玄佛为主[①]，有别于梁武的以儒学为中心，因而他所赏识的张长公，也应当更偏重于玄学。又张率的从兄弟张嵊仍以善于清言著称[②]。

## 七　陈代：人才寥落与地位下降

迄于陈代，与同時期人才迭出的吴郡陆氏相比，张氏陡然变得人才寥落。堪称文人学者的仅张种一人。张种保持了“清虚学尚”的门风，仆射徐陵称赞他“器怀沉密，文史优裕”[③]。陈武帝薨，张种曾参与讨论“大行皇帝灵座侠御人所服衣服吉凶之制”[④]，可知张种并未废弃家传礼仪之学。另外他还有文集十四卷。此外，张种弟棱、张冲孙张稚才以德望而非才学见重。张氏迅速衰落的原因之一，当是张氏在梁代的学术转型未能成功。当時代的学术风尚由推重神悟玄解，一变而为崇尚博学多识時，张率等人虽然也努力适应这一時代思潮，但经学积淀不深的学术状况不可能顿然改观，因此张氏文化的衰落，便成不可逆转之势。“宋称敷、演，梁则卷、充，清虚学尚，种有其风”的说法本身，也反映了入陈以后张氏人才相对寥落的情形。

从政治地位来看，宋齐梁三世张氏的荣华富贵非其它江东士族可比，梁代张稷于天监七年(508)任尚书左仆射，张充于天监十年(511)由

① 说详见第一章第一节《江东士族的典雅文风与儒学背景》。

② 《梁书》本传。

③ 《陈书》本传。

④ 《陈书·刘师知传》。

国子祭酒迁尚书仆射，张氏在梁代初年达到了政治上的鼎盛，从主观原因来说，这正是宋齐两世文化和声望长期积累之后的喷发[①]。入陈以后，最为杰出的张种以“东南贵秀”的身份，与皇室联姻，位至侍中、中书令，但显然位宦已不及任尚书仆射的陆缮等人。

随着张氏政治力量和文化地位的下降，张氏在江东士族中的影响力也大为减弱。萧梁以前，张氏兴盛，其它江东士族都凭藉着张氏亲属的身份而受到社会的重视。如东晋末年人们称誉陆法真曰：“此生东南名地，又张玄外孙”[②]；又如南齐時吴郡顾昌衍居丧有礼，王俭举荐顾昌衍曰：“昌衍既有至行，且张永之甥，宜居礼闱，以光郎署。”[③]其時，张氏在江东士族中处于领袖地位，其表现为：其一，处于政治和文化的优势地位的张氏，很注意推荐、任用其它江东士族。如宋末张岱领选部，其婿陆慧晓便获得了尚书殿中郎的职位[④]。又如张瓌任吴郡太守時，郡人顾暠、陆闲皆年少未知名，瓌举拔二人为纲纪，后皆成名士[⑤]。其二，他们密切关注江东子弟的教育，有意识地勉励其中的可教之才。如刘宋末年，张永曾携内外侄孙游虎丘山，问二儿欲何戏，外从孙顾协答曰：“儿正欲枕石漱流”，张永遂叹赏曰：“顾氏兴于此子”[⑥]。又张绪常常造访才学之士会稽孔广，叹曰：“孔广使吾成轻薄祭酒。”[⑦]其三，张氏名士往往以自身的学术文化、仪范举止影响江东子弟。如吴郡陆杲少好学，与舅张融齐

① 其客观原因当是梁武帝不拘门第的用人政策，参见附录一《六朝门阀制度对江东士族儒学的影响》。

② 《宋书》本传。

③ 《南史·孝义顾昌衍传》。

④ 《南齐书·陆慧晓传》。

⑤ 《南史·张瓌传》。

⑥ 《梁书·顾协传》。此时顾协年数岁。同传称顾协大同八年(542)卒，時年七十三，则顾协生于泰始六年(470)，又张永卒于元徽三年(475)，那么此事发生在泰始六年至元徽三年之间。

⑦ 《南史·文学孔广传》。

名，两人的风韵举止亦十分相似，時人称赞曰："无对日下，惟舅与甥。"①然而到了梁陈二世，除了张率曾向梁武举荐顾协一例外②，未见其它张氏士人有提携同乡之事。而吴郡陆倕等人在文坛、学界的影响却日益显著。张氏逐渐失去政治和文化上的优势地位，再也没有能力担当江东士人的领袖。

**梁寿光省学士一览表**

| 籍贯姓名 | 入直时间 | 学术活动 | 学术特征 |
| --- | --- | --- | --- |
| 临淮任孝恭 | 不详 | 制《建陵寺刹下铭》，高祖集序文 | 精力勤学……每读一遍，讽诵略无所遗(《梁书·文学任孝恭传》)。 |
| 南阳岑之敬 | 不详 | 不详 | 始以经业进，而博涉文史，雅有词笔，不为醇儒(《南史·文学岑之敬传》)。 |
| 吴郡皇侃 | 不详 | 讲《礼记义》 | 尤明《三礼》、《孝经》、《论语》(《梁书·儒林皇侃传》)。 |
| 彭城刘苞 | 天监十年以前 | 侍讲 | 少好学，能属文(《梁书·文学刘苞传》)。 |
| 吴郡张率 | 天监七年 | 治丙丁部书抄 | 能属文，尽读陆澄藏书(《南史》本传)。 |
| 吴郡陆云公 | 大同五年—九年[1] | 不详 | 诵《毛诗》、《汉书》、《论语》，博学善文(《梁书·文学陆云公传》)。 |

① 《梁书》本传。

② 《梁书·顾协传》。

续表

| 籍贯姓名 | 入直时间 | 学术活动 | 学术特征 |
|---|---|---|---|
| 汝南周弘正 | 普通中 | 不详 | 善《周易》、《老子》，博物知玄象（《陈书·周弘正传》）。 |

梁文德省学士一览表①

| 籍贯姓名 | 入直时间 | 直省期间的活动 | 学术特征 |
|---|---|---|---|
| 东海王僧孺 | 天监初 | 撰《中表簿》及《起居注》 | 少笃志精力，于书无所不睹。其文丽逸，多用新事。 |
| 吴郡张率 | 天监初② | 抄乙部书，又撰妇人事二十余条。奏《待诏赋》。 | 能属文。尽读陆澄藏书（《南史》本传）。 |
| 陈郡袁峻 | 天监六年 | 抄《史记》、《汉书》各为二十卷，又奉敕与陆倕各制《新阙铭》。 | 笃志好学，家贫无书，从人假借，必皆抄写。工文辞。 |
| 陈郡周兴嗣 | 天监四年 | 制《光宅寺碑》、《铜表铭》、《栅塘碣》、《北伐檄》、《次韵王羲之书千字》 | 博通记传，善属文。 |
| 吴兴丘迟 | 天监三年以前 | 继高祖作《连珠》 | 八岁便属文。 |
| 彭城到沆 | 天监三年以前 | 赋诗二百字 | 勤学善属文。 |

① 表中所用史料，除非另加说明，皆出自《梁书》本传。

② 《梁书》本传序此事于迁司徒谢朏掾后，而谢朏任司徒是在天监二年(503)到五年(506)(《梁书·谢朏传》)。又此事在天监四年禊饮华光殿以前，故入直当在天监二年至四年(505)。

续表

| 籍贯姓名 | 入直时间 | 直省期间的活动 | 学术特征 |
| --- | --- | --- | --- |
| 彭城到洽 | 天监二年 | 抄甲部书 | 文义可观；正清过于（到）沆，文章不减（到）溉，加以清言。 |
| 新野庾于陵 | 天监初 | 不详 | 清警博学有才思。 |
| 高阳许懋 | 天监初 | 上书以为封禅"不出正经" | 受《毛诗》，尤晓故事，号为"经史笥。" |
| 新野庾信、东海徐陵、吴郡张长公、北地傅弘、东海鲍至 | 中大通二年 | 不详 | 不详 |

## 第二节　论张融文学新变的独特方向及其对侨姓文化的批判

南齐张融在《门律自序》中说："吾文章之体，多为世人所惊。……夫文岂有常体，但以有体为常，政当使常有其体。"①可见其论文反对因循守旧、重视趋新求变。他在《门律自序》中同时指出自己的玄义"无师无友"，②亦如其文。事实上与张融求新尚异的文学观念相一致的，不仅仅是其神解过人的玄学，他的仪容举止多异于常人，其草书也是虽有骨力，而无二王之法。张融于清谈、文学、容止、书法等文采风流的各个方面，都呈现出一种独特的风貌。对于这种独特风貌的追源溯流表明，吴郡张融对以侨姓士族的文化趣味为中心的门阀社会文化开始采取一种冷静的反思批判的态度，这与宋齐之际南北士族在政治上的微妙冲突、文化

①② 《南齐书》本传。

上的深刻差异是密不可分的。

## 一　玄无师法与性入清波:对于玄学清谈的独特追求

张氏玄学发展至张融之时,开始体现出与侨姓玄学迥异的独特风貌[①]。这与南朝玄学的困境密不可分。对于刘宋末年的清谈玄学状况给予了较多揭示的,当为宋末王僧虔《诫子书》[②]。其书的主要意图是劝诲子弟向学,它反映出作为侨姓高门文化的清谈玄学,在宋末已经呈现出以下状况:其一,王僧虔认为"谈故如射,前人得破,后人应解。不解即输赌矣。"这段话说明,一方面此时清谈已与博射一样,成为一种游戏消遣。关于这一点,前贤已有论述,兹不赘言[③]。另一方面,王僧虔此说更重要的意义在于透露了宋世玄谈在义理上趋于因循守旧的消息。"前人得破,后人应解"一语中,"应解"之说虽难确诂,但寻绎前后文意,似应为博射术语,比喻前人已经体会到的玄理奥义,后人必须加以充分领会和接受,否则清谈将无所依傍。因为"谈故如射"之前,有"汝开《老子》卷头五尺许,未知辅嗣何所道,平叔何所说,马、郑何所异,《指例》何所明"之文,其后又有"且论注百氏,荆州《八帙》,又《才性四本》,《声无哀乐》,皆言家口实,如客至之有设也"之说,均意在说明清谈人士必须掌握的玄学材料。与"前人得破,后人应解"的宋世清谈成为对照的,是以"破的"为重的东晋玄谈:

> 刘尹至王长史许清言,时苟子年十三,倚床边听。既去,问父

---

① 据《南齐书》本传,张绪永明七年(489)卒,年六十八,则绪生于宋永初三年(422);又融卒于建武四年(497),年五十四,则融生于元嘉二十一年(444)。张融虽为绪从弟,但比绪年幼二十二岁。两人属于不同的玄学兴盛期:绪成名于宋明帝时期,融则于永明末年以清谈著名。

② 《南齐书》本传。

③ 参见钱穆《略论魏晋南北朝学术文化与当时门第之关系》(载《中国学术思想史论丛》(三))、何启民《汉晋变局中的中原士风》(载《中古门第论集》)及余英时《王僧虔〈诫子书〉与南朝清谈考辨》。

曰:“刘尹语何如尊?”长史曰:“韶音令辞,不如我;往辄破的,胜我。”①

其注又引《刘惔别传》曰:“惔有儁才,其谈詠虚胜,理会所归,王濛略同,而叙致过之,其词当也。”可知所谓“往辄破的”,是喻其玄谈得义理之宜。至王僧虔则成为“前人得破,后人应解”,表明其时清谈已更重“应解”。清谈既不追求义理的创新,而强调学术的继承,则蹈袭因循之弊由此而生,应为情理中事。这段话从积极意义上而言,可以说是清谈由尚神悟而不重学转向了对于学术传统的重视,因而是清谈学理化的开始;从消极意义来看,则说明宋世清谈在建树新义方面已经无能为力,因而不得不以蹈袭成说为事。

其二,王僧虔认为荆州《八帙》等论“如客至之有设”,他又以“岂有庖厨不修,而欲延大宾者哉”比喻熟谙先贤成说的重要,则玄学清谈有演化为交际工具的倾向。其结果则是世人于清言共语之时,对于玄学义理本身的兴趣将逐渐淡漠,而专以谈场上的声誉得失为念。王僧虔又指出:“或父子贵贱殊,兄弟声名异。何也?体尽读数百卷书耳。”此说更为直接地点明了勤学问道(以玄学为主)与荣禄名声的关系。而且王僧虔的这一劝学书中,只字未提学问对于修身养性的意义。事实上以玄学清谈博取声誉,本是门阀社会的传统②。王僧虔此说的不同之处在于,它反映出门阀世族开始进一步消解清谈的探究义理、净化性灵等意义,而使之成为纯粹的博取名利的工具。

以上对于王僧虔《诫子书》的分析表明,清谈发展到南朝时期,一方

① 《世说新语·品藻》。

② 《世说新语·文学》“殷中军读《小品》条”注引《语林》曰:“(殷)浩于佛经有所不了,故遣人迎林公,林乃虚怀欲往。王右军驻之曰:‘渊源思致渊富,既未易为敌,且己所不解,上人未必能通。纵复服从,亦名不益高。若佻脱不合,便丧十年所保。可不须往。’林公亦以为然,遂止。”虽不必实有其事,但可见时人观念中有重视清谈声名甚于义理之辩的倾向。

面在理论上已几乎走到了绝境，玄学已由激发主体思想活力的学术，成为僵化无生气的程式。另一方面，玄学清谈演化为装点门面博取声誉的手段，其结果便是清谈在玄学义理上的因袭重复和论辩技巧上的花样翻新。对此张融从玄学的外部观念和内在体系两方面提出了矫正时弊的方法，并试图身体力行之。

首先，张融针对时人谈玄说义，一味争价声誉高低的现象，提出了以玄义陶冶性情之说："义之为用，将使性入清波，尘洗犹沐"[①]。正如前文所论，张氏玄学的传统特征是玄学义理与清简人格并重。张融之强调玄义对于性灵的涤荡作用，显然不只是对于家学传统的被动继承，而是试图以对传统的弘扬，实现纠补时弊的目的。

从清谈玄学的历史来看，清谈风流的概念中，起初包含了对于不慕荣禄的清虚之心的要求。然而，清谈既为士族风流的重要内容，对于在政治文化上都希望居于主导地位的豪门望族来说，一味地讲求玄心，强调清虚旷远而舍弃荣禄，则与家族利益相悖。因此，以郭象等人为代表的玄学家，提出了"名教与自然合一"的玄学新义，论证了士人身居庙堂而心向山林的合理性，同样也为清谈家的热中名利提供了理论支持。至此，在作为门阀世族文化的清谈体系中，立身与玄理相悖的现象，已经得到了解决。宋世何尚之、何偃父子俱为谈玄名家，而刘劭弑逆时，何尚之进位司空、何偃任侍中，父子并处权要[②]。又如殷冲长于清谈，而积极为刘劭效力[③]。又褚渊涉猎谈义，却佐助齐高帝篡位[④]。其时类似口论玄远、心怀利禄的现象极为普遍。

正是在上述理论前提和社会背景下，张融强调清简寡欲的人格的培养。他自叙："布衣韦席，弱年所安，箪食瓢饮，不觉不乐。"他因年少成名而被宋孝武所用，却又由于不愿阿顺宋孝武媚佛，而被左迁为外官。他

---

①④　《南齐书》本传。
②　《宋书》本传。
③　《南史》本传。

还自云:“不患不还,政恐还而复去。”张融在给吏部尚书王僧虔的信中云:“阮籍爱东平土风,融亦欣晋平闲外。”(《南齐书》本传)此说道出了他追慕清谈前贤、不以荣禄介怀的志向。

其次,从玄学的内在体系着眼,张融所做的努力是打破师法。正如上文所说,因为彼时清谈成为在义理上陈陈相因的学问,时人的遵奉师法,很大程度上是蹈袭因循的代名词。而当时士人谈玄,大多有其师承。如与张融同时、以玄学著名者为周颙。据《南齐书》本传,周颙任国子博士,“太学诸生慕其风,争事华辩。”可以想象太学生对周颙清谈的效仿师从。以张氏而言,宋齐之际张氏玄学人才层出不穷,但在家学传承之外,张氏子弟也往往师从当时的玄学大家。如前所述,张邵曾令张敷与南阳宗少文谈《系》、《象》[①]。再就张融自身而论,史称张融敬事从兄绪,想必张融对绪之玄学义理有过研习。在佛理方面,据《高僧传》,张融对释慧基“申以师礼,崇其义训”[②],可知张融佛理确实是有所师承的,如果作进一步的考察,张融在遗嘱中有“右手执《小品》、《法华经》”[③]的遗愿,而释慧基正好兼善《小品》、《法华经》,并曾著《法华义疏》,则张融于佛经中特好《小品》、《法华》,固然是受时代风气的影响,但是与释慧基等僧人的接引,也是密不可分的。因而张融所谓“无师无友”之说,并非说明其不学而悟,只是表达了他于玄义不拘泥于师说的态度。他所反对的,并不是学术上的师承关系,而是当时清谈界囿于师说、不谋创新的因袭风气。

张融玄义不拘师法,他是否以此革除了其时清谈界的弊端?答案却是否定的。史称张融玄义无师法,但是神解过人,因此白黑鲜能抗拒。但是从理论建树来看,张融对于玄学并无独到的见解。反之,据《南齐

---

① 《南史·张敷传》。

② 《高僧传》卷八。

③ 《南齐书》、《南史》作“小品《法华经》”,疑误,据汤用彤《汉魏两晋南北朝佛教史》(北京:北京大学出版社 1988 年版),《小品》为《道行》之异译,故当为《小品》、《法华》经。且融左手执《孝经》、《老子》两书,则右手亦当执两经。

书·刘绘传》，“时张融、周颙并有言工。融音旨缓韵，颙辞致绮捷”。可知张融并没有改变玄学巧艺化发展的趋势，相反，他自身在这条路上走得更远了。张融的所谓“言工”，也只是“音旨缓韵”而已，因此，张融在玄学方面，只是以其不拘师法完成了“破”的工作，他并没有能够实现“立”，并未能以玄学新义来取代旧说。但是他对于南朝清谈玄学的矫枉之功，并不能因此被抹杀。

作为江东世族的张氏，从西晋起即热心学习以玄学为主的中原文化，在宋齐之世以其家族的玄学风流见重于世，但是张氏玄学的发展，一直是在侨姓文化的传统框架内进行的，即便是张绪，也只是在玄学局部义理上有所突破。直至张融才开始采取一种批判的眼光分析南朝玄学的弊端，并且在清谈中摒弃师法，强调玄义的洗心灭累之效，试图以此实现对于南朝清谈玄学困境的解救。可以说，张融才真正体现了张氏玄学的独特风貌。

## 二　敦义纳忠与诞不越检：张融对张氏仪范的去取

《南史·张融传》称“张氏自敷以来，并以理音辞、修仪范为事。至融风止诡越，坐常危膝，行则曳步，翘身仰首，意制甚多”。音仪出众，是张氏风流的另一重要内容。从形式上看，张融继承了这一重仪止的家风，但就实质而言，张融的仪范却是对张氏风流的一种否定。

### 1. 重视容止风采的门阀士族风流

在门阀社会的背景下，清谈之外的士族风流的一个重要方面，是高门士族大多注重风姿仪容，整个社会也从风而靡。宋齐之世士人整饰仪容的风尚，有放达不羁与规行矩步之别。

放达不羁的仪范，相对盛行于宋世。其代表人物为谢灵运、范晔等人。谢范均为高门望族。据《宋书·谢灵运传》，谢灵运“性豪奢，车服鲜丽，衣裳器物，多改旧制，世共宗之，咸称谢康乐也。”谢灵运基于“多改旧制”的整饰仪容，反映了崇扬个性的心态，同时与其“多愆礼度”的为人相联系，在很大程度上，与儒家礼仪度数相违背，而更多地带有老庄之士放达不羁的特色。又由《宋书·范晔传》可知，范晔“衣裳器服，莫不增损制度，世人皆法学之”。考晔之为人，亦多违礼背教之行。可知其仪范与谢灵运一样不为礼度所拘。

刘宋以降，放达不羁的仪范逐渐被规行矩步的仪容所代替。规行矩步的仪容与礼仪之学密不可分。由于礼仪之学在建树家族道德规范中的意义，南朝儒学特别留意礼仪之学，而世家大族往往对礼仪有精深的把握。如琅琊王彪之博闻多识，熟悉朝仪，王氏世代相传此学，人称“王氏青箱学”(《宋书·王准之传》)。作为礼仪之学的外化，士人特重进退俯仰之礼。宋齐之际的代表人物为褚渊。《南齐书·褚渊传》称“渊美仪貌，善容止，俯仰进退，咸有风则。每朝会，百僚远国使莫不延首目送之。”可见当时朝廷上下对于褚渊所擅长之朝仪的重视，几达如醉如狂的境界，宋明帝甚至有“褚渊能迟行缓步，便持此得宰相矣”[①]之论。以迟行缓步便能得宰相这一貌似极端的说法，有一种揭示门阀社会本质的深刻性，它将仪范举止在门第社会的重要性表达得淋漓尽致。其时容止可观为世所推崇者，另有何戢、徐孝嗣等人。何戢举止仿效褚渊，时人称其为“小褚公”[②]；又徐孝嗣善趋步，闲容止[③]。以褚渊为代表的士人容止，实质上是高门士族从规行矩步中体现士族风流的一种时尚。

2. 善持音仪的张氏传统风范

张氏家族积极投身于崇尚举止仪范的社会风尚。从张敷开始，张氏即树立了独具张氏特色的仪范。其主要特征为：“善音仪，尽详缓之致。”[④]即发音吐字，极尽悠扬和缓之能事。如张敷“与人别，执手曰：念相闻，余响久之不绝”(《宋书·张敷传》)。对于张敷的仪容风范，张氏后进争相仿效。张畅不仅“音韵详雅”[⑤]，举止也颇为合度。刘劭弑逆，义宣于发哀当日便举兵攻刘劭，张畅为僚佐，“举哀毕，改服著黄绔褶，出射

---

① 《南齐书·褚渊传》。

②③ 《南齐书》本传。

④⑤ 《宋书》本传。

堂简人，音仪容止，众皆瞩目，见之者皆愿为尽命"①。可知张畅仪容举止之令人折服。而就张绪言之，史称"绪吐纳风流，听者皆忘饥疲，见者肃然如在宗庙。"②又张绪门生善于俯仰，殷存至赞叹曰："是康成门人也。"③因此张氏之修饰仪范，不仅是名士风流的表现，而且是儒家礼仪精神的具体化。

3. 诞不越检的张融个性风采

面对放达不羁和规行矩步两种名士风流，张融有充分理由接受家族传统，仿效包括其父张畅在内的张氏先辈的风采，成为一位举止音吐令人钦羡的名士。然而他虽也在举止仪容上下功夫，其精神却与家风大异其趣。《南齐书》本传称其"风止诡越"，无论是与朋友交往，还是朝廷宴会，他的仪容举止在在与众人为异。又如他在总明观听讲时，擅自饮酒，难问结束之后，又长叹道："呜呼！仲尼独何人哉！"他对时人的尊孔奉儒，似乎大不以为然。

张融追慕"阮籍爱东平土风"的竹林名士风流，又有"仲尼独何人哉"的言论，则其行止诡越，令人想到他是在试图远承张翰的任性自适的风度，而且与宋世谢灵运等人的放达风采一脉相承。然而他对于忠义的恪守，却让我们看到其放达不羁的仪容，并不以违悖礼教为目的。

南朝儒教，于重视仪礼之外，在伦理纲常方面，独重孝道而轻忠义之节。吴姓士族却始终保持着对于忠义等道德观念的恪守，因此，忠义节操，成为江左五代侨吴士族在观念上产生冲突的一个焦点，也是使吴姓士族之人格范型区别于侨人的一个重要特征(说详见第二章第二节《江东士族以儒为本的保守学风及其演变》)。

耐人寻味的是风仪举止放达不羁的张融，对忠义之节等儒家伦理却奉行甚谨。比如，据《南齐书·张融传》，竟陵张兴世曾于义宣之难中庇

---

① 《宋书》本传。
② 《南史》本传。
③ 《南史·张绪传》。

护张融之父畅，其子欣时坐罪当死，张融即上书竟陵王子良，乞求代欣时赴死。又豫章王嶷、竟陵王子良薨，张融因曾为佐吏，哭辄尽恸。史家之所以特书张融奔赴故主丧事一节，是因为两位故主都与皇室内部的斗争有着微妙的关系。齐建元中，高帝曾有以嶷代武帝为太子之意，嶷因此与武帝父子结嫌，永明末年，沈约甚至因此不敢为豫章王作碑文。又齐武帝崩，萧子良试图夺取帝位而未果，不久疾笃而亡，史家于其死因颇多暧昧之词。正因嶷、子良均不见容于当朝，张融之奔丧痛哭才更能体现忠心义节。《南齐书》传论评价他："干君会友，敦义纳忠。诞不越检，常在名教。若夫奇伟之称，则虞翻、陆绩不得独擅于前也。"可见对于忠义道德的恪守，恰恰体现了张融作为吴人的儒家传统观念与人格。

如果将张融的举止仪容与君友之道联系起来进行分析，也许能够理解张融的用心所在。从儒家道德的本原之义来看，忠义之节应是其大端，仪容举止乃在其次。然而在门阀社会的文化体系中，这两者的位置被很不合理地颠倒了。张融无疑是在有意识地违异当时规行矩步的风尚[①]，因而多为诡异之态，但是他并非为异而异，他对于君友之道的恪守，体现了他对于吴姓传统道德观念的弘扬，及其以此对门阀社会的主流文化加以批判的良苦用心。

## 三　文无常体：张融的文学新变及其独特方向

张融之追新求异的思想，在其文学观念中也是一以贯之的，正如他自云："吾义亦如文。"如前所述，张融既将"夫文岂有常体"置为前提，又强调"丈夫当删诗书，制礼乐，何至因循寄人篱下"[②]，可见其对于文学的要求首先是创新。值得注意的是张融对文学新变问题的具体看法："吾之文章，体亦何异，何尝颠温凉而错寒暑，综哀乐而横歌哭哉！"则其为文

---

① 《南齐书·张融传》云："融与吏部尚书何戢善。"而何戢善于容止，人称"小褚公"。从张融的交游来看，其有意与时俗不同的用心就更明显了。

② 《南齐书》本传。

并不追求内容上的荒诞离奇。他又曰:“政以属辞多出,比事不羁,不阡不陌,非途非路耳。”可见他实现文学新变的主要方式是:注意词藻的丰富多变,讲究典故的多样新奇。证之以他的《海赋》[①],可知他确实是朝着这个方向努力的。《海赋》多采用奇僻的字眼,如“高岸乳鸟,横门产鱼。则何愣鳙鮨,鲱鲃鳔鲭”;又往往有出人意表的想象,如“既烈太山与昆仑相压而共溃,又盛雷车震汉破天以折毂”;且好用生新的比喻,如“东西无里,南北如天,反覆悬乌,表里菟色”。总之,在词藻、设喻、句式等方面追求新奇是《海赋》的特色。他的诗歌也体现出不同于流俗的用心。钟嵘《诗品》说:“思光诗缓诞放纵,有乖文体,然亦捷疾丰饶,差不局促”[②]。如其《忧旦吟》曰:“鸣琴当春夜,春夜当鸣琴。羁人不及乐,何似千里心。”(《乐府诗集》卷七十六)所抒写的羁旅孤苦的情怀本身并不奇特,而前两句颠倒为文,可见其标新立异的倾向。

张融的文风与永明文学主流颇多异趣之处。无疑,张融是永明文学思潮的一个积极参与者。《南齐书·刘绘传》称“永明末,京邑人士盛为文章谈义,皆凑竟陵王西邸。时张融、周颙并有言工”。更重要的是,在对声韵本身的探究方面,张融是十分积极的。史称其谈辩“音旨缓韵”,又称他能为洛生咏。又张融与周颙关系密切,因而,在参与声律讨论的兴趣、才能及机缘方面,张融与周颙是不相上下的。然而我们却没有发现有关张融支持永明声律论的材料。如前所述,他在《门律自序》中提到了声韵问题:“然其传音振逸,鸣节竦韵,或当未及,亦已极其所矣。”但他似乎只是从一般意义上论述其作文重视音韵的倾向,与永明声律论之“五色相宣,八音协畅”[③]的音韵要求,显然不完全一致。

张融文论与永明文学思想的另一不同之处在于,正如前文所述,张

① 《海赋》虽作于宋孝武时,但《南齐书》及《南史》均只提及张融的《海赋》,可以推测,《海赋》是最能代表张融风格的作品。换言之,张融的创作风格,从写作《海赋》的宋世至齐代并无根本性的变化。

② [梁]钟嵘著、曹旭集注《诗品集注》,上海古籍出版社1994年版,第449页。

③ 《宋书·谢灵运传论》。

融从理论到创作都追求奇僻生硬的词藻、设喻，这与永明文学主流倡导平易自然的审美趣味[1]，是背道而驰的。沈约在“三易论”中充分表达了他对于平易文风的追求：“易见事一也，易识字二也，易读诵三也。”[2]其中“易读诵”，即追求和谐流畅的诵读效果，是永明声律论的审美追求，而“易见事、易识字”的审美倾向，与张融之“属辞多出，比事不羁”的创作要求，则截然相反。

身处永明文学团体的张融，其追求文学新变的方向却与“永明体”的特征颇异其趣。显然这只能以张融对永明文学主流的排斥来理解，舍此别无他途。而永明文学，就其文化特征的一个方面而言，是江东士族中的趋新派与侨姓高门的文化趣味相互融合的结果。换言之，对于西晋陆机建立的以追求典雅为主导、兼融江南歌谣的传统，对于文学创作中的雅俗关系，宋齐时期江东士人的看法并不一致。以沈约为代表的趋新派将陆机吸收江南歌谣的传统发扬光大，积极援俗入雅，从而引领了门阀社会的主流文化，成为永明体的主要倡导者；而陆厥、张融等守旧派对永明文学讲求四声、崇尚平易的文风有所疏离甚至抵制。这并不意味着他们抛弃了陆机文学中吸收江南歌谣的层面，而是由于他们未能充分采纳吴歌西曲中的“蜂腰”、“鹤膝”等声韵要素，但又注意到了声韵的不可或缺，因而或者追求自然声韵，如张融《门律自序》所云；或者崇尚古典五声，如陆厥对于沈约四声的质疑[3]。

## 四　南风不竞：处于南北文化冲突中的张融

张氏虽然于孙吴时期已为吴郡四姓之一，但其在文化声望上的真正崛起，却是在宋齐时期。正如《南史·张邵传论》所云：“有晋自宅淮海，张氏无乏贤良。及宋齐之间，雅道弥盛。”张氏敷、演、镜、畅诸人，各以文

---

① 刘跃进《门阀士族与永明文学》第96页（北京：生活·读书·新知三联书店1996年版）。

② 《颜氏家训·文章篇》。

③ 参见第六章第三节《论沈约陆厥的声律之争与沈氏家族文化的关系》。

采风流著称于宋世。然而张氏兴盛之时,正是吴人的政治地位经历着微妙变化的时期。东晋南渡之初,以王导为核心的侨姓高门身寄人土,不得不倚重吴人,因此一时间南土之秀纷纷被擢用。到了宋世,侨人势力逐渐巩固,便开始摒南人于政治势力之外。据周一良先生统计,尚书令、仆射两职,东晋时南人尚分别得四人、十人;而宋齐两世,尚书令竟无一人,仆射也仅齐世有沈文季一人[①]。吴姓士族担任这类清望之职的机会的变化,直观地反映了宋齐两世南人为侨姓所排抑的事实。由晋及宋,吴姓士族的社会地位跌落所激起的吴人的不满怨愤,是可想而知的。据《南齐书·沈文季》传,齐永明中,齐武帝曾谓吴兴沈文季曰:"南士无仆射,多历年所。"沈文季对曰:"南风不竞,非复一日。"既为东南旧族、又于宋齐间文采风流纷盛的张氏,其所受侨姓士族之压制更深,其心理上的不平就更可以想象了。

排抑吴士之高门侨人,宋齐之世尤以琅琊王俭为代表。如王俭举其至交、员外郎孔逷为使虏,会稽虞玩之颇有非议,其后王俭对孔瑄曰:"卿乡俗恶,虞玩之至死烦人。"[②]由"卿乡俗恶"四字不难体会王俭对于吴人这样一个阶层的不满。王俭与张氏的嫌隙则更为突出。如元徽中,张岱领吏部尚书,而"王俭为吏部郎,时专断曹事,岱每相违执,及俭为宰相,以此颇不相善"[③]。可知王俭曾因不能专断曹事而与张岱生隙。如前所述,王俭又曾以南士由来少居仆射、绪诸子轻侠无行为借口,反对用张绪为右仆射。此一公案在江东士人尤其是张氏一族心理上激起的反响之大,是不言而喻的。

侨姓高门王俭与张氏的矛盾,首先自然是起因于王俭的以文化正统自居,视南人为化外之民的自傲心理。同时,更与宋齐之时张氏在文化上的兴起并且得到皇权的赏用有关。从这一意义上来说,王俭对于不断

---

① 周一良《南朝境内各种人及政府对待之政策》,载《魏晋南北朝史论集》第 64 页(北京:北京大学出版社 1997 年版)。

② 《南齐书·虞玩之传》。

③ 《南齐书·张岱传》。

上升的张氏家族，怀着一种深刻的既慕且忌的心理。王俭曾称赏张绪曰："北士中觅张绪，过江未有人，不知陈仲弓、黄叔度能过之不耳？"[①]以汉末名士比拟张绪，可谓是极高的称誉。然而张镜曾赞绪曰："此儿，今之乐广也。"又袁粲曾言于帝："臣观张绪有正始遗风。"[②]以张绪之善言名理、纵心物外，与正始名士和西晋乐广是有契合之处的。相形之下王俭之以汉末名士陈仲弓、黄叔度比拟，固然有称其德望的意味，但未免有肤泛之嫌。从当时的社会心理看，东汉名士的名节器度诚然令人追慕，宅心玄远的魏晋风流却更有其挥之不去的遗响。侨姓高门甚至全社会，都有一种视玄学清谈和名士风流为侨姓高门专利的倾向。以王俭自身而言，他虽然素重礼学，以恢复儒学为己任，但他也好"解散髻，斜插帻簪"，并且常曰："江左风流宰相，唯有谢安"[③]。大有以东晋名士谢安自比的意味。因此，王俭以陈仲弓、黄叔度比张绪而不及其清谈风流，则其称誉是有保留的。如果更作一点延伸，则黄宪"世贫贱，父为牛医"[④]，陈寔"出于单微"[⑤]，黄陈二人均非东汉名门大族之后，虽然汉末名士不以出身寒微为嫌，但王俭之比拟，极易使人联想到吴姓士族在门第上低于侨姓高门的事实，因而很难说没有隐约掺混了一种侨姓高门的自矜心理。

作为宋齐之际吴姓士族受到侨姓高门摒斥的一个突出个案，王俭对张氏社会地位的排抑，不能不在张氏诸子的心灵上产生反响。如张绪之子充得知后即致书王俭，对其颇多讥嘲[⑥]。张融对王俭也颇为不满。据《南史·张融传》，张融还乡时与王俭告别，俭立于原地，张融举手呼俭曰："歎曰王前"。俭不得已只好向前以就张融，融乃曰："使融不为慕势，

---

① 《南史·张绪传》作"绪过江所未有，北土可求之耳。不知陈仲弓、黄叔度能过之不?"寻绎文意，当以《南齐书》为善。

② 《南齐书·张绪传》。

③ 《南齐书·王俭传》。

④⑤ 《后汉书》本传。

⑥ 《梁书·张充传》。

而令君为趍士”。张融此一近乎恶作剧之举，使人猜测他也许是以一种笑谑的方式含蓄地表达他对王俭的不满。张融曾在与从叔张永的信中提到：“融不知阶级，阶级亦可不知融。”[①]仔细体会此语，所谓“阶级亦可不知融”，似乎包含了一种牢骚不平，很容易令人联想到吴人在社会地位上为侨人所抑的现实。而张融致书王僧虔，请为晋平郡守时，自称：“融，天地之逸民也。进不辨贵，退不知贱，兀然造化，忽如草木。”[②]此说与张融关于“阶级”的感慨一样语含不平。值得注意的是这两段话的对象，一对张氏家族中人张永而发，也许是因为能够得到共鸣；一对侨姓高门王僧虔而发，则很难说没有声讨其咎的意味。

张融的玄学、礼仪及文学观念，都具有鲜明的标新立异的倾向。这种求新立异的热情，多少显示出某种压抑下的偏激。张融在玄学等各方面的观念，都体现出了对于侨姓高门文化的批评，却承袭了江东文化的许多成分。因此，从外在动因看，张融文采风流的独特性，反映了热心学习中原文化，并且在玄学、风范等方面的成绩堪与侨人比肩的张氏，却在社会地位上受到高自标置的侨姓高门的排抑，这对张氏文化观念产生了深刻影响。张融以吴姓传统文化救侨姓高门文化之弊的意图，正是这种社会背景下的产物。此外，张融的文采风流，还表明了张氏家风家学中所积淀的江东传统文化的因素，虽然不象其它吴人那样表层化，但同样也是非常深厚的。

---

① 《南齐书·张绪传》作“融不知阶级，阶级亦可不知。”从文意看，以《南史》为善。

② 《南齐书》本传。

# 第五章　吴郡顾氏文学

如第一章第一节《江东士族的典雅文风与儒学背景》所述，南朝历代，吴郡顾氏陆续出现了几位有文名的士人。萧梁以降，顾氏家学门风发生了从长于政事向富于才学的转化。吴郡顾氏文学最独特的贡献，当推刘宋时期吴郡顾觊之令其侄子顾愿所作《定命论》，其意义在于折射了东晋以来佛教"报应说"与中土定命论的融合，以及刘宋符瑞灾异观念的流行与文学的密切关系。尤其值得注意的是，在汉魏六朝"辩命论"系谱中，顾氏《定命论》有承上启下之功。

## 第一节　顾氏家学门风的变迁：儒家与黄老杂糅

吴郡顾氏在孙吴时期已形成儒家与黄老杂糅的家学，经历了两晋南朝的历史变迁之后，顾氏儒学日益兴盛，黄老之学对门风的影响则从长于政事转为崇尚淡泊。顾氏的盛衰沉浮与其家学门风的变迁息息相关。

关于吴郡顾氏的来源，史籍中有两种说法①。一说顾氏是越王勾践的后代："其先越王勾践之支庶，封于顾邑，子孙遂氏焉，世为吴著姓。"②《元和姓纂》卷八"顾姓"引《顾氏谱》亦云"越王勾践七代孙闽君摇，汉封

---

①　参见何启民《中古门第论集·吴郡朱张顾陆四姓之比较研究》（台北：台湾学生书局 1978 年版）。

②　《世说新语·德行》"顾荣在洛阳"条刘孝标注引《文士传》。

东瓯王，摇别封其子为顾余侯，因氏焉。初居会稽吴郡。”一说顾氏出于夏商侯国：“顾伯，夏、殷侯国也，子孙以国氏焉。”[①]又《新唐书》卷七十四《宰相世系表》云：“顾氏出自己姓。顾伯，夏商侯国也，子孙以国为氏，初居会稽。”这两种说法都表明，顾氏之定居于江南，远远早于张氏、陆氏等其它江东士族。

## 一　孙吴：儒家与黄老杂糅的顾氏家学

早在东汉章帝时期，吴郡顾氏就出现了顾奉等堪称“经明行修”的士人。据《后汉书·儒林列传》，豫章南昌程曾，在长安研习《严氏春秋》十余年，且博通五经，后还乡授徒，会稽顾奉等数百人师从之。顾奉字季鸿，曾任颍川太守[②]。在程曾的数百名弟子中，《后汉书》独独列出顾奉，可见顾奉之儒学，在当时已小有名气。

东汉末年，顾氏儒学又获得了一次发展契机。由《后汉书·蔡邕传》及《三国志·吴书·顾雍传》可知，熹平六年(177)至中平六年(189)的十二年间，蔡邕避祸于吴地[③]，顾奉曾孙顾雍跟随蔡邕学习琴书。据《三国志·吴书》本传，顾雍(168—243)[④]字元叹，弱冠之年任合肥长；孙权领会稽太守，以顾雍为丞，代行太守事；黄武四年(225)至赤乌六年(243)任孙吴丞相。顾雍其人其学受蔡邕影响的程度，可从他得名于蔡邕一说中看出：“雍从伯喈学，专一清静，敏而易教。伯喈贵异之，谓曰：‘卿必成致，今以吾名与卿。’故雍与伯喈同名。”[⑤]又有传说认为他的字也与蔡邕有关：“雍字元叹，言为蔡邕之所叹，因以为字焉。”[⑥]蔡邕是东汉末年学

---

① 《元和姓纂》卷八“顾姓”。

② 《三国志·吴书·顾雍传》注引《吴录》。

③ 《后汉书·蔡邕传》称，中平六年以前，蔡氏在吴十二年。

④ 《三国志·吴书·顾雍传》载顾雍年七十六，赤乌六年(243)卒。

⑤ 《三国志》本传裴注引。

⑥ 《三国志》卷五十二《吴书·顾雍传》裴注引《吴录》。案：同传裴注引《吴书》曰：“雍母弟徽，字子叹。”岂顾雍兄弟二人同为蔡邕所叹赏乎？

通五经的儒者，兼明天文、音律，顾雍师从蔡邕以后，顾氏儒学自然更臻于佳境。

必须说明的是，在南朝以前，顾氏之崇尚儒教，并不体现为对某一部儒家经典的钻研，而是侧重于对儒家道德的追求和儒家教化的推行。如顾雍之子邵任豫章太守期间，大力推行教化，他还乐于举拔微贱之士；顾邵之子谭则以忠义士节著称。据《三国志・吴书・顾谭传》，顾谭字子默，弱冠与诸葛恪等人为太子四友，后任选曹尚书，赤乌六年(243)拜太常，代祖父顾雍任平尚书事。其时鲁王霸与太子和势钧力敌而有二宫之争，顾谭竭力维护儒家礼制，上疏要求朝廷抑制鲁王势力，最终遭到鲁王党羽全琮父子陷害，与弟顾承等人被流放至交州而死。《三国志》史臣叹其“献纳在公，有忠贞之节”。

综上所述，和其它江东世家大族一样，顾氏家学以儒学为基调。但顾氏在思想观念、立身行事等方面，还表现出受黄老思想影响的倾向。黄老思想中清静无为的政治策略、趋福避祸的政治智慧和清心寡欲的人格特征，在顾氏诸子身上打下了鲜明的烙印。孙吴时期黄老思想中的政治观念和政治智慧对顾氏家风的影响尤为显著。以顾雍为例，顾雍是吴王孙权首先重用的江东士人，黄武四年(225)，顾雍从大理奉常升为丞相，此后他稳坐丞相之位，一直到赤乌六年(243)辞世，为相时间长达十九年。从这个角度来说，顾氏堪称孙吴前期最为显赫的江东士族。顾雍之所以能在孙权起用的一批江东士人中脱颖而出，并且长时期得到孙权的信任，不能不归功于顾雍的从政技巧。《三国志・吴书》本传称顾雍不嗜酒，沉默寡言，从无举止失当之事。尤为重要的是，他“于公朝有所陈及，辞色虽顺而所执者正”，既坚持正道而又能辞色柔顺，顾雍的为臣之术，真是深得老子“柔弱胜刚强”思想的精髓。顾雍之孙顾谭曾在孙权的宴会上酒后失态，顾雍斥责顾谭云：

君王以含垢为德，臣下以恭谨为节。昔萧何、吴汉并有大功，何每见高帝，似不能言；汉奉光武，亦信恪勤。汝之于国，宁有汗马之劳，可书之事邪？但阶门户之资，遂见宠任耳，何有舞不复知止？虽为酒后，亦由恃恩忘敬，谦虚不足。损吾家者必尔也[①]。

这段话中蕴含着顾雍的君臣观念和人生哲学，颇为耐人寻味。“君王以含垢为德”一说，首见于《左传·宣公十五年》晋伯宗所引古谚：“高下在心，川泽纳汙，山薮藏疾，瑾瑜匿瑕，国君含垢。”《老子》七十八章则进一步强调含垢是君王必不可少的品德：“受国之垢，是为社稷主。受国不祥，是为天下王。”当然，顾雍这段话的重点在于“臣下以恭谨为节”，这既是儒家等级观念和恐惧戒慎的人格风范的反映，也符合黄老“臣肃敬，不敢蔽其主”[②]的君臣观念。同时，他批评顾谭“谦虚不足”，则契合于老子二十二章“不自伐，故有功；不自矜，故长”的思想。

顾雍谦虚、恭谨的人格，与彭城张昭的犯颜直谏恰成鲜明对比。据《三国志·吴书·张昭传》，孙权初设丞相时，张昭便是众望所归的人选，但孙权却任用了孙邵，孙邵卒后，众官又推举张昭，孙权云：“孤岂为子布有爱乎？领丞相事烦，而此公性刚，所言不从，怨咎将兴，非所以益之也。”[③]“此公性刚”四个字，泄露了孙权用顾雍而舍张昭的真实原因，说明了顾雍确实是以其柔顺胜了张昭的刚强。顾雍以儒教兼黄老的学术思想和人生哲学，对于他本人在仕途上的常盛不衰，对于顾氏在孙吴之政治地位的巩固，有着非同寻常的意义。正如《三国志·吴书·顾雍传论》云：“顾雍依杖素业，而将之智局，故能究极荣位。”

虽然在顾雍之后，顾氏谦虚恭谨的人格并未得到充分发展，这很可能是由于顾氏更看重刚直不阿之士节的缘故。但在顾邵、顾谭等人的立身行事中，黄老思想仍然从不同的侧面或隐或显地体现出来。顾雍之子顾邵年少成名，博览书传，好乐人伦，二十七岁任豫章太守，惜乎英年早

---

① 《三国志·吴书·顾雍传》裴注引《江表传》。

② 帛书《黄帝四经·经法·六法》。

③ 《三国志·吴书·张昭传》。

逝，在郡五年而卒。顾邵以儒家教化为已任，但他对老子的祸福观念也不无体会。建安十五年(210)，庞统评论自己与顾邵的长短优劣云："陶冶世俗，与世浮沉，吾不如子；论王霸之余策，览倚伏之要害，吾似有一日之长。"①这段话当理解为，庞、顾二人都兼擅陶冶世俗和王霸之术，只不过两人的侧重点稍有不同罢了。就庞统而论，他自认为在"论王霸之余策，览倚伏之要害"方面胜顾邵一筹，而据《三国志·蜀书》本传，他同时还以"性好人伦，勤于长养。每所称述，多过其才"著称。同理可以推测，顾邵对渗透了黄老思想的祸福倚伏之术同样是不无会心的。

又以顾谭而论，在赤乌年间的二宫之争中，陆逊、朱据、吾粲等人都曾上书申论嫡庶不分的危害，诸人大多依据儒家礼制立论，殷基《通语》称"丞相陆逊、大将军诸葛恪、太常顾谭……等奉礼而行，宗事太子"②，其时顾谭在上疏中云：

> 臣闻有国有家者，必明嫡庶之端，异尊卑之礼，使高下有差，阶级逾邈，如此则骨肉之恩生，觊觎之望绝。昔贾谊陈治安之计，论诸侯之势，以为势重，虽亲必有逆节之累；势轻，虽疏必有保全之祚。故淮南亲弟，不终享国，失之于势重也；吴芮疏臣，传祚长沙，得之于势轻也③。

显然，顾谭反对嫡庶不分的理论依据，首先是"尊卑之礼"，但他接着又援引了贾谊的观点，认为享国长短无关于亲疏，乃由势之轻重所决定，这就非儒家思想所能范围了。此说见于贾谊《治安策》。贾谊原说为：

---

① 《世说新语·品藻》"顾邵尝与庞士元宿语"条。《三国志·蜀书·庞统传》注引张勃《吴录》与此稍有不同："劭就统宿，语，因问：'卿名知人，吾与卿孰愈？'统曰：'陶冶世俗，甄综人物，吾不及卿；论帝王之秘策，揽倚伏之要最，吾似有一日之长。'"

② 《三国志·吴书·孙和传》裴注引。

③ 《三国志·吴书》本传。

> 夫仁义恩厚,人主之芒刃也;权势法制,人主之斤斧也。今诸侯王皆众髋髀也,释斤斧之用,而欲婴以芒刃,臣以为不缺则折。……臣窃迹前事,大抵强者先反。淮阴王楚最强,则最先反;……长沙乃在二万五千户耳,功少而最完,势疏而最忠,非独性异人也,亦形势然也。……欲天下之治安,莫如众建诸侯而少其力①。

贾谊此说带有鲜明的法家色彩。顾谭将贾谊的说法概括为势重则危、势轻而安,显然接近于《老子》七十六章"坚强者死之徒,柔弱者生之徒"的说法。

顾雍等人的黄老思想倾向,当是受汉末时代思潮浸润所致。东汉后期,许多经学大师都兼习《老子》,如马融有《老子》注和《淮南子》注。汉代王充、王符、崔寔、仲长统等人的著述以针砭时弊为要旨,其中或多或少地掺杂了黄老观念。在这一社会风习的影响下,江东儒者也好尚《老子》。如宗奉孟氏象数易学的虞翻便著有《老子》注一卷②。从师承关系而论,顾氏吸收《老子》思想,当是直接源于蔡邕的教诲。蔡邕的黄老思想,在《释诲》一文中有充分的展示。蔡邕借胡老之口,批驳躁竞之士"暗谦盈之效,迷损益之数……曾不鉴祸,以知畏惧",表达了"思危难而自预,故在贱而不耻。……故抱璞而优游"(《后汉书》卷六十《蔡邕列传》)的人生志向。在此,蔡邕思想中的黄老因素,既表现为趋祸求福的观念,亦包含着淡泊名利的成分。顾氏对于黄老思想的这两方面都有所采纳,只不过在六朝不同时期的侧重点各有不同(说详下)。对蔡邕黄老思想的汲取,使得顾氏比其他江东士族更为好尚黄老。

## 二　两晋:接触清谈玄学、批判礼法弛坏和追求忠义节操

两晋时期,从顾荣开始,顾氏便不乏研习中原玄学者。东晋顾和及

---

① 《汉书》本传。

② 《隋书·经籍志三》。

其孙顾敷，也十分主动地参与了当时名流的清谈活动。然而顾氏最终未能象张氏那样，在清谈界建立自己的声名。究其原因，一方面可能是由于顾氏原本就缺乏专门专家之学的传统。如前所说，孙吴以来顾氏虽然和其它士族一样研习经学，但并没有就经学的某一门类加以钻研，未能形成专门专家之学。同样，顾氏在社会风尚的驱使下探究玄学，也不以精通玄学本身为目的，而是以清谈玄言作为士人文化修养来追求。另一方面，与其它江东士族相似，顾氏家学中的儒家文化传统妨碍了他们对新兴学术的领会。

两晋时期顾氏最为著名的士人顾荣与顾和都接触了玄学而不能真正接受。据《晋书·顾荣传》，顾荣为顾雍之孙，父穆（一名裕）任宜都太守。顾荣字彦先，仕吴为黄门侍郎，太子辅义都尉，吴亡后与陆机兄弟一起入洛，时人称为“三俊”。八王之乱中，先后任赵王伦、齐王冏属官。司马睿渡江后，顾荣任军司，是司马睿最为重用的江东名士，永嘉六年(312)卒。如前所述，《晋书·纪瞻传》称顾荣在赴洛途中与纪瞻共论王弼《易》太极。此时已是永嘉初年[①]，顾、纪二人已经经历过西晋玄风的洗礼，但由于江东象数易学传统的限制，他们都不能正确理解王弼对于《易》太极的看法[②]。顾荣的观点比纪瞻更为保守，他反对王弼的“太极天地说”，完全以元气解释太极，其思维不出易纬《乾凿度》的框子。值得注意的是，顾荣虽然也以《老子》阐释《周易》，但他从《老子》中汲取的是“原元气之本，求天地之根”以及“一生二，二生三，三生万物”的宇宙生成论，对于《老子》的贵无思想却不置一辞，可见顾荣之所以无法正确领会

① 《晋书·纪瞻传》序此事于太安中纪瞻弃官回家之后，又召拜尚书郎时。由《晋书·顾荣传》可知，永兴元年(304)惠帝西迁，征顾荣为散骑常侍，顾荣因世乱还吴。永嘉初又征拜侍中，顾荣行至彭城而还。可知这是两人在永嘉初年第二次入洛。唐长孺《读〈抱朴子〉推论南北学风的异同》一文称吴亡之后，江东士人了解洛阳的风气正在玄学笼罩之下，自己要到洛阳去做官，不能不事先揣摩（载《魏晋南北朝史论丛》第357页，石家庄：河北教育出版社2000年版）。显然此说误以为纪、顾二人讨论太极是在西晋初年。

② 参见附录二《论南齐江东士族“太极”说滞后于新兴思潮及其原因》。

王弼“太极天地”说，一则是因为江东儒学的束缚，一则是如前所说，由于顾氏《老子》之学也因循了汉人好谈“损益”、“祸福”的旧观念。换言之，顾氏对于《老子》的研习，非但无助于他接受新兴玄学，反而束缚了他的思维。东晋时顾夷、顾悦之等人的易学也颇为保守（说详下）。

东晋时顾荣族子顾和也成为清谈聚会中的一员。顾和（228—351）字君孝，曾祖顾容任吴荆州刺史，祖顾相为临海太守，顾和二岁丧父，年少时便以“清操”著称，曾任扬州刺史王导从事、御史中丞、尚书仆射、尚书令等职，死后追赠侍中、司空。由《世说新语·夙惠》可知，顾和曾与名士清言，因中外孙张玄之、顾敷能够复述名士的清言而喜不自胜[①]，可见他对清言才能的重视。顾和的举止风范也沾上了名士气息。据说顾和为扬州从事时，某日停车于州府门外，尚书仆射周顗从其身边经过，顾和旁若无人地觅虱，而不与周顗寒暄。周顗从王导府中出来，指着顾和的心问道：“此中何所有？”顾和搏虱如故，徐徐答曰：“此中最是难测地。”[②]顾和洒脱不羁的举止，与当时名士扪虱而谈的风神，何其相似乃尔！

尽管如此，顾和在东晋文化生活中的作用，主要还是体现为对礼仪制度的恪守。比如，晋元帝中兴之初，礼仪章法残缺不全，装饰冕旒用的是翡翠珊瑚和杂珠。顾和指出：“旧冕十有二旒，皆用玉珠，今用杂珠等，非礼。若不能用玉，可用白琁珠。”[③]他还曾上疏论述成帝保母不宜得名号、皇帝应亲祭南北郊[⑤]，北郊应与南郊别行、南郊既出遇雨应更择吉日[⑥]，拜三公不应设乐服冕[⑦]等等。考虑到东晋清谈名士都曾热心地议论礼乐制度，那么，顾和对礼乐活动的积极参与，并不足以说明其学术思想的独到之处。真正值得注意的是顾和对“情”与“礼”之关系的看法。当时社会上常有庶子为本亲服丧超过礼制规定的现象。顾和尖锐地指

---

① “司空顾和与时贤共清言”条。

② 《世说新语·雅量》“顾和始为扬州从事”条。

③⑤ 《晋书》本传。

⑥ 《宋书·礼志三》。

⑦ 《通典》七一。

出其实质是“违冒礼度，肆其性情”（说详见第二章第二节《江东士族以儒为本的保守学风及其演变》）。

又其时散骑侍朗顾臻上疏要求废除诸伎，重振雅乐曰：

> 臣闻圣王制乐，赞扬政道，养以仁义，防其淫佚，上享宗庙，下训黎元，体五行之正音，协八风以陶物。……末世之伎，设礼外之观……宜下太常，纂备雅乐，箫韶九成，惟新于盛运，功德颂声，永著于来叶……诸伎而伤人者，皆宜除之①。

其崇尚雅乐的倾向，与顾和恪守礼度的观念显然十分契合。

孙吴以后，顾氏在六朝历代都以对帝王忠心耿耿、对权臣不卑不亢的忠义节操为人生准则。在忠义道德方面，顾荣堪称问心无愧。西晋永兴二年（305），广陵相陈敏举兵叛朝廷，以顾荣为右将军，顾荣却暗中说服甘卓等人起义，平定了陈敏之乱。这一方面是因为他敏锐地预见到陈敏不具备鼎峙江东的能力，另一方面他不愿违背儒家忠义道德：“而吾等安然受其官禄，事败之日，使江西诸军函首送洛，题曰逆贼顾荣、甘卓之首，岂惟一身颠覆，辱及万世，可不图之！”②事后殷祐誉之为“忠贞之节，在困弥厉”③。东晋顾众等人亦堪称忠义之士。苏峻之乱中，顾众首倡起义之谋，与吴中人士共同击退叛军；王敦背叛朝廷，顾众拒绝出兵助逆，王敦长史、吴郡陆玩谓顾众曰：“卿真所谓刚亦不吐，柔亦不茹，虽仲山甫何以加之！”（《晋书·顾众传》）又顾和曾孙顾琛于刘宋元嘉十九年（442）任东阳太守，朝廷令其防守刘义康，顾琛曾为刘义康佐吏，故决意不为背弃故主之事，遂因此免官居家数年（《宋书·顾琛传》）。梁代侯景之乱中，顾野王召募乡党数百人保卫都城，以瘦弱之身躯，“杖戈被甲，陈

---

① 《晋书·乐志下》。

②③ 《晋书》本传。

君臣之义，逆顺之理，抗辞作色，见者莫不壮之。”[①]顾氏的忠义之风是世代相传的。

不阿权贵的士节更是顾氏历代相承不替的家风。顾众族子、东晋顾和任尚书令等职时，多次上书针砭时弊，“虽权臣不苟阿挠。”[②]又顾荣族兄顾谦有“明亮守节，困不易操”之誉[③]。顾荣兄子显对尚书仆射周顗不卑不亢[④]。刘宋顾觊之继承了其高祖顾谦的气节，其时孝武帝近幸戴法兴权势显赫，而顾觊之从未与之周旋，蔡兴宗嫌其“风节过峻”，顾觊之曰：“辛毗有云：孙、刘不过使吾不为三公耳。”[⑤]辛毗为魏明帝时人，不屑与权臣中书监刘放、中书令孙资往来，自云：“吾之立身，自有本末。就与刘、孙不平，不过令吾不作三公而已，何危害之有？焉有大丈夫欲为公而毁其高节者耶？”[⑥]顾氏引用辛毗之言，反映了他同样崇尚“高节”。顾觊之孙宪之亦颇重气节：南齐时，山阴吕文度有宠于齐武帝，于余姚立邸，为害民间，顾宪之负责会稽郡的政务，到任后立即上表要求废除吕氏府邸；吕文度葬母，宪之独不赴吊(《南史·顾宪之传》)。

## 三　南朝：儒学兴盛与家族文化转型

两晋时期顾氏家学与清言玄学发生碰撞以后，以儒学为主体的学术倾向并未改变，相反，孙吴时并未形成专门专家之学的顾氏，从东晋末年起，不仅在《易》学、文字学、史地学等多个领域内颇有建树，而且最终实

① 《陈书》本传。

② 《晋书》本传。

③ 永嘉年间顾荣举荐南士曰：“荣族兄公让明亮守节，困不易操。”(《晋书》本传)又《宋书·顾觊之传》曰：“(觊之)高祖谦字公让。”

④ 《世说新语·方正》“顾孟著尝以酒劝周伯仁”条引徐广《晋纪》曰：“顾显字孟著，吴郡人，骠骑荣兄子。少有重名，泰兴中为骑郎。早卒，时为悼惜之。”《三国志·吴书·顾雍传》注引《晋书》曰：“荣兄子禺，字孟著，少有名望，为散骑侍郎，早卒。”顾氏字孟著，那么名当为显而非禺。

⑤ 《宋书》本传。

⑥ 《三国志·魏书·辛毗传》。

现了从“政事”型家族向“文学”型家族的转变。

（一）易学

如前所述，两晋之交的顾荣已经显示出对易学的兴趣，东晋顾夷和顾悦之则称得上以《易》学为专长。顾夷约与陈郡谢万（320—361）同时①，《世说新语·文学》云：“谢万作八贤论，与孙兴公往反，小有利钝。谢后出以示顾君齐。顾曰：‘我亦作，知卿当无所名。’”这条材料表明顾夷是当时学术界颇为推重的人物，顾夷本人亦自视甚高。该条刘孝标注引《顾氏谱》云：“夷字君齐，吴郡人。祖厥，孝廉。父霸，少府卿。夷辟州主簿，不就。”《隋书·经籍志》录：“《周易难王辅嗣义》一卷，晋扬州刺史顾夷等撰”②。又《宋书·隐逸关康之传》称“晋陵顾悦之难王弼《易》义四十余条”。③ 顾悦之为晋陵人，出自吴郡顾氏的旁支。顾悦之是顾恺之的父亲，与简文帝（320—372）同年，字君叔，二十七岁左右初仕为殷浩扬州别驾④，永和十二年（356）殷浩卒，顾悦之上疏申明殷浩之无罪，朝廷终予以认可而为殷浩追复本官，顾氏的义行赢得了社会的普遍赞许。由《隋书·经籍志一》和《宋书·关康之传》的记载可以推测，顾夷、顾悦之都有驳难王弼《易》的著述。由标题可知，顾夷、顾悦之两人的易学倾向仍是反对王弼义理易学，与顾荣的“太极说”可谓一脉相承。

关于顾欢的易学，据《南齐书·高逸顾欢传》，宋齐之际吴郡盐官顾欢“注王弼《易》二《系》”。这一记载颇为费解。众所周知，王弼《易》注中

---

① 据《晋书》本传，谢万北征败绩后不久即卒，时年四十二。又《晋书·穆帝纪》云升平三年（359）十月谢万兵败，由拙作《论会稽“四族之俊”的得名——兼论东晋名士标准的变迁》（《古典文献研究》第六辑，江苏古籍出版社 2003 年版）可知，谢万被废是在升平五年（361）至隆和元年（362）之间，那么谢万当生于太兴三年（320）前后。

② 顾夷未就扬州主簿，任扬州刺史更不可能。《隋书·经籍志》疑误。

③ ［清］永瑢等撰《四库全书总目》卷一《经部易类一》“周易正义十卷”条云：“然《隋书·经籍志》载晋扬州刺史顾夸等有《周易难王辅嗣义》一卷，《册府元龟》又载顾悦之《难王弼易义》四十余条，京口闵康之又申王难顾。”（中华书局 1965 年版）

④ 殷浩任扬州刺史是在永和二年（346）至永和九年（353），此时顾悦之为 27 岁至 34 岁。

并无《系辞》等传，南齐时陆澄已说明“且弼于注经中已举《系辞》，故不复别注。今若专取弼《易》，则《系》说无注”[①]。那么顾欢何来注王弼《易》二《系》呢？其一，很可能顾欢所注的，乃是王弼《易》注中所无的二《系》。其二，由孔颖达《周易正义》所录顾欢之说可知，顾欢对“大衍之数”的解释接近王弼之说。王弼虽然不注《系辞》，但其《周易大演论》对“大衍之数五十”的阐述，为韩康伯《系辞》注引用：

> 王弼曰：演天地之数，所赖者五十也。其用四十有九，则其一不用也。不用而用以之通，非数而数以之成，斯易之太极也。四十有九，数之极也。夫无不可以无明，必因于有，故常于有物之极，而必明其所由之宗也。[②]

又孔颖达《周易正义》卷七引用顾欢之说：“顾欢同王弼此说。故顾欢云：‘立此五十数，以数神，神虽非数，因数而显。故虚其一数，以明不可言之义。’”[③]由此可见，顾欢虽然反对《四本论》（《南史·隐逸顾欢传》），但其有关“大衍之数五十”的解读已超越汉代宇宙生成论，而接续王弼等人的本体论。

南齐永明年间顾则心以《易》著称。顾则心一作顾恩，生卒年不详，如前所述，钟嵘《诗品》下有“齐秀才顾则心”。据《南史·豫章文献王嶷传》，齐武帝曾问临川王映居家何事乐，映答曰：“政使刘瓛讲《礼》，顾恩讲《易》、朱广之讲《庄》、《老》，臣与二三诸彦兄弟友生时复击赞，以此为乐。”[④]刘瓛是南齐的一流儒者，顾则心《易》学能与刘瓛《礼》学并列，可以推测其《易》学造诣是不同凡俗的。由于资料限制，现已无法了解顾则心《易》学的倾向。不过，他在文学创作中崇尚典雅，保持了陆机以

---

① 《南齐书·陆澄传》。

②③ 魏王弼、韩康伯注，唐孔颖达疏《周易正义》卷七，北京大学出版社1999年版。

④ 临川王映卒于永明七年(489)，可知永明七年以前顾则心《易》学已小有名气。

来的旧风，而排斥鲍照等人的俗艳文体，这就使我们推测他的《易》学也应当是比较保守的。永明年间国学并置王、郑之《易》，顾则心的《易》学应当是立足于家传象数易学而又吸收了玄学之《易》。令人遗憾的是，顾氏《易》学好不容易经顾则心的努力得以发扬光大后，却陡然后嗣绝响。

（二）小学

江东素有小学传统。孙吴时期，精通文字学、以《释名》传世的经师刘熙在江东的影响很大。薛综、程秉等人避乱于交州时曾师从刘熙。东晋顾恺之尤好小学，他曾为桓温参军，颇得桓温的宠信①，义熙初位至散骑常侍②，有《启蒙记》、《启疑记》各三卷。入梁以后，梁武帝重视文字、训诂之学，当时的高才硕学之士也竞相研习，往往能以识奇字为荣。梁世长于小学者，有刘霁、杳、歊兄弟三人，分别作有《释俗语》八卷，《要雅》五卷，《古今文字序》等。又有庾景倩撰《文字体例》，范岫著《字书音训》，阮孝绪撰《文字集略》等等。在这一时代氛围的激发之下，顾氏小学的传统得到了复兴。顾和七世孙顾协精通文字及禽兽草木之学，又顾野王尤以颇识虫篆奇字著称，大同四年(538)前后，顾野王奉简文之命著《玉篇》③。

（三）天文学

天文占侯、阴阳数术之学也是顾氏的强项。这应当缘于孙吴时江东象数易学与天文学的相互促进，加之顾雍师从的蔡邕擅长天文学。刘宋时顾迈善天文④，顾昭之作《瑞命记》⑤，南齐顾欢解阴阳书(《南齐书·高逸顾欢传》)，陈代顾野王精通天文地理、蓍龟占候，撰《符瑞图》十卷、《分

① 《世说新语·言语》“顾长康拜桓宣武墓”条刘孝标注引宋明帝《文章志》。

② 《世说新语·言语》“顾长康从会稽还”刘注引丘渊之《文章录》。

③ 《梁书·萧恺传》曰：“太学博士顾野王奉令撰《玉篇》，”又据《陈书·顾野王传》，顾野王于梁大同四年(538)除太学博士。

④ 《宋书·沈法系传》。

⑤ 《宋书·邓琬传》。

野枢要》一卷以及《玄象表》等等(《陈书·顾野王传》)。

(四)地理学

六朝地理之学极为兴盛,而顾氏地理学却堪称渊远流长。孙吴时顾启期撰有《娄地记》一卷,东晋以后顾氏撰写地方志记者可谓代不乏人。晋顾夷《吴郡记》一卷[①],顾微撰《吴县记》、《广州记》,顾长生有《三吴土地记》[②];梁顾宪之著《衡阳郡记》[③],陈顾野王著《建安地记》和《舆地志》三十卷(《陈书》本传)。据说顾野王于宝云寺南高基修《舆地志》,并建屋立像曰顾侍郎祠[④]。顾氏风土地理之作极其丰富,作者和著作的数量都高居江东士族之首。

(五)《尚书》学

顾氏对《尚书学》亦颇有研究。如前所述,南齐时顾欢著《尚书百问》,隋时顾彪撰有《尚书》著作多种,如《今文尚书音》一卷、《大传音》二卷、《尚书疏》二十卷、《尚书文外义》一卷等。

此外,顾氏研究《老子》者也不止一人。宋齐之际,吴郡盐官顾欢著有《老子义纲》、《老子义疏》各一卷[⑤]。陈代顾越有《老子义疏》[⑥]。

上述《易》、《老》、《尚书》、文字、天文、地理等六项领域中,《易》、《老》和地理等学是南朝人普遍热衷的学问,而天文、尚书、文字等方面则显示了顾氏学术不为时风所囿的特点。以天文学为例,天文学在两汉之际曾伴随着象数易学、谶纬学的兴盛而流行,魏晋时作为象数易学之对立面的义理易学逐渐兴起,天文学也随之衰落。南朝刘宋时帝王为加强中央集权而大讲符命祥瑞,[⑦]宋明帝曾立阴阳学为官学,但高门士族通此学者寥寥无几。直至萧梁复兴儒学后,天文阴阳等学才再度见重于世。顾

---

① 《隋书·经籍志一》。

②④ 参见章宗源《隋经籍志考证》卷六。

③ 《梁书》本传。

⑤ 《隋书·经籍志三》。

⑥ 《新唐书·艺文志》。

⑦ 参见拙作《符瑞文学与刘宋文风》。

氏文化性格保守，因而他们在推崇象数易学的同时，还保留了汉末以来的天文阴阳等学。同样，萧梁以前，尚书学、文字学等皆非门阀社会的主流，顾氏儒学的非主流性，与顾氏接触了玄风而不能接受是互为表里的两个方面。

与此同时，顾氏家学门风发生了从长于政事向富于才学的转化，套用孔门四科"德行、言语、政事、文学"①的说法，我们姑且称之为由"政事"型转为"文学"型的家族文化转型。西晋以来，顾荣、顾和、顾众等人在江东士林中享有很高的声誉，并先后位居尚书仆射、尚书令等清显之职，这既是由于他们的道德名望，同时又与他们的政治才能密切相关。两晋时期顾氏家族中这二位士人最为显达，但他们都不具备特别超拔的才学，可以说是"政事"型人才。从东晋后期起，顾悦之、顾恺之父子和顾夷等位宦不高的士人，开始以才学艺文引起世人的瞩目。如前所述，宋齐两世顾迈、顾昭之、顾欢、顾则心等人才学颇高，显示了顾氏才学的兴起，揭开了顾氏文化转型的序幕。但刘宋时名位最显的顾琛、顾觊之等人仍然以儒家道德和政治才能为强项，南齐顾宪之、顾暠之兼擅政务和才学，顾宪之在《衡阳郡记》外，还著有诗、赋、铭、赞若干篇②；顾暠之见赏于竟陵王萧子良，《南齐书·王思远传》称他"好学有义行……与(王)思远并属文章"。他曾经参与拥立萧子良的政变，可见他的政治才能也为世人所看重。直至萧梁以降，顾氏才完全转化为"文学"型家族。顾协博极群书，长于文字学；而他任中书舍人这一机要职务时，与会稽虞荔皆"泊然静退，居于西省，但以文史见知"③，显然他对政治已毫无兴趣。陈代顾野王于文学、绘画、天文、地理、蓍龟占候、虫篆奇字无所不通，他的学术堪称集顾氏家学之大成，他的出现标志着吴郡顾氏文化达到了鼎盛，但他在政治方面并无突出表现。

---

① 《论语·先进》。

② 《梁书·止足顾宪之传》。

③ 《南史·虞荔传》。

## 四　黄老之学与顾氏盛衰

黄老家学对顾氏人生哲学和政治观念的影响主要表现在三个层面：其一，在政局动荡的情况下，顾氏子弟往往善于避祸趋福，保存力量；其二，黄老清静无为的政治观念，有助于他们在处理政事时做到以简驭繁。其三，黄老思想还包含着淡泊恬退的成分。刘宋以前，黄老思想主要体现为顾氏的政治智慧和才能，促进了顾氏政治地位的巩固与提高。刘宋以后黄老清心寡欲的一面在顾氏家风中日益凸显出来，顾氏的隐逸色彩逐渐增强，成为导致顾氏政治地位衰退的重要原因。

1. 善识祸福之机的政治敏感

继顾雍以政治智慧常保相位之后，顾荣亦颇识祸福之机。孙吴末年孙皓当政时期，内侍多遭祸患，唯顾荣与孙丞保全性命[①]。吴亡之后，顾荣与陆机、陆云兄弟相继入洛，与陆机的追逐功名于乱世相反，顾荣为齐王冏大司马主簿期间，目睹司马冏的骄奢淫佚，明智地预见到司马冏的不得长久，为了避祸保身，他终日饮酒，不问政事，在与同州人杨彦明的信中抒发其苦闷曰："吾为齐王主簿，恒虑祸及，见刀与绳，每欲自杀，但人不知耳。"[②]由于顾荣的善识时局，他终于平安度过此劫。惠帝西迁长安后，顾荣又因世乱而不就散骑常侍。如前所述，其时陈敏据江东谋反，将顾荣召入麾下，顾荣先是以"恭逊自勉"，设法保护江东士人的生命安全；其后他认识到陈敏终难成大事，遂率领江东士人击败陈敏，此举巩固了顾荣在江东士族中的领袖地位。其后司马睿镇江东，任命顾荣为军司。顾荣意识到建功立业的机会已到，于是一改昔日仕宦于洛阳时的消极无为，多次上书直谏，举荐江东士人。顾荣卒于永嘉六年(312)，倘若天假以年，他能够活到司马睿即位以后的话，顾荣的尊显应当是不可限量的。顾荣佐助司马睿在江东站稳脚跟，为顾氏在东晋

① 《三国志·吴书·宗室传》注引《文士传》。

② 《晋书》本传。

的荣显打下了良好基础。顾荣对出处进退的巧妙把握，既符合儒家“天下有道则见，无道则隐”的原则，又受到了老子祸福倚伏的智谋的启发。

顾荣族子顾和亦具有卓越不凡的政治识见。《通典》三十二引《王丞相集》之“教”云：“顾和理识清敏，劭今端古，宜得其才，以为别驾”。由《世说新语·言语》“顾司空未知名”条可知，顾和的机警，在其第一次拜见王导时已得到了充分展示。其时王导感觉疲倦而对着客人打盹，顾和遂谓同坐之人曰：“昔每闻元公道公协赞中宗，保全江表，体小不安，令人喘息。”这段话既恰如其分地赞美了王导功业，又巧妙地推荐了自我。于是王导马上清醒，赞叹顾和曰：“此子珪璋特达，机警有锋。”顾和终成名士，与此次的见机行事应当是分不开的。

刘宋顾觊之亦善于在政治纷争之际激流勇退。元嘉年间，刘义庆把持朝政、与宋文帝的矛盾刚露出苗头时，顾觊之便以脚疾为借口，辞官回家。家人见其每夜在床上行脚，都觉莫名其妙。刘义康被废后，很多在朝人士都受到了主相之争的牵连，顾觊之却因及早脱身而安然无恙。顾觊之的“行脚”，与顾荣之饮酒，实有异曲同工之妙（《宋书·顾觊之传》）。

2. 清静无为、以简驭繁的政治策略

顾氏崇尚清静无为的政治策略。《世说新语·规箴》“王丞相为扬州”条载，东晋顾和任王导扬州从事，赴郡视察回来后，诸同事都向王导奏告各地太守的为政得失，唯独顾和不置一辞，他的理由是：“明公作辅，宁使漏网吞舟，何缘采听风闻，以为察察之政。”他认为王导应以无为简易方针治国，这一观念显然来自于《老子》二十章“俗人昭昭，我独昏昏。俗人察察，我独闷闷。”顾和“无为而治”的思想，对王导来说可谓正中下怀。据《世说新语·政事》“丞相末年”条，王导晚年曾自叹：“人言我愦愦，后人当思此愦愦。”该条刘注引徐广《晋纪》曰：“（王）导阿衡三世，经纶夷险，政务宽恕，事从简易，故垂遗爱之誉也。”永嘉南渡后，以宽恕、简易的政治理念辅佐政务，以便协调各种内部矛盾，正是王导的高明之处[①]。顾和能够领会王导无为而治的用心，当是受惠于顾氏的黄老家学。

黄老无为思想的高明还在于以简约驭繁杂的政治技巧。据《宋书·顾觊之传》，刘宋主相之争后，顾觊之出任山阴令。山阴人口繁庶，为天下大邑，往届长官昼夜忙于政事却政绩平平，顾觊之善于理繁以约，因而他本人居官闲逸且县内政治清明。《宋书·江秉之》称顾觊之以简驭繁的政治才能，当世仅济阳江秉之能比。孝建二年(455)，顾觊之任湘州刺史时，同样政绩卓著。顾觊之所以能于大明二年(458)和大明八年(464)两次任吏部尚书，固然与他在刘劭弑父自立事件中保持清白有关，而他在担任地方官吏时表现出的政治才干，也是一个不可忽视的因素。

3. 黄老思想与顾氏的出世倾向

儒家崇尚"一箪食，一瓢饮"的安贫乐道，黄老讲究清心寡欲。儒家与黄老杂糅的家族学术，共同推动了顾氏淡泊寡欲的人格的形成。如刘宋顾觊之为人淡泊廉洁，与会稽孔觊并获"清约"之誉[②]，其孙顾宪之元徽中为建康令，生活清俭且长于政事，当时京师称醇酒为"顾建康"，足见时人对顾宪之清德美才的高度赞赏(《南史·顾宪之传》)。梁时顾协自幼以清贫自励，以致蔡法度见顾协冬服单簿，欲赠以棉衣而不敢。顾协任中书通事舍人时，同僚皆因官得富，他在省十六年而不变其器服饮食(《南史·顾协传》)。顾氏清廉俭约的家风可谓薪尽火传。

从南齐开始，顾氏淡泊的门风进一步发展为隐居不仕，顾氏从对物欲的克制，进一步走向了对功名的淡泊。事实上这一倾向在顾觊之《定命论》中已经有所流露。《定命论》集中体现了顾氏家学兼融儒家与黄老的风貌。《定命论》以儒家孔子等人的定命观念为立论依据，但该文所推

---

① 参见陈寅恪《述东晋王导之功业》，载《金明馆丛稿初编》第55—77页(北京：生活·读书·新知三联书店2001年版)。

② 《宋书·孔觊传》。

崇的人格理想，却带有黄老思想的痕迹。（说详下）顾觊之的遁世思想尚停留在理论层面，其后顾氏士人竟先后身体力行。南齐永明元年(483)，朝廷征顾欢为太学博士，顾黯为散骑郎，两人皆固守其隐逸之志，不就征召；永明三年(485)，顾觊之弟子顾惠胤被征为司徒主簿，惠胤亦闲居养志，不赴此任①。梁武帝即位后，顾觊之孙顾宪之以病痛加重，坚决不接受梁武的征召，被誉为“止足”之士②。

在顾氏子弟以隐逸之志相尚的同时，顾氏的政治地位也日渐衰微。《梁书·止足传》记载顾觊之勉励其孙的一个细节曰：

> (顾宪之)迁给事黄门侍郎，兼尚书吏部郎中。宋世，其祖觊之尝为吏部，于庭植嘉树，谓人曰：“吾为宪之种耳。”至是，宪之果为此职。

南齐时顾宪之虽然如祖父所愿担任吏部官职，但地位已远不及曾任吏部尚书的祖父。其后顾宪之所担任的，大多是晋陵太守、豫章太守之类的地方官职而已。尤其是在江东士族地位蒸蒸日上的梁陈两代，以才学著称的顾协、顾野王都未能恢复晋宋时期顾氏的荣耀。顾协祖、父两辈都默默无闻，本人位至员外散骑常侍、鸿胪卿兼中书通事舍人；顾野王祖父位止于诸王府参军、记室之职，而野王自身亦仅以黄门侍郎终。

与其它江东士族相比，东晋初年，顾荣是司马睿最为重用的江东士人，其后顾和、顾众等人先后获得尚书仆射、尚书令、赠司空等职，可以说东晋一世顾氏的地位和名望仅次于吴郡陆氏而高于孔氏和张氏；刘宋时顾觊之位至吏部尚书，位宦与最显赫的吴郡张氏不相上下。南齐时顾宪之、顾暠之的地位已远不及张氏；迄于梁代，顾协由于张率的推荐，才得到太学博士的职位。此时顾氏人才寥落，已无力与陆氏、张氏、孔氏等江东大族相颉頏。

---

① 《南齐书·高逸传》。
② 《梁书·止足顾宪之传》。

刘宋以降,顾氏的政治才能逐渐衰落,黄老思想中清心寡欲甚至避世隐居的倾向却逐渐鲜明起来。这一转变是十分耐人寻味的。顾氏《定命论》的直接政治背景,当是刘宋帝王的加强中央集权和政治斗争的残酷。如前所述,顾觊之本人就凭借政治预见才躲过了元嘉年间的主相之争。但顾氏的避世倾向在永明年间和萧梁初年有愈演愈烈的趋势,这就使我们注意到宋齐两世江东士族整体的政治地位的下降。其根源在于,其时北尊南卑的门阀观念在经历了东晋的短暂的淡化之后,又恢复了强劲的势头(说详见附录一《六朝门阀制度对江东士族儒学的影响》)。江东各家族对这一变化的应对方式并不完全一致。吴郡张氏采取了建立军功和发展文化并驾齐驱的策略,而吴郡顾氏、会稽孔氏等家族则同时出现了隐居不仕和强化家学的现象,吴郡顾氏从孙吴以来就显示出保守谨慎的家族性格,因此他们对北尊南卑的门第秩序基本上抱以无可奈何的态度,《定命论》便是这种消极心态的典型反映。

顾氏对政治活动的积极性大为减弱的同时,提高家族学术文化水准的热情却逐渐增强,其结果是齐梁以降顾氏家族文化从“政事”型彻底转向了“文学”型。然而,不同于张氏文化的上升带来了家族的兴旺,顾氏文化的增强并没有改变顾氏日渐衰落的命运。这同样是因为顾氏文化品格的保守,本节第三部分对这一点已有较多论述。另一个较为显著的侧面是顾氏的家族信仰。顾氏长期坚持家传道教,他们皈依佛门的进程,远远落后于侨姓士族,也赶不上吴郡张氏、陆氏等江东士族。(说详见第二章第三节《论江东士族信仰的变迁》)顾氏家族地位的江河日下,遂成为不可逆转的趋势。

## 第二节　顾氏《定命论》的思想背景和文学史意义

### ——兼论刘宋时期“定命论”与“报应”说的融合

刘宋时期,吴郡顾觊之令其侄子顾愿作“定命论”,认为“秉命有定分,非智力所移,唯应恭已守道,信天任运,而闇者不达,妄求侥幸,徒亏雅道，无关得丧”[1]。从孔子、孟子，到两汉的贾谊、司马迁、王充，直至魏李萧远、晋戴逵等人，天命思想作为儒家传统观念[2]，因其与士人的穷通祸福密切相关，在不同时代都曾得到士人的回应。失意不平的士人往往用定命思想表达不满和自我安慰。顾氏《定命论》就其立论大旨而言，与此前的定命思想，尤其是王充的有关观念并无根本差别。但顾氏在论及定命思想与佛教因果报应说的关系时，认为“报应说”恰好证成定命论，二者并不冲突。这种融汇了因果报应说的定命观念，表明东晋末年的报应说与定命论之间的论争至此已经平息。二说之间的冲突是如何得到调停的？这与刘宋的政治背景、社会思潮有着怎样的关系？作为江东旧族士人的顾氏，他继承和发展定命思想的学术背景如何？在汉魏六朝“辩命论”的系谱中，顾氏《定命论》是如何承上启下的？本文试图对以上问题略作探索。

## 一　顾氏《定命论》与融汇定命、报应的时代思潮

### 1. 东晋末年的报应与积善、定命之争

郗超《奉法要》依据佛典，辨析佛教“报应说”与儒家“积善余应”说的差异云：

> 古人云：兵家之兴，不过三世。陈平亦云：“我多阴谋，子孙不昌”。引以为教，诚足以有弘。然齐、楚享遗嗣于累叶，颜、冉靡显报于后昆。……是以《泥洹经》云：“父作不善，子不代受；子作不善，父亦不受；善自获福，恶自受殃。”至矣哉斯言！允心应理[3]。

---

① 《宋书》本传。

② 儒家之外，庄子、墨子也论“命”。但对士人观念影响较大者，当为儒家定命思想，是故王充《论衡·气寿篇》、魏李萧远《运命论》、顾氏《定命论》首引孔子、孟子等儒家先贤之说。

③ 《弘明集校笺》卷十三，第718页。

在此，郗超否定了儒家的“积善之家，必有余庆”即善恶功过延及子孙后代的观念，强调祸福荣辱与自身善恶的因果关系。其后，穷通寿夭究竟是操行所致还是天命前定，成为戴逵与慧远争论的焦点[①]。

作为报应论的正方，慧远在《明报应论》中说明报应取决于自身而非异已的“玄宰”：“然则罪福之应，唯其所感，感之而然，故谓之自然。自然者，即我之影响耳，於夫玄宰，复何功哉？”[②]这正是郗超《奉法要》所要阐明的佛教报应思想的本义。然而，自身操行决定穷达寿夭的说法，往往与士人善而受祸的现实遭遇相悖，是故俗人疑善恶无现验，有鉴于此，慧远不得不提出一种在理论上更为精致的“三报论”：“经说：‘业有三报：一曰现报，二曰生报，三曰后报。’现报者，善恶始于此身，即此身受；生报者，来生便受；后报者，或经二生、三生、百生、千生，然后乃受。”[③]他还着力解释了“现报”常常难以实现的原因。一个值得注意的现象是，在论证善恶必有报应的过程中，他还试图以“三报”来解释“世或有积善而殃集，或有凶邪而致庆，此皆现业未就，而前行始应。”这事实上是在一定程度上肯定了“积善”、“积恶”等儒家旧有的概念。换言之，为了取信于世人，也由于儒教积善说与佛教报应论都强调操行善恶的意义，报应思想不得不比附儒家“积善”说，这是报应论自我改造以求生存的一个重要举措。

2. 顾氏《定命论》的特点

《定命论》采用对问体展开论述。该文首先阐述了贤愚祸福皆由命定的观点：“邪正昏明之差，修夭荣枯之序，皆理定于万古之前，事征于千代之外。”在此前提下，顾氏认为报应从属于定命，两者并不冲突：“天竺遗文，星华方策，因造前定，果报指期，贫豪莫差，修夭无爽，有允琐辞，无

---

① 据《晋书》本传，郗超卒于四十二岁，先父而卒。又超父愔太元九年(384)卒，则《奉法要》之作必早于是年。而道恒《释驳论》称慧远《明报应论》等作于义熙之年，则戴逵、慧远之争当在此前后。

② 《弘明集校笺》卷五，第285页。

③ 《三报论》，《弘明集校笺》卷五，第288页。

惩鄙说。”其理由在于两者都不可以善恶智力转移:“统而言之,孰往非命。冥期前定,各从所归,善恶无所矫其趋,愚智焉能殊其理。”

报应思想与定命观念分别对应于善恶有报和无报这两个截然相反的前提,因而顾氏此说虽在理论上做了一定弥缝(说详下),但其牵强之处还是十分明显的。这一点姑置不论。无论怎样,顾氏此说显示出对定命论和报应说加以调和的意图,这与东晋士人竭力在两说之间辨别是非的做法,恰成鲜明对比。

3. 刘宋其他士人对定命、报应思想的融汇

东晋士人对定命和报应的分野辨认得如此清晰,迄于刘宋,顾觊之的《定命论》却不再斤斤于两者的分歧。值得注意的是,其时对定命和报应说持两可态度的,并不止于顾觊之一人。元嘉中[①],慧远弟子雷次宗的《与子侄书》云:

> 夫生之修短,咸有定分,定分之外,不可以智力求,但当于所禀之中,顺而勿率耳。……及今耄未至惛,衰不及顿,尚可厉志于所期,纵心于所讬,栖诚来生之津梁,专气莫年之摄养(《宋书·雷次宗传》)。

雷次宗师承慧远,由“栖诚来生之津梁”一语,可知他对慧远的“三报说”并无异议,但在寿夭修短一事上,他却信奉定分之说,与作为慧远的对立面的戴逵毫无二致。在他的思想体系中,定命论和报应说是并行不悖的。颜延之与雷氏有类似的思想倾向。何尚之《何令尚之答宋文皇帝赞扬佛教事》称:“永嘉太守颜延之……信法者也”[②],其时释慧琳作《白黑论》,阐述周孔庄老远胜于佛之理;何承天又著《达性论》,驳斥佛教的因

① 雷次宗卒于元嘉二十五年(448),时年六十三。雷氏在此书中自云“已踰知命”,则此书当作于元嘉十二年(435)以后。

② 《弘明集校笺》卷十一,第576页。

果报应之说。颜延之遂作《释何衡阳达性论》、《重释何衡阳达性论》、《又释何衡阳达性论》三论，与何氏展开论难[①]。其中不乏论证报应说的文字："凡气数之内，无不感对；施报之道，必然之符。"[②]而不久颜延之罢永嘉太守，闲居无事，作《庭诰》一文曰：

> 夫数相者，必有之徵，既闻之术人，又验之吾身，理可得而论也。人者兆气二德，禀体五常。二德有奇偶，五常有胜杀，及其为人，宁无叶沴。亦犹生有好丑，死有夭寿，人皆知其悬天；至于丁年乖遇，中身迂合者，岂可易地哉。是以君子道命愈难，识道愈坚。

这一段文字论述士人的穷达寿夭皆由天命注定，又与顾氏《定命论》如出一辙。而且颜氏给出的定命论之依据是："二德有奇偶，五常有胜杀"，更与顾氏"运命奇偶，生数离合，有自来矣"的说法，毫无二致。

与此同时，排佛者也在主张定命的同时，不自觉地接受了报应说的影响。据《宋书·范晔传》，范晔坚执无佛之论，元嘉二十二年(445)因谋反入狱后，作诗曰："祸福本无兆，性命归有极。必至定前期，谁能延一息。在生已可知，来缘懵无识。好丑共一丘，何足异枉直"。对于自己身陷囹圄的处境，他在以定命自慰自叹的同时，又批驳了"三报说"的"来缘"。然而在受刑之前，他却致书徐湛之，表示"当相讼地下"。史家以范晔临刑"谬乱"解释此事，其实这正说明了其时佛教因果报应说是如此深入人心，以致于曾在理论上主张无佛之说的士人，面对自身的荣辱盛衰、生死存亡的实际遭遇，也下意识地求助于报应说的慰藉。

---

① 据《中国佛教史》第二卷第一章第六节，第94页(北京：中国社会科学出版社1998年版)，宗炳《明佛论》著于宋元嘉十二至十六年(435—439)之间。又颜氏此文作于永嘉太守任上，据《宋书·颜延之传》，颜氏任永嘉太守，当在元嘉十二年(435)刘湛用事之后，元嘉十七年(440)刘湛伏诛之前。

② 《弘明集校笺》卷四，第197页。

## 二 士人惧祸心理与定命论、报应说的流行

元嘉中期以来，定命论和报应说呈现出相互包容的趋势，尤其是奉佛士人对定命论采取认同的态度，这首先是佛教思想在传播过程中，进一步吸收儒家思想，在儒佛并奉的口号下推广教旨的结果。正如本书第六章第二节《沈约对佛道二教的复杂态度》所述，刘宋元嘉时期，宋文帝之推扬佛教，究其根本，是出于以佛教协助教化的用心，他自云："若使率土之滨，皆纯此化，则吾坐致太平，夫复何事？"何尚之亦云："百家之乡，十人持五戒，则十人淳谨矣；千室之邑，百人修十善，则百人和厚矣……雅颂之兴，理应倍速。"①可见他已将佛教思想纳入了儒家礼乐教化的体系之中。在辅助教化的前提下，佛教思想不但对"积善余庆"等儒家思想加以吸收利用，而且进一步对定命论采取了开放的姿态，并想方设法寻找两者在理论上的结合点（说详下）。颜延之《又释何承天达性论》云："详思来论，立姬废释，故吾引释符姬。"（《弘明集》卷四，第226页）"引释符姬"，道出了佛教思想得以广泛传播的奥妙所在。但融会了报应说之定命思想的流行，还有着更为深刻的社会政治和思想文化背景。

从产生定命论的士人心态而论，定命论往往与士人失志不遇的境遇相随而行。西汉贾谊在《大政上》等政论中主张祸福存亡都是"行自为取之"，而被贬长沙后，他在《鹏鸟赋》一文中写下了"天不可预虑兮，道不可预谋；迟速有命兮，焉识其时"的句子（《文选》卷十三）。司马迁遭受刑辱，遂产生了对天道报善乐施的怀疑："或曰：'天道无亲，而与善人。'若伯夷、叔齐，可谓善人者非邪？积仁洁行如此而饿死！"②。刘宋时期士人普遍相信定命论而非积善余庆说，也同样反映了士人无法把握自身命运的迷惘心态。这与刘宋政治斗争的复杂尖锐是密不可分的。

刘宋上承王谢高门与司马皇族共掌朝政的东晋，宋武帝刘裕出于庶

---

① 《何令尚之答宋文皇帝赞扬佛教事》，《弘明集》卷十一，第576、581页。

② 《史记·伯夷列传》。

族，凭借武力夺得天下，为了收服人心，他对庾、王、谢、袁等高门士族采取了倚重政策。少帝即位后，武帝顾命大臣谢晦、傅亮、徐羡之等人以少帝无德，遂废庐陵王义真，弑少帝，奉迎刘义隆入朝。宋文帝刘义隆在政权稳固后，便诛杀谢、傅、徐等人，初步显示出皇族压抑高门的强硬姿态，此事在高门士族的心理上投下了挥之不去的阴影。其后宋文帝倚用彭城王刘义康，而当刘义康逐渐权倾天下，宋文帝又不得不废黜义康并开始戒备宗室。于是刘宋政局中皇族与士族、皇族内部两方面的矛盾都趋于激烈。其后宋文帝任用范晔、沈演之，范晔又以拥戴刘义康谋反被诛；元嘉末年，太子刘劭弑父而立；孝武帝即位后，诛杀功臣刘义宣、臧质，此后刘宋诸帝都对宗室无情杀戮，对士族严加防范。清赵翼《廿二史札记》卷十一有"宋子孙屠戮之惨"条，揭示了刘宋皇族内部的血雨腥风的政治斗争。又据罗振玉《补宋书宗室世系表》统计，刘宋皇族 158 人，子杀父者 1 人，臣杀君者 4 人，骨肉相残杀者 103 人，被他人杀者 6 人，不得善终者占总数的 72%。刘宋政局的动荡，不仅表现为几乎每一次帝王更替都以非常规方式实现，而且使得政权长期处于极度缺乏安定感和信任感的状态之下。

刘宋尖锐复杂的政治矛盾，使得士人普遍怀有深重的惧祸意识。以宋文帝与刘义康的主相之争为例，由于皇帝和宰相都分别笼络了一批士人，因此主相之争不仅事关宗室，还殃及了若干素族士人。被废后，刘义恭"既小心恭慎，且戒义康之失，虽为总录，奉行文书而已"[①]。刘义季也无心于政务，终日唯以饮酒为事；刘义庆年少时好骑乘，"及长以世路艰难，不复跨马"(《宋书·刘义庆传》)，同样走不出义康之难的阴影。宗室如此，士族也无法置身事外。琅琊王履结事刘湛、刘义康，刘湛被诛后，王履赖叔父王球之庇护，仅得免死[②]；又沈演之与刘湛不睦，遂因此得罪于刘义康；徐湛之为刘义康所爱，事发后幸而免死。刘义康意欲拉拢江

① 《宋书·刘义恭传》。
② 《宋书·王履传》。

湛，江湛坚决要求外任，才得以幸免(《宋书》本传)。政治斗争的苍黄翻覆，祸福荣辱的难以逆料，将士人推向无力掌握自身命运的境地，避祸求全的心理和吉凶由天的思想因此弥漫开来。颜延之因得罪刘湛，被出为永嘉太守，后又遭罢免，屏居里巷达七年之久，包含了定命思想的《庭诰》，正作于这个时期(《宋书》本传)；刘义康秉权后，顾觊之以脚疾为借口，辞官归家，史称："后义康徙废，朝廷多以异同受祸"①。这次幸免于难的经历，想必强化了顾氏的定命观念。元嘉以后，政治矛盾更趋激化，前废帝暴虐无道，大臣朝不保夕，人人自危。沈庆之不得不以"仆比日前，虑不复自保，但尽忠奉国，始终以之，正当委天任命耳"②的想法自慰。在顾觊之作《定命论》后的泰始末年，宋明帝诛杀功臣，王景文因惧祸而求解扬州，宋明帝答诏云："若乃吉凶大期，正应委之理运，遭随参差，莫不由命也。……得吉者是其命吉，遇不吉者是其命凶。"③当此之时，暴政下的士人日益陷入生死难测的境地，以至帝王本人也不得不用"定命论"来掩饰自己的肆意杀戮了。

## 三　符瑞灾异观念与定命、报应思想的理论联系

### 1. 符瑞灾异观念的流行与天命意识的强化

刘宋帝王强化君权，对思想文化领域的一个重要影响，就是刘宋帝王有意识地宣扬君权神授的思想，其主要方式为大讲祥瑞灾异。一方面，帝王有意识地宣扬祥瑞符命之说。据《宋书·符瑞志》，晋世一百五十多年间，计有祥瑞238起；刘宋仅历六十载，却有祥瑞453件，足见刘宋举国上下对祥瑞的热衷程度。宋文帝即位之初，便大造祥瑞符命之说。据《宋书·王昙首传》，宋文帝从江陵至京师途中，"有黄龙出负上所乘舟"，宋文帝乃对王昙首自谦道："此乃夏禹所以受天命，我何德以堪

① 《宋书·顾觊之传》。
② 《宋书·蔡兴宗传》。
③ 《宋书·王景文传》。

之。”这很显然是刘义隆与王昙首君臣共同编造出的政治神话。上有所好，下必从之。元嘉年间，所谓祥瑞物象接踵而出。宋文帝为了扩大声势，还常常要求群臣奉献有关祥瑞的赋颂。元嘉十八年(441)，高祖乘舆赭白马亡，宋文帝“乃诏陪侍，奉述中旨”，颜延之《赭白马赋》大赞此马“实有腾光吐图，畤德瑞圣之符焉”[①]，正投合了宋文帝的心意。又如元嘉二十九年(452)，南平王献赤鹦鹉，宋文帝“普诏群臣为赋”[②]。宗室和士族主动奉献赋颂之事，也史不绝书。元嘉十八年(441)，何承天上《白鸠颂》；二十四年(447)，白鸠又见，沈演之奏《白鸠颂》；同年，江夏王义恭上《嘉禾甘露颂》，沈演之奏上《嘉禾颂》；河济俱清，鲍照作《河清颂》。

另一方面，宋文帝对灾异也颇为留意。元嘉五年(428)，宋文帝《求谠言诏》有“加顷阴阳违序，旱疫成患，仰惟灾戒，责深在予”之语[③]；元嘉十七年(440)《罪刘湛诏》，指斥刘湛之罪行昭昭，以致“比年七曜违度，震蚀表灾，侵阳之征，事符幽显”[④]；元嘉二年(425)范泰陈旱灾，认为这是“上天之谴，不可不察”，三年(426)秋旱蝗，他又上表陈事(《宋书》本传)。又如元嘉五年(428)王弘因大旱，引咎逊位(《宋书》本传)；因世路艰难而不复跨马的刘义庆，对灾异也十分戒备：元嘉八年(431)，因太白星犯右执法，他要求外镇；元嘉十七年(440)后，义庆患病在身而白虹贯城，他因此乞请还都(《宋书·刘义庆传》)。符瑞灾异观念的盛行和士人自危心态的形成，都与刘宋政治险恶密不可分，而士人的惧祸心理，往往又推动了符瑞活动的进行。孝武帝即位后，着意削弱王侯，《宋书·江夏文献王义恭传》称“时世祖严暴，(刘)义恭虑不见容，乃卑辞曲意……每有符瑞，辄献上赋颂，陈咏美德”。

重视符瑞灾异既已成为一时风气，试图推翻皇权者，也纷纷以谶纬符验为说辞。元嘉二十二年(445)，徐湛之表奏范晔谋反，称范晔等人

---

① 颜延之《赭白马赋序》，《文选》卷十四，第621页。

② 《宋书·谢庄传》。

③ 《宋书·文帝纪》。

④ 《宋书·刘湛传》。

"兼云人情乐乱,机不可失,谶纬天文,并有徵验"[1],范晔之反以拥戴刘义康为旗帜,孔休先檄文亦称"彭城王体自高祖,圣明在躬,……灵祇告徵祥之应,谶记表帝者之符"(同上)。大明二年(458)南彭城蕃县民高阇、沙门释昙标、道方等谋反,也"自言有鬼神龙凤之瑞,常闻箫鼓音"[2];又泰始年间,晋安王子勋反,亦令顾昭之撰《瑞命记》[3]。祥瑞符命被反政权者所利用,正反映出符瑞观念已深入人心。

祥瑞灾异观念的理论基础,是天人感应思想。天人感应思想的内涵十分复杂,一方面其中蕴含了天道辅仁福善的观念,如刘义恭《嘉禾甘露颂》赞美宋文帝的功勋德行:"天道谁亲,唯仁斯辅。皇功帝绩,理冠区宇",沈演之《嘉禾颂》也表达了类似意见:"极仁所被,罔幽不攘。至和所感,靡况弗彰。"(《宋书·符瑞志下》)另一方面,天人感应思想也包涵着灾异谴告等观念。如元嘉五年(428)王弘引咎逊位时称:"位以德授,则和气淳穆;寇窃非据,则谪见于天"[4]。又范泰奏论旱蝗云:"灾变虽小,要有以致之。守宰之失,臣所不能究。上天之谴,臣所不敢诬。"[5]上天以祥瑞褒扬仁政,以灾异谴责失德。祥瑞灾异所体现的,正是由上天执行的赏善罚恶的原则。是故祥瑞灾异背后的天人感应思想,更接近于"积善论"和"报应说"[6]。

此外,宋文帝等人还竭力强调灾异现象所代表的天意是不可违抗的。如前所述,据《宋书·刘义庆传》,元嘉八年(431),太白星犯右执法,刘义庆乞求镇外,宋文帝先是劝慰道:"玄象茫昧,既难可了。……天道

---

① 《宋书·范晔传》。

② 《宋书·王僧达传》。

③ 《宋书·邓琬传》。

④⑤ 《宋书》本传。

⑥ 佛教初入中土之际,佛徒曾以祥瑞观念比附报应说。据《高僧传》卷一《康僧会传》,康僧会曾以"夫明主以孝慈训世,则赤乌翔而老人星见;仁德育物,则醴泉涌而嘉苗出。善既有瑞,恶亦如之"之说,阐述"报应"思想。参见曹虹《慧远评传》,南京大学出版社2002年版,第178页。

辅仁福善，谓不足横生忧惧。”继而他又指出：“设若天必降灾，宁可千里逃避邪？……若在都则有不测，去此必保利贞者，岂敢苟违天邪？”从天命难违的说法可以看出，祥瑞灾异虽然与人的善恶是非相关，但终究还是由外在于人类的天意决定的。正因如此，随着祥瑞灾异观念的推行，人们对决定命运的异已力量日益推崇，定命之说由此大行其道，也就不难想象了。宋文帝本人也主张运命：“人仕宦非唯须才，然亦须运命，每有好官缺，我未尝不先忆羊玄保。”[①]又如前所述，范晔因谋发被捕后，将自己的覆败归结为命运；相反，元嘉初年参与弑帝的谢晦等人，对于自己的政治遭遇，有“何小子之凶放，实招祸而作愆”[②]的反思，他们更倾向于以功过得失来诠释福祸荣辱。元嘉末年的范晔与初年的谢晦对自身命运的不同认识，固然与个体认识的差异有关，也多少折射出刘宋定命思想的发展。

2. 术数之学与定命思想

刘宋社会盛讲祥瑞灾异，天人感应思想遂大行其道，阴阳五行、星占术数等文化也呈卷土重来之势。据《宋书·周朗传》，孝武帝即位，周朗上书谴责社会上巫怪之风的盛行曰：“凡鬼道惑众，妖巫破俗，触木而言怪者不可数，寓采而称神者非可算。……凡一苑始立，一神初兴，淫风辄以之而甚，今修隄以北，置园百里；峻山以右，居灵十房，糜财败俗，其可称限。”其时术数之学颇为流行。《宋书·范晔传》记孔熙先于狱中上书，自述研究数术的心得：“自惟性爱群书，心解数术，智之所周，力之所至，莫不穷揽，究其幽微，考论既往，诚多审验。”同传称他“所陈并天文占候，谶上有骨肉相残之祸”。又如前所述，颜延之也好尚数相之学：“夫数相者，必有之征，既闻之术人，又验之吾身，理可得而论也。”[③]孝武帝诏书也大讲气数：“天步艰难，国道用否。虽基构永固，而气数时愆。”[④]

---

① 《宋书·羊玄保传》。

② 谢晦《悲人道》(《宋书·谢晦传》)。

③ 《庭诰》,《宋书》本传。

④ 《宋书·孝武帝本纪》。

与东晋相比，刘宋数术之学的一个重要特点是以小道贱业而为士大夫所爱好。从《晋书·艺术传》来看，术士多出于社会下层。又据《晋书·郭璞传》，士人郭璞好为卜筮，"缙绅多笑之"。如前所述，刘宋士人既纷纷奉献祥瑞，当然也就不以数术为贱业，而是对此深有兴味了。沈约《宋书·五行志序》云："夫天道虽无声无臭，然而应若影响，天人之验，理不可诬。"此说颇能代表刘宋士人对于阴阳五行、星占术数之学的普遍观念。术数学与定命思想的联系极为密切。如前所述，颜延之《庭诰》认为二者的共同理论基础在于"人者兆气二德，禀体五常，二德有奇偶，五常有胜杀"。顾觊之认为产生定命思想的原因是"夫生之资气，清浊异源；命之禀数，盈虚乖致"。在此，"生之资气"的观念与颜延之的思想有别（详下），而"命之禀数"一说，却与术数学桴鼓相应。在传统知识体系中，阴阳、卜筮、术数等本属同一门类，宣扬祥瑞灾异，势必对定命思想的流行起推动作用。

3. 天人感应思想对报应说的影响

祥瑞灾异观念的弥漫一时，使得佛教因果报应理论获得了新的思想资源。为了使报应说更惬于人心，佛教中人纷纷用当时流行的天人感应思想解释佛教宗旨。佛教"神不灭"论便得到了天人感应说的支持：既然谶纬符瑞是上天意志的显现，那么"神明"的存在自无可疑。正如宗炳所云："若都无神明，唯人而已，则谁命玄鸟，降而生商；孰遗巨迹，感而生弃哉？汉、魏、晋、宋，咸有瑞命，故知视听之表，神道炳焉。"[①]在阐释因果报应说的过程中，"同类相感"的观念得到了充分利用。如前所述，慧远《明报应论》始用感应说："罪福之应，唯其所感，感之而然，故谓之自然。自然者，即我之影响耳。"刘宋士人则不惮其烦地论述了"感应"、"影响"与报应说的关系。宗炳指出："至于启导粗近，天堂地狱，皆有影响之实。"[②]又说："夫《洪范》庶徵休咎之应，皆由心来。逮白虹贯日，太白入

① 《明佛论》，《弘明集校笺》卷二，第135—136页。

② 《答何承天书难白黑论》，《弘明集校笺》卷三，第165页。

昴，寒谷生黍，崩城陨霜之类，皆发自人情，而远形天事，固相为形影矣。夫形无无影，声无无响，亦情无无报矣”[①]。耐人寻味的是，何承天批驳宗炳以影响说比附报应论曰：“比报应於影响，不亦善乎。但影响所因，必称形声，寻常之形安得八万由旬之影乎？”可见他对影响说本身并无异义。颜延之则好用“气数”、“类感”来诠释报应说，他强调：“施报之道，必然之符。”[②]而“报施首称气数者，以为物无妄然。各以类感，感类之中，人心为大”[③]。于《又释何衡阳达性论》一文中，他再次重申了“福应非他，气数所生。若灭福应，即无气数矣”[④]的观点。

4. 定命论与报应说的融合

定命论与士人祸福无常的人生感受深相契合，佛教报应论也同样给陷入惧祸心理的士人带来了精神慰藉。定命论与报应说分别以命分和操行解释祸福，因此两者在理论基础上大相径庭。但自从慧远阐释了佛教三报说，以来生受报理论解释了“世或有积善而殃集，或有凶邪而致庆”，即祸福得失与操行善恶相错而行的现象之后，“报应说”事实上已经与定命论一样，解答了祸福无常的人生问题。比如，顾氏《定命论》论证定命的根据之一是孔子等人的遭遇：“善恶之理难详，而祸福之验常昧；逆顺之体诚分，而吉凶之效常隐。智络天地，犹罹沈牖之灾；明照日月，必隐深匡之难。”（《宋书·顾觊之传》）而宗炳申述报应思想，也运用“三报说”解释孔子师徒的善而遭祸：“七十二子，虽复升堂入室，年五十者，曾无数人；颜夭冉疾，由醢予族，赐灭其须；匡陈之苦，岂可胜言？……岂非世物宿缘所萃耶？”[⑤]

正因如此，刘宋士人在感痛人生无常，亟需一种理论的慰藉时，很自然地忽略了定命论和报应说在理论前提上的不同，而只注意到两者都承

---

① 《明佛论》，《弘明集校笺》卷二，第 98 页。

② 《释何衡阳达性论》，《弘明集校笺》卷四，第 197 页。

③ 《重释何衡阳达性论》，《弘明集校笺》卷四，第 206 页。

④ 《弘明集校笺》卷四，第 227 页。

⑤ 《答何衡阳难释白黑论》，《弘明集校笺》卷三，第 186 页。

认祸福善恶相错而行这一共同之处。而且，刘宋时期定命论和报应说都与天人感应、阴阳术数之学有着密切联系，正因这一共同的理论背景的存在，定命论和报应说的差异被进一步忽略。值得一提的是，在打通报应和定命思想后，士人往往用“前定”一词表达两说的共同点。如顾氏《定命论》在论述与报应论的关系时，先后采用了“因造前定”、“冥期前定”的说法。又如鲍照对积善、定命、报应等说兼容并包，既流露过“声数后彰，律理前定”①的思想，又自云：“安此定命，忝彼公朝”②，此外他还有“宿福余庆，爰遘圣明”③之说。由于定命说主张祸福定于命（前命），报应论认为荣辱决于宿缘（前生），士人便巧妙地绕开两说的不同，采用了“前定”这个概念，从而实现了对定命论和报应说的融汇贯通。

## 四　顾氏《定命论》的思想渊源

刘宋定命论和报应说的界限趋于模糊，与此同时，在帝王、士族的支持下，佛教在思想界的地位逐渐提高。但崇佛与排佛的分野、有神与无神的论争并未因此消歇。佛教内外的士人都有兼融定命和报应思想的倾向，但对于不同信仰的士人而言，定命和报应的主次关系显然是不同的，他们对定命思想内涵的理解，也不完全一致。

刘宋时期，与吴郡顾氏同为江东旧族、婚姻交谊关系密切的吴郡张氏、陆氏等，均已加入了奉佛士族的行列，但顾氏却仍然奉守黄老道家思想（说详见第二章第三节《论江东士族信仰的变迁》）。这在很大程度上决定了顾氏《定命论》虽顺应时代思潮而吸收“报应”说，但仍然显示出自身的独特性。

其一，顾氏的定命思想与奉佛士人颜延之的“命”论建立在不同的理论基础上。在论述定命产生的根源时，顾觊之认为“夫生之资气，清浊异

① 《园葵赋》，《全宋文》卷四十六。

② 《拜侍郎上书》，《全宋文》卷四十六。

③ 《侍郎满辞阁》，《全宋文》卷四十六。

源”,各人所秉受的“气”不同,因而性命各异。而颜延之虽然承认基于数相的天命论,却反对“禀气”的差异。其《庭诰》强调:“含生之氓,同祖一气,等级相倾,遂成差品,遂使业习移其天识,世服没其性灵。至夫愿欲情嗜,宜无间殊,或役人而养给,然是非大意,不可侮也。”(《宋书·颜延之传》)颜氏“同祖一气”的说法,显然是他用以论证佛教不杀生的“同生”说的逻辑延伸。他指出,人之于物,虽有愚慧的差别,但在“得生”这一点上并无二致:“大德曰生,有万之所同。同于所万,岂得生之可异?不异之生,宜其为众。但众品之中,愚慧群差。人则役物以为养,物则见役以养人。”[①]又云:“含灵为人,毛群所不能同;禀气成生,洁士有不得异”[②],既然人类与毛群都禀气成生,那么人类“同祖一气”也不容置疑。

其二,顾氏《定命论》虽然承认报应说“有允琐辞,无愆鄙说”,但顾氏肯定报应说的前提是“统而言之,孰往非命”,他的真正意图是要将报应说拉到定命论的阵营中来,说明定命论“放之四海而皆准”的包融能力。所以他对报应论的理解是“冥期前定,各从所归,善恶无所矫其趋,愚智焉能殊其理”,他强调来生受报不因善恶愚智而改变,这便淡化了作为报应理论核心的赏善罚恶原则。可见,为了与“定命思想”融合,报应论事实上已经被改头换面了。

其三,顾氏《定命论》与王充《论衡》之定命思想的渊源关系不可忽视。一方面,虽然王充《论衡·命义》用以解释祸福荣辱的理论体系“人有命,有禄,有遭遇,有幸偶”,远较顾氏《定命论》更为精致,但顾氏有关定命缘于“禀气”的思想,显然与王充一脉相承。《论衡·命义》曰:“天有百官,有众星。天施气,而众星布精,天所施气,众星之气在其中矣。人禀气而生,含气而长,得贵则贵,得贱则贱;贵或秩有高下,富或赀有多少,皆星位尊卑小大之所受也。”另一方面,顾氏定命思想虽来源于儒家,但他在《定命论》中提出的人格理想是:“是以通人君子,闲泰其神;冲缓

① 《释何衡阳达性论》,《弘明集校笺》卷四,第196页。

② 《又释何衡阳达性论》,同上,第221页。

其度，不矫俗以延声，不依世以期荣，审乎无假，自求多福，荣辱修夭，夫何为哉。”显然，他用以应对“定命”的人生准则，是黄老道家的无为思想，恰与《论衡·命禄》“信命者，则可幽居俟时，不须劳神苦形求索之也”之说遥相呼应。

王充本出会稽寒门细族，其《论衡》作成后，仅在吴地流传，后因蔡邕、王朗等人的推扬，才开始引起中土士人的注意①。顾氏为江东旧族，孙吴时蔡邕学术又对顾氏家学影响至深(说详见第五章《吴郡顾氏文学》)，因而顾觊之等人对王充的定命思想无疑十分熟稔。

顾氏《定命论》的独特之处在于以儒家定命论为基础，融合了黄老道家思想，并改造吸收了佛教报应观念。刘宋时期政治局势动荡不安，士人普遍存有避祸全身的心态，社会上祥瑞灾异的风气盛行，因而思想界出现了兼融定命论和报应说的倾向。顾氏《定命论》体现了这一时代特征，同时也不可避免地打上了家族文化传统的烙印。

### 五　《定命论》在汉魏六朝“辩命论”谱系中的意义

如前所述，自从司马迁在《史记·伯夷列传》中慨叹“天之报施善人，其何如哉”以来，有关吉凶与善恶、命运与修行关系的讨论，就成为士人常谈常新的话题。仅《文选》“论”类就载录魏李萧远《运命论》、梁刘孝标(462—521)《辩命论》两篇，可见以辨析命运为题材的“论”体文在当时影响之广泛深远。除了这两篇之外，至少还有郭子玄《致命由己论》②、祖台之《论命》③等篇，本文姑且将这一脉络称为“辩命论”谱系。

---

① 《后汉书·王充传》注引袁山松书曰：“充所作《论衡》，中土未有传者。蔡邕入吴始得之，恒秘玩以为谈助。其后王朗为会稽太守，又得其书，及还许下，时人称其才进。或曰：‘不见异人，当得异书。’问之，果以《论衡》之益。”《御览》六二引《书钞》九十八曰：“王充所著《论衡》，北方未有得之者，蔡伯喈常到江东得之，叹其文高，度越诸子。及还中国，诸儒觉其谈论更远，嫌得异书。或搜求至隐处，果得《论衡》。”

② 《文选》卷五十四刘峻《辩命论》李善注曰“郭子玄作《致命由己论》”。

③ 《文选》卷五十四刘峻《辩命论》李善注引。

分析顾氏《定命论》与这一谱系的关系，可以发现，顾氏《定命论》的主要贡献在于将定命与名教的关系这一核心问题，理解为本末关系。其说云："论之所明，原本以为理，难之所疑，即末以为用。……吾所谓命，固以绵络古今，弥贯终始，爰及君臣父子，师友夫妻，皆天数冥合，神运玄至。"在此，顾氏认为定命在时间和空间上无所不包，是所谓"本"，是"理"；而伦理道德是"末"，是"用"。李萧远《运命论》并无本末之说，[1]这一本末理用的思路即便不是顾氏首创，至少也是由其传承下来的。此说对后世颇有影响，至少刘孝标《辩命论》在回顾既往的运命论之得失时，便有"萧远论其本而不畅其流，子玄语其流而未详其本"之说。唐代李善注也对此说心领神会，将其解释成天命为本而名教为末："李萧远作《运命论》，言治乱在天，故曰论其本。郭子玄作《致命由己论》，言吉凶由己，故曰语其流。"本末体用虽然是六朝人论理时常见的思维方式，但在运命问题上采用本末框架，似当归功于顾氏《定命论》。

就刘孝标接触顾氏《定命论》的可能性而言，一方面，刘孝标对顾氏颇为了解。《世说新语·文学》"谢万作《八贤论》"条、《世说新语·简傲》"王子敬自会稽经吴"条注皆引《顾氏谱》，由此可以推测刘孝标对顾氏的关注；另一方面，顾氏《定命论》见收于沈约《宋书》，《世说新语》刘孝标注所引《宋书》非沈约所著，但《文学》"康僧渊初过江"条、《品藻》"王大将军在西曹"注皆引沈约《晋书》，又沈约《宋书》撰于487至488年，可以推测刘孝标完全有可能读过沈约《宋书》，因此，其《辩命论》以本末论运命，当受到了顾氏《定命论》的影响。

顾氏《定命论》在六朝思想史和文学史上都具有重要意义，不仅折射了晋宋之际定命论与报应说的融合、符瑞灾异之说的流行，而且在以命运为题材的论体文谱系中具有承上启下之功。

① 《文选》卷五十三李萧远《运命论》。

# 第六章　吴兴沈氏文学

吴兴沈氏文学的主要成就在于制作吴歌西曲和提倡四声论。其一，如前所述，在江东士族中，吴兴沈氏最为热衷于创制吴歌西曲，比如，东晋沈充有吴歌《前溪歌》，刘宋沈攸之制西曲《西乌夜飞》。其二，在陆机以典雅文风兼容江南歌谣这一文学传统的激励下，沈约积极弘扬家族文化，从吴歌西曲中吸收了“蜂腰”、“鹤膝”等有关字音的因素，又在佛教诵经活动中加强了对于字音的领会，因而成为提倡四声论的领军人物。

## 第一节　吴兴沈氏由玄入儒的家学变迁

汉末孙吴时期沈氏以武兼文，东晋时则以江东武力强宗著称[①]：“今江东之豪，莫强周沈。”[②]沈氏从尚武到好文的转化，开始于刘宋之世。而朱张顾陆等吴中旧姓，从汉末孙吴开始，一直崇尚学术文化，因而其家学直接承袭了经明行修的汉代儒风，直至晋初，江东学风虽随着时代的发展而不无变化（说详见第三章第二节《论孙吴士风的变迁对陆机出处之影响》），但其崇尚儒学的基本风貌未改，因而与中原盛行的玄风颇异。凭藉家学传承的方式，这一学风甚至历经江左数世而不替。沈氏与吴中

① 关于吴兴沈氏的源流，参见刘跃进《从武力强宗到文化士族》，载《门阀士族与永明文学》（北京：生活·读书·新知三联书店，1996）。

② 《晋书·周札传》。

旧族在文化发展进程上的差异，决定了沈氏家学以老庄玄学为基础，与旧姓迥然有异。

## 一　好尚老庄玄理的家族学术

吴兴沈氏由将门向士族的转变发生在玄学义理仍十分盛行的刘宋，因此受时代学术氛围的影响，沈氏家学的首要特征即是重老易玄学。以沈演之为例，史称其“家世为将，而演之折节好学，读《老子》日百遍，以义理业尚知名”[①]。在晋世武将沈充之后裔中，演之为转变家风之第一人。他出生于晋隆安元年(397)，卒于宋永嘉二十六年(449)，则其求学问道正是在晋末宋初，他向文化士族的转变，是从读《老子》、尚玄理开始的。稍后于演之的沈怀文亦“少好玄理，善为文章”[②]。宋世沈氏由尚武转而好文，其家学的主要特征即为长于玄理，因而更接近于侨姓士族的主流文化[③]。

值得说明的是沈氏家学中并非毫无儒学成分。梁代沈约《宋书·自序》尤为强调沈氏对江东儒风的濡染[④]。沈氏既为江东豪族，必然与江东士族通过婚姻、交谊等方式有密切的联系，如东汉时陆稠为沈鸾之舅、陆稠女又为沈鸾之妻[⑤]。沈氏因此或多或少地受到儒风的熏染，原是不难想象的。汉末的沈友便是一位讲气节、重忠义的士人。据《三国志·吴书·吴主传》注引《吴录》，沈友字子正，年十一岁时，曾以一番“君子讲好，会宴以礼，今仁义陵迟，圣道渐坏，先生衔命，将以裨补先王之教，整齐风俗，而轻脱威仪，犹负薪救火，无乃更崇其炽乎！”的言论，令华歆大

---

①② 《宋书》本传。

③ 刘跃进《从武力强宗到文化士族》一文认为沈氏的士族化发生在齐梁间，且以儒家学术为主要特征，显然此说忽略了刘宋时期沈演之等士人研习《老》《易》的事实。

④ 这显然是沈约自讳将门的士族情结的表现，也与沈氏家风转变后沈约对儒学的自觉重视有关，说详见第六章第三节《论沈约陆厥的声律之争与沈氏家族文化的关系》。

⑤ 《宋书·自序》。

为叹赏，足见沈友须臾不离礼义的风范。此外更重要的是，如前所述，沈友与陆绩、虞翻等江东旧族名士一样，好为清议，建安九年(204)因斥责孙权有“无君之心”而被害。

准确地说，汉末孙吴时期沈氏堪称以武兼文的家族。其依据是：其一，汉末沈友“兼好武事，注《孙子兵法》”①，显然，沈友仍不失江东豪族沈氏的尚武家风。其二，此时沈仪以儒素著称，而其族子仲山好谈兵法。沈约《宋书·自序》称约十一世祖仪“笃学有雅才，以儒素自业……唯与族子仲山、叔山及吴郡陆公纪(绩)友善”。可知沈约远祖仪崇尚儒术。沈仪的族子仲山见于《三国志·吴书·吴主传》注引《吴书》：“珩，字仲山，吴郡人，少综经艺，尤善《春秋内外传》。”②然珩亦非纯儒。同史称：“(孙)权以珩有智谋，能专对，乃使至魏。”又珩好言“兵家旧论”，沈仪之族人珩尚未脱将门之风，则沈仪之学术，也就可想而知了。其三，沈仪之后宪、矫、陵诸人，均以将略勇猛著称(《宋书·自序》)。

不可否认的是，迄于东晋时期，沈氏儒风衰微，一变而为武力强盛的江东之豪，以至于世人几乎忘却沈氏曾有的儒素家风。直至刘宋时期，随着沈演之的折节好学，沈约一系也从尚武转为好文。沈约之祖沈林子有《老子》一作；沈约从叔正“好老庄之学”③，与其有着共同学术好尚的沈演之誉之为“此宗中千里驹也”。可知沈约一支同样以学习玄理作为其折节好文的开端。

## 二　由玄入儒与沈氏儒学风貌

在沈氏折节好文的初期，沈氏家学以追随侨姓士族的玄学文化为主。随着家族转型进程的加深和社会思潮的变迁，起初好尚玄学义理的沈氏开始接受儒学的熏染，家族中长于经礼之士纷纷涌现，其中最著名

① 《三国志·吴书·孙权传》注引《吴录》。
② 其后沈警、沈穆夫等通《左氏春秋》(《宋书·自序》)，当与此家学渊源有关。
③ 《宋书·自序》。

者为沈驎士。据《南齐书》本传，宋元嘉末，文帝令尚书何尚之抄撰五经，访举学士，沈驎士因此应选，始以儒学见称于世。其儒学著述有《周易·两系》，又注《易经》、《礼记》、《春秋》、《尚书》、《论语》、《孝经》、《丧服》等。在沈驎士儒学的影响下，沈氏儒学代有传人：据《南史·沈峻传》，沈峻字士嵩，师事沈驎士，博通五经，尤长三礼之《周官》。经吴郡陆倕推荐，沈峻兼国子博士，讲授《周官》。后贺琛奉梁武之命撰《梁官》，沈峻与孔子袪补西省学士，协助贺琛撰录。足见沈峻之学为世所重。沈峻之子沈文阿(5G3—563)字国卫，通《三礼》、《三传》，任五经博士。曾为梁简文东宫学士，参与撰写《长春义记》。太清之乱后，朝廷礼仪典章沦丧，沈文阿传其父沈峻之学，因而在重建礼乐中发挥了重要作用，史称“礼度皆自之出”[①]。入陈后，曾议“大行皇帝灵座侠御衣服之制”、“文帝即位谒庙礼”(同上)、“哀策称谥”[②]等，撰仪礼八十余条，《春秋》、《礼记》、《孝经》、《论语义记》七十余条，《经典大义》十八卷。天嘉中卒。陈代与沈文阿齐名的儒者为沈洙。沈洙(518—569)字弘道，治《三礼》、《春秋左氏传》，博通五经，兼及诸子史书。梁代朱异、贺琛于士林馆讲武帝制旨义，沈洙任都讲；入陈后，曾议“沈孝轨诸弟除服”、“测狱刻数”[③]、“皇太后服安吉君禫除”[④]，皆为朝廷所接受。

值得注意的是通过师徒授受的方式，吴姓旧族新贵的儒学开始呈现出交融的态势。如《梁书·孔休源传》称会稽旧姓孔休源曾就沈驎士受经，略通大义；《南史·沈峻传》记吴郡张及、会稽孔子云传沈峻之业。张氏、孔氏等吴姓旧族受教于沈氏儒师，既说明了沈氏儒学兴盛的程度，也透露了旧族新贵在儒学方面相互交融的消息。此外，陆倕曾向徐勉举荐沈峻《周官》之学曰：“(《周官》一书)，北人孙详、蒋显亦经听习，而音革楚、夏，故学徒不至；唯助教沈峻特精此书，比日时开讲肆，群儒刘嵒、沈

---

① 《南史·儒林沈文阿传》。

②④ 《隋书·礼仪志三》。

③ 《陈书》本传。

宏、沈熊之徒，并执经下座，北面受业，莫不叹服，人无间言。”①其说正反映了陆倕等吴姓旧族对沈氏儒学的推崇。

新旧士族的儒学交流并没有完全消融两者在儒学倾向上的区别。从学术特征而言，齐梁两世的儒学大多融会了玄学，但吴姓旧族是以儒兼玄，以儒学为基本特征（说详见第二章第二节《江东士族以儒为本的保守学风及其演变》），而新贵则以钻研玄理为家族转型的开端，因而其儒学是从玄到儒，以玄学为学术基础。以沈驎士为例，虽然其著述遍及群经，但其玄学著述也颇丰富，如《庄子内篇训》、《老子要略》等。《南史》本传称沈驎士幼年摹仿叔父岳谈论玄理，及长博通经史，则沈驎士的求学过程也是由玄入儒的。玄学积淀对于新贵儒学的影响，远较旧族更为深刻。

新旧士族在儒学倾向上的差异，可以从礼学观念中情与礼、恪守经典与因时制宜的关系中略窥一斑。沈氏议礼强调随时因革，则与旧姓之遵奉经典颇异其趣。如宋世沈俣之以为：“制珪象德，损替因时；裁服象功，施用随代。”因此他反对王俭之“公府长史应服朝服”的建议曰：“何事弃盛宋之兴法，追往晋之颓典。”②又如陈沈文阿议文帝即位谒庙礼曰：“民物推移，质文殊轨，圣贤因机而立教，王公随时以适宜。”③因此，较之于吴姓旧族之恪守经典礼文，新贵更重视礼制与社会现实的调和，强调礼制的因时制宜。

吴兴沈氏与江东旧族在儒家文化方面的相似之处是推崇忠义节操。如前所述，孙吴时沈友砥砺忠义气节，并为此付出了生命代价。这一家风在六朝历代呈绵绵不绝之势。如东晋时，沈充因佐助王敦叛乱，被部

---

① 《南史·沈峻传》。

② 《宋书·礼志五》。在这一点上，他的意见与侨姓高门中偏于保守的王俭截然不同。王俭的文化观念反映了侨姓士族学风向崇儒的转化，吴姓新贵在礼义观念上重视“缘情”、“随时”，本应与侨姓传统观念一致，但由于宋齐之间王俭得风气转变之先，故沈俣之的观念反而与王俭迥异。

③ 《南史·儒林沈文阿传》。

将杀死,《晋书·忠义传》称其子沈劲少有节操,“哀父死于非义,志欲立勋以雪先耻”。兴宁二年(364),在抵抗慕容恪的战役中,为坚守洛阳而献身;又南齐末年徐孝嗣故吏沈升之亦颇有忠义观念,曾劝说徐孝嗣勿行废立之事:“君受恩二祖,而更参维新之政,以君为反复人,事成则无处逃咎矣。”①又《梁书·沈浚传》载,梁代侯景之乱中,御史中丞沈浚曾揭露侯景的险恶用心,并自陈“沈浚六十之年,且天子之使,死生有命,岂畏逆臣之刀乎!”沈浚为此结怨于侯景。太清三年(549),沈浚东归,与吴郡张嵊相互激励,共同举兵抵抗侯景的入侵。《梁书·张嵊传》称沈浚云:“鄙郡虽小,仗义拒逆,谁敢不从!”可谓掷地有声。城陷后,沈浚遭侯景杀害。又此时儒者沈文阿亦奉简文之命招募士兵,援助京师;京师沦陷后,沈文阿亦与张嵊等人共保吴兴(《南史·儒林沈文阿传》)。上述沈氏士人在梁代侯景之乱中表现出的忠烈气概,表明沈氏的忠义节操虽不如其他江东旧族那样历六朝数代而始终不渝,但也时时彪炳于危难之秋。

## 三　沈氏家族信仰的分化

陈寅恪先生根据《宋书·自序》等材料,推断处于滨海地域的吴兴沈氏乃奉道家族②。此论大体正确。问题在于,东晋以降,多数士族逐渐从奉道转向信佛,沈氏分支别派极多,宗教信仰状况也就相应地比较复杂。《宋书·自序》云:“钱唐人杜子恭通灵有道术,东土豪家及京邑贵望,并事之为弟子,执在三之敬。(沈)警累世事道,亦敬事子恭。”东晋乃至更早的时期,沈氏举族奉道,当无可疑。沈约高祖沈警奉道尤笃,因参与杜子恭门徒孙恩的叛乱,沈警子穆夫被刘牢之的军队俘获,家人本可逃藏避祸,但被宗人沈预告发,沈警及其五子被害,仅沈穆夫之子沈渊子等数人幸免。

---

① 《南史·孝义乐预传》。

② 《天师道与滨海地域之关系》,载《陈寅恪集·金明馆丛稿初编》(北京·生活·新知三联书店,2001年版)。

刘宋以降，沈氏出现了专奉道教、兼崇佛道和虔诚事佛等三种信仰取向。

其一，专奉道教者。沈庆之一系奉道排佛。《高僧传·释道盛传》载，刘宋末年，丹阳尹沈文季素奉黄老，曾要求沙汰僧尼，整顿僧籍，又曾于天保寺设会，令陆修静与释道盛议论佛道优劣。实际上，《南齐书》本传云沈文季于刘宋昇明三年(479)迁丹阳尹，而陆修静先于宋苍梧王元徽元年(473)去世，因而《高僧传》记载有误[①]。虽然此事未必实有，但由此误记可以推测，沈文季奉道极为虔诚，排佛极为坚决，因而在时人心目中留下了深刻印象。又其父沈庆之当亦奉道[②]。此外，沈庆之的侄子沈攸之也有崇道斥佛之事。据《宋书》本传，刘宋元徽年间，桂阳王休范企图利用幼主当政的机会谋反，为了得到沈攸之的响应，他令道士陈公昭作天公书一函，题云"沈丞相"，送至沈攸之家中。刘休范之所以用道士天公书而不是其它形式挑动沈攸之，很可能是因为沈氏奉道而投其所好。又宋孝武时，沈攸之奉帝命，逼迫僧人法愿食肉[③]。沈攸之被委以此命，也当缘于他一向奉道排佛。沈攸之弟雍之孙、梁代沈僧昭少事天师道士，颇有咒术。沈僧昭卒于太清三年(549)[④]，则沈攸之一系直至梁末仍未舍弃道教信仰。沈氏家族中，这一支奉道时间最长。

沈氏还出现过一些祖上不详的道士。如沈法羲，《三洞珠囊》卷五《长斋品》引《道学传》卷十八："沈法羲，字世贞，吴兴武康人也。住岝崿山，大弘道士。每以正月十五日招集道俗，建邑斋，绕山续明也。"又有女道士沈偶，《真诰·叙录》载女道士沈偶曾继承其师、菁山女道士樊妙罗所藏杨羲手书《酆宫事》一卷。另外，据《文选》所收沈约《游沈道士馆》六臣注可知，南齐末年沈氏还曾出现过一位名曰沈恭的道士(说详下)。

① 其说详见陈国符《道藏源流考》第41页(中华书局1963年版)。

② 《高僧传》卷十三《释法愿传》记沈庆之未显达时曾请法愿为之看相。此时法愿尚未出家奉佛，因而此事并不能说明沈庆之与佛教的关系。

③ 《高僧传·释法愿传》。

④ 《南史》本传。

其二,虔诚事佛者。沈充一支至迟在刘宋初年,已经皈依佛教。沈充玄孙沈演之热忱礼敬僧人,曾延请释法瑶入居吴兴武康小山寺,前后达十九年之久;他钦慕习禅僧人慧览,为之造禅室。此外,谱系不明的沈道虔奉佛勤笃,《宋书》本传称他"累世事佛,推父祖旧宅为寺。至四月八日,每请像"。沈道虔卒于元嘉二十六年(449),由"累世事佛"一说可以推测,其家早在东晋时期就已入佛。

其三,兼奉佛道。沈约叔父沈仲玉曾任益州刺史刘亮(孟明)长史:

> 先是孟明长史沈仲玉,改鞭杖之格,严重常科。(邵)硕谓玉曰:"天地嗷嗷从此起,若除鞭格得刺史。"玉信而除之。及孟明卒,仲玉果行州事①。

僧人邵硕为刘孟明所礼敬,沈仲玉对他颇为信服,很可能沈仲玉此时已奉佛,但他似乎并未舍弃家传道教。据《宋书·刘亮传》,刘亮在梁州期间已狂热事道,至益州后,泰豫元年(472)因服药殒命。其时宋明帝"思弘道教,广求名德",亲自向道士陆修静问道,并于北郊筑崇虚馆以礼之,一时间朝野盛行奉道之风。(陈国符《道藏源流考》附录七《道学传辑佚》第七卷,说详见第二章第三节《论江东士族信仰的变迁》)刘亮奉道,当由时尚的吹扇所致。刘亮是并尊佛道,那么,出身于奉道世家的沈仲玉,其宗教信仰也应当是出入于道佛两教。此外,沈约也是典型的兼奉佛道者(说详下)。

刘宋以来沈氏家族信仰的分化,呈现出极其复杂的情形,但其中也并非毫无规律可循。宗教信仰的保守与趋新,分别对应着家族文化素养的深厚与薄弱。沈庆之和沈攸之两支是铁杆的护道拒佛派,其家族文化发展也相当滞后,直至南齐年间仍以军功为主,尚未跨入文化士族的行

---

① 《高僧传》卷十《神异·邵硕传》。又《宋书·自序》云:"益州刺史刘亮卒,仲玉行府州事",可知"刘孟明"即刘亮。

列。沈庆之凭借军功获取富贵,《宋书》本传称其“手不知书,眼不识字”,其子沈文季虽然风度翩翩,《南齐书》本传说他“虽不学,发言必有辞采,当世称其应对”,他胸中并没有多少墨水,充其量只是能说会道而已;沈攸之亦以武勇著称,晚年才开始读书向学。与之恰成鲜明对照的是,晋宋之际的奉佛士人沈演之、沈道虔都有较高的文化修养。沈演之是沈充一支中第一位折节读书的士人,沈道虔亦好《老》、《易》(《宋书》本传),兼奉道佛的沈约更是齐梁之际的文坛巨子。以玄学为主的学术修养使得这些士人能够很快接受崇佛的新兴思潮;相反,直至南齐年间仍然坚持道教信仰的沈文季等人,其学术上的薄弱决定了他们更倾向于固守江东旧有道教。

一个显而易见的事实是,萧梁时期沈氏家族信仰中的佛教色彩比道教更为浓郁。天监六年(507),梁武令王公朝贵讨论“神灭论”,沈氏一家中就有尚书令沈约、建安王外兵参军沈绩、豫章王功曹参军沈绲、五经博士沈宏等四位士人参加了讨论。这一现象标志着沈氏的佛教信仰和佛理造诣都已达到了不俗的境界。其中沈绩尤其擅长佛教义理,他曾为梁武的《立神明成佛义记》作序注,其注解旁征博引,如“经云:吾见死者形坏体化而神不灭”,又如“《成实论》云:心意识体一而异名”(《弘明集校笺》卷九,第454页),足见沈绩对佛经极为熟稔。联系沈约《六道相续作佛义》等文亦阐明“神不灭”等观念来看,沈氏佛学都有迎合帝王的倾向。

综上所述,沈氏家族的一部分成员在刘宋以后仍然奉道,这与江东旧族中的孔氏、顾氏等家族较为相似;但其他沈氏士人较早地由道入佛,且追随社会主流思潮,不同于旧族中的张氏、陆氏在观音信仰等方面独树一帜。

## 第二节　沈约对佛道二教的复杂态度

南朝文人沈约与佛道两教的关系,一直是学术界较为关注的问题。陈寅恪《天师道与滨海地域之关系》指出沈隐侯虽归命释教,但他并未舍弃沈氏家族的道教信仰[1]；日人吉川忠夫认为沈约的并尊佛道，体现了南朝士人宗教生活的普遍特征[2]。近年来有学者提出了沈氏"骨子里奉事的是道"的看法[3]。笔者认为，若要深入考察沈约佛道观的实质，就不能停留在对沈约宗教活动的频率和仙佛诗文数量的统计上，而必须分析沈约所关注的佛道两教的具体层面，这些层面在沈约的精神生活中又分别占据了怎样的地位。

出生于刘宋元嘉十八年(441)的沈约，面对的是以奉道为基础、但已受到佛风之强烈冲击的家族信仰(说详见第六章第一节《吴兴沈氏由玄入儒的家学变迁》)。沈约的父祖在沈警一支中最早进入文化士族的行列：祖父沈林子一生戎旅，但著有诗赋多篇，《林子集》颇为宋文帝叹赏；父亲沈璞在兄弟中最有才华。沈约自然会追随那些已经奉佛的、文化修养较高的先辈。但他与沈演之等宗人的区别在于，他并没有完全舍弃道教。这固然是由于其高祖沈警奉道甚笃，更重要的是，追求功名的道路上的险阻风波，使得沈约的心灵始终难以割舍对道教的依恋。

## 一　达则奉佛

### 1. 仕途得意与奉佛虔诚的同步

沈约现存有关佛教的文章44篇，诗1首。除了无法系年的作品外，作于刘宋、南齐、萧梁的篇章分别为1篇、16篇、17篇。(附《沈约有关佛教的诗文一览》)

沈约的奉佛文字大多写于南齐永明年间和梁代天监前期。沈约的第一篇奉佛文字《长栖禅精舍铭》，作于沈约重游蔡兴宗修建的长栖禅精舍时。蔡兴宗是沈约政治生命中的第一个重要人物(说详见第六章第三节《论沈约陆厥的声律之争与沈氏家族文化的关系》)，可以想象，蔡兴宗

---

① 载《金明馆丛稿初编》，上海古籍出版社1980年版。

② 参见《六朝精神史研究》，同朋舍刊，1984年。

③ 陈庆元《沈约的事道及其仙道诗》，《古典文学知识》1996年版。

的奉佛对沈约产生了深刻影响。沈约此文将他对府主的感恩和佛家禅法的向往交织在一起。南齐时沈约所撰的奉佛文字，几乎都创作于永明末年以前，其中有九篇称述文惠太子、竟陵王及其家人的佛教活动。这显然是由于其时沈约既为文惠太子所赏识，又是竟陵王萧子良的座上宾。两位府主虔诚事佛，沈约自然要不遗余力地响应。此时沈约所任的不过是太子家令、尚书左丞之类并不显赫的官职，但他受到萧子良等人的特别优待，因而坚信自己在仕途上的辉煌前程。可以说，沈约在永明年间的崇佛热情，与他在政治生活中的满怀信心是互为表里的。萧梁时期，沈约的佛教文字多写成于天监八年(509)以前。由于沈约佐助萧衍禅代的功劳，他终于走出了隆昌以来的政治低谷，官位高至尚书令。至少在天监前期，沈约对他的政治处境还是比较满意的。(说详下)因此他积极为梁武帝的狂热崇佛摇旗呐喊。总之，从刘宋至萧梁，沈约佛教热情的高涨，在时间上大致与其政治生涯的顺畅同步。

2. 齐梁之际佛教观念的变迁及其背景

(一) 齐梁两代佛教观念的一致性

从齐到梁，在重视修行功德、崇尚弥陀信仰等方面，沈约的思想并无根本性变化。沈约一直强调的修行功德的内容有：一，建寺塔及造像，由《南齐仆射王奂枳园寺刹下石记》、《绣像题赞》等篇可知。二，僧会和舍身。齐时沈约曾作《南齐皇太子礼佛愿疏》，《南齐南郡王舍身疏》，记录了萧长懋等人的礼佛活动。由《千僧会愿文》、《舍身疏》可知，他本人也曾进行舍身等佛事。

沈约还流露出对弥陀净土和弥勒净土信仰的关注。前者有作于永明四年(486)的《绣像题赞》，颂美齐武帝第三皇孙所生陈夫人绣制无量寿佛像之事；又年代不详的《弥陀佛铭》则抒发了对“既丽且庄”的净土世界的向往。弥勒信仰方面，《弥勒赞》为文惠太子的弥勒信仰而作[①]。天

---

① 文中有“曰我圣储，仪天作贰”之语，考虑到沈约与文惠太子的密切关系，此处的圣储很可能是南齐文惠太子而非梁昭明太子。

监五年(506)后所作《南齐禅林寺尼净秀行状》描述了净秀临终实现弥勒理想的情形[①]。沈约对净土信仰的热衷,是贯穿了齐梁两代的。

沈约强调修行和信仰,与南齐萧子良、萧长懋、梁武帝萧衍等人注重佛教实践的倾向颇为一致。众所周知,南齐竟陵王崇尚佛教修行[②],文惠太子也曾与周颙讨论佛教戒行[③]。而梁武曾是竟陵王西邸宾客,其佛教思想多有承袭萧子良之处。从某种意义上来说,沈约在齐梁两代的佛教活动呈现出连贯性,正反映了齐梁两代帝王(王侯)的佛教思想的继承性。

(二) 梁代佛教思想的变迁

当然,齐梁之际沈约佛教观念的侧重点是有所变化的,这些变化也体现出他在佛教方面追随萧子良和梁武等人的特点。沈约在南齐和萧梁先后写作的谈佛诗文的数量大致相当,但南齐时多为启、记、铭、疏等涉及佛教活动的篇章,专门阐述佛理者,寥寥无几。但从这些文字中仍可隐约看出,沈约在南齐时期往往强调佛理"空"、"寂"的一面:

> 夫理贵空寂,虽熔范不能传;业动因应,非形相无以感[④]。
>
> 夫色固无象,触必归空,三世若假,八微终散。虽复回天震地之威,穷于寂灭,齐冠楚组之丽,靡救埃壤[⑤]。
>
> 大矣哉,妙觉之为妙也!无相非色,空不可极[⑥]。

沈约大讲"空"理,表明他受到了般若思想的影响,这与竟陵王西邸的佛理取向有关。萧子良在强调洗心灭累的同时,好尚般若玄理,永明年间

① 该文称净秀卒于天监五年(506),未知标题何以称净秀为南齐人。
② 参见汤用彤《汉魏两晋南北朝佛教史》第325页(北京大学出版社1998年版)。
③ 《南齐书·周颙传》。
④ 《竟陵王题佛光文》,《沈约集校笺》卷八,第240页。
⑤ 《南齐南郡王舍身疏》,《沈约集校笺》卷八,第248页。
⑥ 《齐竟陵王发讲疏》,《沈约集校笺》卷八,第244页。

周颙奉萧子良之命而作《抄成实论序》云："至于《大品》精义，师匠盖疏；《十住》渊弘，世学将殄。"[①]传达了萧子良对刘宋以来般若学式微的不满。沈约为竟陵王等人的佛事撰文时大谈"空"理，入梁以后却很少说空论无，很可能是为了曲意奉迎萧子良的观念。

入梁以后，首先值得注意的是沈约对"蔬食"戒律的强调。小乘佛教要求戒杀，但不绝对禁止肉食，允许吃"三种净肉"。梁代以前，僧人大多奉行"三净"原则。南齐奉佛士人已经开始以戒杀、蔬食相勉励，如周颙奉行蔬食，且致信庐江何点[②]，劝其食素[③]。但他们仍然为肉食留下了一定的余地。比如何胤表示断食生，但不包括白鱼、䱇脯、糖蟹；当时士人对能否食用蚶蛎，还有不同意见。此时竟陵王萧子良也提倡蔬食，其《净住子净行法门》[④]多次谈及此事，如《出家顺善门》提倡"滋味是人所贪嗜，而甘厌蔬涩"，《极大惭愧门》认为"见菜蔬一食者，自不行，故劝令退败"是极大惭愧；《修理六根门》论述舌根之过曰："我从无始已来，舌根因缘造过特多，贪著厚味不净说法，致此罪缘，常沦生死，是大可耻四也。"然而，蔬食在萧子良思想中，并没有占据最重要的地位。他认为"身口意三祸患之首"[⑤]，因此他专辟《涤除三业门》、《检覆三业门》两节，反复申说涤除三业之旨，在他最重视的"三业"中，并无食肉贪味等内容。此外，萧子良在《缘境无碍门》中将"今欲养命，非粳粮黍粟五味柔软则无所资待"视为累碍之一，足见萧子良的着眼点在于从一切外物的束缚中解脱，连"粳粮黍粟"等不犯杀生戒的东西都包括在内，而不仅仅是戒肉食。萧子良崇尚《净名》，著《维摩义略》，如前所述，他还爱好般若，凡此都决定了他的佛学思想的核心是大乘空寂之理，他更多地是将蔬食作为贪嗜滋味等重欲行为的对立面来奖劝的，因此缘于佛家杀生戒的蔬食本身并非

① 《出三藏记集》卷十一，第406页。

② 《南齐书·周颙传》称周颙致书何点，《广弘明集》卷二十六作《与何胤书》。

③ 《广弘明集》卷二十六。

④ 《广弘明集》卷二十七。

⑤ 《涤除三业门》。

其佛教思想的核心。

正因如此，沈约在南齐时虽曾撰有赞赏蔬食的文字，如作于永明年间的《内典序》描述佛门中人的蔬食道："虽秋禽年至，春鲔时登，而耿介长蔬"，但在实际生活中，他对蔬食仍持"心向往之，而不能至"的态度。永明末年他致书释慧约，怀念周颙尚蔬食的情形曰：

> 此生笃信精深，甘此藿食。至于岁时包篚，每见请求，凡厥菜品，必令以荐。弟子则靳而后与，用为欢谑。其事未远，其人已谢①。

从本文的语气可以推测，此时沈约对蔬食的重视程度，尚不及周颙。

入梁以后，沈约对去杀的态度发生了一个飞跃。《究竟慈悲论》一文以为不仅要停止肉食，而且必须禁绝蚕衣，所谓"夫肉食蚕衣，为方未异，害命夭生，事均理一。"②沈约将禁欲的范围从断肉发展到禁蚕衣，并指出世人因佛经中并无禁蚕的文字而怀疑此事，其实质是拘泥于文字："此盖虑穷于文字，思迷于弘旨。"(《沈约集校笺》卷五，第155页)可见，萧梁时期沈约对去杀的态度远比南齐激进。他对去杀的要求甚至比梁武还要苛刻。梁武《唱断肉经竟制》认为不必断皮革："此事与食肉不得顿同。凡著一革屐，经久不坏。若食噉众生，就一食中，便害无量身命。况日日餐咀，数若恒沙，亦不可得用革屐以并断肉。"③断皮革与禁蚕衣的性质相近，可见沈约对去杀的强调超过了同时代人。

---

① 《广弘明集》卷二十八。

② 《沈约集校笺》卷五，第154页。案：虽无直接的史料证明本文的写作时间，但从逻辑顺序来看，在人们对某些生物是否应该禁食等问题尚有争议的南齐，在沈约视蔬食为畏途时，自不可能产生比断肉更为严格的禁蚕衣的观念；同时，该文有"自涅槃东度，三肉罢缘，服膺至训，操概弥远，促命有殚，长蔬靡倦。秋禽夏卵，比之如浮云；山毛海错，事同于腐鼠。而茧衣纩服，曾不怀疑"等语，表明沈约此说是在涅槃思想广为流行且断肉观念十分普遍的背景下产生的，因此本文当作于萧梁时期。

③ 《广弘明集》卷二十六。

个中原因，似应从梁武对断肉的提倡中探究。与萧子良相比，梁武要求僧人蔬食的态度十分鲜明，甚至可以说是强硬的。其《断酒肉文》四首，依据《大般涅槃经》"夫食肉者断大慈种"等说法，要求僧人禁饮酒，断"一切肉，乃至自死者"，并再三表示要用国法捍卫"断肉戒"："若复有饮酒噉肉不如法者，弟子当依王法治问。"[①]不惟如此，他还有《断杀绝宗庙牺牲诏》，又有《与周舍论断肉敕》[②]。在戒杀禁肉方面，梁武简直是殚精竭虑。沈约入梁后突然看重杀生戒，当是出于追随依附梁武的目的[③]。

其次，沈约多次驳斥范缜《神灭论》。范缜在永明年间陈述神灭无佛之论，萧子良曾召集众僧与之论难。入梁以后，范缜所作《神灭论》出，天监六年(507)，梁武帝令王公朝贵驳难范论，答者有六十四人之多[④]。沈约答曰："神本不灭，久所伏膺。神灭之谈，良用骇惕。近约法师殿内出，亦蒙敕答臣下一本。欢受顶戴，寻览忘疲。岂徒伏斯外道，可以永摧魔众。孔释兼弘，于是乎在。实不刊之妙旨，万代之舟航。弟子亦即彼论，微历疑核，比展具以呈也。"可知沈约《难范缜〈神灭论〉》[⑤]亦作于同一时期，沈约还著有《神不灭论》。沈约对神不灭问题如此饶有兴趣，乃至于反复申论，其中带有迎合梁武帝的意图，自无可疑。

再次，萧梁时还反复探讨何为佛性、如何成佛等涅槃佛性问题。《佛知不异众生知义》、《六道相续作佛义》、《因缘义》等篇，均围绕这一问题加以阐述。这同样与梁武的佛学倾向有关。众所周知，涅槃佛性论从刘宋起开始在南方流行，梁武尤为重视涅槃。天监八年(509)曾令宝亮作《涅槃义疏》，并为之作序。如前所说，他论述僧人应禁绝肉食，也往往援

①② 《广弘明集》卷二十六。

③ 这也是齐梁禅代之后沈约本身的道德困境所致(说详下)。

④ 据《弘明集》卷十，答者有尚书令沈约、光禄领太子右率范岫、右仆射袁昂等(《弘明集校笺》第503、504、506页)。由《梁书·沈约传》及《梁书·武帝纪》可知，沈约于天监六年(507)闰十月至九年任尚书令，范岫以光禄领太子左卫率(《弘明集》卷十作"太子右率"，《弘明集校笺》第504页，疑误)也是在天监六年，袁昂于同年任右仆射，可知此事发生在天监六年的闰十月之后。

⑤ 《广弘明集》卷二十二。

引《涅槃经》。于是全国上下从风而靡，梁武自己曾指出："京师顷年讲《大涅槃经》"[1]，可以想象时人争相讲说《涅槃经》的情形。梁武本人作有《立神明成佛义记》，以"神明"为正因佛性（说详下）。沈约更是不遗余力地追随梁武的这一爱好。

不仅如此，沈约对当时涅槃学中争议较多的问题，诸如何为成佛的内在依据即何为正因佛性等问题的具体看法，也与梁武颇为相近。当时南朝涅槃师对正因佛性的理解可谓歧见纷出，大致有"本有中道真如"、"得佛之理"等十多种说法。梁武认为神明为正因佛性。从表面上看，沈约对此问题的看法，似乎非常驳杂。如《佛知不异众生知义》认为"此众生之为佛性，实在其知性常传也"，则知性为正因佛性。而《六道相续作佛义》又指出六道相续不灭是成佛的依据。但仔细寻绎文意可知，两文对正因佛性的阐述完全一致，《六道相续作佛义》几乎可以说是《佛知不异众生知义》的续篇。后者曰：

> 佛者，觉也；觉者，知也。凡夫之与佛也，立善知恶，未始不同也。但佛地所知者，得善之正路；凡夫所知者，失善之邪路。……若积此求善之心，会得归善之路；或得路，则至于佛也。此众生之为佛性，实在其知性常传也[2]。

这里论述凡圣同于求善，区别仅在于是否得归善之路。《六道相续作佛义》进而论述了这个常传知性的具体存在、发展状况，揭示了知性与成佛的关系：

> 一切种智，与五道六趣众生共有受知之分，无分异也。……相续不灭，所以能受知。若今生陶练之功渐积，则来果所识之理转精，

① 《断酒肉文》，《广弘明集》卷二十六。

② 《广弘明集》卷二十二。

转精之知来应，以至于佛，而不断不绝也。若今生无明，则来果所识转暗。转暗之知亦来应，以至于六趣也。受知之具，随缘受知，知之美恶，不关此受知之具也。

沈约将知性分为体用两个方面，受知之具为体，“知”为用，由于外缘的不同，知有美恶之异。如果主体不断修行陶练，就会获得“转精之知”，并最终臻于佛知。相续不灭的受知之分，便是成佛的内在依据。此说与梁武的“神明成佛”说甚相契合。今将梁武的《立神明成佛义记》[①]与沈约《六道相续作佛义》、《佛知不异众生知义》[②]的观点对照如下：

源神明以不断为精，精神必归妙果。（沈云：相续不灭，所以能受知）。夫心为用本，本一而用殊。用自有兴废，一本之性不移。一本者，即无明神明也……，如前心作无间重恶，后识起非想妙善。善恶之理大悬，而前后相去甚迥。斯用果无一本，安得如此相续（沈云：若今生陶练之功渐积，则来果所识之理转精……若今生无明，则来果所识转暗）。故经言：‘若与烦恼诸结俱者，名为无明。若与一切善法俱者，名之为明。’岂非心识性一，随缘异乎？（沈云：受知之具，随缘受知。知之美恶，不关此受知之具也）。以其用本不断，故成佛之理皎然。（沈云：此众生之为佛性，实在其知性常传也）

显然，沈约的“知性”或“受知之分”、“受知之具”相当于萧衍的“神明”（即心识性），两者都具有相续不灭和随缘而异的特点，又都是不变不移的“体”和美恶各异的“用”的统一体。虽然知有美恶，心用有兴废，但相续不灭的“知性”或曰“神明”保证了成佛的必然性。此说的实质是把“神不灭”论与涅槃佛性说结合起来。沈约着力阐述的两个佛教命题

---

① 《弘明集校笺》卷九，第451—458页。

② 《广弘明集》卷二十二。

"神不灭论"和"涅槃佛性论",都是从不同的方面对梁武关心的佛理加以应和。

南朝士人的崇尚佛教,普遍具有依附人主的特点,不过,沈约的依附性更为突出。此时像孔稚珪、范缜等人那样对帝王的奉佛提出质疑者,为数很少。但由于南朝学术思想环境相对宽松,世家大族并未完全丧失其文化支配地位,在佛教文化方面士族往往多少保留个性甚至开启时代之风气。例如,南齐周颙专心事佛,探研佛理而创立带有中观思想色彩的"三宗论",勤于修行而尤重蔬食。他也曾追随萧子良的佛学趣味:如前所述,其《抄成实论序》重《般若》的旨趣,与萧子良的倾向完全一致。但周颙佛学仍表现出十分鲜明的个性。以蔬食为例,如前所述,萧子良并无严格的断肉观念,而周颙不仅自己奉行蔬食,还以此劝诲友人何点。相形之下,沈约佛学的依附性显得格外突出。

沈约在佛教思想上对竟陵王、梁武的亦步亦趋,与其说是他政治上软弱的表现[①],倒不如说是出于以佛理为工具谋取政治资本的用心。沈约对佛理的孜孜以求,与他强烈的功名心是分不开的。客观上沈约的研求佛理与其仕途显达有着相辅相成的关系。因此,佛教实际上反映了沈约人格中积极用世的一面。

3. 孔释兼弘:崇尚佛教与道德追求

从佛教思想与儒家仁爱的契合,同样可以看出佛教在沈约精神生活中的入世意味。南朝帝王十分重视佛教的劝善教化功能,如前所述,宋文帝以为佛教有助于存善去恶。南齐以后,佛教戒律开始受到重视,儒佛结合的趋势进一步增强。竟陵王萧子良亦自述其劝人奉佛的目的是:"欲令相与去惜矜、除慢傲、节情欲、制贪求、修礼让、习谦恭、奉仁义、敦孝悌,课之以博施,广之以泛爱。"[②]梁武更是在奖劝佛教的同时,提倡儒术。他在论述神不灭、断肉食等佛理时,往往兼引儒、佛经典。

---

① 参见陈庆元《沈约的事道及其仙道诗》。

② 《弘明集校笺》卷十一,第600页。

佛教与儒学的并存共荣，对南朝士人的道德追求产生了一定影响。如第二章第二节《江东士族以儒为本的保守学风及其演变》所述，东晋以来的门阀社会主流于儒家道德唯重孝义等家族伦理，忠义等关乎君臣之际和其它人际关系的道德原则却被搁置在一边，这就使得南朝士人在道德追求方面的精神生活实际上比较空虚。随着佛教戒行的推广，家族伦理之外的儒家道德也开始吸引了士人的注意力。如儒家的仁爱济物思想即是其中一例。佛教重博施泛爱，这与儒家有差别有等级的"仁"并不完全一致，但南朝士人往往不加区别地以后者比附前者。《高僧传》卷十二《亡身》一篇，记载了数位僧人舍身救人的事迹，其论赞曰："斯皆尚乎兼济之道，忘我利物者也。昔王子投身，功逾九劫；刳肌贸鸟，骇震三千。惟夫若人，固以超迈高绝矣"。同时，在佛家三世轮回观念中，人类与一切生灵都有着难分彼此的亲密关系，这也有助于士人突破家族伦理的框框，进一步将道德实施的对象扩大到芸芸众生。于是，在南朝士人的精神生活中，兼济天下等儒家道德的成分有所增加。当然，不能否认的是，对于勤修佛教戒行的士人来说，个人的成佛与解脱仍比救世更重要，是故范缜《神灭论》斥责时人的佞佛曰："夫竭财以赴僧，破产以趋佛；而不恤亲戚、不怜穷匮者，何耶？良由厚我之情深，济物之意浅。"[①]但"不恤亲戚"一说，恰恰从反面说明了佛教道德对狭隘的家族伦理的超越。佛教的博施泛爱，还是多少唤醒了其时士人的仁爱意识。这一点在蔬食一事中表现得尤为明显。其时士人在论述蔬食的意义时，除了援引佛家因果报应之说以自我劝诫外，还往往引入儒家仁爱观念。南齐周颙劝说何胤蔬食云："况乃变之大者，莫过死生；生之所重，无逾性命。性命之于彼极切，滋味之在我可赊。"[②]梁代萧琛云："佛之立教，本以好生恶杀，修善务施。"[③]其后颜之推《颜氏家训》卷五《归心》云："儒家君子，尚离庖厨，

① 《弘明集校笺》卷九，第 477 页。

② 《南齐书》本传。

③ 《难范缜〈神灭论〉》，《弘明集校笺》卷九，第 478 页。

见其生不忍其死,闻其声不食其肉。……此乃仁者自然用心。”[①]由于士人多以儒家的仁爱比附佛教的济物,对于南朝士人来说,佛教已在一定程度上从一种超世宗教,转化为充满了现实关怀、蕴含着道德追求的入世的人生哲学了。

沈约对佛教的救世思想给予的关注,可说是超出流辈的。这首先表现在他和当时的其它士人一样,以仁爱阐述杀生戒。如前所述,沈约于五戒中尤重杀生,在创作年代不详的《忏悔文》中,他顺次忏悔了自己的杀生、偷盗、邪淫、妄语等罪过,其中有关杀生、食肉的忏悔文字最多(《沈约集校笺》卷八),可见戒杀和蔬食在他心目中的分量。沈约在阐述戒杀的依据时,甚至只字不提其它人常常论及的因果报应说,仅仅从佛家慈悲思想着眼。如阐述断肉食禁蚕衣的《究竟慈悲论》的篇首即开宗明义云:“释氏之教,义本慈悲;慈悲之要,全生为重。”[②]又如《均圣论》指出上古非肉食不能生存云:“炎昊之世,未火未粒,肉食皮衣,仁恻之事,弗萌怀抱。非肉非皮,死亡立至。”[③]沈约几乎将戒杀视为仁义的代名词。

对于戒杀以外的佛教活动,他也常常强调其济世的内涵。如舍身一事,本来蕴涵着对世界空寂本质的体认和普济众生等多层意味。而沈约常常突出“舍身”一事的仁爱意义。如《南齐皇太子解讲疏》述礼佛施僧之愿曰:“愿以此力,普被幽明。帝室有嵩华之固,苍黔飨仁寿之福。”[④]沈约为自己而作的《舍身愿疏》,自我批判其侵占百姓利益云:“曾不知粟帛所从,事非因己;悠悠黔首,同有其分。离多共寡,犹或未均;我若有余,物何由足。仁者之怀,不应若此。”同文还声称:由于彻底的博施一下子难以实行,愿以施僧礼佛作为仁爱的起点,即“亏己赡物,未易顿行。

---

① 王利器撰《颜氏家训集解》卷五,中华书局1993年版,第399页;又见《广弘明集》卷二十六《齐光禄颜之推诫杀训》。

② 《沈约集校笺》卷五,第153页。

③ 《沈约集校笺》卷五,第147页。

④ 《沈约集校笺》卷八,第243页。

誓欲广念深恩，积微成著，施路檀门，冀或能践。”[①]以上深刻的反省和表白在沈约的著述中虽属吉光片羽，但确实说明了佛教思想对他的济物情怀的召唤。其它关于济物的文字，在沈约著述中可谓俯拾皆是。如佛与众僧“至时持钵往福从生”[②]，又如沈约赞美王奂“勤诚外著，仁隐内弘，食不过中者一十一载。”[③]

沈约在南齐末年苦劝萧衍废齐自立，为了追逐政治利益而背弃儒家忠义道德，我们不难想象，被蔡兴宗誉为“人伦师表”的沈约，因自身的背叛君王的行为，背负了怎样沉重的道德包袱。佛家的济世思想便在一定程度上满足了沈约对于道德追求的需要。

从直接动机而论，沈约的佛教实践和理论是为了迎合帝王，以实现其政治抱负；但佛教尤其是修行也在客观上满足了他精神生活中的道德追求。这两个方面都说明佛教代表着沈约“达则兼济天下”的一面。

## 二 穷则事道

沈约的父亲由于未能及时奉迎宋孝武而遭到了杀身之祸，这一家庭背景给幼年失怙的沈约带来了双重影响：一方面他发奋苦读，不放弃任何进身的机会；另一方面他难免对仕途风波心存畏惧。每当仕途失意或是政局动荡时，避祸归隐思想便开始滋生，求仙问道的想法也变得强烈。据《梁书》本传，天监九年(510)前后，他自述生平曰：“永明末，出守东阳，意在止足……及昏猜之始，王政多门，因此谋退。”这里所说的永明末年、东昏侯时期以及天监后期，是沈约归隐和学道思想占上风的时期。沈约在政治失意时的道教活动状况如何？道教活动的哪些方面能够抚慰他的心灵呢？现对沈约的三次奉道高潮考察如下：

### （一）隆昌初年出任东阳太守时期

沈约自称“永明末，出守东阳”，然而从沈约诗文来看，永明十一年

① 《沈约集校笺》卷八，第249—250页。

② 《沈约集校笺》卷八《述僧设会论》，第167页。

③ 《沈约集校笺》卷六《南齐仆射王奂枳园寺刹下石记》，第170页。

(493)他并未离开京城，他是在隆昌元年(494)暮春赴任的[①]。此前的永明十一年，发生了若干对沈约来说具有重大意义的变故：其一，对沈约极为赏识的文惠太子卒于是年正月，沈约失去了一个重要的政治靠山。其二，齐武帝于这年四月确定嫡长孙萧昭业为继承人，七月，齐武帝卒，萧子良的谋士王融等人试图拥立萧子良却惨遭失败，王融被杀，萧子良的政治生命也就此宣告完结。沈约虽然与拥立萧子良一事并无直接关联，但作为西邸重要宾客、竟陵八友的一员，在萧子良之败的牵连下，沈约的政治生涯必然要遭遇坎坷，因此沈约《怀旧诗九首》第一首《伤王融》云："途艰行易跌，命舛志难逢。折风落迅羽，流恨满青松。"[②]对王融的失败、被杀深致惋惜之情，同时也寄托了自己的兔死狐悲之意。正因这几件决定沈约政治命运的事件都发生在永明末年，后来沈约才会产生"永明末，出守东阳，意在止足"的记忆失误。

一系列风云突变令沈约深刻体会到仕途的坎坷与风险，隆昌元年的外任则进一步使他产生了从险恶政治中逃离的心态。归隐和求仙的念头同时在他的心中滋长，在他的诗文中流溢。作于赴任途中的《早发定山》就流露出了这一心态："夙龄爱远壑，晚莅见奇山。……眷言采三秀，徘徊望九仙。"(《沈约集校笺》卷十，第354页)。在东阳两年多时间，他所从事的与道教有关的活动为：一是游览金华山、赤松涧等修道胜地。梁刘孝标《东阳金华山栖志》云："金华山，古马鞍山也，蕴灵藏圣，列名仙牒。左元放称此山云，可免洪水五兵，可合神丹九转。"(《广弘明集》卷二十四)金华山历来是道教人士修炼的绝佳去处。又山间有涧名赤松涧，则是得名于仙人赤松子的传说。沈约往来于这些地方时，很可能兼有采药之目的。因为，与沈约同往东阳的僧人慧约常往金华山采药："常入金华山采桔，或停赤松涧游止。"[③]

---

① 说详见刘跃进《永明文学编年》，《门阀士族与永明文学》(生活·读书·新知三联书店1996年版)。

② 《沈约集校笺》卷十，第412页。

③ 《续高僧传》卷六《慧约传》。

二是此时沈约还与道士陶弘景等人有着密切联系。沈约与陶弘景本是同门。沈约师从道士孙游岳[①]，陶弘景则是孙游岳唯一的入室弟子[②]。据《梁书·陶弘景传》，自永明末年起，陶弘景隐居茅山，自号“华阳隐居”，沈约任东阳太守时，多次致信邀请陶弘景而陶不至。今存《与陶弘景书》当作于此时。

此外，其时沈约一方面常常感慨学道生涯可以使人摆脱尘扰，回归本性。《游金华山》曰：“远策追夙心，灵山协久要。”（《沈约集校笺》，卷十，第346页）《与陶弘景书》亦赞赏陶弘景超尘脱俗的人生境界：“先生糠秕俗流，超然独远，烈霓羽带，总辔云霞。”（《沈约集校笺》卷四，第133页）对于刚刚摆脱政治上的惊风骇浪的沈约来说，没有比这种远离尘嚣的境界更能吸引他的了。另一方面，政治的血雨腥风又使得沈约体会到全身远害的可贵，道教主张通过服食等手段延年益寿，因此沈约也颇为关注这一层面。如前所述，沈约在东阳时可能常常采药，《赤松涧》表达了对丹药的渴慕：“神丹在兹化，云軿于此陟。愿受金液方，片言生羽翼”；[③]《与陶弘景书》亦云：“若夫栖迟闲远，咀咽琼芝，出入清都，师友灵圣，循崖反迹，无缺惟心。”[④]

谢朓在《酬德赋》中如是描述沈约外任东阳时的心态：“闻夫君之东守，地隐蓄而怀仙；登金华以问道，得石室之名篇。悟寰中之迫胁，欲轻举而舍旃；离宠辱于毁誉，去夭伐于腥膻。”[⑤]末四句非常深刻地提示了沈约的东阳求道与政治风波的关系。政治斗争的险恶，使得沈约不得不从家传道教中寻觅精神支柱，道教满足了他远离尘嚣和追求长生的需要。

---

① 《茅山志》卷一〇，《道藏》一五四册。

② 《云笈七签》卷五《真系·齐兴世馆主孙先生》。

③ 《沈约集校笺》卷十，第364页。

④ 《沈约集校笺》卷四，第133页。

⑤ （清）严可均校辑《全齐文》卷二十三，《全上古三代秦汉三国六朝文》，中华书局1958年版，第2919页。

有一个问题需稍作辨析：沈约赴东阳太守之任时，同行的有僧人慧约。关于慧约与沈约四声论的关系，容后阐述。在此，值得注意的是，慧约是周颙曾经礼敬的僧人，如前所述，沈约与周颙关系密切，很可能正因如此，沈约与慧约也交情甚笃。沈约外任时请僧人同行，是否说明他同时利用佛教思想摆脱政治失意呢？这一点很难完全否定。但值得注意的是，《续高僧传》称慧约出身于世代奉道的东阳娄氏。宋齐之际东阳曾有道术颇为高明的隐士楼惠明①。如前所述，其时慧约有往来金华山之事，同传又记载他入居道士馆为人除妖。显然，慧约本身是出入佛道二教的，沈约携之同往，一方面提示了佛教思想可能会对政治失意的沈约产生影响，但同时也进一步说明了政治失意的沈约对道教的需要。

（二）东昏侯时期

东昏侯肆意杀害江祏、徐孝嗣等大臣，任用茹法珍、梅虫儿等奸小，士大夫人人自危。起初，由于尚书令徐孝嗣的推荐，沈约一度颇得朝廷重用。永泰元年(498)七月，徐孝嗣令沈约撰《齐明帝遗诏》、《齐明帝谥议》、《齐明帝哀策文》，后沈约迁左卫将军，不久又加通直散骑常侍。永元元年(499)四月沈约作《立太子诏》(陈庆元《沈约事迹诗文系年》，《沈约集校笺》附)。但沈约对当时的政治局势有清醒认识，是故他身在廊庙，心慕江湖，颇有避祸全身之念。

于是他又一次关注起求仙问道之事。今存《沈约集》中有《金庭馆碑》一文，文曰：

> 永泰元年，方遂初愿。遂远出天台，定居兹岭，所憩之山，实惟桐柏。……圣上曲降幽情，留信弥密，置道士十人，用祈嘉祉。约以不才，首膺斯任。

① 娄氏见于史书者另有慧约族组娄幼瑜(《续高僧传·慧约传》)，《南史·隐逸传下》有传。陶弘景《真诰叙录》称楼惠明曾收藏上清经书。同为东阳人，且道术不凡，楼惠明当与慧约等同出于"娄氏"。

有的学者据此认为沈约曾于永泰元年(498)入居金庭馆为道士[①]。事实上《金庭馆碑》在上引一段文字之前,述这位道士的行踪曰:

> 自惟凡劣,识鉴鲜方,徒抱出俗之愿,而乏致远之力。早尚幽栖,屏弃情累,留爱岩壑,托分鱼鸟。途愈远而靡倦,年既老而不衰。高宗明皇帝以上圣之德,结宗玄之念,忘其菲薄,曲赐提引。末自夏汭,固乞还山。权憩汝南县境,固非息心之地。圣主缵历,复蒙絷维。

这里所述的早年幽居、因齐明帝招请而出山、后憩息于汝南县、东昏侯时再度出山等行状,与沈约的生活经历完全不符,倒更象是一位老道士的生平。而且,如前所述,沈约从永泰元年至永元元年都参与了京城的重大政治事件,根本不可能长期憩居桐柏。因此,文中所述永泰元年起憩于桐柏一事,也就与沈约毫不相关了。但文中何以有"约以不才"等字句呢?由于资料限制,此类问题无法完全落实。但一个多少有点意义的线索是:沈约《游沈道士馆》一诗,《文选》六臣注翰曰:"休文游道士沈恭馆",文渊阁四库全书本《古诗纪》、同治重刊本《剡录》卷上均作《游沈道士金庭馆》。原来道士沈恭所居馆亦名金庭!由此我们可以推测:永泰元年奉东昏之命,与其它道士入居金庭馆者,很可能是沈恭而非沈约。

---

① 铃木虎雄认为桐柏山在河南省南阳府桐柏县之西南三十里。他怀疑此事非沈约所为(马导源编译《沈约年谱》,商务印书馆 1935 年)。吉川忠夫认为沈约未必没有此事,且指出桐柏山不在河南,乃天台山的别名。(《六朝精神史研究》第 228 页)。陈庆元《沈约集校笺》引《剡录》说明金庭馆在剡金庭山,《沈约的事道及其仙道诗》认为沈约确曾憩息桐柏金庭馆,东昏侯为之置道士十人。案:据《剡录》卷二注,县东七十二里旧桐柏山,唐天宝六载改为丹池。南岳真人曰:"越有桐柏金庭,与四明天台相连,神仙之宫也。"可知桐柏山是天宝以前旧名,且桐柏山并非天台的别名。又沈约作有《梁鼓吹曲十二首》,其中之一为"桐柏山":"桐柏山,淮之首。肇基帝迹,遂光区有。"此处的桐柏山位于河南省南阳府,与《金庭馆碑》的桐柏山同名而异实。又《金庭馆碑》明言"约"为十位道士之首,非谓"约"之外另置道士十人。

《金庭馆碑》很可能是沈约代同族道士沈恭而作。

另外，从文字来看，《游沈道士馆》与《金庭馆碑》隐约有相互呼应的文字，如《游沈道士馆》有“遇可淹留处，便欲息微躬”两句，而《金庭馆碑》有意思相类的“固非息心之地”、“庶凭嘉佑，永济微躬”数语。这也说明很可能两篇皆出自沈约手笔，表现对象皆为道士沈恭。

永泰元年前后沈约本人虽未憩息于道馆，但他确曾与同族道士沈恭交游往还，表达了对学道生涯的羡慕：“曰余知止足，是愿不须丰。遇可淹留处，便欲息微躬。……朋来握石髓，宾至驾轻鸿。都令人径绝，唯使云路通。一举陵倒景，无事适华嵩。”[①]他最为重视的，仍是息心和长生两方面。

这段时期沈约与陶弘景又有酬唱。永元初年，陶弘景登楼修炼，沈约为作《陶先生登楼不复下》，颂美其脱离尘扰、养生驻龄的修道境界：“侧闻上士说，尺木乃腾霄。……衔书必青鸟，佳客信龙镳。非止灵桃实，方见大椿凋。”[②]

（三）天监后期

沈约在梁代天监前期一度春风得意。沈约辅佐萧衍立梁，萧衍即位后不忘功臣，先后授予沈约尚书仆射、丹阳尹、尚书令等美职，又曾拜沈约母谢氏为建昌国太夫人，似乎对沈约尊显之至。沈约终于踏上了渴慕已久的显达之道，是故他一度疏离道教，作于天监初年的《还园宅奉酬华阳先生》曾如是描述他当时的心态云：“早欲寻名山，须待婚嫁毕。……忽闻龙图至，仍睹荣光溢。副朝首八元，开壤赋千室。……岂忘平生怀，靡盬不遑恤。”[③]在仕途畅达之际，他自然把求仙问道抛在了一边。

---

① 《沈约集校笺》卷十《游沈道士馆》，第359页。

② 《沈约集校笺》卷十，第362页。

③ 《沈约集校笺》卷十，第361页。案：陈庆元《沈约集校笺》认为是沈约天监初为丹阳尹时作，“令尹”本是楚国最高官职，沈约以此借指自己获得高位，其时未必一定任丹阳尹一职。

事实上梁武认为沈约"轻易不如徐勉",所以并未真正任沈约为心腹①。沈约又有出语轻率的毛病,曾讥笑梁武"护前",而令其大为恼怒(《梁书》本传)。沈约多年任尚书令,天监九年(510)他已届七十致仕之年,希望得到开府仪同三司之仪,多方请求而未果。种种龃龉使得沈约在天监后期逐渐有郁郁不得志之感。此时归隐适性的思想又开始滋长,他在东田构建郊居,并作《郊居赋》抒发其遁世之志:"迹平生之耿介,实有心于独往。"②

与前两个阶段一样,沈约的求仙倾向与退隐之思同时增强了。作于同期的《宿东园》诗中出现了"若蒙西山药,颓龄傥能度"等渴求长生的句子(《沈约集校笺》卷十,第369页)。道教又一次成为抚慰他政治失意的良药。沈约甚至可能在郊居中专辟了修道的场所。《善馆碑》云:"达人独往之事,志非易立;餐松饮涧之情,理难轻树。止欲渐去喧嚣,稍离尘杂。于是既加整葺,营建堂宇。北负崇岳,南枕修衢。"③真正意义上的离世修道,对于沈约来说是不现实的,然而他又是如此需要一块净土,来憩息他在政治生活中受挫的心灵。于是他建构了一处"回托人表,鸡犬相绝。……指琼树而朝餐,就瑶台而一息"的清静之地。这一"善馆"筑在何处呢?《郊居赋》云:

> 回余眸于艮域,觌高馆于兹岭。虽混成以无迹,实遗训之可秉。始飡霞而吐雾,终陵虚而倒影。驾雌霓之连卷,泛天江之悠永。指咸池而一息,望瑶台而高骋。匪爽言以自姱,冀神方之可请。(《沈约集校笺》卷一,第9页)

由此可以推测,善馆很可能是郊居的一个重要部分。沈约期望善馆能够

---

① 《梁书·周舍传》。

② 《沈约集校笺》卷一,第6页。案:《梁书》本传序此事于天监九年(510)之后、天监十一年(512)之前。

③ 《沈约集校笺》卷七,第208页。

成为通往仙界的桥梁。

后来，沈约又以言语不慎遭梁武痛斥："卿言如此，是忠臣邪！"(《梁书·沈约传》)此事令沈约精神上受到强烈刺激，他因此大病，朦胧中梦见齐和帝以剑断其舌。他请来道士奏赤章于天，称齐梁禅代之事并非自己主谋。沈约生病时不是象一般奉佛士人那样请僧人诵经[①]，而是私下里请道士奏章，这件事不仅说明家传道教对沈约影响之深，更重要的是它反映了沈约在生命的最后阶段，在被政治失意笼罩的心境下，对道教的依恋完全超过了佛教。

通过以上对沈约一生中的三次奉道高潮的梳理，我们不难发现沈约对道教的热忱有着鲜明的阶段性，往往与其仕途风波相伴而生，可谓"穷则事道"。有的学者认为沈约奉道与齐明帝、东昏侯等人的重道有关[②]。从前面的分析可知，隆昌元年(494)沈约在赴东阳途中便抒写其求仙之意，此时齐明帝尚未登基；受东昏侯之命，主持金庭馆一事，显然并非沈约所为，何况其时政局动荡，沈约一意求退，无须以事道取悦帝王；梁代天监后期，沈约的事道则与梁武舍道入佛的立场截然相左，因此，沈约的事道是一种政治失意后取得心理平衡的方法，反映了他的人格中适性自得、独善其身的一面。

行文至此，对于佛道二教在沈约宗教生活中孰轻孰重的问题，也许可以得出一个大致的结论。沈约在仕途顺畅时虔诚崇佛，在政治失意后又专心奉道，佛与道在沈约一生中是此消彼长而不是表里共存的关系[③]，不存在本质和现象的区别。如果我们承认追求功名是沈约思想的主要方面，那么与之相对应的佛教就是沈约精神生活中最重要的宗教；归隐自适的人生态度只是在政治失意时才占上风，是故家传道教对沈约

---

① 如齐武帝生病，萧子良请沙门于殿户前诵经(《南齐书·竟陵文宣王子良传》)。

② 参见陈庆元《沈约的事道及其仙道诗》。

③ 唯一的例外是沈约在《遗表》中向梁武表白自己对佛教的虔诚："仰唯深入法门，厉兹苦节，内矜外恕，寔本人情。伏愿圣心重加推广，微臣临途无复遗恨。"(《广弘明集》卷三十)人之将死，其言也异，临终前有异常行为也不奇怪。

来说，只是佛教的补充。

刘宋以降，佛教逐渐取得了上层士大夫的尊信，不少士人采取了以佛为主、兼事道教的态度。沈约的宗教信仰总体上与这一时代主流相适应，但就佛道二教与其精神生活的具体关系而言，沈约又具有鲜明的独特性：一方面，他把事佛作为政治生活的一部分，因此，他在佛教思想方面紧紧追随帝王，同时，他又重视佛教戒行与儒家济世道德的契合，通过勤修戒行、功德，弥补道德生活的空虚。另一方面，沈约将事道作为抚慰政治失意的良药，因此他尤为重视事道生活中所蕴涵的离尘脱俗、长生久视等内容。

**表一　沈约有关佛教的诗文一览①**

| | |
|---|---|
| 南齐皇太子解讲疏 | 建元四年② |
| 谢齐竟陵王示华严璎珞启 | 永明年间 |
| 与约法师书 | 永明末 |
| 南齐仆射王奂枳园寺刹下石记 | 永明六年六月 |
| 内典序 | 永明年间 |
| 绣像题赞 | 永明四年八月 |
| 弥勒赞 | 永明年间 |
| 瑞石像铭 | 永明七年 |
| 比丘尼僧敬法师碑 | 永明四年 |

① 表一和表二的大部分系年据陈庆元《沈约集校笺》（以下简称陈《笺》），不同于陈《笺》者，将在注释中说明。

② 陈《笺》以为文中建元四年（482）四月十五日有误，当为永明四年。理由是：一、萧长懋至六月方为太子。二、文中的“玄圃园”系长懋为太子后所建。案：似应仍从本文。其一，本文明曰此疏作于“七月既望”之后，此时萧长懋已为太子；其二，《南齐书》本传称萧长懋“开拓玄圃，与台城北堑等。”据《南史·荀伯玉传》，齐高帝曾“幸东宫，召诸王宴饮，因游玄圃园。”可见玄圃园至迟在齐武帝为太子时已建成，“开拓玄圃”乃扩建玄圃园之意。

续表

| | |
|---|---|
| 南齐皇太子礼佛愿疏 | 永明年间 |
| 南齐皇太子解讲疏 | 建元四年 |
| 齐竟陵王发讲疏 | 永明元年 |
| 竟陵王解讲疏 | 永明年间 |
| 又竟陵王解讲疏 | 永明年间 |
| 南齐南郡王舍身疏 | 永明年间 |
| 应诏进《佛记序》启 | 天监初年① |
| 上钱随喜光宅寺启 | 天监五年② |
| 答释法云《难范缜〈神灭论〉》 | 天监六年 |
| 神不灭论 | 同上 |
| 难范缜《神灭论》 | 同上 |
| 均圣论 | 天监三年 |
| 答陶隐居《难〈均圣论〉》 | 同上 |
| 究竟慈悲论 | 天监年间 |
| 论形神 | 天监年间 |
| 佛记序 | 天监初年 |
| 佛知不异众生知义 | 天监年间 |

① 据梁武《敕沈约撰〈佛记序〉》，梁武令"中书侍郎虞阐、太子洗马刘溉、后军记室周舍"等撰《佛记》，次年令沈约作《佛记序》；《梁书·周舍传》云："高祖即位。……召拜尚书祠部郎。时天下草创，礼仪损益，多自舍出。寻为后军记室参军，秣陵令。"可见周舍任后军记室参军是在天监初年。

② 陈《笺》据《续高僧传》、《建康实录》，系此文于天监五年(506)。案：《高僧传·释法悦传》云天监八年(509)五月铸像，九月移光宅寺。此说与《建康实录》不同。由沈约《光宅寺刹下铭》，可知立刹在天监六年(507)，则建光宅寺是在天监五年，《高僧传》误记。

表二　沈约有关道教的诗文一览

| 篇　名 | 创作时间 |
|---|---|
| 与陶弘景书 | 隆昌元年—建武三年 |
| 游金华山 | 同上 |
| 留真人东山还 | 同上 |
| 赤松涧 | 同上 |
| 和竟陵王游仙诗 | 永明年间 |
| 金庭馆碑 | 永泰元年 |
| 游沈道士馆 | 永泰元年 |
| 陶先生登楼不复下 | 永元元年 |
| 善馆碑 | 天监后期 |
| 奉华阳王外兵 | 天监七年 |
| 还园宅奉酬华阳先生 | 天监年间 |
| 赠刘真人祖父教 | 不详 |
| 和刘中书仙诗二首 | 不详 |
| 酬华阳陶先生 | 不详 |

## 第三节　论沈约陆厥的声律之争与沈氏家族文化的关系

南齐永明末年，沈约等人将四声运用于诗歌创作，沈约还在《宋书·谢灵运传论》中自矜四声之用为独得之秘，陆厥遂致书起而反对，认为声律之用，古已有之。沈约与陆厥声律之争的意义，必须从两个层面加以把握：其一，就其同者论之，如本书第一章第二节《陆机学习江南歌谣的典范效应与南朝江东士族文学的复兴》所述，声律之争折射了陆厥对音声的关注，说明他和沈约都承袭了陆机重视音声的传统。其二，就其异者而言，从表面来看，双方争论的焦点在于昔人有无宫商声律之用，实质上，沈、陆论争反映了双方对儒家传统五声与永明四声体系的不同看法。沈约四声论的产生，与对民间通俗文化的吸收密不可分。本文将通过分析沈约对吴歌西曲等俗文化的复杂心态，揭示四声理论产生的沈氏家族文化背景。

## 一　四声五声之争与雅俗之别

### 1. 陆沈论争的实质

据《南齐书·陆厥传》，陆厥《与沈约书》申论前贤已明声律，其理由如次：其一，魏文清浊之说及陆机《文赋》中"五色之相宣"等论述，均表明前人对声律问题已多有思考。其二，一家之文有工拙壤隔的现象，因此，前人运用声律亦有得有失。其三，古今好殊，前贤重视内容，故对声律等问题不及后人精熟，但并非一无所知。对此沈约首先分析四声与五声的区别。他认为"宫商之声有五，文字之别累万，以累万之繁，配五声之约，高下低昂，非思力所举"，在论述历来五声论的弊病之后，他又指出"自古辞人，岂不知宫羽之殊，商徵之别，虽知五音之异，而其中参差变动，所昧实多，故鄙意所谓'此秘未睹'者也"。他认为前贤虽然对五声的差别有所认识，但未将声韵学上的五声充分运用于文学创作，更何况随着语音本身的发展变化，五声说已不尽符合当代语音的实际。从沈约《答陆厥书》可以看出，陆厥认为声律古已有之的观念，实源于他对四声五声之别的忽视与误解①，以及对旧有五声体系的迷恋。

### 2. 四声五声的雅俗之别

陆、沈二人对于四声五声认识上的歧异，实质上反映了二者文化观

---

① 郭绍虞先生强调陆沈之争在于自然声律与人工声律之别。参见郭绍虞《蜂腰鹤膝解》、《再论永明声病说》，载《照隅室古典文学论集》(下编)(上海：上海古籍出版社1983年版)。又黄耀堃《五声、四声辨并论沈约陆厥之争》(载香港大学中文系刊物《华风》)认为："沈休文除发现四声可制八病人工声律外，其对四声之理论，亦有贡献。盖李登、吕静以五声命字，虽明有声调之辨，而不知以平上去入而相称成组，约之书名为《四声谱》，必按四声分韵，而又必以入声配阴阳平上去，后来韵书增删皆仿此。"

念的不同。从语音史的范畴来看，关于四声五声的关系问题，王国维有如下观点：“阳声一与阴声平上去入四，乃三代秦汉间之五声……颇疑李登、吕静之五声，舍此无以当之。”他进一步解释魏李登《声类》、晋吕静《韵集》不用魏晋音而用古音的原因曰：“犹许叔重撰《说文解字》不用隶而用篆，孙叔然、徐仙民等作诸经音，不从俗读而从师读也。故五声者，以古音言之也。”[①]因此，五声之论是依照古音归纳出的声调体系。可以作为王氏此说之旁证的，有沈约《答甄公论》中“经典史籍，唯有五声，而无四声”[②]之说。可见五音系统的文化内涵一方面意味着崇尚古音，追慕典雅；另一方面，钟嵘《诗品序》认为“至平上去入，则余病未能；蜂腰鹤膝，闾里已具”，此说明白揭示了四声说的产生与民间歌谣的关系[③]。其后李概《音谱决疑序》又云：“平上去入，出行闾里。”[④]逯钦立先生则指出平上之名来源于声乐：“平上二字，魏晋以降，久为声乐上之专辞，如当时通行之清商三调，其一皆为平调。又如吴声有《上声曲》一调。”[⑤]四声论的形成，从外来文化吸收的角度而论，诚如陈寅恪先生等人所说，是受佛经转读的声调之启发[⑥]；从本土文化的渊源来看，则显然与吴声西曲等

---

① 王国维《五声论》，载《观堂集林》卷八（中华书局 1959 年版），又逯钦立《四声考》（载《汉魏六朝文学论集》，陕西人民出版社 1984 年版）对此有不同看法，今从王说。事实上无论五声、四声是音乐与声调之别，还是声调的古今之别，本文所讨论的对儒家五声系统的执着与对新兴四声的排斥之问题，都是客观存在的。

② （日）弘法大师撰，王利器校注《文镜秘府论校注·天卷·四声论》（北京：中国社会科学出版社 1983 年版），以下所引《文镜秘府论》均依此本。

③ 郭绍虞《蜂腰鹤膝解》一文以《蔡宽夫诗话》为据，认为“蜂腰鹤膝”的涵义为论韵之清浊，正因歌谣谚语中也有辨别声音之清浊轻重并加以调协之法，故钟嵘认为其“闾里已具”。

④ 《文镜秘府论·天卷·四声论》。

⑤ 逯钦立《四声考》，《汉魏六朝文学论集》第 527 页。

⑥ 参见陈寅恪《四声三问》，载《金明馆丛稿初编》（上海：上海古籍出版社 1980 年版）。近年来，梅维恒（VICTOR H. AMIR）、梅祖麟（TSU－LIN MEI）、平田昌司等人进一步证实了陈寅恪先生的看法。详见刘跃进先生《别求新声于异邦—介绍近年永明声病理论研究的重要进展》，《文学遗产》1999 年第 4 期。

民间通俗文化的影响有着很大关系。

与四声的通俗文化特性截然相反的是五声与儒家传统礼乐观念的关系。《荀子·乐记》有对五声体系的表述,《礼记·乐记》则以五声配合君、臣、民、事、物,战国思孟学派又以圣、义、仁、礼、智五德与五声相比。汉代五行理论,则更将阴阳家的五行、儒家学派的五常、《尚书·洪范》的五事(貌、言、视、听、思)及五声合为一体,形成了木—仁—貌—角、火—礼—视—徵、土—信—思—宫、金—义—言—商和水—智—听—羽的体系[①],从而更使音声有五几乎成为一个固定概念[②]。正是出于对儒家五音系统的执着,四声说出现以后,士人纷纷试图以五声匹配四声。如李概的解释方式为:"案,《周礼》:'凡乐,圜钟为宫,黄钟为角,大蔟为徵,姑洗为羽。'商不合律,盖与宫同声也。五行则火土同位,五音则宫商同律,窃谓宫商徵羽角,即四声也。"[③]同样,四声论之不易为人接受,也正因其有悖于儒家的五声传统。陆厥认为声律说并非沈约的独创,正表明了他强以"四声"新说就"五声"传统的意图,反映出他坚持儒家传统观念的立场。

从沈、陆二人的地望、家族来看,以上争论的发生颇耐人寻味:陆厥出生于孙吴旧姓之陆氏,沈约则是江东新兴贵族。声律论中所反映出来的二人文化观念的差异,实质上就是吴姓旧族与新贵在文化趣味上的雅俗之别。

## 二　喜好吴歌西曲的文化趣味

如前所述,沈氏对通俗浅显的吴声西曲有着强烈的爱好。这不仅表现在沈氏为江南音乐世家,《宋书·乐志》称沈怀远于宋孝武大明中造名为"绕梁"的乐器,又如晋车骑将军沈充曾制《前溪歌》。而且,沈氏之出身地吴兴武康县,实为南朝民歌之乡。据《苕溪渔隐丛话》后集卷二曰:

---

① 《汉书·律历志》。

② 关于与五声有关的儒家传统礼乐观念的源流,承徐兴无教授赐教。

③ 《音韵决疑序》,《文镜秘府论·天卷》。

"于竞《大唐传》:湖州德清县南前溪村,则南朝集乐之处。今尚有数百家习音乐,江南声伎,多自此出,所谓舞出前溪者也。"据王运熙先生考证,前溪实是武康县之河流①。出身于江南民歌之乡的沈氏,很自然地对吴歌西曲的欣赏、创作十分热衷。

从吴声西曲的赏好者的社会阶层来看,其主要欣赏群体还是军功家族②。就六朝吴声西曲的曲种之创制而论,帝王、宗室的作品占大部分,如宋孝武《丁督护歌》、宋临川王刘义庆《乌夜啼》,其次则为武将所创制,如沈攸之所作《西乌夜飞哥曲》、臧质《石城乐》。而士人之作如孙绰《碧玉歌》、王献之《桃叶歌》等则屈指可数③。宋代皇族亦出身于将门,因此晋宋两世,吴歌西曲最为军功家族所好。这固然与军功家族在政治经济上居于贵势、有足够的条件拥有声伎有关;从文化趣味而论,军功家族缺乏欣赏典雅文化所必须的文化修养,而吴歌通俗浅显的文化特征,与原本出身于庶族的将门武人的嗜好有着天然的契合之处。因而以吴歌西曲作为其文化消费品,几乎是军功家族的必然选择。武将不仅用民歌取乐,甚至以此传达心意。如南齐明帝时,武将王敬则因自己为高、武帝旧臣而心怀忧惧,其子仲雄在明帝前鼓琴作《懊憹曲》曰:"常叹负情侬,郎今果行许",又曰:"君行不净心,哪得恶人题。"其结果是"帝愈猜愧"④。王仲雄以咏歌而越发为齐明帝所忌,其原因即在于他与齐明帝双方作为军功贵族所具有的共同"话语":双方都不仅视歌谣为消遣,而且以歌谣抒情志。由此可见军人庶族对于民歌俗曲的重视。沈氏之赏好民歌,不仅仅是乡风民俗使然,更由其出身将门庶族的文化属性所决定。

---

① 参见王运熙《吴声西曲杂考》,载《乐府诗述论》第46页(上海古籍出版社1996年版)。

② 王运熙《刘宋王室与吴声、西曲的发展》(《文史》2002年第3辑)也肯定了刘宋王室在吴声西曲兴盛中所起的主导作用。

③ 据王运熙《吴声西曲的产生年代》,现存的六朝"吴声歌曲"中,作者可考的有15种,其中帝王宗室的作品5种,武将1种,民间歌谣和下层民众之作6种,侨姓士族仅3种。"西曲歌"有作者可考的为8种,其中皇族之作5种,武将创制者2种,民歌1种。

④ 《南史》本传。

高门士族对吴声西曲的接受经历了一个较长的过程。东晋后期文士创制新歌虽较以前踊跃，但吴歌仍属不登大雅之堂的文化。经过刘宋孝武帝刘骏等人的提倡，吴声西曲的地位大为提高。孝武曾作《自君之出》、《丁督护歌》等吴歌，他甚至将"《鞞》、《拂》、杂舞合之钟石，施于殿廷。"[①]宋孝武援俗入雅的举措，自然对赏好江南民歌的社会风气起了一种自上而下的推动作用，使得高门士族也开始欣赏原本为武人所好的音乐。据《宋书·乐志一》，刘宋末年，侨姓高门中的保守分子王僧虔对此大为不满，认为："又今之《清商》，实由铜雀，魏氏三祖，风流可怀，京洛相高，江左弥重，……而情变听改，稍复零落，十数年间，亡者将半。自顷家竞新哇，人尚谣俗……士有等差，无故不可以去礼；乐有攸序，长幼不可以共闻。""乐有攸序"一语，表明他所痛心疾首的并不仅仅是江南声乐的为人所好这一现象本身，而是侨姓士族舍弃自身的典雅文化传统、转而沉迷于南方俗乐的现状。《南齐书·萧惠基传》亦云："自宋大明以来，声伎所尚，多郑卫淫俗，雅乐正声，鲜有好者。"

值得注意的是，沈氏由军功家族向文化士族的转化，恰好发生在吴声西曲开始转为社会各阶层尤其是侨姓士族的娱乐之际，因此，沈氏在向文化士族转变的过程中，并没有舍弃其原有的对于吴声西曲的爱好。这一点对把握沈氏家族文化特征具有极为重要的意义。

同为江东士族，吴中旧姓却崇尚典正的雅乐。如东晋贺循即曾表达其对于周代雅乐的向往之情："遭离丧乱，旧典不存，然此诸乐，皆和之以钟律……雅乐并作，登歌下管，各有常咏，周人之旧也。"[②]又如刘宋张永曾作《元嘉正声伎乐》，记录了当时被奉为雅乐的相和三调。又《乐府诗集》卷四十四至卷四十九收录南朝士人所作"吴歌"、"西曲"凡45首，其中竟无一首为吴姓旧族所作。

---

①② 《宋书·乐志》。

## 三　沈约对吴歌西曲的复杂心态

1. 沈约以玄兼儒

如前所述，在沈氏折节好文的初期，沈氏家学以追随侨姓士族的玄学文化为主。随着家族转型进程的加深和社会思潮的变迁，沈氏开始接受儒学的熏染。但新旧士族的儒学交流并没有完全消融两者在儒学倾向上的区别。沈约“博通典籍”，又有“人伦师表”之誉[①]，他的学术同样是兼综玄儒，并打上了“缘情制礼”的时代烙印。如其议谢朓三让尚书吏部郎一事曰：“撝让之美，本出人情。若大官必让，便与诣阙章表不异。”[②]同时，沈约议礼还强调随时因革。如《宋书·礼志》开宗明义曰：“夫有国有家者，礼仪之用尚矣。然而历代损益，每有不同，非务相改，随时之宜故也。”

沈约缘情制礼的倾向，与吴姓旧族判然有别，而与侨姓士族颇为接近。考察沈约儒家思想的形成，还必须注意他所受到的济阳蔡氏儒学的影响。蔡兴宗闻沈约之才而善之，泰始三年(467)春引之为安西外兵参军，沈约追随蔡兴宗达五年之久。沈约之儒家风范最为蔡兴宗所赏，兴宗尝谓其子曰：“沈记室人伦师表，宜善事之。”[③]蔡氏素有崇儒之风。蔡兴宗高祖蔡谟在晋世有“儒雅”之称[④]，蔡兴宗父廓“博涉群书，言行以礼”[⑤]，蔡兴宗之子蔡约曾获“蔡氏故是礼度之门”的赞誉[⑥]。但蔡氏儒学带有中原门阀社会的深刻烙印，而与江东儒学颇异其趣。从蔡兴宗之立身处事来看，其儒学的主要特征有二：首先，于儒家道德中尤为重视孝义。《宋书》本传称其家行尤谨，奉宗姑，事寡嫂，养孤兄子，有闻于世。

---

① 《梁书》本传。

② 《南齐书·谢朓传》。

③ 《梁书·沈约传》。

④ 《世说新语·识鉴》“诸葛道明初过江左”条刘孝标注引《中兴书》。

⑤ 《宋书》本传。

⑥ 《南齐书》本传。

又如，前废帝即位后，大改孝武制度，蔡兴宗因此不满曰："三年无改，古典所贵。"其次，于儒家礼制中特别强调仪礼。如其任会稽太守时，恢复三吴旧有的乡射礼；又如前废帝为政残暴，蔡兴宗曾屡次劝请沈庆之、王玄谟等举事废帝，其于前废帝早已有不臣之实，而当前废帝横尸太医阁口，蔡兴宗却云："此虽凶悖，要是天下之主，宜使丧礼粗足。"可见蔡兴宗对礼的形式的重视，胜于礼义忠信之德。这显然在一定程度上有悖于儒家原始观念中"忠信，礼之本也"①的精神。上述两方面反映出蔡氏儒学仍是典型的门阀社会下的侨姓士族儒家观念。又史称权臣戴法兴权倾人主，而吴郡顾觊之未尝降意，蔡兴宗与觊之友善，却嫌其风节过峻，由此可见蔡氏与顾氏虽同出儒雅之门，但身为吴姓旧族的顾觊之更重视士人节操的砥砺。蔡氏儒学与吴姓旧族儒风的同中有异，实质上提示了沈约与吴姓旧族儒家思想的区别。沈约以玄兼儒的学术，对其雅俗观念的影响是双重的：一方面，为了显示自己的儒学修养，他往往强调自己对"雅乐"的关注；另一方面，沈约礼义观念之"缘情"、"随时"的特征，无疑为其对通俗文化的积极接受提供了理论依据。

2. "士族情结"影响下的雅俗观念

沈约的出现，正处在沈氏由军功家族走向崇尚文化、其家学门风尚未得到充分认同的时期。直至齐世，宋司空沈庆之子沈文季虽风采稜岸，善于进止，但褚渊仍"颇以门户裁之"②，其原因即在于沈文季不仅出自将门，本人亦颇乏学术，可知此时沈氏弃武从文的转型尚未完成。出身在这样的家族文化背景下，沈约内心怀着一种深刻的士族情结，原是不难想象的。

为了确立自身的士族地位，沈约对士庶问题表现得十分敏感。他曾多次要求严格士庶之别。如南齐末年他任御史中臣时，奏弹东海士人王源与吴郡庶族满璋之联姻一事；梁代他又曾上言"宜校勘谱籍"，其目的

① 《礼记·礼器》。
② 《南齐书》本传。

乃在改变“宋齐二代，士庶不分”的局面(《梁书》本传)。严格士庶之别、巩固士族地位的要求，出自沈约这样步入士族行列不久的将门之后，充分表明了沈约对得之不易的士族身份的珍视。

沈约至少从以下两个互有关联的方面表明了自己的士族文化趣味：其一，如前所述，他在《宋书·自序》中竭力强调沈氏尤其是沈约本族的儒学传统和文化修养。如沈约之父璞《与始兴王濬书》颇具文采，始兴王刘濬因此致书主簿顾迈等人，加以赞赏。沈约于此特作自注曰：“此书真本犹存。”其对家族文化的炫耀之态，跃然纸上。其二，他非常强调文化学术之重要。据《梁书》本传，他极其钦慕王谢高门士族的家族文化积淀，众所周知的“自开辟以来，未有爵位蝉联，文才相继，如王氏之盛者也”[①]一语，即出自沈约之口。他本人亦“笃志好学，昼夜不倦”。在《高士赞》一文中，他表述了“自中智以下，莫有不学以从政、佐国安民者也。《易》曰：‘圣人之大宝曰位。’非学则不得也”[②]的观点，认为求学是得位的必由之路。

在士族情结的影响下，沈约对吴声西曲等通俗文化的态度是暧昧游移的。一方面，正如前文所说，沈氏事实上从一开始就没有放弃过喜好吴歌的传统，沈约本人对江南民歌的迷恋也是贯穿其一生的。然而另一方面，他对吴歌西曲的评价又不能不是谨慎的。吴歌这种起初为庶族将门所好的通俗文化，虽然已逐步为社会各阶层广泛接受，但沈约为了标榜自己的儒素，仍必须表明他对典正雅乐的重视。其《宋书·乐志》中有两点特别值得注意：其一，他试图证明吴朝有雅乐。何承天认为“世咸传吴朝无雅乐。案孙皓迎父丧明陵，唯云倡伎昼夜不息，则无金石登歌可知矣。”他又曰：“或云今之《神弦》，孙氏以为宗庙登歌也。”[③]沈约于此特加“史臣案”，引用陆机《孙权诔》以及孙吴韦昭《上〈鼓吹铙歌〉十二曲表》

---

① 《梁书·王筠传》。

② 《艺文类聚》卷三十六。

③ 《宋书·乐志》。

中的文字，力驳何承天之谬。对沈约来说，吴朝有无雅乐这一问题之所以不能不辩，是因为它关系到作为南人的沈约，是否具有儒家文化传统的大问题。因此，一旦事涉出身和传统，雅俗之别就关系到士庶之别，沈约也就必须标榜自身的尚雅传统。其二，沈约批评西曲曰："又有西、伧、羌、胡诸杂舞。随王诞在襄阳，造《襄阳乐》……荆州刺史沈攸之又造《西乌飞歌曲》，并列于乐官。歌词多淫哇不典正。"[①]在此，沈约之所以指斥西曲淫哇不典正，很可能是因为上述诸人将其"列于乐官"。作为一般的通俗音乐，与吴歌相比，西曲并不更为"淫哇"，然而一旦"列于乐官"，则会因其淫哇不典的文化特性而受到批评。因此与其说沈约是在批评西曲，毋宁说他是指责以西曲列于乐官的行为。沈约本人之仿作西曲，也就不难理解了。可以作为旁证的是齐武帝对释宝月《永明乐》的态度，史称"《永明乐》[②]歌者……道人释宝月辞颇美，上常被之管弦，而不列于乐官也"[③]，齐武帝之所以不将其列于乐官，很可能因其美而不典，但却不妨经常欣赏。沈约对西曲也采取类似的区分雅俗的做法，反映出沈约在《宋书·乐志》中的观念是相对保守的。

3. 沈约对吴声西曲的最终体认

由宋入齐，江南民歌获得了更为广泛的接受，甚至侨姓高门中偏于保守的王俭等人，也开始制作《白紵辞》等吴歌。齐永明五年(487)左右

---

① 曹道衡先生认为这是由于沈约一开始对西曲持保留态度(参见《江淹、沈约和南齐诗风》，载《河北师院学报》1986年2期)，此说不失为一种解释。然而考沈攸之《西乌飞歌曲》的由来可知，《乌飞歌曲》本为吴歌(《乐府诗集》卷四十七引吴均《续齐谐记》曰："会稽赵文韶，宋元嘉中为东扶持，廨在青溪中桥。秋夜步月，怅然思归，乃倚门唱《乌飞曲》。"赵文韶为会稽人，其怅然思归时所唱之《乌飞曲》，当为吴歌)，沈攸之以吴人而任荆州刺史，则其所作之《西乌飞曲》虽吸收了西曲的很多成分，但其与吴歌的密切关系不可忽视。单就文化趣味而言，沈约似不大可能排斥此一与吴歌渊源甚深的西曲。

② "明"原作"平"，王运熙《吴声西曲杂考》据《乐府诗集》卷七十五引文校正，《乐府诗述论》第62页。

③ 《南齐书·乐志》。

竟陵王子良的西邸文人集团则大规模地改制创造新声歌曲《永明乐》[1]。虽然《乐府诗集》列《永明乐》于"杂曲歌辞"一类，但据王运熙先生考证，《永明乐》与分别作于宋孝武、宋明帝时的《中兴歌》、《泰始乐》是同一系列，它们与《子夜四时歌》等吴歌有着极为密切的关系[2]。由南齐宗室和王融、谢朓等侨姓高门文士参与的西邸文人共作《永明乐》一事，较之宋世帝王与鲍照等寒士创制《泰始乐》之举，进一步揭示了欣赏吴声西曲的社会阶层的扩大，反映出吴声歌曲已转而成为侨姓高门文化的一个成分，也表明了侨姓士族与吴姓新贵在文化趣味上的融合，在此融合中，吴姓新贵沈约等人很自然地处于主导地位。

于是沈约对于吴歌的热忱开始逐步显露出来。这种变化在其写作《宋书·乐志》的永明五年(487)至六年(488)初尚不明朗，但事实说明他对江南民歌的避嫌心理在逐步消除，他不仅大量写作吴声歌曲，其对新声歌曲的评价也产生了质变，其中最主要的变化即是混同雅俗的倾向，即以俗乐的四声体系代替旧有的五声体系。

沈约为这一援俗入雅的做法找到了一个很重要的理论依据。在中国文化的传统中，雅文化对俗文化并非一开始就拒之于千里之外，汉代尤为盛行的采诗制度，实际上即是一种援俗入雅、沟通雅俗的方式。这一传统亦早已存在于儒家传统思想的内部。正如前文所述，沈约儒家思想之"缘情"、"随时"的倾向，对其喜好民歌俗谣的文化趣味影响至深；同样这也有助于沈约从儒学内部寻找沟通雅俗的理论依据。《文镜秘府论·天卷》载沈约《答甄公论》云："是以《中庸》云：'圣人有所不知，匹夫匹妇，犹有所知焉。'"《礼记·中庸》郑注云："与读为赞者皆与之与，言匹夫匹妇愚耳，亦可以其与有所知，可以其能有所行者。以其知行之极也，圣人有不能，如此禹好察迩言，由此故与。"据王利器先生校注，"此文盖合正文与注文而用之。"在此，沈约将"圣人有所不知"与"匹夫匹妇，犹有

---

① 参见陈庆元《谢朓诗歌系年》(载《文史》21辑)。

② 参见王运熙《吴声西曲杂考》，载《乐府诗述论》。

所知”并举，包含了雅文化必须吸收俗文化以自我丰富的意味。

沈约援俗入雅的倾向，对其声律论的形成有着极为深刻的影响。正如前文所说，在四声论的接受过程中，儒家传统的五声体系与来自民歌俗谣的四声体系的矛盾，是一极大的观念上的障碍。沈约沟通雅俗的观念，使其很轻易地越过了传统五声的障碍而发现了四声。他甚至试图说明四声五声可以并行不悖：

> 然则四声之用，何伤五声也。……昔周、孔所以不论四声者，正以春为阳中，德泽不偏，即平声之象；夏草木茂盛，炎炽如火，即上声之象；秋霜凝木落，去根离本，即去声之象。冬天地闭藏，万物尽收，即入声之象。以其四时之中，合有其义，故不标出之耳。①

很显然，与李概等人以四声匹配五声的努力相比，虽然同样是援引儒家理论，李概试图说明四声能够为旧有的五声体系所容纳，而沈约却旨在论证四声体系与旧有五声可以并存，这正说明了沈约混同雅俗的倾向。

在四声说大行的永明末年直至梁世，沈约混同雅俗的观念一直没有改变。天监元年(502)，梁武下诏访古乐，沈约答诏云：“案汉初典章灭绝，诸儒捃拾沟渠墙壁之间，得片简遗文，与礼事相关者，即编次以为礼，皆非圣人之言……《月令》取《吕氏春秋》……《乐记》取《公孙尼子》。”②沈约以《乐记》非圣人之言，此说颇可玩味。《乐记》是记载儒家传统礼乐思想的重要典籍，五声之说、雅俗之分等观念都在《乐记》中有所阐述。沈约否认《乐记》的经典意义，与其对“周孔所以不论四声”的解释一样，很可能是出于为其四声说摇旗呐喊的需要，至少反映了他对儒家传统礼乐观念的超越。

在混同雅俗这一点上，沈约不仅有别于吴姓旧族，而且与梁武帝的

---

① 《答甄公论》，《文镜秘府论·天卷》。

② 《隋书·音乐志上》。

观念亦迥然不同。据《梁书·萧子云传》,梁初郊庙乐辞皆沈约撰。梁武认为:“郊庙歌辞,应须典诰大语,不得杂用子史文章浅言,而沈约所撰,亦多舛谬。”可知梁武等人不满于沈约在郊庙乐辞中援用浅俗之语。正因如此,梁武虽然喜好吴歌新声,曾令沈约造《四时白纻歌》,并自造后两句,但在梁武的观念中,雅俗较然有别,因此他对有悖五声传统的四声说没有兴趣。《梁书·沈约传》称“高祖雅不好(四声)焉。帝问周舍曰:‘何谓四声?’舍曰:‘天子圣哲’是也。然帝竟不遵用。”

沈约混同雅俗的思想倾向,反映出他对俗文化的接纳程度超越于他的时代,从而使得他在运用四声于诗歌创作等文学新变中处于领袖地位①。这显然是受惠于沈氏的尚俗文化传统。吴姓新贵沈氏的家学以玄理为主体、在儒学上的趋新亦有别于吴姓旧族的保守。沈约、陆厥关于四声的论争,正是吴姓旧族、新贵文化的雅俗之别的一个表现。当然,正如本书第一章第二节《陆机学习江南歌谣的典范效应与南朝江东士族文学的复兴》所论,陆机树立的模拟江南歌谣的典范,是沈约克服军功家族的心理障碍、积极吸收吴歌西曲的重要推动力。因而吴姓旧族与新贵文化在雅俗这一层面上可说是异中有同。

## 第四节　论周颙、沈约与诵经僧尼的交往及其对四声论的推动

关于南齐永明年间四声说的形成背景,海内外学者已有颇为深入的论述。就四声与佛教文化的渊源来说,以往的研究主要关注梵语字音和

① (日)兴膳宏《艳诗的形成与沈约》一文也指出了沈约在齐梁文坛上的先驱地位:“沈约之所以能在齐梁文学界保持巨大的影响,其秘密在于他能比旁人早几步看清时代的趋势,才华纵横地发挥投合时宜的新颖感觉,并对新文学的动向起指导作用。”《六朝文学论稿》第150页(彭恩华译,岳麓书社1986年版)

印度诗律的影响[①]。但这一问题仍有必要进一步探索：一方面，众所周知，四声说的理论动力颇为多元，比如，南朝民间歌谣辨别和协调声音之清浊轻重的做法，亦有惠于四声的创立[②]。由此可见，其他与字音有关的佛教活动，比如诵经，也可能为四声说提供理论资源。另一方面，周颙、沈约是四声说的主要创始人[③]，对此学界已形成基本共识。那么周、沈二人所密切过从的僧人，所举行的与字音有关的活动，就很值得关注。与此相关，陈寅恪《四声三问》主张转读对四声影响甚大，并列举了《高僧传》卷十三《经师》篇中宋齐之间几位擅长转读的僧人。然而，《高僧传》"经师"篇所有僧人，皆未见与周颙、沈约密切交游者。与此恰成对照的是，与周颙、沈约交往频繁的僧人，多有关乎字音的诵经活动。因此，本文试图考察周颙、沈约与诵经僧人的交游。

## 一　周颙、沈约与诵经僧尼的交往

首先必须说明的是，这里所谓诵经，是指诵读佛经的汉译，与梵语无直接关系。诵经与转读都是吟诵佛经，但有汉译和梵音的区别。《高僧传》既有"诵经"一类，又立"经师"一类收录擅长转读的僧人，正是为了区

---

① 参见刘跃进《别求新声于异邦——介绍近年永明声病理论研究的重要进展》（《文学遗产》1999 年 4 期）。

② 钟嵘《诗品序》"至平上去入，则余病未能；蜂腰鹤膝，闾里已具"，已揭示了四声说的产生与民间歌谣的关系（参见郭绍虞《蜂腰鹤膝解》，《社会科学战线》1979 年第 3 期）。

③ 陈寅恪《四声三问》认为周颙、沈约同时创立四声，（载《金明馆丛稿初编》，上海古籍出版社 1980 年版）、刘跃进《四声八病二题》（《门阀士族与永明文学》，生活·读书·新知三联书店 1996 年版，第 351—353 页）主张四声之目创自周颙而非沈约，但也承认"沈约也同时或前或后提出了四声之说"。实际上，即便周颙始创四声之目，沈约当亦对四声有重要贡献，堪称"独得胸襟"，才可能在《宋书·谢灵运传论》和《答陆厥书》（《南齐书》卷五十二）中如此自诩。否则，如果他完全掠周颙之功以为已有的话，何颜以对周颙的子孙和其他知情者？

分吟诵佛经上的汉、梵之别[①]。《高僧传·经师论》阐述转读兴起的背景，指出梵音和汉语有别："自大教东流，乃译文者众，而传声盖寡。良由梵音重复，汉语单奇。若用梵音以咏汉语，则声繁而偈迫；若用汉曲以咏梵文，则韵短而辞长。是故金言有译，梵响无授。"[②]此处的"梵音"与"汉语"相对，可见是论述字音而非音乐。相应地，"声繁而偈迫"、"韵短而辞长"等说，则关乎梵汉字音不同而导致的音韵不协。同论还总结曰："若然，可谓梵音深妙，令人乐闻者也。……至于此土，詠经则称为转读，歌讃则号为梵呗。"[③]可见转读是以梵音来咏经。正因如此，《高僧传·经师》多描述僧人读经时的"清梵"[④]、"梵响"[⑤]、"梵制"等[⑥]，与此截然不同，"诵经"篇全无此类字眼；又《高僧传·诵经论》未论及梵汉关系，凡此皆可推测"诵经"篇是以汉语读经。

正如魏益州五层寺释法建所谓"读诵经典，沙门常事"[⑦]，诵经是一般僧人的基本活动之一。而这里所谓的诵经僧尼，一是指以诵经著称、

① 有些学者根据《高僧传·经师论》"歌咏"、"咏歌"等字眼，认为转读是歌唱。此说似可斟酌。从读经方式而论，《诵经》和《经师》都是诵经或曰"讽咏"。《诵经》篇中，释僧生"常于山中诵经，有虎来蹲其前……后每至讽咏，辄见左右四人为侍卫"（《释僧生传》，《高僧传》卷八，第461页），又释法宗"诵《法华》、《维摩》。常升台讽咏，响闻四达"（《释法宗传》，《高僧传》卷八，第461页）。《经师》篇亦载僧人"诵经"、"讽咏"。如帛法桥"尔后诵经数十万言，昼夜讽咏"（《帛法桥传》，《高僧传》卷十三，第497页），释道慧"诵经数万言。每夕讽咏，辄闻暗中有弹指唱萨之声"（《释道慧传》，《高僧传》卷十三，第500页）。其后《续高僧传》卷二十九有《读诵》篇，点明了诵经或曰"讽咏"的特点是读诵。

② 《高僧传》卷十三，第507页。

③ 《高僧传》卷十三，第508页。

④ 《高僧传》卷十三，《释僧饶传》，第499页。

⑤ 《高僧传》卷十三，《释智宗传》，第501页。

⑥ 《高僧传》卷十三，《释昙迁传》，第501页。按：有些学者认为转读是吟咏已译成汉语的经文，诵经和转读的区别在于前者是个人行为而后者是公开活动，此说难以解释《经师》篇用"清梵"等词语描述转读、而《诵经》篇全无此类字眼的现象。

⑦ 《释法建传》，[唐]道宣撰、郭绍林点校《续高僧传》卷二十九，中华书局2014年版，第1173页。

见收于《高僧传·诵经》的僧人，二是指尤其重视诵经的习禅僧尼。

第一类僧尼，可以周颙推重的齐山阴天柱山释法慧为代表。释法慧名列《高僧传》“诵经”篇，此传云其“诵《法华》一部”①。释法慧深居简出，独与周颙交谊甚笃：“唯汝南周颙，以信解兼深，特与相接。时有慕德希礼，或因颙介意，时一见者。”② 钦慕释法慧的士人，经周颙的推荐，才能会见释法慧，由此可见周颙与诵经僧人释法慧的相互推重。

第二类僧尼，主要是周颙、沈约交往和推崇的习禅僧尼，多有“禅诵”的修行方式，因而颇重诵经。南朝僧人的习禅方式，在禅默之外，又有禅诵。《高僧传·习禅》对此多有记载。比如释法绪“诵《法华》、《维摩》、《金光明》”③，其具体方式是：“常处石室中，且禅且诵”④，这就明确指出了诵经乃习禅方式之一。同传中类似习禅僧人很多，如竺昙猷“后移始丰赤城山石室坐禅。有猛虎数十，蹲在猷前，猷诵经如故”⑤，支昙兰“蔬食乐禅，诵经三十万言”⑥，释净度“常独处山泽，坐禅习诵”⑦，释法成“常诵《宝积经》”⑧，都是以诵经的方式修禅。

值得注意的是，《高僧传·诵经》篇僧人多习禅，如释僧生、释弘明“诵《法华》，习禅定”⑨，释道冏“素诵《法华》，……于是进修禅业”⑩，释慧豫“诵《大涅槃》、《法华》、《十地》。又习禅业”⑪。又释僧侯“诵《法华》、

---

①② 《高僧传》卷十二，第 472 页。

③④ 《释法绪传》，《高僧传》卷十一，第 408 页。

⑤ 《竺昙猷传》，《高僧传》卷十一，第 403 页。

⑥ 《支昙兰传》，《高僧传》卷十一，第 407 页。

⑦ 《释净度传》，《高僧传》卷十一，第 416 页。

⑧ 《释法成传》，《高僧传》卷十一，第 417 页。

⑨ 分别见《释僧生传》（《高僧传》卷十二，第 461 页）、《释弘明传》（《高僧传》卷十二，第 468 页）。

⑩ 《释道冏传》，《高僧传》卷十二，第 462 页。

⑪ 《释慧豫传》，《高僧传》卷十二，第 470 页。

《维摩》、《金光明》”,有“安禅之所”①,释慧弥亦行“禅诵”②,凡此亦证明了诵经为修禅之方式③。

与周颙、沈约两人交谊笃厚的习禅僧人,有释慧约。如前所述,据《续高僧传》卷六“义解篇”《释慧约传》,慧约字德素,姓娄,东阳乌场人。慧约与周颙的交谊始于刘宋元徽(473—476)初年,此时周氏任剡令,对慧约颇为礼敬④。建元四年(482)至永明三年(485)间,周颙于钟山立隐舍⑤,请慧约任草堂寺主,曾赞叹慧约“山茨约主,清虚满世”(《续高僧传》卷六,第183页)。慧约曾因父母去世而返乡,回都后再次入住草堂。众所周知,钟山草堂是周颙实现其“亦官亦隐”之理想的重要依托,慧约与草堂寺的缘分之深,正是他与周颙交好的重要表征。周颙卒于永明八年

---

① 《释僧侯传》,《高僧传》卷十二,第472页。

② 《释慧弥传》,《高僧传》卷十二,第473页。

③ 汤用彤《汉魏两晋南北朝佛教史》第五章“禅法之流行”云:“‘禅定’一语,不见于《四十二章经》中,然经谓‘睹天地,念非常,是谓无常观也”。又言‘诵经比调琴,须缓急得中’,此见于《杂阿含》卷九之‘二十亿耳’一段。所谓诵经者,实行禅之误。”(北京大学出版社1998年版,第65页)此处似乎忽视了诵经与行禅的关系,故以《杂阿含》为误。《高僧传》之外,《洛阳伽蓝记》亦载“坐禅诵经”事(卷二“崇真寺”条,范祥雍校注《洛阳伽蓝记校注》,上海古籍出版社1958年版,第80页)、记秦太上君寺有“诵室禅堂”(卷二“秦太上君寺”条,《洛阳伽蓝记校注》第94页),当与北方更重苦行有关。严耕望《魏晋南北朝佛教地理稿》第六章《佛教教风之地理分布—义解与禅诵》论《高僧传》十科,认为“亡身、诵经归之禅行可也”(上海古籍出版社2007年版,第197页)。又石少欣《六朝时期比丘尼研究》(南开大学2013年博士论文)已注意到《比丘尼传》、《高僧传》和《续高僧传》中诵《法华经》的僧尼多有同时修习禅定之举(第150页)。

④ 《续高僧传·释慧约传》载:“齐中书郎汝南周颙为剡令,钦服道素,侧席加礼。”(《续高僧传》卷六,第183页)又《南齐书·周颙传》:“元徽初,出为剡令。”(第730页)

⑤ 《南齐书》本传序周颙立隐舍一事于任正员郎与转太子仆之间。《南齐书》本传载:“文惠在东宫,颙还正员郎”(第731页),又据《南齐书·文惠太子传》,建元四年(482)齐武帝即位,萧长懋为皇太子。则周颙于建元四年任正员郎。又据《南史·文惠太子传》,永明三年(485),文惠太子于崇正殿讲《孝经》,少傅王俭以摘句令太子仆周颙撰为义疏。则周颙于永明三年前后任太子仆。由此可以推测,周颙于建元四年至永明三年之间立隐舍。

(490)冬天以后、永明末年慧约还都以前[①]。由此可以推测,周颙与释慧约有着近二十年的交谊。

又以沈约而论,据沈约《约法师书》,截至永明末年,沈约与周颙交好达十二年以上[②],即始于建元四年(482)之前。考虑到沈约与周颙"朝夕联事,靡日暂违"[③]的亲密关系,沈约与释慧约的交往当始于同一时间。值得一提的是,如前所述,南齐隆昌(494)中沈约政治失意[④],出任东阳太守,携慧约与其同行。作为患难之交,慧约甚至预知沈约的死期。沈约卒于梁天监十二年(513)[⑤],如此算来,沈约与释慧约的交往时间竟长达三十多年。沈约曾在周颙去世后致书慧约,深情缅怀周颙,感叹"法师与周,情期契阔,非止恒交"[⑥],事实上"情期契阔"一语也不妨用来形容沈约与慧约的情谊。保存在《广弘明集》卷二十八的这封信,实际上记载了周颙、沈约与释慧约三者之间的深厚交谊。

由《续高僧传·释慧约传》可知,慧约与沈约在东阳期间,"在郡惟以静漠自娱,禅诵为业"[⑦]。这一记载表明慧约也以诵经的方式修禅。

沈约还推重坐禅习诵的比丘尼。今存沈约著述中,有两篇碑状文,都是以比丘尼为传主:《比丘尼僧敬法师碑》、《南齐禅林寺尼净秀行状》[⑧]。其中,净秀以禅定为业[⑨],沈约为其所作行状,有净秀令同住"禅

---

① 参见刘跃进《周颙卒年新探》,载《门阀士族与永明文学》,第367页。

② 《与约法书》云:"周中书风趣高奇,……自接彩同栖,年逾一纪"(《沈约集校笺》卷四,第141页)。

③ 《与约法师书》,《沈约集校笺》卷四,第141页。

④ 参见《沈约与佛道二教的微妙关系》一节。

⑤ 《梁书》本传。

⑥ 《与约法师书》,陈庆元校笺《沈约集校笺》卷四,浙江古籍出版社1995年版,第142页。

⑦ 《续高僧传》卷六,第183页。

⑧ 分别见《沈约集校笺》卷七,第224页、第227页。

⑨ 《净秀传》,[梁]释宝唱著、王孺童校注《比丘尼传校注》卷四,中华书局2006年版,第165页。

诵”的记载，可以推测净秀亦坐禅诵经。关于僧敬，未见其习禅的记载，但《比丘尼传》卷三载其幼年“闻人经呗，辄能诵忆”①，可以推测诵经乃其强项。

关于沈约礼敬净秀的详情，今已不得而知，但沈约《南齐禅林寺尼净秀行状》在叙述净秀的坐禅、明律、受戒等佛教活动之外，更以详尽的笔墨叙写其出身世系、童年经历和临终状态，由此可以推测沈约对净秀的密切关注，也可窥见沈约与净秀本人及其知交熟识的程度。至于僧敬，《比丘尼传》本传称“齐文惠帝、竟陵文宣王并钦风德”②，作为西邸宾客的沈约，想必亦与僧敬熟识，否则也不可能承担《比丘尼僧敬法师碑》的写作任务。而碑文中“临泉结恸，有怆徂晖”等充满感情色彩的表现，也提示了沈约对僧敬的由衷敬佩。

此外，周颙亦曾礼敬山阴招明寺释法宣尼，《比丘尼传》本传未提及其是否习禅，但由“及至十八，诵《法华经》”③的记载，可知法宣亦颇重诵经。

概言之，周颙、沈约所交游往还的诵经僧人，就数量来说并不多，但其中多为交谊笃厚者，因而可以推测其诵经活动对周颙、沈约二人当有不可忽视的影响。

## 二 诵经与四声的关系

诵经与四声的关系，并无直接的资料可以证明。不过，以下两点可以作为考察这一问题的旁证：

其一，《高僧传·诵经论》指出了诵经讲求字音分明：“若乃凝寒靖夜，朗月长宵，独处闲房，吟讽经典，音吐遒亮，文字分明。”④由此可以推测，诵经对于领会字音之清浊轻重，当有所裨益。

① 《僧敬传》，《比丘尼传校注》第124页。

② 《比丘尼传校注》卷三，第125页。

③ 《比丘尼传校注》卷四，第213页。

④ 《高僧传》卷十二，第475页。

其二,《四声指归》的作者释僧旻重视诵经。以往的研究已经注意到,《续高僧传》载旻"所著论疏、杂集、《四声指归》、《诗谱决疑》等,百有余卷流世"[1],其中的《四声指归》可能被传写到北方,唐代日僧遍照金刚《文镜秘府论·天卷·四声论》引用的隋刘善经《四声指归》正采用了这一书名。又旻对十四音别有新解[2]。由此可以推测,旻精通四声。有学者根据《续高僧传》以下记载:"(旻)年十三,随回出都住白马寺。寺僧多以转读、唱导为业。旻风韵清远,了不厝意"[3],推测四声的发明与转读、唱导无关,诚为有见[4]。不过,笔者更倾向于认为,此材料说明了四声形成的理论动力颇为多元,有必要探寻转读、唱导之外的其他动因。值得注意的是,在诵经方面,《续高僧传》卷五《释僧旻传》记载旻恢复了释道安讲前诵经的传统:

> 又尝于讲日谓众曰:"昔弥天释道安每讲,于定坐后,常使都讲等为含灵转经三契。此事久废,既是前修胜业,欲屈大众各诵《观世音经》一遍。"于是合坐欣然,远近相习。而后道俗舍物,乞讲前诵经,由此始也。[5]

释道安于《高僧传》卷五有传。其讲前诵经之事,已不可考。但《高僧传》录其年轻时背诵《辩意经》、《成具光明经》之事,由此可推测释道安对诵经的重视。

旻着意倡导诵经,当与其行禅有关[6]。对于旻提倡讲前诵经之举,

---

① 《续高僧传》卷五,第159页。

② 饶宗颐《僧旻之〈四声指归〉》(载《梵学集》,上海古籍出版社1987年版,第177—178页)。

③ 《续高僧传》卷五,第154页。

④ 高华平《"四声之目"的发明时间及创始人再议》(《文学遗产》2005年第5期)。

⑤ 《续高僧传》卷五,第158页。

⑥ 同传称释僧旻"尝乐于禅默"(《续高僧传》卷五,第158页)。

宋释道诚《释氏要览》(大正新修大藏经本)卷下"讲处念经"条有录,可见其影响深远。

必须指出,此处释僧旻率众人所诵《观世音经》,当为汉译而非梵音。其理由是:比较《高僧传》的"诵经"与"经师",可以发现,同是描述诵读佛经的数量,两传在量词的使用上有所不同。"诵经"篇多录僧人"诵《正法华经》,常一日一遍"①、"诵《法华》日限一遍"②、"诵《法华》、《维摩》、《金光明》,常二日一遍"③,可见"诵经"篇多用量词"遍"。与此有所区别,"经师"篇多用量词"契"。如"于是作三契,经声彻里许"④、"等作三契经竟"⑤、"咏《维摩》一契"(《释僧辩传》)。概言之,用汉译诵经的量词是"遍",而梵语转读的量词则是契。释僧旻倡导的讲前诵经,从其推崇释道安"为含灵转经三契"来看,有可能是包括梵语转读的,但旻"诵《观世音经》一遍"则当为汉译,因而至少可以认为旻所倡讲前诵经兼含汉译和梵语。又由前引旻无意于转读、唱导来看,其讲前诵经当更偏向于诵读佛经的汉译。

周颙、沈约与诵经僧尼的密切交游,对其声律论的成熟无疑起到了推波助澜的作用。诵经讲求字音分明,可以说,诵经的过程同时也是领会字音的过程。梁释僧旻既研求四声、又推崇讲前诵经,可视为诵经有助于四声成熟的有力旁证。

## 三　余论:诵经与江东禅学传统

周颙、沈约所密切交往的僧人多重视诵经,而诵经讲求字音分明;又先行研究注意到《四声指归》的作者释僧旻无意于转读、唱导,却没有关注其对诵经的重视:释僧旻曾恢复释道安讲前诵经的传统。上述因素提

① 《释昙邃传》《高僧传》卷十二,第458页。
② 《释超辩传》《高僧传》卷十二,第471页。
③ 《释僧侯传》《高僧传》卷十二,第472页。
④ 《帛法桥传》《高僧传》卷十三,第497页。
⑤ 《释法平传》《高僧传》卷十三,第499页。

示了诵经与声律论之间的重要联系。关注周颙、沈约与诵经僧人的关系,有助于解决《高僧传》"经师"篇中擅长转读的僧人未见与周颙、沈约密切交游者这一疑点,从而为考察南齐永明声律论与佛教的关系提供新的视角。

作为南朝江东士族的文化领袖,沈约对诵经的兴趣,与其对江东禅学传统的濡染有关。从江东士族的佛学渊源而论,江东地区素有禅学积淀。三国时期,会稽陈慧作《安般守意经》注义[①];东晋时期,会稽谢敷大力推崇有关修行的禅数之学,曾为《安般守意经》[②]和《合首楞严经》作注[③]。值得注意的是,《安般守意经》多次提及诵经与习禅的关系,比如,金藏广胜寺本《安般守意经》卷上云:"有三坐堕道:一为数息坐,二为诵经坐,三为闻经喜坐。"[④]概言之,汉末三国以来江东士人一直十分关注《安般守意经》,该经颇重视诵经,可见沈约对诵经的关注还有着江东文化传统上的优势。

---

① 康僧会《安般守意经序》,(梁)释僧祐撰,苏晋仁、萧錬子点校《出三藏记集》卷六,中华书局1995年版,第244页。

② 谢敷《安般守意经序》,《出三藏记集》卷六,第245—247页。

③ 支敏度《合首楞严经记》注,《出三藏记集》卷七,第270页。关于六朝江东士族的佛学传统,参见拙作《论六朝江东士族信仰的变迁》,载《中国学术与中国思想史》,江苏教育出版社2002年版,第269—295页。

④ 《中华大藏经》所收金藏广胜寺本。

# 第七章　会稽孔氏文学

汉末孙吴以来，会稽涌现出若干世家大族。除了被称为“会稽四族”的孔、魏、虞、谢四家族之外①，山阴贺氏、山阴丁氏等家族也曾活跃于政治、文化舞台。其中，真正能够历六朝而绵绵不绝的家族，仅山阴孔氏、余姚虞氏和山阴贺氏诸家而已。论其渊源，山阴孔氏是在汉末迁于会稽的：

> 孔愉字敬康，会稽山阴人也。其先世居梁国。曾祖潜，太子太傅，汉末避地会稽，因家焉。祖竺，吴豫章太守②。

关于六朝时期的孔氏，傅汉思先生《山阴孔氏》一文已论述了孔氏的谱系、家族力量、经济状况、政治地位、对改朝换代的态度、隐居倾向、居处的迁徙、南朝末年的衰落等几方面③，本文则侧重于分析其家学门风与

---

① 《世说新语·赏誉》云：“会稽孔沈、魏顗、虞球、虞存、谢奉，并是四族之俊，于时之杰”，从现存材料来看，“会稽四族”之说首见于此，但会稽四族的形成，一定远远早于“四族之俊”生活的东晋后期，因为由《三国志》等史书可知，孔、魏、虞、谢几大家族至迟在孙吴时期已获得了较高的政治地位。

② 《晋书·孔愉传》。

③ 载《清华学报》新二卷第二号。此文引用了包括《嘉庆山阴县志》在内的多种史料，将孔氏士人生平可考者悉数列出，可见作者在收集材料方面用力之勤，但该文遗漏了于《南齐书》等正史中有传的孔道隆、孔灵产、孔稚珪、孔仲智一系。又该文有几处失误：其一，文章称“除了孔云童外，未见有孔氏奉佛的记录”(No inclination toward Buddhism is recorded for any other member of the family except Yün-chang)，但如本书第二章第三节《论江东士族信仰的变迁》所述，孔云童(章)之父孔(注转下页)

其盛衰之关系，考察孔氏文学与思想的互动。

## 第一节　会稽孔氏的家学变迁与家族兴衰

六朝时期，会稽孔氏不仅突出地体现了尚忠义、崇礼典、厉操行等江东士族共有的儒家风范，而且展现出崇尚教化、讲究刑律等独特家风。南齐以降，孔氏以博闻多识的学风著称。兼重“政事”与“文学”是六朝孔氏长保其政治地位的奥秘所在。对道教的执着则反映了孔氏家风中“冲静”的一面。孔氏文风也经历了从疏离文学新风到融入主流的变迁。

### 一　晋宋：崇教化、重刑律与政治才能

现在能够知道的孔氏最早的儒者，是孙吴后期会稽太守孔冲。《晋书·孝友传》称，东阳许孜“年二十，师事豫章太守会稽孔冲，受《诗》、《书》、《礼》、《易》及《孝经》、《论语》”。①但孔氏儒学的开端，当早在孔冲之前。

---

（续上页注）休源已入佛，孔稚珪早在南齐末年已并尊佛道。其二，文章称孔灵符及其儿子湛之、渊之之死“可能与宋明帝初年孔觊的反叛有关”（Chi，his brother Tao-ts'un，and Tao-ts'un's three sons died in 466 after participating in an unsuccessful revolutionary movement.……In a family misfortune perhaps related to the movement of 466，Ling fu was put to death in 465，and his sons Chan-chih and Yüan-chih were forced to commit suicide），但《宋书·孔灵符传》明言灵符死于前废帝景和中，原因是“犯忤近臣，为所谗搆”，而且“太宗即位，追赠灵符金紫光禄大夫”，足见灵符之死与反叛宋明帝无关。

①　由《晋书·孝友传》可知，东晋咸康中许孜已“没积年，其子尚在”，许孜年八十余卒，假定他卒于咸康元年（335），那么他弱冠时不会晚于吴天册元年（275），因而豫章太守会稽孔冲是孙吴时人。而《晋书·孔坦传》云：“（孔坦）祖冲，丹杨太守；父侃，大司农。”又同传称“（孔愉）祖竺，吴豫章太守；父恬，湘东太守。从兄侃，大司农。俱有名江左。……愉年十三而孤，……吴平，愉迁于洛”。将这两条材料对照可知，此孔冲曾任西晋丹杨太守。未知两孔冲是否为一人。又梁代孔休源为晋丹阳太守冲之八世孙（《梁书·孔休源传》），张森楷《梁书校勘记》云：“《晋书·许孜传》有豫章太守孔冲，当即此人。晋有丹阳尹，无太守，此丹阳太守盖是豫章太守之误。”案：西晋有丹杨太守。据《晋书·薛兼传》，晋元帝登基后，丹杨太守薛兼“转尹”。可知丹阳尹应当是永嘉南渡后因建都于建业才设立的。张氏之说误。

迄于东晋，孔氏经学仍有传人，如孔坦“善《春秋》”[①]。不过，正如其它江东士族一样，萧梁以前，孔氏儒学最突出的表现，不在于其经学成就，而是其崇尚忠义道德和遵循礼典（参见第二章第二节《江东士族以儒为本的保守学风及其演变》）。

孔氏刚正不阿的风骨尤其引人注目。东晋孔愉有“守正”之誉，刘宋孔琳之“强正有志力”[②]，其孙孔觊“清刚有峻节”[③]，梁代孔休源“清介强直”[④]，“正”、“直”、“节”等说法都勾勒出孔氏的铮铮风骨。除了第四章中已经涉及的东晋孔愉父子和孔琳之、孔觊祖孙之外，孔群也以刚直著称。孔群曾激烈斥责参与苏峻之乱的匡术。《世说新语·方正》篇中，“苏峻时，孔群在横塘为匡术所逼”条与“孔车骑与中丞共行”条皆记载孔群斥责匡术曰：“鹰化为鸠”，意思是匡术虽然归降朝廷，但过去投附逆贼的劣迹仍难以洗刷。《世说新语》的这两条记载对孔群此事的时间、背景的叙述不一致，可知是一事而传闻异辞。这件事在当时广泛流传，足见孔群奉守忠义、嫉恶如仇的立身原则在当时的世风下是极为突出的。此外，孔愉与王导的关系也折射出孔氏坚持忠义的人格。南渡初年司马睿重用刁协、刘隗，王导因此被疏远，孔愉便向司马睿进言，以为王导忠诚贤能，且有任命之功，理应继续得到重用，结果孔愉因此被司马睿外放。咸和末年，王导执掌大权而任用非人，孔愉又对此大加批驳，竟遭到王导的忌恨。又孔坦也“以国事为己忧”[⑤]，他曾上奏成帝，反对王导的大权独揽。孔氏平视王侯的风骨，至刘宋孔琳之、孔觊时并未有丝毫减弱。梁陈两世，孔氏刚直的门风又得到了充分展示。据《梁书》本传，孔冲八世孙孔休源于梁代天监年间任御史中丞，以铁面无私而为众官所畏，梁武帝称赞他“奉职清忠，当官正直”；又陈天嘉年间，御史中丞孔奂又有执

① 《世说新语·言语》“梁国杨氏子”条刘孝标注引王隐《晋书》。

② 《宋书》本传。

③ 《南齐书·杜京产传》。

④ 《梁书》本传。

⑤ 《晋书》本传。

法正直的声誉。太建五年(573),孔奂任吏部尚书时拒不接受请托,甚至对始兴王陈叔陵、太子陈叔宝的要求也不予理睬。总的说来,六朝时孔氏的"峻节"是相沿不替的,仅陈代孔范是个例外。孔范字法言,太建中位至宣惠江夏王长史。后主即位,任都官尚书,与江总等人并为陈后主之狎客,极尽阿谀奉迎之能事。陈亡后,隋文帝将包括孔范在内的、陈后主的四位近臣名之为"四罪人",流之远裔。孔范人格的卑下,反映了入陈以后孔氏儒风的弛废。

孔氏在礼制实践中崇尚遵循礼典,其中又以孔愉、孔严[①]为著。东晋隆和元年(362),孔严反对朝廷行鸿祀礼,理由是"鸿祀虽出《尚书大传》,先儒所不究,历代莫之兴,承天接神,岂可以疑殆行事乎!……丘祷久矣,岂须屈万乘之尊,修杂祀之事!君举必书,可不慎欤!"[②]晋哀帝欲行鸿祀之制的背景,是其时天文灾异频频出现,帝王希望通过行礼来消除灾异。但鸿祀并非礼典所规定的常礼,属于"杂祀"之类,孔严谏阻晋哀帝"修杂祀之事",正体现了他恪守儒家礼典的倾向[③]。又如,升平五年(361)哀帝立,在哀帝的承统问题上,朝臣有上继穆帝、康帝等不同说法,仅谢奉、孔严等六人认为应该承继成帝。他们的立论根基也是"顺本居正,亲亲不可夺"的儒家传统观念[④]。此外,太兴元年(318)四月,中书侍郎孔愉上疏议救日蚀礼云:"《春秋》,日有蚀之,天子伐鼓于社,攻诸阴也;诸侯伐鼓于朝,臣自攻也。案尚书符,若日有变,便击鼓于诸门,有违旧典"[⑤],足见其议礼不离旧典。

---

① 孔严字彭祖,《晋书》卷七十八有传。"严",《世说新语·品藻》"简文云"条有"学义不及孔岩",刘注引《中兴书》:"岩字彭祖,会稽山阴人。"

② 《晋书》本传。

③ 陈留江彪也反对鸿祀(《晋书》本传)。江彪是侨姓士族中学风较为保守的士人。如他在"庾家为孝庾后服议"中援引贺循《丧服要记》以证成其说(《通典》八十一),又如他议"尊周贵人为皇太妃"一事时,反复申明"子尊不加父母……盖圣典不可逾也"的道理(《晋书·礼志下》),显然他也强调遵循礼典。

④ 《晋书·孔严传》。

⑤ 《晋书·礼志上》。

以上两方面表明孔氏具有江东士族保守儒风的共性。值得注意的是,孔氏儒家风范还有重视教化的一面。众所周知,官吏兼重政治与教化的所谓“循吏”现象发端于西汉,迄于东汉时越发蔚然成风[①]。孙吴士人一方面承袭了东汉旧学风,另一方面也效仿东汉士人重视儒家教化的做法。孔氏的教化意识尤为突出。如前所述,孙吴孔冲就是一位典型的“循吏”。前述东阳许孜师事豫章太守孔冲,“学竟,还乡里”,可知他并非孔冲佐吏,孔、许二人是纯粹的师生关系,那么孔冲任豫章太守时曾亲自聚徒讲学。又晋孔奕任全椒令时“有惠化”[②]。永嘉之乱后,儒学式微,从京师到地方,儒家教育机构皆废而不举,出现了“自丧乱以来,十有余年,干戈载扬,俎豆礼戢,家废讲诵,国阙庠序”的局面[③]。有鉴于此,孔氏以推广儒家教育、褒扬道义之举的方式,大力实行儒家教化。如太兴三年(320),晋元帝下诏要求以经学策试各地举荐的孝廉、秀才,如考试不通过,则罢免当地的刺史、太守,结果秀孝皆不敢至京师,其后朝廷又下令孝廉免试,秀才仍须参加策试。孔坦在上奏中申明了永嘉以后经学教育荒废的事实,认为秀才孝廉或试或免试,反而有损于制度的统一性和严肃性,阻碍儒家教育的推广,他主张各地应改善学校教育,五年后再对孝秀加以考核[④]。咸康末年,孔愉任会稽内史,曾举荐广陵隐士韩绩;太和中,孔严任吴兴太守,褒赞余姚妇人卖己子以育兄子,武康人弃子以养弟子等义举[⑤];又据《宋书》本传,东晋义熙年间,孔季恭任会稽内史时,“修饰学校,督课诵习”,更是不折不扣的“循吏”风范。直至梁代,孔休源身后有“理务神州,化覃歌咏”[⑥]之誉。

---

① 参见余英时《汉代循吏与文化传播》,载《士与中国文化》(上海人民出版社1987年版)。

②⑤ 《晋书》本传。

③ 《晋书·孔坦传》。

④ 当时其它江东人士也有相似的说法。如丹阳甘卓也上疏奏陈了类似意见,且广泛搜罗人才,举荐桂阳谷俭等人应试(《晋书·甘卓传》),又永嘉年间广陵戴邈亦曾建议朝廷兴复儒家教育。

⑥ 《梁书》本传。

孔氏的崇尚儒家，还使他们对刑律之学特别关注。一方面，减刑罚原本就是儒家仁政的一项重要内容，因而以宽惠为宗旨的刑律正是儒家思想的体现；另一方面，魏晋崇尚清谈、标榜玄虚的风气盛行以来，儒家思想逐渐与法家站到了同一阵营，两晋的崇儒学者往往主张兼用刑名，以此来反对老庄之玄虚。如葛洪《抱朴子外篇·用刑》认为“世人薄申韩之实事，嘉老庄之诞谈。然而为政莫能错刑……”，又如东晋李充“幼好刑名之学，深抑虚浮之士”①。自东晋以来，孔氏士人多担任尚书左丞、御史中丞等执法之职。如东晋孔严任尚书左丞，孔群为御史中丞；宋永初二年(421)孔琳之任御史中丞，孔觊于宋大明中转御史中丞；南齐孔琇之、孔稚珪、梁代孔休源、陈代孔奂都曾任御史中丞，其中孔奂两次担任此职。也许正因如此，在普遍崇儒的江东士族中，孔氏对刑律的研究也是首屈一指的。《宋书·孔琳之传》载，东晋末年孔琳之论述复肉刑之利弊云：“重之不必不伤，轻之不必不惧，而可以全其性命，蕃其产育，仁既济物，功亦益众。”可见他很注重刑律中的“仁政”因素。又据《宋书·孔渊之传》，孔愉玄孙孔渊之大明中为尚书比部郎时，安陆应城县民张江陵与妻吴氏骂母黄氏，导致母忿恨自杀。时值国家大赦，根据当时法律，如果按照“杀科”来处置张、吴二人，则疑太重；若定为殴伤詈骂罪，又嫌太轻。孔渊之议曰：

> 夫题里逆心，而仁者不入，名且恶之，况乃人事。故殴伤呪诅，法所不原。詈之致尽，则理无可宥。罚有从轻，盖疑失善，求之文旨，非此之谓。江陵虽值赦恩，故合枭首。妇本以义，爱非天属，黄之所恨，情不在吴，原死补治，有允正法②。

他认为张江陵骂母致死，应治枭首罪而不赦，但其妻可以获赦。其说为

① 《梁书》本传。

② 《宋书》本传。

朝廷所采纳，足见孔渊之的律学在当世颇具权威性。又南齐永明年间，齐武帝重视法令，令大臣删注刑律，其目的在于宽惠为政，《南齐书》卷四八传论“永明定律，多用优宽，治物不患仁心，见累于弘厚，为令贵在必行，而恶其舛杂也”之说，便充分证明了这一点。《南齐书·孔稚珪传》载，永明九年(491)，孔稚珪上表奏《律文》二十卷，其表云：“伏惟陛下蹑历登皇，乘图践帝，天地更筑，日月再张，五礼裂而复缝，六乐颓而爰辑。乃发德音，下明诏，降恤刑之文，申慎罚之典，敕臣与公卿八座共删注律。”显然他是把删注刑律视为礼乐建构的举措。他还揭示了当世律学衰微的现象：“寻古之名流，多有法学……今之士子，莫肯为业，纵有习者，世议所轻”，并提出了相应的对策：按照复兴五经的办法，在国学中设置律助教，招收律学的国子生。孔稚珪将刑律之学纳入儒家教育范围的设想，正反映了他重视刑律的学术背景是儒家思想。其后梁代孔休源任建康狱正，以辩讼精当公正著称，孔休源甚至成为狱正的典范：“后有选人为狱司者，高祖尚引休源以励之”[①]，孔氏的律学造诣和刑律实践都堪称一流。

重教化与讲刑律都体现了孔氏对儒家仁政的追求。这既是孔氏儒学的独特性所在，也对孔氏的政治才能产生了深刻影响。历代孔氏士人大多长于政事，如宋孔琳之、孔觊、齐孔琇之、梁孔休源、陈孔奂等皆为能吏，这与其崇尚儒家仁政是相辅相成的。如果说吴郡顾氏的政治才能深得黄老思想的精髓，那么孔氏的政治成就显然受惠于儒家德化的观念。

## 二　南齐以降：博物多通的学风

晋宋时期，孔氏的儒风以崇道德与重教化为主。从南齐开始，在崇尚博识多通的学术思潮的影响下，孔氏学风也呈现出广博的特色。先是南齐孔逷字世远，永明中任太子家令，《南齐书·虞玩之传》称他“好典故学，与王俭至交”。南齐时王俭是博闻广识学风的重要实践者和倡导者

① 《梁书》本传。

（详见第三章第三节《论陆澄崇儒博物的学风对梁代文学复古思潮的影响》），孔逷与王俭的交谊，应是以共同的学术好尚为基础的。至于梁代，尚博学风进一步蔚为大国。据《梁书·孔休源传》，孔休源之博识为朝野所共知。孔休源（469—532）字庆绪，南齐时为竟陵王西邸学士[①]，入梁后任太学博士、尚书仪曹郎、建康狱正、尚书左丞、扬州刺史临川王萧宏行佐，后监扬州，颇有政绩。孔休源熟记朝廷典章制度，晋宋以来的起居注皆倒背如流，吏部郎任昉称其为"孔独诵"。此外他在校勘方面也颇为用力，他的七千余卷藏书，都曾经他亲手校治。陈代孔奂亦博通经史百家。孔奂（514—583）字休文，历任御史中丞、吏部尚书、侍中、中书令等职。孔奂年少博学，梁代著名的博学士人刘显都对他大为叹服，《陈书·孔奂传》称刘显执孔奂手曰："昔伯喈坟素悉与仲宣，吾当希彼蔡君，足下无愧王氏。"遂将自己的藏书悉数传给了孔奂。又陈后主狎客孔范亦"博涉书史"[②]，如此看来，孔氏博学人数之多，造诣之高，会稽士族中莫能匹敌。

孔氏博闻多识的学风，与其兼融不同儒学派别的治学方针是相辅相成的。其一，孔氏对北来儒师的学术表现出极大兴趣。如梁时孔佥推重北来士人崔灵恩的经学。崔氏是典型的北朝保守学派（说详见第三章第三节《论陆澄崇儒博物的学风对梁代文学复古思潮的影响》）。孔佥之好崔氏学，与吴郡陆诩习崔灵恩《三礼义宗》一样，反映了江东士人推崇旧学的趣味。其二，南齐以来，孔氏与侨姓士人尤其是奉儒者的学术交流也颇为密切。由《梁书·儒林传》可知，孔佥少师事庐江何胤。孔佥博通五经，尤明《三礼》、《孝经》、《论语》，生徒数百人，曾任国子助教，三为五经博士。孔佥之学有所成，无疑得益于其转益多师的治学方法。除了前文已经涉及到的事例外，南朝时孔氏与侨姓交好的例子还有以下数则：

---

① 《梁书·孔休源传》叙孔氏仕宦极为混乱，先说"建武四年，州举秀才"，太尉徐孝嗣赏其策；次序琅琊王融荐之于竟陵王。后者乃永明年间事，应置于建武四年之前。

② 《南史·恩倖孔范传》。

据《南史·文学孔逭传》，刘宋时孔逭有才藻，陈郡谢瀹年少时游会稽还，父谢庄问曰："入东何见？见孔逭不？"可见他对孔逭的欣赏；南齐孔稚珪与庐江何点、何胤兄弟为莫逆之交①；孔广以才学知名，且容止、谈吐皆好，王俭常云："广来使人废簿领，匠不须来，来则莫听去。"②梁孔休源见赏于王融、徐孝嗣。南齐以来孔氏在南北士族的文化交流中显得十分活跃，他们所交往的对象又主要是何胤、王俭、刘显等崇儒士人，因而南北交流为孔氏儒学之复苏注入了活力。

## 三 "冲静"门风与恪守家传道教

如第二章第三节《论江东士族信仰的变迁》所述，孔氏堪称江东奉道士族中的核心家族。这与孔氏清静无为的倾向是分不开的。比如，永嘉年间司马睿南渡后，大量擢用南士，江东名士孔愉亦被征为参军，但其时孔愉隐姓埋名于新安山中，直至建兴初、年五十时才出仕③。虽然西晋八王之乱后，江东士人大多以世乱还乡，但孔愉在永嘉后迟迟不愿出仕，足见他的用世之心远不如他人强烈。孔愉的遁世之志，对南朝孔氏的出处观念产生了深远影响。刘宋以降这种倾向渐趋明显。以孔愉孙、晋末宋初的孔季恭为例：刘裕东征孙恩，孔氏帮助他出谋划策，并提供物质资助。此事似乎反映了孔氏的用世之志很强。事实上，孔季恭依附刘裕，并非纯为仕途打算。其理由有二：首先，如前所述，孔氏在孙恩之乱中惨遭家祸，孔季恭堂兄弟道民等三人被害，因此，孔季恭之资助刘裕，显然带有为家族报仇雪恨的意图；其次，刘裕执政后不忘旧恩，屡屡以尚书仆射、尚书令等美职授予孔氏，孔氏每每谦让不受。可见孔季恭对功名较为淡漠。其后孔氏隐逸者也不在少数。刘宋末年起，孔愉曾孙祐、

---

① 《南史·何点传》。

② 《南史·文学传》。

③ 《晋书》本传。

祐子道徽、道徽侄子总相继隐居不仕[1]。而且，晋末宋初孔琳之、琳之孙孔觊、南齐孔稚珪均以朴素清廉著称。如前所述，孔稚珪答萧子良的信中云："民积世门业，依奉李老，以冲静为心，以素退成行。"这段话揭示了孔氏的道教信仰和"冲敬"家风的关系（说详下）。由于史籍对孔氏奉道的源流、所属教派等具体情形叙述得不够明朗，今就有关问题略作探讨。

1. 孔愉奉道考

从现存材料来看，孔氏最先服膺道教者，似为孔愉。《世说新语·栖逸》载：

> 孔车骑少有嘉遁意，年四十余，始应安东命。未仕宦时，常独寝，歌吹自箴诲，自称孔郎，游散名山。百姓谓有道术，为生立庙。今犹有孔郎庙。

至于孔愉隐遁的地点，该条刘孝标注引《孔愉别传》云："永嘉大乱，愉入临海山中，不求闻达，中宗命为参军。"但《晋书》本传称"（孔愉）东还会稽，入新安山中，改姓孙氏，以稼穑读书为务，信著乡里。后忽舍去，皆谓为神人，而为之立祠"。一说"临海山中，"一说"新安山中"，两书的说法不一致。又《水经注》四十《浙江水》注云："湖水又迳会稽山阴县，……县南九里有侯山，山孤立长湖中，晋车骑将军孔敬康少时遁世，栖迹此山"。此说认为孔愉曾居会稽侯山。《嘉泰会稽志》九的记载略同。又《太平寰宇记》卷一百四亦云孔愉隐居地为新安山中的歙县："（歙县）孔灵村，在县南二十五里。按《晋书》云：孔愉字敬康，会稽人，永嘉之乱，避地入新安山谷中……按所居止在此，故谓之孔灵山，祀其上。"罗愿《新安志》三"歙县古迹"亦持此说。这样孔愉隐居地有新安山、临海山、山阴侯山等

---

① 见《南史·隐逸传》。孔祐隐于四明山的时间不详，但该传称太守王僧虔赞誉孔祐之不仕，据《南齐书·王僧虔传》，王氏任会稽太守，是在刘宋泰始、泰豫年间。

三种说法，但这些记载并不矛盾，因为《世说新语》明明说孔愉"游散名山"。他在隐遁时曾游历不少名山大川，但立庙祭祀孔愉者，似仅有新安山中的歙县一处，大概孔愉在新安山隐居耕读且行其道术的时间最久①。

从现存资料很难确知孔愉道术的渊源所自，但可以大致推测其道术的特征。孙吴以来江东至少流行过四种教派。对此，第二章第三节《论江东士族信仰的变迁》已有涉及，在此作一更为详细的说明。其一，孙吴初年，江东一度盛行琅琊于吉之道术："时有道士琅琊于吉，先寓居东方，往来吴会，立精舍，烧香读道书，制作符水以治病。"②这位于吉，与汉代得神书的于吉同名，陈国符认为"乃后世太平道祭酒，假托于于吉耳。"③于吉后被孙策杀害，但《三国志·吴书·孙策传》裴注引《江表传》称其死后"诸事之者尚不谓其死，而云尸解焉，复祭祀求福"，可知其影响绵绵不绝。其二，据葛洪《抱朴子·道意卷》第九，孙权时期，由蜀中传入的李家道颇为盛行，其特征为"升堂入室高业先进者，不过得祝水及三部符导引日月行炁而已，了无治身之要、服食神药、延年驻命、不死之法也。"李家道的特征与于吉之术颇为相似。直至东晋初年，号称李家道的道派仍很兴盛。《晋书》卷五十八《周札传》记载了号称李八百的道士在东晋的活动："时有道士李脱者，妖术惑众，自言八百岁，故号李八百。自中州至建业，以鬼道疗病，又署人官位，时人多信事之。"同时李脱的弟子李弘还养徒潜山，自称应谶当王。这一道派在当时颇为盛行，更由于它打着曾流布于江东的李家道的旗号，对包括义兴周氏在内的江东士人尤具号召力。其三，孙吴以后帛家道也流行于江东④。其四，此时江东地区还存在着以左慈为代表的金丹道派。据《抱朴子内篇·金丹》可知，这一派的传承序列为左慈——葛玄——郑隐——葛洪。作为金丹道派传人的葛

---

① 参见《世说新语·栖逸》"孔车骑少有嘉遁意"条余嘉锡笺疏。

② 《三国志·吴书·孙策传》裴松之注引《江表传》。

③ 《道藏源流考》第83页(北京：中华书局1963年版)。

④ 陈国符《道藏源流考》第276页。

洪，对李家道极为鄙视，认为“其术至浅”，因此他“欲令人觉此而悟其滞迷耳。”①

东晋以前在江南流行的道教已如上述②。由于东晋时期孔愉侄孙孔道民等人师事的杜子恭一派更接近于太平道、李家道（说详下），而金丹道派与这类重符水治病的道术水火不相容，故可以逆推孔愉所崇尚的道术，应与五斗米道相近而非金丹道派，但这也只是推测而已。

2. 东晋孔道民兄弟与杜子恭一系

东晋时期，吴郡钱塘杜子恭一派道教在南北士族中颇具号召力。琅琊王氏、陈郡谢氏、吴兴沈氏、会稽孔氏等家族都对杜氏执在三之敬③。杜子恭弟子琅琊孙泰，尤以秘术惑众。《晋书·孙恩传》云：“黄门郎孔道、鄱阳太守桓放之、骠骑咨议周勰等皆敬事之。”其后孙泰以谋反被诛，孙泰侄子恩聚合数万道徒复仇，从海上攻上虞，袭会稽，于是会稽谢鍼、吴郡陆瓌、吴兴丘尫等八郡一时俱起，杀太守以响应孙恩。孔道民兄弟三人师事孙泰而被害。《晋书·孔严传》载：“孔严三子：道民，宣城内史；静民，散骑侍郎；福民，太子洗马，皆为孙恩所害。”又《晋书·孙恩传》云，“黄门郎孔道，鄱阳太守桓放之……皆敬事”孙泰，孙恩之乱中，“中书郎孔道、太子洗马孔福”遇害。这两处记载中，太子洗马孔福民即太子洗马孔福，那么黄门郎、中书郎孔道当为宣城内史孔道民。《晋书》卷四十八“校勘记”已经指出这一点。然陈寅恪认为“至《晋书·孙恩传》中敬事孙泰之黄门郎孔道即同传下文遇害之中书郎孔道，与山阴孔氏疑是一族，《南齐书·孔稚珪传》稚珪祖为侍中道隆，以稚珪父灵产奉道如此之笃推之，孔道隆恐即孔道，以唐人传写避讳，略书名下一字，而侍中之官或者

① 《抱朴子内篇·道意》。

② 关于孙吴时期江南道教的流派，参见赵益《六朝南方神仙道教与文学》第68—73页。

③ 说详见陈寅恪《天师道与滨海地域之关系》，载《金明馆丛稿初编》，（上海古籍出版社1980年版）。

又因死难之故所追赠欤？姑记于此，以俟考”[①]。事实上，孔道不大可能是孔稚珪祖孔道隆，还有以下原因：其一，《高僧传》卷十《杯度传》载：“孔宁子时为黄门侍郎，在廨患痢，遣信请度。度呪竟云：‘难差，见有四鬼，皆被伤截。’宁子泣曰：‘昔孙恩作乱，家为军人所破，二亲及叔，皆被痛酷’。”所谓四鬼盖指孔宁子父母及两叔，那么孔严长子孔道民很可能是孔宁子之父。其二，《道学传》卷十六记孔稚珪父灵产“遭母忧，居丧以孝闻……父在京师，未之知也”，除非孔灵产与孔宁子同父异母，那么与妻同亡的孔道不可能为孔灵产之父孔道隆。孔道民兄弟三人的被害，说明了杜子恭一派并未建立起紧密的同道关系。孔氏的孔严一支在这次战乱中满门皆亡，为道教信仰付出了沉重的代价[②]。

关于杜子恭一派的源流、特征乃至称谓，历来众说纷纭。因杜子恭一派与江东士族关系密切，故稍作考论。首先是杜子恭本人的生平，陈马枢《道学传》云“杜炅，字子恭”，《云笈七签》卷一百十一《洞仙传》[③]曰：“杜昺，字叔恭，吴国钱塘人也。”唐陆龟蒙《小名录》卷下载：“明师名昊，字不恭”。杜炅、昺、昊三名，所指应为一人。卿希泰编《中国道教史》以《洞仙传·杜昺传》所记杜氏卒于孙泰起事之后，而《晋书·孙恩传》序孙泰谋反于杜子恭死后，故认为叔恭与子恭并非一人，但二人籍贯相同，时代也很相近，从名字来看，也许是昆仲。[④] 此说值得商榷。其一，《晋书》为唐人所修，叙述史实本多谬误，单凭《晋书》很难确证炅、

① 《天师道与滨海地域之关系》，《金明馆丛稿初编》第 24 页，又卿希泰《中国道教史》第一册第三章《道教在魏晋时候的分化与发展》从其说，第 278 页（四川人民出版社 1996 年版）。

② 《真诰》卷八有“五月十四日右英夫人答孔辞”，陶弘景注云：“后人黵作谢安字。孔氏，孔默也，云似是孔严兄弟。长史父先为严从兄坦前锋都督，是讨沈充时。既有因缘，故得此也。”许谧之父许仲先是孔严从兄孔坦的前锋都督，这一材料说明了孔严与上清许杨一派也有来往。

③ 《洞仙传》，《隋书·经籍志》列入史部杂传类，可知至迟为南北朝之著述。参见陈国符《道藏源流考》附录一《引用传记提要》下册第 239 页。

④ 《中国道教史》第三章《道教在魏晋时候的分化和发展》。

昺非一人。其二，今存《道学传》与《洞仙传》所载二人事迹相近，叙述笔法也颇类似。今将二传的相近之处对比如下：（A为《道学传》，参见陈国符《道藏源流考》附录七《道学传辑佚》；B为《洞仙传》，见《云笈七笈》卷一百一十一）

(1) A：杜炅，字子恭，及壮，识信精勤，宗事正一。

B：杜昺，字叔恭……叹曰：方当人鬼淆乱，非正一之炁，无以镇之。于是师余杭陈文子，受治为正一弟子。

(2) A：少参天师治箓，以之化导，接济周普。

B：后夜中有神人降云：我张镇南也，汝应传吾道法，故来相授诸秘要方，典阳平治。

(3) A：遂立治静，广宣救护，莫不立验也。为人善治病。人间善恶，皆能预睹。

B：昺每入静烧香，能见百姓三五世祸福，说之了然。章书符水，应手即验。

(4) A：陆纳为尚书令，时年四十，患疮。告炅云，奕世短寿，临终皆患此疮。炅为奏章，又与灵飞散，谓曰："君戹命已过，可至七十。"果如其言也。

B：尚书令陆纳，世世临终而并患侵淫疮，纳时年始出三十，忽得此疮。昺为奏章，云：令君大戹得过。授纳灵飞散方，纳服之，云：年可至七十。

若炅、昺为二人，何以其学道经历、生平行事如此相近？何况，炅、昺、昊三字形相近，叔恭、子恭、不恭三字中，"叔""不"音近，"子""不"形近，故三名所指当为一人①。

① 参见张伯伟《钟嵘诗品研究》附录《钟嵘〈诗品〉谢灵运条疏证》，南京大学出版社1993年版，第317页。

其次，六朝人多称杜子恭及其弟子孙恩一派为“五斗米道”，如《世说新语·德行》“吴郡陈遗”条刘注引《晋安帝纪》曰：“孙恩一名灵秀，琅琊人，叔父泰，事五斗米道，以谋反诛。”又《世说新语·言语》“谢太傅寒雪日内集”条刘注引《晋安帝纪》云：“凝之事五斗米道。”又《南齐书·杜京产传》称杜氏“世传五斗米道，至京产及子栖。”①从《道学传》、《洞仙传》来看，该派的宗事正一，与五斗米道的后裔相似；而章书符水治病等做法，也接近于东汉五斗米道。而且两《传》都说他受命于“天师”、“张镇南”。问题是杜子恭一派是否必须出五斗米。《洞仙传》称杜氏“十年之内，操米户数万”，又《弘明集》卷八释玄光《辩惑论·制民课输欺巧之极第二》云：“夫五斗米教，出自天师。后生邪浊，复立米民。世人厌畏，是以子明、杜恭俱困魔蟒”②，以上皆说杜子恭仍然课米五斗。然而《道学传》称杜子恭“不求信施”。看来这个问题只能存疑了。不管怎样，杜子恭一派与崇奉“正一”的五斗米道后裔联系密切(如余杭陈文子)，并且带有以五斗米道为号召的意图，自无可疑。

如前所述，孔愉原本崇奉道教，杜子恭又为吴郡钱塘人，那么孔道民兄弟服膺杜子恭一派，便是顺理成章之事。事实上，其时孔氏奉道者，恐怕不仅是这兄弟三人，否则便难以解释刘宋时孔氏道教之盛。

### 3. 刘宋孔氏与上清派的关系

#### (一) 刘宋孔氏道风之盛

在东晋孙恩之乱中遭受重创的孔氏，并未因此弃道从佛，相反，刘宋时期，孔氏家族颇出了几位著名的奉道士人。若论刘宋一世孔氏何以奉道人物如此之多，第二章第三节《论江东士族信仰的变迁》已经论述了儒家与黄老并存的家族学术，偏于保守的家族文化性格等主要原因。此外有两方面次要然而直接的因素也不能不提及。其一，包括孔氏在内的江

---

① 但也有称“天师道”者。如《世说新语·排调》“二郗奉道”条刘注引《中兴书》曰：“郗愔及弟昙奉天师道。”

② 《弘明集校笺》第409页。

东士人的政治地位的衰落。相对于其它江东士人而言，由于孔季恭等人佐助刘裕立国的功劳，孔氏在刘宋一代的地位并未一落千丈。但在宋初孔季恭之后，孔氏再也没有能恢复东晋的辉煌。他们所担任的最清显的职位，不过是侍中而已。政治上的不得志，便得孔氏"无道则隐"的传统开始复苏，许多孔氏士人又选择了以道术隐于名山的人生道路。例如，孔愉曾孙孔祐隐于四明山，且"至行通神"。《南史·隐逸传》说他曾经见山谷中有数百斛钱而不顾，采樵者竞取，然入手即成沙砾；又说曾有鹿中箭来投祐，祐为之疗伤，使其痊愈而去。这些神术都是高明道士常具备的能力。又孔祐之子道徽、道徽子兄子总都隐居不仕。孔季恭之后，孔氏涌现出如此之多的奉道隐逸的士人，当不是偶然现象，它说明了孔氏奉道热忱的高涨与政治地位跌落之间的因果关系。

其二，宋明帝好尚道教。如前所述，《道学传》卷七《陆修静传》云："宋明帝思弘道教，广求名德。"他多次迎请道士出山并为之立馆。如宋明帝曾经礼敬陆修静，于北郊天印山筑崇虚馆以居之。相形之下，宋文帝虽然也曾召纳道士，但其热心的程度远不及宋明帝。孔灵产曾于泰始中罢晋安太守而专心奉道，此事想必正是宋明帝崇道之风的鼓扇所致，《道学传》称宋明帝"于禹穴之侧立怀仙馆，诏使居焉"。[①] 从这一意义上来说，孔氏道教兴盛于刘宋的实质，是孔氏道教在宋明帝前后得到了彰显的机会。宋末齐初，齐高帝紧承宋明好道之流风余绪，也十分重视道士，如宋末萧道成辅政，曾令孔灵产上灵台占候；南齐初年，褚伯玉守道不仕，齐高帝敕于剡白石山立太平馆居之[②]。因此南齐初年，道教呈持续兴盛之势。

宋齐之际的孔氏奉道士人与杜子恭一派联系仍较为紧密。孔灵产对杜子恭一派尤为崇敬，《南齐书》本传说他"东出过钱塘北郭，辄于舟中遥拜杜子恭墓，自此至都，东向坐，不敢背侧"，可见孔灵产对杜子恭顶礼

① 《上清道类事相》卷一《仙观品》引《道学传》。

② 此据《南齐书》、《南史本传》及《册府元龟》卷810《隐逸二》。《太平御览》卷666和《上清道类事相》卷一引《道学传》则谓伯玉死后才立太平馆。

膜拜的程度。又据《南齐书·杜京产传》,孔道徽与杜子恭玄孙杜京产友善,孔觊与杜京产"一见而为款交"。孔氏与杜子恭子孙的友善交好,正是东晋孔氏道风代代相传的表现。

(二) 孔氏与上清经的流布

由晋入宋,上清经典成为奉道士人热心访求的对象。东晋时期,杜子恭一派在高门士族中拥有众多信徒,许谧、杨羲等上清派首领也颇具影响力。如简文帝、王羲之父子、王导、蔡谟等人都曾礼敬许杨[①],简文曾向许迈咨询求嗣之术[②],郗氏亦与上清派关系密切[③]。

东晋末年,许杨派一度沉寂。许谧及其子许翙分别卒于太元元年(376)和太和五年(370),杨羲卒于太元十二年(387),其后该派中衰,以致元兴三年(404)许黄民携经入剡避乱时,不得不投靠剡县东关马氏。如前所述,《真诰·叙录》叙元兴三年许黄民受马家供养一事后,云:"钱塘杜道鞠,道业富盛,数相招致。"足见此时杜子恭一派之兴盛远胜于许氏。孙恩之乱并未使杜子恭一派骤然衰歇,这与《洞仙传》所载杜昺预料孙恩之乱的说法恰相吻合:"昺曰,吾去世后,当以假吾法以破大道者,亦是小驱除也,与黄巾相似,少时消灭。"但孙恩之乱并非对杜氏道业毫无影响。自晋哀帝兴宁年间陆续问世的上清经,在孙恩乱后开始得到士人的注意。如《茅山志》卷七载,浙东剡县东关马朗,"家素饶财,履信行义,为乡里所宗,闻茅山许杨得道,盛传南真《上清经》法,以其居接金庭天

---

① 《真诰》卷二十。

② 《晋书·孝武文李太后传》。

③ 《世说新语·排调》"二郗奉道"条刘注引《中兴书》云:"郗愔及昙奉天师道",南朝人所修史书称杜子恭一派为"五斗米道",却又称郗氏所奉为"天师道",或许是一事异名,并无深义。但郗氏与许氏交往密切,《真诰·运象篇》有九月六日夕紫薇夫人《喻长示许长史并与同学诗》,注云:"同学,谓郗方回也。"又有九月九日紫薇夫人《喻作因示郗诗》注云:"郗犹是方回"。又《真诰》卷八也涉及到郗愔(关于郗愔与许杨一派的关系,参见钟来因《长生不死的探求——道经〈真诰〉之谜》,文汇出版社 1992 年版)。由此可以推测,也许六朝人分别以"五斗米道"和"天师道"指称杜子恭一派和许杨一派。

台，咫尺仙府，弥加崇慕”，故马朗对许黄民礼敬备至；又如义熙中，鲁国孔默向许黄民苦求上清经法[1]。这都透露出孙恩之乱后，奉道士人尊崇上清派的信息。面对这一现实，杜子恭一派开始向许黄民表达了交好的意向，许黄民亦欣然响应，元嘉六年(429)，许黄民移归钱塘，在杜道鞠处居住数月，所携“经传及杂书十种”便因此留在杜家，成为传世上清经书的主要组成部分。

正因如此，刘宋以来，孔氏作为杜子恭一派的信徒，也对上清经颇为留意。《真诰·叙录》谈到了孔璪与上清经的关系：

> 孔璪贱时，杜居士京产将诸经书往剡南墅大墟住。始与顾欢、戚景玄、朱僧摽等数人共相料视。顾先已写在楼间经，粗识真书，于是分别选出，凡有经传四五卷，真喛七八篇，今犹在杜家。

这段话似说孔璪曾参与料视上清经书。但“孔璪贱时”四语颇为费解。其一，据《真诰·叙录》，楼惠明得马氏所藏上清经，是在宋废帝景和年间，这里说顾欢“先写在楼间经”，那么此事是在景和之后。而据《宋书·孔觊传》，泰始元年(即景和之后数月)孔璪已任都水使者，不能算是“贱时”。故这段文字可能有阙文。无论怎样，可以肯定的是，孔璪对上清经颇感兴趣并曾接触过经书。

孔氏家族中另一位与上清经有关的士人为孔总。《真诰·叙录》载：

> 永兴有一姓解家者，昔亦经供养许郎，又得小小杂书。后菁山女道士樊妙罗因缘得其杨书《酆宫事》一卷。樊亡，在其女弟子沈偶间。沈又以与四明山孔总。

樊妙罗女弟子沈偶，当出于吴兴沈氏。如前所述，沈氏于东晋时师事杜

① 《真诰·叙录》。

子恭一派。吴兴沈氏与会稽孔氏同为江东著姓,沈偶与孔总的道友关系密切,当与家族交谊有关。孔总从沈偶处得到上清经书,可见他也是热心搜寻上清经的奉道士人之一。

此外,南齐孔稚珪也曾接触过上清经(说详下)。上清经由丹杨许氏等江东士人创制,又经陆修静、顾欢、陶弘景等江东士人整理而见重于世,可以说上清经是地地道道的江东士族文化。(说详见第二章第三节《论江东士族信仰的变迁》)孔氏对上清经的关注,不仅仅是出于奉道士人对道经的热忱,而且还应当蕴含着弘扬本土文化的用心。

4. 孔稚珪与道教各派的关系

孔灵产之子孔稚珪事道精笃。其道教活动十分频繁,他与当时道教各派都保持着密切关系。从孔稚珪奉道的师承来说,《南齐书·隐逸传》称他从褚伯玉受道法,褚伯玉卒于建元元年(479),则孔稚珪于宋世已得褚伯玉道法。褚伯玉以道术隐于瀑布山,因不事王侯而为世所称道,其道术也颇为独特。《道学传》称其"妙该术解,深览图秘,采练纳御,靡不毕为"[①]。可知其道术本有兼采各家的特点。同传又记褚伯玉死后,齐高祖下诏于瀑布山下立太平馆,"初,伯玉好读《太平经》,兼修其道。故为馆名也"。如前所述,孙吴时期,江东曾流行太平道,其领袖于吉被害后,太平道的影响由隐而晦。褚伯玉好太平道一事,说明了太平道在江东绵绵不绝,也反映了褚伯玉重视江东旧有道教的文化心理。此外,褚伯玉对上清经也很关注,据《真诰·叙录》注引褚伯玉弟子朱僧摽语,他与伪造上清经的王灵期有过密切交往,曾经目睹王氏造经之神速。褚伯玉还曾保留过一部分上清经书:

> 掾书《西岳公禁山符》、杨书《中黄制虎豹符》,凡二短卷,本上虞吴昙拔所得许丞一瓠芦杂道书。吴以此二卷与褚先生伯玉。伯玉居南霍,游行诸山,恒带自随。褚亡,留在弟子朱僧摽间。后褚第五

① 《上清道类事相》卷一《仙观品引》。

> 弟之孙名仲俨，又就朱取之。

褚伯玉于道教不拘一家。孔稚珪从褚伯玉那儿学到的，不仅仅是其太平道法，而且还包括对道教各派都博采众长的态度。

从对父辈的传承而论，孔灵产是杜子恭的虔诚信徒，孔稚珪与杜子恭玄孙杜京产亦颇为友善。此外，孔稚珪与陆修静一系有着深厚渊源。陆修静，字元德，吴兴东迁人，吴丞相凯之后也，母姚氏[①]。孙吴时陆氏已与姚氏有姻亲关系，陆修静之母姓姚，证明陆修静确有可能出于吴郡陆氏之旁支。众所周知，陆修静所学不囿一派，他在改革整顿天师道组织、弘扬灵宝经、崇尚上清经书等方面都做过不少努力，而他最为看重的是《真文赤书》、《人鸟五符》等灵宝经书。《灵宝经》是葛洪后人所造，因此，陆修静事实上光大了葛洪一系的道教。与上清经相比，葛洪一系更是江东传统文化的嫡传。

有趣的是，陆修静的道法对吴郡陆氏影响甚微，这可能是因为泰始年间陆修静总括三洞时，陆氏大多已由道入佛，陆澄已著《法书目录》等佛教著述。但如前所述，陆修静与吴郡张融有过接触[②]，吴郡张绎也可能沾溉其流风余绪。孔稚珪对陆修静极为钦佩，著有《陆先生传》一卷[③]。他曾与李果之书，称颂陆修静及其后学的功德：

> 先生道冠中都，化流东国。帝王禀其规，人灵宗其法。而委世潜化，游影上玄。微言既绝，大法将谢。法师禀神定之资，居入室之品。学悟之美，门徒所归。宜其整缉遗踪，提纲振纪，光先师之余化，纂妙道之遗风。可以导引末俗，开晓后途者矣(《云笈七签》卷五《宋庐山简寂陆先生》)。

---

① 《珠囊三洞群仙录》卷二引《道学传》。

② 《南齐书·张融传》。

③ 《隋书·经籍志二》。

孔稚珪还与陆修静的弟子孙游岳多有过从①。

孔稚珪讨论道法的同道，还有吴郡顾欢。顾欢善道术，曾为人驱除树上的精魅②，以《老子》、《孝经》为人驱邪治病③，可见其道法近于杜子恭一系。史称杜京产与顾欢同契，当缘于二人道法相近之故。他还好为服食。此外，顾欢对上清经极为重视，曾经多方搜求。如前所述，刘宋末年，顾欢与戚景玄、朱僧摽等人共同整理上清经书，编撰成《真诰》，此书成为后来陶弘景著《真诰》的底本。又《南史·顾欢传》载孔稚珪曾与顾欢讨论《四本》等玄学命题，他们在道教理论上也有过争论。顾欢曾著《道经义》，"于孔德璋多有与夺。"④现已很难确知顾、孔的具体分歧，不过，孔稚珪师承褚伯玉且旁及陆修静、杜子恭一派、上清系等，顾欢尊奉杜子恭且推重上清经，两人道法渊源同中有异，道教观念上产生分歧也就在所难免了。

孔稚珪在永明末年表示并尊佛道之后，孔氏不再出现热忱奉道的士人。与此同时，孔氏对佛教的尊崇却日益显现。孔冲八世孙孔休源、孔休源之子孔云童皆奉佛，（说详见第二章第三节《论江东士族信仰的变迁》），孔氏在梁代终于实现了由道入佛的转变，这与南朝后期儒释道融合的趋势是一致的。

## 四　孔氏的盛衰沉浮

### 1. 公才公望：孔氏兴盛于东晋的偶然和必然

永嘉以后，司马睿以安东将军的身分镇守建康，在江东建立了政权。寄寓南土的政治现实，迫使司马睿及其权臣王导不得不倚重江东土著。山阴孔氏遂成为会稽最为显赫的士族。这主要是东晋孔氏家学兴盛、人才迭出的必然结果，但也不排除年寿等偶然因素。

---

① 《云笈七签》卷五《真系齐兴世馆主孙先生》。

② 《道学传》，《珠囊》卷一《救导品》引。

③ 《道学传》，《三洞群仙录》卷二十引。

④ 《御览》六百六十六引《道学传》。

南渡初年晋元帝任用江东士人的依据，主要是士人在当地的声望。王导向司马睿献计曰："顾荣、贺循，此土之望，未若引之以结人心。"[1]顾、贺二氏为其时江东士林领袖，流行于世的"五俊"之说也说明了这一点。据《晋书·薛兼传》，丹杨薛兼、纪瞻、广陵闵鸿、吴郡顾荣、会稽贺循五人齐名，号称"五俊"，而顾、贺二人又是"五俊"之翘楚。于是江东士人中首先受到重用者，吴郡为顾荣，会稽为贺循。但贺循年命不永，他在太宁二年(324)六十岁时就辞世，其子隰大概人才平平，康帝时仅至临海太守。贺循之后，另一群会稽名士即"会稽三康"成为会稽声望最高的士人，他们分别是山阴孔愉字敬康(268—342)、张茂字伟康、丁潭字世康(264—343)[2]。

值得注意的是，随着司马睿在江东统治的逐步稳固，王导等人对江东士人的任用，也从单纯地推重声望转变为兼顾才德，甚至才能比德行更重要。如王导曾经从公才、公望两方面评价孔愉等三位士人："孔愉有公才而无公望，丁潭有公望而无公才，兼之者其在卿乎？"[3]所谓"公望"，《晋书·顾荣传》记顾荣评价杨彦明等人曰："会稽杨彦明、谢行言皆服膺儒教，足为公望"，又据《晋书·贺循传》，晋元帝誉贺循为"循言行以礼，乃时之望，俗之表也"，可见公望是指士人的儒家道德修养以及与之相关的声望。至于"公才"，庾亮称孔坦"足下才经于世"，"公才"盖指经世之才能。公才、公望是当时衡量士人能否在政治上有所作为的标准。"会稽三康"中，张茂早卒于明帝初年的沈充之乱中，丁潭虽然德行纯粹，贺循誉之为"清淳贞粹，雅有隐正"，但缺乏政治才干，王导说他"有公望而无公才"，故位止于光禄大夫；这充分说明了其时"公才"比"公望"更为重要。而孔愉被认为是"有公才而无公望"，事实上孔愉"养祖母以孝闻"，"信著乡里"，如前所述，他在后来的从政生涯中不阿权贵的风骨也足以证明他道德的高尚，因而这一说法应当理解为孔愉的公才胜于公望。于

① 《晋书·王导传》。
② 《世说新语·品藻》"会稽虞駿"条刘注引《晋阳秋》。
③ 《世说新语·品藻》"会稽虞駿"条。

是“会稽三康”中孔愉成为最有可能宦达的士人。

从前引王导的说法来看，王导看好的三位会稽名士是丁潭、孔愉和虞骙。而且本来最有政治前途的是虞骙。虞骙字思行，虞翻曾孙，虞潭侄子，“虽机干不及潭，而至行过之”[①]。可惜的是虞骙英年早逝，他历吏部郎、吴兴守，征为金紫光禄大夫后便辞世，据说世人皆为之惋惜：“骙未登台鼎，时论称屈”(同上)公才与公望兼备的虞骙的早逝，给公才甚于公望的孔愉创造了机会。

才德和年寿等多重因素决定了孔愉的政治机遇。永嘉中，司马睿初临江东，便命孔愉为参军，孔愉当时正更名改姓地隐居，直至建兴初年才应征，在攻讨华轶中立功封侯；沈充叛朝廷后，吴兴太守孔愉弃官回到京城，苏峻之乱时，太常孔愉冒着生命危险守卫宗庙。孔愉在东晋初年的几次叛乱中显示了他的忠于朝廷和恪守名节。因此，在纪瞻、陆玩、戴邈等江东士人相继任尚书仆射之后，咸和五年(330)孔愉被授予尚书右仆射一职，其后孔愉又迁尚书左仆射、尚书仆射，直至他七十致仕的咸康三年(337)才转任他职，孔愉担任尚书仆射这一清显之职长达七年之久，从这个角度来说，孔愉的显赫堪称会稽士族之最。其后，孔愉子孙亦未坠祖业：孔愉子汪好学有志行，孝武帝时位至侍中；孔汪弟孔安国以儒学素业著名，义熙二年(406)至四年(408)，历任尚书左右仆射。东晋时其它孔氏士人也多历美职，如孔愉侄子孔坦拜侍中。不过，如前所述，在东晋末年的孙恩之乱中，孔氏遭到了重创。

2. 刘宋以降：有所削弱的南土高门

进入刘宋以后，会稽士族与吴郡士族都进入了政治上的低落期。会稽士族中，只有孔氏一枝独秀，仍然在朝廷上担任侍中等美职，并保持着南土之望的门第。

孔氏在刘宋被视为南土高门，其具体表现有：散骑常侍一职在东晋时与侍中同为清显之职，其后地位有所下降。孝建三年(456)孝武帝希

---

① 《世说新语·品藻》“会稽虞骙”条刘注引《虞光禄传》。

望恢复散骑常侍的声望，于是吏部尚书颜峻奏曰："常侍华选，职任俟才，新除临海太守孔觊意业闲素，司徒左长史王彧怀尚清理，并任为散骑常侍"[①]。又据《宋书·王景文传》的说法，孝武任用二人的原因是"（王）景文及会稽孔觊俱南北之望"，说明孔氏之门地在南士中堪称一流，而且几乎与侨姓琅琊王氏比肩。又据《宋书·蔡兴宗传》，前废帝时期，吏部尚书蔡兴宗以"孔觊南士之美"，要求授予其门下之职。

在东晋末年孙恩之乱中损失惨重的孔氏为什么入宋后仍能在一定程度上保持其荣耀呢？究其奥妙，首先在于宋武帝刘裕起事之初，孔愉之孙孔季恭对刘氏有赞助之功。其时刘裕东征孙恩而屡至会稽，孔季恭家财颇丰，出于对孙恩的家族仇恨，孔季恭不但在经济上资助刘裕，而且在攻打桓玄的时间、地点等问题上为刘裕出谋划策。刘裕平定桓玄后，便授季恭以会稽内史，虽然孔季恭多次谦让，义熙年间刘裕又任命孔氏为侍中，散骑常侍、尚书右仆射，义熙末年，孔季恭致仕东归，刘裕在戏马堂为之饯行，令百官赋诗颂美此事。孔季恭与刘裕的布衣之交，为刘宋孔氏的显达打下了良好基础。此外，如前所述，孔氏本有长于政事的家风，如孔琳之在御史中丞任上，政绩斐然；又其孙孔觊好饮酒，而不误政事，时人誉之曰："孔公一月二十九日醉，胜他人二十九日醒也。"[②]这两方面的因素相辅相成地造就了刘宋孔氏的政治地位：孔季恭之子孔山士历任侍中、会稽太守等显职，山士弟孔灵符在大明中先后担任辅国将军、丹阳尹。其它孔氏子弟也得到了显达的机会。孔琳之为人"强正有志力"，而且多才多艺，兼擅文义、音律、弹棋和草隶，他先为桓玄佐吏，但因言论与桓玄相悖，并未受到重用。义熙六年（410），孔琳之被刘裕征为长史，很快升至侍中，想必与孔季恭的提携有关。孔琳之孙孔觊，年少知名，历仕散骑常侍、御史中丞等职，又孔道隆亦曾任侍中。刘宋一世孔氏的杰出分子都得侍中之授。

① 《宋书·孔觊传》。
② 《宋书》本传。

不过，孔氏在刘宋后期又遭重创：前废帝景和中，孔灵符因得罪近臣而被杀，其子湛之、渊之遭赐死；又泰始初年，宋明帝弑前废帝登位，天下大乱，孔觊及其弟道存因拥戴建安王子勋而败亡。南齐孔琇之任尚书左丞、左民尚书、吴兴太守，孔稚珪曾任御史中丞、侍中等职。总体而论，与东晋的人才济济和仕途亨通相比，宋齐时孔氏的政治力量虽遭到了严重削弱，但也不至于一落千丈。

梁代孔氏儒学和文学的繁荣，显然有助于孔氏保持其家族地位。萧梁以降孔氏虽不如吴郡陆氏那样人才迭出，但梁孔休源、陈孔奂等人都是学术文化界的中坚分子，加之他们兼具政治才能和廉洁品德，因而梁陈时孔氏地位又有所回升。如孔休源曾代监扬州这一"神州都会"之地，又中大通三年(531)昭明太子死后，孔休源被召入宴居殿，参与立晋安王萧纲为皇太子一事，可见此时孔休源已是朝廷重臣。又陈代孔奂曾任吏部尚书、侍中、中书令等清显之职。

综观会稽孔氏在六朝的政治地位可知，孔氏虽然从东晋才开始宦达，但此后基本上保持了会稽第一高门的地位，宋齐两世甚至比吴郡陆氏更为显赫。这其中固然存在着一些偶然因素，如东晋孔愉的年寿较长、刘宋孔季恭依附刘裕等，但主要还是因为孔氏一直紧握"政事"与"文学"两把利刃而不偏废。与同样崇奉道教的吴郡顾氏相比，孔氏主张"素退"但不失其政治热情。如同样是清介廉洁，梁代孔休源积极参与朝廷重大决策，而顾协身居中书舍人等要职而"但以文史见知"[①]。顾氏与孔氏家风的这一差异，在很大程度上决定了他们的盛衰有别。

## 五　孔氏文风的变迁

孔氏在东晋时就不乏爱好藻采之士。孔坦、孔严、孔汪都有文集[②]。

---

① 《南史·虞荔传》。

② 《隋书·经籍志四》。

刘宋时孔氏文才越发彰显，孔琳之、孔宁子分别有集九卷、十一卷[①]。孔宁子在刘宋初年以文义见赏于宋文帝，其文尚存《牦牛赋》、《井颂》、《水赞》等片断，诗有《櫂歌行》、《前缓声歌》等篇。一方面，孔宁子之文带有明显的玄言文风的痕迹。《井颂》、《水赞》是东晋文人笔下常见的题材。其《井颂》云："天高听卑，载厚流谦。挥锋既击，跪拜亦霑。惟益有作，德远事兼。明王用汲，人具尔瞻"，化用《周易》"井卦"的卦辞，充斥着哲理说教；《水赞》云："澄鉴无虚，积之成川。湍飞莹谷，激石冷然"，亦以抒写理趣为主。另一方面，如前所述，孔宁子之乐府诗《櫂歌行》、《前缓声歌》却远承西晋陆机的风格，讲究藻采[②]。不同于其文的好尚理趣，孔宁子的乐府诗作远摹陆机而不合潮流，足见孔宁子文风有守旧的一面。

南齐孔广、孔逭均名入《南史·文学传》，孔逭《东都赋》曾为当时才士所称赏。又孔稚珪亦好文咏，其《北山移文》收入《文选》，是千古传诵的佳作。其诗歌也得到了钟嵘《诗品》的肯定。孔稚珪诗文善于描绘清幽的意境。钱钟书认为《北山移文》的妙处在于"以风物刻划之工，佐人事讥嘲之切，山水之清音与滑稽之雅谑，相得而益彰"[③]。描绘山水之清音确实是孔稚珪的强项。孔稚珪诗也往往刻划一些"清"的意象，如《旦发青林诗》"孤征越清江，游子悲路长"，又如"同贫清风馆，共素白云室"[④]，这种审美趣味与张融诗可谓一脉相承。如张融《别诗》"白云山上尽，清风松下歇。欲识离人悲，孤台见明月。"钟嵘《诗品》也揭示了二人诗风的相近："德璋（孔稚珪）生于封谿（张融），而文为雕饰，青于蓝矣。"张融为孔稚珪表兄，仅比孔稚珪年长三岁，但在佛道理论、诗歌创作等方面都俨然为孔稚珪之师长。（详见第七章第二节《论孔稚珪的隐逸观念和宗教信仰的关系》）不过，孔稚珪另有《白马篇》，风格不同于其它诗作，而有雄壮豪迈之气，这充分说明了孔氏文风与永明新兴文风的异趣。关于这一点，第一章第一节《江东

---

① 《隋书·经籍志四》。

② 参见第一章第二节《陆机学习江南歌谣的典范效应与南朝江东士族文学的复兴》。

③ 钱钟书《管锥编》第四册，第1346页，北京中华书局1986年版。

④ 《酬张长史诗》，《文选》卷四十三《北山移文》李善注引。

士族的典雅文风与儒学背景》已有论述,兹不赘。

梁代孔氏的能文之士有孔休源、孔翁归等人。其中,《梁书·文学传》称孔翁归于中大通四年(532)为南平王大司马府记室,从《奉和湘东王教班婕好诗》来看,他可能还担任过湘东王府的官职。其诗仅存《奉和湘东王教婕好诗》一首①,当时同作者除萧绎外,还有刘孝绰、何思澄等著名文人。此诗描写宫怨,是萧绎一派文人最为爱好的题材。孔氏此诗云:"长门与长信,日暮九重空。雷声听隐隐,车响绝珑珑。恩光随妙舞,团扇逐秋风。铅华谁不慕,人意自难终。"不同于前代陆机、同时的萧绎等人那样,以青苔漫阶、秋草茂密写班婕好的失意,孔氏独辟蹊径地从御驾不临、车声绝响的角度加以表现,可见其追求新变的苦心。其末句感慨于喜新厌旧的帝王本性,较之他人以班婕好的悲苦结篇的写法,更为意味深长。此外,"长门与长信"一句用两个"长"字,是梁代文人好用的句式,何逊《登禅冈寺望和虞记室诗》就有"南望南郭门,拱树稍云密。北窗北溱道,重楼雾中出"的写法。总体来看,孔翁归身处以湘东王萧绎为核心的提倡宫体诗的文人圈子中,因而不可避免地沾染了浮艳之风,但其诗歌并未流于轻薄,风格仍接近梁前期诗人。

入陈以后,孔氏文风越发富艳。其时孔奂、孔范等人皆善于为文。孔奂仅存《赋得名都一何绮诗》。"名都一何绮"一句,出自陆机《拟青青陵上柏》诗。其时同作"赋得"者,另有周弘正、沈炯等人。孔奂诗云:"京洛信名都,佳丽拟蓬壶。九华雕玳瑁,百福上椒涂。黄金络騕褭,莲花装鹿卢。威言仪服盛,无胜执金吾。"周弘正、沈炯同题诗分别写帝王、王公车仪之盛,孔奂诗独从执金吾的威仪着笔。除此而外,此诗并无独到之处。孔范今存《赋得白云抱幽石诗》、《和陈主咏镜诗》。前者云:"白云浮远盖,飘飘绕石飞。带莲萦锦色,拂镜下仙衣。阵结香炉隐,罗成玉女微。能感荆王梦,阳台杂雨归。"写楚王梦神女之事,语涉艳情。

综观南朝孔氏的文学创作,不难发现孔氏文学经历了由宋齐两世的

① 《乐府诗集》卷四十三。

疏离文学新风到梁陈时期融入主流的过程。在六朝江东士族文学的框架中，孔氏文学的意义主要在于传承陆机的典雅文风，南齐以降，孔翁归、孔奂、孔范等人的文风趋于浮艳。

## 第二节　论孔稚珪的隐逸观念和宗教信仰的关系

孔稚珪《北山移文》嘲讽士人周颙内心热衷名利，却追随当时的隐逸风尚，隐居于钟山草堂，然而征召甫至便欣然出山，从宦之后仍然不脱向往山林的面具，职满还京时又企图再访北山隐舍。《北山移文》批判周颙隐仕无常的行为，指出其亦官亦隐的实质是缨情荣爵而非志在山林，这一观点，显然与当时盛行的朝隐风尚迥异其趣。孔稚珪的隐逸观念，体现出对出处同归的玄学思想的批判，突出了隐逸作为士人节操的道德意义。当我们分析孔稚珪在佛道论争中对家族传统信仰的态度时，便能进一步看出孔稚珪对守志不渝的士人节操的追求，对传统儒学观念的执着。孔稚珪的隐逸观念与其宗教信仰有着人格和学理上的一致性。因此《北山移文》并非毫无寄托的调笑戏谑之文①。

① 由于本人的疏忽，本节写成后，我才读到了日本东京大学汉籍中心近藤泉先生《论〈北山移文〉的创作背景和手法渊源》(《北京大学学报》，1993年第1期)一文。该文与本文观点接近，亦从周、孔二人宗教信仰的分歧、隐逸观念的差异以及佛教思想对周颙的影响等方面来论述《北山移文》的创作背景。但本节的思路、观点仍有不同于近藤先生之处：其一，近藤先生认为周、孔二人宗教信仰的分歧导致孔稚珪写作《北山移文》以痛批周氏，而本人认为这两者之间并无直接联系，不过二人的宗教信仰与隐逸观念都分别体现了各自的学术倾向和道德观念。其二，近藤先生认为周颙在提出了“假名空”思想后才形成了亦官亦隐的人格。本文不同意这一观点。亦官亦隐的理论根据是出处同归的思想，其哲学基础是受到名辩思想、庄子齐物论影响的“至同至异”的玄学观念，这一观念在东晋时期已经成熟且产生了广泛影响，正因周颙服膺这一观念，他才有可能创立“假名空”之说。又许抗生先生《僧肇评传》(南京大学出版社1998年版)第176—189页论述僧肇佛学与中国老庄学的关系，指出其中观思想与庄子齐物论有关，足证周颙的“假名空”是出处同归思想的结果而非原因。其三，本文指出《北山移文》中的隐逸观念与顾欢、孔稚珪的批判“四本论”之间的关系，这是近藤先生此文所不曾注意的。

## 一　孔稚珪《北山移文》中的隐逸观念

1.《北山移文》与周颙仕宦经历的关系

《文选》吕向注对《北山移文》的本事有以下说明：

> 钟山在都北。其先周彦先隐于此山，后应诏出为海盐县令，欲却过此山。孔生乃假山灵之意移之，使不许得至，故云《北山移文》。

吕向注所陈述的周颙事迹，实际上并不符合事实。其一，“出为海盐县令”一说，似乎与文中“张英风于海甸，驰妙誉于浙右”相吻合，但据《南齐书》、《南史》，周颙从未出任过海盐令，而且史书对宋齐两世周颙的官职迁转情况叙述得很紧凑，漏记的可能性很小①；其二，吕向注认为周颙隐而复出，从表面看，似与《北山移文》的说法一致，但显然与周颙的实际生平有冲突。史传在叙述周颙直侍殿省之后、任太子仆之前，记载隐舍一事曰：“颙于钟山立隐舍，休沐则归之。”可见隐舍是在周颙任职于京城期间建筑的。既然周颙并未有隐而复出一事，那么《北山移文》中周颙在县令任职期满、返京之前打算再过隐舍一说，更显然是孔稚珪的想象之笔了。张云璈《选学胶言》也认为草堂是周颙“官国子博士、著作郎时，于钟山筑隐舍，休沐则归之，未尝有隐而复出之事。”②

正因如此，有学者提出了孔稚珪的《北山移文》，只是士人之间相互

---

① 参见沈玉成、傅璇琮《中古文学丛考》，载《古代文学论文集》，(中国文联公司1985年版)。

② (清)张云璈《选学胶言》卷十八“周彦伦无隐而复出之事”条，清道光十一年简松草堂刻本。

调笑的文字，并无严肃的思想寄托之说①。笔者认为，《北山移文》与周颙的实际仕宦经历确实不完全符合，但是进一步寻绎文意可知，《北山移文》所讽刺的周子与实际生活中的周颙仍然具有某种本质上的相同。《北山移文》中促使“草堂之灵”对“周子”发出移文的契机，是周子欣然出山之后、任职期满返京时又打算再过钟山，因此“草堂之灵”为避免“碧岭再辱，丹崖重滓”，而发出了“请回俗士驾，为君谢逋客”的呼吁。在此，“草堂之灵”愤怒声讨的不仅是周子的隐而复出，而且是他的出而再来。周子离开草堂后并不是一去不返，而是时作归来之态，正所谓“虽情投于魏阙，或假步于山扃”。这种态度就很接近史书中周颙在仕宦的闲暇归往隐舍的记载②。《北山移文》所要批判的，正是周颙亦官亦隐的生活方

① 参见王运熙先生《孔稚珪的〈北山移文〉》，载《汉魏六朝唐代文学论集》，第79—84页（上海古籍出版社1981年版）。该文除了《北山移文》与周颙出处细节的矛盾外，还提出了《北山移文》不可能真正嘲讽假隐士的若干根据：一、据《南齐书·杜京产传》，永明十年孔稚珪与陆澄、虞悰、沈约等人表荐隐士杜京产，孔稚珪既然认为杜京产“宜释巾幽谷，结组登朝，则岩谷含欢，薜萝起忭矣”，则无由对周颙的类似行为大加讽刺。二、周颙和孔稚珪的生活道路和情况很接近。周颙隐而好仕，已不必云；孔稚珪仕宦不断，同时又“不乐世务，居宅盛营山水。”笔者认为这两点值得商榷。其一，孔稚珪表荐杜京产，并不意味着他真正鼓励杜京产出仕。帝王以征召的方式表彰隐士的节操，隐士愈是守志不出，便愈见其隐志的坚贞，而帝王也以不违隐士之志为圣明，这本是那个时代的社会政治生活中的“游戏规则”。孔稚珪的表荐杜京产，仅仅表明了他希望杜京产的操行能够得到武帝的褒奖。其二，孔稚珪虽然赏爱山水，但并无明确的隐逸的姿态和意图，而周颙在不绝仕宦的同时，又于钟山西侧构建隐舍，则其以隐士自居的用意，不言自明（说详下）。

② 正因如此，在推测《北山移文》的写作时间时，就不能为“今又促装下邑，浪曳上京”的叙述所迷惑，认为该文作于周颙县令任满之后，而应以周颙的休沐归于隐舍的生活方式形成的时间为依据。其一，草堂地处钟山之西，都城之北，周颙既然能够“休沐归之”，则其时他在京任职的可能性较大。其二，《文选》李善注引梁简文帝《草堂传》曰：“汝南周颙，昔经在蜀，以蜀草堂寺林壑可怀，乃于钟岭雷次宗学馆立寺，因名草堂，亦号山茨。”从“昔经在蜀”四字来看，周颙立草堂时，当已离蜀多年，因此他于泰始四年为宋明帝近臣以及昇明元年在京期间，上距在蜀之日未久，草堂不大可能建于此时。因而《南齐书》本传序周颙立隐舍一事于齐永明元年任正员郎之后、永明三年转太子仆之前。《北山移文》亦当作于此时。

式。在朝隐的社会风尚大行其道的南朝，孔稚珪的隐逸观念，显然极为独特[1]，这是《北山移文》在宗旨归趣方面耐人寻味的一个重要因素。

2. 孔氏隐逸观念的道德内涵

江左五代，作为名士风流的重要标志，与玄学清谈同时盛行的，是士人的希企隐逸之风[2]。而名教与自然合一的玄学理论的兴起，对士人的隐逸观念及方式产生了很大影响。隐逸一事完全打破了在朝在野的界限，士人只要澄怀无欲，在行迹上则既可入仕，亦可隐处。隐逸观念的变化，使得隐逸志趣与现实荣利的矛盾涣然冰释，既追求名士风流又重视门阀利益的士人由此得到了双重满足。隐逸便彻底摆脱了隐居不仕所伴随的贫困寂寞，成为士人装点门面、自我标榜的精神道具。

在出处同归的思想的支配下，朝野之士的生活形态都发生了显著变化。就隐居山林的士人而论，隐士之不尚峻节成为社会所认可甚至称道的行为。从隐逸的初始意义来看，避世离人、不食朝禄是隐士应该保持的节操，隐士自应拒绝与王公贵族交游，更遑论接受朝廷的资助了。而晋宋之际最为著名的隐士如戴颙、宗炳、周续之、雷次宗等人的行迹却并非如此。以戴颙为例，史称“三吴将守及郡内衣冠要其同游野泽，堪行便往，不为矫介，众论以此多之”[3]。戴颙因欣然与豪门权贵交游而受到舆论的称道；又南阳宗炳不仅多次接受宋高祖的资助，还不时出现在宋衡阳王义季等皇族的宴会上；又史称周续之不尚峻节，与江州刺史等交往频繁。雷次宗则于元嘉十五年(438)应征于鸡笼山开馆教授，并且得到宋太祖的丰厚资给。隐士不执着于志节的理论依据是：既然隐仕、出处

---

① 据《南史·何尚之传》，何尚之致仕后作《退居赋》以显其退隐之志，然而不久又接受朝廷任命，且颇为宋文帝重用。“于是袁淑乃录古来隐士有迹无名者，为《真隐传》以嗤焉。”则袁淑亦强调隐必离俗。陈郡袁氏以忠义之门著称，袁淑之重视隐士操行，正是袁氏家族文化特征的体现。袁氏之崇尚节义，在南朝侨姓士族中，属于个别现象。

② 参见王瑶《论希企隐逸之风》，载《中古文学史论》，(北京大学出版社 1998年版)。

③ 《宋书》本传。

同归，隐居与出仕在行为方式上的差异便自然消泯，处者也不妨行出者之事；相反，隐士如果一味深居简出，息交绝游，则意味着过份拘泥于行迹，反而会被认为未得隐逸真趣。随着“隐节”的失落，隐逸行为所蕴含的傲视王侯、淡泊名利的道德内涵也丧失殆尽。

在朝士人则大倡亦吏亦隐之风。梁阮孝绪著《高隐传》，将隐士分为三品：言行超逸、名氏弗传，为上篇；始终不耗、姓名可录，为中篇；挂冠人世、栖心尘表，为下篇①。可见朝隐已经为社会所普遍认可。对于南朝士人的亦吏亦隐，前贤论述已多，本文仅就吏隐的实现方式略作论述。士人的朝隐形态可谓林林总总，构筑郊居以养情志，是士人实现隐逸志趣的方式之一。建居室于山野之中，把居室与隐志结合起来，是从仲长统“欲使居有良田广宅，在高山流水之畔”的设想开始的，至谢灵运而其道大畅，他在《山居赋》中自称“言心也，黄屋实不殊于汾阳。即事也，山居良有异于市廛。抱疾就闲，顺从性情，敢率所乐，而以作赋。”②在谢灵运隐居会稽期间，山居成为他寄托隐逸之好的一种载体。其后构筑山居别业以求隐逸之趣的做法扩大到在朝士人当中。周颙构筑钟山草堂，居官得暇，便去小住几日，这本是一种娱情养性的方式，但他视草堂为隐舍，这就使草堂生活从一般意义上的赏玩山水，转为表白其隐逸志向的手段。周颙的这一亦官亦隐的做法，虽然未必是首创，但以其社会名流的身份，不难想象他的举措对士人的影响。其后如沈约在《报刘杳书》中自述其结宇东郊的用心云：“生平爱嗜，不在人中。林壑之欢，多与事夺。日暮途殚，此心往矣，犹复少存闲远，征怀清旷。结宇东郊，匪云止息，政复颇寄夙心，时得休偃。”③沈约以郊居作为对他的肥遁之志未遂的一种补偿。梁代身居显位的徐勉也自述：“中年聊于东田间营小园者，非在播艺，以要利入，正欲穿池种树，少寄情赏。”④所谓“情赏”，正是玩赏林泉

① 《梁书·阮孝绪传》。
② 《宋书》本传。
③ 《梁书·刘杳传》。
④ 《梁书》本传。

之趣的隐逸情怀。徜徉在郊居的山水之间，身居庙堂的士人也得到了显示其隐逸志趣的方式。

隐士不尚节操，居官而有隐舍，这两种隐逸形态都淡化了隐逸的道德意味，而《北山移文》中“夫以耿介拔俗之标，潇洒出尘之想。度白雪以方洁，干青云而直上”等文，却突出隐逸作为士人节操的道德内涵，“岂其终始参差，苍黄翻复……乍回迹以心染，或先贞而后黩”数语，表明了对变节改操行为的愤慨。

孔稚珪隐逸观念的独特之处，首先表现在他对隐逸的道德内涵即“隐节”的强调。这不仅与南朝社会风尚相违背，而且不同于其父孔灵产的去就之迹。据《南齐书》本传，孔灵产虽有隐遁之志，在禹井山开馆，虔诚地信奉天师道，但他并不因此绝意仕宦。他于元徽中任中散大夫，后为齐高帝占候灵验而升光禄大夫。孔灵产正是一位典型的亦吏亦隐的士人。古人三年无改父之志，孔稚珪在《北山移文》中力斥周颙隐仕无常的人格时，他所否定的，不仅仅是出处同归的社会主流思潮，更是乃父的吏隐合一的人格范型。

若论孔稚珪极具个性的隐逸思想的形成，不能忽视他所交游师从的士人对他的影响。首先，与孔稚珪同族别宗的孔祐①，宋世隐居四明山，守志不仕，太守王僧虔曾赞其“行动幽祇，德标松柱，引为主簿，遂不可屈。此古之遗德也。”②其子孔道徽、道徽兄子总皆传其家风，孔总在饥寒交迫的情况下，也不愿出任竟陵王侍郎。虽然孔稚珪父灵产不能固守隐逸志向，但这并不妨碍孔氏的隐逸操行对孔稚珪的浸润。又如，吴郡钱唐褚伯玉隐居剡县瀑布山，齐高帝多次礼迎而褚氏不为所动，他的谨身守节，还表现为不与权贵交游，不得已与吴郡太守王僧达见面，也是“才交数言而退”③。《南齐书·高逸传》称“孔稚珪从其受道法，为于馆

---

① 《南齐书》、《南史》叙孔稚珪的家世，仅从其祖道隆开始，孔稚珪与孔祐的关系，不可详考。

②③ 《南史·隐逸传》。

侧立碑”，可以想见褚伯玉隐居不仕、终始无亏的操行对孔稚珪不无影响。又孔稚珪的友人顾欢丧母后隐居剡县天台山，亦固守“志尽幽深，无与荣势”[1]的节操。

3. 孔氏隐逸思想与玄学批判

南朝亦官亦隐风尚的玄学基础是名教与自然合一思想，因此，孔稚珪对亦官亦隐之士风的批判，便隐含着对“名教与自然合一”的玄学思想的否定。在此，有必要首先考察一下其中蕴涵的玄学思维方式。在名教与自然合一这一哲学命题的形成过程中，玄学家们采用了玄学的“得意忘言”、“动静一如”、名辩的“辩同辩异”等多种思维方式加以阐述论证。《庄子·外物》云：“筌者所以在鱼，得鱼而忘筌。蹄者所以在兔，得兔而忘蹄。言者所以在意，得意而忘言。”庄子这一思维方式成为士人论证“朝隐”的思维工具。如西晋何劭《赠张华诗》云：“奚用忘形骸，忘筌在得鱼”[2]，又如晋邓粲曰：“夫隐之为道，朝亦可隐，市亦可隐，隐初在我，不在于物。”[3]所谓“隐初在我，不在于物”，即隐逸的本质在于得隐逸之意，而不在于憔悴山泽的形迹。在“得意忘言”的思维方式的影响下，士人往往将形迹两分，认为只要心怀山林之志，便可不拘朝隐之迹，在此，自然与名教之间存在着本同末异的关系。显然，用“得意忘言”说来阐释出处同归，在实践上仍然不无勉强之处。因为倘若撇开具体的出处形迹，一个人是否真正得隐逸之意，究竟是欣羡山林还是企慕荣禄，往往很难证实，得意忘言之说便很可能流于虚妄矫伪。正因如此，前述邓粲隐而复出之后，隐逸声名大为受损。

于是在得意忘言之外，另外一种阐释方式便得到了重视，那就是名教与自然、仕与隐原本就是一回事。最理想的人格应该是须隐便隐、得仕便仕，根本不必为自然名教设本同末异之辩，也无需以得意忘言的理

---

① 《南齐书·高逸传》。

② 《全晋诗》卷四。

③ 《晋书》本传。

论来自我开脱。史载王衍、阮修对话曰：

阮宣子有令闻，太尉王夷甫见而问曰："老庄与圣教同异？"对曰："将无同？"太尉善其言，辟之为掾。世谓"三语掾"①。

这一记载提示了名教自然合一理论与名辩"辩同辩异"思维的关系。阮氏三语，是士人在讨论圣教老庄同异的过程中产生的，而辩论同异，正是魏晋玄学承袭名家思想的一个方面。《晋书》卷九四《鲁胜传》载其《墨辩叙》曰：

名者所以别同异，明是非……名必有形，察形莫如别色，故有坚白之辩。名必有分明，分明莫如有无，故有无序之辩。是有不是，可有不可，是名两可。同而有异，异而有同，是之谓辩同异。至同无不同，至异无不异，是谓辩同辩异。

"辩同辩异"思维的实质是将相对性绝对化，走向齐同是非。士人正是通过反复辩析名教自然的同中有异、异中有同，认识到同、异的相对性，从而由"辩同异"走向"辩同辩异"，在"至同无不同，至异无不异"之思维方式的影响下，得出了圣教与老庄至同无不同的结论。

郭象《庄子注》对此有更明确的论述：

夫圣人虽在庙堂之上，然其心无异于山林之中，世岂识之哉！徒见其戴黄屋、佩玉玺，便谓足以缨绋其心矣。见其历山川、同民事，便谓足以憔悴其神矣，岂知至至者之不亏哉！

这段论述的前半部分"然其心无异于山林之中"，仍然不脱"得意忘言"的

① 见《世说新语·文学》。又《晋书·阮籍传》作王戎与阮瞻对问之辞。

思维模式，然而后半部分以为圣人即便居山林之中也不会憔悴其神，则意味着圣人之隐居山泽，也与身在庙堂无异。在“得意忘言”的思维方式下，士人试图论证身在庙堂者的本心仍在山林，因此“心在庙堂”实质上是被否定了的；而在“辩同辩异”思想的影响下，士人进一步认识到身在山林也无异于心在庙堂，山林与庙堂都在得到了肯定的同时又被否定了，于是名教与自然不复有心迹本末之分，从而达到了真正的“同”。“岂知至至者之不亏哉！”一语，很明显地带有受名辩“至同”、“至异”概念影响的痕迹。

必须指出的是，名家的“辩同辩异”与庄子“齐物论”甚相契合，两者都是建构“名教与自然合一”说的思想资源。《莲社高贤传·周续之传》云：“或问身为处士，时践王庭，何也？答曰：心驰魏阙者，以江湖为桎梏。情致两忘者，市朝亦岩穴耳。”[①]在此，“情致两忘”的说法，显然与“得意忘言”说的仅仅遗忘形骸颇为不同。其后梁元帝《全德志论》也有类似的看法：“物我俱忘，无贬廊庙之器。动寂同遣，何累经纶之才。虽坐三槐，不妨家有三径；接五侯，不妨门垂五柳。……或出或处，并以全身为贵。优之游之，咸以忘怀自逸。”[②]其中，“物我俱忘”、“动寂同遣”之说带有鲜明的庄子齐物论色彩。在此，庄子和名辩的共同之处，是对同异是非的相对性的强调。

由于资料的限制，孔稚珪本人批判玄学的理论已不可详考。我们可以通过考察孔稚珪的友人顾欢的相关言论，追溯孔稚珪隐逸观念的学术背景。

关于孔稚珪与顾欢的交游，《南史·顾欢传》记有“会稽孔稚珪尝登岭寻欢，共谈四本”一事[③]。据《南齐书》本传，顾欢为吴郡盐官人，博学

---

① ［清］王谟辑《莲社高贤传》，增补汉魏丛书本。

② 《全梁文》卷十七。

③ 《南史·顾欢传》称顾欢著《三名论》以正《四本论》，“尚书刘澄、临川王常侍朱广之并立论难，与之往复。”尚书刘澄事迹不详，然《南齐书·张融传》曰：“融与吏部尚书何戢善，往诣戢，误通尚书刘澄。”又据《南齐书·何戢传》，何戢任吏部尚书在建元元年(479)至二年(480)，则刘澄任尚书当在此前后。《南史·顾欢传》序顾、孔共谈四本一事于永明元年(483)后，可信。

能文,曾师从豫章雷次宗,研习玄儒。他还是著名道士,曾作《夷夏论》以尊道抑佛(说详下)。顾欢有研习玄儒的学术经历,他的学术倾向却是崇儒抑玄。他曾反思玄学重要命题"四本论"曰:

> 兰石危而密,宣国安而疏,士季似而非,公深谬而是。总而言之,其失则同,曲而辩之,其途则异。何者?同昧其本而竞谈其末,犹未识辰纬而意断南北。群迷暗争,失得无准,情长则申,意短则屈。所以四本并通,莫能相塞,夫中理唯一,岂容有二?四本无正,失中故也。(《南史·隐逸顾欢传》)

魏晋士人对才性关系有同异离合四种看法。据《世说新语·文学》"钟会撰《四本论》始毕"条刘孝标注引《魏志》云:"(钟)会论才性同异,传于世。四本者:言才性同,才性异,才性合,才性离也。尚书傅嘏论同,中书令李丰论异,侍郎钟会论合,屯骑校尉王广论离。""四本论"的具体内容,今已不得而知,仅就思维方式而言,才性同异合离四论的产生,是魏晋玄学吸收名辩之辩同异的思维方式的结果。顾欢认为:"群迷暗争,失得无准……所以四本并同,莫能相塞。"这就揭示出"四本论"的根源在于齐同是非的思想方法。他的"夫中理唯一,岂容有二?四本无正,失中故也"之说,阐明了他反对同遣是非、要求重建是非标准的观点,这就完全否定了"辩同辩异"的思维方式。如前所述,"辩同辩异"是名教与自然合一思想的思维方式,因此,顾欢反对才性四本并存,便从根本上否定了出处同归这一命题的方法论根基。

顾欢著《三名论》以批驳《四本论》。与顾欢共谈四本的孔稚珪,必然在顾欢《三名论》的影响下,否定名教与自然合一的玄学理论及其中的"辩同辩异"思维。这一独特的学术倾向,构成了孔氏批判"吏隐"士风的理论依据。

## 二　孔稚珪对家族传统信仰的坚持

在孔稚珪的隐逸观念中,崇尚隐士节操与批判自然与名教合一的玄学，是在逻辑上互为因果、密切相关的两方面。他本人对士人节操是如何躬行践履的、对包括玄学在内的主流学术思潮持何种态度呢？永明末年，在孔稚珪写作《北山移文》之后，竟陵王子良劝诲孔稚珪奉佛、孔氏坚持其家传道教信仰一事①，为我们提供了考察这一问题的良机。

1. 崇道抑佛与人格节操

南齐文惠太子、竟陵王子良均笃信佛教，永明五年(487)萧子良正位司徒，移居鸡笼山邸后，更是广泛召集宾客，大力鼓吹佛理，诱导士人皈依佛门。萧子良自述其教化士人的苦心曰："司徒之府，本五教是劝，方共敦斯美行，以率无欲，使诡妄谄佞，望门而自新；浮伪荡逸，践庭而变迹。等彼息心之馆，齐此无欲之台，不亦善乎？"②可见他是想把司徒府变成教诲士人信奉佛法的"讲习所"。萧子良为了敦促士人回心奉佛，甚至以官位荣势相利诱。如范缜坚持其神灭无佛之论，萧子良令王融转告曰："神灭既自非理，而卿坚执之，恐伤名教。以卿之大美，何患不至中书郎，而故乖剌为此，可便毁弃之。"遗憾的是范缜不为所动，笑答曰："使范缜卖论取官，已至令仆矣，何但中书郎邪。"③由此不难想象，在萧子良的近乎强加于人的奉佛压力下，竟陵西邸中那些原本对佛教并不热心以及世代信奉道教的士人，都不得不面临着家族信仰与个人仕途的矛盾。

也许正因如此，西邸宾客中公开表示反对佛教并且始终不改其志者，范缜之外寥寥无几。相反，出身于天师道世家、却在宋齐之际顿改旧志并且积极为佛教摇旗呐喊者，比比皆是。以沈约为例，如前所述，他在

---

① 据《南齐书》本传，孔稚珪永明九年任廷尉，其后转御史中丞，迁骠骑长史，辅国将军，建武初，迁冠军将军，平西长史，南郡太守。则此事当发生于永明九年(491)之后，建武元年(494)以前。又孔稚珪答书署曰："十一月二十九日，州民御史中丞孔稚珪启。"据《南齐书·竟陵文宣王子良传》，萧子良永明十年(492)任扬州刺史，永明十一年(493)七月世祖崩，郁林王即位，此后子良处境艰危，显然不大可能有论佛道之闲心。又据《续高僧传·释明彻传》，永明十年，萧子良请释僧祐三吴讲律。而萧子良答孔稚珪书中论及佛教经律，故此事很可能发生在永明十年底。

② 《齐文宣王与中丞孔稚珪释疑惑》，《弘明集校笺》卷十一，第601页。

③ 《南史·范缜传》。

齐世作有多篇有关佛教的文字，大多与萧长懋、萧子良的奉佛活动以及西邸的佛道论争有关，由此可以推知沈约奉佛与二萧的教化之间的密切关系。宋齐之际士人改变家族信仰以皈依佛教的原因不止一端，为社会风尚所迁移者，不在少数；而象沈约这样，因二萧的恩威而改志者，也大有人在。

孔稚珪的抉择却与时尚有别。孔稚珪与萧子良有关佛法教理的书信往返，前后有数番。首先是孔稚珪向萧子良发难，孔书现已不存，但从萧子良的答书中可以可以推测，孔稚珪在信中表达了自己不能舍弃家传道教信仰的志向、关于佛教义理是否有悖于儒家仁义孝悌的疑惑。萧子良答书则肯定了佛教思想与儒家道德的一致性，在信末有"棲心入信者，前良不无此志。……君若以德越往贤，圣逾前修，智超群类，位极人贵者，自可逍遥世表，以道化物，高尚其怀，无求自足"[①]等语，又暗示了孔稚珪若继续执迷不悟，则很可能为此付出前途偃蹇的代价。

面对萧子良的循循善诱，一方面，孔稚珪在答书中仍然反复表示，他不忍背弃家传的道教信仰："民积世门业，依奉李老……民仰攀先轨，自绝秋尘，而宗心所向，犹未敢坠"，又自云"门业有本，不忍一日顿弃。心世有源，不欲终朝悔遁。"但另一方面，萧子良的佛教并不违背儒家的说法，使他对佛教的态度不无改变。他表示愿意依照"通源之论"，并尊佛道二教。"通源之论"的实质是继承顾欢的《夷夏论》，在会通二教的幌子下，张大其崇道抑佛之论。（说详见第二章第三节《论江东士族信仰的变迁》）值得注意的是，孔稚珪还对佛道二教同符的理论作了进一步的阐述。正是这一阐述，进一步透露了他崇道抑佛的倾向。孔稚珪拈出《老子》"有物混成，先天地生"一说，认为这正说明了道家对终极本体的认识与佛教无异："有物混成，先天地生，已是道在天外，稍不以天为道也……佛竟不止于罗汉，道亦于天未息。甫信道之所道，定与佛道通源矣。"姑且不论孔稚珪的理论是否真正把握了佛道二教的宗旨，耐人寻味的是孔

① 《齐文宣王与中丞孔稚珪释疑惑》，《弘明集校笺》卷十一，第604页。

稚珪在这封表达其“情于释老非敢异同”的答书中，反复论证的是道家之“论极不止于天”的问题，因此与其说他是为了表示对佛教的接受，不如说是为了进一步表白他对于道教低徊不已的心态。由此不难看出，孔氏同样是以“通源之论”为挡箭牌，在调和二教的表面文章下，暗藏着扬道抑佛的用心。

借助于“通源之论”这一思想资源，孔稚珪保持了家传的道教信仰，又在遵循儒家思想的前提下吸收了佛教。在改道从佛的呼声压倒了一切的时代背景下，在荣利与志向的冲突面前，孔稚珪尽其所能地守住了自己的宗教意志和家族传统。

2. 佛道信仰之争与新旧学术之别

宋齐两世是否弃道从佛，还折射着士人对玄学思潮的态度。佛教成为门阀社会的主流文化，在很大程度上是因为佛教与老庄玄学的契合。以《般若学》的流传为例，汤用彤指出“夫《般若》理趣，同符《老》《庄》。而名僧风格，酷肖清流，宜佛教玄风，大振于华夏也。”[①]般若学六家七宗，虽教义各有不同，但其主要特征之一，乃是配合玄学的“自然说”谈空论有。如郄超《奉法要》云：“夫空者，忘怀之称，非府宅之谓也。无诚无矣，存无则滞封；有诚有矣，两忘则玄解。”[②]虽然罗什来华后，般若学的本义逐渐得到了阐明，但此前般若学一直是通过“格义”法流布开来的。这就人为缩短了佛教教义与老庄玄学的差距。事实上随着佛玄进一步交融，佛教已自然成为玄学的一部分。

宋齐两世，佛道二教的论争十分激烈。值得注意的是，在隐逸观念上与孔稚珪异趣的周颙，对佛道关系的看法也迥异于孔氏。宋末元徽中，顾欢著《夷夏论》，表面上会同二教，实质上崇道抑佛。其说既出，袁粲等奉佛名士纷纷著文反驳。南齐张融又在《门律》中提出佛道“通源之论”，如前所述，此说亦以崇道抑佛为旨归，故引起了奉佛士人周颙的不满。

---

① 参见汤用彤《汉魏两晋南北朝佛教史》第 108 页(北京大学出版社 1998 年版)。

② 《弘明集校笺》卷十三，第 730 页。

与宗教信仰中的佛道之争相对应的，是学术思想上的儒学、黄老等旧学与玄学新说的对立。首先，佛道论辩与儒玄对立密不可分。顾欢作《夷夏论》，指出尊道抑佛的根据是夷夏之辩："佛道齐乎达化，而有夷夏之别……舍华效夷，义将安取。"[①]华夷之别本是儒家传统观念。而在玄学思潮的冲击下，忠义士节、夷夏之辩等旧儒学，早已为门阀社会的主流文化所忽略。顾欢之崇道排佛，与其崇儒抑玄有着很大的关系。

其次，以老子道家思想为基础的道教，在学理上则与佛教背后的玄学迥异其趣。周颙批驳通源之论，指出"言道家者，岂不以二篇为主。言佛教者，亦应以般若为宗。二篇所贵，义极虚无。般若所观，照穷法性"，则佛道两教的区别乃是般若与老子之别。般若又与玄学密不可分，是故道佛冲突的背后，是两汉以来的道家老子与魏晋南朝玄学的歧异。周颙又曰："尽有尽无，非极莫备；知有知无，吾许其道家。惟非有非无之一地，道言不及耳；非有非无，三宗所蕴。"[②]显然佛教的"非有非无"，不同于黄老道家的"知有知无"，而与玄学齐同是非的旨趣颇为接近。周颙之奉佛，与其学术上的尚玄是密切关联的。

因此，孔稚珪之坚持家传道教信仰，还反映了他对玄学等主流文化的疏离。孔稚珪在家族信仰问题上表现出的士人节操和崇儒抑玄，与《北山移文》中的隐逸观念极为契合。因此，《北山移文》确实寄托了他的人格追求。

---

① 《南齐书》本传。

② 《弘明集校笺》卷六，第334、343页。

# 第八章 会稽虞氏文学

《元和姓纂》卷二载虞氏云:"秦有虞香,香十四代孙意,自东郡徙余姚,五代孙歆,歆生翻。"可知虞氏于东汉前期迁入余姚[①]。

正如第二章第一节《孙吴时期的江东文化传统》所述,会稽余姚虞氏有着深厚的经学传统。孙吴虞翻著有《孝经注》、《郑注正经违失事因》、《川渎记》、《周易注》九卷、《周易日月变例》六卷(与陆绩合著)、《春秋外传国语》二十一卷、《论语注》十卷[②]、《扬子太玄经》十四卷、《老子》注二卷、《周易集林律历》一卷、《易律历》一卷[③],可见其学以家传《周易》为核心,旁及《孝经》、《太玄》等多个领域。东汉、孙吴时期奠定的经学基础,使得虞氏直至东晋前期仍为江东学风最为保守的家族。东晋后期,虞氏开始濡染新兴学风,虞氏儒学则逐渐衰落,虞氏文学日益兴盛,文风也呈现出兼容复古与趋新的多姿多彩的风貌。

## 一 东晋前期:儒学兴盛而学风最为保守

吴晋之际,虞氏经学十分兴盛且学风最为保守。虞翻之第六子虞耸字世龙,清虚无欲,进退以礼,在吴历清官,入晋除河间相[④],著有《穹天

① 参见方北辰《魏晋南朝江东世家大族述论》第一章。
② 《隋书·经籍志一》。
③ 《隋书·经籍志三》。
④ 《三国志·吴书·虞翻传》注引《会稽典录》。

论》[1]。东晋前期，真正将虞氏经学发扬光大的，是虞翻的同族虞察的儿子虞喜、虞预。虞察，吴征虏将军。虞喜字仲宁，少立操行，博学好古，朝廷多次征召而不仕。永和二年(346)殷祭之前，对于京兆、征西、豫章、颍川四府君之神主如何安置的问题，群臣争执不下，朝廷竟派人往会稽征求虞喜的意见。朝廷对虞喜儒学之推重，由此可窥一斑。同贺氏、顾氏等其它江东士族相似，虞喜在礼制实践中强调遵守礼典，反对缘情制礼的时俗。他在"答孔瑚问庶子为人后其妻为本舅姑服"时，指出"谓庶子为人后，上继祖祢，此则厌于承重，不得申其私情，故为所生止服缌麻"[2]。虞喜著有《安天论》六卷、《志林新书》三十卷、《广林》二十四卷、《后林》十卷[3]；《周官驳难》三卷、《论语注赞》九卷、《新书对张论》十卷[4]，又释《毛诗略》、注《孝经》[5]。虞喜著述之丰富，江东士族中莫出其右。其中，《安天论》是驳难浑天论与盖天论的。又《晋书》本传称他"专心经传，兼览谶纬"，天文和谶纬之学都是盛行于两汉而魏晋间人不甚关心的旧学问，足见虞喜学风极其保守。

虞喜之弟虞预字叔宁，历任会稽太守主簿、著作郎、散骑侍郎等职。虞预雅好经史，有《诸虞传》十二篇、《会稽典录》二十四卷、《晋书》四十四卷以及《虞预集》十卷[6]。虞预多次上书议论时弊，其意见如减省官吏迎送之费、征求忠信之才、拔举良将以及修德以应天旱等等，无不契合于儒家仁政思想。尤为值得注意的是，虞预憎恶魏晋以来的玄虚之风，"其论

---

① 《晋书·天文志上》。

② 《通典》九十五。

③ 《隋书·经籍志三》。

④ 《隋书·经籍志一》。《隋书·经籍志四》在"宋宛朐令汤惠休集三卷"之后，录"奉朝请《虞喜集》十一卷"，但虞喜未曾征为奉朝请，且若虞喜为晋人，不应录其集于宋汤惠休之后。此虞喜可能非东晋虞喜。

⑤ 《晋书·王隐传》称虞喜预抄袭王隐《晋书》，且以豪族身份交结权贵，排挤王隐。不知是否属实。

⑥ 《隋书·经籍志四》注云："梁三卷，录一卷"。

阮籍裸袒，比之伊川被发，所以胡虏遍于中国，以为过衰周之时”[①]。本书所讨论的东晋江东士族虽然大多推崇儒学，驳斥缘情制礼的社会风尚，但象虞预这样旗帜鲜明地反对玄虚风尚者，在此时的江东士族中也是少见的。可以肯定他对当时的清谈玄学是坚决抵制的。

又东晋时，虞翻之孙虞潭“清贞有检操”，长于统帅军旅，其儒家风范主要表现为对朝廷忠心耿耿。他在两晋的张昌之乱、陈敏之反、沈充之乱、苏峻之反中多次勇赴国难，屡建功勋。同时，在朝廷的礼乐实践中，虞潭也扮演了十分重要的角色。虞潭今存《公除祭表》[②]、《父母乖离议》[③]、《悼杨皇后宜配食武帝议》[④]、《公除蜡祭论》[⑤]等，其中，《悼杨皇后宜配食武帝议》中有“此苟崇私情，有亏国典”之论，足见虞潭的学术倾向与其他江东士族重礼典的学风甚为契合。

综观虞喜、虞预、虞潭等人的保守学风可知，东晋前期虞氏学术繁盛而学风最为保守。

## 二　刘宋后期：学风变迁与学术衰落

东晋后期，虞氏家学门风发生了变化。其标志是虞球、虞存二人名列会稽四族之俊：“会稽孔沈、魏顗、虞球、虞存、谢奉，并是四族之俊，于时之杰”[⑥]。这批士人的生卒年已不详，但他们都于咸和末年至咸康初年任会稽内史何充的佐吏，与清谈名士孙统、孙绰兄弟自幼交好，又谢奉与谢安年辈相仿[⑦]，因而他们是出生于永嘉南渡前后、仕宦于东晋的江东第二代士人。“四族之俊”与东晋孙绰、谢安等长期生活在会稽的清谈名士交往密切，其立身行事也多少打上了玄学思潮的烙印。虞氏中有两

---

①　《晋书》本传。

②⑤　《通典》五十二。

③　《通典》九十八。

④　《晋书·武悼杨皇后传》。

⑥　《世说新语·赏誉》。

⑦　参见拙作《论会稽“四族之俊”的得名——兼论东晋名士标准的变迁》。

位士人名列这个群体,其中孙统作《存诔叙》,称虞存"幼而卓拔,风情高逸"[1],不难想象虞存带有名士宅心玄远的风采。又才学平平的魏顗初次出仕时,虞存建议他藏拙,与其约法三章云:"谈者死,文笔者刑,商略抵罪"[2],反过来可以推测,虞存本人应该是多少懂一点清谈之道的。这些蛛丝马迹都透露出江东最保守的虞氏终于在东晋末年沾染了玄言风尚。

虞氏学风真正发生转变,是在刘宋后期,以虞龢、虞愿等人为代表。虞龢名列《南史·文学传》:"龢位中书郎、廷尉,少好学,居贫屋漏,恐湿坟典,乃舒被覆书,书获全而被大湿,时人以比高凤。"由《宋书·礼志》可知,虞龢于刘宋大明年间为太学博士,曾参与讨论"郊祀用牛数"、"四时讲武献牲"[3]、"宣贵妃立庙"、"宣贵妃祔庙"、"昭太后祔庙"[4]、"皇太子纳征"[5]等礼仪问题。他在议孝武宠爱的殷淑仪(死后追封为宣贵妃)的立庙、祔庙等问题时,为了迎合孝武帝的心意,论证了为宣贵妃立庙的合理性,且认为宣贵妃不必祔庙。这些被帝王欣然接受的意见,显然有悖于儒家常典。

又虞愿(426—479)字士恭,元嘉末国子生,以兼擅儒学和吏政见赏于宋明帝,先后任中书郎、晋平太守、东观祭酒等职,著《五经论问》、《会稽记》及文翰数十篇。他在君臣观念上仍恪守儒家忠义道德。如南齐初年,宋神主迁于汝阴庙,虞愿拜辞时泪流满面[6];但他在礼制实践中已不能保持前辈重礼典的传统。比如,古礼明文规定每年郊享的同时兼及明堂,泰始六年(470),朝廷却要求礼臣讨论"间二年一郊,间岁一明堂"的郊祀制度,虞愿对此完全赞同:"郊祭宗祀,俱主天神,而同日殷荐,于义

---

① 《世说新语·政事》"何骠骑作会稽"条刘注引。

② 《世说新语·排调》"魏长齐雅有体量"条。

③ 《宋书·礼志三》。

④ 《宋书·礼志四》。

⑤ 《宋书·礼志一》。

⑥ 《南齐书·良政虞愿传》。

为黩。明诏使圆丘报功，三载一享；明堂配帝，间岁昭荐。详辰酌衷，实允懋典"[1]。显然，虞氏已受到了宋末僭越礼制的时代思潮的冲击[2]。

在虞氏保守学风逐渐衰歇的同时，虞氏学术也呈现出萧条景象。虞潭之子虞啸父非但不尚学术，且为人平庸鄙俗。《世说新语·纰漏》载：

> 虞啸父为孝武侍中，帝从容问曰："卿在门下，初不闻有所献替。"虞家富春，近海，谓帝望其意气，对曰："天时尚暖，鱽鱼虾鲊未可致，寻当有所上献。"帝抚掌大笑。

虞啸父简直将家传斯文荒废殆尽。宋齐之际虞通之好《易》学，虞愿著《五经论问》，勉强算是不辱门风。但南齐虞玩之、虞悰(435—499)都不尚学术。其后果便是到了萧梁一世儒学大盛之际，东汉以来的学门虞氏仅虞僧诞通经学而见于《梁书·儒林传》，虞氏经学濒临绝嗣的边缘。直至陈代，在萧梁崇儒文化环境下成长起来的虞荔(503—561)、虞寄(510—579)兄弟博闻多识，总算稍稍挽救了虞氏学术的颓势。虞氏学术的衰落，表明一味追随主流而忽视家族文化个性，反而阻碍了家族文化的发展。

### 三 南齐以降：文学兴盛与文风多元化

会稽虞氏素有能文的传统。孙吴时虞翻有《虞翻集》二卷[3]。东晋虞预有集十卷。迄于刘宋，在学术萧条的同时，虞氏文学却呈现出欣欣向荣的局面。虞通之、虞龢皆名列《南史·文学传》。虞通之官至步兵校尉，据《宋书·孝武文穆王皇后传》，宋世公主多妒忌，宋明帝对此极为反感，湖熟令袁慆妻因妒忌被赐死，明帝使"近臣虞通之撰《妒妇记》"。又

---

① 《宋书·礼志三》。

② 刘淑芬《六朝会稽士族》论述会稽士族学风保守，并以虞愿为例。显然其说忽略了虞愿礼学的趋新性质。

③ 《隋书·经籍志四》注云："梁三卷，录一卷"。

其时左光禄大夫江湛孙江敩尚孝武帝女，宋明帝令人为江敩作让婚表，《初学记》十三以为此表亦虞通之所作。虞通之《明堂颂》尚存相当篇幅，从“我皇蒸哉，追孝创轨”等字句来看，当作于宋孝武帝大明五年(461)建明堂之后，此颂写得典丽繁富。虞龢亦为宋明帝近臣，宋明帝曾改制舞曲歌词，令虞龢并作。宋明帝所改舞曲为鞞舞，属于俗乐[①]。二虞的近臣身份，决定了他们的文学创作对尚俗靡丽的时风的追随。

南齐以降，虞氏不仅代代有文士才子，如南齐虞炎、虞愿，梁虞羲、虞骞，陈虞荔、虞寄兄弟皆有文名；而且文风也呈现出创新与复古、雄壮与轻丽等多元化发展的趋势。

1. 虞炎与永明体

南齐虞炎的文风最接近永明文学主流。虞炎初仕于刘宋，南齐建元元年(479)以散骑常侍之职奉命巡行天下[②]，明帝建武二年(494)骁骑将军虞炎预议南郊祭天礼事，可知他的卒年在此以后[③]。永明中，虞炎以其文学才能与沈约并为文惠太子所赏识。虞炎《鲍照集序》云：“储皇博采群言，游好文艺，片辞只韵，罔不收集……爰命陪趋，备加研访”(《全齐文》卷二十五)，是说他奉文惠太子之命，搜集、整理鲍照文集。值得一提的是他对鲍照文学的评价“虽乏精典，而有超丽”，对鲍照“乏精典”的批评，反映了江东士族崇尚典雅的共性，但虞炎此说的侧重点是对鲍照“超丽”文风的倾慕。由此可以窥见永明文学与刘宋文风的继承关系。

从虞炎的文学创作来看，虞炎今存《玉阶怨》、《饯谢文学离夜诗》、《咏帘诗》、《奉和竟陵王经刘瓛墓下诗》[④]。其中《玉阶怨》为五言四句，

---

① 顺帝昇明二年(478)，王僧虔上书批评大明以来礼乐沦丧云：“大明中，即以官悬合和鞞、拂，节数虽会，虑乖雅体。”王僧虔是侨姓高门中少见的偏于保守、崇尚雅乐的士人。

② 《南齐书·孝义公孙僧远传》。

③ 参见曹道衡、沈玉成编著《南北朝文学史》第199—200页(北京人民文学出版社1991年版)。

④ 逯钦立《先秦汉魏晋南北朝诗》作“刘巘”，误。

后二首皆为五言八句，都是永明诗人最为喜好的形式。从风调看，诸诗都写得平易清新，如《玉阶怨》："紫藤拂花树，黄鸟度青枝。思君一叹息，苦泪应言垂。"此诗被钟嵘《诗品》讥为"学谢朓，劣得黄鸟度青枝"。事实上这是永明诗歌常见的风格。此诗前两句与王融《饯谢文学离夜》"离轩思黄鸟，分渚菱青沙"、沈约《有所思》"关树抽紫叶，塞草发春芽"相比，在色彩选择上具有十分接近的趣味。又如《饯谢文学离夜》中"差池燕始飞，羃历草初辉"，春燕始飞、绿草初辉等清新动人的景物，也是永明诗中经常出现的。此外，虞炎诗中不少句子都基本上平仄相对，如《饯谢文学离夜诗》"清潮已驾渚，溽露复沾衣（平平仄仄仄，仄仄仄平平）"。不过，虞炎诗也有犯四声八病之处。据《文镜秘府论》西卷《文笔式》"文病"第三"蜂腰"，即以虞炎《咏帘》为例；第五"大韵"，亦证之以虞炎《有所思》。

虞炎仅存的四首诗反映了他在永明文学团体中活跃的程度。这四首诗全是与其它永明诗人同咏之作。《玉阶怨》一诗，今存谢朓诗集中有同题作品；永明八年（490）春，萧子良经过刘瓛墓前，作《登山望雷居士精舍同沈左卫过刘先生墓下诗》，谢朓、萧子隆、柳恽、虞炎同和；永明九年（491），谢朓随萧子隆赴荆州，虞炎与沈约、范云、刘绘、王融、萧琛等诗人均作有《饯谢文学离夜诗》①。沈约还作有《伤虞炎》曰："东南既擅美，洛阳复称才。携手同欢宴，比迹共游陪。事随短秀落，言归长夜台。"（《沈约集校笺》卷十）"共游陪"，显然是指他与虞炎皆为文惠太子所赏遇的经历②。足见虞炎与永明文学团体的核心人物沈约、王融、谢朓等人的文学交游极为密切，这就不难理解他的文学创作与永明主流文风的接近了。

2. 虞羲与南齐边塞诗

虞羲在永明文坛上也具有一定地位。《文选》虞子阳《咏霍将军北伐

---

① 以上系年据曹道衡、刘跃进著《南北朝文学编年史》（北京人民文学出版社 2000 年版）。

② 由"事随短秀落"一句，可知虞炎早逝。

诗》李善注引《虞羲集序》述其生平云:"羲字子阳,会稽人也。七岁能属文,后始安王引为侍郎,寻兼建安征虏府主簿功曹,又兼记室参军事,天监中卒。"然《南史·王僧孺传》有不同说法:"虞羲字士光,会稽余姚人,盛有才藻,卒于晋安王侍郎。"孰是孰非,现已很难确考①。可以肯定的是虞羲在永明时为太学生,以善辞藻而被招为竟陵王萧子良宾客,曾预测王融拥戴萧子良一事必败②。现存诗十二首,《巫山高》、《自君之出矣》、《春郊诗》、《咏秋月诗》、《橘诗》等皆为五言八句,《望雪诗》乃五言四句。其时同作《巫山高》者,有王融、刘绘、范云等人;又自宋孝武以来,宋刘义恭、颜师伯、鲍令晖,齐王融、范云均作有《自君之出矣》,《乐府诗集》卷六十九云:"《自君之出矣》,……齐虞羲亦谓之《思君去时行》"。上述诗篇描摹春、月、雪等自然物候,无不刻划得细腻生动,风格清丽流转。又《春郊诗》中,"喧迟蝶弄蔼,景丽鸟和春。樵歌喧垄暮,渔枻乱江晨"(平平仄仄仄,仄仄仄平平。平平平仄仄,平仄仄平平),平仄基本合律。又《数名诗》也是自鲍照以来的诗人常常用以争奇斗巧的题目。

但虞羲也有不同于流俗的作品。其在四言诗和边塞诗方面的成绩,已如前述③。其《咏霍将军北伐》无论是题材还是风格,都与清丽流转的永明文学主流迥异。历来的论者对这首诗慷慨激昂的风格大为叹异。(详见第一章第一节《江东士族的典雅文风与儒学背景》)。值得注意的是,诗歌成功地描绘边塞风光和军旅征战的艰险,如"飞狐白日晚,瀚海愁云生。羽书时断绝,刁斗昼夜惊。……胡笳关下思,羌笛陇头鸣"等句,与一般永明诗歌景物的轻曼柔弱大为不同,"愁"、"惊"、"思"写出悲凉氛围,可见作者锻字炼句的功夫。最后五联抒发建功立业的豪迈气概。其中"天长地自久,人道有亏盈","未穷激楚乐,已见高台倾"两联,又融入了对人生盛衰无常的感叹,进一步渲染出悲壮的气氛,使意境更

① 参见《南北朝文学史》第200页。
② 《南史·王僧孺传》、《南史·王融传》。
③ 参见本书《江东士族文学的典雅文风与儒学背景》一节。

为开阔。全诗的写景和抒情都表现出雄壮的笔力。

该诗以咏史描绘边塞征战之事，在永明诗歌中不太常见，但也并非个别现象。永明文人如范云、孔稚珪、王僧孺、江洪等人皆写有边塞诗，这与南齐时期的南北交往和冲突的背景有关。一方面，永明年间，南齐与北魏矛盾相对缓和，双方常常互遣使者。出使北魏的经历和体验，增强了南齐诗人对北方风光的感性认识。如《南齐书·魏虏传》载范云曾于永明十年(492)与萧琛等人出使北魏。其《效古》诗前四句“寒沙四面平，飞雪千里惊。风断阴山树，雾失交河城”，描绘出颇具边陲特征的景物，可见作者对边陲风光有着敏锐感受。出使北方的经历，显然使范云笔下增添了几分豪迈壮阔之气。另一方面，在南北交流的同时，齐武帝并未放弃北伐之念。据《南齐书·武帝纪》，他曾于永明六年(488)九月、永明九年(491)幸琅琊城讲武。永明末年，他的北伐之意日渐增强，为了进行战前宣传，他命毛惠秀画《汉武北伐图》，令王融负责此事。此图画成后，齐武帝置之于琅琊城射堂壁上。王融素好功名，曾作《从武帝琅琊城讲武应诏诗》，抒发其“愿陪玉銮右，一举扫燕然”的抱负，后又作《汉武北伐图赋》。齐武帝的北伐意图使王融如此兴奋激动，想必其它永明诗人也受到了感染，从而提笔创作边塞诗歌。

若论南齐边塞诗的源流，可以发现刘宋鲍照诗对永明诗人产生了很大影响。永明诗歌的总体风貌不同于刘宋诗风，但两者不无前后衔接之处。比如，以险俗著称的鲍照诗歌，既有《出自蓟北门行》、《白马篇》、《拟古》等笔力雄健、风格险峭的边塞作品，又有《采菱歌》、《代白纻曲》等模仿江南民歌的清丽流转的诗篇。多数永明诗人着力仿效其“超丽”的一面，但也有少数文人在创作轻快婉转的“永明体”的同时，传承了鲍照的雄壮豪迈之气。边塞诗的创作便是其表现。虞羲《咏霍将军北伐》则是其中的成功之作。鲍照《出自蓟北门行》从边疆战事之兴起，写到军队阵容的强大，最后抒发为国捐躯的斗志。虞羲《咏霍将军北伐》的结构基本上追摹鲍照此诗：同样以边塞风光和虏骑入侵起篇，接着描绘边塞战争之艰辛，军威之盛强；篇末直抒建功立业的胸臆。两诗都以边疆音乐烘托战场气氛，鲍照写“箫鼓流汉思”，虞羲有“胡笳关下思，羌笛陇头鸣”之句。与鲍照诗相比，虞氏此诗没有“马毛缩如猬，角弓不可张”这样奇峭的句子，但忠义慷慨之气却是有过之而无不及。

南齐写作边塞诗的文人，依照他们的年辈和身份，可以分为两种类型，一种以沈约(441—513)、孔稚珪(447—501)为代表，沈约是永明文人中最为年长的，孔稚珪、范云分别比沈约小6岁、10岁，这几位诗人都曾直接受到刘宋诗风的熏陶。在他们学习写作的青少年时代，鲍照尚未辞世，他的慷慨激昂的诗风正雄踞诗坛，是故沈约、孔稚珪等人或多或少地摹习过雄奇的格调，有能力创作出《白马篇》这样反映边陲生活的诗篇。另一个文学圈子是由王僧孺、虞羲、丘国宾、江洪等太学士人组成的。他们年辈较晚，无缘亲炙刘宋诗风。王僧孺(465—522)在永明年间长期任太学博士①，《南史》本传称“司徒竟陵王开西邸，招文学，(王)僧孺与太学生虞羲、丘国宾、萧文琰、丘令楷、江洪、刘孝孙并以善辞藻游焉”。在这群文人中，除虞羲的边塞诗外，王僧孺作《白马篇》，江洪有《胡笳曲》，诸人皆创作边塞诗，表明他们在密切交游中形成了共同的审美趣味。同时，太学文人的身份，也决定了他们在朝廷文化活动中扮演着重要角色。

写作边塞诗的这两个文学群体之间也常有往还。虞羲《咏霍将军北伐》在立意、布局等方面与孔稚珪《白马篇》极为相似，这应当不是偶然的。他们不仅同为竟陵王萧子良的宾客，而且会稽虞氏、孔氏与吴兴沈氏皆为江东大族，沈、孔两位文学前辈对虞羲的边塞诗创作产生影响，当是情理中事。

必须说明的是，边塞诗创作并非永明诗风的主流，同时，在南齐边塞诗创作中，虞羲的《咏霍将军北伐》尤具刚健雄壮的风貌，这就使我们不能不注意到江东士族崇尚忠义的人格和节操对虞羲创作的影响(说详见

---

① 据《梁书·王僧孺传》，王僧孺起家王国左常侍、太学博士，永明六年(488)，丹阳尹王晏任其为郡功曹，永明七年(489)王僧孺转任大司马豫章王行参军兼太学博士，直至永明十年(492)被文惠太子召入东宫之前。

第一章第一节《江东士族的典雅文风与儒学背景》)。

3. 虞骞的生平与文学特色

《梁书·文学传》云:"时有会稽虞骞,工为五言诗,名与(何)逊相埒,官至王国侍郎。"虞骞今存《登钟山下峰望诗》、《游潮山悲古塚诗》、《寻沈剡夕至嵊亭诗》、《视月诗》、《拟雨诗》等五首。除《拟雨诗》六句可能为残篇外,其余皆为五言八句,从何子朗《和虞记室骞古意诗》可知,他还写过吟咏美女思妇的《古意诗》。

虞骞的生平不详,只能根据何逊等人的事迹作一个大致推测。何逊有《登禅冈寺望和虞记室诗》、《同虞记室登楼望远归诗》、《与虞记室诸人咏扇诗》,前述何子朗诗题中有"虞记室骞"之称,那么这里的"虞记室",也应当是与何逊齐名的虞骞,他曾多次与何逊同咏唱和。何逊生活在宋明帝泰始三年(466)至天监十八年(519)之间[1],则虞骞的生卒年也当在此前后。虞骞官至王国侍郎,究竟是哪一个王呢?可能性较大的是建安王。《梁书》本传称建安王萧伟好招贤纳士,"由是四方游士,当世知名者,莫不毕至。……梁世藩邸之盛,无以过焉。"《梁书·何逊传》也有建安王赏爱文士的记载。何逊从天监六年(507)至天监十二年(513)都为建安王佐吏。又虞骞任记室时,何逊、何子朗等人与他的唱和诗甚多,可以想见此时文学唱和活动颇为频繁,由这一点也可以推测虞骞与何逊的共同府主应为建安王萧伟。但因无直接资料证明,只能是猜测而已。

4. 虞荔兄弟的典雅文风

梁陈二世以能文称者为虞荔(503—561)、虞寄(510—579)兄弟。据《陈书》、《南史》本传,虞荔博览坟籍,善属文,曾以《士林馆碑》见赏于梁武,《艺文类聚》卷十七录其《梁同泰寺刹下铭》残篇。此铭对仗工整,用典繁富,颇用四六之句,如"神仙岳岳,俯雕槛于霞外;宝铎锵锵,韵钧天

① 参见李伯齐《何逊行年考》,载刘跃进、范子烨编《六朝作家年谱辑要》下册,第282—290页。(哈尔滨黑龙江教育出版社1999年版)

于云表”。这种典雅的文风，正是梁武所赏好的。如前所述，其弟虞荔亦好学能文，大同中奏上《瑞雨颂》，梁武赞曰：“此颂典裁清拔，卿家之士龙也。”

从东晋虞预到陈代虞荔、虞寄兄弟，虞氏崇文之风薪火相传，但文学风格却大致经历了从东晋的崇尚经史典雅到南齐追求清丽浅俗，梁陈又回归于典丽的过程。这一过程，体现出虞氏为随顺时代思潮所做的努力，也说明了虞氏尚儒家风衰而不绝的实质。此外，虞炎追随文学主流，却因创作缺乏个性，而成为文学史上的笑柄；虞羲逆潮流而动，竟写成了千古传诵的诗篇。文学的复古与创新、从众与独创之间的复杂关系，实在耐人寻味。

# 结语

本书在追溯江东士族文化渊源的基础上，揭示了六朝江东士族文学以雅兼俗的独特倾向，探究了吴郡陆氏、吴郡张氏、吴郡顾氏、吴兴沈氏、会稽孔氏、会稽虞氏等家族的文学个性与家学门风的关系，分析了江东士族文学与儒学倾向、家族信仰、地域文化等层面的密切互动，指出了家族文化个性在六朝社会文化竞争的重要意义。具体说来，本书考察了以下问题：

**其一，六朝江东士族文化的渊源。**与中原学风相比，孙吴时期江东学风较为保守。其一，虞翻、陆绩及其弟子辈姚信等人讲求象数易学，以象数学的路径研治《太玄》和天体论，与北方先后流行的古文易学和玄学之易有着明显的新旧之别。其二，江东士人接续了东汉“经明行修”的传统，推重名节。其三，由世家大族主持的乡间评议兼重孝悌廉正和耽悦书传，推动了文学创作风气的盛行。其四，江东地区禅学的传播，特别是会稽陈慧等人传承安世高一系的禅学，成为六朝江东士族崇尚观音信仰、重视禅诵的基础。

概言之，本书探索六朝江东士族文化的渊源，不仅肯定了前人指出的江东讲求象数易学等特征，更进一步强调江东士人传承东汉“经明行修”的学风、推重名节，并第一次提出了江东地区禅学传统与六朝江东士族信仰和文学特征的关系。

**其二，以雅兼俗是六朝江东士族文学的基本特征。**西晋陆机既崇尚华美典雅的文风，又吸收江南歌谣，为江东士族文学树立了典范。就典雅文风的传承而论,值得注意的是其在六朝不同历史时期的发展演变:(一)西晋时期,陆机等人的诗文在内容上阐述儒家政治、伦理思想和抒发建功立业的抱负,在形式上好尚四言诗,讲究辞采的华美,追求温雅的文学风格。(二)东晋和刘宋时期,陆冲、顾恺之模拟陆机的诗文,儒学风尚在顾迈和张永的文学中分别表现为气调警拔和颇有古意。(三)南齐时期,与刘宋顾迈的"气调警拔"一脉相承,与抒发淡淡离愁、描绘细小轻柔物象的永明文学主流迥然不同,以孔稚珪《白马篇》、虞羲《咏霍将军北伐》为代表的江东士族文学崇尚刚健雄壮的审美风格。(四)梁陈时期,张率、陆倕、虞荔、虞寄、陆琼及其子从典、陆琰及其弟瑜、从兄玠、从弟琛等六人都擅长庙堂之制,内容上歌功颂德,风格上有"辞义典雅"、"典裁清拔"之誉。

就吸收江南歌谣一端来说,从江东士族文学的发展来看,继陆机、陆云兄弟为西晋文坛之翘楚后,齐梁时期,以沈约为代表的江东文人再度成为文坛领袖。其奥秘在于,陆机模拟江南民歌之作的传统在六朝江东文人间薪火相传,其重要标志是陆机、沈约和张率先后写作同题乐府《日出东南隅行》,张率和陆琼又先后以杂言体写作乐府《长相思》;最杰出的成果无疑是沈约在陆机典范的激励下,吸收吴歌西曲中的养分,提倡声律论。事实上无论是否支持四声论,六朝江东士族都吸收了陆机重视江南歌谣的传统。具体说来是:(一)东晋和刘宋时期江东士族文学颇为薄弱,但杨方、孔宁子和吴兴沈氏在吸收江南歌谣方面的努力,对于南朝时期江东士族文学在声律论和艳情诗方面的崛起而言,可说是十分重要的铺垫。(二)齐梁时期,沈约成为四声论的领军人物,而陆厥对沈约之说的论辩首先应该理解为前者也十分重视音声。(三)仿效吴歌西曲之风至梁陈两世而蔚为大观,江东士族的诗风呈现出典雅与绮艳并存的特征。前有张率、陆罩等人参与梁简文帝萧纲倡导的宫体诗写作,后有陆琼、陆瑜、顾野王、姚察等人追随陈后主的浮艳诗风。

概言之,本书首次论述了陆机开创的以雅兼俗的文风在江东士族文学发展中的典范意义,在此基础上,提出了以下见解:南齐以降,江东士族文学的复兴，既归功于南齐孔稚珪和虞羲、梁代张率和陆倕、陈代虞荔、虞寄、陆琼及其子从典、陆琰及其弟瑜、从兄玠、从弟琛等人对典雅和刚健文风的追求，更表现为沈约等人在踵武陆机《日出东南隅行》的基础上，通过吸收江南歌谣和佛教禅诵的养分，为南朝文学的新变做出重要贡献。

**其三，本书考察了吴郡陆氏、吴郡张氏、吴郡顾氏、吴兴沈氏、会稽孔氏、会稽虞氏等家族的文学个性与家学门风的关系。**其中，吴郡陆氏无疑是江东士族文学的领军，其最大贡献在于西晋陆机树立了崇尚典雅文风、兼容江南歌谣的典范。陆氏文学的另一贡献在于：萧梁时期陆倕与张率一起，踵武陆机的典雅文学传统，以崇儒博物的学风追求文笔弘雅，为江东士族文学在梁陈两世的复苏导夫先路；吴郡张氏以“张文”著称，其文脉源远流长，孙吴时期张敦、张纯、张俨等皆负文名。南齐时张融的文论以其独特的风貌令人瞩目。萧梁起张率既以文笔典雅著称，又追慕陆机《日出东南隅行》而写作艳情诗，显示了张氏文学于南朝后期复兴的趋势；吴郡顾氏文学最独特的贡献，当推刘宋时期吴郡顾觊之令其侄子顾愿所作《定命论》，其意义在于折射了东晋以来佛教“报应说”与中土定命论的融合，以及刘宋符瑞灾异观念的流行与文学的密切关系。尤其值得注意的是，在汉魏六朝“辩命论”系谱中，顾氏《定命论》有承上启下之功；吴兴沈氏文学的主要成就在于制作吴歌西曲和提倡四声论。在江东士族中，吴兴沈氏最为热衷于创制吴歌西曲，南齐时期，在陆机以典雅文风兼容江南歌谣这一文学传统的激励下，沈约积极弘扬家族文化，从吴歌西曲中吸收了“蜂腰”、“鹤膝”等有关字音的因素，又在佛教诵经活动中加强了对于字音的领会，因而成为提倡四声论的领军人物；会稽孔氏文学经历了由宋齐两世的疏离文学新风、到梁陈时期融入主流的过程。在六朝江东士族文学的框架中，孔氏文学的意义主要在于传承陆机的典雅文风，尤其是孔稚珪的诗和文都体现出对江东士族儒雅文风的弘扬。南齐以降，孔翁归、孔奂、孔范等人的文风则趋于浮艳；会稽虞氏于东汉、孙吴时期奠定了经学基础，因而虞氏直至东晋前期仍为江东学风最为保守的家族。东晋后期，虞氏开始濡染新兴学风，虞氏儒学则逐渐衰落，虞氏文学日益兴盛，文风也呈现出兼容复古与趋新的多姿多彩的风貌。

**其四，与六朝江东士族文学密切互动的因素，主要包括儒学倾向、家族信仰、地域文化等层面：**

一，就儒学倾向而言，以儒学为主体的六朝江东士族学术经历了一个从晋宋的重儒轻玄到南齐的儒玄兼宗，直至梁陈的以儒学为主导而多元化发展的演变过程。晋宋时江东士族的重儒轻玄，并不简单地表现为儒家著述的数量超过中原士族，而是体现在其儒学较少受到玄学思潮的影响而更多地保留了汉末儒学的风貌。除了先行研究已经提出的崇尚象数易学而反对义理易学之外，江东士族的儒学著述还具有不为当世显学所囿的特点，他们往往以一些时人不太重视的学科，如天文学、小学和《尚书》学，作为主攻方向。迄于梁代，江东士族学术则真正建立起以儒术为强项、兼宗玄佛的多元结构。尤其值得注意的是江东士人在儒学实践方面的独特之处：批判缘情制礼而强调遵循礼典，砥砺忠义节操，崇尚不事权贵的气节。

如前所述，在六朝的不同时期，江东士族以儒为本的学术倾向对文学的影响表现在不同的层面。概言之，江东文人讲究藻采、崇尚刚健的审美风格等方面，都充分说明了儒家文学思想的积极意义；而他们摹拟《诗经》的四言诗写作和一味追求雍容典雅的文学趣味，则揭示了儒家的尊经复古思想和温柔敦厚诗教会不可避免地成为文学创新的羁绊。

二，关于六朝江东士族的家族信仰与文学的关系，以往的研究已经注意到以孔稚珪、张融为代表的江东士人以“通源之论”为依据，在佛道关系上坚持以道为本、以佛为迹，与此相呼应的是其独特的隐逸观念，成为孔稚珪《北山移文》这一名篇的主要思想资源。本书的创新之处是提出了江东禅学与四声论这一值得注意的新视角。换言之，江东士族信仰对文学的另一重要贡献是孙吴以来的江东禅学传统，经东晋谢敷等人的弘扬，至宋齐之际，发展为释慧约、沈约等人的好尚禅诵。他们与侨姓士族周颙一起，从禅诵中吸收重要资源，提出了“四声论”。

三，在江东士族文学背景的考察中，尤其值得一提的是文学特征与儒学倾向、家族信仰、地域文化等层面的相互作用。比如，宋齐之际沈约对“四声”论的贡献，既是江东士族的儒学传统与江南歌谣相互融合的结果，又是江东禅学与文学相互影响的产物。在雅俗关系上，一方面，沈约对江东儒学传统的传承，使得他常常强调自己对“雅乐”的关注；另一方面，为了理直气壮地吸收吴歌西曲的因素，其《答甄公论》找到了援俗入雅的依据：“是以《中庸》云：‘圣人有所不知，匹夫匹妇，犹有所知焉。’”在禅学与四声的关系上，由于孙吴以来江东禅学绵绵不绝，沈约对于禅诵特别重视；禅诵对字音的把握，无疑有助于他领悟四声的奥秘。由此可见，江东士族的文学、儒学、佛学和地域文化之间的密切互动，是江东士族文学复兴的重要动力。

**其五，六朝江东士族文学的特征和演变，揭示了六朝文化竞争的秘诀在于打造家族文化个性。**首先，以雅兼俗是江东士族文学有别于其他家族群体的重要特征，也是齐梁以后江东士族文学在声律论、艳情诗和庙堂文学等不同领域大放异彩的原因。其次，吴郡陆氏、吴郡张氏、吴郡顾氏、吴兴沈氏、会稽孔氏、会稽虞氏这六个家族在文坛留名的主要原因是其鲜明的文学个性。最后，与追求文学个性相一致，江东士族在儒学、信仰、人格等各方面都着力弘扬江东文化传统，扬长避短，追求独具特色的家学门风。关于这一点，附录一《六朝门阀制度对江东士族儒学的影响》、第二章第二节《江东士族以儒为本的保守学风及其演变》、第二章第三节《论江东士族信仰的变迁》和附录二《论南齐江东士族“太极”说滞后于新兴思潮及其原因》言之已详，兹不赘。

综上所述，本书的核心观点和创新之处在于：指出陆机在文学方面为江东士族树立以典雅文风兼容江南歌谣的典范，揭示谢敷在佛教方面开辟重视观音信仰和禅学的道路，剖析江东士族共同弘扬的推崇礼典、重视士节的儒学倾向，认为这几个层面之间始终存在着密切的互动，从而铸造了江东士族文化的独特个性，为江东士族文学的发展提供了重要动力。

# 附录一　六朝门阀制度对江东士族儒学的影响

六朝时期，门阀社会以清谈玄学为主流文化，儒学虽未完全衰歇，但侨姓高门大多一味推崇孝道等家族伦理，同时主流儒学还打上了玄学思想的深刻烙印。而此时江东士族儒学的主导倾向却是保留了汉末儒学的风貌（说详见第二章第二节《江东士族以儒为本的保守学风及其演变》）。若问六朝江东士人独具特色的儒学何以能在门阀社会薪尽火传，则不能不考察门阀制度下文化传播发展的独特规律及其为江东士族儒学的存续所提供的可能性。

这一问题的提出，还缘于笔者对六朝儒学衰而不亡之原因的思考。众所周知，魏晋南北朝时期儒学虽较两汉相对衰落，但仍然取得了一定进展，余英时先生甚至认为"魏晋南北朝则尤可视为家族为本位之儒学之光大时代"①。对此，前人已从儒学对门第制度的巩固作用、儒学为朝廷政治所必需等角度，阐述了门阀社会下儒学存续的必然性②。笔者认为，从儒学的外部功用来考察其不绝于六朝的原因，诚然是切中肯綮之论，但其不足之处在于未能注意到六朝学术文化观念和发展方式的独特性。而就笔者所着重考察的江东士族而言，六朝江东士族儒学具有不为

---

① 余英时《汉晋之际士之新自觉与新思潮》，《中国知识阶层史论》，台北联经1980年版。

② 参见唐长孺《魏晋玄学之形成及其发展》，载《魏晋南北朝史论丛》；钱穆《略论魏晋南北朝学术文化与当时门第之关系》，载《中国学术思想史论丛》（三）。

显学所囿的特点，其学术并不局限于家族伦理和朝廷礼乐两方面，是故儒学的功用说不足以充分解释六朝江东士族的独具特色的儒学何以绵绵不绝。因此本文打算在剖析六朝文化传播与文化心理的独特风貌的前提下，考察江东士族儒学的传承背景。

## 一　南北士族的冲突与门第之别

六朝江东士族儒学发展的主要原因，当是门阀社会中侨吴士族的门第差别所导致的文化隔阂和文化差异。

在门阀制度下，门第较高的士族为了保持门阀地位，往往构筑门第壁垒，将婚媾交游的对象局限于同一层次的家族而与较低门第的子弟不相往来，这使得门阀社会存在着多层次的门第隔阂。首先，就士庶关系而言，士族在婚媾、交往等方面几乎与庶族完全隔绝，所谓"士庶之际，实自天隔"[①]，已是中古史之常识。其次，在士族范围内，次门士族被高门士人拒交、拒婚的现象也有时发生，相应地，通婚最为频繁的侨姓士族乃琅琊王氏、陈郡谢氏和陈郡袁氏这三大高门[②]，换言之，士族内部因门第高低有别而存在着不同的婚媾圈。最后，某些高门士族甚至将交游对象锁定于家庭内部的部分志同道合者，如陈郡谢琰"与从兄护军淡虽比居，不往来，宗中子弟惟与才令者数人相接"[③]，又《宋书·谢弘微传》称"（谢）混风格高峻，少所交纳，唯与族子灵运、瞻、曜、弘微并以文义赏会。"总之，在门阀制度下，高门士族内部、高门与次门、士族与寒庶之间都存在着不同程度的社会隔阂。

社会隔阂必然导致文化差异和文化垄断。一方面，家族教育是门第社会文化传播的主要方式，六朝的文化交游、文化活动又几乎都是以家族和姻族为基本单位的，正如陈寅恪先生所说："东汉以后学术文化，其

① 《宋书·王弘传》。

② 毛汉光《两晋南北朝士族政治之研究》，台湾商务印书馆1966年版，第230—249页。

③ 《晋书·谢琰传》。

重心不在政治中心之首都,而分散于各地之名都大邑。是以地方大族盛门乃为学术文化之所寄托……而汉族之学术文化变为地方化及家门化矣”[①],因而文化隔阂和文化差异乃门第隔阂的必然结果。另一方面,门阀世族所享有的文化特权,还表现为对若干主流文化加以垄断的倾向,其中最突出的就是将玄学清谈视为门阀士族的专利。南齐大将陈显达以“麈尾扇是王谢家物,汝不须捉此自逐”嘱咐其子[②],便是将门庶族不得不屈从高门文化特权的生动事例。文化隔阂和文化垄断相辅相成地加深了社会各阶层的文化差异。

江东士族与侨姓社会的文化隔阂,是门第社会文化差异的一个重要层面。不过,与一般的门第差异相比,侨吴士族的门第之别和文化隔阂在历史成因上更为复杂,其表现形式也更为激烈。

南北冲突既表现在政治利益方面,也反映在文化观念当中。政治方面如:西晋陆机、陆云兄弟之败亡,是由于触怒了孟玖、卢志等中原士人。其时陆机受成都王司马颖之命任河北大都督,孟超“貉奴能作督不”之语,泄露了北士在政治利益被南人分享后的深刻怨恨。永嘉南渡之后,虽然江东士族得到了一些机会,但据史载,“时中国亡官失守之士避乱来者,多居显位,驾御吴人,吴人颇怨。”[③]尚未得到朝廷重用的吴人,尤其是义兴周氏等武力豪宗,仍然不满于侨姓士族的占据高位。而且,北人轻视南人的习惯心理仍然存在。《世说新语·规箴》曰:“陆玩拜司空,有人诣之,索美酒,得,便自起,泻箸梁柱间地,祝曰:‘当今乏才,以尔为柱石之用,莫倾人栋梁。’玩笑曰:‘戢卿良箴’。”陆玩拜司空,是在咸康六年(340)正月[④]。这位士人言语之间对陆玩的德才不以为然,很可能便是一位对朝廷任用南士心怀不满而可又无可奈何的侨姓士人。南齐时南

---

① 《崔浩与寇谦之》,载《金明馆丛稿初编》第147—148页。
②《南齐书》本传。
③ 《晋书·周勰传》。
④ 《晋书·成帝纪》。

北士族冲突的公案为数甚夥。如王俭以“南士由来少居此职”[①]为由，反对任用张绪为右仆射。此外，王俭还曾阻挠齐武任用江州程道惠为侍中[②]，排抑吴兴沈昭略[③]，足见王俭排抑的对象不限于江东旧族而及于其他南士。又如吴兴丘灵鞠不好武位，永明二年（484）以通直常侍领骁骑将军，遂发牢骚曰：“我应还东掘顾荣冢。江南地方数千里，才子风流，皆出其中。顾荣忽引诸伧渡，妨我辈途辙，死有余罪。”[④]

文化方面的冲突如：西晋时，范阳卢志在大庭广众之下直呼陆机父祖的姓名[⑤]；侍中王济指着羊酪问陆机：“卿吴中何以敌此？”[⑥]，此类似乎无关宏旨的小节，却折射出多数中原士族对江东名士的鄙视、妒忌等敌对心理。而对于吴郡蔡洪等普通南人，洛中人士更是不客气地斥为“吴楚之士，亡国之余”[⑦]。刘宋时吴郡顾觊之与宋文帝论及东晋顾荣平定陈敏叛乱一事，袁淑谓顾觊之曰：“卿南人怯懦，岂办作贼。”顾觊之正色曰：“卿乃复以忠义笑人。”[⑧]又南齐时吴郡陆澄博物多识，王俭却讥之曰：“澄所谓博而寡要。”[⑨]

北尊南卑的门第秩序是贯穿了整个六朝时期的。西晋平吴后第一批入洛的江东士人多为孙吴贵胄，却被晋朝视为寒士。比如，据《晋书·纪瞻传》，永康初年，州举纪瞻为寒素。西晋寒素的定义为：“寒素者，当谓门寒身素，无世祚之资。”[⑩]纪氏非江东大族，但纪瞻祖父纪亮为吴尚书令，父纪陟为吴光禄大夫，故纪氏仍堪称孙吴一流士族，入晋之后，却

① 《南史·张绪传》。
② 《南齐书·胡谐之传》。
③ 《南齐书·沈文季传》。
④ 《南齐书·丘灵鞠传》。
⑤ 《世说新语·方正》“卢志于众坐问陆士衡”条。
⑥ 《世说新语·言语》“陆机诣王武子”条。
⑦ 《世说新语·言语》“蔡洪赴洛”条。
⑧ 《宋书·顾觊之传》。
⑨ 《南齐书·王俭传》。
⑩ 《晋书·李重传》。

不得不以寒素的身份入仕,由此不难窥见此时江东士族在西晋门阀体系中的卑微地位。永嘉南渡后,高门士族不得不倚重南士,江东士人获得了担任三公、令仆等一流清职的机会。又梁武帝曾明确提出“官以人而清,岂限以甲族”即任人以贤而不限门第(《梁书·庾于陵传》),他还以一流清职秘书丞授予吴郡张率,但这些现象并不意味着江东士族的门第已上升到与侨姓高门平起平坐的地步。以南士最受重用的萧梁时期而论,侯景请娶于王、谢,梁武帝曰:“王谢门高非偶,可于朱张以下访之。”①此说较为直接地反映了北尊南卑的门第秩序至萧梁时仍未发生根本改变。

侨吴士族的门第之别的历史复杂性在于:一是江东士族大多在东汉末年已成为经明行修的文化家族,而入洛后却不得不屈居中原士族之下,这完全是由中原士族的地域偏见和军事征服所导致的,江东士人自不可能心甘情愿地接受这一秩序。二是永嘉南渡之后,北人侨居南土,却仅在东晋一世实行了与南士分享政权的举措,刘宋以降北人便开始多方排挤南士,这不能不引起江东士族的不满。概言之,较之其他低门士族,江东士族对侨姓的门第特权怀有更强烈的不满,这无疑激发了江东士人疏离门阀社会主流的心理。侨姓渡江之初,王导请婚于陆玩,而陆玩以“培塿无松柏,薰莸不同器”一说予以拒绝一事,正是江东士族有意识地自别于侨姓士族的表现。南北不婚的状况几乎历经六朝而未改,更说明了南北士族隔阂的深刻与长久。因此,侨吴士族的文化隔阂可说是双重的,既缘于侨姓高门的自矜门第,也与江东士人自成一统的意识有关。

## 二　门第之别与文化差异

南北士族的门第差别决定了他们的文化隔阂和文化差异,有力地推动了江东旧有儒风的延续。为了更直观地说明六朝时期侨吴士族的文化隔阂及其与江东士族儒学传承的关系,我们对现存史料所载六朝江东

① 《南史·侯景传》。

士族内部和侨吴士族之间的学术师承和交流分别进行了统计(见表一,表二)。从数量上看,江东士族内部交流22例,侨吴士族之间的交流13例,两种交流的频率相差不大,似乎不符合上文所述的南北士族隔阂的观点。其实不然。仔细分析表二可以发现,13例南北士族交流中,有6例发生在南北士族文化交往已相对频繁的梁陈二代,这是由于萧梁以降门第秩序的局部变化,极大地促进了侨吴士族文化的融合。出现于梁代以前的7例又可分为两种情况:其中4例是江东士族与侨姓尚儒士人如王坦之、雷次宗、王俭、何胤等人的学术交往(说详下),其交游的内容正是研习儒业。算得上例外的仅有①、③、④三例,反映了江东士人参与侨姓的清谈活动的情形,其中张氏居其二,其原因在于吴郡张氏在学术交往和学风取向两方面都可说是江东士族中相对特殊的、更接近侨姓主流文化的家族。概括地说,梁代以前,江东士人较少与侨姓进行学术交流,仅有的几次侨吴之间切磋学问的活动,也大多是以儒学研究为内容的。这就证明一方面门阀差异导致的文化隔阂使得南北士族的文化交流受到了限制,另一方面南北士族的门第之别强化了南士在文化上自成一统的心理,因而江东士人更有可能也更倾向于结交侨姓中的尚儒家族,在这两方面的合力的作用下,江东士人虽然并未完全置身于六朝清谈玄风之外,但他们更热衷于经学儒术的研讨,更有可能保持江东旧有儒风。

在与侨姓士族主流文化圈相对疏离的同时,江东士族内部一直保持着以切磋儒学为核心的密切交流。表一至少可以说明两个问题:

首先,江东士族内部儒学传承的形式是多样的。表一所统计的江东士族内部的23例学术交往中,①、②、③、⑥、⑦、⑪、⑬、⑲、⑳、㉑、㉒等11例直接反映了江东士族传承儒学的状况,从中我们可以发现:江东士族的儒学传承不仅存在着父子相传、长幼相承等形式,如贺文发、贺淹、贺德基的祖孙相传等,而且顾欢、顾越等人所赖以求学的乡中学舍或曰乡校也在江东儒学传播中扮演了很重要的角色。此外,围绕儒学而展开的相互切磋、提拔后进等活动,在江东各家族之间也是十分频繁的。值得注意的是,江东士族的宗教信仰与学术倾向之间不无互动关系。表一中⑨、⑩和⑧、⑫、⑯、⑰、⑱分别记载了江东士族崇尚观音信仰和推崇道教两种不同于社会主流的信仰倾向，这一独特性也与江东士族的儒学背景密不可分，而共同的宗教活动反过来又巩固了江东士族文化圈，推动了江东旧有儒学的发展[①]。

其次，虽然史书中明确记载的学术交流仅20余例，但事实上江东各家族之间，各家族内部的儒学授受、交流要比数据显示的频繁得多，否则就无法解释吴郡陆氏、顾氏、会稽孔氏、贺氏等家族将儒学代代相传，至梁代便大放异彩的事实了。

值得一辨的是，有一种观点认为，南北士族虽然在政治、经济利益上不无冲突，但在文化领域却能友好交流[②]。这一说法值得商榷。首先，从西晋吴人入洛至南朝末年的二百多年中，南北士人的关系，经历了一个从相互敌视至逐渐和解的过程，尤其是萧梁以降，帝王有意识地重用博学多识的东南胄望，江东士人的门第有所提高，南北士人的文化交游因此日益密切。但我们不能以南朝后期南北士族文化交往频繁而忽视了此前的文化隔阂。其次，在六朝的不同时期，都曾出现过某位江东士人甚至某个江东家族与中原士人相处融洽的事例，如吴郡张氏自东晋起便在玄学界斩露头角，至刘宋末年其玄学达到了与侨姓分庭抗礼的水平，玄学的独特造诣使得吴郡张氏与侨姓关系相对密切，因而东晋以来中原士人称羡的南士大多为张氏子弟。但我们不能以此类个别事例而否认南北士族集团在总体上的缺乏交流。当然，与南北士族的政治冲突和隔阂相比，他们的文化冲突是相对缓和的，文化隔阂也是相对的，常常有一些例外，但六朝历代南北士族的文化隔阂作为一种趋势是长期存在的。

两晋以来与南士交往密切的侨姓大多具有不同于侨姓社会主流的、

① 关于六朝江东士族信仰的背景，参见拙作《论六朝江东士族信仰的变迁》，载《中国学术与中国思想史》，江苏教育出版社2002年版。

② 参见方北辰《魏晋南朝江东世家大族述论》台北文津出版社1991年版，第182—183页。

崇尚儒学的文化特征。这一现象进一步说明了江东士族与主流文化圈的疏远。两晋时与陆机兄弟交好的北人有范阳张华、颍川荀崧、陈留江统等。张华曾感慨曰："伐吴之役，利获二俊（指陆机、陆云兄弟——笔者注）"①，又曾称美道："君兄弟（指陆机、陆云——笔者注）龙跃云津，顾彦先（荣）凤鸣朝阳，谓东南之宝已尽，不意复见褚生（陶）。"②张华对二陆等人的赏识，不仅缘于文学上的志趣相投，还因为张华的学术与为人都深契于儒家文化。《晋书》本传称他"少自修谨，造次必以礼度"。又荀崧曾于东晋初年上疏，要求国学增加郑玄易、郑玄仪礼、春秋公羊传、谷梁传博士各一人，可见其崇尚儒术，且不同于唯重《孝经》的社会主流。荀崧与陆机交好③，会稽虞预亦极为推重荀崧，称其"生于积德之族，少有儒雅之称"（同上）。此外，东晋时江东士人与著名的儒雅士人、陈留蔡谟亦交情甚笃，蔡谟曾在上疏中推美孔愉、诸葛恢："并以清节令才，少著名望。"④又如，王坦之曾经称赞孔严《通葛论》，他本人著《废庄论》申明并尊孔老之说，其崇儒色彩远比同时的谢安等名士强烈得多。

南齐一世，吴姓士人开始与侨姓士人在志趣相投的前提下交游往还，其中心是吴郡张融、陆慧晓、顾暠之、会稽孔稚珪等南士与庐江何点、胤兄弟，彭城刘瓛、琎兄弟，琅琊王思远等北人组成的交际圈⑤。这些南北士人之所以能够密切交往，与其在士人风范上的相近不无关系，其中刘琎有"清介士"⑥之誉，何点兄弟隐居不仕，王思远亦立身清简。此外还有一个更值得注意的背景，即诸人有共同的崇尚儒术的倾向。史称何胤长于儒学，刘瓛为南齐大儒，刘琎亦伏膺儒术。史载孔稚珪宗人孔佥

---

① 《晋书·陆机传》。

② 《世说新语·赏誉》"张华见褚陶"条。

③ 《晋书·荀崧传》。

④ 《晋书·蔡谟传》。

⑤ 《南齐书·王思远传》："王思远与顾暠之友善。"《南齐书·孔稚珪传》："孔稚珪与外兄张融情趣相得，又与琅琊王思远、庐江何点、点弟胤并款交。"又据《南齐书·陆慧晓传》，刘琎曰："吾闻张融与陆慧晓并宅，其间有水，此水必有异味。"

⑥ 《南史·陆慧晓传》。

少师事何胤，通五经[1]。可以推测，这个圈子的南北士人的交游，正好促进了吴姓儒学的发展。入梁以后，梁武帝推行的门第制度的改革，客观上推动了南北士族文化的交融，但在梁代前期，南北士族交游的纽带仍是在崇尚儒学方面的志同道合。如天监初年张率、陆倕参与了“龙门之游”，史称“及昉为中丞，簪裾辐凑，预其讌者，殷芸、到溉、刘苞、刘孺、刘显、刘孝绰及(陆)倕而已，号曰龙门之游。”[2]这一群体的领袖任昉与南齐王俭、刘瓛、陆澄等三位大儒均有师承关系，其它士人也大都具有崇儒博物的学术倾向。(说详见第三章第三节《论陆澄崇儒博物的学风对梁代文学复古思潮的影响》)。此外，吴郡顾协在任中书舍人期间，曾与沛国刘显、河东裴子野、南阳刘之遴等结成了密切的师友关系，诸人皆以精通儒学且博闻广识著称于世。

吴姓士人较少与侨姓通婚、交游，即使有例外，也是出于对儒学思想的共同推崇。这样一个近乎封闭的系统，或者说十分狭窄的交际圈，显然有助于吴姓保持固有的学术传统，南北士族的文化差异也因此长期存在。当然，萧梁以降江东士族学术由重儒轻玄转为以儒学为主导而多元化发展，长期坚持家传道教的孔氏等家族也由道入佛，江东士族文学呈现出风格多样化的局面，江东士族文化这才逐渐融入了社会主流。

### 三　重视家学传承与复古风尚

上述南北士族的文化隔阂对六朝儒学传承的影响表明，南士的保持儒学体现了他们疏离主流文化的一面。与此同时，我们不能忽视的是，江东士族之传承旧有儒风多少受到了门阀社会的主流文化观念的鼓励，其中最值得注意的是门阀社会的重视家学传承和家族文化个性这两方面。

门第中人普遍重视家学传承，这自然提高了江东士族将儒学旧业代

---

① 《南史·儒林传》。

② 《南史·陆倕传》。

代相传的热情。更重要的是，由于推崇世代相传的家学，门第中人逐渐形成了崇尚历史悠久的古学的文化心理，那些并非当世显学的古老学术因此复兴。复兴古学的思潮是由推崇世学的侨姓高门首倡的，然而江东士族独有的儒学积淀使得他们成为恢复旧学的中坚力量。

门阀制度特有的权力分配和人才选拔方式决定了重视家学传承的文化心理[①]。在门阀制度的庇护下，高门士族无须在政治上有特别才能和作为，仅凭家族门第就能获得较好的政治前途，又由于家学门风是造就贤父兄佳子弟、维系门第常盛不衰的重要因素[②]，门阀中人特别注意在学术上传承家业，这一倾向在门第制度定型之后的南朝表现得尤为明显。比如，从刘宋儒学家来看，据《宋书·臧焘徐广傅隆传论》，刘宋大儒有臧焘、徐广、傅隆、裴松之、何承天、雷次宗、庾蔚之、周野王、周王子、向琰、贺道养等11人，除了学术传承情况不明的庾蔚之、周野王、周王子、向琰等4人外，本人有家学渊源者为徐广、何承天、贺道养[③]，子孙传其学业者为臧焘[④]、裴松之、雷次宗(《宋书》本传)，可说是绝大多数都以儒学世代相传。宋末的三大清谈家也是世传玄学[⑤]:《易》学专家袁粲之后，至少有其侄子袁彖"好属文玄言"[⑥];又谢朏之后，其侄子谢举"尤长玄理

---

① 关于门阀制度对士人政治态度和人格的影响，以往的研究都已经注意到了士人随波逐流的政治心理和谦退恭慎的人格风貌，参见钱穆《略论魏晋南北朝学术文化与当时门第之关系》，毛汉光《两晋南北朝士族政治之研究》第299—311页，毛汉光《中国中古社会史论》第390—393页(上海书店出版社2002年版)。而这种因循守旧的倾向对六朝士人的文化心理的影响，尚未引起学界的足够注意。

② 参见钱穆《略论魏晋南北朝学术文化与当时门第之关系》。

③ 《宋书》本传。

④ 《南史》本传。

⑤ 王僧虔《诫子书》有"设令袁令命汝言《易》，谢中书挑汝言《庄》，张吴兴叩汝言《老》，端可复言未尝看邪?"之说，余英时《王僧虔〈诫子书〉与南朝清谈考辨》认为袁令、谢中书、张吴兴分别指陈郡袁粲、陈郡谢朏和吴郡张绪(《中国文化》1993年春季号)。

⑥ 《南齐书》本传。

及释氏义”[①]，而吴郡张绪、绪从弟张融、绪子张充更是代代传承玄义[②]。从刘宋著名儒者和清谈家的学术传承都可以看出，南朝士人是如何勤勉地保持家学于不坠的。

世人对累世传承家业的自豪，也折射出重视家学传承的社会观念。比如刘宋谢晦作《悲人道》，自夸其家学门风曰：“懿华宗之冠胄，固清流而远源。树文德于庭户，立操学于衡门”[③]，又梁代王筠对王氏爵位文才世代蝉联的自豪尤为治中古史者所熟知：“史传称安平崔氏及汝南应氏，并累世有文才，所以范蔚宗云崔氏世擅雕龙，然不过父子两三世耳，非有七叶之中，名德重光，爵位相继，人人有集，如吾门世者也。”[④]

由门阀中人之推崇家学传承，我们已不难想象六朝江东士族之传承旧有儒学与社会风尚的关系。不过，若要进一步探究江东旧有学风代代相传的深层原因，则不能不注意到推崇家学传承的观念所引起的复兴古学的思潮。

由于推崇家学门风的传承，六朝门第中人很自然地形成了重视世代相传之学的观念。六朝人之于学术，因其世代相承而信其精深高妙的事例极多。《南齐书》称“（贾）渊父及渊三世传学，凡十八州士族谱，合百帙七百余卷，该究精悉，当世莫比”，史书作者、梁代萧子显对贾渊谱学的赞誉，显然是与其“三世传学”的学术源流不可分的。而齐高帝因嘉赏贾渊“世学”而任以骠骑将军、武陵王国郎中令等职，那么“世学”又似乎成为学者治学水准的保证；又如梁代裴子野所撰《宋略》为沈约、萧琛、傅昭、周舍等人交口称赞，在很大程度上也是因为此书乃裴子野增删其曾祖裴松之《宋史》而成，是由河东裴氏“家传素业，世习儒史，苑囿经籍，游息文艺”的世业凝聚而成的[⑤]。对于世代相承之学，人们甚至并不苛求其造诣而只赏其“不坠”，如会稽贺文发、贺淹、贺德基“虽不至大官，而三世儒

---

①④⑤ 《梁书》本传。

② 《南史》本传。

③ 《宋书》本传。

学，俱为祠都郎，时论美其不坠”[①]。这一记载隐隐透露出贺文发三代儒学并无惊人之处，但却因“不坠”而得到了时论的激赏。

从推重世代相传之学的观念出发，门第中人产生了学术以古老为高妙的文化心理，复兴古学的思潮由此兴起。这一思潮体现在学术界的各个领域。首先是玄学界萌生了重视学术传承的观念，这与门阀社会的崇尚家学传承是密不可分的。宋末王僧虔《诫子书》是一篇反映南朝清谈学术状况的重要文字，钱穆、余英时等学者已经指出了此书所透露的南朝清谈“是一种游戏，然而却又是门第人生中最严肃的一种考验”之实质[②]。本文所要强调的是，这篇诫子书还反映了刘宋玄谈开始重视学术传统的倾向。文中王氏指出子弟谈玄的前提是“谈故如射，前人得破，后人应解，不解即输赌矣”，即必须充分了解前人的玄学成果。王氏还要求子弟详悉“论注百氏，荆州八帙，又《才性四本》、《声无哀乐》”等玄学旧著，他所极力批判的是“汝开《老子》卷头五尺许，未知辅嗣何所道，平叔何所说，马、郑何所异，《指例》何所明，而便盛于麈尾，自呼谈士，此最险事”。其实，这种不读书而谈玄的现象在两晋时期并不少见。仅从《世说新语·文学》一篇所载事例便可看出，当时清谈推崇颖悟，因而常有天资聪颖的士人不学而悟的奇事，比如“诸葛厷年少不肯问学”条记西晋诸葛厷年少时不肯学问，却已清谈超拔，又“提婆初至，为东亭第讲《阿毗昙》”条记王僧弥听提婆讲《阿毗昙》，刚听一半便能领会大意之说。这类故事至少说明了两晋玄学界是相对忽视学术继承的，而宋末王僧虔谆谆告诫子弟熟读前人的玄学著述，显然正是为了矫正两晋玄坛漠视研究传统的弊端。必须指出，王僧虔《诫子书》还主张士族子弟只有勤奋读书才能保持家族地位，足见清谈界重视学术传统与门第中人的推崇世学密不可分。

---

① 《南史·儒林传》。

② 参见余英时《王僧虔〈诫子书〉与南朝清谈考辨》，余氏此文还吸收了钱穆《略论魏晋南北朝学术文化与当时门第之关系》的观点。又拙作《文采风流：论张融的独特性及其对侨姓文化的批判》（《文学评论丛刊》第2卷第2期）认为此文揭示了南朝玄学在义理上趋于因循守旧的消息。

最值得注意的是那些传承历史悠久但不属于当世显学的学术开始占有一席之地。六朝时期的显学是有关家族伦理、礼乐制度以及作为士族子弟修养的学问，主要包括儒家之礼与《孝经》、史部之杂传、玄学之老庄易以及文学等门类①，也有学者将门阀社会的学风概括为“礼玄双修”②。门第中人对此类显学趋之若骛，使得一些源远流长却无益于门第的学问遭到了冷落。然而，随着推崇世学的观念的兴起，这类旧学的价值得到了重新认识，试举二例说明：

其一为典故学。这是一门考察士人博闻强识的学问。古人早已有崇尚博洽的传统，《论语·雍也》中有“君子博学于文，约之以礼”的说法。但魏晋以来的清谈玄学崇尚简要，主张“苟识其要，不在博求，一以贯之，不虑而尽矣”③，博学的传统便因此式微。南齐时士人重新树立了博学多识的学术追求。《南史·王摛传》称“尚书令王俭尝集才学之士，总校虚实，类物隶之，谓之隶事，自此始也。”这项被称为“隶事”的活动所较量的学问就是《南齐书·孔逷传》所称的典故学。南齐典故学的中心是由王俭主盟的博学圈子，其中被称为“王俭三公”的庐江何宪、会稽孔逷是积极参与者，而吴郡陆澄则往往是最后的优胜者。据《南齐书·陆澄传》，王俭召集众学士谈论典故时，陆澄总是待王俭语毕，便说出王俭所遗漏的数百千条来，皆王俭闻所未闻，令俭大为叹服。迄于萧梁，典故学更是蔚为大国，从帝王到士人都以穷尽四部之学相尚④。博学风尚的兴起，表明清谈之类的显学一统天下的学术局面已被打破，传承已久的古

---

① 钱穆《略论魏晋南北朝学术文化与当时门第之关系》一文对《隋书·经籍志》著录的南朝著述的数量进行了统计，发现《礼学》最多，次为《春秋》，《易》居第三位，然后是《诗》、《尚书》(《中国学术思想史论丛》(三)，第138—139页)，由此可以推知时人对礼学的重视，居于五经之首。此外，《孝经》之学也颇为当时所重。《隋书·经籍志》著录《孝经》类著述59部(包括之佚)，计114卷。又南朝人于史学则最重人物传记。

② 参见唐长孺《魏晋玄学之形成及其发展》，载《魏晋南北朝史论丛》。

③ 韩康伯《系辞》注。

④ 关于梁代博学风尚，参见拙作《论陆澄崇儒博物学风对梁代文学复古思潮的影响》，载《杰出人物与中国思想史》，江苏教育出版社2000年版。

学开始获得了一定的生存空间。

其二为象数易学。以王弼易注为代表的玄学之易是以反拨象数易学为宗旨的，而南齐三大儒陆澄、王俭、刘瓛等却承认了象数易学和玄学之易一样，乃易学的必要成分。永明三年(485)，国学置王氏易，陆澄致书王俭，要求并置郑王，其说的实质是为象数易学争地位，而他的理由是："(易)自商瞿至田何，其间五传，年未为远，无讹杂之失，秦所不焚，无崩坏之弊。虽有异家之学，同以象数为宗。数百年后，乃有王弼。"这是说，象数易学的优点之一在于世代相传，历史悠久。王俭对此表示赞同："易体微远，实贯群籍，施、孟异闻，周、韩殊旨，岂可专据小王，便为该备？依旧存郑，高同来说。"[①]他的答复中同样包含了对象数这一古老易学流派的重视。又据黄庆萱研究，刘瓛易学兼采郑王，甚至以马郑为重[②]。南齐并重郑王易学一事表明古学已取得了与玄学分庭抗礼的地位。

当崇尚古学的思潮兴起之际，旧有儒学特别是《三礼》、《孝经》之外的儒术自然也在复兴之列。上文所举的象数易学，既是以历史悠久而见重，也是因"儒不可缺"而复兴[③]。必须说明的是，复兴古学的思潮是由王僧虔、王俭等侨姓高门士人提倡的，但成就最为卓著的却是江东士族。《南史·王俭传》称王俭于帝王漠视经业时好尚儒学："先是宋孝武好文章，天下悉以文采相尚，莫以专经为业。俭弱年便留意三礼，尤善《春秋》，发言吐论，造次必于儒教，由是衣冠翕然，并尚经学，儒教因此大兴。"此说揭示了身为侨姓高门的王俭在复兴儒学中的领军地位。但复兴古学的骨干却是江东士人，前述吴郡陆澄、会稽孔逷在典故学方面胜人一筹、陆澄要求恢复象数易学的呼声最高等事例已充分说明了这一点。更值得一提的是，江东士人所研治的经术多不囿于当世显学[④]，如天文学方面有刘宋顾迈、南齐顾欢、陈代顾野王等学者，小学方面东晋顾

① 《南齐书》本传。

② 黄庆萱《魏晋南北朝易学书考佚》第十八节(幼狮文化事业公司 1975 年版)。

③ 《南齐书·陆澄传》。

④ 参见第二章第二节《江东士族以儒为本的保守学风及其演变》。

恺之著《启蒙记》三卷、《启疑记》三卷[①]、梁代顾协精通文字学、顾野王著《玉篇》等等，此类学术多非门阀社会的学术主流，却有着悠久的历史传承。江东士人之所以能在复兴古学的思潮中脱颖而出，无疑是由于他们素有江东传统儒学的积淀，两晋以来侨吴士族的文化隔阂又促使他们竭力保持旧有学风。可以肯定的是，南朝时期逐步出现的向慕古学的学术潮流，又对江东士族儒学的保持发展起到了推波助澜的作用。

## 四　文化竞争与重视家族文化个性

六朝门第中人在竞相追逐清谈玄言等显学的同时，家族文化个性也得到了相当程度的尊重和提倡。六朝时某一家族在某领域造诣颇高且世代相传的话，就会获得“某氏某学”之类的称誉，如琅琊王彪之一系的“王氏青箱学”、王弘的“王太保家法”[②]、北地傅僧祐一系的《治县谱》[③]、平阳贾渊一系的谱学[④]。“某氏某学”的说法并不仅仅是对某个家族的家学状况的客观描述，而是既意味着对世代相传之学的赞赏，又包含了对家学个性的肯定。

家族文化个性的追求与门阀社会的文化竞争密不可分。由于文化素养是当时士族子弟获得声誉的必要条件，各家族的文化竞争也就在所难免。从上述声名较盛的家学来看，秘不示人是其传播上的重要特点，如“王氏青箱学”正是因“缄之青箱”而得名的，傅氏《治县谱》也是“子孙相传，不以示人”的，凡此都显示了士族将独特的家学视为秘密武器，以求在文化竞争中出奇制胜的用心。

重视家族文化个性的风气为显学之外的学术之成长提供了土壤。六朝时各具特色的家学既有与显学相呼应者，也有越出显学藩篱之外者。比如平阳贾氏所精通的谱学是考索士族源流的学问，为维系门第制

---

① 《隋书·经籍志一》。

② 《宋书》本传。

③ 《南齐书·良政傅琰传》。

④ 《南齐书·文学贾渊传》等。

度所必需，自然算是显学；但有些著名家学却算不上是主流学术，比如北地傅氏视为独得之秘的《治县谱》就属于这一类。从两晋起门阀士族便以“居官而不事事”为高，何充、卞壶等人都曾因勤于政事而见讥于名流[①]。直至刘宋，高门子弟不屑操持政务的风气仍未泯灭，琅琊王敬弘就曾毫无愧色地对宋文帝说：“臣乃得讯牒读之，政自不解”[②]，而刘宋时北地傅僧祐、傅琰父子先后治理政务繁杂的山阴县，“并著奇绩，江左鲜有”，傅氏还将《治县谱》视为家学的特色与强项，足见个性化的家学往往超出了当世显学的范围，但同样获得了时论的赞誉。

在推崇家族文化个性的文化心理的影响下，家族固有的“门业”甚至能够成为拒绝或接受文化变革的理由。比如，南齐永明年间，竟陵王萧子良大力鼓吹佛理，诱导士人皈依佛门。而会稽孔稚珪在答书中反复表示不能舍弃道教信仰，原因是奉道乃其“门业”：

> 民积世门业，依奉李老，以冲静为心，以素退成行。……所以未变衣钵，眷眷黄老者，实以门业有本，不忍一日顿弃；心世有源，不欲终朝悔遁。……民之愚心，正执门范，情于释老，非敢异同。”[③]

后来孔稚珪表示兼奉佛道，其理论资源还是家族学术：“民门昔尝明一同之义，经以此训张融；融乃著通源之论……今辄兼敬以心，一不空弃黄老，一则归依正觉。”[④]原来，他以张融的“通源之论”作为并尊佛道的理论依据，而“通源之论”又是张融在孔氏的“一同之义”的启发下形成的，因此孔稚珪并尊佛道的思想实质上还是来源于孔氏家学。当然，他所谓

① 《晋书》本传。

② 《宋书》本传。

③ 《弘明集校笺》卷十一，第605—606页。

④ 《弘明集校笺》卷十一，第606页。

并尊佛道的实质是重道轻佛[1]。

既然个性化的家学为门阀社会所推许，那么江东士族着力研习江东旧有儒学以凸显家学个性，就成为明智的文化竞争策略了。正如侨姓士族多以玄学世代相传，江东士人亦将儒学经术以家学的形式传承不已。以会稽贺氏为例，贺氏出于两汉礼学名家庆普，东晋贺循之礼学为元帝所倚重，其后六世（循——隰——道力——损——玚——革）均长于三礼[2]。当然，更具说服力的还是前述江东士人对尚书学、文字学、天文学等非主流学术的传承。此外，即便是在佛学等热门领域，江东士族也很注意选择与自身学术传统相近的发展方向，他们对观音信仰的关注，便与其儒学积淀深厚而玄学基础薄弱有关，同时也是弘扬江东禅学传统的表现。比如，东晋会稽谢敷研习佛学，但正如郗恢"谢庆绪识见虽不绝人，可以累心处都尽"[3]一说所揭示的，谢敷于佛学所要求的玄学基础方面较为薄弱，而旧有儒风的影响又使得他颇为重视践履，加之江东地区自孙吴以来便有禅数之学的积淀，于是他大力推崇有关修行的禅数之学，曾为两部涉及禅定的佛经《安般守意经》和《合首楞严经》作注。更值得一提的是他还奉持观音信仰，撰《光世音应验记》，其后江东士族都意识到了这一文化选择的意义，宋张演、齐陆杲等人先后撰《续光世音应验记》、《系观世音应验记》。观音信仰并非六朝佛学主流，但江东士族佛学因此形成了与自身的儒学传统相适应的、他人所无法比拟的个性。

尽管"六朝门阀制度"本身是一个有争议的概念[4]，但门阀士族长期

---

① 参见拙作《论孔稚珪的隐逸观念和宗教信仰的关系——兼论〈北山移文〉的主旨》，《南京大学学报》2001年6期。

② 《南史·贺玚传》云："贺玚，晋司空循之玄孙也……祖道力，善《三礼》，父损亦传家业"，又《晋书·贺循传》称"（循）子隰"，疑隰即道力之父。

③ 《世说新语·栖逸》"郗尚书与谢居士善"条。

④ 田余庆先生认为："从宏观考察东晋南朝近三百年总的政治体制，主流是皇权政治而非门阀政治。门阀政治只是皇权政治在东晋百年间的变态"（《东晋门阀政治》第362页，北京大学出版社1989年版）。

享有政治和文化特权是无庸置疑的,六朝门阀政治使得文化传播方式和文化心理呈现出那个时代特有的风貌:门第之别加深了社会各阶层的文化隔阂和文化差异,重视家学传承的心理衍生出了向慕古学的思潮,士族间的文化竞争增强了追求家族文化个性的风气。上述门阀社会文化发展的独特规律为非主流学术的存续提供了一定的空间,为六朝江东士族儒学的存在发展提供了动力。

**表一　六朝江东士族内部的学术交流一览**

| 时代 | 人物及内容 | 材料来源 |
| --- | --- | --- |
| ① 西晋 | 纪瞻与顾荣在途共论《易》太极 | 《晋书·纪瞻传》 |
| ② 东晋 | 会稽虞喜、虞预及贺循勉励杨方治《五经》 | 《晋书·杨方传》 |
| ③ 东晋 | 会稽贺循"每诣(虞)喜,信宿忘归" | 《晋书·儒林虞喜传》 |
| ④ 东晋 | 顾和以"佛般泥洹像,弟子有泣者,有不泣者"问张玄之、顾敷二孙 | 《世说新语·言语》 |
| ⑤ 刘宋 | 顾觊之"以其意命弟子愿著《定命论》" | 《宋书》本传 |
| ⑥ 宋末 | 吴郡顾欢求学于乡中学舍 | 《南齐书·高逸顾欢传》 |
| ⑦ 刘宋 | 顾觊之遣诸子及孙宪之师从顾欢,受经句 | 《南齐书·高逸顾欢传》 |
| ⑧ 宋末 | 会稽孔稚珪从褚伯玉受道法 | 《南齐书·高逸褚伯玉传》 |
| ⑨ 南齐 | 陆杲、张融、张绪同听观世音应验故事 | 《系观世音应验记》 |
| ⑩ 南齐 | 陆杲踵武张演作《系观世音应验记》 | 《系观世音应验记序》 |
| ⑪ 南齐 | 孔稚珪与顾欢共谈"四本" | 《南史·顾欢传》 |
| ⑫ 南齐 | 顾欢作《道经义》,"于孔稚珪多有与夺" | 《御览》六百六十六引《道学传》 |
| ⑬ 南齐 | 张率尽读陆澄藏书万余卷 | 《南史·张率传》 |
| ⑭ 南齐 | 张绪"数巾车诣"孔广 | 《南史·文学孔广传》 |

续表

| 时代 | 人物及内容 | 材料来源 |
|---|---|---|
| ⑮ 南齐 | 张融敬事从兄绪 | 《南齐书》本传 |
| ⑯ 南齐 | 张融汲取顾欢《夷夏论》作《通源之论》 | 《广弘明集》卷七 |
| ⑰ 南齐 | 张融吸收孔氏的"一同之义"作《通源之论》 | 《弘明集校笺》卷十一,第606页 |
| ⑱ 南齐 | 孔稚珪承袭张融《通源之论》 | 同上 |
| ⑲ 梁代 | 陆倕问虞荔以《五经》十事 | 《陈书·虞荔传》 |
| ⑳ 梁代 | 皇侃师事贺玚 | 《南史·儒林皇侃传》 |
| ㉑ 梁代 | 贺琛从贺玚受经业 | 《梁书·贺琛传》 |
| ㉒ 梁代 | 贺文发、贺淹、贺德基三代传礼学 | 《南史·儒林贺德基传》 |

**表二　侨吴士族之间的学术交流一览**

| 时代 | 人物及内容 | 材料来源 |
|---|---|---|
| ① 东晋 | 张凭与刘惔等名士清谈 | 《世说新语·文学》 |
| ② 东晋 | 孔严著《通葛论》,王坦之与书赞美之 | 《晋书·王坦之传》 |
| ③ 东晋 | 司空顾和与时贤共清言 | 《世说新语·夙惠》 |
| ④ 刘宋 | 张邵令子张敷与南阳宗少文谈《系》《象》 | 《宋书·张敷传》 |
| ⑤ 宋末 | 吴郡顾欢"从豫章雷次宗咨玄儒诸义" | 《南齐书·高逸顾欢传》 |
| ⑥ 南齐 | 会稽孔逷好典故学,与王俭至交 | 《南史》本传 |
| ⑦ 南齐 | 孔佥少师事何胤 | 《南史·儒林孔佥传》 |
| ⑧ 梁代 | 孔佥好崔灵恩之学 | 《南史·儒林崔灵恩传》 |
| ⑨ 梁代 | 陆诩少习清河崔灵恩《三礼义宗》 | 《南史·儒林陆诩传》 |
| ⑩ 梁代 | 陆倕、张率与彭城刘孺等人组成"龙门之游" | 《南史·到溉传》 |

续表

| 时代 | 人物及内容 | 材料来源 |
|---|---|---|
| ⑪ 梁代 | 任昉增陆澄《地理书》而作《地记》 | 《隋书·经籍志二》 |
| ⑫ 陈代 | 陆瑜受《庄》、《老》于汝南周弘正 | 《陈书·文学陆瑜传》 |
| ⑬ 陈代 | 陆瑜学《成实论》于僧滔法师 | 《陈书·文学陆瑜传》 |

注:这里所录的学术交流,是指私人性质的交往,不包括官方学术活动。

(本文发表于《南京大学学报》2004 年第 6 期,《高等学校文科学术文摘》2005 年第 1 期、《古籍整理出版情况简报》2005 年 1 期、《中国社会科学文摘》2005 年 2 期转载。)

# 附录二　论南齐江东士族“太极”说滞后于新兴思潮及其原因

关于六朝江东士族“太极”说，以往的研究已经注意到西晋时纪瞻与顾荣在赴洛途中论《易》“太极”[①]，南齐孔稚珪在给竟陵王萧子良的答书中以“易家有太极”来论证道家之“论极不止于天”[②]，但迄今未见将这两种“太极”说结合起来加以考察的研究。比较这两种“太极”说与当时新兴思潮之间的关系，可以发现它们分别滞后于王弼的“以无为本”和周颙的“非有非无”论。

六朝江东士族自吴亡以来一直自觉地追随新兴学风，为何其学术总是比新兴思潮慢一拍呢？西晋时江东士人跟不上新学风的原因，无疑与孙吴玄学发展的滞后有关。而南齐江东士人与时代思潮不合拍的背景，当从其文化竞争方式中加以进一步探究。一方面，在南齐的佛道论争中，孔稚珪和张融坚守以道统佛的信仰方式和“通源之论”，将其视为“门业”，对于家族文化个性的追求使得他们忽视新兴的佛教义理；另一方面，由于弘扬东汉以来“经明行修”的学风，江东士族将保持家族信仰视为守节，更重视道德实践而不是佛教义理。

---

① 参见汤用彤《王弼大衍义略释》(《汤用彤全集》，河北人民出版社 2000 年版，第四卷第 60—61 页)、唐长孺《读〈抱朴子〉推论南北学风的异同》(载《魏晋南北朝史论丛》，石家庄：河北教育出版社 2000 年版，第 357 页)、拙著《六朝江东士族的家学门风》((南京大学出版社 2003 年版，第 192—193 页)

② 参见拙著《六朝江东士族的家学门风》第 255 页。

## 一　从西晋到南齐：六朝江东士族“太极”说的滞后

众所周知，西晋时期丹杨纪瞻与吴郡顾荣的“太极”论受限于汉代宇宙论，未能真正领悟王弼的“以无为本”。准确地说，顾荣“太极”论完全是汉代宇宙生成论的余绪，而纪瞻主观上忠实地援引王弼说来理解“太极”，但由于未能领会王弼所谓“先天地生”①是逻辑在先而非时间在先，因而于王弼说仍未达一间。迄于南齐，孔稚珪、张融之说虽较纪、顾有所发展，但仍然落后于同时代周颙之“非有非无”说。

1. 孔稚珪“易家有太极”是对顾荣、纪瞻“太极”说的发展

据《晋书・纪瞻传》，西晋永嘉初年②，顾荣在赴洛途中与纪瞻共论王弼《易》“太极”。此时顾、纪二人已经经历过西晋玄风的洗礼，但由于江东象数易学传统的限制，他们都未能正确理解王弼对于《易》太极的看法。顾荣论太极曰：

> 太极者，盖谓混沌之时曚昧未分，日月含其辉，八卦隐其神，天地混其体，圣人藏其身。然后廓然既变，清浊乃陈，二仪著象，阴阳交泰，万物始萌，六合阘拓。老子云：“有物混成，先天地生”，诚易之太极也。而王氏云“太极天地”，愚谓未当。夫两仪之谓，以体为称，则是天地；以气为名，则名阴阳。今若谓太极为天地，则是天地自生，无生天地者也。《老子》又云：“天地所以能长且久者，以其不自生，故能长久”，“一生二，二生三，三生万物”，以资始冲气以为和。原元气之本，求天地之根，恐宜以此为准也。

---

①　王弼《老子》注，诸子集成本。

②　《晋书・纪瞻传》序此事于太安中纪瞻弃官回家之后，又召拜尚书郎时。由《晋书・顾荣传》可知，永兴元年惠帝西迁，征顾荣为散骑常侍，顾荣因世乱还吴。永嘉初又征拜侍中，顾荣行至彭城而还。可知这是两人在永嘉初年第二次入洛。参见《六朝江东士族的家学门风》第 192 页注①。

此说反对王弼“太极天地”说，主张“太极”为生成阴阳、万物的根本，显然承接了汉代宇宙生成论的余绪，而未能领会王弼以无为本的观念。

与之相辩论的纪瞻赞成王弼之说，其说曰：

> 昔庖牺画八卦，阴阳之理尽矣。文王、仲尼系其遗业，三圣相承，共同一致，称《易》准天，无复其余也。夫天清地平，两仪交泰，四时推移，日月辉其间，自然之数，虽经诸圣，孰知其始。吾子云“蒙昧未分”，岂其然乎！圣人，人也，安得混沌之初能藏其身于未分之内！老氏先天之言，此盖虚诞之说，非易者之意也。亦谓吾子神通体解，所不应疑。意者直谓太极极尽之称，言其理极，无复外形；外形既极，而生两仪。王氏指向可谓近之。古人举至极以为验，谓二仪生于此，非复谓有父母。若必有父母，非天地其孰在？”(《晋书·纪瞻传》)

对于纪瞻的这一说法，以往的研究或是斥为“亦不得王旨”[①]，或是认为“纪瞻的说法仍然在讲宇宙构成的先后次序，并非王弼本意”[②]。实际上，以往的研究尚未注意到，纪瞻非常忠实地援引王弼之说来理解其“太极”论，完全接受了王弼“太极”为理之极而不见其形的观点[③]，只是未能理解王弼所谓“先”是逻辑先后而非时间先后[④]，可谓只欠临门一脚而已。从字面上看，纪瞻这几句话与王弼“谷神”注完全一致，但仔细寻绎文意，就会发现纪瞻“外形既极，而生两仪”与王弼“欲言无邪，万物以之生”仍

---

① 汤用彤《王弼大衍义略释》(《汤用彤全集》第四卷第 61 页)。

② 唐长孺《读〈抱朴子〉推论南北学风的异同》(载《魏晋南北朝史论丛》第 356 页)。

③ 必须指出的是，纪瞻所谓“言其理极，无复外形；外形既极，而生两仪”的说法，源自王弼对《老子》第六章“谷神”的解释：“本其所由，与极同体，故谓之天地之根也。欲言存邪，则不见其形；欲言无邪，万物以之生”。此外，纪瞻的“理极”说，也很可能源自王弼“理之极”一说。皇侃《论语义疏》卷二引王弼说：“未有反诸其身，而不得物之情；未有能全其恕，而不尽理之极也。能尽理极，则无物不统。”(知不足斋丛书本)

④ 汤用彤《王弼大衍义略释》已指出：“辅嗣谈体用，未尝就时间说。如第一章注虽用先字，但均只为逻辑之先后而非为时间之先后。”(《汤用彤全集》第四卷第 61 页)

有不同,王弼之“生”是逻辑先后;而纪瞻之“生”仍有时间先后的意味。正因如此,纪瞻未能理解王弼《老子注》对“有物混成,先天地生”的解释即“冥然不可得而知,而万物由之以成,故曰混成也。不知其谁之子,故先天地生”,未能理解逻辑先后意义上的“由之以成”,才会斥老子此说为虚诞。

南齐永明末年[①],竟陵王萧子良劝诲属下奉佛。孔氏表示愿意依照家学中的“一同之义”和张融在此基础上发展而成的“通源之论”,并尊佛道二教。与此同时,他对佛道二教同符的理论作了进一步的阐述,认为道家对终极本体的认识与佛教无异:

> 复窃研道之异佛,止在论极,极未尽耳。道之论极,极在诸天;佛乃鄙此,不出三界。斯则精粗远近,实有惭于大方矣。然寻道家此教,指设机权,其犹仲尼外典,极唯天地,盖起百姓所见二仪而已。……易家有太极,所以因物之崇天,仍崇之以极妙,而至极终有地,固渊吊于天表。《老子》亦云:“有物混成,先天地生。”已是道在天外,稍不以天为道也。何异佛家罗汉,亦指极四果,方至胜鬘,自知有余地。道之崇天极,犹佛有罗汉果;佛竟不止于罗汉,道亦于天不息[②]。

此说揭示了“太极”说超出天外的实质:佛教虽有“罗汉果”之说,但终极不止于罗汉。换言之,佛教声闻乘以“阿罗汉果”为最高果位,但并非佛教的最高境界,到了《胜鬘狮子吼一乘大方便方广经》,才知道还有大乘的终极。与此相类似,道家以诸天为终极,其实只是为了教化的权便。同样,将《周易》的“太极”理解为“天地”,也只是顺应尊崇天的观念,而真正的终

① 此事很可能发生在永明十年底,参见《六朝江东士族的家学门风》第 252 页注①。

② 《孔稚珪书》,[南朝梁]僧祐撰、李小荣校笺《弘明集校笺》卷十一,上海古籍出版社 2013 年版,第 607 页。

极是在“天表”即天外。其依据便是《老子》“有物混成，先天地生”。

将孔氏“太极”说与西晋纪瞻、顾荣的“太极”论相比较，不难看出其中的递嬗演变之迹。显然，孔稚珪“太极”说完全摆脱了汉代宇宙生成论，不再将《老子》“有物混成，先天地生”解读为母子的生成关系，而是理解为现象背后的存在依据，即天地之外的终极，如同佛教罗汉之外的终极。这一说法很接近玄学中人王弼《大衍义》的“太极”论：“演天地之数，所赖者五十也。其用四十有九，则其一不用也。不用而用以之通，非数而数以之成，斯易之太极也。四十有九，数之极也。夫无不可以无明，必因于有，故常于有物之极，而必明其所由之宗也。”①王弼此说正是强调“太极”是“有”背后的“无”，是“有物之极”背后的“所由之宗”。

孔氏之所以能够领会王弼“太极”说，当与佛教思想的影响有关。由孔氏“道之论极，极在诸天；佛乃鄙此，不出三界”可知，佛教对超越于三界之外的境界的追求，有助于孔氏把握天地两仪背后有其内在依据的观念。

2. 孔氏“太极”论仍滞后于周颙的“非有非无”说

孔稚珪“太极”论虽然更接近于王弼以无为本的“太极”说，但与同时期玄佛思想的最新发展“非有非无”论相比，仍然是滞后的。

现存史料中没有孔氏本人与“非有非无”论交锋的记录，但吴郡张融吸收了孔氏的“一同之义”，并将其发展为“通源之论”。张融曾就佛道“逗极无二”的问题，与汝南周颙往复讨论，这一讨论正体现了孔稚珪、张融等人的宗极论滞后于周颙“非有非无”论。

张融与周颙的这一讨论，当发生于孔稚珪答竟陵书之前②。其起因是张融著《门律》，提出“道也与佛，逗极无二；寂然不动，致本则同；感而

---

① ［魏］王弼、韩康伯注，［唐］孔颖达疏《周易正义》卷七，北京大学出版社 1999 年版。

② 孔氏答竟陵王书云：“民门昔尝明一同之义，经以此训张融，融乃著‘通源之论’。”（《弘明集校笺》卷十一，第 606 页）张融在抄送《门律》给周颙等人的信中提到“通源二道”（《弘明集校笺》卷六，第 327 页），又周颙在《重答张长史书》中将张融之论冠以“通源曰”，由此可以推测张融与周颙的讨论在先。

遂通，达迹成异。”[①]并将此《门律》抄送何氏、孔氏兄弟和周颙，周氏遂答书加以辩驳。

关于张周论辨在佛教和玄学思想史上的意义，汤用彤《魏晋玄学流别论》和《汉魏两晋南北朝佛教史》已有深入阐述[②]。张融对于“尽有”、“尽无”的理解不同于周颙，反映了张氏“通源之论”在宗极问题上滞后于佛学最新思潮的实质。一方面，在这场论辩中，张融竭力说明佛道宗极无异，然而，诚如汤用彤《魏晋玄学流别论》所论，张融之论的实质是知有知无而有无不相即，因此仍属于王弼“本无”论的余绪[③]。另一方面，周颙的宗极论已经吸收僧肇的《不真空论》，而走向”非有非无”。其说云：

---

① 《弘明集校笺》卷六，第 325 页。

② 值得一提的是，在具体命题的解析上，汤著似有可斟酌之处。比如，关于张融“法性虽以即色图空，虚无诚乃有外张义”的含义，《汉魏两晋南北朝佛教史》认为“张少子意谓佛家法性即色是空，体用一如。老子诚于‘有’外别张无义，两者诚有差别。”(北京大学出版社 1998 年版，第 539 页)事实上，张融此说意在强调老子和佛家一样，都是“尽无”又“尽有”的。其理由有二：一是张融此说的宗旨是反驳周颙所持老子”尽无”而不“尽有”的主张。周颙驳斥张融的佛道通源之论，指出“二篇所贵，义极虚无；般若所观，照穷法性。虚无法性，其寂虽同；住寂之方，其旨则别”(《答张书并问张》，《弘明集校笺》卷六，第 330 页)，认为《老子》的核心是“虚无”而佛教般若学的中心是”法性”，对此，张融势必开宗明义，在论辨的开头就说明佛道的宗极无异。二是与此相关，张融所谓“苦下之翁且藏即色”，并非是说老氏因“人情恒滞于有，故且不言即色，而渐因有以尽无”(《汉魏两晋南北朝佛教史》第 539 页)，并非是指老子从“尽有”到“尽无”，恰恰相反，其说是指老子首先拈出“虚无”的宗旨而不主张“应物”。老子“因有以尽无”的说法，既不符合《老子》以“无名”为天地之始、以“无为”为上的特征，也误解了张融的本意。张融之说云：”直以物感既分，应物难合，令万象与视听交错，视听与万象相横；著之既已深，却之必方浅。所以苦下之翁且藏即色，顺其所有，不震其情，尊其所无，渐情其顺。”(《重与周书并答所问》，《弘明集校笺》卷六，第 334—335 页)可见，张融认为，佛教所谓“即色”，就是老子的“应物”。如果首先强调“应物”，就有可能失去本性，迷途难返。正因为如此，张融认为老子首先致力于弘扬虚无的本性，在此前提下，才能做到应物而无累于物，即佛家所谓“即色图空”。概言之，张融的用意是强调道家和佛教一样都是既“尽无”又“尽有”的，只不过佛家“即色图空”，是由“尽有”而至于“尽无”；道家以虚无为本、应物为末，乃由“尽无”而至于“尽有”。

③ 《汤用彤全集》第四卷第 45 页。

“尽有尽无，非极莫备；知有知无，吾许其道家。唯非有非无之一地，道言不及耳；非有非无，《三宗》所蕴。”①可见，周颙认为道家的“虚无诚乃有外张义”只能算是“知有知无”，只有其《三宗论》中的“非有非无”说才是真正的“尽有尽无”。周颙正是凭借这一利器，最终攻陷张融的佛道通源之说。

从西晋以来顾荣等人前后相续地讨论的“太极”论，其实就是对于终极问题的思考。从张融开始，这一思考在佛道论争的背景下继续展开。由于孔稚珪的“太极”论与张融“通源之论”桴鼓相应，因而张、周之辨说明了这两位江东士人的宗极论虽较西晋的顾荣、纪瞻两位前辈有所发展，但只是承接了王弼“本无”论，因而仍然滞后于汝南周颙等人吸收佛教思想而成的“非有非无”新说。

## 二　佛道论争与家族文化个性

若论南齐江东士人的“太极”论滞后于新兴思潮的原因，也许可以归结为孙吴时期江东士人不能充分地接受新兴玄学、江东士族在玄学方面基础薄弱。但江东士族历经西晋至南齐两百多年而未能在玄学方面迎头赶上，个中原因，当进一步联系江东士族固有的学术传统和独特的文化心态加以考察，其中首先值得注意的是，孔稚珪等人在佛道论争中强调道教和“通源之论”乃其门业。

将张融、孔稚珪等人的佛道论与西晋以来的其他佛教论争相比较，可以发现张、孔两人特别重视佛道信仰作为家族文化的意义。在张、孔之前，虽然颜延之《庭诰》已在戒子书中论述佛道异同②，但并没有明确指出佛道两教作为家学门风的意义。同样，颜延之与何承天反复论述佛道异同，也没有将其与门风相联系。而张融《门律》开宗明义地指出：“吾

① 《周重答书并周重问》，《弘明集校笺》卷六，第343页。

② 《弘明集校笺》卷十三《庭诰二章》。

门世恭佛，舅氏奉道。”[①]在答复周颙时，亦特别强调：“所以制是《门律》，以律其门。非佛与道，门将何律？”[②]以佛道约束门风的观念，进一步彰显了佛道在家族文化中的重要地位。迄于孔稚珪，他更是多次提出了道教是其家传信仰因而难以舍弃的说法。先是萧子良劝诲属下奉佛，孔稚珪致书萧子良，称道教为家传信仰因而难以放弃，并建议萧子良不必劝人持戒。孔氏此书已不存，由萧子良回信可知，孔氏信中有“积业栖信，便是言行相舛”[③]之说。其后，在答复萧子良的信中，孔稚珪反复表达类似的态度[④]。孔氏对家传信仰的坚持，更突出地表现在：他还强调其最终并尊佛道的依据，也是家传的“一同之义”。其说云：“民门昔尝明一同之义，经以此训张融，融乃著‘通源之论’。其名少子，少子所明，会同道佛。融之此悟，出于民家；民家既尔，民复何碍？始乃迟迟执迹，今辄兼敬以心。一不空弃黄老，一则归依正觉。”[⑤]在此，孔稚珪表示愿意兼敬佛道，其依据则是孔氏“一同之义”。“民家既尔，民复何碍”的说法，进一步凸显了他对家族文化的执着。

张融、孔稚珪在佛道关系问题上强调“门业”，并相互支持，折射了他们着力打造家族文化个性的意图。在此，所谓“门业”包含了两层意思，其一是张氏奉佛而孔氏奉道的信仰传统。其二是指在孔氏的“一同之义”上发展而成的“通源之论”，以及相应的并尊佛道、以道统佛的信仰方式。“一同之义”的具体内容已不可考，但由张融“通源之论”可以窥见其大概。如前所述，张融《门律》一方面明言“道也与佛，逗极无二”，另一方面指出“汝可专尊于佛迹，而无侮于道本”[⑥]，换言之，佛道逗极无二，其

---

① 《弘明集校笺》卷六，第 325 页。

② 《重与周书并答所问》，《弘明集校笺》卷六，第 332 页。

③ 《文宣王书与孔中丞稚珪释疑惑》，《弘明集校笺》卷十一，第 599 页。

④ 同信中还有“民积世门业，依奉李老，以冲静为心，以素退成行”、“直不忍弃门志耳”、“民之愚心，正执门范，情于释、老，非敢异同”等说法。

⑤ 《孔稚珪书》，《弘明集校笺》卷第十一，第 606 页。

⑥ 《答张书并问张》，《弘明集校笺》卷第六，第 331 页。

中道为本而佛为迹。由此可见,所谓并尊佛道的实质是以道统佛。与此同时,张融与孔稚珪桴鼓相应的态势也很明显。如前所述,张融《门律》开头便声明“吾门世恭佛,舅氏奉道”,这里的“舅氏”,正是指会稽孔氏。张融此说还暗示了“通源之论”与孔氏家学的联系。而孔稚珪在回答竟陵王萧子良的奉佛劝告时,不仅表示遵照“通源之论”,还说明了“通源之论”与孔氏“一同之义”的渊源。既强调门业又相互支持,这些现象折射了佛道之争背后所蕴涵的文化竞争方式:张融和孔稚珪所奉行的以道为本、以佛为迹的信仰方式,是孔氏和张氏联手建立的、不同于社会主流的家族文化个性。

孔氏和张氏对家族文化个性的追求,与南朝社会的文化竞争方式有关。南朝门第中人在竞相追逐清谈玄言等显学的同时,也十分提倡家族文化个性。一方面,时人赞赏琅琊王彪之一系的“王氏青箱学”①、王弘的“王太保家法”②、北地傅僧祐一系的《治县谱》③、平阳贾渊一系的谱学④,这类“某氏某学”的说法不仅是对某个家族的家学状况的客观描述,而且还包含了对家学个性的肯定。另一方面,从上述声名较盛的家学来看,秘不示人是其传播上的重要特点,如“王氏青箱学”正因“缄之青箱”⑤而得名,傅氏《治县谱》也是“子孙相传,不以示人”⑥,凡此都显示了士族将独特的家学视为秘密武器,以求在文化竞争中出奇制胜的用心⑦。

从家族文化个性的角度来看,江东士族“太极”论的滞后几乎是必然的。孔张二人的佛道论落后于周颙的主要原因,在于周颙接受了新兴的

---

① [梁]沈约撰《宋书》卷六十《王准之传》,中华书局 1974 年版,第 1624 页。

② 《宋书》卷四十二《王弘传》,第 1322 页。

③ [梁]萧子显撰《南齐书》卷五十三《良政·傅琰传》,中华书局 1972 年版。

④ 《南齐书》卷五十二《文学·贾渊传》。

⑤ 《宋书》卷六十《王准之传》,第 1623—1624 页。

⑥ 《南齐书》卷五十三《良政·傅琰传》,第 915 页。

⑦ 参见拙作《六朝门阀制度对江东士族儒学的影响》,《南京大学学报》2004 年第 6 期。

“非有非无”论而他们没有，这一结果当是出于他们的主观选择。一方面，周颙与张融论争时所强调的“非有非无”，集中在体现在周氏《三宗论》一著中。周颙此论源自大乘《般若》三论，关于其来源，有得自僧朗或沙门玄畅等不同说法[①]，可见此说并非周颙的原创。另一方面，僧朗曾住钟山草堂寺[②]，玄畅曾游建业[③]，则张融和孔稚珪完全有机会就《三论》之学向这两位僧人请益。由此可以推测，孔张二人未能接受《般若》三论，更多地是主观选择的结果，而不是由于客观条件的限制。换言之，孔张二人致力于弘扬“通源之论”，以打造家族文化个性为目标，与此相适应，他们对新兴的大乘《般若》三论缺乏兴趣。

## 三　崇尚士节与东汉“经明行修”的学风

将孔稚珪的佛道关系之论与其《北山移文》对读[④]，可以发现，他在佛道论争中不仅强调“门业”，还将改变家族信仰视为变节行为，这使我们注意到江东士人带有汉代“经明行修”学风的烙印。

如前所述，孔稚珪面对竟陵王萧子良劝诲其奉佛的压力，多次阐述其不忍心舍弃家传信仰的心态。从以下三个方面，可以窥见孔稚珪认为改变家传信仰关乎节操：其一，孔氏称自己是“直不忍弃门志耳”。此处的“门志”一说，大可玩味，其中多少隐含了以坚持家传信仰为守节的

---

① 参见汤用彤《汉魏两晋南北朝佛教史》第526—531页。

② 隋吉藏《大乘玄论》卷一：“摄山高丽朗大师，本是辽东城人。从北土远习罗什师义，来入南土，住钟山草堂寺。值隐士周颙，周颙因就师学。”（《大正新修大藏经》第四十五册）

③ ［梁］释慧皎撰、汤用彤校注、汤一玄整理《高僧传》卷八《释玄畅传》，中华书局1992年版。

④ ［日］近藤泉《论〈北山移文〉的创作背景和手法渊源》（《北京大学学报》1993年第1期）已注意到孔稚珪《北山移文》与其佛道关系论之间的联系，指出《北山移文》“反映了宋齐时代一批企图将隐而复仕的行为正当化的士大夫与坚持隐逸应当‘固志’的士大夫之间的思想冲突”，但该文未言及孔氏佛道论亦提倡士节，更重要的是未能揭示《北山移文》背后的江东士族文化背景。

观念。可以作为旁证的是，孔氏《北山移文》讽刺周顒隐而复出、出而再来的行为，抨击其不守节操。其中写到周顒在北山草堂接到任命后，立刻由隐士变为俗人："及其鸣騶入谷，鹤书赴陇。形驰魄散，志变神动。尔乃眉轩席次，袂耸筵上。焚芰制而裂荷衣，抗尘容而走俗状。"[①]此处嘲讽周顒变节之速，其中的"志变"也有不能坚持操守的意味。其二，孔氏自述其不能轻易舍弃门志的态度，还有以下说法："所以未变衣钵，眷眷黄老者，实以门业有本，不忍一日顿弃；心世有源，不欲终朝悔遁"[②]。此处以"一日顿弃"、"终朝悔遁"等充满时间感的说法来表明自己不能轻易放弃家传信仰，流露出对迅速改变信仰之徒的厌恶，正与上引《北山移文》中周顒的遽变恰成鲜明对比。同样，《北山移文》抨击在出处问题上反复无常的行为曰："岂期终始参差，苍黄翻覆。……乍回迹以心染，或先贞而后黩"[③]，此说也可以视为前引"一日顿弃"、"终朝悔遁"等说的注脚。其三，孔稚珪在答萧子良的信中，首先强调孔氏不求宦达的门风："民积世门业，依奉李老，以冲静为心，以素退成行"[④]。退隐之风，正是东汉以来士人讲求名节的表现之一[⑤]。概言之，孔稚珪对隐退士节的崇尚，对家传道教的缱绻之心，恰与其《北山移文》斥责周顒的苍黄翻覆相呼应，暗示了孔稚珪实质上将改变家族信仰等同于变节。

孔稚珪在佛道论争中对隐士节操和信仰节操的重视，说明他继承了东汉"经明行修"的流风余绪。众所周知，东汉以"经明行修"为取士标准，兼重经学和节义[⑥]。从孙吴时期起，江东士族中的吴郡陆氏、顾氏、

---

① [梁]萧统编、[唐]李善注《文选》卷四十三，上海古籍出版社 1986 年版，第 1959 页。

② 《孔稚珪书》，《弘明集校笺》卷第十一，第 607 页

③ 《文选》第 1957—1958 页。

④ 《孔稚珪书》，《弘明集校笺》卷第十一，第 605 页。

⑤ 参见王克奇《试论汉代士风的变迁》(《江汉论坛》1992 年第 4 期)。

⑥ 参见顾炎武《日知录》卷十三"两汉风俗"条([清]顾炎武著、黄汝成集释、栾保群、吕宗力校点《日知录集释》，上海古籍出版社 2006 年版)、皮锡瑞《经学历史》之《经学极盛时代》(中华书局 1959 年版，第 124 页)。

张氏和会稽虞氏、贺氏等家族,便以讲求经学、砥砺名节著称于世[①]。这一学术传统绵延不绝,使得六朝江东士族在玄学和佛学诸方面都呈现出兼重义理和实践的倾向。以佛学而论,永嘉南渡后,江东士族中的会稽谢氏和吴郡张氏最先接受佛教,与崇尚义理的社会主流风尚有所不同的是,东晋谢敷、刘宋张演、南齐陆杲等人推崇以修行为主的观音信仰,先后相续地编撰了《光世音应验记》、《续光世音应验记》和《系观世音应验记》[②],这正是学术与实践并重的传统在佛教上的表现。又如,刘宋张辩多次盛赞僧人道德的高洁,《高僧传》卷七《释昙鉴传》载张辩为释昙鉴作传和赞,其赞词着力表彰释昙鉴不染尘俗的操守:“披荔逞芬,握瑾表洁。浑浑法师,弗淄弗涅。暐晔初辰,条蔚暮节。”[③]又据《高僧传》卷十二《释僧瑜传》,张辩亦称颂释僧瑜“其德可乐,其操可贵”[④]。

从孔稚珪和张融的信仰实践来看,他们事实上将“经明行修”的传统发展为“行修”重于“经明”也就是道德实践至上的士风。对于孔稚珪来说,“经明行修”的传统使得他将家传信仰与退隐的士节相联系,将坚持家传道教信仰作为一种士节来追求,因而他实际上是以士节来评判信仰的。与孔稚珪相似,张融论清谈玄学,也主张以义理提升道德。张融针对时人谈玄说义,一味争价声誉高低的现象,提出了以玄义陶冶性情之说:“义之为用,将使性入清波,尘洗犹沐”[⑤]。由此可以推测,在家传信仰问题上,张融也非常重视道德实践而不仅仅关注新兴义理。张孔二人以道德为上的观念,无疑多少削弱了他们对新兴佛学义理的关注程度。而且,将是否改变家传信仰的问题上升到守节的高度,自然会排斥轻易改变信仰的行为,也会相应地失去接受新兴思潮的兴趣。

① 参见《六朝江东士族的家学门风》第 9—38 页。

② 参见《六朝江东士族的家学门风》第 68—76 页。

③ 《高僧传》第 274 页。

④ 《高僧传》第 452 页。

⑤ 《南齐书》卷四十一《张融传》,第 729 页。

## 四　结语

着力打造家族文化个性和强调家族信仰方面的士节，这两方面相辅相成地强化了江东士族在学术上的保守倾向。一方面，推崇士节本身也是个性化的家族文化的一部分，前引孔稚珪“民积世门业，依奉李老，以冲静为心，以素退成行”的说法，正说明了道教信仰和崇尚士节都是构成其独特家风的要素。另一方面，在出处同归的思潮、重孝道而轻忠义的士风等因素的共同作用下，南朝士人不尚峻节①。而江东士族自东汉、孙吴时期已有经明行修、推重名节的风气，出于对家族文化个性的追求，他们在两晋南朝一直有意识地弘扬这一传统风尚。

南齐江东士族的“太极”论滞后于新思潮的原因，不仅可以追溯到孙吴时期江东玄学薄弱这一根源，而且应该联系两晋南朝时期江东士族追求家族文化个性和重视“经明行修”的学风这两方面加以考察。

（本文发表于《南京大学学报》2016 年第 2 期，人大复印资料《魏晋南北朝隋唐史》2016 年第 5 期全文转载。此次出版时有所修改。）

① 参见唐长孺《魏晋南朝的君父先后论》（载《魏晋南北朝史论拾遗》，中华书局1983 年版）、拙作《论孔稚珪的隐逸观念和宗教信仰的关系——兼论〈北山移文〉的主旨》（《南京大学学报》2001 年第 6 期）。

# 附录三　论《文选集注》在六朝江东士族研究中的文献价值

现存于日本的唐钞《文选集注》具有重要的文献价值，对此学界已有较多研究[①]，本文侧重于揭示该书在六朝江东士族研究中的文献价值。具体说来，本文拟通过考察《文选集注》所录《文选钞》和陆善经注的引书情况，分析其中引用的六朝江东士族著述的文献价值，同时探究六朝江东士族之后陆善经的学术倾向。

## 一　《文选集注》所引六朝江东士族著述

本文所说的六朝江东士族，主要包括吴郡张氏、陆氏、顾氏，会稽孔氏、虞氏、贺氏，吴兴沈氏、丘氏等旧族和新贵。由于六朝时期南北士族的文化隔阂与冲突，江东士族的家学门风有别于侨姓主流文化，其经史子集的著述都独具特色[②]。遗憾的是，唐代以后，江东士族的著述大部分都散佚，仅能从古注、类书中窥见其片断。《文选集注》保存了李善注、《文选钞》、《音决》、五臣、陆善经注等诸家注本，诸注引用了若干六朝江东士族著述。其中《文选钞》和陆善经注仅见于《文选集注》，其引书常与传世的李善注、五臣注有别，因而具有特别重要的史料价值。

---

① 参见《唐钞文选集注汇存·附录》“横山弘：《文选集注》研究论著目录（一八五六—二零一一·五）”（上海古籍出版社 2011 年版）。

② 参见拙著《六朝江东士族的家学门风》第二章《六朝江东士族文化总论》（南京大学出版社 2003 年版，第 39—99 页）。

1. 从《文选集注》引书看六朝江东士族学术的影响

《文选集注》所引六朝江东士族著述一览(依繁体书名笔划顺序)①

| 序号 | 书　名 | 作者及其家族 | 时　代 | 类　别② |
|---|---|---|---|---|
| A | 毛诗草木疏<br>毛诗虫鱼疏③ | 陆玑(吴郡陆氏) | 吴 | 经部诗类 |
| B | 吴地记④ | 待考 | 待考 | 史部地理类 |
| C | 宋书 | 沈约⑤(吴兴沈氏) | 南朝梁 | 史部正史类 |
| D | 志林⑥ | 虞喜(会稽虞氏) | 晋 | 子部儒家类 |
| E | 南越志⑦ | 沈怀远(吴兴沈氏) | 南朝宋 | 史部杂史类 |

① 据《唐钞文选集注汇存》(上海古籍出版社 2011 年版)。所引著述的页码,请参见该书所附、笔者所制《〈文选集注〉引书索引》。

② 分类主要依据《隋书·经籍志》,该志未收者,笔者权且据《文选集注》所引内容判断其类别。

③ 《毛诗草木疏》和《毛诗虫鱼疏》当即《隋书·经籍志一》所录"毛诗草木虫鱼疏二卷　乌程令吴郡陆玑撰"。参见《四库全书总目》卷十五《经部诗类一》"毛诗草木鸟兽虫鱼疏二卷"(《四库全书总目》,中华书局 1965 年版,上册第 120 页)和清姚振宗《隋书经籍志考证》卷三经部三"毛诗草木虫鱼疏二卷"条(民国师石山房丛书本)。

④ 唐前至少有三种《吴地记》。其一,《后汉书·楚王英传》注"横山北有小山,俗谓姑苏台",引顾夷《吴地记》;其二,《初学记》卷六地部中、卷七地部下、《太平御览》卷四十六地部十一引董览《吴地记》。以上两种《吴地记》未见史志著录;其三,《旧唐书·经籍志》有"吴地记一卷,张勃撰。"第一种《吴地记》疑即《隋书·经籍志二》所录"吴郡记一卷,顾夷撰","吴郡记二卷,晋本州主簿顾夷撰"。关于顾夷,《世说新语·文学篇》"谢万作《八贤论》"条注引《顾氏谱》曰:"夷字君齐,吴郡人。祖歊,孝廉。父霸,少府卿。夷辟州主簿,不就。"

⑤ 《梁书·沈约传》:"沈约字休文,吴兴武康人也。祖林子,宋征虏将军。父璞,淮南太守。"

⑥ 《隋书·经籍志三》:"志林新书三十卷,虞喜撰。"马氏玉函山房辑本序曰:"诸书引并作《志林》,省'新书'二字。"参见《隋书经籍志考证》卷二十四子部一。又《晋书·儒林传》:"虞喜字仲宁,会稽余姚人,光禄潭之族也。……为《志林》三十篇。"

⑦ 《隋书·经籍志二》:"南越志八卷,沈氏撰。"《宋书·沈怀文传》:"沈怀文字思明,吴兴武康人也。……(怀文)弟怀远,撰《南越志》。"

续表

| 序号 | 书　名 | 作者及其家族 | 时　代 | 类　别 |
|---|---|---|---|---|
| F | 后汉书① | 谢承(会稽谢氏) | 吴 | 史部正史类 |
| G | 洛阳记② | 陆机(吴郡陆氏) | 晋 | 史部地理类 |
| H | 风土记③ | 周处(义兴周氏) | 晋 | 史部地理类 |
| I | 晋书④ | 虞预(会稽虞氏) | 晋 | 史部正史类 |
| J | 陆机集 | 陆机 | 晋 | 集部别集类 |
| K | 陆云集 | 陆云 | 晋 | 集部别集类 |
| L | 葬礼⑤ | 贺循(会稽贺氏) | 晋 | 经部礼类 |
| M | 会稽典录⑥ | 虞预 | 晋 | 史部杂传类 |
| N | 舆地志⑦ | 顾野王(吴郡顾氏) | 南朝陈 | 史部地理类 |

① 《隋书·经籍志二》:"后汉书一百三十卷,无帝纪,吴武陵太守谢承撰。"有姚之骃辑本四卷。参见清章宗源《隋经籍志考证》卷一史部(清光绪元年湖北崇文书局刻三十三种丛书本)。据《三国志》卷五十《妃嫔谢夫人传》、同传注引《会稽典录》,谢承字伟平,会稽山阴人,吴主孙权妻弟。

② 《隋书·经籍志二》:"洛阳记一卷,陆机撰。"参见《隋经籍志考证》卷六。又《晋书·陆机传》:"陆机字士衡,吴郡人也。祖逊,吴丞相。父抗,吴大司马。"

③ 《隋书·经籍志二》:"风土记三卷,晋平西将军周处撰。"参见《隋经籍志考证》卷六。又《晋书·周处传》:"周处字子隐,义兴阳羡人也。父鲂,吴鄱阳太守。……处著《默语》三十篇及《风土记》,并撰集《吴书》。"

④ 《隋书·经籍志二》:"晋书二十六卷,本四十四卷,讫明帝,今残缺。晋散骑常侍虞预撰。"《晋书·虞预传》:"虞预字叔宁,征士喜之弟也。……预雅好经史,憎疾玄虚。……著《晋书》四十余卷,《会稽典录》二十篇。"参见《隋经籍志考证》卷一史部。

⑤ 《隋书·经籍志》未录。马氏玉函山房辑本序:"《通典》、《御览》引贺循《要记》外,又引贺循《葬礼》,隋唐志无《葬礼》之目,今别辑排比于后。"参见《隋书经籍志考证》卷四经部四"丧服要记"条。又《晋书·贺循传》:"贺循字彦先,会稽山阴人也。"

⑥ 《隋书·经籍志二》:"会稽典录二十四卷,虞豫撰。"参见《隋经籍志考证》卷十三。

⑦ 《隋书·经籍志二》:"《舆地志》三十卷,陈顾野王撰。"参见《隋经籍志考证》卷六。又《陈书·顾野王传》:"顾野王字希冯,吴郡吴人也。"

续表

| 序号 | 书　名 | 作者及其家族 | 时　代 | 类　别 |
|---|---|---|---|---|
| O | 杂说[①] | 沈约 | 南朝梁 | 子部杂家类 |
| P | 顾氏谱[②] | 不详(吴郡顾氏) | 南朝宋以前 | 史部谱系类 |

《文选集注》所引16种著述中,史部最多,为10种;集部仅《陆机集》、《陆云集》2种,经部和子部各2种。从家族的分布来看,吴郡陆氏、吴兴沈氏、会稽虞氏各3种,吴郡顾氏2种,会稽谢氏、义兴周氏、会稽贺氏各1种。

由这些数据可以推测六朝江东士族的学术在六朝隋唐时期的影响[③]。就文学而论,在现存《文选集注》中,陆机、陆云兄弟的诗文是唯一且多次被引用的江东士族文学[④],而另一同样重要的江东文人沈约的诗文未见征引,这一现象有点出人意料。除了被征引的沈约诗文有可能集中在《文选集注》的亡佚部分之外,主要原因当是《文选》本身对陆机与沈约的重视程度悬殊。《文选》收沈约诗文17篇(诗13篇,文4篇),收陆

① 《隋书·经籍志三》:"《杂说》二卷,沈约撰。"

② 《隋书·经籍志》未录。《世说新语·文学篇》"谢万作《八贤论》"条注、《简傲篇》"王子敬自会稽经吴"条注亦引《顾氏谱》。参见《隋经籍志考证》卷七。

③ 关于《文选集注》的编纂者和成书年代,学界尚有不同看法。但《文选集注》所引诸家注中,以陆善经注最为后出,陆善经是唐代开元年间人,故诸家注皆不晚于这一时期。在此意义上,本文认为从《文选集注》的引书可以看出六朝江东士族的学术在六朝隋唐时期的影响。

④ 《文选集注》引用了下列陆机诗文:大暮赋(卷五九 1·592)、文赋(卷五九 1·513/1·551 卷六二 1·766)、吴趋行(卷六二 1·779)、君子有所思(卷六一 1·690/1·693)、招隐诗(卷六二 1·780)、门有车马客行(卷五九 1.580)、赴洛诗(卷六一 1·717/1·719)、赴洛道中作诗(卷六一 1·715(2)/1·718)、挽歌(卷六一 1·709)、从军行(卷六一 1·629)、从梁陈诗(卷六一 1·715/1·716/1·717)、为顾彦先赠妇诗(卷五九 1·524/卷六一 1·635)、答张士然诗(卷五九 1·539)、云赋(卷五六 1·415/卷五九 1·491)、塘上行(卷六一 1·637)、漏赋(卷五九 1·540)、拟今日良宴会(卷六一 1·688)、拟古诗(卷五九 1·478/1·491)、谢内史表(卷一一六 3·821)、赠冯文罴诗(卷五九 1·501)、赠顾彦先诗(卷六一 1·715)、鼈赋(卷五九 1·478)。

机诗文则多达 44 篇(赋 2 篇,诗 35 篇,文 7 篇)。《文选集注》所引陆机诗文 20 篇中,仅《大暮赋》、《云赋》、《漏赋》、《从梁陈诗》等 4 篇未见收于《文选》。由此可以推测,《文选集注》引书对陆机文学的重视,是受到了《文选》选篇的影响。换言之,正如六朝其他士人的文学一样,江东士族文学在唐代影响的大小,基本上是由《文选》选篇的多少决定的。

六朝江东士族的学术倾向是以儒为主,较少受到玄学思潮的影响,而更多地保留了汉末儒学的风貌,与当时的学术主流有所不同[①]。这一学术倾向从《文选集注》的引书中也可以窥见其端倪。《文选集注》所引江东士族的著作以史书为主,儒学方面有经学 2 种和子部儒家类 1 种,而崇尚经史正是当时保守学风的主要特征。比如,虞预激烈反对玄风,所谓"憎疾玄虚,其论阮籍裸袒,比之伊川被发,所以胡虏遍于中国,以为过衰周之时。"与此同时,他"雅好经史","著《晋书》四十余卷、《会稽典录》二十篇、《诸虞传》十二篇"(《晋书》本传)。前两种史著皆被《文选集注》所征引。又如,《文选集注》卷八八 2・714"钞曰:……察按:虞喜《志林・匡韦》云:《汉书》别本'上减五,五者,谓汉隆盛,欲减五帝之一,以汉盈之。'"由此亦可窥见虞喜对汉代儒学的吸收。

2.《文选集注》所引江东士人著述的文献价值

《文选集注》所引江东士人的 16 种著作,除沈约《宋书》外,唐以后都已亡佚,《文选集注》所引片断因而具有重要的辑佚价值。

《文选集注》所引文字与其他文献所载不同者,可供校勘之用。比如,该书引用虞喜《志林》四条(见表一《〈钞〉与陆善经注所引六朝江东著述》D 条),将其与马国翰《玉函山房辑佚书・子部儒家类》辑《志林新书》相较,可知此四条亦见收于《太平御览》、《史记索隐》,但文字颇为不同。比如,1.212 卷九所引条中,《文选集注》作"魴鱼",《太平御览》卷九百三十八作"鳢鱼";又 1.296 卷四八述"浙江"得名的原因是"钱唐有山居江中,湖水触山回,故曰浙江",而《太平御览》卷六十五则引作"今钱塘江口

① 参见第二章第二节《江东士族以儒为本的保守学风及其演变》。

折山，正居江中，潮水投山下，折而曲。一云江有反涛，水势所归，故曰浙江”。这些文字、内容上的差异，都有助于进一步了解虞喜《志林》的原貌。

《钞》、陆善经注所引的一些资料不见于其他文献，就更值得珍惜了。比如，《钞》引三条周处《风土记》(参见本文表一“《钞》与陆善经注所引六朝江东著述”)，其中 1.110 卷九“东海有大鲸，穴处海底，一日一夜二时出食，故一日一夜二时潮来”一条，未见他书记载，颇为珍贵。又如，《钞》引沈约《杂说》，亦未见收于其他典籍①。值得注意的是，《钞》所引两条《杂说》均可在《世说新语》中找到类似记载。其一，卷六二 1.773 引《杂说》云：“询性好山水而涉是游，时人谓许掾非止有胜情，亦有济世之志”，这与《世说新语·栖逸》“许掾好游山水，而体便登陟。时人云：‘许非徒有胜情，实有济胜之具’”相似。其二，卷六二 1.783 录《杂说》云：“谢灵运谓仲文曰：若读书半袁豹，则文史不减班固。”②此条类似于《世说新语·文学》“殷仲文天才宏赡，而读书不甚广。博亮叹曰：‘若使殷仲文读书半袁豹，才不减班固。’”由此可以推测，沈约《杂说》的著述性质，很可能是继《世说新语》而作，意在搜录名士之遗闻轶事的不同说法。

有些资料亦见收于其他典籍，但《文选集注》所引可能更接近原貌。比如，卷九三 3.4“钞曰：《毛诗草木疏》曰：“莱，藜也。其茎叶皆似鲁王蒭。今兖州蒸以为茹，谓之莱蒸。”今存《毛诗草木鸟兽虫鱼疏》卷上亦有此条，但较为简略：“莱，草名，其叶可食。今兖州人蒸以为茹，谓之莱蒸。”③又南北朝时期贾思勰《齐民要术》卷十载：“诗云‘北山有莱’，义疏云：莱，藜也。茎叶皆似菉王刍，今兖州人蒸以为茹，谓之莱蒸。”④可知今本《毛诗草木鸟兽虫鱼疏》的文字乃据某后出文献辑佚而成，较原文为

① 周师勋初《〈文选〉所载〈奏弹刘整〉一文诸注本之分析》已指出《文学集注》所引《杂说》的文献价值(《文学遗产》1996 年第 2 期)。

② 此条与《世说新语·文学》的相似，已由余嘉锡《世说新语》笺疏指出。

③ 据明刊唐宋丛书本。

④ 据四部丛刊本。

略，当据《齐民要术》和《文选集注》所引补足。

又如，卷五九1.486《钞》引《风土记》曰："七月七日，俗至是日其夜，洒扫于庭中，施几筵，设酒脯及时果，散香粉于筵上，楚香，祈请于河鼓织女二星，神当会。守夜者咸怀私愿，见天汉中有奕奕正白气，瀇然有五色，以此为征验。见者拜，乞愿富寿子孙贵位，唯得乞一，不得兼求。见者三年乃得之，或云颇有受其祚者也。"《风土记》[①]中关于七夕风俗的这段文字，影响极为深远，隋唐以后类书，如杜台卿《玉烛宝典》卷七、虞世南《北堂书钞》卷一百五十五岁时部三、徐坚《初学记》卷四岁时部下、宋《太平御览》卷三十一时序部皆有征引，其中，《文选集注》所引文字与《玉烛宝典》互有高下，两者又皆胜于其他诸书[②]。理由是：一，《玉烛宝典》和《文选集注》有"焚香"环节，而他书皆阙如。在"散香粉于筵上"之后（按：《初学记》缺"筵上"）、"祈请于河鼓织女"之前，《玉烛宝典》有"熒重为稻"，《风土记》有"楚香"。寻绎上下文义，颇疑两者为"焚香为祷"之误。《风土记》有"香"字，较《玉烛宝典》稍善。二，《玉烛宝典》和《文选集注》有天汉之气漾（瀇）然的描述，其余诸本缺。在"天汉中有奕奕正白气"（按：《北堂书钞》与《太平御览》缺"正"字）与"有五色"之间，《玉烛宝典》有"如地河之波漾"，《文选集注》有"瀇然"，生动描绘了高空中云气与五彩氤氲动荡的状貌，其文气、字义均优于《初学记》、《北堂书钞》、《太平御览》所引，当更接近《风土记》原貌。

必须说明的是，《文选集注》于六朝江东士人的著述，亦偶有误引之例。比如，2.527卷八五《钞》引周处《风土记》云："太湖周五百里，故言五湖。"然而，李善注《文选》卷十二郭璞《江赋注》、卷十九谢灵运《述祖德诗》注皆引此条作"张勃《吴录》曰：'五湖者，太湖之别名也，周行五百余里。"又《北堂书钞》卷一百五十九、《初学记》卷七亦云出自《吴录》。可见

---

① 对周处《风土记》的辑佚，以钱建中《无锡方志辑考》（世界知识出版社2006年版）中卷所辑《阳羡风土记》最为完备，惜标点句读多有误。

② 《玉烛宝典》据古逸丛书本，《北堂书钞》据文渊阁四库全书本，《初学记》据清光绪孔氏三十三万卷堂本，《太平御览》据四部丛刊三编本。

此条实际上出自另一江东士人张勃[1]所著《吴录》,《文选钞》误。

## 二 从陆善经注的引书看江东士族家学的传承

陆善经为吴郡陆氏之后,其祖先可上溯到晋太常陆始[2]。在唐代开元年间,陆善经以经史之学著称。据《新唐书·艺文志》、《旧唐书·礼仪志》等史料,他曾参与《大唐开元礼》、《唐六典》、《唐月令》的修纂,著《字林》,注《孟子》、《文选》等[3]。可见,六朝时期吴郡陆氏研治经史的家学,至陆善经时仍薪火相传。

陆善经对六朝江东士族文化无疑是十分关注的。前述 16 种江东士人的著述,陆善经引用了虞喜《志林》、沈约《宋书》、谢承《后汉书》、《陆机集》等数种。此外,他还在《文选》注中提及关乎六朝江东士族的其他信息。比如,卷八五嵇叔夜《与山巨源绝交书》注中,陆注引用了丘迟的说法:"丘迟曰:好尽谓好尽直言。"丘迟字希范,出自吴兴丘氏,南齐时任徐州从事,梁代授中书郎、司徒从事中郎等职。《文选》收其《侍宴乐游苑送张徐州应诏诗》、《旦发鱼浦潭》、《与陈伯之书》等三篇诗文。又如,卷八八 2.644《陈孔璋檄吴将校部曲文一首》注引"陆善经曰:《张纮集》有《酹周泰明文》"。周泰明是会稽旧族之后[4],据《三国志》卷五十一《吴书·孙静传》注引《会稽典录》、《献帝春秋》,(周)昕字大明(笔者按:大明当即泰明),少游京师,师事太傅陈蕃,博览群书,明于风角,善推灾异。曾遣兵助曹操伐袁术。陆善经此注提供了有关周昕的重要信息,也折射了他

---

① 张勃出自吴郡张氏,晋人,张俨之子,详见第三章第一节《清虚学尚·世有豪气·忠贯昊天——论吴郡张氏的门风变革与盛衰沉浮》。

② 《元和姓纂》卷十"陆敬,唐苏州刺史。陆孜兄玄孙善经(原作"敬",据岑仲勉《元和姓纂四校记》改)。国子司业。生鼎,右补阙"。又云"敬、孜皆晋太常陆始之后"。

③ 参见虞万里《〈唐写文选集注残本〉中陆善经行事考略》,《文献》1994 年第 1 期。

④ [清]何焯《义门读书记》卷四十九称"周泰明是周昕字。"(中华书局 1987 年版,下册第 959 页)

对乡邦文献的留意。这就不难理解他对江东儒学传统的弘扬了。

从《文选》陆善经注的引书也可以看出陆善经深厚的儒学素养。通过对陆善经注引书的统计可以发现，陆注引经部及其他儒家著作计30种86次，引史部著作计34种101次，引其他子部、集部著作19种23次（参见本文表二《陆善经注引书一览表》）。陆注引用的经史著作，无论是在种类还是引用频次上，都远多于子部和集部，这与其推崇江东传统学风、重视经史之学的倾向是互为表里的。此外，对于儒家著作，陆注引用得最多的是《诗经》、《礼记》，其次是《尚书》、《左传》和《周礼》，除了这几类著作对文学创作影响较大这一客观因素外，应当还体现了陆善经自身的学术兴趣。

陆注好引儒家经典，特别是对《周礼》、《礼记》等著作，甚至到了当引亦引、不当引亦引的程度。一个有趣的例子是，陆注甚至引用《礼记》来注刘伶《酒德颂》。据《晋书》本传，刘伶是西晋著名的放达之士，其《酒德颂》亦讥讽"陈说礼法"的"贵介公子"。然而《文选集注》卷九三3.69载陆注曰：

> 陆善经本有"静听不闻雷霆之声，熟视不见泰山之形"二句，注云："思虑既无，所以视听亦泯。《礼记》云：'意不在焉，视之而不见，听之而不闻。'"

在此，陆善经以《礼记·大学》来注《酒德颂》的出典。然而，《大学》的本意是论正心的重要性，而《酒德颂》意在描绘无思无虑的状态，两者的文意有天壤之别。从语境、语义来看，《酒德颂》这两句贴切的出典当是《庄子·知北游》："终日视之而不见，听之而不闻，搏之而不得也。"陆善经很可能是出于对儒家典籍的重视，而特意引用《礼记·大学》。

由《文选》注的引书可以窥见陆善经对《周官》的重视。陆注多次引用《周礼》并用其旧题《周官》，甚至以纠驳李善注的方式来表示他对《周官》的强调。比如，卷八1·4左思《三都赋序》"盖诗有六义焉，其二曰赋”，李善注曰：“《子夏诗序》文也”，陆善经注曰：“《周官》文也”。大致说来，李善所谓《子夏诗序》和《周礼·春官·大师》中都有关于“赋”的内容，因而李注和陆注都有道理。但是，相对而论，陆注不够准确。因为原文是说“六义”之二为赋，那就应当是出自《诗大序》“故诗有六义焉：一曰风，二曰赋，三曰比，四曰兴，五曰雅，六曰颂”；与此有所不同，《周礼·春官·大师》采用的是“六诗”这一表述：“大师教六诗：曰风、曰赋、曰比、曰兴、曰雅、曰颂。”因而李注比陆注更精当，陆善经本没有出注的必要。若深究其刻意采用《周官》注的原因，有可能是不同意李善将这一《诗序》归于子夏名下[①]，但也可能只是由于对《周官》颇为关注，遂在《文选》注中尽力表彰此书。

陆善经在《文选》注中体现了其礼学的严谨周密。《文选集注》卷八五2·496嵇叔夜《与山巨源绝交书》“女年十三，男儿八岁，未及成人”一语下，陆善经注比李注更为严密。李注曰：“《国语》曰：晋赵武冠，见韩献子，献子曰：戒之，此谓成人。郑玄《礼记注》曰：女子以许嫁为成人也。”李善引《国语》和郑玄《礼记注》来解释男女成人礼，男为冠，女为许嫁。此注的不够严密之处有二：其一，容易使人误以为男子的冠等同于女子的许嫁。虽然两者都与成人密切相关，但冠就是成人礼，而许嫁只是女子行成人礼的前提之一，两者有所不同。其二，容易使人误以为女子不许嫁则无成人礼。本来，郑玄这段《礼记注》的全文是“男女各自为伯季也，冠是成人矣。敬其名，父前，君前，对至尊无小大，皆相名。女子以许嫁为成人”，是对《礼记·曲礼》“男女异长。男子二十冠而字，父前子名，君前臣名。女子许嫁，笄而字”的注释。显然，其中的“女子以许嫁为成人”一说，是相对于男子以冠为成人而言，是对“女子许嫁，笄而字”的阐说，因而并无不妥。但从女子笄礼的实际来看，还有《礼记·杂记》“女虽

① 子夏作大序的说法出自郑玄《诗谱》，中唐以后开始出现子夏不序《诗》的观点。关于大小诗序的作者，历来聚讼纷纭，参见皮锡瑞《经学历史》第二章《经学流传时代》第一节注八，中华书局1959年版，第50页。

未许嫁，年二十而笄，礼之。妇人执其礼”这一情况，因而完整的说法当是郑玄《礼记·丧服小记》注之“许嫁及二十而笄，笄为成人”。而李善仅引郑玄“女子以许嫁为成人”一说，显然不够完备。陆善经的注则比较周密：“男子以冠，女以笄为成人”。这一说法实际上是综合了郑玄《仪礼·士昏礼》“女子许嫁，笄而醴之，称字”注“笄，女之礼，犹冠男也”一说，以及前引“冠是成人矣”的说法，点明了男子之冠与女子之笄同为成人礼的实质。

## 三　结语

《文选集注》所引16种六朝江东士人的著述，以经史之学为主，一方面反映了江东士族以儒为本的学风。其中的陆玑《毛诗草木鸟兽虫鱼疏》、虞喜《志林》、周处《风土记》、沈约《杂说》等材料颇有助于校勘、辑佚。另一方面，陆善经是吴郡陆氏之后，由其《文选》注的引书，可以窥见陆善经深厚的礼学素养，及其对六朝江东旧闻、文献和儒学的钩沉与传衍。可以说，《文选集注》在六朝江东士族文化的研究中具有不可忽视的价值。

此外，《文选集注》所引《钞》也详录六朝江东旧闻轶事，且多录江东士人的著述。学界早已注意到《钞》对陆机赠诗对象的介绍颇为详细①，实际上，《钞》引江东士人著述也远多于陆善经注（参见本文表一“《钞》与陆善经注所引江东著述一览”）。这一信息也许有助于我们了解《文选集注》所录《钞》的作者的学术倾向②。

---

①　参见刘志伟《〈唐钞文选集注〉陆机诗注的价值》（《中国典籍与文化》2009年第2期）。

②　相关研究，参见：邱棨鐊《〈文选集注〉所引〈文选钞〉について》，《小尾博士退休记念中国文学论集》，第一学习社1976年版；森野繁夫·富永一登《〈文选集注〉所引〈钞〉について》，《日本中国学会报》第二十九集，1977年10月；长谷川滋成《〈文选钞〉の引书》，《日本中国学会报》第三十二集，1980年10月。

**表一 《钞》与陆善经注所引六朝江东著述**

A 《毛诗草木虫鱼疏》(吴陆玑)(按:计2条,皆为《钞》引)

一) 3.4 卷九三"《钞》曰:《毛诗草木疏》曰:莱,藜也。其茎叶皆似鲁王蒭。今兖州人蒸以为茹,谓之莱蒸。"

二) 3.30 卷九三"《钞》曰:《毛诗虫鱼疏》曰:蟋蟀似蝗而小,正黑,有光泽如桼。有角翅。幽州人谓之趣织,督促之言也。方言以为蜻蛚,楚谓之蟋蟀,或谓之蛬,南楚之风谓之王孙也。《毛诗虫鱼疏》云:渠略似甲虫,有角,大如指,长三四寸,甲下有翅,能飞,夏月阴时地中出。揵为舍人注《尔雅》,以为南阳以东曰蜉蝣,梁宋曰渠略。"(按:此段与李善注所引部分重合。又据《四库全书总目》卷一五《经部诗类一》"毛诗草木鸟兽虫鱼疏二卷"条,陆玑此书引用了汉揵为文学樊光《尔雅注》,由此可以推测,《文选钞》所引"揵为舍人注《尔雅》"的这段文字,亦出自《毛诗虫鱼疏》)

B 《吴地记》(作者待考)

一) 1.83 卷九"《钞》曰:……《吴地记》云:太伯所都,在今苏州吴县,后为越所灭。越考烈王封黄歇为春申君,治吴。吴王濞都广陵,至孙权初都武昌,后都建业。在古丹阳之地,今之江宁是也。"

C 《宋书》(沈约)(按:《钞》4条,陆善经注4条)

一) 1.523—524 卷五九"《钞》曰:沈约《宋书》:王微,琅琊沂人。好学博览,能属文,善书画,解音律,举秀才、衡阳王义季右军行参军,并不就。起家司徒祭酒,累迁始兴王友。父孺卒,去官。服阕,累除不就,因纵容门庭。弟僧谦遇疾亡,微以书告灵,言甚哀。至后四旬而卒。宗(按:当为"宋")孝武即位,赠秘书监也。"(按:胡刻本李善注卷第三十,第1400—1401页亦引此书,但分量较少。)

二) 2.212 卷七一"陆善经曰:《宋书》:傅亮后迁至散骑常侍,开府仪同三司。初,亮与徐羡之等废荥阳王,立文帝。帝即位,追讨其罪,元嘉三年收付廷尉赐死也。"

三) 2.360 卷七九"《钞》曰:沈约《宋书》:分郢州为司州,与苍州接,谓交斜在于元魏之郊际也。"(按胡刻本李善注卷第四十,第1802页亦引此书,但仅"宋世分郢州为司州"一句)。

四) 2.739 卷九一"陆善经曰:《宋书》云:高祖武皇帝讳裕,定鼎□□登帝位。"

五) 2.741 卷九一"陆善经曰:《宋书》云:立皇子劭为太子。"

六) 3.755—756 卷一一三"《钞》曰:……《宋书》云:永初三年,索虏来寇滑城,司马阳瓒坚守不动。"(按:见《宋书》卷九五《索虏》。"阳给事诔一首"题下李善注亦引《宋书》这段文字,且更详细。)

七) 3.818 卷一一六"陆善经曰:《宋书》:袁淑字阳源。"

八) 3.837 卷一一六"《钞》曰:沈约《宋书》曰:太宗明皇帝讳彧,字休炳,文帝第十一子。”

D 《志林》(晋虞喜)(按:《钞》3 条,陆善经注 1 条,可见《钞》特别重视《志林》)

一) 1.212 卷九“(《钞》曰:)《志林》:南方鲂鱼,喙长八尺。秋最盛,人在船边者,鱼或出头食人。戈船侧而御之,因以名戈船也。”(按:《太平御览》卷九百三十八亦引此条,文字稍异:“南方有鳣鱼,喙长八尺。秋时最甚。人在舟边者,鱼或出头食人。故人持戈于船侧而御之”。)

二) 1.296 卷四八“陆善经曰:虞喜《志林》云:钱唐有山居江中,湖水触山回,故曰浙江。”(按:《太平御览》卷六十五亦引此条,文字稍异:“今钱塘江口折山,正居江中,潮水投山下,折而曲。一云江有反涛,水势折归,故曰浙江。《史记》云‘江水至会稽山阴为浙江’是也。”

三) 2.589 卷八八“钞曰:虞喜《志林》:‘齐,侧皆反。凡师出必齐戒,入庙受斧,故曰齐斧也’”。(按:胡刻本李善注卷四十四、《太平御览》卷七百六十亦引此条。)

四) 2.714 卷八八“钞曰:……察按:虞喜《志林·匡韦》云:《汉书》别本“上减五,五者,谓汉隆盛,欲减五帝之一,以汉盈之。”(按:《史记·司马相如传》索隐亦引此条,文字小异:“相如欲减五帝之一,以汉盈之,然以汉为五帝之数,自然是登于三王之上也。今本减或作咸”)

E 《南越志》(宋沈怀远)(按:《钞》1 条)

一) 1.143 卷九“(《钞》曰:)《南越志》云:翔凤山多相思树。”

F 谢承《后汉书》(按:《钞》1 条,陆善经注 1 条)

一) 1.203 卷九:(钞曰:)谢承《后汉书》:吴郡本不献升越。陆闳美容仪,常衣越布单衣。明帝好之,因敕郡献越布,由此始。

二) 3.801 卷一一六“陆善经曰:谢承《汉后书》:种府君名拂,种皓之子。种与仲同。”

H 《风土记》(周处)(按:计 3 条,皆出《钞》,可见《钞》特别重视《风土记》。其中第 3 条实出自张勃《吴录》,《钞》误引)

一) 1.110 卷九“钞曰:《风土记》云:东海有大鲸,穴处海底,一日一夜二时出食,故一日一夜二时潮来。”

二) 1.486 卷五九“钞曰:《风土记》曰:七月七日,俗至是日其夜,洒扫于庭中,施几筵,设酒脯及时果,散香粉于筵上,楚香,祈请于河鼓织女二星,神当会。守夜者咸怀私愿,见天汉中有奕奕正白气,瀇然有五色,以此为征验。见者拜,乞愿富寿子孙贵位,唯得乞一,不得兼求。见者三年乃得之,或云颇有受其祚者也。”

三) 2.527 卷八五“(钞曰)周处《风土记》云:太湖周五百里,故言五湖。”

J　陆机集

一）1.580 卷五九“钞曰：陆机诗云：市朝年迁易。”（按：胡刻本《文选》卷二十八陆机《门有车马客行》“市朝互迁易”）

M　会稽典录（虞预）

一）卷八八　2.638”钞曰：《会稽典录》曰：盛宪字孝章，器量雅伟。举孝廉，补尚书郎，迁吴郡太守，以疾去官。孙策平定吴会，诛其英豪。宪素有名，策深忌之。初，宪与少府孔融善，融忧不免祸，乃与曹公书，曹公由是征为骑都尉。诏命未至，果为权所害也。）（按：李善同注亦引《会稽典录》“宪字孝章也”。又钞此注同于卷四十一《论盛孝章书》李善注）

O　杂说（沈约）

一）卷六二 1.773 钞曰：《杂说》云：“询性好山水而涉是游，时人谓许掾非止有胜情，亦有济世之志。”

二）卷六二 1.783 钞曰：《杂说》云：“谢灵运谓仲文曰：若读书半袁豹，则文史不减班固。”

**表二　陆善经注引书一览表**

1. 陆善经注所引经部及其他儒家著作一览表

| 类别[1] | 序号 | 书名 | 页码[2] | 频次 |
|---|---|---|---|---|
| 易 | 1 | 易 | 1.312/3.48/3.292 | 3 |
| 诗 | 2 | 诗 | 1.40/1.64/1.401/1.695/2.21/2.127/2.335/2.446/2.755/2.818/2.843/3.340/3.396 | 13 |
| | 3 | 诗序 | 1.695 | 1 |
| | 4 | 毛传 | 3.462/3.475 | 2 |
| | 5 | 韩诗 | 1.61 | 1 |
| | 6 | 韩诗外传 | 1.398/3.25 | 2 |

① 分类主要依据《隋书·经籍志》，《隋书·经籍志》未收者，笔者权且据《文选集注》所引内容判断其类别。

② 据《唐钞文选集注汇存》（上海古籍出版社 2011 年版）。

续表

| 类别 | 序号 | 书名 | 页码 | 频次 |
|---|---|---|---|---|
| 书 | 7 | 书 | 1. 12/1. 141/1. 692/2. 231/2. 675/3. 4/3. 122/3. 487/3. 489 | 9 |
| | 8 | 书注 | 3. 4 | 1 |
| | 9 | 尚书大传 | 2. 787 | 1 |
| 礼 | 10 | 周官(周礼) | 1. 4/1. 199/1. 587/2. 188/2. 400/2. 478/2. 821/2. 851/3. 3 | 9 |
| | 11 | 周官注 | 3. 769 | 1 |
| | 12 | 礼记 | 1. 42/1. 804/2. 102/2. 110/2. 339/2. 702/2. 744/2. 754<br>2. 761/2. 813/3. 69/3. 484/3. 605 | 13 |
| | 13 | 礼注(郑玄) | 2. 597/2. 761 | 2 |
| 春秋 | 14 | 左传 | 1. 422/1. 677/1. 846/1. 847/1. 877/2. 31/2. 400/2. 455<br>2. 484/3. 236 | 10 |
| | 15 | 左传注 | 2. 535 | 1 |
| | 16 | 公羊传 | 2. 650 | 1 |
| | 17 | 国语 | 1. 599/2. 213/3. 545 | 3 |
| 论语及五经总义 | 18 | 论语 | 2. 675 | 1 |
| | 19 | 尔雅 | 2. 764 | 1 |
| 谶纬 | 20 | 乐汁图征 | 2. 453 | 1 |
| 小学 | 21 | 苍颉篇 | 3. 587 | 1 |
| | 22 | 字林 | 1. 133 | 1 |
| | 23 | 字书 | 3. 705 | 1 |

续表

| 类别 | 序号 | 书名 | 页码 | 频次 |
| --- | --- | --- | --- | --- |
| 子部儒家类 | 24 | 子思子 | 3.420 | 1 |
| | 25 | 孟子 | 2.466 | 1 |
| | 26 | 盐铁论 | 2.814 | 1 |
| | 27 | 说苑 | 1.398 | 1 |
| | 28 | 新论 | 1.510 | 1 |
| | 29 | 志林 | 1.296 | 1 |
| 别集中关乎儒学的篇章 | 30 | 尚书箴（扬雄） | 1.334 | 1 |

2. 陆善经注所引史部著作一览表

| 类别 | 序号 | 书名 | 页码 | 频次 |
| --- | --- | --- | --- | --- |
| 正史 | 1 | 史记 | 1.449/1.620/1.626/1.651/1.695/2.32/2.67/2.188/2.676/3.83/3.90/3.99/3.160/3.185/3.460/3.469/3.470/3.530 3.809 | 19 |
| | 2 | 汉书 | 1.397/1.404/1.409/1.494/2.224/2.238/2.247/3.627/3.650 | 9 |
| | 3 | 后汉书 | 3.784/3.787/3.793 | 3 |
| | 4 | 汉后书（谢承） | 3.801 | 1 |
| | 5 | 汉书注（如淳） | 2.745 | 1 |
| | 6 | 东观汉记 | 3.310/3.313/3.315/3.325 | 4 |

续表

| 类别 | 序号 | 书名 | 页码 | 频次 |
|---|---|---|---|---|
| | 7 | 魏志 | 1.252/1.694/2.608/2.627/2.628/2.631 | 6 |
| | 8 | 吴志 | 2.517 | 1 |
| | 9 | 晋书 | 1.255/1.326/1.714/1.719/1.724/3.63<br>1.753/3.424/3.439/3.443/3.494/3.501/<br>3.510/3.511/3.520/3.674/3.698/3.849 | 18 |
| | 10 | 晋书<br>(臧荣绪) | 1.13 | 1 |
| | 11 | 宋书 | 2.212/2.741 | 2 |
| 史部古史类 | 12 | 晋纪 | 3.513 | 1 |
| | 13 | 晋阳秋 | 3.506 | 1 |
| | 14 | 梁典 | 2.197(2)/2.198/2.201/2.202/<br>2.358/2.359/2.375 | 8 |
| 史部杂史类 | 15 | 周书 | 2.192/2.767/2.785/2.822 | 4 |
| | 16 | 越绝<br>(越绝书)① | 1.175/1.179/3.580 | 3 |
| | 17 | 世语② | 3.291 | 1 |
| | 18 | 典略 | 2.432/ | 1 |
| 史部旧事类 | 19 | 汉武故事 | 3.553 | 1 |
| 史部职官类 | 20 | 汉官仪 | 2.821 | 1 |

① 《隋书·经籍志》史部杂史类有"《越绝记》十六卷,子贡撰。"《隋书经籍志考证》卷十三史部三:"《唐书·经籍志》:《越绝书》十六卷,子贡撰。《唐书·艺文志》:子贡《越绝书》十六卷。"

② 《隋书经籍志考证》卷十三史部三:"钱大昕《三国志考异》曰:裴松之注所引书有郭颁《世语》。颁,一作班,晋襄阳令。《隋志》称《魏晋世语》。"

续表

| 类别 | 序号 | 书名 | 页码 | 频次 |
| --- | --- | --- | --- | --- |
| 史部杂传类 | 21 | 三辅决录注(挚虞) | 1.534 | 1 |
| | 22 | 竹林传 | 3.65 | 1 |
| 史部地理类 | 23 | 山海经 | 1.110 | 1 |
| | 24 | 十州记 | 1.754 | 1 |
| | 25 | 神异经 | 1.132 | 1 |
| | 26 | 南裔志① | 1.22 | 1 |
| | 27 | 衡山记 | 1.701 | 1 |
| | 28 | 广州记(顾薇)② | 1.155 | 1 |
| | 29 | 广州记(裴渊)③ | 1.293 | 1 |
| | 30 | 洛阳记 | 1.329 | 1 |
| | 31 | 十三州记 | 3.749 | 1 |
| | 32 | 括地志④ | 3.769 | 1 |
| | 33 | 齐州郡志 | 2.202 | 1 |

① 《隋书·经籍志》未收。《明文海》卷二百二十序十一载郭棐《粤大记自叙》云:"汉杨孚撰《南裔志》",未知何据。

② 《隋书·经籍志》未收。《隋经籍志考证》卷六:"广州记,卷亡,顾微撰。不著录。《艺文类聚·山部》'白水山、牛鼻山、夫卢山、金冈山、参里山、郁林郡太山',《白帖》同多引顾微广州记。"

③ 《隋经籍志考证》卷六:"《广州记》,卷亡,裴渊撰。不著录。"《水经注》"泿水"条、《文选》"陆士衡《赠顾交趾诗》"注、《史记·张耳传》"索隐"、《史记·南越尉佗列传》颜师古注、《汉书·地理志》、《汉书·张耳传》颜师古注、《北堂书钞》卷一百三十六仪饰部七、《艺文类聚》卷六地部州部郡部等、《初学记》卷二十三道释部、《太平御览》卷四十一地部六等并引裴渊(或曰裴氏)《广州记》。

④ 《隋经籍志考证》卷六:"《括地志》,唐魏王泰所撰,《史记正义》引之最多。"

续表

| 类别 | 序号 | 书名 | 页码 | 频次 |
|---|---|---|---|---|
| 史部谱系类 | 34 | 百家谱（王僧孺） | 3.809/3.810 | 2 |

3. 陆善经注所引其他著作一览表

| 类别 | 序号 | 书名 | 页码 | 频次 |
|---|---|---|---|---|
| 子部道家类 | 1 | 庄子 | 1.93/1.765/1.823 | 3 |
| 子部法家类 | 2 | 韩子 | 3.4 | 1 |
| 子部杂家类 | 3 | 淮南子 | 1.679/2.127 | 2 |
| | 4 | 论衡 | 2.815 | 1 |
| | 5 | 风俗通 | 2.466 | 1 |
| | 6 | 抱朴子 | 1.162 | 1 |
| | 7 | 古今注 | 1.335/2.813 | 2 |
| | 8 | 玉烛宝典 | 2.836 | 1 |
| 子部农家类 | 9 | 四民月令（崔寔） | 2.243 | 1 |
| 子部小说家类 | 10 | 燕丹子 | 1.450 | 1 |
| | 11 | 语林 | 1.679 | 1 |
| 子部兵家类 | 12 | 三略 | 3.497 | 1 |
| 子部历数类 | 13 | 九章粟米法 | 2.100 | 1 |

续表

| 类别 | 序号 | 书名 | 页码 | 频次 |
| --- | --- | --- | --- | --- |
| 集部 | 14 | 张纮集 | 2.644 | 1 |
| | 15 | 士衡集 | 1.348 | 1 |
| | 16 | 陆机集 | 1.425 | 1 |
| | 17 | 刘琨集 | 1.453 | 1 |
| | 18 | 陶渊明集 | 1.481 | 1 |
| | 19 | 鲍照集 | 1.663 | 1 |

（本文为南京大学 2011 年“《文选》与中国文学传统国际学术研讨会”论文）

# 附录四　符瑞文学与刘宋文风

刘宋元嘉中期以后，颜延之、谢庄等人创作了一批以符命祥瑞为题材的作品，其中不乏传世之作，如颜延之《白鹦鹉赋》、《赭白马赋》，谢庄《赤鹦鹉赋》、《舞马赋》，鲍照《河清颂》等，本文姑称之为“符瑞文学”。颜、谢等人在祥瑞文学方面的创作成就，不仅推动了使事用典之风的盛行，而且使得咏物文学的审美风格由庸常、卑微转向超拔、神秘。在刘宋符瑞文学兴盛的背后，有着怎样的社会政治和文化背景？在祥瑞这一并不新鲜的领域，刘宋文人是如何推陈出新的？本文试图对上述问题略加探讨。

## 一、重视符瑞的社会风尚及其政治背景

祥瑞符命被认为是帝王盛德伟业和受命于天的标志。汉武帝以来，特别是西汉哀平之后，祥瑞符命曾随着谶纬的泛滥而盛行，其后历代帝王无不对此深感兴趣。迄于刘宋，重视符瑞的风气又盛行一时。据《宋书·符瑞志》，晋世150多年间，仅有祥瑞238起，刘宋共历60载，竟得符瑞453件。其后的南齐20年间，也只出现祥瑞133件(《南齐书·祥瑞志》)。与两晋、南齐相比，刘宋祥瑞不仅数量众多，而且奏献符瑞的多为姓名斑斑可考的中央和地方官吏，其他时代的奏献主体则往往不甚明了。

比祥瑞的件数更能说明问题的是，随着重视符瑞之风的盛行，天人感应、阴阳五行等旧观念开始复苏。孝建初年，周朗批评大讲鬼神的社

会风气道:“凡鬼道惑众,妖巫破俗,触木而言怪者不可数,寓采而称神者非可算。”(《宋书·周朗传》)其时术数之学颇为士人所好。如孔熙先自述其对术数的兴趣曰:“自惟性爱群书,心解数术,智之所周,力之所至,莫不穷览,究其幽微,考论既往,诚多审验。”(《宋书·范晔传》)颜延之也笃信数相之学:“夫数相者,必有之征,既闻之术人,又验之吾身,理可得而论也。”(《宋书》本传)又琅琊王微“兼解音律、医方、阴阳术数”。数术之学本为小道贱业,《晋书·艺术传》中的术士多出于社会下层,其时士人郭璞好为卜筮,“缙绅多笑之”(《晋书·郭璞传》)。刘宋士人对术数的好尚,与他们的热衷于奏献祥瑞之间,无疑有着共同的学术思想背景。这一学术思想倾向还反映在国家学术机构的设立上。宋明帝泰始六年(470),立总明观,置东观祭酒,分儒、道、文、史、阴阳五部学(《南史·宋本纪》)。阴阳学的设置,正反映了当时的符瑞观念、天文数术之学复兴的趋势。

祥瑞符命观念的弥漫一时,从学术思想史的内部原因来看,与当时佛教因果报应说的传播有关。宣扬佛教的士人往往援用祥瑞说为论据。如宗炳阐释佛教“神明”的存在曰:“若都无神明,唯人而已,则谁命玄鸟,降而生商?孰遗巨迹,感而生弃哉?汉、魏、晋、宋,咸有瑞命。知视听之表,神道炳焉。”(《明佛论》,《弘明集校笺》卷二,第135—136页)颜延之好用“气数”、“类感”来申明报应说:“报施首称气数者,以为物无妄然,各以类感。感类之中,人心为大。”(《重释何衡阳达性论》,《弘明集校笺》卷四,第206页)

刘宋祥瑞符命盛行的外部原因,可以从帝王加强中央集权的需要、士人在政治斗争中的自危心理以及刘宋礼乐制度的特点等方面加以考察。

1. 帝王与宗室、士族的尖锐矛盾

凭借武功取得天下的刘宋帝王,鉴于东晋高门与皇族共掌政权的教训,大力加强中央集权,对高门士族采取了表面上拉拢、实质上戒备的政策,帝王与宗室的政权斗争更是异常尖锐。少帝景平年间,徐羡之、傅亮、谢晦等大臣因少帝无德而行弑，其后奉迎刘义隆继承帝位。宋文帝即位不久，便尽诛徐羡之等人。这一举措表明了宋文帝压制士族、强化皇权的政治倾向，并在士人心中投下了深重的阴影。其后王弘与彭城王刘义康共辅朝政，为避免重蹈徐羡之等人的覆辙，王弘事事谦抑退让。宋文帝既不信任素族，遂不得不倚重宗室，刘义康于是权倾天下，导致主相之间的嫌隙开始形成并逐渐显著，元嘉十七年(440)主相之争以宋文帝诛刘湛、刘义康出镇豫章收局，从此，刘宋帝王和宗族之间的信任感又遭到了强烈冲击。宋文以后的帝王更为专横，孝武帝即位不久便诛害功臣和文帝诸子。他不仅竭力削弱诸侯力量，而且严格控制大臣的权力，如大明二年(458)他令吏部尚书由两人分掌。宋明帝上台后灭绝孝武诸子，晚年又将屠刀举向兄弟和近臣。清人赵翼《廿二史札记》卷十一总结了“宋子孙屠戮之惨”，又据罗振玉《补宋书宗室世系表》统计，刘宋皇族不得善终者占总数的70%。政权斗争越是激烈，帝王就越是需要借助祥瑞符命来巩固自身的统治。

2. 宗室和士族的自危心理

元嘉刘义康之难后，宋武帝诸子人人自危。江夏王义恭“既小心恭慎，且戒义康之失，虽为总录，奉行文书而已，故太祖安之。”(《宋书》本传)衡阳王义季以饮酒自晦，临川王义庆年少时擅长骑马，成年后“以世路艰难，不复跨马”。主相之争还殃及了许多素族士人，史称其时“朝廷多以异同受祸”(《宋书·顾觊之传》)。如琅琊王履依附刘湛，事发后赖叔父王球之庇护，才免于一死。又如，颜延之因得罪刘湛，被出为永嘉太守，后又遭到罢免。大明以后帝王更加残暴，士人普遍感到祸福无常，定命思想因此盛行一时，如吴郡顾觊之曾令弟子顾愿作《定命论》，试图对祸福与善恶相悖的现象予以诠释。这正是士人自危心理的折射。

帝王对巩固统治地位的需要和臣民的自危心态的两相凑泊之下，由大臣奏献的祥瑞便接踵而至。刘宋最热衷于奏献祥瑞者，莫过于宗室。如刘义恭、义庆、义季三人分别进奉祥瑞八次、四次、三次(《宋书·符瑞志》)，这与其时帝王和宗室之间矛盾的尤为尖锐恰相关合。此外，元嘉年间计出现祥瑞248件,其中元嘉十七年以前仅61件,而此后十三年间奏报的祥瑞竟达前十七年的三倍之多。这其中夹杂着承平日久带来盛世表象的因素,但更主要的原因,仍在于义康之难后士人的自危心态。孝建以后政局越发动荡,有关符瑞的奏报更是如雪片般纷至。史书对其时奏献符瑞和赋颂的心态作了如下揭示:"时世祖严暴,(刘)义恭虑不见容,乃卑辞曲意……每有符瑞,辄献上赋颂,陈咏美德。"(《宋书·江夏王义恭传》)产生符瑞的政治背景恰恰是暴政而非盛世。

## 二、溢美帝王功德的礼乐活动

### 1. 刘宋前期对巡狩、封禅的热衷

刘宋对于前代的礼乐制度是有沿有革的(参见附表《刘宋与晋代礼乐异同表》)。由《宋书·礼乐志》可知,孝武以前,刘宋礼乐基本上沿袭两晋的旧规,如元嘉六年(429)的读秋令仪、元嘉二十三年(446)海盐公主所生母丧礼等。《宋书·礼志一》揭示这一现象曰:"宋有天下,多仍旧仪。"其时的礼事与两晋的主要区别是:宋武、文二帝都对巡狩礼极为关注。晋代仅泰始四年(468)曾令大使周行天下,帝王从未亲自出巡,《宋书·礼志二》谓为"终晋世,巡狩废矣"。宋礼则不然,宋武帝永初元年,便令大使分行四方,举善旌贤,问其疾苦。宋文帝于元嘉四年(427)和二十六年(449),先后两次东巡。宋文帝还曾打算举行封禅,他曾"遣使履行泰山旧道,诏学士山谦之草封禅仪注。"(《宋书·礼志三》)后因北魏入侵,才不得已打消了此念。

对东晋礼仪制度的因袭,表明宋武、文二帝并不比儒学式微时期的东晋帝王更重视儒家文化,他们对巡狩、封禅等礼仪的兴趣,蕴含着通过宣扬受命于天以巩固皇权的意图。《史记·封禅书》曰:"自古受命帝王,曷尝不封禅?盖有无其应而用事者矣,未有睹符瑞见而不臻乎泰山者也。"封禅是昭示帝王受命和应答祥瑞符命的活动。魏明帝时蒋济曰:"夫帝王大礼,巡狩为先,昭祖扬祢,封禅为首。是以自古革命受符,未有不蹈梁父、登泰山,刊无竟之名,纪天人之际者也。"(《宋书·礼志三》)可

见巡狩与封禅都象征着帝王的受命于天。

从巡狩礼的历史来看，《宋书·礼志二》云："古者天子巡狩之礼，布在方策。至秦、汉巡幸，或以厌望气之祥，或以希神仙之应，烦扰之役，多非旧典。唯后汉诸帝，颇有古礼焉。"则秦汉帝王的巡狩，是出于巩固统治和希求神仙的目的。但在表面上，汉武帝巡行天下，仍以存恤百姓、"祈丰年"(《汉书·武帝纪》)为借口。与此相类似，宋文帝的两次东巡，在"享父老旧勋于丹徒行宫、加赐衣裳各有差"等表面文章的背后，也很难说没有借此树威于天下的意图。《宋书·何尚之传》云："(元嘉)二十三年……造玄武湖，上欲于湖中立方丈、蓬莱、瀛州三神山，(何)尚之固谏乃止。"由此不难窥见宋文帝对汉武风流的歆羡之情。

汉武帝时，礼乐制度并未真正建立，而巡行、郊祀、符瑞、封禅等活动却极为兴盛。宋武、文帝的礼乐思想，在实质上与汉武制度遥相呼应。他们对天文符瑞的热衷，与其对巡狩、封禅等礼制的关注，都是出于自矜其受命于天和夸耀其功德卓著的意图，而与儒家礼乐精神相去甚远。

2. 孝武以后对礼制的改革与僭越

宋孝武帝、明帝两代，不但与宋文一样重视巡狩，而且大力改革礼制。如大明元年(457)太宰鄱阳哀王三月末祥、大明五年(461)建明堂、泰始四年(468)改东宫车服仪、泰始五年(469)改太子昏礼等，都进一步改革了前代礼制。

改革礼乐和重视符瑞有着共同的政治心理背景：希望藉此昭示帝王的受命于天。大明五年，孝武下诏陈述建立明堂的原因是："太祖文皇帝……动协天度，下沿地德，故精纬上灵，动殖下瑞，诸侯轨道，河滩海夷。"他认为建立明堂是帝王受命于天、政治盛明的必然结果。大明七、八年，东部各郡大旱，《宋书》史臣评论曰："先是江左以来，制度多阙，孝武帝立明堂，造五辂。是时大发徒众，南巡校猎，盛自矜大，故致旱灾。"(《宋书·五行志二》)此说揭示了孝武南巡校猎和兴造礼乐背后的好大喜功的实质。

孝武以后的礼制改革每每背离儒家礼乐精神。如孝建元年,国子助教苏玮生议平叛后的告郊礼云:"或当以《礼记》唯云'归假祖祢'……夫礼记残缺之书,本无备体,折简败字,多所阙略。正应推例求意,不可动必徵文。"(《宋书·礼志三》)苏玮生不必遵从礼典的说法,竟然为朝廷所认可。泰始二年(466),宋明帝平定四方叛乱后,打算于十一月郊谒上帝,这就违背了正月郊祀的礼制,徐爰却论证其合理性曰:"伏惟泰始应符,神武英断……有非常之庆,必有非常之典,不得拘以常祀,限以正月上辛。"大明以后对礼乐之表面上的复兴和实质上的僭越,与祥瑞符命的兴盛同出于帝王自夸其盛德的政治心理。

### 三、符瑞文学创作的兴盛

1. 刘宋帝王和宗室对符瑞文学创作的提倡

刘宋重视祥瑞符应的社会风气,极大地推动了祥瑞文学的创作。其时帝王和宗室都赏好文学,其具体表现是帝王身边的文学侍从群体和以宗室为中心的文人群体的形成。如宋文帝赏好文学,身边的著名文人有颜延之、袁淑、何承天、沈演之等;孝武帝擅长文学创作,他的周围簇拥着谢庄、鲍照等文学侍从。宗室则有江夏王义恭涉猎文义,作有《嘉禾甘露颂》、《白马赋》等篇;又如临川王义庆好尚诗文,他的麾下聚集了袁淑、陆展、何长瑜、鲍照等一批堪称一流的文士。文帝子始兴王濬,自幼喜好吟咏,常与建平王宏、王僧绰、蔡兴宗等人诗文往还。从某种意义上说,刘宋的帝王和宗室正是当时的文学领袖,他们的文学观念和趣味直接影响着文学发展的方向。如前所述,刘宋最热衷于奏告祥应美瑞的是帝王和宗室,文学与政治的这一密切关系,无疑对瑞应文学创作产生了巨大影响。

首先值得注意的是以祥瑞为题材的同题共作活动,其中较主要的有:

(1) 元嘉十八年(441),宋武帝乘舆赭白马死[①],文帝"乃诏陪侍,奉述中旨",颜延之作《赭白马赋》,刘义恭《白马赋》也当作于此时[②]。

(2) 元嘉二十二年(445),南平王铄献赤鹦鹉[③],宋文帝"普诏群臣为赋",袁淑、谢庄均有作。谢氏《赤鹦鹉赋》有残篇(《艺文类聚》九十一)。

(3) 元嘉二十四年(447)二月,河、济俱清(《宋书·符瑞志下》),鲍照作《河清颂》,序云:"圣上天飞践极,迄兹二十有四载……由是言之,斯(指奏献赋颂——笔者注)乃臣子旧职,国家通义,不可辍也,臣虽不敏,敢不勉乎?"从语意看,似为鲍照主动献颂。又张畅亦于同时作《河清颂》[④]。

(4) 元嘉二十四年七月,嘉禾生于华林园及景阳山,刘义恭作《嘉禾甘露颂》,沈演之奏《嘉禾颂》(《宋书·符瑞志下》)。

(5) 元嘉二十四年十月,扬州刺史始兴王濬献白鹦鹉(《宋书·符瑞志下》,颜延之等人作《白鹦鹉赋》[⑤]。

(6) 大明元年(457)五月,紫气从景阳楼上出,孝武帝作《庆云赞》[⑥],必有和作,惜不存。

(7) 大明初年,河南献舞马,[⑦]诏群臣为赋(《宋书·谢庄传》),谢庄

---

① 《文选》李善注作宋文帝十七年,似误。颜延之《赭白马赋序》作"惟宋二十有二载",当为元嘉十八年。

② 刘义恭《白马赋》曰:"惟皇有造,曰灵有秘……九荒敛衽而纳贽,众车垂德以服箱",又曰:"伊赭白之为俊,超绝世而称骥",似与颜氏《赭白马赋》所咏对象相同。

③ 《宋书·谢庄传》叙此事于元嘉二十九年(452)后,《宋书·符瑞志下》作二十二年。未知孰是。

④ 《宋书·符瑞志下》载孝建三年、大明五年又闻河清之事,但据《宋书·张畅传》,张畅孝建二年已卒,故其《河清颂》当作于元嘉二十四年。

⑤ 《宋书·符瑞志》中献白鹦鹉事仅此一见,又颜延之《白鹦鹉赋序》曰:"同事多士,咸奇思赋",可知作者不止一人。

⑥ 检《宋书·符瑞志》,孝武之前未见有庆云事,孝武时仅此一见,则《庆云赞》当作于此时。

⑦ 《宋书·谢庄传》序此事于谢庄与顾觊之共任吏部尚书后,大明五年前。又据《宋书·顾觊之传》,顾氏于大明二年任选职,则此事在大明二年(458)至五年(461)之间。

《舞马赋》收入《宋书》本传。

(8) 大明五年(461)正月,花雪降殿庭。谢庄奏于上,上以为瑞,于是公卿并作花雪诗,(《宋书·符瑞志下》)谢庄今存《和元日雪花应诏诗》、《瑞雪咏》。

此外,士人单独奏献符瑞的现象也不少见。如元嘉十八年(441)秋七月,天有黄光,何承天认为这是象征太平之祥的荣光,上表称庆(《宋书·五行志五》);八月,何承天奏上《白鸠颂》,元嘉二十四年白鸠又见,沈演之上《白鸠颂》。

2. 符瑞文学创作在刘宋文坛的地位

从现存文献看,刘宋符瑞文学的数量并不是很多,但当时的一流文人,如颜延之、鲍照、谢庄、袁淑等人都将很大精力投入祥瑞文学的创作,如颜延之作有赋二(《赭白马赋》、《白鹦鹉赋》)状一(《天马状》)颂一(《碧芙蓉颂》),谢庄作有赋二(《赤鹦鹉赋》、《舞马赋》)、诗二(《和元日雪花应诏诗》、《瑞雪咏》)。更重要的是,在祥瑞这一陈旧题材中,竟产生了若干名篇,颜氏《赭白马赋》被收入《文选》,鲍照《河清颂》载于《宋书·临川王道规传》,谢庄《赤鹦鹉赋》虽是残篇,但其中不乏可圈可点的文字。谢庄《舞马赋》亦被《宋书》本传全文收录。一个耐人寻味的现象是,对于谢庄的赋作,《文选》收其《月赋》,但《宋书》本传却重其《舞马赋》等祥瑞赋,本传还记载袁淑因读谢庄《赤鹦鹉赋》而感叹曰:"江东无我,卿当独秀。我若无卿,亦一时之杰也。"这一记载透露了刘宋文坛重视符瑞文学创作的消息。

刘宋著名文士在祥瑞文学创作上的成就,远远超过两晋士人。两晋祥瑞文学并未完全沉寂,尤其是西晋平吴之后,曾产生过一批歌咏天下一统、祥瑞毕至的文章,东晋颂赞祥瑞的篇章也不少见,《隋书·经籍志》记有"《木连理颂》二卷,太元十九年群臣上,亡",可知至少在太元十九年(394)有过一次大规模的、以木连理为题材的同题共作活动。但两晋的张华、潘岳、陆机、孙绰等著名文人中,创作祥瑞文学者寥寥无几,名篇佳作则告阙如。其原因在于,祥瑞符应作为一种文化传统在两晋虽然存在，但其时的社会政治和学术思想状况有别于刘宋，是故祥瑞观念远不及刘宋这般深入人心，并且未能与文学产生紧密联系，祥瑞文学也就难以成为当时文坛的主要创作课题。

## 四、符瑞文学创作对刘宋文风的影响

1. 使事用典之风的盛行

在赋颂乃至诗歌中使事用典，是刘宋文风的一个重要倾向。这与符瑞文学的创作有着密切关系。

歌颂帝王的盛德，是符瑞文学的题中应有之义。同时，刘宋士人的奏献祥瑞和创作祥瑞赋颂，实质上是一种向帝王表白忠心以自保的方式，因此文人必然要在歌功颂德方面达到极致。使事用典是颂德的一种重要手法。钟嵘《诗品序》指出："若乃经国文符，应资博古；撰德驳奏，宜穷往烈。"表现对象和现实需要决定了典故的大量运用，这对任何风格的作家来说都不例外。如鲍照的文风以险俗为主，而他在《河清颂》中却化用了《论语》、《尚书》等多种典籍中的材料。随着祥瑞文学创作的兴盛，使事用典的文学手法也日益得到重视，文坛上便出现了"缉事比类，非对不发，博物可嘉，职成拘制"（《南齐书·文学传论》）的典重文风。

符瑞文学创作还促进了生僻典故的运用。祥瑞符命观念中包含的天人感应、阴阳五行思想，在纬书中有较多的反映。此外，与天人关系相关的神怪传说，也是创作祥瑞文学的重要资源。这是祥瑞文学的用典与一般颂德之作的区别。以颜延之《赭白马赋》为例，据《文选》李善注，该文引用了多种纬书，如《尚书中候》二次、《春秋命历序》、《论语撰考谶》、《春秋合诚图》、《春秋考异记》各一次；该文还采用了《山海经》、《列仙传》、《列子》等书中的故实。祥瑞文学对这类说神道怪的典故的使用，扩大了事典的材料来源，刺激文人竞相搜寻、采用生新奇僻的典故。

以符瑞为表现对象的创作不仅包括赋、颂、赞等体裁，还进入了诗歌领域。如谢庄的《和元日雪花应诏诗》等作亦与祥瑞有关，于是广征博引的手法，也越来越多地出现在诗歌中，钟嵘《诗品中序》批评其时的诗歌用典之风曰："颜延、谢庄，尤为繁密，于时化之。故大明、泰始中，文章殆同书抄。"祥瑞诗歌的写作，至少是用典繁富的诗风流行的原因之一①。

2. 咏物文学的审美风格的转变

符瑞文学创作对使事用典之风的影响，并不足以说明刘宋祥瑞文学创作的全部意义。比如，《赭白马赋》、《赤鹦鹉赋》等作品的过人之处，并不仅仅在于运用了几个出人意表的典故而已，它们在描摹物态方面取得的成就更值得注意。

符瑞文学的源头可以追溯到《汉郊祀歌》十九首，其中《天马》、《景星》、《齐房》、《朝陇首》、《象载瑜》都可以说是祥瑞诗。《天马》一首，传神地刻画了天马的雄姿："太一况，天马下，霑赤汗，沫流赭。志俶傥，精权奇，籋浮云，晻上驰。体容与，迣万里，今安匹，龙为友。"（《汉书》卷二十二）《天马歌》为颜延之《赭白马赋》提供了创作蓝本。（说详下）祥瑞文学的这一开端，却遭到了当时及其后人们的批评。其原因在于，依照儒家规范，郊祀歌应以祭祀上帝祖先和歌功颂德为内容，《天马歌》等表现神异之状，显然不合典雅的要求。如班固《汉书·礼乐志》认为"今汉郊庙诗歌，未有祖宗之事，八音调均，又不协于钟律"，班固不仅否定了汉郊祀歌，而且把郊祀歌开创的祥瑞文学手法也一并舍弃。其《两都赋》末尾附有《明堂》、《辟雍》、《灵台》、《宝鼎》、《白雉》五首诗，《白雉诗》云："启灵篇兮披瑞图，获白雉兮效素乌。发皓羽兮奋翘英，容絜朗兮于纯精。彰皇德兮侔周成，永延长兮膺天庆"（《后汉书》卷四十下《班固列传》）。一望而知，他是把白雉当作祥瑞来表现的，全篇以颂德为主，仅四、五两句涉及白雉本身且表现得极其抽象，看不出白雉作为鸟类的个性化的特点。对比《天马歌》和《白雉诗》，可以看出祥瑞文学有两种写法，一种着力刻

① 颜、谢等人的公宴诗和其他应诏诗，也写得典重富丽，是祥瑞诗之外的又一类歌功颂德之作。

划祥瑞之物的个性化特征(包括外形、神韵),极尽铺张扬厉之美,内容上淡化甚至背离儒家礼乐精神,另一种则通篇都是歌功颂德之词,风格严谨内敛,谨守儒家礼教。

如前所述,刘宋推崇祥瑞符命的政治背景,是帝王自炫其所谓盛德伟业。他们追慕的文化典范,正是秦皇汉武的恢宏壮阔的帝国文化,刘宋文化的实质是对儒家礼乐的疏离。因此,刘宋士人在祥瑞文学的创作中,既要通过用典极尽歌功颂德之能事,更要描绘出雄伟壮大的气魄,于是充分吸收秦汉的神异、弘丽的文学传统便显得十分必要。

这一点,首先在文学观念中得到了体现。他们在追溯文学发展史时,不仅极力推崇《汉郊祀歌》,甚至连秦刻石文也一并给予赞扬。颜延之《庭诰》云:

> 荀爽云:诗者古之歌章,然则雅颂之乐篇全矣。以是后之□诗者,率以歌为名。及秦勒望岱,汉郊祀宫,辞著前史者,文变之高制也。虽雅声未至,弘丽难追矣!(《御览》五百八十六)

颜延之虽然承认秦刻石文和汉郊祀歌不够典雅,但同时他又不惜运用“文变之高制”、“弘丽难追”等字句加以赞誉,表明他实际上已经摆脱了以是否合乎经典来衡量文学的传统,这在当时并非个别现象。《隋书·经籍志》载:“梁有《杂封禅文》八卷,《秦帝刻石文》一卷,宋会稽太守褚淡撰”,由此可以窥见当时文坛推重秦刻石文的风气。梁代刘勰从文学角度评价秦刻石文曰:“秦皇铭岱,文自李斯,法家辞气,体乏弘润;然疏而能壮,亦彼时之绝采也。”(《文心雕龙·封禅》)“疏而能壮”一说,指出了秦刻石文阔大刚健的美学风格。

如果将刘宋祥瑞文学置于咏物文学发展的历程中考察,便能更清楚地看出刘宋祥瑞文学的创作特点和成功的契机所在。以咏物赋为例,从东汉末年起,咏物小赋逐渐从汉大赋中分离出来,魏晋之际咏物、尤其是以鸟兽类为主的动物赋的数量激增,同时,对动物本身形象的描摹刻画渐趋具体细致，一改传统的借物起兴的方式。另一方面，在适性逍遥、无用之用等老庄哲学的影响下，平庸卑微的动物，取代了神鸟异兽，成为赋家笔下的新宠[①]。最具代表性的是张华的《鷦鷯赋》，此赋着意刻划了鷦鷯的“陋以远害”的卑微形象。迄于刘宋，祥瑞文学的现实功能要求文人刻划出与帝王的雄才大略相适应的、气势恢弘的祥瑞的形象，士人在创作中刻意弘扬了秦汉文学的敷张扬厉的风格，于是祥瑞文学中的动物形象便从庸常走向了超拔。如颜延之《赭白马赋》成功地描绘了赭白马的外形、神韵，活现出风驰电掣、一日千里的雄姿：

> 超摅绝夫尘辙，驱骛迅于灭没。简伟塞门，献状绛阙。旦刷幽燕，昼秣荆越……分驰迴场，角壮永埒……捷趫夫之敏手，促华鼓之繁节……膺门沫赭，汗沟走血。（《文选》卷十四）

“旦刷”两句，以刷马、喂马地点的转换，极写马之迅捷，文思新巧[②]。除了细节表现的成功，此赋出色地勾勒出赭白马“逸异”的整体风貌，其神韵与《天马歌》极其相近。从字句来看，该赋袭用《天马歌》的地方不多但颇有成效，如“膺门沫赭”两句，在视觉表现上颇具震撼力。

为了突出祥瑞作为天意的象征的特点，祥瑞文学中的动物形象还被赋予了神秘色彩。如祥瑞能够自由来去于仙境，如《赭白马赋》中有“觐王母于崐墟，要帝台于宣狱。跨中州之辙迹，穷神行之轨躅”等描写。

《鹦鹉赋》中动物形象的演变，可以使我们对咏物文学的这一变化有更清晰的认识。曹魏时祢衡所作的《鹦鹉赋》以称颂鹦鹉的不同寻常开篇：“惟西域之灵鸟兮，挺自然之奇姿。体金精之妙质兮，合火德之明辉”，但全文的主旨却是悲叹鹦鹉颠沛流离的命运，以寄托自己的身世之

① 参见许结《明心物与通人情——对魏晋动物赋的文化思考》，载《魏晋南北朝文学论集》，（南京：南京大学出版社，1997 年 9 月）。

② 参见钱钟书《管锥编》第四册，1305 页（北京：中华书局，1986 年 6 月第 2 版）。

慨。祢衡《鹦鹉赋》反映了鹦鹉从灵鸟向弱者转变的过渡阶段。晋代傅咸《鹦鹉赋》叹其“以慧而入笼”,与祢衡赋旨趣相近。成公绥同题赋序曰:“鹦鹉,小鸟也。以其能言解意,故为人所爱玩。育之以金笼,升之以堂殿,可谓珍之矣。然未得鸟之性也。”(《全晋文》卷五十九)在此,曾有“灵鸟”之誉的鹦鹉,已被定位为“小鸟”。由魏及晋,士人笔下的鹦鹉越来越走向平凡卑微。刘宋时期,作为祥瑞的鹦鹉得到了士人的反复咏叹,至少颜延之写过《白鹦鹉赋》、谢庄作有《赤鹦鹉赋》。颜氏的赋序云:“余具职崇贤,预观神秘。有白鹦鹉焉,被素履玄,性温言达,九译绝区,作瑞天府。”(《艺文类聚》九十一)“作瑞天府”的鹦鹉被视为不同寻常的“神秘”。谢庄《赤鹦鹉赋应诏》对鹦鹉的神秘超拔表现得更为淋漓尽致:

> 及其云移霞峙,霰委雪翻。陆离翬渐,容裔鸿轩。跃林飞岫,焕若轻电溢烟门。集场棲圃,晔若天桃被玉园。

西晋时,张华《鹪鹩赋》既出,傅咸曾撰《仪凤赋》以反对张华咏叹卑微物事的文风,但他所塑造的仪凤“翔寥廓以轻举兮,凌清霄而绝形……感圣化而来仪兮,赞箫韶于九成”(《初学记》三十)的超拔形象,却被好尚微物的时代潮流淹没了。从某种意义上来说,直至追求宏壮、神秘风格的祥瑞文学出现,傅咸等人的审美趣味总算得到了回应。

符瑞被赋予的刚健、神秘等审美风格,显然与符瑞歌功颂德的现实功能十分协调。值得注意的是,作为祥瑞的鸟兽被赋予的人格实际上是双重的,一方面它是上天派遣的神物,另一方面它又服务于帝王,于是又成为写作祥瑞文学的士人自身的象征。为了强调向帝王表白忠心的意图,士人往往又刻划出祥瑞恭顺的一面。如《赭白马赋序》为赭白马定下了柔顺的性格基调:“妙简帝心,用锡圣皁。服御顺志,驰骋合度”,然而赋文却着力刻划了一个叱咤风云的形象。为调和二者的冲突,作者不得不在正文中穿插一些表现马的温顺的句子,如“弭雄姿以奉引,婉柔心而待御”等等,末尾则曲终奏雅,总结出马的“既刚且淑”的二重性格。又如,颜延之《白鹦鹉赋》不忘描写鹦鹉之"性温言达"、"性既春而示温",谢庄《赤鹦鹉赋》中也不乏"徒观其柔仪所践……慧性昭和"之类的表现。

祥瑞文学的壮美风格对咏物文学产生了不可忽视的影响。以鲍照为例,他的《野鹅赋》、《飞鹅赋》等篇,感慨于全生得性的艰难,并未摆脱魏晋以来的老路子。但其《舞鹤赋》却着力刻划舞鹤的神异姿态:

> 轻迹凌乱,浮影交横。众变繁姿,参差洊密。烟交雾凝,若无毛质;风去雨还,不可谈悉。既散魂而荡目,迷不知其所之。忽星离而云罢,整神容而自持。

舞鹤的超凡脱俗,与颜、谢等人所塑造的鹦鹉的形象,颇为神似。

祥瑞文学成功地描绘了事物的神奇、雄伟,但同时也不可避免地失落了魏晋以来咏物文学的抒情性。如颜、谢等人的《鹦鹉赋》全然没有祢衡《鹦鹉赋》的郁勃不平之气。这是祥瑞文学与六朝咏物文学主流的异趣之处,也是其缺陷所在。

刘宋祥瑞文学对秦汉文学传统的继承,与刘宋悖离儒家礼制、夸耀帝王功德的文化风貌是声息相通的。这一文化风尚同时还促使了摹仿民歌、浅俗靡丽的文风的出现。孝武帝本人既是符瑞文学创作的发动者,又是江南民歌的爱好者。又如鲍照在以险俗为主体风格的同时,兼擅使事用典的文学手法。祥瑞文学兴盛的政治、文化背景,还有助于我们理解刘宋文坛典重和浅俗文风并行的现象。

**附表:刘宋礼乐与晋朝异同表**

| 时　间 | 礼乐类型 | 礼乐内容 | 与两晋异同 |
|---|---|---|---|
| 永初元年 | 小会 | 停庆冬 | 异 |
| 永初元年 | 巡狩 | 天子巡行天下 | 异 |
| 元嘉 4 年 | 巡狩 | 天子巡行天下 | 异 |

续表

| 时　间 | 礼乐类型 | 礼乐内容 | 与两晋异同 |
|---|---|---|---|
| 元嘉6年 | 读秋令 | 立秋御读 | 同 |
| 元嘉6年 | 祀 | 太庙烝尝仪 | 同 |
| 元嘉6年 | 祀 | 殷祀与烝祀同月 | 同 |
| 元嘉6年 | 车服 | 立秋日猎服 | 同 |
| 元嘉11年 | 元会 | 元会仪 | 同 |
| 元嘉17年 | 丧 | 元皇后崩，太子心丧 | 同 |
| 元嘉17年 | 丧 | 元皇后崩，停选挽郎 | 同 |
| 元嘉20年 | 耕籍 | 天子及州郡县并行耕籍（晋仅天子行礼） | 小异 |
| 元嘉20年 | 国子学 | 复立国子学，二十七年废 | 同 |
| 元嘉22年 | 释奠 | 太子释奠 | 同 |
| 元嘉23年 | 丧 | 海盐公主生母蒋美人丧 | 同 |
| 元嘉25年 | 兵 | 讲武于宣武堂 | 异 |
| 元嘉26年 | 巡狩 | 天子巡行天下 | 异 |
| 元嘉末① | 祀 | 宋文帝有意封禅，未果 | 异 |
| 元嘉29年 | 丧 | 南平王铄生母吴淑仪丧 | 同 |
| 孝建元年 | 丧 | 国太妃六月薨，来七月祥忌 | 同 |
| 孝建元年 | 车服 | 诸王车服 | 同 |
| 孝建三年 | 丧 | 皇后父丧 | 异 |
| 孝建三年 | 祀 | 太子出后告庙 | 同 |
| 孝建三年 | 车服 | 法驾 | 异 |

① 《宋书·礼三》曰："宋太祖在位长久，有意封禅……其后索虏南寇，六州荒毁，其意乃息。"则此事在元嘉二十七年(450)北魏入侵以前。

续表

| 时　间 | 礼乐类型 | 礼乐内容 | 与两晋异同 |
|---|---|---|---|
| 大明元年 | 丧 | 太宰鄱阳哀王去闰三月薨，三月末祥除 | 异 |
| 大明二年 | 丧 | 侯伯子男世子丧，无嗣，进次息以为世子 | 同 |
| 大明二年 | 祀 | 南郊遇雨，迁用后辛，不重告 | 异 |
| 大明二年 | 祀 | 奠祭霍山 | 异 |
| 大明三年 | 南郊 | 移郊正午 | 异 |
| 大明四年 | 蚕 | 修蚕礼 | 同 |
| 大明五年 | 祀 | 建明堂 | 异 |
| 大明七年 | 祀 | 殷祀用孟秋 | 异 |
| 泰始二年 | 祀 | 十一月郊谒 | 异 |
| 泰始四年 | 车服 | 太子车服 | 异 |
| 泰始五年 | 昏 | 太子昏，纳徵礼 | 异 |
| 泰始六年 | 祀 | 间二年郊享 | 异 |

（本文发表于《文学评论丛刊》第4卷第2期，江苏文艺出版社2001年版。）

# 附录五　江东各家族世系表

**说明:**1. 横线表示父子,纵线表示兄弟。

2. 可考的世系不足三代者,略而不论。

## 张　氏[1]

嘉——澄——□

——彭祖——敞——裕[2]——演[3]——绪——克[4]

——充——最

——允

——敬

——永——玮

——瓌——率——长公

——盾

——稷——嵊

---

① 参见程章灿先生《世族与六朝文学》第四章《吴郡张氏:吴姓文学世族之个案研究》,(以下简称程《表》)本表有所修订。

② 据《宋书·张茂度传》及校勘记,张茂度名裕,与宋高祖同名,故称字。

③ 据《宋书·张茂度传》,茂度子演,演弟镜,镜弟永,永弟辩,辩弟岱。又《南史·张裕传》云:"(裕)子演,……演四弟镜、永、辩、岱俱知名,时谓之张氏五龙。"但《宋书·张邵传》称"(邵)子敷、演、镜",疑误。

④ 《南齐书》作"克",《南史》作"完"。据《南齐书·张绪传》,张绪子克,克弟允,允兄充。

——淮<br>
——伊<br>
——霍<br>
——畯<br>
——罤<br>
——辩——略——种<br>
——稜<br>
——岱<br>
——恕①<br>
——伟②——畅——浩③<br>
——淹<br>
——融<br>
——铁<br>
——宝积<br>
——济④<br>
——枚⑤<br>
——悦——□<br>
——洵⑥<br>
——辑⑦

---

① 《南齐书·张瓌传》云"(瓌)叔恕",又《南齐书·张岱传》曰"(岱)弟恕",《南史》同。程《表》以恕为瓌弟,疑误。

② 《宋书》卷五十九《张畅传》云"(畅)父祎",同书卷四十六《张邵传》云"畅字少微,邵兄伟之子也",未知孰是。

③ 据《宋书·张畅传》,张畅子浩,浩弟淹,畅弟悦。

④ 《宋书·顾琛传》云"前西阳太守张牧……牧兄前吴郡丞济"。程《表》漏。

⑤ 《宋书》卷五十九《张畅传》云"(畅)弟牧",同书卷四十六《张邵传》云"(畅)弟枚",未知孰是。

⑥ 《宋书·邓琬传》云"(张悦)第二子洵",《程》表漏。

⑦ 《宋书》卷五十九《张畅传》曰"畅爱弟子辑"。

——邵[1]——敷
　　——柬——式
　　　　——冲——孜——稚才[2]

① 据《宋书·张邵传》,张邵为张裕之弟。邵子敷、演、敬。同传云敷弟柬。

② 据《南齐书·张冲传》及"校勘记",张冲父柬,但冲出继张敷。

## 陆　氏[①]

（1）

赐——闵——印

　——温

　——桓——续——稠——肃——和——十世孙镇之

　　　　　　　　　　　　——谦

　　　　　　　　——逢——涉

　　　　　　　　　　　——表——穰——恢——弘

　　　　　　　　　　　——琼

　　　　　　　　　　　——昊

　　　　　　　　　　　——招

　　　　　　　　——褒——康——俊

　　　　　　　　　　　——□

　　　　　　　　　　　——绩——宏

　　　　　　　　　　　　　　——叡

　　　　　　　　　　　　　　——郁生

　　　　　　　　　　　——纡——党

　　　　　　　　　　　　　　——愔

　　　　　　　　　　　　　　——飒

　　　　　　　　　　　　　　——瓒

　　　　　　　　　　　　　　——骏——逊——延

　　　　　　　　　　　　　　　　　　——抗——晏

　　　　　　　　　　　　　　　　　　　　　——景

　　　　　　　　　　　　　　　　　　　　　——玄

　　　　　　　　　　　　　　　　　　　　　——机——蔚

　　　　　　　　　　　　　　　　　　　　　　　　——夏

　　　　　　　　　　　　　　　　　　　　　——云

---

① 据《后汉书》《世说新语》《晋书》《宋书》《南齐书》《梁书》《陈书》《南史》及《新唐书·宰相世系表三下》。

　　　　　　　　——耽

　　　——瑁——滂①

　　　　　　——喜

　　　　　　——颖——□

　　　　　　　　　——□

　　　　　　　　　——濯——汉公——冽

　　　　　　——英——术②

　　　　　　　　　——举

　　　　　　　　　——晔③——谌

　　　　　　　　　——玩——谧

　　　　　　　　　　　　——儒

　　　　　　　　　　　　——侧

　　　　　　　　　　　　——纳——长生④

　　　　　　　　　　　　——乂

　　　　　　　　　　　　——始⑤——俶

　　　　　　　　　　　　　　　　——万载——道玩

　　　　　　　　　　　　——粹

　　　　　　　　　　　　——瓘

　　　　　　——伟

　　　　　　——颜

---

① 《新唐书·宰相世系表三下》云:“(瑁)六子:滂、喜、颖、英、伟、颜。”

② 《新唐书·宰相世系表三下》云:“(英)六子:术、举、晔、玩、粹、瓘。”

③ 据《世说新语·政事》“陆太尉诣王丞相咨事”条刘注引《陆玩别传》,陆玩祖瑁,父英。又由《晋书·陆晔传》可知,陆晔伯父喜,父英。

④ 据《晋书·陆纳传》,陆纳爱子长生,兄子禽。

⑤ 《晋书·陆纳传》称“陆纳兄子俶”,《新唐书·宰相世系表三下》云:“(玩)六子:谧、儒、侧、纳、乂、始……始二子:俶、万载”,未知孰是。

——仲元[1]

——叔元

——群

——子真——慧晓[2]——僚

　　　　　　　　　——任——□——见贤

　　　　　　　　　　　　——缮——辩惠

　　　　　　　　　——倕——缵[3]

　　　　　　　　　　　　——缅

　　　　——慧恭

　　　　——慧彻——观[4]

　　　　　　　　——闲[5]——厥

　　　　　　　　　　　——绛

　　　　　　　　　　　——才子[6]

　　　　　　　　　　　——完——晏子——玠

　　　　　　　　　　　——云公——琼——从宜

　　　　　　　　　　　　　　　　　——□

　　　　　　　　　　　　　　　　　——从典

　　　　　　　　　　　——令公——琰

　　　　　　　　　　　　　　　——瑜

---

① 据《宋书·张茂度传》,“陆仲元者,晋太尉玩曾孙也……弟子真”,而《新唐书·宰相世系表三下》云“万载,……四子道玩、叔元、群、子真”,由此可以推测后者遗漏了陆仲元。

② 《新唐书·宰相世系表三下》云:“(子真)四子:惠晓、惠恭、惠彻、惠远”,又《南齐书·陆慧晓传》:“(陆慧晓)祖万载,……父子真”,当从《南齐书》作“慧”。又《南史》卷四十八:“闲字遐业,慧晓兄子也。”则慧晓非长子。未知孰是。

③ 《梁书·陆倕传》云倕“第四子缵,早慧,十岁通经,为童子奉车郎,卒”,然《南史·陆倕传》曰“子缵早慧,七岁通经,为童子郎,卒。次缅,有似于倕,一看殆不能别”,似说缵为陆倕长子。未知孰是。

④ 《新唐书·宰相世系表三下》云:“惠彻三子:观、闲、引。”

⑤ 《南史》卷四十八云:“(闲)四子:厥、绛、完、襄。”

⑥ 据《梁书·文学陆云公传》,“云公兄晏子,从兄才子”。

　　　　　　　　　　——丘公——琛
　　　　　　　　　　——映公①
　　　　　　　　　　——襄
　　　　　　——引
　　　——慧远

(2)
邵——瑗——澄——少玄
　　　——鲜——暭

(3)
(陆逊族子)凯——□——□——昭——遵——释道超
　　　　　——□——仰——伊——退
　　　　　——祎
　　　　胤——式

(4)
徽——叡——杲——罩
　　　——煦
——展

(5)
敞之——悛——子隆——之武
　　　　——子才
(6)
翁宝——汎——山才

---

① 据《梁书·陆襄传》,襄"遣(陆)黯及兄子映公帅众拒子仙"。

## 顾　氏

(1)

奉——□——□——雍——邵——谭

——承

——裕①——□——显

——荣②——毗

——济

——徽③——裕——□——□——□——□——□——□——□

——□——越——□——胤

(2)

(雍族人)悌——彦④

——礼

——谦——□——崇——黄老——觊之⑤——约

——缉

——绰

——缜

——绲

——渊之 ——愿

---

① 《三国志·吴书·顾雍传》:“(雍)长子邵早卒,次子裕有笃疾,少子济嗣,无后,绝。”又裴注引《吴录》云“裕一名穆”。

② 据《晋书·顾荣传》,顾荣祖雍,父穆,子毗。又《世说新语·方正》“顾孟著尝以酒劝周伯仁”条刘注引徐广《晋纪》:“顾显字孟著,吴郡人,骠骑荣兄子。”

③ 由《三国志·吴书·顾雍传》裴注引《吴书》可知,顾雍母弟徽,徽子裕。

④ 据《三国志·吴书·顾雍传》裴注引《吴书》,顾雍族人悌,悌四子:彦、礼、谦、祕。祕子众。

⑤ 据《宋书·顾觊之传》,觊之高祖谦,祖崇,父黄老,五子:约、缉、绰、缜、绲。又同传记觊之弟子愿字子恭,父渊之。

　　　　　　　　　　——□　——惠胤①

——祕——寿

　　——众②——昌

　　　　　——□

　　　　　——会

——□——飏③

(3)

容——相——□　——和④——治

　　　　　　　　——隗

　　　　　　　　——淳

　　　　　　　　——履之——惔——琛⑤——宝素——□

　　　　　　　　　　　　　　　——协⑥

　　　　　　　　　　　　　　　——宝先

　　　　　　　　　　——敷⑦

(4)

子乔——烜——野王

　　　　——充国

(5)

廞——霸——夷

---

① 《南齐书·高逸顾欢传》云"惠胤,宋镇军将军觊之弟子也"。

② 《晋书·顾众传》:"(众)长子昌,……第三子会。"

③ 《晋书·顾众传》曰"众从弟护军将军飏"。

④ 《晋书·顾和传》云"顾和,侍中众之族子"。

⑤ 由《宋书·顾琛传》可知,顾琛曾祖和,祖履之,父惔,琛子前尚书郎宝素,宝素弟前司空参军宝先。《南史·顾琛传》与此同。但《世说新语》"许侍中顾司空俱作丞相从事"条刘注云"(顾和)五子:治、隗、淳、履、之",其中"履、之"疑为"履之",五子疑为四子。

⑥ 《梁书·顾协传》云"顾协,……晋司空和七世孙",《南史》作"六世孙"。

⑦ 《世说新语·夙惠》:"司空顾和与时贤共清言,张玄之、顾敷是中外孙。"

## 孔　氏①

(1)

潜—竺—恬—愉②—闿 —静③—山士

　　　　　　　　　　—灵符—湛之

　　　　　　　　　　　　　—渊之

　　　　　　　　　　—灵运—琇之—䓪④—稚孙—奂—绍安

　　　　　　　　　　　　　　　　　　　　　—绍薪

　　　　　　　　　　　　　　　　　　　　　—绍忠

　　　　　　　　　　　　　　　　　—虔孙

　　　　　　　　　　—道穰

　　　　　　—汪

　　　　　　—安国—□—景伟—滔—岱—范⑤

　　　　　　—□　—□—祐⑥—□—总

　　　　　　　　　　　　—道徽

　　　　—袛

① 孔氏、虞氏世系参见刘淑芬《六朝会稽士族》(以下简称刘《表》),本表有所修订。

② 据《晋书·孔愉传》,孔愉曾祖潜,祖竺,父恬。三子:闿、汪、安国。弟袛。

③ 《晋书·孔愉传》作"静",《宋书·孔季恭传》作"靖"。同传称孔靖与宋高祖祖讳同,故称字"季恭"。孔季恭子山士、灵符,灵符二子湛之、渊之。又《南史·孔靖传》记灵符弟灵运,灵运子琇之。

④ 据《陈书·孔奂传》,孔奂曾祖琇之,祖䓪,父稚孙;由《南史》卷二十七《孔靖传》可知,孔琇之子臻,臻子幼孙,幼孙子奂。"䓪"与"臻","稚孙"与"幼孙",未知孰是。

⑤ 《元和姓纂》卷六载"安国,晋左仆射,五代孙范,陈都官尚书",刘《表》以范为靖五代孙,误。

⑥ 《南史·杜京产传附孔道徽》云"孔祐,敬康曾孙也",不知出于孔愉三子的哪一分支,故附于后。

冲—侃—坦[①]—　混—

　—偘— 滔— 俟—幼— 遥之— 华—　珮 —休源[②] —

—云童[③]

—宗轨[④]—伯鱼—德绍—昌寓—祖舜—齐参—全祯

—述睿—敏行—望回

—克让

—奕—伦—严[⑤]—道民—宁子

—静民

—福民

—群—沈　—廞　—琳之—邈　—觊　—长公

—璩之[⑥]　　—道存

(3)

道隆——灵产——仲智

——稚珪

---

① 《晋书·孔坦传》云“孔愉从子坦”。

② 据《梁书·孔休源传》,孔休源为孔冲八世孙,曾祖遥之,父珮;由《元和姓纂》卷六12校记可知,冲以下世代分别是:偘、滔、俟、幼、遥之、华、珮、休源、宗范、伯鱼、德绍、昌寓、祖舜、齐参、述睿、敏行、望回等。

③ 《梁书·孔休源传》作“云童”,《南史》作“云章”。

④ 《梁书·孔休源传》作“宗轨”,《南史》作“宗范”。

⑤ 《晋书》作“孔严父伦”,《世说新语·品藻》“简文云”条刘注引《中兴书》作“孔岩父俭”。

⑥ 《宋书·孔琳之传》载“琳之弟璩之为治中”,刘《表》漏。

## 虞　氏

(1)

意——光——成——凤——歆——翻——汜

——忠——□——騑①——谷

——潭——纯②——啸父——秀之——悰

——衮

——耸

——昺

——騳③——□——□——□——权——阐

——俭——荔——世基

——世南

——寄

(2)

授——基——球

(3)

阳——伟——存

——謇

(4)

宗——玫——玩之

---

① 《世说新语·品藻》"会稽虞騑"条刘注引《虞光禄传》称"騑虞翻曾孙,右光禄潭兄子也",刘《表》以騑为潭兄,误。

② 《晋书·虞潭传》作"仡",《世说新语·纰漏》"虞啸父为孝武侍中"条刘注引《中兴书》作"纯"。

③ 《元和姓纂》卷二"十虞"云"翻曾孙騳,騳七代孙荔"。

(5)

赍——望之——季
　　　　　　——愿

## 贺 氏

(1)

□——纯

——辅——□——齐[①]——达——质

——景——邵——循——隰

(2)

道力——□——瑒——革

——季

——□——琛——诩

(3)

文发——淹——德基

---

① 《三国志·吴书·贺齐传》裴注引虞预《晋书》云“齐伯父纯”,《元和姓纂》卷九“三十八贺”条云“齐孙中书令邵”。应从后说,参见《元和姓纂》卷九 96B 条校记(中华书局 1994 年版)。

# 沈 氏①

(1)

沈浒——鸾——直——瑜

——仪——宪——矫——陵——延——贺——警——

——穆夫——渊子——正

——云子——焕

——田子

——林子——邵——侃——整

——亮

——璞——约——旋——寔

——众

——虔子——伯玉

——仲玉

——仲夫

——任夫

——预夫

——佩夫

(2)

沈景……充——劲——赤黔——叔任——融之——坦之——昂

——顗

——畅之——晔

——演之——睦

——勃

——统

① 参见刘跃进先生《吴兴沈氏考略》,载《门阀士族与永明文学》。本表有所修订。

(3)

沈景……叔仁——攸之
　　　——登之
　　　——雍之——□　——僧昭
　　敞之——僧荣——怀明——崇傃
　　庆之①—文叔——昭明——昙亮
　　　　　——昭略
　　　　　——昭光
　　　——文季
　　　——文耀
　　劭之——文秀
　　　——文炳
　　　——文静②

(4)

沈景……寂——发——昙庆——俨之
　　——宣——怀文——淡
　　　　　　——渊——绩
　　　　　　——冲
　　　　——怀远

(5)

说道——璞之——宪——□——浚

(6)

昶——瑀——续——炯——行简

---

① 据《宋书·自序》,沈演之、庆之、昙庆皆为沈景的后代,《宋书·沈昙庆传》称昙庆为“侍中怀文从父兄”,但未知演之、庆之、昙庆的辈份关系,故分别列出。

② 《宋书·沈文秀传》云“文秀弟征北兵参军文静”。前引刘跃进文漏。

(7)

僧旻——巡——君严
　　　　　　——君理
　　　　　　——君高——遵礼
　　——迈

(8)

休稚——山卿——洙

# 参考文献


**B**

《八琼室金石补正》,(清)陆增祥撰,文物出版社 1985 年版。

《鲍参军集注》,(宋)鲍照著,钱仲联增补集说校,上海古籍出版社 1980 年版。

《抱朴子外篇校笺》,(晋)葛洪著,杨明照校释,中华书局 1997 年版。

《北堂书钞》,(唐)虞世南编撰,中国书店影印 1989 年版。

《不死的探求》,李丰楙著,时报公司出版社 1982 年版。

**C**

《采菽堂古诗选》,(清)陈祚明评选,李金松点校,上海古籍出版社 2008 年版。

《蔡中郎集》,四部丛刊本。

《禅与诗学》,张伯伟著,浙江人民出版社 1992 年版。

《长生不死的探求——道经〈真诰〉之谜》,钟来因著,文汇出版社 1992 年版。

**D**

《道藏源流考》,陈国符著,中华书局 1963 年版。

《东晋门阀政治》,田余庆著,北京大学出版社 1989 年版。

《东晋南朝的谢氏文学集团》，丁福林著，黑龙江教育出版社 1998 年版。

**E**

《二十五史补编》，中华书局影印 1955 年版。

**G**

《陔余丛考》，（清）赵翼著，商务印书馆 1957 年版。

《高僧传》，（梁）释慧皎撰，汤用彤校注，中华书局 1992 年版。

《宫体诗派研究》，石观海著，武汉大学出版社 2003 年版。

《广弘明集》，（唐）道宣撰，上海古籍出版社影印《大正新修大藏经》本 1994 年版。

《观世音应验记（三种）》，孙昌武点校，中华书局 1994 年版。

《观堂集林》，王国维著，中华书局 1959 年版。

**H**

《汉书》，（汉）班固撰，（唐）颜师古注，中华书局 1962 年版。

《汉魏六朝百三名家集》，（明）张溥编，江苏广陵古籍刻印社影印 1991 年版。

《汉魏六朝百三家集题辞注》，（明）张溥著，殷孟伦注，人民文学出版社 1960 年版。

《汉魏两晋南北朝佛教史》，汤用彤著，北京大学出版社 1998 年版。

《汉魏六朝文学论集》，逯钦立著，陕西人民出版社 1984 年版。

《弘明集校笺》，（南朝梁）僧祐撰、李小荣校笺，上海古籍出版社 2013 年版。

《后汉书》，（宋）范晔撰，（唐）李贤等注，中华书局 1965 年版。

《华丽家族》，萧华荣著，生活·读书·新知三联书店 1994 年版。

《慧远评传》，曹虹著，南京大学出版社 2002 年版。

**J**

《江淹、沈约和南齐诗风》，曹道衡撰，载《河北师院学报》1986 年第 2 期。

《金楼子》，（梁）萧绎著，丛书集成初编本。

《金明馆丛稿初编》，陈寅恪著，北京：生活・读书・新知三联书店 2001 年版。

《金明馆丛稿二编》，陈寅恪著，上海古籍出版社 1980 年版。

《晋书》，（唐）房玄龄等撰，中华书局 1974 年版。

《经学历史》，（清）皮锡瑞著，中华书局 1959 年版。

《经学通论》，（清）皮锡瑞著，中华书局 1954 年版。

**L**

《兰亭考》，（宋）桑世昌著，丛书集成初编本。

《李嘉言古典文学论文集》，李嘉言著，上海古籍出版社 1987 年版。

《梁书》，（唐）姚思廉撰，中华书局 1973 年版。

《两汉三国学案》，（清）唐晏著，吴东民点校，中华书局 1986 年版。

《两汉象数易学研究》，刘玉建著，广西教育出版社 1996 年版。

《两晋南北朝士族政治之研究》，毛汉光著，中国学术委员会 1966 年版。

《两晋士族文学研究》，孙明君著，中华书局 2010 年版。

《六朝贵族制研究》，（日）中村圭尔著，日本风间书房 1987 年版。

《六朝精神史研究》，（日）吉川忠夫著，同朋舍 1984 年版。

《六朝门阀の一研究——太原王氏系谱考》，（日）守屋美都雄著，日本出版会社 1951 年版。

《六朝南方神仙道教与文学》，赵益著，上海世纪出版股份有限公司、上海古籍出版社 2006 年版。

《六朝文明》，（美）丁爱博（Albert E. Dien）著，李梅田译，社会科学文献出版社2013年版。

《六朝文学论稿》,(日)兴膳宏著,彭恩华译,岳麓书社1986年版。

《六朝作家年谱辑要》,刘跃进 范子烨编,黑龙江教育出版社1999年1月版。

《陆机集》,(晋)陆机著,金涛声点校,中华书局1982年版。

《陆机集校笺》,(晋)陆机著,杨明校笺,上海古籍出版社2016年版。

《陆士衡文集校注》,(晋)陆机著,刘运好校注整理,凤凰出版社2007年版。

《陆士龙文集校注》,(晋)陆云著,刘运好校注整理,凤凰出版社2010年版。

《陆云集》,(晋)陆云著,黄葵点校,中华书局1988年版。

## M

《门阀士族与永明文学》,刘跃进著,生活·读书·新知三联书店1996年版。

## N

《南史》,(唐)李延寿撰,中华书局1975年版。

《南齐书》,(梁)萧子显撰,中华书局1972年版。

《廿二史札记校证》,(清)赵翼著,王树民校证,中华书局1984年版。

## Q

《全上古三代秦汉三国六朝文》,(清)严可均校辑,中华书局1958年版。

## R

《日本世说新语注释集成》,张伯伟编著,凤凰出版社2019年版。

《入洛后の二陆について》,(日)佐藤利行撰,《日本中国学会报》第

44集,1992年。

## S

《三国志》,(晋)陈寿撰,中华书局1959年版。

《僧肇评传》,许抗生著,南京大学出版社1998年版。

《史记》,(汉)司马迁撰,中华书局1959年版。

《诗品集注》,(梁)钟嵘著,曹旭集注,上海古籍出版社1994年版。

《诗品注》,(梁)钟嵘著,陈延杰注,人民文学出版社1961年版。

《诗薮》,(明)胡应麟撰,中华书局1958年版。

《十三经注疏》,中华书局1980年版。

《试论梁代天监普通年间文学思想与创作》,傅刚撰,《文学遗产》1998年第5期。

《世说新语笺疏》,(南朝宋)刘义庆著,(南朝梁)刘孝标注,余嘉锡笺疏,上海古籍出版社,1993年版。

《士与中国文化》,余英时著,上海人民出版社1987年版。

《世族与六朝文学》,程章灿著,黑龙江教育出版社1998年版。

《四库全书总目》,(清)永瑢等撰,中华书局1965年版。

《宋书》,(梁)沈约撰,中华书局1974年版。

## T

《太平御览》,(宋)李昉等撰,中华书局1960年版。

《太玄经》,(晋)范望撰,四部丛刊本。

《汤用彤学术论文集》,汤用彤著,中华书局1983年版。

《苕溪渔隐丛话》,(宋)胡仔著,中华书局香港分局排印本1976年版。

## W

《王僧虔〈诫子书〉与南朝清谈考辨》,余英时撰,《中国文化》1993年春季号。

《王羲之——六朝贵族の世界》,(日)吉川忠夫著,清水书院 1972 年版。

《魏晋南北朝佛教论丛》,方立天著,中华书局 1982 年版。

《魏晋南北朝史论丛》,唐长孺著,生活·读书·新知三联书店 1955 年版。

《魏晋南北朝史论丛续编》,唐长孺著,生活·读书·新知三联书店 1959 年版。

《魏晋南北朝史论集》,周一良著,北京大学出版社 1997 年版。

《魏晋南北朝史论拾遗》,唐长孺著,中华书局 1983 年版。

《魏晋南北朝易学书考佚》,黄庆萱著,幼狮事业文化公司 1975 年版。

《魏晋南朝江东世家大族述论》,方北辰著,文津出版社 1991 年版。

《文镜秘府论校注》,(日)弘法大师撰,王利器校注,中国社会科学出版社 1983 年版。

《文史探微》,周勋初著,上海古籍出版社 1987 年版。

《文心雕龙注》,(梁)刘勰著,范文澜注,人民文学出版社 1958 年版。

《文选》,(梁)萧统编,(唐)李善注,上海古籍出版社 1986 年版。

《五声、四声辨并论沈约陆厥之争》,黄耀堃撰,香港中文大学中文系刊物《华风》。

## X

《先秦汉魏晋南北朝诗》,逯钦立辑校,中华书局 1983 年版。

《新唐书》,(宋)欧阳修、宋祁撰,中华书局 1975 年版。

《续高僧传》,(唐)道宣撰,郭绍林点校,中华书局 2014 年版。

《续谈助》,(宋)晁载之辑,丛书集成初编本。

《玄学与魏晋士人心态》,罗宗强著,浙江人民出版社 1991 年版。

《荀子集解》(清)王先谦撰,沈啸寰、王星贤点校,中华书局 1988

年版。

Y

《颜氏家训集解》,(北齐)颜之推撰,王利器集解,上海古籍出版社1980年版。

《义门读书记》,(清)何焯撰,中华书局1987年版。

《异苑》,(刘宋)刘敬叔撰,津逮秘书本。

《易学哲学史》,朱伯崑著,华夏出版社1995年版。

《易义别录》,(清)张惠言撰,清经解本。

《艺文类聚》,(唐)欧阳询撰,汪绍楹校,中华书局1965年版。

《玉函山房辑佚书》,(清)马国翰辑,

《玉台新咏笺注》,(陈)徐陵编,(清)吴兆宜注,穆克宏点校,中华书局1985年版。

《元和姓纂》,(唐)林宝撰,岑仲勉校记,中华书局1994年版。

《乐府诗集》,(宋)郭茂倩编,中华书局1979年版。

《乐府诗述论》,王运熙著,上海古籍出版社1996年版。

Z

《簪缨世家》,萧华荣著,生活·读书·新知三联书店1995年版。

《昭明太子集》,(南朝)萧统著,四部丛刊本。

《昭明太子与梁代中期文学复古思潮》,刘跃进撰,载《文选学论集》,赵福海编,时代文艺出版社1992年版。

《照隅室古典文学论集》(下编),郭绍虞著,上海古籍出版社1983年版。

《中古门第论集》,何启民著,台湾学生书局1978年版。

《中古文人生活研究》,范子烨著,山东教育出版社2001年版。

《中古文学论稿》,陈庆元著,天津人民出版社1992年版。

《中国道教史》,卿希泰主编,四川人民出版社1996年版。

《中国地理学史》,王庸著,商务印书馆 1938 年版。

《中国佛教史》,任继愈主编,中国社会科学出版社 1985 年版。

《中国学术思想史论丛》(三),钱穆著,东大图书有限公司 1981 年版。

《中国中古社会史论》,毛汉光著,联经出版事业公司 1988 年版。

《钟嵘〈诗品〉讲疏》,许文雨著,成都古籍书店 1983 年版。

《钟嵘〈诗品〉研究》,张伯伟著,南京大学出版社 1993 年版。

《周勋初文集》,周师勋初著,江苏古籍出版社 2000 年版。

《周易外传》,(清)王夫之著,中华书局 1977 年版。

# 后　记

从1999年提交博士论文《论六朝吴姓士族的文化特征》以来，我在这一课题上已经盘桓二十多年了。当我敲下“盘桓”一词时，内心无疑回响着“屯”卦初九爻辞“盘桓，利居贞，利建侯”，也不免回忆起当年对于世道迍邅的感喟。然而，在南京大学入职的二十年间，从严谨求实的校风中、从沉潜高明的师友身上，我幸运地获得了春风化雨般的精神滋养，这使得我在回顾这一课题的研究历程时，早已拂去了岁月的浮尘，而对过往、当下和未来都深怀感恩。

感谢这一课题让我在学术道路上得到了最初的鼓励。2002年，拙作《论孙吴士风的变迁对陆机出处之影响》和《论孔稚珪的隐逸观念和宗教信仰的关系——兼论〈北山移文〉的主旨》先后被《人大复印资料·古代文学研究》2002年第3期和第4期全文转载。事后我才意识到，在那个以《人大复印资料》为主要学术信息来源的年代里，这是对一个年轻学者的重要鼓励。记得有一次，我在北园图书馆门前的林荫下偶遇已故卞孝萱先生，卞先生大声地对我说：“吴正岚，《人大复印资料》转载你两篇论文了，你要继续做下去。”2003年，在博士论文基础上修改而成的书稿《六朝江东士族的家学门风》之所以有幸入选《南京大学博士文丛》，据说主要是由于拙作多获《人大复印资料》和其他报刊文摘转载。

2011年，我申请的课题“六朝江东士族文学研究”有幸获得国家社科基金立项，这为此后的相关研究注入了强劲的精神动力。本书正是这一项目的结项稿。与2003年出版的专著《六朝江东士族的家学门风》相比，本书不仅还原了当年因篇幅限制而被删减的部分章节，而且在视角、方法和内容方面取得了以下进展：

首先，本书从更为多元的视角和互动的机制出发，对江东士族文学特征和背景进行了深入探索：其一，在六朝江东士族文学特征方面提出了新的观点，揭示了六朝江东士族文学特征的复杂性在于以典雅为本而兼收俗文学。其中尤其值得注意的环节有三：一是江东士族文学以雅兼俗的追求，发轫于西晋陆机。陆机既崇尚华美典雅的文风，又吸收江南歌谣，为江东士族文学树立了典范。二是以往的研究已经注意到江东士族对典雅文风的追求，本书则明确了这一文风在不同历史时期的发展演变。三是就吸收江南歌谣一端而论，陆机模拟江南民歌的传统，在六朝江东文人间薪火相传，其中尤其值得注意的是陆机、沈约和张率先后写作同题乐府《日出东南隅行》，张率和陆琼又先后以杂言体写作乐府《长相思》。

其二，在六朝江东士族文学的背景方面提出了新见，分析了江东士族文学、儒学、信仰、地域文化等多层面之间的互动关系，着力考察了以下几个问题：（一）汉末三国时期会稽陈慧的禅学贡献及其被遮蔽的原因。（二）揭示出东晋谢敷在江东士族佛教信仰方面的先导作用，正如陆机在江东士族文学上的典范效应。（三）提出沈约与诵经僧人的交往对其把握字音的影响。（四）指出六朝江东士族的两种"太极论"都落后于时代思潮，分析南齐张融、孔稚珪之太极论的滞后与家族文化观念之间的关系。

概言之，与以往"家学门风——文学"的单一视角有所不同，本书从门阀和地域的双重视角来考察江东士族文学，通过分析江南歌谣和孙吴时期江东禅学等地域文化的影响，探讨江东士族在南朝文学变革中的贡献及其背景，从而揭示六朝江东士族文学发展的多元动力。

其次，就方法论的探索而言，本书第二章第一节第四小节《陈慧佛学的被遮蔽与释道安经录的佛学史建构》试图通过汉末三国陈慧佛学被遮蔽这一个案，分析释道安经录的主观意图与历史效果之间的异同，考察文献目录在思想史建构中的意义。

必须说明的是,《六朝门阀制度对江东士族儒学的影响》、《论南齐江东士族"太极"说滞后于新兴思潮及其原因》、《论〈文选集注〉在六朝江东士族研究中的文献价值》、《符瑞文学与刘宋文风》等四篇论文,尝试着提出和解决较为宏观的问题,在内容上与本书正文有交叉,故附录于书末。

而今,在"中央高校基本科研业务费专项资金资助"(Supported by the Fundamental Research Funds for the Central Universities)的支持下,本书有幸得以出版,更使我有饮水思源之慨。感谢复旦陈允吉教授和复旦 8711 小伙伴们的鼓励和支持,你们是我走向学术道路的最初动力;感谢博士导师周勋初先生和莫砺锋教授一直以来的指点和激励;感谢张伯伟老师自 1993 年以来的教诲和帮助,本书的出版也多蒙张老师鼓励和建议;感谢南京大学中国思想家研究中心常务副主任夏维中教授、办公室主任赵芳老师和其他同事多年来对我的鼓励和帮助;感谢本书的责任编辑韩凤冉先生严谨而高效的工作;最后,我想对促成此书出版的所有师友说:感谢你们在我惆怅落寞之际给予温暖和力量,愿大家的学术热情在相互激励中长长久久。